Robert Dugoni
Das Grab meiner Schwester

Das Buch

Vor zwanzig Jahren verschwand Sarah, die jüngere Schwester von Tracy Crosswhite, spurlos. Tracy fragt sich seitdem, was damals wirklich geschah, denn sie glaubt nicht, dass Edmund House, der wegen des Mordes an ihrer Schwester angeklagt und verurteilt wurde, Sarah tatsächlich umgebracht hat. Zwar hatte House schon einmal wegen Vergewaltigung im Gefängnis gesessen, aber zu viel ist im Prozess gegen ihn unklar geblieben. Tracy will die Wahrheit wissen und für Gerechtigkeit sorgen. Sie wird Polizistin und widmet als Detective im Morddezernat der Stadt Seattle ihr Leben der Jagd nach Schwerverbrechern. Da tauchen zwanzig Jahre nach Sarahs Verschwinden deren sterbliche Überreste auf, und zwar unweit des Städtchens Cedar Grove, in dem Tracy und Sarah aufwuchsen. Tracy kehrt in ihre Heimat in den nördlichen Cascade Mountains zurück, fest entschlossen, nach all den Jahren endlich Antworten auf ihre vielen Fragen zu finden. Bei ihrer Suche entdeckt sie lang gehegte düstere Geheimnisse, aber nicht nur das: Sie stößt eine Tür auf, hinter der tödliche Gefahr auf sie lauert.

Der Autor

Robert Dugoni kam in Idaho zur Welt und wuchs in Nordkalifornien mit neun Geschwistern auf. Den Weg an die Stanford University, wo er Kommunikationswissenschaften, Journalismus und kreatives Schreiben studierte, »erschrieb« er sich mit Preisen und Stipendien für seine schriftstellerische Arbeit. Anschließend studierte er an der UCLA Jura und war dreizehn Jahre lang in Los Angeles als Anwalt tätig. Die Liebe zum Schreiben verließ ihn allerdings nie und so beschloss er 1993, den Anwaltsberuf aufzugeben und sich ganz dem Schreiben zu widmen. Sein Debütroman *The Jury Master* wurde zu einem *New York Times*-Bestseller. Mehr über Robert Dugoni können Sie auf seiner Website unter www.robertdugoni.com erfahren.

ROBERT DUGONI

DAS GRAB MEINER SCHWESTER

ROMAN

Aus dem Amerikanischen von Dorothee Danzmann

Die Originalausgabe erschien 2014 unter dem Titel »My Sister's Grave« bei Thomas & Mercer, Seattle.

Deutsche Erstveröffentlichung bei
Edition M, Amazon Media EU S.à r.l.
5 Rue Plaetis, L-2338 Luxembourg
September 2015
Copyright © der Originalausgabe 2014
By Robert Dugoni
All rights reserved.
Copyright © der deutschsprachigen Ausgabe 2015
By Dorothee Danzmann

Die Übersetzung dieses Buches wurde durch AmazonCrossing ermöglicht.

Umschlaggestaltung: bürosüd⁰ München, www.buerosued.de
Lektorat: Renate Novak
Satz: Dr. Rainer Schöttle Verlagsservice, www.schoettle-lektorat.de
Printed in Germany
By Amazon Distribution GmbH
Amazonstraße 1
04347 Leipzig, Germany

ISBN: 978-1-503-94830-3

www.edition-m-verlag.de

*Für meinen Schwager Robert A. Kapela.
Mögest du in Gottes Armen den Frieden, die Liebe
und den Trost finden, die dir in den letzten Jahren
deines Lebens versagt blieben.*

TEIL I

Es ist besser, dass *zehn Schuldige davonkommen,
als dass ein Unschuldiger verfolgt wird.*
Sir William Blackstone,
Commentaries on the Laws of England (1765–1769)

1

»Schlaf wird völlig überbewertet.« Mit diesem Spruch pflegte einer ihrer Ausbilder auf der Polizeischule gern den Morgenappell einzuleiten. »Sie werden lernen, auch ohne zu leben.«

Der Mann hatte gelogen.

Mit Schlaf verhielt es sich wie mit Sex: Je weniger man davon bekam, desto mehr sehnte man sich danach. Und Tracy Crosswhite hatte in letzter Zeit weder von dem einen noch von dem anderen viel gehabt.

Sie ließ Kopf und Schultern kreisen. Ihr hatte am Morgen die Zeit zum Joggen gefehlt, und nun fühlte sie sich steif, und ihr Körper schien noch nicht ganz aufgewacht zu sein. Dabei hatte sie nicht viel geschlafen, wenn überhaupt. Zu viel Junkfood und Kaffee, hatte Tracys Arzt ihr unlängst erklärt. Sie sollte sich gesund ernähren und Sport treiben. Der Mann hatte unter Garantie recht, nur nahm beides Zeit in Anspruch, die sie nun mal nicht hatte, wenn sie an einem Mordfall saß. Auf Koffein zu verzichten ging gar nicht. Das wäre ungefähr so, als würde man bei einem Auto die Benzinleitung kappen. Ohne Kaffee würde Tracy sterben.

»Hey, der Prof ist heute früh dran! Wer ist denn gestorben?«

Vic Fazzio lehnte seinen ansehnlichen Bauch an die hölzerne Trennwand ihres Arbeitsplatzes. Der Spruch war alt und in Mordermittlerkreisen weit verbreitet, wirkte aber nie altbacken, wenn er von Fazzio mit heiserer Stimme und

New-Jersey-Akzent vorgebracht wurde. Mit der grau melierten Schmalzlocke und den fleischigen Wangen hätte der selbst ernannte »italienische Kumpel« der Mordkommission in jedem Mafiafilm den schweigsamen Leibwächter spielen können. Faz hatte das Kreuzworträtsel der *New York Times* und ein Buch aus der Leihbücherei dabei, was darauf hindeutete, dass bei ihm der Morgenkaffee Wirkung zeigte. Der Herrgott möge jedem beistehen, den es auf die Herrentoilette drängte, während Faz dort saß. Er war bekannt dafür, auch mal eine halbe Stunde oder länger über einem kniffligen Rätsel oder besonders spannenden Kapitel zu brüten.

Tracy reichte ihm eins der Tatortfotos, die sie gerade ausgedruckt hatte. »Eine Tänzerin drüben in Aurora.«

»Hab davon gehört. Ziemlich abartige Scheiße, was?«

»Ich habe Schlimmeres gesehen, als ich noch bei der Sitte war.«

»Stimmt!«, sagte Faz. »Du hast ja Sex gegen Tod eingetauscht.«

»Weil Tod einfacher ist«, konterte sie, womit sie ihrem Kollegen gleich noch eine Pointe stahl.

Man hatte die Tänzerin, eine gewisse Nicole Hansen, in einem billigen Motelzimmer an der Aurora Avenue in North Seattle gefunden. Und zwar an Händen und Füßen gefesselt und mit einem Strick um den Hals, der ihr den Rücken hinuntergeführt worden war, um Hand- und Fußfesseln miteinander zu verbinden. Insgesamt ein ziemlich aufwendiges Arrangement. Tracy reichte Faz den Bericht des Gerichtsmediziners. »Ihre Muskeln haben sich immer mehr verkrampft und zum Schluss wohl so heftig, dass sie die Beine strecken musste, weil es so wehtat. So hat sie sich am Ende selbst erwürgt. Nett, was?«

Faz sah sich das Foto genauer an. »Komischer Knoten, wenn du mich fragst. Bei so einer Sache erwartet man doch eher einen Slipstek oder einen anderen Knoten, den man leicht wieder aufkriegt, oder?«

»Wäre an und für sich logisch, ja.«

»Und? Hast du schon eine Theorie? Saß da ein Typ neben ihr und hat sich dran aufgegeilt, ihr beim Sterben zuzusehen?«

»Oder ein Sexspielchen ist danebengegangen, und der Typ hat Panik gekriegt und ist abgehauen. Eins steht auf jeden Fall fest: Sie hat sich nicht selbst so verpackt.«

»Außer sie war so eine Art Houdini.«

»Houdini konnte sich immer befreien, Faz. Das war seine Nummer.« Tracy nahm dem Kollegen Bericht und Foto ab und legte beides auf ihren Schreibtisch. »Da hocke ich nun zu dieser unchristlich frühen Stunde hier rum und hirne. Nur du und ich und die Grillen.«

»Die Grillen und ich sind schon seit fünf hier, Professor. Der frühe Vogel und der Wurm, du weißt schon.«

»Was diesen frühen Vogel hier betrifft, der würde einen Wurm nicht mal bemerken, wenn er ihn in den Hintern beißt.«

»Wo steckt eigentlich Kins? Wieso darfst du dich hier allein amüsieren?«

Tracy sah auf ihre Uhr. »Der holt mir Kaffee – hoffe ich doch! So lange, wie der braucht, hätte ich mir selbst welchen kochen können. Und du liest *Wer die Nachtigall stört?*« Sie deutete mit dem Kinn auf das Buch in der Hand ihres Kollegen. »Alle Achtung, ich bin echt beeindruckt.«

»Danke, danke! Was tut man nicht alles für den Kopf.«

»Hat deine Frau für dich ausgesucht, was?«

»Worauf du Gift nehmen kannst.« Faz richtete sich auf. »Okay, die Bildung ruft! Die Nachtigall trällert, und bei mir läuft es so langsam durch.«

»Das war jetzt weit mehr, als ich wissen wollte, Faz.«

Er marschierte los, wandte sich aber noch einmal um und wedelte mit dem Kreuzworträtsel. »Ich brauche ein Wort mit neun Buchstaben, ›sorgt für Sicherheit im Umgang mit Erdgas‹. Hilf mir doch mal auf die Sprünge, Prof.«

Tracy hatte an einer Highschool Chemie unterrichtet, ehe sie den Beruf wechselte und die Polizeischule besuchte. Dort hatte man ihr diesen Spitznamen verpasst, den sie nicht mehr loswurde. »Mercaptan«, sagte sie.

»Was?«

»Mercaptan. Das wird Erdgas zugesetzt, damit man es riechen kann, wenn ein Leck in der Leitung ist.«

»Echt jetzt? Und wie riecht das?«

»Wie Schwefel. Du weißt schon, faule Eier.« Sie buchstabierte ihm das Wort.

Fazzio trug den Begriff ein, nachdem er seinen Bleistift angeleckt hatte. »Danke.«

Er verschwand und wurde umgehend von Kinsington Rowe abgelöst, der mit zwei großen Bechern in der Hand den Arbeitsbereich des A-Teams betrat. »Tut mir leid!«, sagte er.

»Ich wollte gerade einen Suchtrupp losschicken.«

Das A-Team war eins von vier Mordermittlerteams im Dezernat für Gewaltverbrechen der Polizeidirektion Seattle. Jedes Team bestand aus vier Detectives. Beim A-Team waren das Tracy, Kins, Faz und Delmo Castigliano, der die zweite Hälfte des dynamischen italienischen Duos bildete. Sie teilten sich einen großen Arbeitsplatz mit Schreibtischen in allen vier Ecken, an denen man mit dem Rücken zueinander saß. Die Anordnung der Schreibtische war Tracys Idee gewesen, denn im Großraumbüro der Mordkommission saß man mehr oder weniger auf dem Präsentierteller und konnte von Privatsphäre nur träumen. Da war es gut, den anderen wenigstens am Schreibtisch den Rücken zukehren zu können. In der Mitte befand sich ein Arbeitstisch, unter dem sie die Aktenordner aufbewahrten. Die Unterlagen zu den aktuellen Fällen, an denen sie gerade arbeiteten, lagen auf ihren jeweiligen Schreibtischen.

Tracy barg ihren Kaffeebecher liebevoll in beiden Händen. »Komm zu mir, du bittersüßer Nektar himmlischer Götter!«

Verzückt trank sie den ersten Schluck und leckte sich den Schaum von der Oberlippe. »Was oder wer hat dich aufgehalten?«

Kins setzte sich mit schmerzverzerrtem Gesicht. Er hatte vier Jahre an der Uni und dann noch ein Jahr lang als Profi Football gespielt, die Karriere als aktiver Sportler aber aufgeben müssen, nachdem bei ihm eine Verletzung falsch diagnostiziert und dementsprechend falsch behandelt worden war. Das Ganze hatte ihm eine kaputte Hüfte beschert, die eigentlich schon längst hätte ersetzt werden müssen. Aber Kins wollte eine solche OP so lange wie möglich hinausschieben, um sie nur einmal erleben zu müssen. Bis dahin schluckte er Schmerztabletten.

»Tut dir die Hüfte so weh?« Tracy war Kins' Grimasse nicht entgangen.

»Die Hölle. Früher machte sie das nur, wenn es kalt wurde.«

»Lass sie dir doch endlich richten! Worauf wartest du? Soweit ich weiß, ist die OP heutzutage reine Routine.«

»Nichts ist Routine, wenn dir ein Arzt eine Maske aufsetzt und sagt, du sollst brav die Äuglein zumachen.«

Er wandte den Blick ab, immer noch mit schmerzverzerrtem Gesicht. Also war noch mehr als seine Hüfte nicht in Ordnung. Tracy arbeitete jetzt seit sechs Jahren mit Kins zusammen, sie kannte den Mann. Sie wusste um seine Stimmungen und konnte es ihm morgens an der Nasenspitze ansehen, ob er eine schlechte Nacht gehabt hatte oder – im Gegenteil – eine wunderbare, weil seine Frau und er miteinander geschlafen hatten. Kins war hier bei der Mordkommission bereits ihr dritter Partner. Der erste, Floyd Hattie, hatte sich schlichtweg geweigert, mit ihr zusammenzuarbeiten, als man sie ihm zugeteilt hatte: Er würde sich lieber pensionieren lassen, als mit einer Frau zusammenzuarbeiten. Eine Drohung, die er dann auch umgehend wahr gemacht hatte. Ihr zweiter Partner hatte es sechs Monate lang mit ihr ausgehalten – bis seine Ehefrau Tracy auf einem Grillfest kennengelernt und befunden hatte, einen blonden, ein

Meter achtzig großen, alleinstehenden, damals sechsunddreißig Jahre alten weiblichen Partner ihres Mannes werde sie auf keinen Fall akzeptieren.

Als sich Kins freiwillig zur Zusammenarbeit mit Tracy bereit erklärte, hatte sie vielleicht einen Tick zu empfindlich reagiert: *Prima, aber was ist mit deiner Frau? Hat die damit keine verfickten Probleme?*

Das will ich nicht hoffen, hatte Kins trocken gekontert. *Wir haben drei Kinder unter acht. Ficken ist so ungefähr das einzige Vergnügen, das wir uns noch gemeinsam gönnen. Wäre blöd, wenn es da Probleme gäbe.*

Tracy hatte sofort gewusst, dass da ein Mann war, mit dem es sich zusammenarbeiten ließ, und so hatten sie sich auf einen Deal geeinigt – immer sagen, was anliegt, und nichts nachtragen. Sechs Jahre lang hatte das gut funktioniert.

»Plagt dich sonst noch was, Kins?«, erkundigte sich Tracy jetzt.

Kins holte tief Luft, ehe er sie ansah. »Billy hat mich unten in der Eingangshalle aufgehalten.« Billy war der Sergeant des A-Teams.

»Und? Ich hoffe, er hatte gute Gründe, meine Kaffeelieferung zu verzögern. Ich habe schon für weniger gemordet.«

Kins lächelte nicht über den Scherz. Aus dem Fernseher, der über dem Arbeitsbereich des A-Teams hing, drang das Geplapper der Morgennachrichten. Auf irgendeinem Schreibtisch klingelte ein Telefon, ohne dass jemand drangegangen wäre.

»Hat es was mit dem Fall Hansen zu tun? Machen die da oben schon Druck?«

Kins schüttelte den Kopf. »Die Gerichtsmedizin hat bei Billy angerufen, Tracy.« Er holte noch einmal tief Luft und sah sie an. »Zwei Jäger haben in den Bergen oberhalb von Cedar Grove die Überreste einer Leiche gefunden.«

2

Tracy zuckte es in den Fingern, sie vermochte die Spannung kaum noch auszuhalten. Aber die leichte Brise, die den ganzen Tag über immer mal wieder aufgefrischt war, hatte in stärkere Böen umgeschlagen und zupfte am Kragen ihres altgedienten Staubmantels. Sie musste also warten, bis sich der Wind ein wenig gelegt hatte. Hinter ihr lagen zwei Tage Wettkampf. Nur noch ein Parcours, dann würde entschieden sein, wer in diesem Jahr, 1993, als Gewinnerin aus der Landesmeisterschaft des Staates Washington im Westernschießen hervorgehen würde. Tracy, die mit ihren zweiundzwanzig Jahren hier bereits dreimal Siegerin geworden war, hatte den Titel im vergangenen Jahr an ihre vier Jahre jüngere Schwester Sarah abgeben müssen. In diesem Jahr gingen die beiden Schwestern Kopf an Kopf in die Endrunde.

Der Wettkampfleiter überprüfte den Zeitmesser. »Sie sind dran, Crossdraw!« Crossdraw war Tracys Westernname, der sich aus ihrem und Sarahs Nachnamen sowie dem Namen des Pistolenhalfters zusammensetzte, das sie und ihre Schwester bevorzugten.

Tracy tippte sich an die Krempe ihres Stetsons, holte tief Luft. »Zieh endlich, du Schweinehund!« Das war ihr Motto, eine Hommage an den besten Western, der je gedreht worden war.

Der Hupton erklang, die Zeit begann zu laufen.

Tracy zog mit der Rechten den Colt aus dem Halfter an ihrer linken Hüfte, spannte den Hammer und feuerte, während ihre Linke bereits nach der Waffe im Halfter rechts langte, anlegte und auch das zweite Ziel umlegte. Jetzt hatte sie ihren Rhythmus gefunden und legte Tempo zu, feuerte so schnell, dass sie das »Pling«, mit dem die Ziele umkippten, über den Lärm der Schüsse fast nicht hörte.

Rechte Hand. Spannen. Feuern.
Linke Hand. Spannen. Feuern.
Rechte Hand. Spannen. Feuern.
Schon war die unterste Reihe dran.
Rechts. Feuern.
Links. Feuern.

Die drei letzten Schüsse knallten in rascher Folge, dann ließ Tracy beide Pistolen einmal herumwirbeln und donnerte sie auf den Holztisch.

»Stopp!«

Ein paar Zuschauer klatschten, aber der Beifall ebbte wieder ab, als immer mehr begriffen, was Tracy bereits klar war.

Sie hatte zehnmal geschossen. Aber nur neunmal ein »Pling« gehört.

Das fünfte Ziel in der untersten Reihe stand noch.

Weil Tracy es verfehlt hatte.

Die drei Wettkampfbeobachter, die in nächster Nähe standen, hielten jeweils einen Finger hoch. Einmal danebengetroffen. Das bedeutete, eine Zeitstrafe von fünf Sekunden würde zu ihrer Wettkampfzeit dazugerechnet werden. Tracy starrte das Ziel an, mochte nicht glauben, dass es immer noch stand, aber vom bloßen Starren fiel es jetzt auch nicht mehr um. Schweren Herzens sammelte sie ihre Revolver ein, schob sie in die Halfter und trat beiseite.

Aller Augen richteten sich auf Sarah, »The Kid«.

Unter lautem Rattern zogen Tracy und Sarah die Holzkarren, auf denen sie ihre Waffen und die Munition transportierten und die ihr Vater für sie zusammengebaut hatte, über den Kies des Parkplatzes. Am Himmel ballten sich pechschwarze Wolken zusammen. Das vom Wetterfrosch für den späteren Abend angekündigte Gewitter schien früher als vorhergesagt zu kommen.

Tracy schloss den Camperaufsatz hinten auf ihrem blauen Ford Pick-up auf und ließ die Heckklappe herunter, ehe sie sich wutentbrannt ihrer Schwester zuwandte. »Was zum Teufel sollte die Nummer da eben?« Falls sie vorgehabt hatte, ihre Stimme zu dämpfen, war ihr das gründlich misslungen.

Sarah warf ihren Hut hinten in den Pick-up hinein und lockerte mit einer Kopfbewegung die schulterlangen blonden Haare. »Ich weiß nicht, was du meinst.«

»Hältst du mich für bescheuert?« Anklagend hielt Tracy die silberne Gürtelschnalle hoch, mit der man sie gerade als Siegerin geehrt hatte. »Du hast schon seit Jahren nicht mehr zwei Ziele in einem Parcours verfehlt.«

»Das lag am Wind.«

»Du bist eine verdammt schlechte Lügnerin!«

»Und du bist eine verdammt schlechte Siegerin.«

»Weil ich nicht gewonnen habe. Du hast mich absichtlich gewinnen lassen!« Die ersten Tropfen fielen. Tracy wartete, bis zwei Zuschauer an ihnen vorbeigehastet waren, ehe sie fortfuhr: »Du kannst dich echt glücklich schätzen, dass Dad nicht hier ist.« Der heutige Tag, der 21. August, war der fünfundzwanzigste Hochzeitstag ihrer Eltern, den die beiden auf Hawaii feierten. James »Doc« Crosswhite, der Vater der Mädchen, hätte nicht im Traum daran gedacht, diese Reise abzusagen und seine Frau stattdessen auf einen staubigen Schießstand in die Hauptstadt des heimischen Bundesstaats Washington zu schleppen. Tracy zügelte sich ein wenig, obwohl sie noch sehr aufgebracht war. »Ich fasse es nicht. Wir haben das doch oft genug durchgekaut! Wir müssen beide unser Bestes geben, sonst denken die Leute noch, die Wettkämpfe sind getürkt.«

Ehe Sarah etwas erwidern konnte, wurde Tracy durch einen weißen Pick-up abgelenkt, der mit knirschenden Reifen auf den Parkplatz fuhr und neben ihrem Ford zum Halten kam. Darin saß Ben, ihr Freund, und lächelte die beiden Frauen aus der Fahrerkabine heraus an. Obwohl Ben und Tracy seit über einem Jahr zusammen waren, entlockte ihm der Anblick seiner Freundin immer noch jedes Mal ein strahlendes Lächeln.

»Wir reden morgen weiter, wenn ich wieder zu Hause bin!« Tracy ging zu Ben hinüber, der aus dem Pick-up sprang und sich den Ledermantel überzog, den sie ihm vergangenes Jahr zu Weihnachten geschenkt hatte.

»Tut mir leid, dass ich so spät bin.« Ben drückte ihr einen Kuss auf die Lippen. »Wer immer das Autofahren unter Einfluss von Alkohol verboten hat, musste sich noch nie durch den Verkehr in Tacoma quälen. Ich schon – und jetzt könnte ich ein Bier brauchen.« Tracy zupfte ihm liebevoll den Mantelkragen zurecht. »Hey!« Ben deutete auf die Gürtelschnalle in ihrer Hand. »Du hast gewonnen!«

»Ja, ja, und wie ich gewonnen habe!« Tracy warf einen drohenden Blick in Richtung Sarah.

»Hey, Sarah.« Ben sah leicht verwirrt von einer Schwester zur anderen.

»Hey, Ben.«

»Bist du so weit, Tracy?«

»Gib mir noch eine Minute, ja?«

Tracy zog den Staubmantel aus und nahm das rote Halstuch ab, warf beides hinten in den Pick-up hinein, hockte sich auf die Heckklappe und streckte das rechte Bein vor, damit Sarah ihr den Stiefel auszog. Der Himmel war inzwischen pechschwarz geworden. »Bei dem Wetter lass ich dich wirklich nur ungern allein fahren.«

Sarah zog ihr erst den einen, dann den anderen Stiefel aus. »Ich bin achtzehn Jahre alt, Tracy, ich kann durchaus allein nach Hause fahren. Mit Regen kenne ich mich auch aus. Ist ja nun wirklich nicht so, als würde es hier nie regnen!«

»Und wenn wir sie mitnehmen?« Tracy warf Ben einen fragenden Blick zu.

»Aber sie will doch gar nicht mit. Sarah, du willst nicht mit, oder?«

»Ganz bestimmt nicht!«

Tracy schlüpfte in flache Schuhe. »Es soll ein Gewitter geben.«

»Tracy! Mach halblang! Ich bin keine zehn mehr!«

»Dann hör auf, dich so zu benehmen.«

»Dann hör du auf, mich so zu behandeln.«

»Aber, aber, meine Damen!« Ben warf einen nervösen Blick auf seine Uhr. »Ich unterbreche nur ungern euren hochintelligenten Disput, aber wir müssten langsam los, Tracy. Sonst verfällt unsere Tischreservierung.«

Tracy reichte ihm ihre kleine Reisetasche, die Ben zu seinem Pick-up trug, und wandte sich noch einmal an ihre Schwester. »Bleib auf dem Highway, ja? Nimm bloß nicht die Landstraße. Es wird bald stockfinster, und wenn es dann noch regnet, sieht man da fast gar nichts mehr.«

»Auf der Landstraße bin ich aber schneller daheim.«

»Keine Diskussion, du bleibst auf dem Highway. Und nach der Abfahrt fährst du auf direktem Weg nach Hause.«

Sarah streckte die Hand aus. »Die Autoschlüssel.«

»Versprich es mir!« Ohne eine feste Zusage war Tracy nicht bereit, die Schlüssel herauszurücken.

»Schon gut, dann verspreche ich es eben!« Sarah verdrehte die Augen, hob aber brav die Rechte zum Schwur.

Tracy drückte ihr die Autoschlüssel in die Hand. »Und nächstes Mal haust du die verdammten Ziele um!« Sie wandte sich zum Gehen.

»Dein Hut!«, rief Sarah.

Tracy nahm den schwarzen Stetson ab und setzte ihn ihrer Schwester auf, woraufhin die ihr die Zunge rausstreckte. Tracy spürte, wie sich ein Grinsen auf ihr Gesicht stahl. So war sie nun mal, ihre Schwester. Irgendwie war es unmöglich, ihr länger böse zu sein. »Du bist so was von frech!«

»Aber genau deswegen liebst du mich doch!« Sarah strahlte wie ein Honigkuchenpferd.

»Ja, ja, deswegen liebe ich dich.«

»Und ich liebe dich auch!«, mischte sich Ben ein und öffnete die Beifahrertür. »Ich werde dich allerdings noch mehr lieben, wenn wir es pünktlich ins Restaurant schaffen und unsere Reservierung nicht verfällt.«

»Ich komm ja schon!«

Tracy sprang hinein und schloss die Tür. Ben winkte Sarah zu, wendete und reihte sich in die Autoschlange ein, die sich vor der Parkplatzausfahrt gebildet hatte. Es hatte angefangen zu regnen. Im Scheinwerferlicht des Pick-ups sahen die Regentropfen wie flüssiges Gold aus. Tracy drehte sich um, um aus dem hinteren Fenster zu sehen. Sarah stand noch im Regen und schaute ihnen nach. Da überkam Tracy urplötzlich das drängende Gefühl, kehrtmachen zu müssen, als hätte sie etwas vergessen.

»Alles in Ordnung?«, wollte Ben wissen.

»Alles bestens.« Dabei wollte dieses Gefühl einfach nicht nachlassen. Tracy sah, wie Sarah die Hand öffnete und gewahr wurde, was Tracy getan hatte, wie sie den Kopf hob und dem weißen Pick-up hinterhersah.

Zusammen mit den Autoschlüsseln hatte Tracy ihr die silberne Gürtelschnalle in die Hand gedrückt.

Sie sollte beides zwanzig Jahre lang nicht wiedersehen.

3

Roy Calloway, der Sheriff von Cedar Grove, trug zwar immer noch seine Fliegenfischerweste und seinen Glückshut, hatte das sanft rollende Flachbodenschiff in Gedanken aber bereits weit hinter sich gelassen. Er hatte sich vom Flughafen aus direkt zur Polizeiwache fahren lassen, und zwar von seiner Frau, die durch ihr hartnäckiges Schweigen mehr als deutlich zum Ausdruck brachte, was sie vom abrupten Ende ihrer Angeltour hielt. Es hätte der erste richtige Urlaub seit vier Jahren werden sollen. Wortlos setzte sie ihn an der Wache ab und verzichtete auf einen Abschiedskuss, was Calloway klugerweise hinnahm, ohne einen Kommentar abzugeben. Er würde beim Abendessen noch genug zu hören bekommen, wenn er beteuerte, es wäre diesmal wirklich nicht anders gegangen, und sie konterte, dass er ihr genau das schon seit vierunddreißig Jahren vorbetete.

Calloway betrat das Besprechungszimmer und schloss die Tür hinter sich. Finlay Armstrong, sein Deputy, stand in seiner Kaki-Uniform am Kopfende des Holztisches unter einer Neonröhre, die ihn ein wenig blässlich aussehen ließ. Im Vergleich zu Vance Clark allerdings wirkte er von der Gesichtsfarbe her geradezu robust. Der Staatsanwalt des Cascade County hatte sich mit seinem Stuhl in den hintersten Winkel verzogen, den karierten Sportmantel achtlos über den Stuhl neben sich geworfen. Vance hatte die Krawatte gelockert und wirkte bleich und erschöpft, fast schon krank. Als Calloway ins Zimmer kam, machte er sich nicht die Mühe, aufzustehen, sondern nickte dem Sheriff nur müde zu.

»Tut mir echt leid, dass Sie deswegen zurückkommen mussten, Chief.« Armstrong hatte sich vor einer holzgetäfelten Wand aufgebaut, an der die Fotos von sämtlichen Sheriffs hingen, die je in Cedar Grove Dienst getan hatten. Calloways Foto hing seit nunmehr vierunddreißig Jahren als letztes Bild in dieser Galerie. Immer noch sah der Chief mit seinen fast zwei Metern dem kräftigen Mann mit der fassförmigen Brust auf dem Bild recht ähnlich – auch wenn er selbst beim morgendlichen Blick in den Spiegel nicht umhinkam, zu bemerken, dass aus den wettergegerbten Linien, die einst als harte Kanten den scharfen Konturen in seinem Gesicht Nachdruck verliehen hatten, inzwischen weiche Falten geworden waren. Auch das Haar hatte sichtlich an Üppigkeit eingebüßt und war schütter und grau geworden.

»Schon in Ordnung, Finlay.« Calloway warf seinen Hut auf den Tisch, zog sich einen Stuhl heran und setzte sich. »Erzähl mir, was los ist.«

Armstrong, groß und schlank und Mitte dreißig, arbeitete jetzt seit mehr als zehn Jahren mit Calloway zusammen. Wenn alles gut ging, würde sein Bild als Nächstes die Wand im Besprechungszimmer zieren. »Wir erhielten heute Morgen einen Anruf von Todd Yarrow. Er und Billy Richmond waren unterwegs zu ihrem Unterstand und haben eine Abkürzung über das alte Cascadia-Grundstück genommen, als Hercules irgendwas in die Nase bekam und ausbüxte. Yarrow sagte, sie hätten verdammte Mühe gehabt, den Hund zum Zurückkehren zu bewegen, und als er endlich kam, hatte er etwas im Maul. Yarrow griff danach, weil er dachte, es wäre ein Stock, und bekam dabei ganz ekliges, schleimiges weißes Zeug an die Finger. Billy meinte dann, das sei wohl eher ein Knochen, aber die beiden haben sich noch nichts dabei gedacht, weil sie meinten, Hercules hätte das Skelett eines Rehs oder so ausgegraben. Aber dann ist der Hund unter lautem Gebell wieder abgehauen und hat wohl einen Höllenaufstand gemacht, sodass die beiden hinter ihm her sind. Als sie ihn fanden, buddelte er hektisch in der Erde. Yarrow konnte ihn nicht abrufen. Er musste ihn schließlich am Halsband packen und gewaltsam wegziehen. Und da hat er es gesehen.«

»Was gesehen?«, hakte Calloway nach.

Armstrong zückte sein iPhone. Calloway fischte die Lesebrille aus einer seiner Westentaschen – ohne Brille bekam er die Fliegen nicht mehr auf den Haken – und nahm das Handy entgegen. Armstrong half ihm, das Foto scharf zu stellen und zu vergrößern. »Die weißen Striche da, das sind Knochen«, erklärte er. »Es ist ein Fuß.«

Die Knochen waren noch halb mit Erde bedeckt, wie ein eben ausgegrabenes Fossil. Armstrong blätterte durch eine Reihe von Fotos, die den Fuß und die Grabstätte, in der er gefunden worden war, aus verschiedenen Winkeln und Entfernungen zeigten. »Ich habe den beiden gesagt, sie sollen die Stelle markieren, zu ihrem Auto zurückgehen und dort auf mich warten. Den ersten Knochen hatten sie in Todds Jeep gelegt.« Armstrongs Finger glitt über das Display, bis das Foto eines einzelnen Knochens zu sehen war, neben dem eine Taschenlampe lag. »Die Anthropologin in Seattle wollte irgendwas als Maßstab haben. Sie sagte, dass es wie ein Oberschenkelknochen aussieht.«

Calloway warf einen raschen Blick nach hinten, aber Vance Clark hatte für nichts anderes Augen als für die Tischplatte direkt vor seiner Nase. Calloway wandte sich wieder an Finlay: »Du hast den Gerichtsmediziner benachrichtigt?«

Armstrong steckte sein Handy ein. »Die haben mich gleich mit einer forensischen Anthropologin verbunden.« Er konsultierte seinen Notizblock. »Mit einer gewissen Kelly Rosa. Sie sagte, sie würden ein Team schicken, aber das könne erst morgen früh herkommen. Ich habe Tony abgestellt, der sitzt jetzt an der Fundstelle und passt auf, dass nicht noch andere Tiere an die Knochen gehen. Wir sollten bald mal jemanden hinschicken, der ihn ablöst.«

»Die Anthropologin denkt, es sind menschliche Knochen?«

»Das hat sie nicht so direkt gesagt, aber sie meinte, der eine hätte die richtige Länge für einen Oberschenkelknochen. Für den einer Frau. Und sehen Sie das weiße Zeug, das schleimige Zeug, das Yarrow an die Finger bekommen hat?« Wieder sah Armstrong in seinen Notizen nach. »Das hat sie Leichenwachs genannt, zersetztes Körperfett. Stinkt wie verfaultes Fleisch. Die Leiche liegt da schon eine Weile.«

Calloway klappte seine Lesebrille zusammen und verstaute sie wieder in seiner Weste. »Schaffst du es, denen alles zu erklären, wenn sie kommen?«

»Klar, kein Problem. Werden Sie denn nicht hier sein, Chief?«

Calloway stand auf. »Keine Sorge, ich werde auch hier sein.« Er war schon halb aus der Tür, um sich einen Kaffee zu besorgen, als Armstrong eine Frage stellte, die ihn erstarren ließ.

„Glauben Sie, sie könnte es sein, Chief? Das Mädchen, das in den Neunzigern verschwand und nie gefunden wurde?«

Calloway warf an Armstrong vorbei einen Blick auf den nach wie vor schweigend dasitzenden Staatsanwalt. »Das werden wir wohl bald erfahren, Finlay.«

4

Vereinzelt schafften es Strahlen der Morgensonne, sich einen Weg durch das dichte Laubwerk der Bäume zu bahnen und Schatten auf die Felswand zu werfen, die gleich am Rande der Landstraße steil in die Höhe ragte. Vor gut hundert Jahren hatte man hier einen Teil des Berges mithilfe von Dynamit, Spitzhacken und Schaufeln abgetragen, um eine Straße für die Lastwagen der Bergwerksgesellschaft zu schaffen. Dabei waren verborgene Quellen freigelegt worden, deren Wasser Tränen gleich die Steinwände hinabgelaufen war und Streifen aus Rost und Silber, Metallablagerungen, hinterlassen hatte. Tracy fuhr wie auf Autopilot, ihr Kopf war leer und gefühllos, das Radio ausgeschaltet. Bei der Gerichtsmedizin hatte man ihr keine weiteren Informationen geben können. Kelly Rosa war nicht im Büro gewesen, und der Mitarbeiter, mit dem Tracy gesprochen hatte, konnte nur bestätigen, was sie bereits von Kins wusste: Ein Deputy aus dem Städtchen Cedar Grove hatte angerufen und das Foto eines Knochens geschickt, bei dem es sich allem Anschein nach um einen menschlichen Oberschenkelknochen handelte. Der Hund von zwei Jägern hatte den Knochen ausgegraben, als diese auf dem Weg zu ihrem Unterstand in den Bergen oberhalb von Cedar Grove waren.

Wie in Trance nahm Tracy die vertraute Ausfahrt, bog beim Stoppschild links ab und befand sich kaum eine Minute später in der Market Street. An der einzigen Ampel, die die Innenstadt von Cedar Grove zu bieten hatte, musste sie anhalten und betrachtete durch das Autofenster ihre ehemalige Heimatstadt. Die wirkte jetzt so müde und ausgelaugt, dass sie sie kaum wiedererkannte.

Tracy stopfte sich das Wechselgeld in die Hosentasche, nahm Popcorn und Cola vom Tresen und sah sich suchend im Vorraum des Kinos um. Von Sarah weit und breit keine Spur.

Jeden Samstagmorgen, wenn im Kino von Mr Hutchins ein neuer Film lief, bekam Tracy von ihrer Mutter sechs Dollar – drei für sich und drei für Sarah. Die Eintrittskarte kostete einen Dollar fünfzig. Also blieb den Mädchen noch genug Geld für Popcorn und ein Getränk oder für ein Eis nach der Vorstellung.

»Wo ist Sarah?« Die elfjährige Tracy war für ihre Schwester verantwortlich, hatte allerdings vor einigen Wochen Sarahs Drängen nachgegeben und ließ die Kleine nun ihr Kinogeld selbst verwalten. Seitdem kaufte sich Sarah weder Popcorn noch Limo, sondern steckte die restlichen anderthalb Dollar ein, ohne zu sagen, was sie damit machte. Jetzt war sie verschwunden, was allerdings nicht untypisch war.

Dan O'Leary schob sich zum x-ten Mal die schwarze Brille mit den dicken Gläsern zurecht. »Ich habe keine Ahnung«, antwortete er auf Tracys Frage. »Eben war sie noch hier.«

»Ist doch egal!« Sunnie Witherspoon wartete, ebenfalls mit Popcorn und Cola bewaffnet, an der Schwingtür zum Kinosaal. »Die verschwindet doch ständig. Lass uns ohne sie reingehen, sonst verpassen wir noch die Vorschau auf die nächsten Filme.«

Tracys Meinung nach verband Sunnie und Sarah eine Hassliebe: Sarah liebte es, Dinge zu tun, die Sunnie hasste. »Ich kann nicht einfach ohne sie reingehen, Sunnie. Meinst du, sie ist noch mal aufs Klo, Dan?«

»Ich kann nachsehen.« Dan war gerade mal zwei Schritte weit gekommen, als ihm die Unmöglichkeit seines geplanten Unterfangens aufging. »Nee, kann ich nicht.«

Mr Hutchins beugte sich über den Tresen. »*Ich schicke sie hinterher. Ihr solltet jetzt wirklich reingehen, sonst verpasst ihr noch die Vorschau. Ich habe den Trailer von* Ghostbusters.«

»*Komm schon, Tracy!*«*, quengelte Sunnie.*

Tracy sah sich ein letztes Mal suchend um. Typisch Sarah – dann würde sie die Vorschau eben verpassen! Vielleicht wäre ihr das eine Lehre. »*Okay, vielen Dank, Mr Hutchins.*«

»*Ich kann deine Cola tragen*«*, erbot sich Dan, der weder Popcorn noch Limo gekauft hatte, da seine Eltern ihm immer nur Geld für die Eintrittskarte gaben.*

Tracy reichte ihm ihren Becher, dankbar, dass sie die übervolle Popcornschachtel nun mit beiden Händen fassen konnte und unterwegs nichts verschütten würde. Mr Hutchins war Sarah und ihr gegenüber immer sehr großzügig, was damit zu tun hatte, dass ihr Vater sich um Mrs Hutchins kümmerte, die aufgrund ihres Diabetes viele gesundheitliche Probleme hatte.

»*Wird aber auch Zeit!*«*, nörgelte Sunnie.* »*Die guten Plätze sind bestimmt schon alle weg.*«

Sie drückte die Tür zum Saal auf, Tracy und Dan folgten ihr. Im Saal war das Licht bereits ausgegangen, weswegen Tracy kurz stehen bleiben musste, als die Tür hinter ihr zugefallen war. Bis ihre Augen sich an die Dunkelheit gewöhnt hatten, musste sie sich auf ihr Gehör verlassen. Sie hörte Kinder, die sich laut lachend unterhielten und nach Mr Hutchins riefen, damit der endlich in sein Kabuff kletterte und den Projektor anwarf, sowie ein paar Eltern, die erfolglos versuchten, ihre Sprösslinge zum Schweigen zu bringen. Tracy liebte die Samstage im Kino von Mr Hutchins, den Butterduft des Popcorns, den dunkelbraunen Teppichboden, die Sessel mit ihren an den Armlehnen bereits ziemlich abgestoßenen Samtbezügen.

Als Tracy hinter einer der Sitzreihen einen Schatten lauern sah, war es bereits zu spät, und sie konnte Sunnie, die munter den Mittelgang hinuntereilte, nicht mehr warnen.

»*Buuuh!*«

Sunnie stieß einen markerschütternden Schrei aus, woraufhin im Saal einen Moment lang erschrockenes Schweigen herrschte, das aber schon bald von lautem, herzlichem Gelächter abgelöst wurde.

»Sarah!«, rief Tracy wütend.

»Was ist bloß los mit dir?«, empörte sich Sunnie.

Im Saal gingen die Lichter an, was allenthalben mit Buhrufen kommentiert wurde. Mr Hutchins eilte mit besorgter Miene den Mittelgang zwischen den Reihen entlang. Sunnie hatte ihr Popcorn fallen lassen, das nun um die rot-weiß gestreifte Schachtel herum auf dem Boden verteilt lag.

»Das war Sarah!«, sagte Sunnie. »Sie hat mich mit Absicht erschreckt.«

»Hab ich nicht!«, verteidigte sich Sarah. »Du hast mich bloß nicht gesehen.«

»Sie hat sich versteckt, Mr Hutchins. Und das hat sie mit Absicht gemacht. Sie macht ständig solche Sachen.«

»Stimmt doch gar nicht!«

Mr Hutchins sah aus, als könnte er nur mit Mühe ein Lächeln unterdrücken. »Sunnie, ich schlage vor, du lässt dir draußen von Mrs Hutchins neues Popcorn geben.« Protest kam auf, der von Mr Hutchins mit erhobenen Händen zum Schweigen gebracht wurde. »Tut mir leid, Leute, aber ihr werdet euch noch ein bisschen gedulden müssen. Ich hole jetzt erst einmal Kehrschaufel und Besen. Wird nicht lange dauern.«

»Nein, Mr Hutchins.« Tracy warf ihrer Schwester einen strengen Blick zu. »Sarah holt Schaufel und Besen.«

»Wieso das denn? Wieso soll ich sauber machen?«

»Weil du den Dreck gemacht hast.«

»Hab ich nicht! Das war Sunnie!«

»Du machst hier sauber!«

»Du hast mir gar nichts zu sagen!«

»Mom hat gesagt, ich bin verantwortlich für dich. Also machst du jetzt sauber. Wenn nicht, verrate ich Mom und Dad, dass du das Geld behältst, das sie uns für Eis und Popcorn geben.«

Sarah rümpfte empört die Nase. »Okay!« Sie wollte schon gehen, wandte sich aber noch einmal an Mr Hutchins. »Tut mir echt leid, Mr Hutchins, ich mache alles schnell wieder sauber.« Dann sauste sie davon, und man konnte sie draußen nach Mrs Hutchins, Besen und Schaufel rufen hören.

»Mir tut es auch sehr leid, Mr Hutchins«, sagte Tracy. »Ich werde meinen Eltern erzählen, was Sarah getan hat.«

»Das wird nicht nötig sein, Tracy. Du hast das Problem sehr erwachsen geregelt, und Sarah hat heute bestimmt ihre Lektion gelernt. Aber so ist sie nun mal, unsere Sarah. Wo sie ist, wird es nie langweilig.«

»Manchmal wäre ein bisschen Langeweile nicht schlecht.« Tracy seufzte. »Wir versuchen gerade, sie ein bisschen zu zähmen.«

»Ach, das würde ich nicht tun! Dann wäre Sarah doch nicht mehr unsere Sarah.«

Jemand hupte. Tracy warf einen Blick in den Rückspiegel. Hinter ihr stand ein nicht mehr ganz neuer Pick-up, dessen Fahrer jetzt auf die Ampel deutete, die über ihren Köpfen hing. Die stand inzwischen auf Grün.

Sie fuhr am alten Kino vorbei, wo die zerschlissene Markise inzwischen fast nur noch aus Löchern bestand und die Schaukästen, mit Brettern vernagelt, nicht mehr für laufende und kommende Filme warben. In einer Nische neben dem Schalter, an dem sie immer die Eintrittskarten gekauft hatten, wirbelte eine frische Brise alte Zeitungen und Müll durcheinander. Eigentlich befanden sich sämtliche Häuser im Innenstadtbereich von Cedar Grove in einem ähnlich desolaten Zustand. In jedem zweiten Laden hing ein »Zu vermieten«-Schild. Wo früher das Billigkaufhaus gewesen war, offerierte nun ein Chinarestaurant einen Mittagstisch für sechs Dollar, im ehemaligen Frisiersalon von Fred Digasparro war jetzt ein Ramschladen untergekommen, und nur noch der kleine Stab mit der weiß-roten

Spirale erinnerte an alte Zeiten. Wo man einst in Kaufman's Mercantile Store seine Einkäufe erledigt hatte, versuchte ein heruntergekommen wirkendes Café mit Espresso und anderen neumodischen Kaffeespezialitäten Kundschaft anzulocken.

Tracy bog nach rechts in die Second Avenue und nach einem halben Block auf einen Parkplatz ein. Die schwarzen Buchstaben an der gläsernen Eingangstür zur Polizeiwache von Cedar Grove waren noch die alten, sie wirkten noch nicht einmal verblasst. Aber ein Nachhausekommen war das nicht, da machte sich Tracy keine Illusionen.

5

Sie zeigte dem Deputy am Pult hinter der Glastür ihre Dienstmarke und sagte, sie gehöre zu dem Team aus Seattle, woraufhin er ihr ohne Zögern den Weg zum Besprechungszimmer zeigte.

»Danke, ich kenne mich hier aus«, sagte sie.

Als sie die Tür zu dem fensterlosen Raum öffnete, verstummten alle schlagartig. Am Kopfende des Holztisches stand ein Deputy in Uniform mit einem Filzstift in der Hand vor einer großen topografischen Karte, die man an eine Korktafel geheftet hatte. Der Tür am nächsten saß Roy Calloway, die Brauen zusammengezogen, einen besorgten Ausdruck im Gesicht. Ihm gegenüber hatten Kelly Rosa, die forensische Anthropologin aus Seattle, sowie Bert Stanley und Anna Coles Platz genommen. Die beiden gehörten zum Crime Response Team der Washington State Patrol, dem Team von Tatortermittlern und Forensikern, das für die ersten Arbeiten am Tatort zuständig war. Tracy kannte die beiden. Sie hatte schon bei mehreren Mordfällen mit ihnen zusammengearbeitet.

Tracy wartete nicht erst ab, ob man sie aufforderte, hereinzukommen, da eine solche Einladung bestimmt nicht erfolgt wäre. Sie trat ins Zimmer und schloss die Tür. »Chief.« Jeder in Cedar Grove nannte Calloway so, auch wenn er streng genommen der Sheriff war.

Als Tracy hinter seinem Stuhl vorbeiging, wobei sie ihre Cordjacke auszog, damit jeder ihr Schulterhalfter und die Dienstmarke an ihrem Gürtel sehen konnte, erhob sich Calloway. »Und was soll das deiner Meinung nach werden?«, fauchte er.

Seelenruhig hängte sie die Jacke über die Rückenlehne eines Stuhls. »Lassen Sie es gut sein, Roy.«

Calloway baute sich in voller Größe vor ihr auf. Er hatte es schon immer verstanden, Menschen einzuschüchtern. Das war quasi sein Markenzeichen. Bei Tracy hatte diese Nummer gezogen, als sie ein kleines Mädchen gewesen war, aber jetzt ließ sie sich von niemandem mehr so schnell ins Bockshorn jagen.

»Das finde ich auch. Lassen wir es gut sein«, knurrte Calloway. »Falls du als Polizistin hier bist – die Sache fällt nicht in deinen Zuständigkeitsbereich. Falls …«

»Ich bin nicht als Polizeibeamtin hier, wüsste ein gewisses Maß an professioneller Höflichkeit aber durchaus zu schätzen.«

»Tut mir leid, ist nicht drin.«

»Roy, Sie wissen genau, dass ich nie einen Tatort verunreinigen würde.«

Calloway schüttelte den Kopf. »Genau. Weil du dazu gar nicht erst Gelegenheit kriegst.«

Die anderen Anwesenden sahen den beiden gebannt zu, ohne ein Wort zu verstehen.

»Dann bitte ich Sie um einen Gefallen … als Freund meines Vaters.«

Calloway kniff stirnrunzelnd die blauen Augen zusammen. Das hatte gesessen. Tracy wusste, sie hatte den Finger auf eine Wunde gelegt, die nie verheilen würde. Calloway und ihr Vater waren zusammen auf die Jagd und zum Angeln gegangen. Tracys Vater hatte sich um Calloways Eltern gekümmert, als diese älter wurden. Und beide Männer waren nicht in der Lage gewesen, Sarah zu finden – diese Last, diese Schuld hatten sie gemeinsam tragen müssen.

Calloway richtete anklagend den Finger auf sie, wie er es früher getan hatte, wenn er sie mit ihrem Fahrrad auf dem Bürgersteig erwischt hatte. »Du läufst niemandem zwischen den Füßen herum und du stehst niemandem im Weg. Wenn ich sage, du sollst gehen, dann gehst du. Haben wir uns verstanden?«

Tracy bearbeitete in einem Jahr mehr Mordfälle, als dieser Mann während seiner gesamten Dienstzeit zu Gesicht bekommen würde, aber das konnte sie ihm jetzt schlecht unter die Nase reiben. »Jawohl.«

Er warf ihr einen letzten durchdringenden Blick zu, ehe er seine Aufmerksamkeit auf den Deputy richtete. »Mach weiter, Finlay«, sagte er und nahm seinen Platz wieder ein.

Der Deputy, der laut Namensschild mit Nachnamen Armstrong hieß, brauchte einen Moment, bis er sich gefangen hatte und sich wieder auf die Landkarte konzentrieren konnte. »Die Leiche wurde genau hier gefunden.« Er markierte die Stelle, an der die beiden Jäger über die Knochen gestolpert waren, mit einem X.

»Das kann nicht sein!«, sagte Tracy.

Armstrong warf seinem Chief einen verunsicherten Blick zu.

»Mach einfach weiter, Finlay.«

»Es gibt an dieser Stelle eine Zufahrt zur Landstraße«, fuhr Armstrong fort. »Sie wurde damals angelegt, weil hier Baumaßnahmen geplant waren.«

»Das ist das alte Cascadia-Gelände«, sagte Tracy.

An Calloways Kinn zuckte ein Muskel. »Weiter, Finlay.«

»Die Fundstelle liegt ungefähr eine halbe Meile von dieser Zufahrtsstraße entfernt.« Finlay gewann langsam an Selbstsicherheit. »Wir haben die Ausmaße in etwa so bestimmt.« Er zeichnete ein kleineres X ein. »Das Grab selbst ist flach, vielleicht sechzig, siebzig Zentimeter. Zurzeit ...«

»Moment!« Kelly Rosa, die sich Notizen gemacht hatte, hob den Kopf. »Sprachen Sie gerade von einem *flachen* Grab?«

»Der Fuß war nicht besonders tief vergraben gewesen.«

»Das Grab machte auf Sie einen an und für sich unversehrten Eindruck? Bis auf die Stelle, an der der Hund gegraben hatte?«

»Dem ersten Anschein nach. Vielleicht lag da ja auch nur ein Bein mit dem Fuß.«

»Warum fragen Sie?«, wollte Calloway wissen.

»Der Geschiebemergel im pazifischen Nordwesten ist steinhart«, erklärte Rosa. »Hier ein Grab zu schaufeln ist Knochenarbeit, besonders bei dem Terrain da draußen, bei dem ich von einem ausgeprägten Wurzelsystem ausgehe. Viele Bäume, viele Wurzeln. Von daher überrascht es mich nicht, dass das Grab flach ist. Was mich überrascht, ist die Tatsache, dass sich bisher noch keine anderen Tiere daran zu schaffen gemacht haben.«

»Auf dem Gelände sollte damals ein Ferienpark entstehen«, wandte sich Tracy an Rosa. »Golfplätze, Tennisplätze – er sollte Cascadia heißen. Sie hatten ein paar Bäume gefällt und einen Bauwagen aufgestellt, von dem aus der Verkauf einzelner Parzellen schon im Voraus geregelt werden sollte. Erinnerst du dich an die Leiche, die wir vor ein paar Jahren draußen im Maple Valley gefunden haben?«

Rosa nickte. »Könnte es sein, dass die Leiche in einem Loch vergraben wurde, das durch die Rodung der Bäume entstanden war?«, erkundigte sie sich bei Armstrong.

»Die Frage kann ich nicht beantworten.« Der Deputy wirkte leicht verwirrt.

»Warum ist das wichtig?«, wollte Calloway wissen.

»Die Verwendung eines bereits vorhandenen Lochs könnte auf eine vorausgeplante Tat schließen lassen«, erklärte Tracy. »Wenn jemand wusste, dass in der Gegend Rodungsarbeiten stattgefunden hatten, hatte er vielleicht von Anfang an vor, eins der so entstandenen Löcher zu benutzen.«

»Aber warum? Wenn auf dem Gelände noch gearbeitet wurde, wäre das doch viel zu riskant gewesen«, wandte Rosa ein.

»Weil damals schon keine Arbeiten mehr stattfanden, was allgemein bekannt war«, antwortete Tracy. »Das alles hat damals hier in der Gegend viel Staub aufgewirbelt, denn der Ferienpark sollte der Wirtschaft einen ordentlichen Auftrieb verleihen und aus Cedar Grove einen Urlaubsort machen. Die Anträge auf Erschließung und Errichtung von Golf- und Tennisplätzen waren alle gestellt und wären wohl auch durchgegangen, hätte die Bundesenergiekommission nicht kurz darauf den Bau von drei hydroelektrischen Staudämmen entlang des Cascade River beschlossen.«

Tracy ging nach vorn an die Landkarte und streckte die Hand nach Finlays Filzstift aus, den er ihr nach kurzem Zögern auch überließ. »Cascade Falls war der letzte, der ans Netz ging. Das war Mitte Oktober 1993.« Sie markierte die entsprechende Stelle mit einem Strich. »Sie haben den Fluss aufgestaut, wodurch der See größer wurde.« Sie zeichnete auch die durch den Staudamm entstandene Ausdehnung des Sees ein. »Dieses Gebiet hier wurde geflutet.«

»Somit lag das Grab unter Wasser und war für Tiere nicht erreichbar.« Rosa nickte.

»Und auch für uns nicht.« Tracy sah Calloway an. »Wir haben da gesucht, Roy.«

Tracy wusste das ganz genau. Nicht nur, weil sie damals zur Suchmannschaft gehört hatte, sondern auch, weil sie das Original der topografischen Landkarte aufbewahrt hatte, anhand der die Suche organisiert worden war. Und diese Karte hatte sie in den seitdem vergangenen Jahren so oft angesehen, dass sie sie besser kannte als ihre eigene Handfläche. Ihr Vater hatte das Gelände auf der Karte in einzelne Abschnitte unterteilt, um eine gründliche und systematische Suche sicherzustellen. Sie hatten jeden Abschnitt zweimal abgesucht.

Als Calloway sie weiterhin nicht beachtete, wandte sich Tracy wieder an Rosa. »Sie haben Cascade Falls diesen Sommer vom Netz genommen.«

»Woraufhin der See auf seine natürliche Größe zurückgegangen ist.« Rosa hatte verstanden, worauf Tracy hinauswollte.

»Das Gebiet ist gerade erst wieder für Jäger und Wanderer freigegeben worden«, erklärte Armstrong, der ebenfalls allmählich kapierte, worum es ging. »Und gestern hat die Entensaison begonnen.«

»Wir haben das Gelände abgesucht, bevor es geflutet wurde, Roy«, wandte sich Tracy erneut an Calloway. »Da war keine Leiche.«

»Das Gebiet ist groß. Es lässt sich nicht ausschließen, dass wir das Grab übersehen haben«, sagte Calloway. »Oder dass sie es nicht ist.«

»Wie viele junge Frauen sind hier in der Zeit sonst noch verschwunden, Roy?«

Calloway schwieg.

»Wir haben das Gebiet zweimal abgesucht«, fuhr Tracy fort, »und keine Leiche gefunden. Wer immer sie dort vergraben hat, muss das nach unserer Suchaktion getan haben. Und kurz bevor es geflutet wurde.«

6

Irgendetwas hatte Tracy aus dem Schlaf schrecken lassen. Sie setzte sich auf, wobei ihr die Bettdecke bis zur Taille herunterrutschte. Einen Moment lang wusste sie nicht, wo sie war. Im ersten Moment dachte sie, sie wäre durch das Klingeln der Schulglocke der Cedar Grove High geweckt worden und käme nun zu spät zu ihrer nächsten Chemiestunde.

»Telefon«, stöhnte Ben, der neben ihr lag und sich ein Kissen auf den Kopf gelegt hatte, um sich vor den Strahlen der grellen Morgensonne zu schützen, die durch die Ritzen der Jalousie drangen. Endlich hörte das Telefon mitten im Klingelton auf zu schellen.

Tracy ließ sich in die Kissen zurücksinken, aber jetzt war sie halbwegs wach und versuchte sich vollends zu orientieren. Ja, richtig, Ben hatte sie gestern nach dem Westernschießen abgeholt und zum Essen ausgeführt. Irgendwann, daran erinnerte sie sich jetzt wieder, hatte er seinen Stuhl zurückgeschoben und sich vor sie hingekniet. Der Ring! Tracy hob lächelnd die linke Hand und drehte sie, bis sich das Morgenlicht in dem Diamanten brach. Ben war so nervös gewesen, dass er seinen Antrag kaum rausgebracht hatte.

Ihre Gedanken wanderten weiter, diesmal zu Sarah. Eigentlich hatte Tracy ihre Schwester gleich nach der Rückkehr in ihre Wohnung anrufen wollen, aber Ben war ja bei ihr gewesen, und so war eins zum anderen gekommen ... Und offensichtlich hatte Sarah ja gewusst, was der Freund ihrer Schwester vorhatte. Laut Ben hatte Sarah sogar bei der Planung des Abends geholfen und bei dem Wettkampf die beiden Ziele absichtlich verfehlt, damit ihre Schwester als Siegerin vom Platz gehen konnte und keine Gefahr bestand, dass sie schlecht gelaunt in ihren Verlobungsabend startete.

Inzwischen hatte sie ein schlechtes Gewissen, weil sie Sarah so zusammengestaucht hatte. Tracy drehte sich auf die andere Seite und warf einen Blick auf den Wecker, der neben der Matratze auf dem Boden stand. Noch nicht einmal Viertel nach sechs. So früh kletterte Sarah nicht aus dem Bett, nur weil das Telefon klingelte. Tracys zerknirschter Anruf bei der Schwester musste also noch warten.

An Schlaf war inzwischen überhaupt nicht mehr zu denken. Tracy rückte dichter an Ben heran, schlang von hinten die Arme um ihn und genoss die Wärme, die von ihrem Verlobten ausging. Als der auf ihre Avancen nicht reagierte, schmiegte sie sich noch dichter an ihn, ließ ihre Finger seinen Bauch entlangwandern, nahm sein Glied in die Hand, spürte, wie es sich regte, hart wurde.

Da klingelte wieder das Telefon.

Woraufhin Ben stöhnte – aber nicht auf eine leidenschaftliche Art.

Tracy stieg aus dem Bett und stolperte über die Kleider, die sie sich in der vergangenen Nacht gegenseitig vom Leib gerissen hatten. In der Küche nahm sie den Hörer des Wandtelefons ab. »Hallo?«

»Tracy?«

»Dad?«

»Ich hatte vorhin schon mal angerufen.«

»Tut mir leid, da war ich wohl noch ...«

»Ist Sarah bei dir?«

»Sarah? Nein. Die ist zu Hause.«

»Eben nicht. Sie ist nicht zu Hause.«

»Was? Moment – seid ihr denn nicht mehr auf Hawaii? Wie spät ist es bei euch?«

»Früh. Roy Calloway sagt, er kann bei uns zu Hause niemanden erreichen.«

»Warum ruft Roy Calloway bei uns zu Hause an?«

»Weil sie dein Auto gefunden haben. Hattest du gestern Probleme damit?«

Tracy hatte Probleme damit, dieser Unterhaltung zu folgen. Ihr Kopf dröhnte von zu viel Rotwein und zu wenig Schlaf. *»Was soll das heißen – sie haben mein Auto gefunden? Wo denn?«*

»Auf der Landstraße. Was war denn damit?«

Landstraße? Tracy wurde nervös. Sie hatte Sarah doch ausdrücklich befohlen, auf dem Highway zu bleiben.

»Bist du sicher?«

»Ja, ganz sicher. Roy hat den Aufkleber auf der Heckscheibe erkannt. Ist Sarah nicht bei dir?«

Tracy war inzwischen richtig schlecht geworden. In ihrem Kopf drehte sich alles. *»Nein, sie ist nach dem Wettkampf nach Hause gefahren.«*

»Was soll das heißen – sie ist nach dem Wettkampf nach Hause gefahren? Warst du denn nicht bei ihr?«

»Nein, ich war bei Ben.«

»Du hast sie von Olympia aus allein nach Hause fahren lassen?« Ihr Vater war laut geworden.

»Was heißt hier fahren lassen … Dad, ich habe …«

»Mein Gott!«

»Wahrscheinlich ist sie zu Hause, Dad.«

»Da habe ich gerade angerufen. Zweimal. Da geht niemand ans Telefon.«

»Sarah geht doch nie ans Telefon, Dad. Wahrscheinlich schläft sie noch.«

»Roy ist hingefahren und hat an die Haustür geklopft …«

»Ich fahre sofort hin, Dad. – Dad? Ich habe gesagt, ich fahre sofort hin! Ja, ich rufe dich an, sobald ich dort bin. Natürlich, ich melde mich sofort bei euch!«

Sie legte auf und versuchte zu verstehen, was sie gerade gehört hatte.

Roy Calloway sagt, er kann bei uns zu Hause niemanden erreichen.

Sie haben deinen Pick-up gefunden.

Sie holte tief Luft, wehrte sich gegen die aufsteigende Panik, versuchte, sich einzureden, dass alles in Ordnung wäre.

Ich habe gerade zweimal dort angerufen.

Wahrscheinlich lag Sarah noch im Bett und hatte das Telefon entweder nicht gehört oder es einfach ignoriert. Es sah ihr ähnlich, das Klingeln einfach nicht zu beachten.

Roy ist hingefahren und hat an die Haustür geklopft ...

Niemand hat reagiert.

»*Ben!*«

7

Tracy parkte hinter den anderen Autos auf der Schotterstraße, die zu dem nie gebauten Eingang des Ferienparks Cascadia führte, stieg aus, band ihre Haare zu einem Pferdeschwanz zusammen und zog sich ihre Wanderschuhe an. Der Himmel war klar, die Luft herbstlich frisch, aber erträglich warm. Trotzdem schlang sie sich eine Gore-Tex-Jacke um die Taille, denn hier in den Bergen konnte schnell Regen aufziehen, und die Temperaturen fielen in den Keller, sobald die Sonne hinter den Baumwipfeln verschwunden war.

Nachdem sich nun alle eingefunden hatten, führte Finlay Armstrong sie einen schmalen Pfad entlang. Calloway ging direkt hinter seinem Deputy, gefolgt von Kelly Rosa und ihrem Team. Rosa schleppte einen Koffer von der Größe einer kleinen Reisetasche mit unzähligen Außentaschen voller Grabeutensilien, Kratzer, Bürsten und kleiner Handwerkzeuge. Stanley und Coles trugen Sägeböcke, ein großes Sieb und weiße Eimer. Die Nadeln der umstehenden Gelbkiefern erstrahlten in einem vertrauten weichen Goldton, während die, die schon abgefallen waren, einen ebenfalls vertraut duftenden, weichen Teppich auf dem Boden bildeten. Die Blätter an Ahorn und Erle wiesen ebenfalls auf den bevorstehenden Herbst hin. Sie kamen an »Betreten verboten«-Schildern vorbei, und Tracy erinnerte sich daran, wie oft Sarah, sie und ihre Freunde diese Schilder mit Steinen bombardiert hatten, wenn sie mit ihren Fahrrädern auf den Bergpfaden unterwegs zum Cascade Lake gewesen waren.

Nach ungefähr einer halben Stunde erreichte die kleine Truppe eine Stelle, an der der Wald teilweise gerodet worden war. Als Tracy das letzte Mal hier gewesen war, hatte da der Bauwagen gestanden, der den zukünftigen Betreibern von Cascadia als provisorisches Verkaufsbüro gedient hatte.

»Du wartest hier«, befahl Calloway.

Tracy blieb brav zurück, während die anderen auf das abgesperrte Areal zugingen, neben dem ein Deputy Wache hielt. Das etwas schief geratene Rechteck, das Holzpfähle markierten, an denen ein schwarz-gelbes Absperrband befestigt worden war, mochte etwa zwei Meter fünfzig breit und drei Meter lang sein. Im rechten unteren Quadranten ragte etwas aus der aufgewühlten Erde, das wie ein Stock aussah. Tracy wurde es eng um die Brust.

»Die zweite Absperrung soll da drüben entlanglaufen«, befahl Calloway in leisem, respektvollem Ton. »Befestige das Band an den Bäumen.«

Armstrong schnappte sich eine Rolle Plastikband und machte sich daran, die zweite Absperrung zu markieren, was Tracy ziemlich übertrieben fand. Wer außer ihnen sollte denn hier schon aufkreuzen? In Cedar Grove interessierte sich niemand mehr für diese alte Geschichte, und von der Presse würde sich bestimmt keiner bis in diesen hintersten Winkel der North Cascades verirren.

Inzwischen hatte sich Armstrong der Stelle genähert, an der Tracy stand. Der Deputy wirkte ein wenig betreten, als er sie bat, ein paar Schritte zurückzutreten.

Tracy kam der Aufforderung wortlos nach.

Nachdem Armstrong das Band gespannt hatte, machte sich Rosa umgehend an die Arbeit. Sie steckte die Fundstelle neu und weiträumiger ab und unterteilte die Fläche mithilfe einer Schnur in kleinere Abschnitte. Dann kniete sie sich neben dem Abschnitt hin, aus dem der Fuß ragte, und machte sich daran, die Erde sorgsam von den Knochen zu fegen. Mit einer kleinen Schaufel füllte sie die Erde in einen der vier mit Großbuchstaben gekennzeichneten Eimer, von denen jeder einem bestimmten Abschnitt der Grabstelle zugeordnet war. Es gab die Eimer A, B, C und D. Von Zeit zu Zeit kippte Stanley die Erde auf das große Sieb, das er und seine Kollegin auf die mitgebrachten Sägeböcke gelegt hatten, und siebte sie durch. Anna Coles fotografierte. Alle gefundenen Knochen und Knochenfragmente wurden des Weiteren mit einem Kleinbuchstaben gekennzeichnet, und alles andere – Kleiderreste, Metall, Knöpfe – wurde durchnummeriert. Rosa arbeitete zielstrebig und methodisch, ohne Pausen einzulegen. Wahrscheinlich wollte sie fertig sein, ehe es unter den Bäumen dunkel wurde.

Kurz nach halb zwei bemerkte Tracy eine Veränderung in Rosas Arbeitsrhythmus. Die Anthropologin hörte auf zu graben und setzte sich auf die Hacken, ehe sie sich von Stanley immer kleinere Pinsel reichen ließ, mit denen sie in einem eng begrenzten Bereich vorsichtig die Erde entfernte. Nach ungefähr einer halben Stunde erhob sie sich. Was auch immer sie ausgegraben hatte, hielt sie in der behandschuhten Rechten. Sie sprach mit Roy Calloway kurz über den Gegenstand, ehe sie ihn an Stanley weiterreichte, der ihn in einen Beweismittelbeutel steckte, welchen er sodann beschriftete. Nachdem er Fundort und Nummer des Beutels säuberlich notiert hatte, übergab er ihn an Calloway.

Der drehte sich um und sah Tracy an.

Tracy schoss das Adrenalin durch die Adern. Schweiß sammelte sich in ihren Achselhöhlen und rann ihr unter ihrem Hemd an der Seite hinunter.

Mit wild klopfendem Herzen sah sie Calloway auf sich zukommen. Als er ihr den Beweismittelbeutel in die Hand legte, konnte sie sich erst nicht überwinden, hinzusehen, sondern starrte unverwandt den Sheriff an, bis dieser es nicht mehr aushielt und den Blick abwandte.

Dann erst schaute sie sich an, was Kelly Rosa ausgegraben hatte. Ihr blieb die Luft weg.

8

Tracy war inzwischen richtig schlecht. »Alles in Ordnung?« Ben, der neben ihr im Pick-up saß, berührte sie an der Schulter, was sie allerdings kaum wahrnahm. Sie konnte immer nur aus dem Fenster starren, auf die Berge, auf die Steine am Straßenrand. Sarahs Stiefel hatten weder auf der Veranda noch im Flur gleich hinter der Tür gestanden, als Tracy im Laufschritt in ihr Elternhaus gestürmt war. Und niemand hatte geantwortet, als sie, laut Sarahs Namen rufend, die breite, gewundene Treppe in den ersten Stock hinaufgerannt war. Sarah lag weder schlafend in ihrem Bett, noch stand sie unter der Dusche, noch frühstückte sie in der Küche oder sah im Wohnzimmer fern. Sarah war nicht zu Hause, und es gab auch keine Anzeichen dafür, dass sie nach dem Wettkampf überhaupt wieder dort gewesen war. Jetzt waren Tracy und Ben unterwegs zu Tracys Pick-up.

»Da vorn«, rief Ben, als sie um eine Kurve kamen.

Tatsächlich, weiter vorn, am Rand der Landstraße, die in die Wildnis der North Cascades führte, stand Tracys blauer Ford. Er wirkte erschreckend einsam und verlassen.

Ben fuhr an ihm vorbei, wendete und parkte hinter Roy Calloways Suburban. »Tracy?«

Tracy konnte sich nicht rühren, sie war wie gelähmt. »Ich habe ihr gesagt, sie soll auf keinen Fall die Landstraße nehmen, sondern auf dem Highway bleiben und dann das kleine Stück zurückfahren. Du hast doch gehört, was ich gesagt habe.«

Ben streichelte ihre Hand. »Wir finden sie schon.«

»Warum muss sie bloß immer so dickköpfig sein?«

»Alles wird gut, Tracy.«

Aber die beklemmende Angst, die von ihr Besitz ergriffen hatte, als sie im Haus ihrer Eltern von einem leeren Zimmer ins nächste gerannt war, wurde immer größer. Sie holte tief Luft und stieg aus dem Auto.

Die Sonne schien, die Temperatur war seit den frühen Morgenstunden stetig gestiegen. Die Straße war trocken, von den schweren Regenfällen am vorigen Abend waren keine Spuren mehr zu sehen. Insekten summten und tanzten um Tracy herum, als sie sich dem Pick-up näherte. Sie fühlte sich so schwach, dass sie stolperte. Ben fing sie auf und ließ sie anschließend nicht mehr los. Der Randstreifen schien schmaler, der Abhang steiler, als sie es in Erinnerung hatte.

»Könnte sie ausgerutscht und abgestürzt sein?«, fragte Tracy den Sheriff, der neben dem Pick-up auf sie wartete.

Calloway streckte seine Hand aus und ließ sich den Ersatzschlüssel geben. »Wir gehen das einen Schritt nach dem anderen an, Tracy.«

»Warum ist er denn liegen geblieben?«

Tracy hatte einen platten Reifen erwartet, einen eingedellten Kotflügel oder eine aufgestellte Motorhaube, die auf einen Motorschaden hingedeutet hätte, selbst wenn das unwahrscheinlich war. Ihr Vater achtete äußerst gewissenhaft darauf, dass alle Wartungstermine in der Werkstatt von Harley Holt eingehalten wurden.

»Das werden wir bald wissen.« Calloway streifte sich blaue Plastikhandschuhe über, ehe er die Autotür öffnete. Auf dem Boden vor dem Beifahrersitz lag eine leere Coladose neben einer zerknüllten Chipstüte – die Überreste des Frühstücks, das sich Sarah auf dem Weg zum Wettkampf einverleibt hatte. Tracy, die es nicht gern sah, wenn sich ihre Schwester mit Junkfood vollstopfte, hatte sie deswegen ordentlich zusammengestaucht. Auf der Sitzbank lag achtlos hingeworfen Sarahs hellblaue Fleecejacke. Tracy sah Calloway an und schüttelte den Kopf – nein, ihr fiel auf den ersten Blick nichts

auf. Alles sah so aus, wie sie es in Erinnerung hatte. Calloway versuchte, den Motor zu starten, aber die Maschine wimmerte nur, ehe sie dazu überging, ein leises Klicken von sich zu geben. Der Sheriff beugte sich zum Armaturenbrett vor.

»Leer«, verkündete er.

»Was?«

Calloway ließ Tracy selbst einen Blick auf die Tankanzeige werfen. »Sie hatte keinen Sprit mehr.«

»Das kann nicht sein! Ich habe Freitagabend vollgetankt, damit wir das nicht am Samstagmorgen erledigen mussten.«

»Vielleicht funktioniert die Tankanzeige nur bei laufendem Motor«, warf Ben ein.

»Na ja …« Calloway klang skeptisch. »Ich weiß nicht.«

Der Sheriff zog den Schlüssel aus dem Zündschloss und ging nach hinten zum Camperaufsatz, dessen getönte Scheiben verhinderten, dass man von außen hineinsehen konnte. »Willst du nicht lieber wegsehen, wenn ich aufmache?«, fragte er Tracy.

»Nein.«

Ben legte ihr den Arm um die Schultern, während Calloway den Kopf durch die Campertür steckte, ehe er sie ganz aufriss und die Heckklappe herunterließ. Auch hier schien auf den ersten Blick alles so, wie Tracy es in Erinnerung hatte. Die Holzkarren mit den Waffen und der Munition standen fest angeschnallt an den Seitenwänden, auf dem Boden lag Tracys Staubmantel zusammen mit ihren Stiefeln, dem roten Halstuch und einem braunen Stetson.

»Ist das nicht Sarahs Hut?«, fragte Calloway.

»Sie trug meinen.« Tracy erinnerte sich noch genau daran, wie sie Sarah ihren schwarzen Stetson auf den Kopf gesetzt hatte.

Calloway machte Anstalten, die Heckklappe zu schließen, aber Tracy bat, in den Wagen klettern zu dürfen. Sie wollte sich umschauen, ohne genau zu wissen, warum. Sie verspürte aber dasselbe drängende Gefühl, das sie auch am Vortag überfallen hatte, als sie mit Ben vom Parkplatz gefahren war und Sarah zurückgelassen hatte – so, als ob sie etwas Wichtiges vergessen hätte. Sie schloss die Waffenkarren auf. Die Flinten und Gewehre hingen fein säuberlich mit den Läufen nach oben in den Gestellen, wie Billardstöcke in einer Wandhalterung. Sarahs Pistolen lagen wie immer in der dafür vorgesehenen Schublade, die Munition befand sich in der Schließkassette. In einer zweiten Schublade bewahrte Sarah die Schnallen und Medaillen auf, die sie bei Wettkämpfen gewonnen hatte, und dort fand Tracy das Foto, das am Vortag bei der Siegerehrung geschossen worden war, als »Wild Bill« ihr die silberne Gürtelschnalle überreichte. Rechts neben ihr stand Sarah, links die Frau, die den dritten Platz belegt hatte. Sie steckte das Foto in die Hosentasche und suchte die Taschen ihres Staubmantels ab.

»Die Schnalle fehlt.«

»Was fehlt?«, fragte Calloway.

»Die silberne Gürtelschnalle.« Tracy kletterte aus dem Wagen. »Der erste Preis gestern. Ich habe sie Sarah in die Hand gedrückt, kurz bevor Ben und ich losfuhren.«

»Gut, aber ich verstehe nicht, was du damit sagen willst«, hakte Calloway nach.

»Warum hätte sie die Schnalle mitnehmen und ihre Waffen hierlassen sollen?«, mischte sich Ben ein.

»Ich weiß nicht.« Tracy zuckte die Achseln. »Es ist bloß ...«

»Es ist bloß was?«, fragte Calloway.

»Eigentlich kann sie die Schnalle nur aus einem einzigen Grund mitgenommen haben: weil sie sie mir gleich heute Morgen zurückgeben wollte. Richtig?«

»Sie ist weggegangen«, folgerte Calloway. »Das willst du damit sagen, oder? Sie hatte Zeit, zu entscheiden, was sie mitnimmt und was sie hierlässt, und dann ist sie gegangen.«

Tracy warf einen Blick auf die verlassen daliegende Straße, deren Mittelstreifen parallel zum Berg verlief, bis er hinter einer Kurve verschwunden war. »Aber wo ist sie dann jetzt?«

9

Die Versilberung hatte einiges an Glanz eingebüßt, aber das Cowgirl mit den beiden Single-Action-Revolvern in den Händen war noch gut zu erkennen. Auch die Inschrift am Rande des Metallstücks: *Champion, Landesmeisterschaften Washington State, 1993.*

Sie hatten die Gürtelschnalle gefunden.

Sie hatten Sarah gefunden.

Tracy stand da und versuchte zu verstehen, welche Gefühle sie gerade zu übermannen drohten. Schuldgefühle waren es nicht, auch keine Bitterkeit, nicht einmal Trauer. Tracy war wütend, unglaublich wütend: Sie hatte es immer gewusst! Sie hatte immer gewusst, dass Sarah nicht so verschwunden war, wie alle sie hatten glauben machen wollen. Sie hatte gewusst, dass an der Geschichte mehr dran war – jetzt würde sie das vielleicht endlich beweisen können.

»Finlay.« Calloways Stimme klang unendlich weit entfernt, wie vom anderen Ende eines langen Tunnels kommend. »Bring sie hier weg.«

Jemand berührte sie an der Schulter. Tracy riss ihren Arm zurück. »Nein!«

»Du brauchst dir das hier nicht anzusehen«, sagte Calloway.

»Ich habe sie damals alleingelassen, das mache ich nicht noch einmal. Ich bleibe hier. Bis zum Ende.«

Calloway nickte Armstrong zu, der sich daraufhin zurückzog und sich neben Rosa stellte, die bereits weitergrub. Calloway streckte die Hand aus. »Ich brauche den Beutel.« Aber Tracy war noch nicht so weit, ihre Finger strichen unablässig über die Schnalle, zogen die Konturen jedes einzelnen Buchstabens nach. »Tracy!«, mahnte der Sheriff.

Da hielt sie ihm den Beutel hin, ließ aber nicht los, als er danach griff, und zwang ihn so, sie anzusehen. »Ich habe es Ihnen gesagt, Roy. Wir haben das Gelände hier abgesucht. Zweimal.«

Sie blieb den ganzen Nachmittag dort, in einigem Abstand zu den anderen, aber nah genug am Geschehen, um mitzubekommen, dass Sarah in einer fötalen Haltung begraben worden war und ihre Beine höher lagen als der Kopf. Wer immer sich das Loch zunutze gemacht hatte, das durch die Rodung beim Entfernen der Wurzelballen entstanden war, hatte dessen Größe falsch eingeschätzt. Das kam öfter mal vor. Stress kann die räumliche Wahrnehmung beeinträchtigen.

Erst als Kelly Rosa den Reißverschluss des schwarzen Leichensacks zugezogen und mit einem Vorhängeschloss gesichert hatte, verließ Tracy den Wald, um zu ihrem Auto zurückzukehren.

Ohne groß nachzudenken, immer noch halb benommen, legte sie die kurvenreiche Strecke den Berg hinunter zurück. Die Sonne war hinter den Bäumen verschwunden, Schatten krochen über den Asphalt. Sie hatte es gewusst. Natürlich hatte sie es gewusst. Deswegen lernte man bei der Ausbildung zum Detective, bei Entführungen besonders hart und rund um die Uhr zu arbeiten, denn wenn jemand nach achtundvierzig Stunden immer noch als vermisst galt, sanken die Chancen, diese Person noch lebend zu finden, rasant. Darin waren sich alle Statistiken einig. Sarah war zwanzig Jahre lang verschwunden gewesen, die Chancen, dass sie noch lebte, entsprechend klein, praktisch gleich null. Und doch hatte es immer diese winzige, diese unendlich kleine Möglichkeit, dieses bisschen Hoffnung gegeben, das Tracy und all die Familien hegten, die einen geliebten Mensch vermissten, der nie gefunden worden war. Jeder Mensch hofft nun mal, das gehört zum Menschsein. Man hofft, entgegen aller Wahrscheinlichkeit, auf die eine, die große Ausnahme. Und es war ja auch schon passiert. Wie im Falle einer jungen Frau in Kalifornien, die achtzehn Jahre lang verschwunden gewesen war und eines Tages in eine Polizeiwache spazierte und ihren Namen nannte. An diesem Tag war bei allen Familien, die jemals einen ihnen nahestehenden Menschen verloren hatten, erneut Hoffnung aufgekeimt, auch bei Tracy. Eines Tages würde es ihre Schwester sein, die Frau, die wie aus dem Nichts auftauchte. Hoffen konnte grausam sein, aber für Tracy war zwanzig Jahre lang die Hoffnung das Einzige gewesen, woran sie sich hatte festhalten können, das Einzige, womit sie die Dunkelheit zurückzudrängen vermochte, die unablässig am Rande ihres Lebens lauerte und nur darauf wartete, von ihr Besitz zu ergreifen.

Hoffnung.

Tracy hatte sich bis zum Schluss daran festgeklammert. Bis Calloway ihr den Beweismittelbeutel mit der Gürtelschnalle in die Hand gegeben und damit das schwache, wenn auch grausame Flackern der Hoffnung endgültig ausgelöscht hatte.

Sie fuhr an der Stelle vorbei, an der vor zwanzig Jahren ihr blauer Ford Pick-up gefunden worden war, und es fühlte sich an, als wären seitdem erst ein paar Tage vergangen. An der vertrauten Ausfahrt verließ sie die Landstraße und fuhr durch die kleine Stadt, die sie kaum wiedererkannte und mit der sie sich auch nicht mehr verbunden fühlte. Trotzdem bog sie an der Kreuzung an der Ausfallstraße nicht nach links in Richtung Highway ab, sondern nach rechts, fuhr vorbei an Gärten und einstöckigen Häusern, die sie gekannt hatte, als sie noch voller Leben gewesen waren und ihre Freunde hier gewohnt hatten. Jetzt wirkten sie müde und heruntergekommen. Je weiter sie sich von der Innenstadt entfernte, desto größer wurden die

Häuser und die Grundstücke um sie herum. Fast ohne ihr Zutun wurde ihr Auto langsamer, als sie die Torpfosten sah, und hielt am unteren Ende einer gewundenen Auffahrt.

Früher hatten bunt leuchtende Sträucher die Beete geziert, um die ihre Mutter sich gekümmert hatte, aber die hatten weichen und Rosenstöcken Platz machen müssen, die um diese Jahreszeit, bereits für den Winter zurechtgemacht, mit nackten Stämmen vor sich hin schliefen. Aus der gepflegten, von akkurat gestutzten Buchsbaumhecken gesäumten Rasenfläche ragte weiter hinten der Stumpf der Trauerweide, die früher wie ein offener Schirm einen Teil der Grünfläche beschattet hatte. Nachdem Christian Mattioli eine Bergwerksgesellschaft gegründet hatte, die Cedar Grove Mining Company, und das Städtchen Cedar Grove zum Leben erwacht war, hatte er sich von einem extra aus England herbeigerufenen Architekten ein prachtvolles zweistöckiges Haus im Queen-Anne-Stil entwerfen lassen. Es hieß, Mattioli habe später vom Architekten die Aufstockung des Hauses verlangt, damit sein Domizil auch gewiss und unter allen Umständen das höchste und größte in der Stadt bliebe. Hundert Jahre später – das Bergwerk hatte längst seine Tore geschlossen und viele der Einwohner von Cedar Grove waren weitergezogen – hatte sich Tracys Mutter auf den ersten Blick in das Haus mit den Schindeln und den Erkern über den niedrigen Gaubenfenstern verliebt. Und Tracys Vater, der auf der Suche nach einer Arztpraxis auf dem Lande war, hatte das Anwesen für seine Frau gekauft. Gemeinsam hatten ihm die beiden wieder zu altem Glanz verholfen, von den Brasilholzböden bis zu den Hohlkastendecken. Sie hatten das Mahagoni der Vertäfelungen und der Schränke freigelegt, den Marmor in der großen Eingangshalle abgeschliffen, bis er wieder glänzte, und die Prismen der Kronleuchter poliert – sie hatten das Haus wieder zum größten und prächtigsten in Cedar Grove gemacht. Aber dabei hatten sie mehr geleistet, als nur ein Haus zu renovieren: Sie hatten für ihre beiden Töchter ein Zuhause geschaffen.

Tracy löschte das Licht im Bad und ging in ihr Schlafzimmer, wo sie sich auf die Sitzbank vor ihrem Erkerfenster stützte, um in den nächtlichen Himmel zu sehen. Sie trug einen roten Fleecepyjama und hatte sich ein Handtuch um den Kopf gewickelt. Aus dem Kassettenrekorder schallte, von Tracy begeistert begleitet, Kenny Rogers' und Sheena Eastons Version von »We've Got Tonight«. Ein atemberaubender Vollmond hüllte die Trauerweide in ein blasses, blaues Licht. Die langen Zweige hingen reglos in der stillen Luft. Fast sah es so aus, als würde der Baum schlafen. Der Herbst glitt langsam in den Winter über, der Wetterbericht hatte für die kommende Nacht den ersten Frost vorhergesagt. Tracy war ein wenig enttäuscht darüber, dass am Himmel unzählige Sterne glitzerten. Sie hatte auf Wolken gehofft, denn die Schulen in Cedar Grove schlossen beim ersten Schnee einen Tag lang, was Tracy eine Mathearbeit ersparen würde, auf die sie sich nicht ausreichend vorbereitet fühlte.

Sie schaltete Kassettenrekorder und Schreibtischlampe aus, sang aber weiter. Mondlicht fiel auf ihr Bett und den Flickenteppich davor, verschwand jedoch, sobald sie die Leselampe eingeschaltet hatte, die am Kopfteil ihres Betts klemmte. Sie wollte noch lesen, und zwar Dickens' Geschichte aus zwei Städten, *ein Buch, mit dem sie sich in der Schule seit geraumer Zeit herumplagten. Freiwillig schlug sie das Buch ganz bestimmt nicht auf. Sie konnte sich nur keine schlechten Noten leisten, denn wenn sie in der Schule nicht gut war, würde ihr Vater sie Ende November nicht zur Kreismeisterschaft im Westernschießen mitnehmen.*

Immer noch singend, schlug sie die Bettdecke zurück.

»Buh!«

Tracy stieß einen markerschütternden Schrei aus, stolperte rückwärts und wäre um ein Haar gestürzt.

Sarah hatte unter der Decke gelegen und war hochgeschossen wie ein Springteufelchen. Jetzt lag sie auf dem Bett und konnte sich vor Lachen kaum halten.

»Du bist so ein Scheusal!«, schrie Tracy aufgebracht. »Wieso machst du andauernd irgendeinen Scheiß?«

Immer noch fast schon hysterisch kichernd, setzte Sarah sich auf. »Du hättest dein Gesicht sehen sollen!« Sie schnappte nach Luft, sank lachend zurück, sodass sie wieder auf dem Rücken lag, und musste sich vor Lachen den Bauch halten.

»Wie lange bist du schon hier?«

Sarah rollte sich herum und hielt sich die rechte Faust wie ein Mikrofon vor den Mund.

»Halt bloß die Klappe!« Tracy nahm das Handtuch von ihrem Kopf und rieb damit ihre Haare trocken.

»Liebst du Jack Frates?«, erkundigte sich Sarah neugierig.

»Das geht dich nun echt nichts an! Musst du immer so kindisch sein?«

»Ich darf das, ich bin erst acht. Hast du ihn echt geküsst?«

Tracy hob ruckartig den Kopf. »Wo hast du das denn her? Hat Sunnie sich verplappert? Moment!« Sie warf einen raschen Blick in Richtung Bücherregal. »Du hast mein Tagebuch gelesen!«

Sarah drückte sich ein Kissen an die Brust und gab schmatzende Kussgeräusche von sich. »Oh, Jack, lass es uns tun! Lass uns einen Weg finden!«

»Das ist persönlich, Sarah, das geht dich überhaupt nichts an! Wo ist mein Tagebuch?« Tracy stürzte sich auf ihre Schwester und kniete sich auf deren Arme und Beine. »Das ist nicht cool, das ist so was von uncool! Wo ist es?« Statt zu antworten, lachte Sarah nur wieder laut und hysterisch. »Ich mein das ernst, Sarah! Gib es mir sofort zurück!«

»Was ist hier los?« Die Mutter der beiden Mädchen stand in einem roten Bademantel und mit einer Bürste in der Hand in der Tür. Das lange blonde Haar, das sie gewöhnlich zu einem Knoten

hochgesteckt trug, fiel ihr über den Rücken. »Tracy, sofort runter von deiner Schwester!«

Gehorsam kletterte Tracy vom Bett. »Sie hat sich unter meiner Bettdecke versteckt und mich erschreckt. Und sie hat mein ... sie hat sich unter der Bettdecke versteckt!«

Abby Crosswhite trat ans Bett. »Du darfst niemanden erschrecken, Sarah, das habe ich dir doch schon oft genug gesagt.«

Sarah setzte sich auf. »Oh, Mom, wenn du ihr Gesicht gesehen hättest! Das war so witzig!« *Sie verzog das Gesicht, bis es entfernte Ähnlichkeit mit dem eines übergeschnappten Schimpansen hatte. Ihre Mutter hielt sich die Hand vor den Mund und gab vor zu hüsteln, damit man ihr Grinsen nicht sah.*

»Mom!« *Tracy war empört.* »Das ist nicht witzig!«

»Richtig. Sarah, ich möchte, dass du aufhörst, Tracy und ihre Freunde zu erschrecken. Was habe ich dir von dem Jungen erzählt, der immer behauptete, die Wölfe würden kommen, und sie kamen nicht?«

»Eines Tages versteckst du dich und niemand wird dich je finden«, *sagte Tracy.*

»Mom!«

»Und ich werde nicht mal nach dir suchen!«

»Mom!«

»Es reicht«, *sagte Mrs Crosswhite seufzend.* »Sarah, geh in dein eigenes Zimmer.« *Sarah rutschte vom Bett und machte Anstalten, ins Badezimmer zu verschwinden, das die Zimmer der Mädchen miteinander verband.* »Halt! Erst gibst du deiner Schwester ihr Tagebuch zurück.«

Tracy und Sarah erstarrten. War ihre Mutter Hellseherin?

»Es gehört sich nicht, zu lesen, wie sie Jack Frates geküsst hat.«

»Mom!« *Diesmal war es Tracy, die sich empörte.*

»Wenn es dir peinlich ist, dass andere Leute lesen, was du getan hast, dann hättest du es wahrscheinlich gar nicht erst tun sollen. Du bist viel zu jung, um Jungs zu küssen.« *Sie wandte sich Sarah zu, die von der Badezimmertür aus schmatzende Küsse sandte. »Das reicht jetzt wirklich, Sarah. Gib es ihr zurück.«*

Provozierend langsam, jeden einzelnen Schritt auskostend, spazierte Sarah zurück zu Tracys Bett, wo sie das mit Blumen bedruckte Tagebuch ihrer Schwester unter der Bettdecke hervorzog. Tracy entriss es ihr wutentbrannt und holte zu einer deftigen Ohrfeige aus, der sich Sarah geschickt entzog, indem sie sich duckte und aus dem Zimmer lief.

»Aber du darfst mein Tagebuch auch nicht lesen, Mom. Das ist eine totale Verletzung meiner Privatsphäre.«

»Dreh dich um, ich kämme dir dein Haar hinten aus.« Abby Crosswhite ließ ihre Bürste durch die Haare ihrer Tochter gleiten, bis Tracy sich entspannte. »Ich habe dein Tagebuch nicht gelesen, Kind, ich besitze lediglich die Intuition einer Mutter. Aber nett, dass du meine Vermutungen so bereitwillig bestätigt hast. Sag Jack Frates, wenn er das nächste Mal zu uns kommt, würde sich dein Vater gern kurz mit ihm unterhalten.«

»Keine Sorge, der kommt schon nicht zu Besuch. Jedenfalls nicht, wenn dieses kleine Miststück hier ist.«

»Nenn deine Schwester nicht Miststück.« Ein letztes Mal glitt die Bürste durch Tracys Haar. »Ab ins Bett mit dir.« Tracy schlüpfte unter die Decke. Dort, wo Sarah gelegen hatte, war es immer noch warm. Sie schob sich das Kopfkissen zurecht und ihre Mutter beugte sich über sie, um ihr einen Kuss auf die Stirn zu drücken. »Gute Nacht, Schatz.« Mrs Crosswhite sammelte das nasse Badehandtuch vom Boden auf und wollte gehen, blieb aber an der Tür noch einmal stehen. »Tracy?«

»Ja?«

Grinsend schmetterte ihre Mutter den Refrain des Liedes, das Tracy vorhin gesungen hatte.

Tracy wartete genervt, bis ihre Mutter endlich verschwunden war, ehe sie aus dem Bett kletterte, die Tür zum Bad schloss und sich nach einem besseren Versteck für ihr Tagebuch umsah. Ganz oben in ihrem Schrank, zwischen den Pullovern, dürfte es ziemlich sicher sein, da kam Sarah nicht so ohne Weiteres ran. Sie schlüpfte wieder ins Bett und knöpfte sich den Dickens vor.

Sie hatte fast eine halbe Stunde lang gelesen und gerade ein paar Seiten vorgeblättert, um zu sehen, wo das Kapitel endete, als sie die Badezimmertür knarren hörte. »Geh ins Bett.«

Sarah schwang sich an der Türklinke herein. Tracy konnte sie aus den Augenwinkeln sehen, tat aber so, als würde sie weiterlesen. »Tracy?«

»Geh ins Bett, habe ich gesagt. Geh schlafen.«

»Aber ich habe Angst.«

»Dein Pech.«

Sarah, in einem von Tracys alten Flanellnachthemden, dessen Saum auf dem Boden schleifte, kam langsam ganz nah an Tracys Bett heran. »Darf ich bei dir schlafen?«

»Nein.«

»Aber in meinem Zimmer habe ich Angst.«

Tracy gab vor, weiterhin in ihre Schullektüre vertieft zu sein. »Wieso fürchtest du dich in deinem Zimmer, aber nicht, wenn du dich hier bei mir unter der Bettdecke versteckst?«

»Weiß ich auch nicht. Ist einfach so.«

Tracy schüttelte den Kopf.

»Bitte!«, bettelte Sarah.

Ein leidgeprüfter Seufzer. »Okay.«

Das ließ sich Sarah nicht zweimal sagen. Sie hüpfte ins Bett, kroch unter die Decke und machte es sich gemütlich. »Wie war es denn?«

Tracy sah auf. Sarah lag auf dem Rücken und starrte an die Decke. »Wie war was?«

»Jack Frates zu küssen.«

»Schlaf endlich.«

»Ich glaube, ich werde nie einen Jungen küssen.«

»Und wie willst du dann heiraten?«

»Gar nicht. Ich werde mit dir zusammenleben.«

»Und wenn ich heirate?«

Sarah verzog nachdenklich das Gesicht. »Könnte ich nicht trotzdem bei dir wohnen?«

»Ich habe dann einen Ehemann.«

Sarah knabberte an einem Fingernagel. »Aber wir könnten uns jeden Tag sehen?«

Tracy legte den Arm um die Kleine, Sarah kuschelte sich an. »Natürlich! Du bist doch meine Lieblingsschwester, auch wenn du ein kleines Miststück bist.«

»Ich bin deine einzige Schwester.«

»Schlaf jetzt.«

»Ich kann nicht.«

Tracy legte ihr Buch auf den Nachttisch, rutschte tiefer unter die Bettdecke und streckte die Hand nach dem Schalter der Leselampe aus. »Okay, mach die Augen zu.«

Sarah schloss die Augen.

»Und jetzt tief Luft holen und wieder ausatmen.« Tracy wartete, bis Sarah ausgeatmet hatte. »Bist du so weit?«

»Ja!«

»Ich habe keine ...«

»Ich habe keine ...«, wiederholte Sarah.

»Ich habe keine Angst ...«

»Ich habe keine Angst ...«

»Ich habe keine Angst vor dem Dunkeln«, sagten beide wie aus einem Mund. Dann schaltete Tracy das Licht aus.

10

Als junger Mann pflegte Roy Calloway gern damit zu prahlen, er wäre »zäher als ein Zwei-Dollar-Steak«. Er konnte tagelang mit ein, zwei Stunden Schlaf pro Nacht auskommen, wenn es nottat, und hatte sich in den ersten seiner mehr als dreißig Dienstjahre nicht ein einziges Mal krankgemeldet. Jetzt, mit zweiundsechzig, fiel es ihm allmählich schwerer, die gewohnten Stunden abzureißen oder sich auch nur einzureden, dass er das gern tat. Im vergangenen Jahr hatte ihn die Grippe gleich zweimal umgeworfen, einmal sieben, das andere Mal drei Tage lang. Beide Male hatte sein Deputy Armstrong ihn würdig vertreten und seine Frau die Gunst der Stunde genutzt, um ihn darauf hinzuweisen, dass die Stadt in seiner Abwesenheit weder einer Feuersbrunst noch einer Verbrechenswelle zum Opfer gefallen war.

In seinem Büro hängte Calloway seinen Mantel an den Haken hinter der Tür und musterte einen Moment lang nachdenklich die Regenbogenforelle, die er im vergangenen Oktober aus dem Yakima River gezogen hatte. Der Fisch war wirklich ein Prachtexemplar, fast einen halben Meter lang, knapp vier Pfund schwer und mit einem farbenprächtigen Bauch, der sich sehen lassen konnte. Nora, seine Frau, hatte ihn heimlich ausstopfen und hier im Büro aufhängen lassen, um ihn jeden Tag daran zu erinnern, dass da draußen noch viele Fische darauf warteten, von ihm gefangen zu werden. Nora wollte, dass ihr Mann in Rente ging, und das sagte sie auch laut und deutlich bei jeder sich bietenden Gelegenheit. Calloway konterte dann regelmäßig, die Stadt brauche ihn noch und Finlay sei noch nicht so weit, verschwieg aber, dass auch er die Stadt und den Job noch brauchte. Wer wollte denn schon den ganzen Tag angeln oder Golf spielen? Und gereist war der Sheriff noch nie gern. Sollte er sich etwa zu den Typen gesellen, die in weißen orthopädischen Schuhen mit weichen Sohlen über die Decks von Kreuzfahrtschiffen schlenderten und so taten, als hätten sie mit ihren Mitreisenden mehr gemein als die Tatsache, nicht mehr allzu weit vom Grab entfernt zu sein? Eine unerträgliche Vorstellung.

»Chief?«, tönte es aus dem Lautsprecher.

»Ich bin hinten in meinem Büro.«

»Dachte ich mir doch, dass ich Sie reinschleichen sah. Vance Clark ist hier und will Sie sprechen.«

Calloway warf einen Blick auf die Uhr an der Wand: Kurz nach halb sieben. Dann war er wohl nicht der Einzige, der an diesem Abend länger arbeitete. Er hatte zwar mit dem Besuch des Staatsanwalts gerechnet, aber doch erst am nächsten Morgen.

»Chief?«

»Schick ihn rein.«

Er setzte sich an seinen Schreibtisch unter das Schild, das seine Mitarbeiter ihm zu seinem Dienstantritt geschenkt hatten: *Regel Nummer eins: Der Chief hat immer recht. Regel Nummer zwei: Sollte er einmal nicht recht haben, tritt automatisch Regel Nummer eins in Kraft.*

Ob das wohl immer noch zutraf? Inzwischen musste er sich das ja wohl fragen.

Vor den getönten Scheiben der Bürotür tauchte Clarks Schatten auf. Der Staatsanwalt klopfte kurz, trat jedoch ein, ohne eine Antwort abzuwarten. Er hinkte ein wenig, denn er war ein überzeugter Jogger, was seinen Knien nicht gutgetan hatte.

Calloway lehnte sich zurück und legte die Füße auf den Schreibtisch. »Plagt dich dein Knie?«

»Immer wenn es kalt wird.« Clark schloss die Tür hinter sich. Er hatte etwas von einem geprügelten Hund an sich, aber das war normal. Sein schmales Gesicht und die hohe Stirn, die er ständig zu runzeln schien, wurden von dem schütteren Haarkranz um die Halbglatze noch betont.

»Vielleicht solltest du das Joggen langsam mal einstellen.« Dabei wusste Calloway genau, dass Clark seine Laufschuhe ebenso wenig an den Nagel hängen würde wie er selbst den Sheriffhut, und zwar aus demselben Grund: Was sollte er sonst tun?

»Vielleicht.« Clark setzte sich. Über den Köpfen der beiden Männer summten Neonröhren, von denen eine die störende Angewohnheit hatte, von Zeit zu Zeit hektisch flackernd so zu tun, als wolle sie ausgehen. »Ich habe es schon gehört.«

»Es ist Sarah.«

»Und? Was machen wir jetzt?«

»Gar nichts.«

Die Falten auf Clarks Stirn wurden noch tiefer. »Aber wenn im Grab Beweise auftauchen, die die alten Beweise widerlegen?«

Calloway nahm die Füße vom Tisch. »Es ist zwanzig Jahre her, Vance. Wir sollten die Toten ruhen lassen, jetzt, wo Sarah gefunden wurde. Das mache ich ihr schon klar.«

»Und wenn dir das nicht gelingt?«

»Es wird mir gelingen.«

»Beim letzten Mal hast du es nicht hingekriegt.«

Calloway versetzte der Wackelkopffigur mit dem Gesicht von Félix Hernández, die ihm sein Enkel zu Weihnachten geschenkt hatte, einen Stoß und sah zu, wie der berühmte Baseballspieler wackelte und zuckte. »Dann muss ich es dieses Mal wohl besser machen.«

»Fährst du dir die Autopsie ansehen?«, fragte Clark, nachdem er einen Moment lang nachdenklich geschwiegen hatte.

»Ich habe Finlay geschickt. Immerhin hat er die Leiche gefunden.«

Clark stieß einen leisen Fluch aus.

»Krieg dich ein, Vance, wir sind uns doch alle einig. Was geschehen ist, ist geschehen. Es ändert vorn und hinten nichts, hier rumzuhocken und über Dinge zu hirnen, die vielleicht nie passieren werden.«

»Aber es hat sich bereits was geändert, Roy.«

11

Tracy eilte mit gesenktem Kopf vom Aufzug zu ihrem Arbeitsplatz. Sie hatte eigentlich viel früher kommen wollen, war aber am Vortag bei der Rückreise von Cedar Grove in dichten Verkehr geraten und eine Stunde länger unterwegs gewesen als sonst. Damit nicht genug, hatte sie sich Scotch zum Abendessen gegönnt und anschließend vergessen, ihren Wecker zu stellen. Oder der Wecker hatte geklingelt, und sie hatte weitergeschlafen. Beides war denkbar, sie hätte es nicht sagen können.

Nachdem sie ihre Regenjacke über die Stuhllehne gehängt und ihre Handtasche in ihrem Spind verstaut hatte, wartete sie darauf, dass ihr Computer zum Leben erwachte. In ihrem Kopf spielte irgendwer Schlagzeug, während die Magentabletten, die sie gegen den Waldbrand in ihrem Bauch eingeworfen hatte, kläglich versagten. Hinter sich hörte sie, wie Kins' Drehstuhl knarrte, weil ihr Kollege sich zu ihr umdrehte, aber als sie nicht darauf reagierte, knarrte der Stuhl wieder zurück in die Ausgangsposition. Faz und Delmo saßen noch nicht an ihren Tischen.

Tracy ging ihre Mails durch. Rick Cerrabone hatte ihr an diesem Morgen bereits zwei geschickt. Der Oberstaatsanwalt des King County brauchte Kopien der Zeugenaussagen sowie Tracys beeidigte Stellungnahme, um den Durchsuchungsbefehl für Nicole Hansens Wohnung ausstellen zu können, den Tracy beantragt hatte. Er schien es eilig zu haben, denn seiner ersten Mail war nach einer halben Stunde die zweite gefolgt:

Wo sind die Zeugenaussagen und Ihre beeidigte Stellungnahme? Ich kann so nicht zum Richter gehen.

Tracy hatte den Hörer schon in der Hand, um Cerrabone anzurufen, als sie über seiner zweiten Mail eine weitere Nachricht entdeckte. Diese war von Kins, der die Anfrage erledigt und ihr eine Kopie seiner Mail an den Staatsanwalt weitergeleitet hatte. Er hatte die Zeugenaussagen besorgt und eine beeidigte Stellungnahme abgegeben. Aufgebracht drehte sie sich zu ihm um. Was fiel dem Mann ein? Schließlich war sie die leitende Ermittlerin! Kins warf einen Blick über die Schulter, sah ihre wütende Miene und wandte sich zu ihr um.

»Er hat bei mir angerufen, Tracy. Ich dachte, du hast doch sowieso schon genug um die Ohren, und da habe ich es eben einfach erledigt.«

Wortlos, immer noch wütend, wandte sie sich ihrem Computer zu und begann eine böse Antwort zu formulieren. Aber es dauerte nicht lange, bis ihr Zorn verraucht war. Sie las durch, was sie geschrieben hatte, und löschte es seufzend, ehe sie sich umdrehte. »Kins?«

Er sah sie an.

»Danke. Was hat Cerrabone gesagt? Wann können wir mit dem Durchsuchungsbeschluss rechnen?«

Kins kam zu ihr herüber, die Hände in den Hosentaschen. »Im Laufe des Vormittags. Alles in Ordnung?«

»Ich weiß nicht. Kann nicht sagen, was ich empfinde. Mein Schädel brummt.«

»Andy hat vorhin reingeschaut.« Andy war Andrew Laub, ihr Lieutenant. »Er möchte dich sehen.«

Tracy lachte auf. »Na toll!« Sie rieb sich die Augen und massierte ihren Nasenrücken.

»Warum gehen wir nicht erst einmal frühstücken? Wir könnten uns einen Wagen nehmen, runter nach Kent fahren und dort diesen einen Zeugen in der Hansen-Sache vernehmen.«

Tracy stand auf. »Lieb gemeint, Kins, aber lass mal. Je eher ich das hinter mich bringe ...« Sie zuckte die Achseln. »Ich weiß auch nicht.«

Andrew Laub war Sergeant des A-Teams gewesen, ehe man ihn zum Lieutenant befördert hatte. Die Beförderung hatte ihm ein eigenes Büro eingebracht, allerdings eins der kleinen, nach innen gelegenen, ohne Fenster und mit einem Namensschild an der Tür, das man jederzeit austauschen konnte. Er hockte seitlich an seinem Schreibtisch, die Augen auf seinen Bildschirm gerichtet, und hackte auf die Tastatur ein, als Tracy in der offenen Tür auftauchte und an den Türrahmen klopfte.

»Ja?«

»Komme ich ungelegen?«

Das Klappern hörte auf, und Laub drehte sich um. »Tracy! Komm rein und mach die Tür hinter dir zu.«

Die Fotografien auf dem Regal hinter Laubs Schreibtisch waren wie eine Biografie: Der Lieutenant war mit einer attraktiven Rothaarigen verheiratet und hatte drei Kinder. Zwei Töchter, Zwillinge, wenn auch nicht eineiig, und einen Sohn, der seinem Vater bis aufs i-Tüpfelchen glich, einschließlich der roten Haare und Sommersprossen. Der Sohn spielte offenbar Football.

»Setz dich doch«, forderte er Tracy auf. Das Licht der Schreibtischlampe spiegelte sich in seinen Brillengläsern.

»Ist nicht nötig, ich steh ganz gut.«

»Setz dich trotzdem.«

Sie setzte sich.

Laub nahm die Brille ab und legte sie auf den Schreibtisch. Rote Flecken markierten die Druckstellen, wo die Nasenauflagen sich in den Nasenrücken gegraben hatten. »Wie kommst du zurecht?«

»Alles bestens.«

Er starrte sie unverwandt an. »Uns liegt an dir, Tracy, wir wollen alle nur dafür sorgen, dass es dir gut geht.«

»Danke, das weiß ich zu schätzen.«

»Sind die Gebeine in der Gerichtsmedizin?«

Tracy nickte. »Ja, sie haben sie gestern gleich mit hergebracht.«

»Wann kriegst du den Bericht?«

»In etwa einem Tag.«

»Es tut mir leid.«

Sie zuckte mit den Achseln. »Immerhin weiß ich es jetzt. Das ist schon mal was.«

»Ja, das ist schon mal was.« Laub angelte sich einen Bleistift aus der Ablage und spielte damit. »Wann hast du das letzte Mal geschlafen?«

»Letzte Nacht. Wie ein Baby.«

Laub beugte sich vor. »Wenn du allen anderen hier vormachen willst, dass es dir gut geht, bitte. Das kannst du halten, wie du möchtest. Aber ich bin für dich verantwortlich, und ich muss wissen, wie es dir wirklich geht. Ich kann es nicht brauchen, wenn du mir hier die Heldin vorspielen willst.«

»Ich will niemandem die Heldin vorspielen, Lieutenant. Ich versuche lediglich, meine Arbeit zu machen.«

»Warum nimmst du dir nicht ein bisschen frei? Sparrow kann sich um die Hansen-Sache kümmern.« Sparrow war Kins' Spitzname aus seiner Zeit als verdeckter Ermittler im Drogendezernat. Er hatte sich damals die Haare wachsen lassen und einen schmalen Kinnbart zugelegt, sodass er Johnny Depp in seiner Rolle als Captain Sparrow verdächtig ähnlich gesehen hatte.

»Ich komme schon damit klar.«

»Ich weiß, dass du klarkommst, ich sage dir nur: Lass es sein. Geh nach Hause, schlaf dich aus, kümmere dich um das, worum du dich kümmern musst! Dein Job hier läuft dir schon nicht weg.«

»Ist das ein Befehl?«

»Nein, aber ein sehr ernst gemeinter Vorschlag.«

Sie stand auf und schaffte es gerade bis zur Tür.

»Tracy ...«

Sie sah ihn an. »Was habe ich denn, wenn ich nach Hause gehe, Lieutenant? Wände, die ich anstarren kann, und jede Menge Zeit, um über Sachen nachzudenken, über die ich nicht nachdenken will!« Sie holte tief Luft, wartete, bis sie sich wieder im Griff hatte. »An meinem Arbeitsplatz hängen keine Bilder.«

Laub legte den Bleistift weg. »Vielleicht solltest du mal mit jemandem reden, Tracy.«

»Es ist jetzt zwanzig Jahre her, Lieutenant. Seit zwanzig Jahren schaffe ich es, die Tage durchzustehen. Das schaffe ich jetzt auch, immer einen verdammt schlechten Tag nach dem anderen.«

12

Am zweiten Tag nach Sarahs Verschwinden kam Tracys Vater in sein Arbeitszimmer, frisch geduscht, aber trotzdem völlig erschöpft. Ihre Eltern waren mit dem ersten möglichen Flug aus Hawaii zurückgekehrt, doch Tracys Mutter war gar nicht erst nach Hause gefahren, sondern hatte sich gleich in das Haus der American Legion in der Market Street begeben, um die Freiwilligen zu organisieren, die sich dort bereits versammelt hatten. Nur Tracys Vater war nach Hause gekommen. Er wollte sich hier mit Roy Calloway treffen und hatte Tracy gebeten, ebenfalls anwesend zu sein, falls der Sheriff noch weitere Fragen an sie hatte. Wobei Tracy sich nicht vorstellen konnte, was für Fragen das sein sollten. Sie hatte inzwischen schon so viele beantwortet.

Ist dir während des Wettkampfs irgendwer aufgefallen? Hat sich irgendjemand seltsam benommen, hing irgendwer immer in eurer Nähe rum? Hat jemand ungewöhnliches Interesse an Sarah gezeigt?

Hat sich euch irgendjemand genähert? Euch beiden oder einer von euch?

Hat Sarah je durchblicken lassen, dass sie sich von jemandem bedroht fühlt?

Calloway hatte sich eine Liste mit den Namen sämtlicher Jungen geben lassen, mit denen Sarah je ausgegangen war, wobei sich Tracy bei keinem auf der Liste vorstellen konnte, dass er Sarah etwas angetan haben könnte. Aus welchem Grund denn auch? Sie war mit den meisten von ihnen schon seit der Grundschule befreundet.

Tracys Vater war frühzeitig grau geworden, die lockigen Haare hingen ihm bis auf den Hemdkragen und bildeten normalerweise einen interessanten Kontrast zu den eindringlichen blauen Augen und dem jugendlichen Gebaren des Arztes. An diesem Morgen jedoch sah man dem Mann jedes einzelne seiner achtundfünfzig Jahre an. Die Augen hinter der runden Brille waren gerötet und aufgequollen. Unter dem Schnurrbart, den er sich hatte wachsen lassen, um die Enden nach oben zwirbeln zu können, wenn er als »Doc« Crosswhite an Schießwettkämpfen teilnahm, sprossen die Bartstoppeln seit mehreren Tagen, was sonst nie vorkam.

»Erzähl mir alles über den Pick-up.« Diesmal stellte ihr Vater und nicht Calloway die Fragen, was Tracy durchaus nicht entging. Ihr Vater spielte sich nie in den Vordergrund, aber trotzdem schienen sich bei Partys und Treffen die Menschen ganz automatisch um ihn zu scharen. »Hof halten« nannte Tracys Mutter das. Wenn James Crosswhite etwas sagte, hörten die Leute zu, und wenn er Fragen stellte, wurden die beantwortet. Dabei verhielt er sich jedem Gesprächspartner gegenüber ruhig und respektvoll, vermittelte einem das Gefühl, man sei der einzige Mensch im Zimmer.

»Wir haben ihn abschleppen lassen, er steht auf dem Autohof der Polizei. Seattle schickt Kriminaltechniker, die nach Fingerabdrücken suchen.« Calloway warf einen Blick in Richtung Tracy. »Wie es aussieht, ist ihr der Sprit ausgegangen.«

»Unmöglich!« Tracy stand neben der roten Ottomane, die zu den zwei Ledersesseln im Zimmer passte. »Ich habe Ihnen doch schon gesagt, dass ich vollgetankt habe, bevor wir von Cedar Grove losgefahren sind. Der Tank hätte noch zu zwei Dritteln voll sein müssen.«

»Das werden wir uns noch genauer ansehen«, sagte Calloway. »Ich habe ein Rundschreiben an sämtliche Polizeidienststellen des Staates geschickt und auch an die von Kalifornien und Oregon. Die kanadische Grenzpolizei ist ebenfalls verständigt. Wir haben allen Sarahs Porträtfoto aus dem Schuljahrbuch gefaxt.«

James Crosswhite fuhr sich über die Stoppeln an seinem Kinn.
»Du denkst an einen Durchreisenden?«

»Auf der Landstraße?«, mischte sich Tracy ein. »Durchreisende bleiben doch auf dem Highway.«

Ihr Vater sah sie an und kniff die Augen zusammen. Sie fing seinen Blick zu spät auf, zuckte zusammen, als er plötzlich neben ihr stand und nach ihrer linken Hand griff. »Was ist das? Ein Diamantring?«

»Ja.«

Er biss die Zähne zusammen und wandte den Blick ab.

»Hast du all ihre Freunde erreichen können?«, kam ihr Calloway zur Hilfe.

Verstohlen verbarg Tracy ihre Hand hinter dem Rücken. Sie hatte Stunden damit zugebracht, jeden anzurufen, der ihr in den Sinn gekommen war. »Niemand hat sie gesehen.«

»Warum hat sie ihre Waffen nicht mitgenommen?« Crosswhite hörte sich an, als würde er diese Frage hauptsächlich sich selbst stellen. »Warum nicht wenigstens eine der Pistolen?«

»Weil sie keinen Grund sah, sich bedroht zu fühlen, James. Ich nehme an, der Wagen ist liegen geblieben, weil kein Sprit mehr im Tank war, und sie wollte zu Fuß in die Stadt laufen.«

»Ihr habt die Wälder links und rechts von der Straße abgesucht?«

»Es gibt keine Anzeichen dafür, dass sie ausgerutscht und abgestürzt sein könnte.«

Das hatte Tracy von Anfang an für unwahrscheinlich gehalten. Sarah war viel zu sportlich und durchtrainiert, um an einem Randstreifen auszurutschen und abzustürzen. Selbst im Dunkeln und bei Regen war ihr das nicht zuzutrauen.

»Du solltest hierbleiben und warten«, sagte Calloway.

»Ich werde nicht auf meinem Hintern hocken und warten, Roy, das weißt du. Das ist nicht meine Art. Tracy? Sorg dafür, dass das Flugblatt fertig wird, über das wir gesprochen haben, und dann

fahr zu deiner Mutter. Such ein Foto raus. Aber nimm eines, auf dem Sarah gut zu erkennen ist, nicht das aus dem Jahrbuch. Bradley in der Apotheke kann Kopien machen. Sag ihm, erst mal tausend für den Anfang, und er soll mir das in Rechnung stellen. Ich will, dass diese Flugblätter von hier bis zur kanadischen Grenze überall hängen und rumliegen.« Er wandte sich an Calloway. »Wir brauchen eine topografische Landkarte.«

»Ich habe Vern verständigt. Er kennt die Berge hier besser als irgendwer sonst.«

»Was ist mit Hunden?«

»Ich sehe zu, was sich machen lässt.«

»War es vielleicht irgendwer auf dem Weg nach Hause? Jemand, der hier lebt?«

»Niemand von hier würde so etwas tun, James. Nicht bei Sarah.«

Ihr Vater schien etwas erwidern zu wollen, tat es aber doch nicht – als hätte er den Faden verloren. Und dann erlebte Tracy zum ersten Mal in ihrem Leben, wie ihr Vater aussah, wenn er Angst hatte, wenn der graue, schreckliche Schatten der Furcht über sein Gesicht zog. »Der Junge«, sagte er. »Der, den sie gerade auf Bewährung entlassen haben.«

»Edmund House«, flüsterte Calloway. Er stand mit hängenden Armen da, als genüge der Name allein, um ihn zu lähmen. Dann gab er sich einen Ruck. »Ich mach mich dran!« Er nickte Tracy und ihrem Vater zu, schob die Schiebetür zur Eingangshalle auf und verschwand.

»Gütiger Himmel!«, sagte Tracys Vater.

13

Die Cafeteria im Untergeschoss des Gebäudes, in dem das gerichtsmedizinische Institut des King County untergebracht war, erinnerte Tracy daran, wie früher die Cafés in Krankenhäusern ausgesehen hatten. Damals, als man es noch in Ordnung gefunden hatte, zusammen mit den Kranken auch deren Angehörige leiden zu lassen. Die Einrichtung – Linoleumboden, Tische aus rostfreiem Stahl, Plastikstühle – konnte als modern durchgehen, aber das war auch schon alles, von Gemütlichkeit konnte keine Rede sein. Kelly Rosa hatte das Café aber auch nicht ausgesucht, weil sie es so hübsch fand. Es lag einfach nur praktisch, nämlich ganz in der Nähe ihres Arbeitsplatzes. Perfekt für ein Treffen mit Tracy, mit der sie sich nicht direkt in ihrem Büro verabreden mochte.

Rosa war noch nicht da, als Tracy eintraf, also holte sie sich einen Tee und setzte sich an einen Tisch in Fensternähe, von wo aus sie den Bürgersteig im Blick hatte. Die Wartezeit überbrückte sie damit, auf ihrem iPhone E-Mails und SMS zu beantworten. Sie brauchte allerdings nicht lange zu warten. Tracy erkannte Kelly sofort, als diese den Bürgersteig entlangkam, auch wenn die Anthropologin einen grünen Regenmantel trug und die Kapuze aufgesetzt hatte, weil es inzwischen ein bisschen nieselte. Sie betrat das Café, streifte die Kapuze ab und sah sich um. Hier, in dieser Umgebung, hatte sie wenig von einer Frau, die durch Berge und Sümpfe streifte, um die

Gebeine längst Verstorbener zu bergen und zu untersuchen. Eher sah sie aus wie die typische Vorstadtmutti, die ihre Kinderchen mit dem Minivan zum Fußballtraining chauffierte. Was Kelly Rosa auch tat, wenn sie nicht gerade nach menschlichen Überresten fahndete.

Sie umarmte Tracy zur Begrüßung, ehe sie den Regenmantel auszog.

»Kann ich dir was holen?«, erkundigte sich Tracy.

»Danke, im Moment nicht.« Rosa setzte sich.

»Wie geht es den Kindern?«

»Meine Vierzehnjährige ist größer als ich. Dazu gehört nicht viel, das ist mir schon klar, aber sie findet es ganz toll, dass sie auf Mama runterschauen kann.« Falls Kelly es auf einen Meter fünfzig brachte, dann nur um Haaresbreite. »Und meine Elfjährige spielt bei einer Schulaufführung mit, *Der Zauberer von Oz*.«

»Als Dorothy?«

»Als Toto. Aber sie hält sich für den absoluten Star.« Rosa nahm Tracys Hand. »Es tut mir leid, Tracy. Sehr leid.«

»Danke. Und danke auch, dass du dir Zeit für mich nimmst.«

»Das ist doch selbstverständlich.«

»Hast du bestätigt bekommen, dass sie es ist?« Das war nur eine Formsache, aber Tracy wusste, dass Rosa Röntgenaufnahmen von Sarahs Kiefer und den Zähnen ans Zentralregister für vermisste Personen und das National Crime Information Center geschickt hatte. Das war Vorschrift.

»Zwei eindeutige Treffer.«

»Was kannst du mir sonst noch sagen?«

Rosa stieß einen tiefen Seufzer aus. »Ich kann dir sagen, dass dieser Hüne von einem Sheriff da oben nicht will, dass ich dir irgendwas sage.«

»Das hat er so formuliert?«

»Es war schon klar, was er meint.«

»Feinfühligkeit war noch nie Roy Calloways Stärke.«

»Dann ist es ja gut, dass ich nicht für ihn arbeite.« Rosa lächelte kurz. »Bist du wirklich sicher, dass du das mit mir durchgehen willst? Ist schlimm genug, wenn man die Leute nicht kennt.«

»Nein, sicher bin ich mir überhaupt nicht, aber ich muss wissen, was du herausgefunden hast.«

»Wie weit soll ich in die Details gehen?«

»Bis ich es nicht mehr aushalte, ich sag schon Bescheid.«

Rosa rieb sich die Hände, faltete sie und stützte das Kinn darauf. »Du hattest recht mit deiner Vermutung. Der Mörder hat einfach ein Loch im Boden genutzt, das bei den Wurzelrodungen entstanden war. Kratzspuren einer Schaufel weisen darauf hin, dass er versucht hat, das Loch zu vergrößern. Dabei hat er sich entweder hinsichtlich der Größe verschätzt oder er hatte keine Lust mehr oder keine Zeit, noch länger zu graben. So oder so, die Leiche wurde mit angewinkelten Knien vergraben, wobei die Beine höher lagen als der Kopf, weswegen der Hund zuerst den Fuß und das Bein entdeckt hat.«

»Ja, so in etwa hatte ich es mir schon gedacht.«

»So, wie die Leiche im Loch lag, mit angewinkelten Knien und gebeugtem Rücken, können wir davon ausgehen, dass die Leichenstarre eintrat, ehe sie vergraben wurde.«

Tracys Puls ging schneller. »Vorher? Ganz sicher?«

»Ja.«

»Wie viel vorher?«

»Das kann ich nicht mit Sicherheit sagen. In dem Punkt kann ich lediglich eine durch Sachkenntnis gestützte Vermutung anstellen.«

»Aber auf jeden Fall war die Leichenstarre eingetreten, ehe die Leiche vergraben wurde?«

»Davon gehe ich stark aus.«

»Konntest du die Todesursache feststellen?«

»Der Schädel war gesplittert, direkt über dem obersten Halswirbel. Ob das die Todesursache war, kann ich auch nicht mit Sicherheit sagen, es ist einfach zu lange her. Andere Knochenbrüche gab es nicht. Nichts deutet darauf hin, dass sie geschlagen wurde.«

Rosa war nett zu ihr, aber Tracy wusste genau, dass das Fehlen weiterer Knochenbrüche noch lange nicht bedeutete, dass das Opfer nicht geschlagen oder gefoltert worden war. Besonders bei Fällen wie diesem hier, wo die gefundenen Überreste schon so stark zerfallen waren, ließ sich das schwer sagen. »Habt ihr außer der Gürtelschnalle noch andere persönliche Gegenstände gefunden?« Organische Materialien wie Baumwolle und Wolle würden längst zerfallen sein, das wusste Tracy aus Erfahrung. Für Materialien wie Metall oder synthetische Stoffe galt das allerdings nicht.

Rosa konsultierte ein kleines Notizbuch. »Metallnieten, in die ›LS&CO S.F.‹ eingestanzt war«, sagte sie.

Tracy lächelte. »Levi Strauss & Company. Sarah war eine Rebellin.«

»Bitte?«

»Levi Strauss unterstützt die Waffengegner. Wir anderen trugen alle ausschließlich Wrangler oder Lee, aber in denen fand Sarah ihren Po zu fett, also trug sie Levi's Jeans. Das verstand nur, wer sie kannte.«

»Was noch? Sieben Druckknöpfe aus Metall.« Rosa sah auf. »Ich nehme an, von einem langärmligen Hemd. Zwei sind kleiner als die anderen, die saßen wohl an den Manschetten.«

Tracy zog ein gerahmtes Foto aus ihrer Handtasche. Es war die Aufnahme, die sie als Siegerin zeigte, flankiert von Sarah und der Frau, die damals bei der Landesmeisterschaft den dritten Platz belegt hatte. »Ein Hemd wie das hier?«

Rosa sah sich das Foto genau an. »Ja. Allerdings sind die Knöpfe jetzt nicht mehr schwarz.«

Sarah hatte bei Wettkämpfen immer langärmlige Westernhemden der Marke Scully getragen. An jenem Tag hatte sie das schwarz-weiß bestickte Hemd angehabt. Tracy steckte das Foto wieder ein.

Rosa las weiter vor: »Verschiedene größere und kleinere Plastikfetzen.«

Tracys Magen zog sich zusammen. Sie musste sich zwingen, weiterhin aufmerksam zuzuhören. Sarahs Mörder hatte die Leiche ihrer Schwester so biegen müssen, dass sie in das Loch passte. Anscheinend hatte er sie dazu auch noch in einen Müllsack gestopft.

»Alles in Ordnung?« Rosa sah sie besorgt an.

Tracy holte tief Luft. »Ein Müllsack?« Wieder musste sie sich zwingen, überhaupt ein Wort herauszubringen. Der Plastikfund konnte wichtig sein, denn Calloway behauptete, House hätte gestanden, Sarah sofort getötet und ihre Leiche umgehend vergraben zu haben. Angeblich hatte er sie rein zufällig getroffen, als sie an der Landstraße entlang nach Hause ging, und war gleich über sie hergefallen. Und genauso zufällig hatte er auch einen Müllsack dabeigehabt, um sie hineinzustopfen?

»Ich glaube schon, ja. Ein Müllsack.«

»Was sonst noch?«

»Spuren von synthetischen Fasern.«

»Wie groß?«

»Die Fasern? Fünfzig Mikrometer.«

»Teppich?«

»Wahrscheinlich.«

»Als wäre die Leiche in einen Teppich gewickelt gewesen?«

»Nein. Dann hätten wir auch noch Reste des Teppichs finden müssen oder zumindest viel mehr Fasern. Wohl eher etwas, womit sie in Kontakt kam. Vielleicht in einem Fahrzeug?«

Edmund House hatte bei seinem Onkel Parker House gewohnt, der nebenbei Autos restaurierte und verkaufte. Eins dieser Autos hatte er seinen Neffen fahren lassen, einen roten Chevy Pick-up, in dessen Fahrerkabine er bis runter auf das blanke Metall alles abgebaut hatte. Teppichfasern im Grab passten also auch nicht zu Calloways Aussage, House hätte ihm gestanden, Sarah sofort nach ihrem Zusammentreffen vergewaltigt, erwürgt und vergraben zu haben. »Sonst noch etwas?«

»Etwas Schmuck.«

Tracy beugte sich vor. »Was genau?«

»Ohrringe. Und eine Kette.«

Tracys Herz klopfte wie wild. »Beschreib mir die Ohrringe.«

»Ovale Form und aus Jade.«

»Wie Tränen?«

»Ja.«

»Und die Kette? Echtes Silber?«

»Ja.«

Erneut legte Tracy ihr das Foto vor. »Wie der Schmuck auf diesem Bild?«

»Ja, genau.«

»Wo ist der Schmuck jetzt?«

»Der Deputy des Sheriffs hat sich alles aushändigen lassen.«

»Nachdem du es fotografiert und katalogisiert hattest?«

»Wie es so Sitte ist. Das mach ich doch immer, Tracy, das ist Routine.« Rosa sah ihr Gegenüber fragend an. »Alles in Ordnung?«

Tracy schob ihren Stuhl zurück. Sie verstaute das gerahmte Bild wieder in ihrer Handtasche. »Danke, dass du dich mit mir getroffen hast, Kelly. Ich weiß das wirklich zu schätzen.« Sie stand auf und wollte gehen.

»Tracy? Was ist mit den Gebeinen?«

Tracy schloss die Augen, spürte zermürbende Kopfschmerzen aufziehen, setzte sich wieder.

Rosa wartete einen Moment, ehe sie fragte: »Was geht hier eigentlich vor?«

Was sollte sie sagen, wie viel durfte sie enthüllen? »Es ist besser, wenn du nicht zu viel weißt, Kelly. Vielleicht musst du als Zeugin auftreten, und da wäre es schlecht, wenn ich dich vorher mit Infos beeinflusst hätte.«

»Zeugin?«

Tracy nickte.

Rosa kniff die Augen zusammen, schien nachfragen zu wollen, entschied sich dann aber wohl dagegen. »Okay. Aber darf ich dir einen Vorschlag machen?«

»Natürlich.«

»Lass mich die Gebeine direkt an ein Beerdigungsinstitut schicken. Das ist einfacher. Du willst sie nicht selbst transportieren, glaub mir.«

Vor zwanzig Jahren hatte irgendwer in Cedar Grove einen Gedenkgottesdienst vorgeschlagen, weil alle einen Schlussstrich brauchten, um mit ihrem Leben weitermachen zu können, aber James Crosswhite hatte sich jeder Diskussion über Gedenkfeiern und Bestatter verweigert. Er hatte nicht hören wollen, dass sein kleines Mädchen tot war. Tracy hatte damals schon, anders als ihr Vater, kaum noch konkrete Hoffnung gehabt. Das war jetzt anders. Jetzt besaß sie etwas, worauf sie zwanzig Jahre lang gewartet hatte: Beweise.

»Du hast recht. Das wird das Beste sein«, sagte sie.

14

Am dritten Tag nach Sarahs Verschwinden ging Tracy frühmorgens an die Tür ihres Elternhauses, weil es geklopft hatte. Vor ihr stand Roy Calloway, den Hut in der Hand, und sah so aus, als würde er keine guten Nachrichten bringen.

»Morgen, Tracy. Ich muss mit deinem Vater sprechen.«

Tracy hatte ihre Eltern nach Hause geschleppt, als es in den Bergen oberhalb der Stadt zu dunkel geworden war, um noch weiterzusuchen, und sich anschließend mit ihrem Vater in dessen Arbeitszimmer zurückgezogen, das sich langsam in eine Kommandozentrale verwandelte. Beide hatten sich ans Telefon gehängt. James Crosswhite, um Polizeiwachen, Kongressabgeordnete und generell jeden Bekannten anzurufen, der über ein bisschen Macht und Einfluss verfügte und vielleicht helfen konnte, und Tracy, um sich die Radiosender und Zeitungen vorzunehmen. Irgendwann so gegen elf – ihr Vater widmete sich mittlerweile der topografischen Karte, die sie sich beschafft hatten – war sie in einem der roten Ledersessel eingeschlafen und erst wieder aufgewacht, als die ersten Strahlen der Morgensonne durch die bleigefassten Fenster drangen. Irgendjemand hatte sie zugedeckt. Ihr Vater saß immer noch an seinem Schreibtisch. Er hatte das Sandwich, das sie ihm am Vorabend hingestellt hatte, nicht angerührt und war gerade dabei, die Landkarte mithilfe von Lineal und Zirkel in einzelne Abschnitte einzuteilen. Tracy stand auf und ging in die Küche, um Kaffee zu kochen, fand dort aber eine bereits fertige Kanne vor. Anscheinend war ihre Mutter schon sehr früh aufgestanden und aufgebrochen, ohne Tracy zu wecken. Sie hatte gerade eine Tasse für ihren Vater einschenken wollen, als sie das Klopfen an der Haustür hörte.

»Er ist in seinem Arbeitszimmer«, sagte sie.

Da wurde auch schon die Schiebetür hinter ihr aufgeschoben und ihr Vater kam in die Eingangshalle. »Ich bin hier, Roy.« Er schob sich die Brille zurecht. »Tracy, koch uns bitte einen Kaffee.«

»Das hat Mom schon gemacht.« Tracy folgte den beiden Männern in das Arbeitszimmer.

»Hast du mit ihm geredet?«, wollte ihr Vater wissen.

»Er sagt, er war zu Hause«, antwortete Calloway.

Es ging um Edmund House.

»Und kann das jemand bestätigen?«

Calloway schüttelte den Kopf. »Parker hatte Nachtschicht und ist spät nach Hause gekommen. Er sagt, als er kam, lag Edmund schlafend in seinem Bett.«

Calloway schwieg kurz, was Tracys Vater nervös machte. »Aber?«, drängte er.

»Aber er hat Kratzwunden am Handrücken und an den Wangen.« Der Sheriff zog ein paar Polaroidfotos aus der Tasche.

»Und wie erklärt er die?« Tracys Vater hielt die Aufnahmen ins Licht.

»Er sagt, ihm wäre ein Holzstück ›explodiert‹. Er hätte in der Holzwerkstatt gearbeitet, wo Parker seine Möbel baut, und eine Leiste wäre gesplittert und dabei hätte er sich verletzt.«

»Bitte?« Tracys Vater ließ die Fotos sinken. »So was habe ich noch nie gehört!«

»Ich auch nicht.«

»Für mich sieht das nach Fingernägeln aus. Als hätte ihm jemand das Gesicht und die Hände zerkratzt.«

»Das sehe ich auch so.«

»Kannst du einen Durchsuchungsbefehl besorgen?«

Calloway schüttelte resigniert den Kopf. »Vance hat Richter Sullivan zu Hause angerufen, aber der Richter hat ihm eine Abfuhr *erteilt. Sagte, die Beweise würden nicht ausreichen, um die Verletzung der Privatsphäre von Parkers Heim zu rechtfertigen.«*

James Crosswhite massierte sich den Nacken. »Und wenn ich Sullivan anrufe?«

»Würde ich nicht machen. Der Richter hält sich strikt an die Regeln.«

»Er ist ein guter Bekannter, verdammt noch mal, er kommt zu unseren Weihnachtspartys.«

»Das weiß ich. Trotzdem bringt es nichts, ihn anzurufen.«

»Was, wenn House Sarah dort festhält? Irgendwo auf dem Grundstück?«

»Macht er nicht.«

»Woher willst du das wissen?«

»Das Grundstück gehört Parker, und der hat zugestimmt, als ich ihn fragte, ob ich mich mal ein bisschen umsehen darf. Ich habe jedes einzelne Zimmer, jeden Schuppen, jede Werkstatt durchsucht. Sie ist da nicht, und ich habe auch keine Hinweise darauf gefunden, dass sie mal dort war.«

»Es könnte andere Hinweise geben, die man auf den ersten Blick nicht sieht – Blut in seinem Wagen oder im Haus.«

»Könnte, ja, aber um die Kriminaltechnik ...«

»Er ist ein verdammter Schwerverbrecher, Roy. Ein wegen Vergewaltigung verurteilter, gerade aus dem Gefängnis entlassener Krimineller mit Kratzern im Gesicht und an den Armen und ohne Alibi. Niemand kann bestätigen, wo er zur fraglichen Zeit war. Warum zum Teufel reicht das nicht?«

»Genau das habe ich zu Vance gesagt und Vance zu Richter Sullivan. House hat seine Strafe abgesessen.«

»Ich habe mit den Leuten im King County telefoniert, Roy. Weißt du, warum House jetzt schon freikam? Weil die Polizei in dem Fall Scheiße gebaut hat. Sie sagen, er hat das arme Mädchen über einen Tag lang geschlagen und vergewaltigt.«

»Und seine Zeit abgesessen, James.«

»*Dann sag mir, wo meine Tochter ist, Roy. Wo ist meine Sarah?*«
»*Ich weiß es nicht.*« Calloway wirkte wie erschlagen. »*Ich wünschte wirklich, ich wüsste es!*«

»*Sie lassen ihn laufen, er kommt hierher und Sarah verschwindet. Was soll das sein? Nur ein großer Zufall?*«

»*Es reicht nicht für einen Durchsuchungsbeschluss.*«

»*Er hat kein Alibi!*«

»*Es reicht nicht, James.*«

»*Wer soll es sonst gewesen sein? Ein Landstreicher? Jemand, der zufällig des Weges kam? Wie wahrscheinlich ist das denn?*«

»*Die Vermisstenmeldung liegt allen Polizeiwachen im gesamten Staat vor.*«

James Crosswhite rollte die topografische Landkarte zusammen und gab sie Tracy. »*Bring das zu deiner Mutter in die American Legion. Sie soll die Karte Vern geben und Teams zusammenstellen. Wir gehen wieder raus, und ich will, dass diesmal systematisch gesucht wird, damit wir nichts übersehen. Was ist mit den Hunden, Roy?*«

»*Das nächste Team ist in Kalifornien. Ist wohl nicht so einfach, sie einzufliegen.*«

»*Und wenn sie in Sibirien sind! Ich zahle, was gezahlt werden muss, um sie herzuschaffen.*«

»*Es liegt nicht an den Kosten, James.*«

Crosswhite schien jetzt erst mitzubekommen, dass Tracy noch gar nicht gegangen war. »*Was stehst du da rum?*«, fuhr er sie an. »*Hast du nicht gehört, was ich gesagt habe? Los jetzt!*«

»*Kommst du denn nicht mit?*«

»*Mach, was ich dir sage, verdammt noch mal!*«

Erschrocken wich Tracy zurück. Ihr Vater war ihr oder Sarah gegenüber noch nie laut geworden. »*Okay, Dad.*« Sie wollte sich an ihm vorbeidrücken.

»*Tracy!*« Er hielt sie kurz fest, nahm sich die Zeit, sich wieder zu fangen. »*Geh schon vor und sag deiner Mutter, dass ich so schnell wie möglich nachkomme. Der Sheriff und ich haben noch etwas zu besprechen.*«

15

Eine Woche nachdem Sarahs sterbliche Überreste gefunden worden waren, fuhr Tracy nach Cedar Grove zurück. In Seattle schien die Sonne, als sie losfuhr, und das gute Wetter blieb ihr auch den Großteil der Strecke über erhalten, bis sie sich Cedar Grove näherte und am Himmel dunkle Wolken aufzogen, um sich über der Stadt zusammenzuballen. Als ginge es nicht an, dass sie bei strahlendem Sonnenschein nach Hause kam: Sie war hier, um ihre Schwester zu beerdigen.

Sie hatte stärkeren Verkehr eingeplant, weswegen ihr nach ihrer Ankunft bis zum Termin beim Bestatter noch eine halbe Stunde Zeit blieb. Langsam fuhr sie die Market Street hinunter, an einem heruntergekommenen Geschäft nach dem anderen vorbei, bis sie an der Fassade des Hauses, das früher *Kaufman's* Mercantile Store beherbergt hatte, das Neonschild in Form einer Kaffeetasse entdeckte. An das Schild erinnerte sie sich noch von ihrem letzten Besuch. In der Luft hing schwer und feucht der Regen, der jeden Moment fallen musste. Tracy fütterte die Parkuhr, an der sie gehalten hatte, auch wenn sie sich ziemlich sicher war, dass hier in nächster Zeit keine Politesse vorbeikommen würde, und betrat das »Daily Perk«. Das Café teilte sich die Räumlichkeiten des ehemaligen Kaufhauses mit einem Chinarestaurant. Man hatte zwischen beiden einfach eine Trennwand hochgezogen und dort, wo man jetzt Kaffee trinken konnte, hatte früher Kaufman's Eis- und Sodatresen gestanden. Die Einrichtung des Cafés wirkte bunt zusammengewürfelt und erinnerte an eine Studentenbude. Die Zwischenwand zum Chinarestaurant schien nicht die stabilste zu sein und wies an einigen Stellen bereits lange Risse auf, die nur notdürftig von einem Wandgemälde verdeckt wurden, das den Blick durch ein Fenster auf einen geschäftigen Großstadtboulevard darstellte. Etwas seltsam für ein Café auf dem Lande, fand Tracy. Die junge Frau hinter dem Tresen trug einen Ring in der Nase und einen an der Unterlippe und widmete sich ihrer Kundschaft mit dem Enthusiasmus und der Freundlichkeit eines Staatsbediensteten kurz vor der Pensionierung.

Als das Mädchen nicht einmal Anstalten machte, sie zu begrüßen, passte Tracy sich mühelos an. »Kaffee. Schwarz.«

Sie setzte sich mit ihrem Becher an das richtige Fenster. Draußen lag die Market Street ziemlich verlassen da. Das war früher anders gewesen. Damals hatte es hier manchmal von Menschen gewimmelt und sie und ihre Freunde hatten sich großen Ärger eingehandelt, wenn sie mit ihren Fahrrädern die Bürgersteige unsicher machten. Was sie wenig interessiert hatte, wenn Samstag war und Abenteuer anstanden. Wenn ihnen danach war, hatten sie ihre Räder irgendwo angelehnt, ohne sie je abzuschließen, und die Läden gestürmt.

Dan O'Leary stand neben seinem Fahrrad und machte einen etwas verlorenen Eindruck. »Verdammt!«

»Was ist los?« Tracy hatte sich bei Kaufman's ein Seil, ein Brot und je ein Glas Erdnussbutter und Marmelade besorgt und verstaute die Einkäufe gerade in ihrem Rucksack. Für zehn Stangen schwarze und fünf Stangen rote Lakritze war auch noch genügend Geld übrig gewesen. Tracy fühlte sich bestens versorgt. Und sie hatte das alles nicht einmal selbst bezahlen müssen. Das Geld, das sie eben bei Kaufman's gelassen hatte, stammte von ihrem Vater. Er hatte es ihr freiwillig gegeben, als sie ihn um die Erlaubnis gebeten hatte, mit Sarah und ein paar Freunden zum Cascade Lake zu fahren.

Sarah hatte dort den perfekten Platz für ein Schaukelseil gefunden. Heute sollte es angebracht und damit der Sommer eingeläutet werden. Tracy hatte sich gewundert, dass ihr Vater ihr einfach so Geld gab, denn eigentlich wurde von Sarah und ihr erwartet, dass sie solche Ausflüge von ihrem Taschengeld finanzierten, zumal sich Tracy, die mittlerweile die zweite Klasse der Highschool besuchte, als Kassiererin im Kino etwas dazuverdiente. Aber ihr Vater hatte sich nicht nur unerwartet spendabel gezeigt, sondern sie noch dazu gedrängt, ruhig alles auszugeben. Die Kaufmans hätten es momentan nicht leicht, über die Runden zu kommen. Tracy vermutete, dass das an Peter lag, dem Sohn des Ehepaars, der mit Sarah zusammen in die sechste Klasse der Cedar Grove Grammar School ging. Peter war das ganze letzte Jahr über krank gewesen und hatte lange Zeit im Krankenhaus gelegen.

»Ich hab 'n Platten!« Dan ließ seufzend die Schultern hängen.

»Vielleicht reicht ja aufpumpen.«

»Das habe ich versucht. Der Reifen war heute Morgen schon platt. Nee, da ist ein Loch drin. Klasse, jetzt kann ich nicht mit.« Dan warf seinen Rucksack auf den Bürgersteig und hockte sich verzweifelt daneben.

»Was ist denn los?«, wollte Sarah wissen, die gerade zusammen mit Sunnie aus dem Laden kam.

»Dan hat einen Platten.«

»Ich kann nicht mit«, sagte Dan.

»Wir fragen Mr Kaufman, ob wir bei ihm telefonieren können, und du rufst deine Mutter an«, schlug Tracy vor. »Vielleicht kommt sie ja vorbei und kauft dir einen neuen Schlauch.«

»Das geht nicht.« Dan seufzte erneut. »Mein Dad hackt sowieso schon immer auf mir rum, ich würde nicht anständig mit meinen Sachen umgehen und kein Gefühl für Verantwortung zeigen. Er sagt, Geld wächst nicht auf Bäumen.«

»Dann kommst du nicht mit?«, fragte Sunnie. »Wo wir alles so schön geplant haben?«

Dan ließ den Kopf hängen. Als seine Brille nach unten rutschte, machte er sich nicht die Mühe, sie wieder nach oben zu schieben. »Ihr müsst einfach ohne mich fahren.«

»Okay.« *Sunnie machte Anstalten, ihr Rad zu holen.*

»Sunnie!« *Tracy funkelte die Freundin wütend an.* »Wir fahren nicht ohne ihn!«

»Wieso denn nicht? Ist doch nicht unsere Schuld, wenn er ein Schrottfahrrad hat.«

»Hör auf!«, *sagte Sarah.*

»Hör doch selbst auf! Wer hat dich überhaupt gebeten, mitzukommen?«

»Und wer hat dich gebeten?«, *fauchte Sarah zurück.* »Ich habe schließlich den Baum gefunden!«

»Ihr hört sofort alle beide auf«, *rief Tracy.* »Wenn Dan nicht mitkommen kann, fahren wir alle nicht.« *Tracy packte Dan am Arm.* »Komm, steh auf. Wir schieben dein Rad zu mir nach Hause und das Seil hängen wir an unsere Trauerweide und bauen da eine Schaukel.«

»Soll das ein Witz sein?«, *empörte sich Sunnie.* »Wie alt sind wir? Sechs? Wir wollten in den See springen! Sollen wir bei euch auf dem Rasen rumhüpfen oder was?«

»Lass uns gehen.« *Tracy sah sich um, konnte ihre Schwester aber wieder einmal nirgends entdecken. Sie seufzte.* »Wo ist Sarah?«

»Na klasse, echt erste Sahne!«, *meinte Sunnie.* »Ist sie mal wieder weg! Der Tag geht ja glorreich den Bach runter.«

Sarahs Rad lehnte immer noch am Kaufhaus, sie selbst aber war und blieb verschwunden.

»Ihr wartet hier!« *Tracy ging zurück in den Laden – wo Sarah sich gerade am Tresen mit Mr Kaufman unterhielt.* »Was soll das?«, *zischte sie ihre Schwester an.*

Sarah legte einen Haufen Dollarscheine und Münzen vor Mr Kaufman auf den Tresen. »Ich kaufe Dan einen neuen Schlauch.« *Sie warf den Kopf zurück, weil ihr die Haare in die Augen fielen –*

eine Geste, die man bei ihr am Tag mindestens hundertmal zu sehen bekam und die ihre Mutter in den Wahnsinn zu treiben drohte. Aber Sarah weigerte sich standhaft, eine Haarspange zu tragen oder sich die Haare zu einem Pferdeschwanz zusammenzubinden.

»Ist das dein gespartes Kinogeld?«, erkundigte sich Tracy.

»Und wenn schon.« Sarah zuckte mit den Achseln. »Dan braucht es mehr als ich.«

Mr Kaufman hatte inzwischen den passenden Schlauch herausgesucht. »Der dürfte die richtige Größe haben.«

»Reicht das Geld denn?«

»Wird schon stimmen.« Mr Kaufman wischte den kleinen Haufen vom Tresen, ohne groß nachzuzählen. »Und du kannst echt einen Reifen wechseln? Ist nicht ohne, der Job.«

»Ich hab ein paarmal meinem Dad zugesehen. Es ist das Vorderrad, da muss man die Kette nicht abmontieren.«

»Vielleicht hilft deine große Schwester dir ja?«

»Das schaffe ich schon allein.«

Mr Kaufman wühlte in einer Schublade und reichte Sarah einen Schraubenzieher und einen Schraubenschlüssel. »Ein bisschen Werkzeug. Und sag Bescheid, wenn du Hilfe brauchst.«

»Klar, Mr Kaufman, vielen Dank!« Sarah schnappte sich die Sachen und rannte aus dem Laden. »Dan, ich hab einen Schlauch! Du kannst doch mit!«

Durch das Ladenfenster sah Tracy zu, wie Dan überrascht aufsah, nicht genau wusste, wie er reagieren sollte, und dann grinsend auf die Beine kam.

»Du sagst, wenn ihr Hilfe braucht, Tracy?«, fügte Mr Kaufman leise hinzu.

»Auf jeden Fall.«

Er gab ihr eine Luftpumpe. »Die bringst du mir zurück, wenn ihr fertig seid. Das Werkzeug auch.« Er sah ebenfalls aus dem Fenster. Dan und Sarah knieten neben Dans Rad und hantierten bereits eifrig mit dem Schraubenschlüssel. »Sie ist eine echte Marke, deine Schwester.«

»Das können Sie laut sagen.« Tracy wollte schon gehen, aber Mr Kaufman rief sie noch einmal zurück und hielt ihr einen riesengroßen Schokoriegel hin. Solche nahm ihre Mutter manchmal auf Campingausflüge mit. *»Ich habe leider kein Geld mehr«*, seufzte Tracy.

»Ich schenke ihn dir.«

»Das kann ich nicht annehmen.« Ihr Vater hatte schließlich gesagt, die Kaufmans kämen zurzeit schlecht über die Runden. Wahrscheinlich hatte schon der Schlauch mehr gekostet, als Sarah auf den Tresen gelegt hatte.

»Weißt du, dass sie mit dem Rad zum Krankenhaus fährt, um Peter zu besuchen?« Mr Kaufman sah aus, als würde er jeden Moment anfangen zu weinen. *»Den ganzen weiten Weg!«*

»Ja?« Das Krankenhaus war in Silver Spurs, der Nachbarstadt. Sarah würde jede Menge Ärger kriegen, wenn ihre Eltern von ihren Besuchen dort erführen.

»Sie bringt ihm Malbücher. Sie sagt, sie spart ihr Popcorngeld dafür.«

16

Als Tracy durch die Tür des Bestattungsinstituts Thorenson trat, musste sie sich als Erstes den Regen von der Jacke schütteln, denn die Wolken hatten ernst gemacht, und draußen schüttete es. Früher hatte hier »Old Man Thorenson,«, wie sie Arthur Thorenson als Kinder genannt hatten, das Zepter geschwungen und absolut jeden einbalsamiert, der in Cedar Grove starb, unter anderem auch Tracys Eltern. Aber als Tracy vor ein paar Tagen angerufen hatte, war sie an Darren Thorenson geraten, Arthurs Sohn, der auf der Highschool ein paar Klassen über ihr gewesen war und das Familienunternehmen inzwischen wohl leitete.

Die Frau am Empfang bot ihr eine Tasse Kaffee an, als sie sich vorstellte, aber Tracy lehnte ab. Irgendwie schien hier alles heller zu sein, als sie es in Erinnerung hatte, auf jeden Fall die Wände und der Teppich. Aber es roch nach wie vor nach Weihrauch, ein Geruch, bei dem Tracy inzwischen automatisch an Tod dachte.

»Tracy?« Darren Thorenson, in schwarzem Anzug und Krawatte, kam mit ausgestreckter Hand auf sie zu. »Wie schön, dich zu sehen! Wobei mir die Umstände natürlich leid tun.«

»Vielen Dank, dass du alles arrangiert hast.« Thorenson hatte nicht nur Sarahs Gebeine eingeäschert, sondern auch die Mitarbeiter des Friedhofs verständigt und sich um einen Pastor für das Begräbnis gekümmert. Eigentlich hatte Tracy keinen Gottesdienst gewollt, aber es war noch weniger vorstellbar, mitten in der Nacht auf dem Friedhof ein Loch zu graben und ihre Schwester ohne jede Zeremonie hineinzulegen.

»Nichts zu danken.« Das Büro, in das er sie führte, hatte früher seinem Vater gehört, damals, als Tracy mit ihrer Mutter hier gewesen war, um die Beerdigung ihres Vaters zu besprechen, und auch später, nachdem ihre Mutter an Krebs gestorben war. Jetzt nahm Darren am Schreibtisch Platz, an der Wand hinter ihm das Porträt eines wesentlich jüngeren Arthur, als Tracy ihn je gekannt hatte, und ein Familienfoto. Demnach hatte Darren mit Abby Becker, die schon auf der Highschool seine Liebste gewesen war, drei Kinder bekommen. Der junge Thorenson war seinem Vater wie aus dem Gesicht geschnitten, von der stämmigen Figur bis zur Halbglatze, die die Knollennase und die dicke, schwarze Brille noch betonte. So eine Brille hatte Dan O'Leary als Kind immer tragen müssen.

»Ihr habt renoviert«, sagte Tracy.

»Schrittweise, es hat sich hingezogen. Dad hat lange gebraucht, bis er begriffen hatte, dass respektvoll und trostlos nicht unbedingt das Gleiche ist.«

»Wie geht es deinem Vater denn?«

»Von Zeit zu Zeit droht er damit, die Pensionierung in den Wind zu schießen und wieder zur Arbeit zu kommen, aber dann drücken wir ihm einfach einen Golfschläger in die Hand, und gut ist. Abby lässt dir ihr Beileid ausrichten.«

»Danke. Ging mit der Grabstelle alles glatt?«

Der Friedhof von Cedar Grove existierte schon länger als die Stadt selbst, wobei niemand das genaue Datum der ersten Beisetzung kannte, da die frühen Gräber nicht mit Grabsteinen versehen waren. Der Friedhof wurde von Freiwilligen betreut, die Unkraut zupften, das Gras mähten und die Gräber schaufelten, wenn jemand starb. Alles unentgeltlich, auf der Basis der stillschweigenden Übereinkunft, dass sich irgendwer bei ihrem Ableben schon revanchieren würde. Der Platz war beschränkt, weswegen der Stadtrat jeder Beerdigung zustimmen musste und nur Einwohner von Cedar Grove überhaupt eine Chance hatten, hier unterzukommen. Tracy selbst war zwar keine Einwohnerin mehr, aber Sarah war als solche gestorben, weswegen Tracy darum gebeten hatte, ihre Schwester im Grab der Eltern beisetzen zu dürfen, obwohl es sich bei diesem streng genommen um ein Zweiergrab handelte.

»Das war überhaupt kein Problem«, sagte Darren. »Es ist alles geregelt.«

»Dann sollten wir uns jetzt wohl um den Papierkram kümmern.«

»Der ist auch schon geregelt.«

»Sag mir, was ich dir schuldig bin, dann stelle ich gleich einen Scheck aus.«

»Wie ich schon sagte, es ist alles geregelt, Tracy.«

»Darren, bitte! Das kann ich nicht von dir verlangen.«

»Hast du auch nicht.« Er lächelte ihr zu, aber es war ein trauriges Lächeln. »Ich werde von dir kein Geld annehmen, Tracy. Du und deine Familie, ihr habt genug durchgemacht.«

»Ich bin sprachlos, Darren. Aber ich weiß das zu schätzen, glaub mir, ehrlich.«

»Das ist mir doch klar, Tracy. Wir alle haben Sarah damals verloren, hinterher war nichts mehr wie vorher. Als hätte sie der ganzen Stadt gehört. Ich glaube, so haben damals alle hier empfunden.«

Das hörte Tracy nicht zum ersten Mal. Manche Leute gingen sogar so weit, zu behaupten, Cedar Grove sei nicht gestorben, als Christian Mattioli das Bergwerk stilllegte und ein Großteil der Bevölkerung wegzog, sondern erst am Tag von Sarahs Verschwinden. Seitdem wurden Haustüren verriegelt, und Eltern ließen ihre Kinder nicht mehr allein zur Schule gehen oder auf den Schulbus warten. Seit Sarahs Verschwinden war in Cedar Grove niemand mehr freundlich zu Fremden oder hieß sie gar willkommen.

»Sitzt er immer noch im Gefängnis?«

»Ja.«

»Ich hoffe, sie behalten ihn da, bis er vermodert ist!« Darren stand auf. »Bist du so weit?«

War sie nicht, aber Tracy nickte trotzdem. Darren führte sie in die angrenzende Kapelle. Die Stuhlreihen waren leer – bei der Beisetzung ihres Vaters hatte der Platz nicht gereicht. Vorn, unter dem Kreuz, das an der Wand hing, stand auf einem Marmorpodest ein vergoldetes Gefäß von der Größe einer Schmuckschatulle. Tracy trat näher und las die Worte, die in den Deckel eingraviert waren.

Sarah Lynne Crosswhite – The Kid

»Ich hoffe, das geht in Ordnung«, sagte Darren leise. »So erinnern wir uns alle an sie, die Kleine, die dir auf Schritt und Tritt gefolgt ist.« Tracy wischte sich eine Träne aus dem Augenwinkel. »Ich bin froh, dass du Sarah zur Ruhe betten und all das hinter dir lassen kannst«, fuhr Darren fort. »Ich bin froh für uns alle.«

An der einspurigen Straße, die zum Friedhof führte, standen die Autos Stoßstange an Stoßstange, viel mehr, als Tracy erwartet hatte. Der Termin hatte sich herumgesprochen. Sie glaubte zu wissen, wer dafür verantwortlich war, und auch, warum. Finlay Armstrong, dem der Regen vom Hutrand auf den durchsichtigen Poncho tropfte, den er über der Uniform trug, stand auf der Straße und regelte den Verkehr. Tracy hielt an, als sie bei ihm ankam, und öffnete das Autofenster.

»Sie brauchen nicht am Rand zu halten«, sagte Armstrong. »Fahren Sie einfach durch nach vorn und lassen Sie Ihren Wagen auf der Straße stehen.«

Darren Thorenson war Tracy im eigenen Wagen gefolgt und spannte einen großen Regenschirm über ihr auf, als sie aus dem Auto stieg. Seite an Seite gingen sie den kleinen Hügel hinauf.

Oben, über dem Grab ihrer Eltern, stand ein weißes Zelt, darunter etwa vierzig ebenfalls weiße Klappstühle, die bis auf die in der ersten Reihe alle besetzt waren. Von hier aus hatte man einen wunderbaren Blick über die Stadt – wenn es nicht gerade regnete. Etwa zwanzig Menschen drängten sich unter Regenschirmen um das Zelt. Die, die saßen, erhoben sich, als Tracy unter das Zeltdach trat. Sie nahm sich einen Moment Zeit, sich die vertrauten Gesichter anzusehen. Alle waren älter geworden, aber viele erkannte sie wieder: Freunde ihrer Eltern, Erwachsene, die sie als Kinder oder Jugendliche gekannt hatte und die mit Sarah oder ihr zur Schule gegangen waren, ehemalige Kollegen aus ihrer Zeit als Lehrerin an der Cedar Grove High. Sunnie Witherspoon war da und auch Maybeth Ferguson, eine von Sarahs engsten Freundinnen. Vance Clark und Roy Calloway standen neben dem Zelt im Regen, ebenso Kins, Andrew Laub und Vic Fazzio, die extra aus Seattle angereist waren und es schafften, Tracy wenigstens einen Rest Realitätsgefühl zu vermitteln. Wieder in Cedar Grove zu sein fühlte sich unglaublich surreal an, als stecke sie seit zwanzig Jahren in einer Zeitschleife fest. Alles war so vertraut und doch gleichzeitig so fremd, und eigentlich ließ sich nichts, was sie sah, mit ihren Erinnerungen in Einklang bringen. Das Jahr 1993 war eben lange vorbei.

Die leere Stuhlreihe vorn am Grab verstärkte ihr Gefühl der Isolation noch. Bis jemand an den Stuhl neben ihr trat. »Ist hier noch frei?«

Es dauerte einen Moment, bis sie sich die Jahre weggedacht hatte. Keine schwarze Brille mehr, dafür Kontaktlinsen, die die blauen Augen viel besser zur Geltung brachten, in denen damals immer ein freches Grinsen gelauert hatte. Der Bürstenschnitt, auf den sein Vater bestanden hatte, war weichen Locken gewichen, die bis auf den Kragen seiner Anzugjacke reichten. Dan O'Leary beugte sich vor und küsste Tracy auf die Wange. »Es tut mir so leid, Tracy.«

»Dan! Ich hätte dich fast nicht erkannt.«

Er lächelte. »Ich bin ein bisschen grauer geworden, aber keinen Deut weiser«, sagte er leise.

»Ein bisschen größer aber schon.« Sie legte den Kopf in den Nacken, um ihn anzusehen.

»Ich war Spätentwickler, bin erst im vorletzten Schuljahr richtig gewachsen.« Die O'Learys waren nach Dans erstem Jahr an der Cedar Grove High weggezogen, weil sein Vater einen Job in einer Konservenfabrik in Kalifornien angenommen hatte. Für Tracy und die anderen ihrer kleinen Gruppe war das damals ein schwarzer Tag gewesen. Dan und sie hatten noch eine Weile Kontakt gehalten, aber das war in der Zeit vor E-Mail und SMS nicht so einfach gewesen wie heute. So waren die Briefe allmählich immer seltener gekommen, bis sie irgendwann ganz ausblieben. Tracy meinte gehört zu haben, dass Dan nach der Schule drüben an der Ostküste aufs College gegangen und danach auch dortgeblieben war. Seine Eltern waren aber angeblich nach der Pensionierung des Vaters wieder nach Cedar Grove zurückgekehrt.

Thorenson stellte ihr den Pfarrer vor: Peter Lyon, groß, mit dichtem, rotem Haar und heller Haut. Er trug ein weißes, knöchellanges Chorhemd mit einer grünen Schärpe um den Bauch und einer passenden grünen Stola um die Schultern. Tracy war als Presbyterianerin erzogen worden, hatte sich nach Sarahs Verschwinden aber eher als Agnostikerin, später sogar als Atheistin gefühlt. Seit der Beerdigung ihrer Mutter hatte sie keine Kirche mehr betreten.

Lyon sprach ihr sein Beileid aus, ehe er ans Kopfende des Grabes trat. Er dankte allen für ihr Kommen, wobei er die Stimme heben musste, so laut prasselte der Regen auf das Zeltdach. »Wir haben uns heute hier versammelt, um die Asche unserer Schwester Sarah Lynne Crosswhite der Erde zu übergeben. Wir trauern um sie, der Verlust ist groß und unsere Herzen sind schwer. In dieser Zeit des Schmerzes und der Verunsicherung soll uns das Wort Gottes trösten.« Er schlug seine Bibel auf. »Ich bin die Auferstehung und das Leben, sagt der Herr. Wer an mich glaubt, der wird leben, auch wenn er stürbe, und wer da lebt und glaubt an mich, der wird nimmermehr sterben.« Er klappte das Brevier zu. »Sarahs Schwester Tracy wird jetzt nach vorn kommen.«

Tracy ließ sich von Darren Thorenson den vergoldeten Kasten reichen und kniete sich am Rand des offenen Grabes auf ein Stück Stoff, das man vorsorglich auf den Boden gelegt hatte. Es reichte nicht, und sie spürte deutlich, wie die Nässe durch ihre Nylons drang, während sie das, was von Sarah geblieben war, ins Grab legte. Darren reichte ihr eine kleine Schaufel. Sie stieß sie in das Häufchen feuchter Erde neben dem Grab, schloss die Augen und holte tief Luft. Wie oft war Sarah zu ihr ins Bett gekrochen, als sie noch Kinder gewesen waren, wie oft hatten sie sich später, wenn ihr Vater sie zu Schießwettkämpfen mitgenommen hatte, ein Hotelbett geteilt. Sarah neben sich im Bett ... daran dachte sie, als die Erde ins Grab fiel.

Tracy, ich habe Angst.

Du brauchst keine Angst zu haben. Hol tief Luft und atme langsam aus.

Tracy traten die Tränen in die Augen. »Ich habe keine ...«, flüsterte sie leise, während ein weiterer Klumpen Erde ins Grab fiel.

Ich habe keine ...

»Ich habe keine Angst ...«

Ich habe keine Angst ...

»Ich habe keine Angst vor dem Dunkeln.«

Eine heftige Böe ließ die Zeltplane knattern und blies Tracy ein paar Haarsträhnen ins Gesicht. Sarah und ihre Haare ... Lächelnd schob sich Tracy die Strähnen hinter die Ohren.

»Schlaf jetzt!«, flüsterte sie und wischte sich die eine Träne fort, die ihre Wange hinunterlief.

Nach und nach traten die anderen Trauergäste vor, warfen Erde und Blumen ins Grab und sprachen Tracy ihr Beileid aus. Fred Digasparro, dem der Frisiersalon gehört hatte, musste sich auf eine Gehhilfe stützen und wurde von einer jungen Frau begleitet. Die Hände, die früher blitzschnell und gekonnt mit einem geraden Rasiermesser gearbeitet hatten, zitterten, als er Tracys Hand drückte. »Ich musste kommen!«, sagte er mit starkem italienischem Akzent. »Für deinen Vater, für deine Familie.«

Sunnie umarmte Tracy kurz, aber heftig schluchzend. Die beiden waren ihre gesamte Schulzeit hindurch unzertrennlich gewesen, doch später hatte Tracy keinen Kontakt mehr gehalten. Die Umarmung war ihr fast unangenehm, die Tränen kamen ihr ein bisschen erzwungen vor. Sunnie und Sarah hatten sich nie nahegestanden, im Gegenteil: Sunnie war wegen der engen Beziehung der beiden Schwestern eifersüchtig gewesen.

»Es tut mir so leid!« Sunnie tupfte sich die Augen trocken und stellte ihren Ehemann Gary vor. »Bleibst du ein paar Tage?«

»Das geht leider nicht.«

»Aber ein Kaffee, ehe du fährst, das geht doch? Ein paar Minuten, um uns gegenseitig auf den neuesten Stand zu bringen?«

»Mal sehen.«

Sunnie drückte ihr einen Zettel in die Hand. »Meine Handynummer. Ruf an, wenn du was brauchst, irgendwas ... Du hast mir gefehlt, Tracy.«

Von denen, die nach vorn kamen, erkannte Tracy viele wieder, wenn auch nicht alle. Bei den meisten musste sie wie bei Dan erst mal ein paar Jahre herunterschälen, um an die ihr vertraute Person zu gelangen. Gegen Ende der Prozession stand ein Mann im Dreiteiler vor ihr, dessen Gesicht ihr zwar bekannt vorkam, dem sie aber keinen Namen zuzuordnen vermochte. Er wurde von einer hochschwangeren Frau begleitet.

»Hallo, Tracy, ich bin Peter Kaufman.«

»Peter!« Natürlich, das war der Junge, der während seiner und Sarahs Grundschulzeit ein ganzes Jahr mit Leukämie im Krankenhaus gelegen hatte. »Wie geht es dir?«

»Wunderbar.« Kaufman stellte ihr seine Frau vor. »Wir leben drüben in Yakima, aber Tony Swanson hat angerufen und mir von der Trauerfeier erzählt.«

»Ich danke euch sehr.« Yakima lag vier Stunden Fahrzeit entfernt.

»Du brauchst dich nicht zu bedanken. Ich musste einfach kommen. Weißt du, dass sie damals jede Woche mit dem Rad zu mir ins Krankenhaus gefahren ist? Sie hat mir Süßigkeiten und Malbücher mitgebracht oder was zum Lesen.«

»Ja, daran erinnere ich mich noch. Bist du denn jetzt gesund?«

»Seit dreißig Jahren krebsfrei. Ich habe nie vergessen, was Sarah für mich getan hat. Ich habe mich damals immer so auf ihre Besuche gefreut. Sie hat mich jedes Mal aufmuntern können, einfach weil sie so war, wie sie war. Etwas ganz Besonderes.« Peter traten Tränen in die Augen. »Ich bin froh, dass sie gefunden wurde, Tracy. Und ich danke dir, dass du uns die Möglichkeit gegeben hast, uns von ihr zu verabschieden.«

Sie unterhielten sich noch ein bisschen, und als Peter Kaufman ging, brauchte Tracy ein zweites Taschentuch. Dan, der respektvoll Abstand gehalten hatte, während die anderen Trauergäste kondolierten, drückte ihr eins in die Hand.

Sie tupfte sich die Augen trocken. »Was ich nicht verstehe«, sagte sie, als sie sich halbwegs gefangen hatte, »du wohnst doch drüben im Osten. Wie hast du es erfahren?«

»Ich *habe* dort gelebt, in der Nähe von Boston. Aber ich bin zurückgekommen, und jetzt wohne ich wieder hier.«

»In Cedar Grove?«

»Das ist eine längere Geschichte, und du siehst ganz so aus, als könntest du eine kleine Pause von der Vergangenheit vertragen.« Er drückte ihr eine Visitenkarte in die Hand und umarmte sie kurz. »Aber ich würde mich gern mit dir treffen, wenn dir danach ist. Du sollst nur wissen, wie leid es mir tut. Ich habe Sarah sehr gern gehabt, wirklich sehr gern.«

»Dein Taschentuch!« Sie hielt es ihm hin.

»Behalte es ruhig.«

Das Taschentuch war mit seinen Initialen bestickt: DMO. Er trug einen maßgeschneiderten Anzug, und seine Krawatte machte einen nicht gerade billigen Eindruck. Tracy kannte sich da aus. Das hatte sie von den Anwälten gelernt, die sie von Berufs wegen öfter traf. Der Dan, den sie gekannt hatte, hatte abgelegte Kleider tragen müssen. Sie warf einen Blick auf seine Visitenkarte. »Du bist Anwalt!«

»Davon erhole ich mich gerade.« Er zwinkerte ihr zu.

Die Geschäftsadresse auf der Visitenkarte war die der früheren First National Bank in der Market Street. »Die Geschichte würde ich gern hören, Dan.«

»Ruf mich einfach an.« Er lächelte ihr zu, ehe er einen Golfschirm aufspannte und in den Regen hinaustrat.

Kins, Laub und Faz waren die Nächsten, die ihr die Hand schüttelten. »Sollen wir zusammen zurückfahren?«, erkundigte sich Kins. »Einer von uns könnte dir Gesellschaft leisten.«

»Ich kenne ein prima Restaurant, das auf dem Weg liegt«, sagte Faz.

»Danke, das ist lieb von euch, aber ich bleibe noch eine Nacht.«

»Ich dachte, du wolltest gleich wieder zurück nach Seattle!« Kins zog eine Braue hoch.

Tracy sah zu, wie Dan bei einem Geländewagen stehen blieb, den Schirm zuklappte und einstieg. »Ich habe meine Pläne geändert.«

17

Das Schicksal der First National Bank von Cedar Grove war eng mit dem von Christian Mattioli verknüpft. Schließlich war die Bank eröffnet worden, um das nicht unerhebliche Vermögen der Gründer der Cedar Grove Mining Company zu wahren und zu vermehren, zu denen auch Mattioli gehörte. Als das Bergwerk stillgelegt wurde und Mattioli und Co. die Stadt verließen, wäre die Bank daran fast zugrunde gegangen. Damals hatten sich sämtliche Einwohner der Stadt zusammengetan, ihre Spar- und Barguthaben transferiert und sich zukünftig ausschließlich an die First National gehalten, wenn es um Wohnungsbaukredite oder Geschäftsdarlehen ging. Tracy hätte nicht genau sagen können, wann die Bank endgültig hatte schließen und die Räume an der Market Street räumen müssen. Der Mieterliste in der Eingangshalle nach zu urteilen war das opulente zweistöckige Haus inzwischen in Büros umgewandelt worden, von denen einige zurzeit allerdings leer standen.

In der Eingangshalle lagen Staub und Papiermüll auf dem Mosaikboden, auf dem der amerikanische Adler dargestellt war, und zwar mit einem Olivenzweig in der rechten und dreizehn Pfeilen in der linken Kralle. Tracy, unterwegs zu Dans Büro, erinnerte sich an Kassenschalter und Schreibtische mit Bankangestellten hier unten, dazwischen üppiger Farn in riesigen Töpfen. Hierher hatte ihr Vater erst sie, dann Sarah begleitet, damit die Mädchen ihre eigenen Konten eröffneten. John Waters, der Präsident der First National, hatte die Sparbücher eigenhändig unterschrieben.

Dans Büro oben im ersten Stock betrat man durch einen Empfangsbereich, in dem allerdings lediglich ein Schreibtisch mit einer Messingglocke stand, sowie ein Schild, man möge bitte klingeln. Kaum war Tracy dieser Aufforderung nachgekommen – die Glocke hatte einen etwas unangenehmen, aufdringlichen Klang –, als auch schon Dan um die Ecke kam, in heller Leinenhose und blau-weiß gestreiftem Hemd. Wieder fiel es ihr schwer, in dem Mann den Jungen von früher zu erkennen.

»Probleme bei der Parkplatzsuche?«

»Machst du Witze? Bei der Auswahl da draußen?«

»Der Stadtrat wollte Parkscheinautomaten aufstellen, aber irgendwer hat das durchgerechnet und herausgefunden, dass die sich in frühestens zehn Jahren amortisiert hätten. Komm rein.«

Dan führte sie in ein achteckiges Büro mit satter, dunkler Holzverkleidung und Stuck an der Decke. »Das ehemalige Büro des Präsidenten«, erklärte er. »Dafür darf ich monatlich fünfzehn Dollar Miete mehr zahlen.«

In den eingebauten Regalen drängte sich juristische Fachliteratur – was größtenteils Angeberei war, wie Tracy wusste. Heutzutage holte man sich seine Infos aus dem Netz. Dans Schreibtisch stand dem Erkerfenster gegenüber, auf dessen Scheiben braune und goldene Buchstaben immer noch behaupteten, dies sei der Sitz der First National Bank. Unten lag die Market Street. »Wie oft sind wir wohl auf unseren Rädern die Straße da runtergefahren? Was meinst du?«

Dan lachte. »Wer kann das schon sagen? Im Sommer jeden Tag. Jeden Sommer.«

»Weißt du noch, damals, als du den Platten hattest?«

»Ja, natürlich. Wir wollten in die Berge und das Schaukelseil am See aufhängen.« Dan nickte. »Sarah hat mir einen neuen Schlauch gekauft und mir geholfen, ihn aufzuziehen.«

»Den Schlauch hat sie von ihrem eigenen Geld gekauft, ihrem gesparten Popcorngeld fürs Kino.« Tracy wandte dem Fenster den Rücken zu. »Und du bist wieder hergezogen! Das überrascht mich nun wirklich.«

»Mich auch.«

»Das wäre eine lange Geschichte, sagst du?«

»Lang, wenn auch vielleicht nicht unbedingt interessant. Kaffee?«

»Nein danke, ich versuche gerade, meinen Kaffeekonsum einzuschränken.«

»Ich dachte, wer keinen Kaffee trinkt, kann kein Cop sein.«

»Nee, Cops essen Donuts. Was essen Anwälte?«

»Andere Anwälte.«

Sie setzten sich an einen runden Tisch in der Nähe des Fensters, das Dan mit einem Gesetzestext so festgestellt hatte, dass frische Luft ins Zimmer drang.

»Es ist schön, dich wiederzusehen, Tracy. Du siehst übrigens fantastisch aus.«

Tracy schnaubte. »Geh zum Optiker und kauf dir neue Kontaktlinsen! Ich sehe beschissen aus. Aber danke fürs Nettsein.« Dans Bemerkung war ihr peinlich. Sie wusste, wie sie aussah. Sie hatte nicht lange in der Stadt bleiben wollen und kaum etwas zum Anziehen dabei. Nur das Beerdigungskostüm und die Jeans und die Bluse, die sie zusammen mit ihrer Cordjacke ins Auto geworfen hatte, um sich nach der Trauerfeier umziehen zu können. Diese Sachen trug sie jetzt. Vor ihrem Aufbruch hierher hatte sie im Motelzimmer vor dem Spiegel gestanden und über einen Pferdeschwanz nachgedacht, aber der hätte ihre Falten nur noch betont, also trug sie die Haare offen. »Warum bist du denn nun zurückgekommen?«

»Da kam irgendwie eins zum anderen. Ich habe in einer großen Anwaltsfirma in Boston gearbeitet, was dann aber nicht mehr ging. In so einer Firma ist jeder Tag unglaublich anstrengend. Ich hatte gutes Geld verdient und Lust auf was Neues. Meine Frau wohl auch – sie versucht es gerade mit einem neuen Mann.«

»Pfui!« Tracy verzog das Gesicht. »Das tut mir leid.«

»Ja, mir hat es auch leidgetan.« Dan zuckte die Achseln. »Als ich zur Sprache brachte, dass ich gern kein Anwalt mehr sein wollte, schlug sie die Scheidung vor. Da schlief sie schon seit mehr als einem Jahr mit einem meiner Partner. Sie hatte sich an den Lebensstil mit Country Club und allem Drum und Dran gewöhnt und wohl Angst davor, das aufgeben zu müssen.«

Dan hatte den Schmerz darüber entweder überwunden oder er verbarg ihn gut. Tracy wusste, dass manche Wunden nie ganz verheilten. Man konnte sie nur hinter einer Fassade der Normalität verstecken und hoffen, dass niemand sie entdeckte.

»Wie lange wart ihr verheiratet?«

»Zwölf Jahre.«

»Kinder?«

»Nein.«

Sie lehnte sich zurück. »Und? Warum Cedar Grove? Warum nicht irgendwo ... ich weiß nicht?«

Dan grinste, leicht resigniert. »Ich dachte an San Francisco, auch Seattle kam infrage. Aber dann starb Dad, und Mom wurde krank und jemand musste sich um sie kümmern. Da bin ich nach Hause gekommen, was anfangs aber nur vorübergehend sein sollte. Nach einem Monat war klar, dass ich vor Langeweile eingehe, wenn ich nichts zu tun kriege. Also habe ich hier meine Kanzlei eröffnet. Im Wesentlichen habe ich es mit Testamenten und Nachlassplanung zu tun, hier und da mal eine Trunkenheit am Steuer. Alles, was reinspaziert kommt, langweilig genug ist und fünfzehnhundert Dollar Anwaltsvorschuss zahlen kann.«

»Und deine Mom?«

»Sie ist vor etwas über sechs Monaten gestorben.«

»Das tut mir leid.«

»Sie fehlt mir, aber wir hatten noch Zeit, uns kennenzulernen, wie wir das vorher nie konnten. Dafür bin ich dankbar.«

»Ich beneide dich.«

Er runzelte die Stirn. »Wieso das denn?«

»Nach Sarahs Verschwinden hatten meine Mom und ich keine richtige Beziehung mehr. Und dann, als mein Vater ...« Sie ließ den Satz in der Luft hängen. Dan hakte nicht nach – wie viel er wohl gehört haben mochte?

»Das muss für dich eine schreckliche Zeit gewesen sein.«

»Kann man so sagen.« Sie nickte langsam. »Es war grauenhaft.«

»Ich hoffe, das Begräbnis gestern ermöglicht es dir, einen Abschluss zu finden.«

»In gewisser Weise bestimmt.«

Dan stand auf. »Bist du sicher, dass du nicht doch einen Kaffee willst?«

Tracy musste grinsen. Da war er wieder, der Junge von damals, der keine allzu tief greifenden Unterhaltungen gemocht und schnell das Thema gewechselt hatte, wenn es schwer oder traurig wurde. »Nein, ich möchte wirklich keinen Kaffee. Erzähl mir lieber, was für ein Anwalt du warst.«

Dan setzte sich gehorsam und faltete die Hände im Schoß. »Okay. Ich habe mit Kartellrecht angefangen und dabei erkennen müssen, dass man vor Langeweile wirklich sterben kann. Dann hat mich mein Partner um Mitarbeit in einer Wirtschaftsstrafsache gebeten, was mir echt Spaß gemacht hat. Und ich bin vor Gericht ziemlich gut – wenn ich selbst das so sagen darf.« Auch Dans Grinsen war immer noch das des Jungen von damals.

»Ich wette, die Geschworenen haben dich geliebt.«

»Liebe ist vielleicht ein zu starkes Wort. Anbetung – das trifft es eher. Sie haben mich angebetet.« Auch Dans Lachen erkannte Tracy mühelos wieder. »Ich habe den Aufsichtsratsvorsitzenden eines Großunternehmens verteidigt, und als die Jury in meinem Sinn entschied, konnte ich mich vor Anfragen nicht mehr retten. Jeder Anwalt in meiner Firma wandte sich bei Strafsachen an mich, ob ein Mandant nun mit den Fingern in der Portokasse erwischt worden war oder ein Neffe bei der Betriebsweihnachtsfeier zu viel getrunken hatte. Und jede Menge Wirtschaftsvergehen, darunter auch recht große Fälle. Ehe ich mich's versah, hatte ich eine florierende Praxis laufen.« Er grinste Tracy an. »Jetzt bist du dran. Mordermittlerin? Wow! Wolltest du nicht Lehrerin werden?«

Sie winkte ab. »Das willst du echt nicht hören.«

»Hey, komm schon! Wolltest du nicht im Lande bleiben und dich redlich nähren? Hast du nicht davon geträumt, an der Cedar Grove High zu arbeiten und deine Kinder hier großzuziehen, wie deine Eltern?«

»Mach dich nicht lustig über mich!«

»Hey, ich lebe jetzt hier, nicht du! Dabei hast du immer gesagt, du willst hier unterrichten und Tür an Tür mit Sarah wohnen.«

»Ein Jahr lang habe ich auch unterrichtet.«

»Cedar Grove High?«

»Die Heimat der ›Kämpfenden Vielfraße‹, jawohl!« Sie reckte die Faust wie damals, als es galt, die Basketballmannschaft ihrer Schule anzufeuern.

»Darf ich raten? Chemie!«

»Volltreffer!« Tracy nickte lobend.

»Himmel, warst du ein Nerd.«

»Ich war ein Nerd?« Tracy tat tief beleidigt. »Und was warst du, wenn ich fragen darf?«

»Ich war ein Dork. Nerds sind schlau – es gibt da feine Unterschiede. Bist du verheiratet? Hast du Kinder?«

»Geschieden. Keine Kinder.«

»Ich hoffe, deine Ehe endete besser als meine.«

»Das kann man so nicht sagen, aber meine war wenigstens kurz. Er hatte das Gefühl, ich würde ihn betrügen.«

»Nur das Gefühl?«

»Mit Sarah.«

Dan warf ihr einen fragenden Blick zu.

Anscheinend war jetzt der richtige Zeitpunkt gekommen. »Nach Sarahs Verschwinden habe ich aufgehört zu unterrichten und bin auf die Polizeischule gegangen. Ich habe mehr als zehn Jahre in der Mordsache Sarah Crosswhite ermittelt.«

»Oh!«, sagte Dan.

Sie zog einen Aktenordner aus ihrer großen Handtasche und legte ihn auf den Tisch. »Ich besitze Umzugskartons voller Zeugenaussagen, Prozessprotokolle, Polizeiberichte, Beweismittellisten – ich habe alles, was es gab. Was ich bisher nicht hatte, war der Bericht der Spurensicherung von einem Grab. Das ist jetzt anders.«

»Moment, Moment! Ich verstehe nur Bahnhof. Sie haben doch jemanden verurteilt, oder?«

»Edmund House, ja. Ein Typ, der bereits einmal wegen Vergewaltigung verurteilt worden war. Er war auf Bewährung draußen und wohnte bei seinem Onkel oben in den Bergen. House bot sich sozusagen als Täter an, Dan. Er hatte sechs Jahre Knast in Walla Walla hinter sich, nachdem er gestanden hatte, mit einer sechzehn Jahre alten Schülerin geschlafen zu haben. Er selbst war zu dem Zeitpunkt achtzehn gewesen. Eigentlich hatte die Anklage auf Vergewaltigung in einem besonders schweren Fall, Entführung und schwere Körperverletzung gelautet, aber während des Verfahrens gab es Streit über die Zulässigkeit bestimmter Beweismittel, die in dem Schuppen gefunden worden waren, in dem er das Mädchen gefangen gehalten hatte.«

»Lass mich raten. Die Polizei hatte für den Schuppen keinen Durchsuchungsbeschluss.«

»Das Gericht vertrat die Meinung, der Schuppen sei als Teil des Hauses anzusehen, auf dessen Grundstück er stand, und die Polizei hätte daher einen Durchsuchungsbeschluss gebraucht. Somit waren die Beweismittel nicht sauber und der Richter entschied, sie nicht zuzulassen. Der Staatsanwalt gab später an, er hätte keine Wahl gehabt und einen Deal anbieten müssen. Calloway hatte sich nach Sarahs Verschwinden sofort auf House eingeschossen, aber der behauptete, zur Tatzeit zu Hause gewesen zu sein und geschlafen zu haben. Calloway konnte keine Beweise dafür finden, dass dem nicht so gewesen war. Der Onkel von House kam erst spät nach Hause, weil er an dem Tag Nachtschicht hatte.«

»Und was ist jetzt so anders als damals?«, fragte Dan.

Sieben Wochen nach Sarahs Verschwinden klopfte Roy Calloway wieder einmal an die Tür von Tracys Elternhaus.

»Ich muss mit deinem Vater sprechen«, sagte er, als Tracy ihm die Tür öffnete, drängte sich an ihr vorbei und riss die Schiebetür auf, die zu James Crosswhites Arbeitszimmer führte. Tracys Vater hob den Kopf vom Tisch. Er wirkte total erschöpft, seine Augen blutunterlaufen und trübe. Hastig räumte Tracy die Whiskeyflasche und das dazugehörige Glas vom Tisch.

»Roy ist hier, Dad.«

Ihr Vater tastete nach seiner Brille, hatte Mühe, sie sich aufzusetzen, blinzelte im hellen Licht, das durch die Fenster fiel. Er hatte sich seit Tagen nicht mehr rasiert, und die ungekämmten Haare reichten ihm inzwischen weit über den Kragen seines zerknitterten, fleckigen Hemds. »Wie spät ist es?«

»Möglicherweise kommt Bewegung in die Sache!«, sagte Calloway. »Es gibt einen Zeugen.«

Tracys Vater schwankte beim Aufstehen und musste sich am Schreibtisch abstützen, um nicht das Gleichgewicht zu verlieren. »Wer ist es?«

»Ein Vertreter, der in der Nacht, als Sarah verschwand, nach Seattle zurückfuhr.«

»Er hat sie gesehen?«

»Er erinnert sich an einen roten Pick-up auf der Landstraße, einen Chevy Stepside. Und er erinnert sich daran, dass am Randstreifen ein blauer Pick-up stand.«

»Warum meldet er sich erst jetzt?«, fragte Tracy. Die Telefonnummer, unter der die Polizei sachdienliche Hinweise entgegengenommen hatte, galt schon lange nicht mehr.

»Er hat von der ganzen Sache nichts mitbekommen. Er reist fünfundzwanzig Tage im Monat, da verschwimmen die einzelnen Fahrten ineinander. Aber neulich lief wohl im Fernsehen ein Bericht über die Ermittlungen. Den hat er gesehen, sich erinnert und sofort auf der Wache angerufen.«

Tracy schüttelte den Kopf. Sie verfolgte seit sieben Wochen jeden Bericht über die Ermittlungen, aber in der letzten Zeit hatte sie nichts mehr gesehen. »Was soll denn das für ein Bericht gewesen sein?«

Calloway warf ihr einen Blick zu. »Nur so eine Geschichte in den Nachrichten.«

»Welcher Sender?«

»Tracy, bitte!« Ihr Vater hieß sie mit einer Handbewegung schweigen. »Das dürfte doch wohl reichen, Roy. Diese Aussage lässt sein Alibi fragwürdig werden.«

»Vance schreibt gerade einen neuen Antrag auf einen Durchsuchungsbeschluss für Pick-up und Grundstück. In Seattle steht ein Team Kriminaltechniker auf Abruf bereit.«

»Wann wissen wir es?«

»Innerhalb der nächsten Stunden.«

»Wie kann er vorher nichts mitbekommen haben?«, fragte Tracy. »Es war doch in allen Nachrichten. Überall lagen Flugblätter

aus. Hat er noch nicht mal die Plakate gesehen, auf denen zehntausend Dollar Belohnung geboten werden?«

»Er ist Vertreter, er reist«, sagte Calloway. »Er war nicht zu Hause.«

»Sieben Wochen lang nicht?« Tracy wandte sich an ihren Vater. »Das klingt völlig an den Haaren herbeigezogen, Dad. Wahrscheinlich ist er nur auf die Belohnung aus.« Ihr Vater und ein paar andere in der Stadt hatten zusammengelegt und boten zehntausend Dollar für Hinweise, die zur Verhaftung und Verurteilung von Sarahs Entführer und Mörder führten.

»Tracy, geh nach Hause.« Ihr Vater hatte das Haus, in dem Tracy wohnte, seit sie an der Cedar Grove High unterrichtete, noch nie als ihr Zuhause bezeichnet. »Ich rufe dich an, sobald wir mehr wissen.«

»Ich will nicht gehen, Dad, ich will hierbleiben!«

Er packte sie am Ellbogen und dirigierte sie in Richtung Schiebetür, so resolut, dass jeder Widerstand zwecklos war. Tracy kannte ihren Vater. Er würde jetzt nicht mit sich reden lassen. »Ich rufe dich an, sobald ich mehr weiß«, wiederholte er, schob die Tür hinter ihr zu und schloss sie ab.

18

»Das hier ist die Aussage, der Zeuge hieß Ryan Hagen.« Tracy reichte Dan eine Kopie. »Damit war das Alibi von House geplatzt.«

Dan musste sich eine Lesebrille aufsetzen, um den Text durchlesen zu können. »Du klingst sehr skeptisch.«

»Der Anwalt von House war beim Kreuzverhör von Hagen alles andere als brillant. Niemand hat den Mann je über Einzelheiten der Nachrichtensendung befragt, die er damals gesehen haben will, oder ihn irgendwelche Quittungen vorlegen lassen. Vertreter geben unterwegs nie ihr eigenes Geld aus. Wenn Hagen wirklich irgendwo angehalten hat, um zu tanken und etwas zu essen, dann müsste er dafür eine Quittung gehabt haben. Ich habe nirgendwo eine finden können.«

Dan musterte sie über seine Lesebrille hinweg. »Aber die Erinnerungen dieses Typen reichten, um den Stein ins Rollen zu bringen?«

»Sie reichten Richter Sullivan. Er hat sofort einen Durchsuchungsbefehl ausgestellt. Für das Haus des Onkels, das Grundstück und den Pick-up.«

»Und fand die Spurensicherung etwas?«

»Haare und Blut. Danach behauptete Calloway, House mit diesen Funden konfrontiert zu haben, woraufhin dieser seine Geschichte geändert hätte. Jetzt wollte er nicht mehr zu Hause geschlafen haben, sondern sagte aus, er hätte Sarah an der Straße aufgesammelt, wäre mit ihr in die Berge gefahren, hätte sie vergewaltigt und erwürgt und ihre Leiche sofort danach vergraben.«

»Warum wurde die Leiche denn dann nicht gefunden?«

»Calloway sagte, House hätte einen Deal machen wollen. Und dass er ohne den nicht sagen wollte, wo er Sarah vergraben hatte, weil er der Meinung war, dass sie ihn ohne Leiche nie würden verurteilen können.«

Dan ließ das Blatt mit dem Aussageprotokoll sinken. »Halt, jetzt bin ich verwirrt – auf was für einen Deal konnte er denn hoffen, da er doch gestanden hatte?«

»Gute Frage. Beim Prozess hat House dann auch geleugnet, irgendetwas gestanden zu haben.«

Dan schüttelte ein wenig hilflos den Kopf. »Wie ging das denn? Hatte Calloway das Geständnis denn nicht aufgezeichnet? Hat er sich keine schriftliche Aussage unterschreiben lassen?«

»Nein. Er sagte, House wäre einfach so damit herausgeplatzt, um ihn zu verhöhnen, und hätte sich dann geweigert, das Geständnis zu wiederholen.«

»Und beim Prozess leugnete House, überhaupt etwas gesagt zu haben?«

»Richtig.«

»Willst du damit sagen, dass sein Anwalt ihn in den Zeugenstand rief, obwohl die Anklage nur Indizien gegen ihn hatte und keine Spuren von einem Tatort vorweisen konnte?«

»Genau das will ich damit sagen.«

»Wie hat House die gefundenen Haare und das Blut erklärt?«

»Er sagte, damit hätte man ihm die Tat unterschieben wollen.«

»Das sagen sie immer.« Dan schnaubte verächtlich. »Besonders, wenn sie schuldig sind.«

Tracy zuckte schweigend mit den Achseln.

»Glaubst du ihm denn?«

»House ist lebenslänglich in den Bau gewandert, und Cedar Grove sollte so die Chance erhalten, sich wieder zu erholen. Das ist aber niemandem gelungen. Mir nicht, meiner Familie nicht, der Stadt nicht.«

»Du zweifelst am Urteil und an den Ermittlungen.«

»Zwanzig Jahre lang zweifele ich nun schon.« Sie schob ihm einen weiteren Ordner zu. »Siehst du dir das mal an?«

Dan strich sich nachdenklich mit dem Zeigefinger über die Oberlippe. »Was erhoffst du dir davon?«

»Ich möchte lediglich eine objektive Meinung hören.«

Dan schwieg eine Weile, rührte aber den Ordner nicht an. »Okay«, sagte er schließlich. »Anschauen kann ich es mir ja mal.«

Tracy zückte Scheckbuch und Kugelschreiber. »Dein Vorschuss beträgt fünfzehnhundert Dollar?«

Er streckte die Hand aus und berührte sanft ihre Hand. Das überraschte sie – ebenso die Tatsache, dass diese Hand mit ihren langen, gelenkigen Fingern so rau war. »Meinen Freunden berechne ich nichts, Tracy.«

»Ich kann dich nicht bitten, umsonst für mich zu arbeiten, Dan.«

»Und ich kann kein Geld von dir annehmen. Wenn du also meine Meinung hören möchtest, musst du dein Scheckheft schon weglegen. – Wow! Ich wette, das hat vor mir noch kein Anwalt gesagt.«

Tracy lachte. »Wenn du kein Geld willst – kann ich es irgendwie anders wettmachen?«

»Na klar, mit einem Essen. Ich kenne da ein gutes Restaurant.«

»In Cedar Grove?«

»Du brauchst gar nicht so verwundert zu tun! Unser Städtchen ist immer noch für ein paar Überraschungen gut. Vertrau mir ruhig.«

»Sagen das nicht alle Anwälte?«

Draußen, vor dem Gebäude der First National, warf Tracy einen letzten Blick hoch zum Erkerfenster des ehemaligen Präsidentenbüros. Sie hatte noch nie jemanden in ihre Ermittlungen eingeweiht. Wozu auch? Ohne Spurensicherung am Grab hatte es dazu keinen Anlass gegeben. Durch Kelly Rosas Bericht war alles anders geworden. Bis dahin hatte Tracy nur eine Hypothese gehabt, die sich auf nichts Konkretes stützte.

»Tracy?« Ein paar Schritte von ihr entfernt stand Sunnie Witherspoon neben einem Kombi, ihren Autoschlüssel in der einen, eine Plastiktüte mit dem Logo des Eisenwarenladens in der anderen Hand.

»Sunnie.«

»Ich dachte, du wärst längst weg.« Sunnie trug Hose, Bluse und Pullover, hatte sich die Haare toupiert und eine Menge Make-up aufgetragen.

»Ich wollte gerade losfahren, musste bloß vorher noch ein paar Sachen regeln.«

»Hättest du denn jetzt Zeit für einen Kaffee?«

Tracy war immer noch nicht nach einer Reise durch die Vergangenheit. »Aber du hast doch sicher etwas vor. Du hast dich chic gemacht.«

»Was? Nein – wieso? Ich war nur schnell was für Gary besorgen.«

Tracy gab nach. Wie hätte sie denn jetzt auch noch Nein sagen sollen?

»Gibt es hier in der Nähe denn ein Café?«

Sie landeten im »Daily Perk«, wo sie sich mit ihrem Kaffee draußen an einen Tisch setzten, der jedes Mal wackelte, wenn Tracy ihren Becher abstellte.

»Es ist echt irre – sitzen wir beide hier und trinken Kaffee!« Sunnie strahlte Tracy an. »Klar tut es mir leid, dass du hier bist – also der Anlass tut mir leid –, aber es ist trotzdem schön, dich zu sehen. Und die Trauerfeier war schön.«

»Danke, dass du gekommen bist.«

»Es hat sich alles verändert, nicht?«

Sunnie hatte Tracy mitten in einem Schluck Kaffee erwischt. Sie musste husten und setzte hastig ihren Becher ab. »Bitte?«

»Nach Sarahs Tod war irgendwie alles anders.«

»Da magst du recht haben.«

»Wobei – ich bin immer noch hier.« Sunnies Lächeln hatte etwas Trauriges. »Ich werde wohl nie von hier fortgehen. Was soll's … Du bist nie zu einem Klassentreffen gekommen.«

»Die sind nicht so mein Ding.«

»Es ist nur, weil die Leute nach dir fragen. Sie reden immer noch über das, was passiert ist.«

»Aber ich wollte nicht mehr darüber reden.«

»Tut mir leid! Wir müssen ja auch nicht drüber reden. Lass uns das Thema wechseln.«

Aber Tracy wusste, dass Sunnie aus keinem anderen Grund hier mit ihr Kaffee trank. Sie wollte unbedingt über Sarahs Verschwinden reden und über das, was danach geschehen war. Es ging ihr nicht darum, dass sich zwei alte Freundinnen, die sich lange nicht gesehen hatten, ihr Leben erzählten. Aus demselben Grund waren auch so viele zur Trauerfeier einer Familie gekommen, die die Stadt im Grunde vor zwanzig Jahren verlassen hatte. Sie waren nicht nur gekommen, weil Roy Calloway allen Bescheid gesagt hatte. Damals, bei der Suche nach Sarah und später beim Prozess, hatten sich die Menschen hier auf etwas konzentrieren können – nur hatte ihnen das Sarah nicht zurückgebracht. Sunnie und alle anderen, die in Cedar Grove geblieben waren, hatten ebenso wenig einen Schlussstrich ziehen können wie Tracy und ihre Eltern. Und jetzt, wo Tracy der Freundin gegenübersaß, der sie früher ihre geheimsten Gedanken und Träume anvertraut hatte, brachte sie es nicht über sich, ihr zu gestehen, dass ihnen der ganze Albtraum noch einmal bevorstand.

19

Tracy schaltete den Motor aus und ließ den Pick-up lautlos weiterrollen, bis er stand. Es war Vollmond, der Mond hing hell und klar am Himmel, trotzdem sah sie sich ganz genau um, ehe sie aus der Fahrerkabine kletterte. Ein Jahr nach Prozessende hielt sie immer noch Ausschau nach Schatten, die hinter Bäumen lauerten und unter Büschen hervorkrochen. Als Kinder hatten Sarah und sie solche unsichtbaren Gefahren als Butzemänner bezeichnet, aber das waren ausgedachte Monster gewesen, die es nur in der bunten Fantasiewelt zweier Schwestern gegeben hatte. Inzwischen waren sie erschreckend real geworden.

Leise stieg sie die wenigen Stufen zur Haustür hoch, versuchte, ebenso leise die Tür aufzuschließen. Es war so still, dass das Schnappen des Schlosses sie erschrocken innehalten ließ – hatte sie ihn geweckt? Die Tür klemmte, denn das Holz dehnte sich im Winter aus, man musste mit der Schulter nachhelfen. Tracy drückte, bis die Tür aufsprang, und trat leise ins Haus.

Als das Licht anging, ließ sie vor Schreck die Hausschlüssel fallen.

»Himmel, hast du mich erschreckt!«

Ben, voll bekleidet mit Jeans und Flanellhemd, saß in einem der Sessel. »Ach ja? Du kommst um diese Zeit nach Hause, ohne vorher anzurufen, ohne eine Nachricht zu hinterlassen, ohne dass ich weiß, wo du bist, aber ich jage dir einen Schreck ein?«

»Ich meine ja nur, dass ich dich beim Reinkommen nicht gesehen habe. Was hockst du auch im Dunkeln! Und wieso bist du angezogen?«

»Soll ich dir sagen, warum du mich nicht gesehen hast? Du hast mich nicht gesehen, weil du nicht zu Hause warst! Wo warst du, Tracy?«

»Ich habe gearbeitet.«

»Bis um ein Uhr morgens?«

»Du weißt doch, wie ich das gemeint habe – an Sarahs Fall gearbeitet.«

»Na, das ist aber eine Überraschung!«

»Ich bin müde.« Tracy mochte diese Diskussion nicht schon wieder führen.

»Du hast meine Frage nicht beantwortet.«

»Doch, habe ich.«

»Nein. Du hast mir gesagt, was du getan hast. Ich hatte aber gefragt, wo du gewesen bist.«

»Es ist spät, Ben.« Tracy machte Anstalten zu gehen. *»Lass uns morgen reden.«*

»Morgen bin ich weg.« Tracy kam zurück. Ben war aufgestanden. Sie sah, dass er seine Arbeitsstiefel trug. *»Ich gehe. So kann ich nicht leben.«*

Sie stellte sich vor ihn. *»Aber es wird doch nicht immer so sein. Ich brauche nur noch ein bisschen Zeit.«*

»Wie lange noch, Tracy? Wie lange wird es dauern?«

»Das weiß ich nicht.«

»Und genau darin liegt das Problem.«

»Ben ...«

»Ich weiß, wo du warst.«

»Was soll ich machen? Was willst du?«

»Lass es hinter dir und führe dein Leben weiter. So machen die Menschen das.«

»Meine Schwester ist ermordet worden.«

»Ich war dabei, falls du das vergessen haben solltest. Ich war da! Jeden einzelnen Tag habe ich im Gericht neben dir gesessen, bis zur Verurteilung. Du hast es nur nicht mitbekommen.«

»Geht es darum?« Sie streckte die Hand nach ihm aus. »Du brauchst meine Aufmerksamkeit?«

»Ich bin dein Mann, Tracy.«

»Und solltest mich unterstützen.«

Er wandte sich zur Tür. »Eigentlich wollte ich erst morgen früh gehen, aber meine Sachen sind schon auf dem Pick-up. Vielleicht gehe ich lieber gleich jetzt. Ehe einer von uns Sachen sagt, die wir hinterher bedauern.«

»Ben, es ist spät. Warte bis morgen, ja? Wir können doch über alles reden.«

Bens Hand lag schon auf dem Türknauf. »Was hat er dir erzählt?«

»Was?«

»Was hat Edmund House dir erzählt?«

Er war ihr gefolgt, war ihr bis zum Gefängnis nachgefahren! »Ich habe ihn zu dem Fall befragt. Vor allem zur Aussage von Roy Calloway, wonach er angeblich gestanden hat, Sarah umgebracht zu haben. Ich habe ihn auf den Schmuck angesprochen.«

»Hast du ihn gefragt, ob er sie umgebracht hat?«

»Er hat sie nicht umgebracht, Ben. Die Beweise ...«

»Eine Jury hat ihn verurteilt, Tracy. Die Geschworenen haben sich die Beweise angesehen und ihn verurteilt. Warum reicht dir das nicht?«

»Weil die Beweise getürkt sind. Das weiß ich.«

»Und das wird sich bis morgen früh ändern? Was könnte ich denn sagen, damit du aufhörst?«

Sie berührte ihn kurz am Ärmel. »Zwing mich nicht zu wählen, Ben. Bitte, bring mich nicht in die Situation, zwischen meiner Schwester und dir wählen zu müssen.«

»Ich hätte dich nie zu einer solchen Entscheidung gezwungen, das hätte ich dir nie angetan. Das hast du ganz allein hingekriegt.« Er öffnete die Tür.

Tracy folgte ihm auf die Veranda, sie empfand plötzlich große Angst. »Ich liebe dich, Ben. Ich habe niemanden außer dir.«

Er blieb stehen, zögerte aber, ehe er sich zu ihr umwandte.
»Doch, hast du. Aber ehe du sie nicht beide zur Ruhe gebettet hast, ist für mich kein Platz. Für niemanden.«

Sie lief zu ihm, klammerte sich an ihm fest. »Ben, bitte, wir schaffen das, wir kriegen das hin.«

»Dann komm mit mir.« *Er legte ihr die Hand auf die Schulter.*

»Was?«

»Deine Sachen haben wir in einer Stunde gepackt. Komm mit.«

»Wohin?«

»Weg von hier.«

»Aber meine Mutter und mein Vater ...«

»Wollen nichts mit mir zu tun haben, Tracy. Du hast Sarah damals meinetwegen allein nach Hause fahren lassen. Ich bin der Grund dafür, dass sie tot ist. Sie reden ja nicht einmal mit mir. Mit dir allerdings auch kaum noch. Hier gibt es für uns nichts mehr.«

Sie wich zurück. »Ich kann nicht, Ben.«

»Du kannst nicht, oder du willst nicht?« *In Bens Augen sammelten sich Tränen.* »Ein Teil von mir wird dich immer lieben, Tracy. Das tut weh, und über diesen Schmerz muss ich hinwegkommen. Das geht nicht, solange ich hier lebe. Du musst mit deinem eigenen Schmerz fertigwerden, und meiner Meinung nach schaffst auch du das nicht, solange du hier lebst. Aber das wirst du für dich allein herausfinden müssen.«

Er setzte sich hinter das Steuer und schlug die Tür seines Pickups zu. Einen Augenblick lang glaubte Tracy, er würde es sich noch einmal anders überlegen, die Tür wieder aufmachen, zu ihr zurückkommen. Aber dann sprang der Motor an. Ben warf ihr noch einen letzten Blick zu und fuhr rückwärts aus der Einfahrt. Er ließ sie allein.

20

Der Wagen wurde beim Näherkommen immer langsamer, und als er neben ihr am Straßenrand hielt, tastete Tracy instinktiv nach der Glock in ihrer Handtasche. Roy Calloway hatte das Fenster heruntergelassen, sein Ellbogen ragte nach draußen. »Tracy.«

Sie nahm die Hand von der Waffe. »Verfolgen Sie mich, Sheriff?«

»Eigentlich hatte ich es so verstanden, dass du die Stadt gleich wieder verlassen willst.«

»Aber ich habe die Stadt verlassen, Sheriff.« Tracy deutete mit dem Kinn auf das Motel, in dem sie übernachtet hatte. »Ich befinde mich in Silver Spurs. Was führt Sie hierher?«

Calloway zog die Handbremse an und stieg aus, wobei er den Motor laufen und die Wagentür offen ließ. Aus dem auf das Armaturenbrett montierten Funkgerät drangen unverständliche, knatternde Laute. »Ein kleines Vögelchen hat mir zugetragen, dass du dich in der Stadt mit Leuten unterhalten hast.«

»Das schien mir nur höflich zu sein, wo ich doch so lange fort war. Darf ich fragen, was Sie das angeht?«

»Ich wüsste gern, worüber du mit diesen Leuten gesprochen hast.«

Ein Teil von ihr wollte Calloway die Stirn bieten, ihn wissen lassen, dass sie nicht mehr das kleine Mädchen war, das sich jeden Schwachsinn gefallen ließ, aber das hätte höchstwahrscheinlich zu einem längeren Disput geführt, für den sie sich weder geistig noch körperlich fit fühlte. Eigentlich wollte sie momentan nur eins: in ihr Zimmer gehen und schlafen. »Ich glaube nicht, dass Sie das etwas angeht. Oder ist es in Cedar Grove inzwischen ein Verbrechen, sich mit Leuten zu unterhalten?« Sie wandte sich der Moteltreppe zu. »Ich bin müde und würde mich jetzt gern unter eine heiße Dusche stellen.«

»Worüber hast du mit Dan O'Leary gesprochen?«

»Über alte Zeiten. Wir haben über die guten alten Zeiten geredet, Sheriff.«

»Mehr nicht?«

»Mehr werden Sie von mir nicht erfahren.«

»Verdammt, Tracy, sei doch nicht so verflucht dickköpfig.«

Irgendetwas in seinem Ton brachte sie dazu, stehen zu bleiben und sich umzudrehen. Calloway war im Gesicht ganz rot geworden. Das wäre dem Mann, an den sie sich erinnerte, nie passiert, was allerdings daran liegen mochte, dass dieser Mann damals auch immer bekommen hatte, was er wollte. Aber Calloway hatte sich rasch wieder gefangen. »Glaubst du denn, du wärst die Einzige, die gelitten hat?«, fauchte er. »Denk an die vielen Leute gestern auf der Beerdigung.«

Sie stieg die Treppe wieder hinunter. »Hatten Sie damit etwas zu tun, Roy?«

»Die Leute wollen einen Abschluss finden. Das brauchen sie. Die Sache muss vorbei sein.«

»Brauchen die Leute das, oder brauchen Sie das?«

»Ich habe getan, was mein Job ist!« Anklagend richtete er den Finger auf sie. »Gerade du solltest das verstehen können, Tracy. Ich bin den Beweisen gefolgt.«

»Aber nicht bis hin zum Grab.«

»Weil wir kein Grab hatten.«

»Jetzt haben wir eins.«

»Genau. Wir haben Sarah gefunden. Und jetzt sollten wir die Toten ruhen lassen.«

»Das haben Sie schon einmal zu mir gesagt, Roy, erinnern Sie sich noch? Aber wenn ich eins gelernt habe, dann das: Die Toten ruhen nicht von allein. Wir Lebenden müssen sie begraben.«

»Und jetzt hast du Sarah begraben können. Du hast sie zur Ruhe gebettet, sie hat ihren Frieden gefunden und ist bei deinen Eltern. Lass los, Tracy. Lass einfach los.«

»Erteilen Sie mir hier Befehle, Chief?«

»Lass uns eins klarstellen – in Seattle magst du die große Mordermittlerin sein, aber hier hast du nichts zu sagen. Cedar Grove ist nicht in deinem Zuständigkeitsbereich. Hier bist du lediglich eine Bürgerin, und ich bin das Gesetz. Ich schlage vor, daran denkst du jetzt immer brav und hörst auf, herumzulaufen und Geister zu jagen.«

Nur das Wissen, dass Calloway nichts gegen sie unternehmen konnte, zügelte Tracys Zorn. Der Mann plusterte sich nur auf, fischte nach Informationen, wollte sie so wütend machen, dass ihr ein Wort zu viel herausrutschte und sie ihm erzählte, was sie getan hatte und warum.

»Ich habe keineswegs vor, auf Geisterjagd zu gehen.«

Er musterte sie misstrauisch. »Dann kann ich davon ausgehen, dass du nach Seattle zurückkehrst?«

»Auf jeden Fall gehe ich wieder zurück nach Seattle.«

»Gut.« Calloway stieg wieder in seinen Suburban. »Dann wünsche ich dir eine gute und sichere Heimfahrt.«

Tracy sah zu, wie der Geländewagen davonfuhr, an der nächsten Kurve langsamer wurde und verschwand. »Keine Sorge, Roy«, sagte sie leise. »Ich jage keine Geister, ich jage einen Mörder.«

Nachdenklich stieg Tracy die Stufen zu ihrem Zimmer hoch. Oben angekommen, schoss ihr ein weiterer Gedanke durch den Kopf. Sie kramte in ihrer Handtasche nach ihrem Handy und Dans Visitenkarte, eilte in ihr Zimmer und wählte die Nummer. Dan nahm nach dem dritten Klingeln ab.

»Dan? Hier ist Tracy.«

»Du bist aber nicht eine von den Mandantinnen, die zu jeder Tages- und Nachtzeit anrufen? Das wäre schon völlig okay. Ich wollte mich auch gerade bei dir melden.«

»Hast du meinen Ordner noch?«

»Direkt vor mir auf dem Küchentisch. Ich habe mich ihm den ganzen Nachmittag über gewidmet. Warum? Stimmt etwas nicht?«

Tracy stieß einen Seufzer der Erleichterung aus. »Roy Calloway ist mir gefolgt. Er wusste, dass ich dich besucht und mit dir gesprochen habe, und wollte wissen, worüber.«

»Wie soll ich das verstehen: Er ist dir gefolgt?«

»Das ist so zu verstehen, dass er mich gerade vor meinem Motelzimmer in Silver Spurs dumm angequatscht hat und wissen wollte, warum ich bei dir war. Hat er versucht, mit dir zu sprechen?«

»Nein, aber ich bin auch früh aus dem Büro gegangen, und hier bei mir zu Hause war er nicht. Wieso übernachtest du in Silver Spurs?«

»Weil ich nach der Beerdigung nicht in Cedar Grove bleiben wollte. Es war mir einfach zu viel.«

»Nein, ich meine, warum bist du nicht zurück nach Seattle gefahren?« Als Tracy schwieg, fuhr er fort: »Du wusstest, dass ich anrufen würde. Du wusstest, dass ich mich melden würde, sobald ich den Inhalt des Ordners kannte.«

»Ich hegte so einen leisen Verdacht.«

»In welchem Motel bist du?«

Sie warf einen Blick auf ihren Zimmerschlüssel, einen der altmodischen Art, der wirklich ein Schlüssel war und keine Karte. »Im ›Evergreen Inn‹.«

»Check wieder aus. Du kannst bei mir wohnen. Ich habe ein Gästezimmer.«

»Es ist in Ordnung, Dan.«

»Bestimmt. Aber ich bin das Material durchgegangen, das du mir gegeben hast. Nicht Satz für Satz, aber genug, um jede Menge Fragen zu haben.«

»Was für Fragen?« Tracy spürte, wie ihr das Adrenalin in die Adern schoss.

»Ich werde mir auch den Rest ansehen müssen. Alles, was du sonst noch so hast.«

»Ich kann es dir bringen.«

»Das regeln wir später. Heute checkst du erst einmal aus deinem Motelzimmer aus und kommst her. Es gibt wirklich keinen Grund, warum du in einem Motel übernachten solltest.«

Tracy war sich unschlüssig. Sie wusste nicht recht, was sie von der Einladung halten sollte. Machte er sich wegen Calloway Sorgen um sie? Oder wegen irgendetwas, das er in dem Ordner gelesen hatte? Lud sie der Jugendfreund ein, der nett sein wollte, oder gab es ganz andere Motive? Zum Beispiel die Gefühle, die sie gespürt hatte, als sich Dan bei Sarahs Beerdigung neben sie gesetzt und sie auf die Wange geküsst hatte? Sie zog die Gardine vorm Fenster zurück. Der Parkplatz grenzte an ein kleines Wäldchen. Dort krochen bereits Schatten um die Bäume.

»Außerdem schuldest du mir ein Essen«, fuhr Dan fort.

»Wo treffen wir uns?«

»Weißt du noch, wie man zum Haus meiner Eltern kommt?«

»Machst du Witze? Da finde ich im Schlaf hin.«

»Dann treffen wir uns dort. Ich habe die beste Alarmanlage der Stadt.«

21

Tracy hörte die angekündigte Alarmanlage, sobald sie von der Straße abgebogen war und die Auffahrt zum Haus hinauffuhr, in dem Dan O'Leary aufgewachsen war. Allerdings erkannte sie das Haus selbst kaum wieder, denn statt des einstöckigen gelben Flachdachbaus, an den sie sich erinnerte, stand jetzt inmitten einer gepflegten Rasenfläche ein zweistöckiges Haus mit Gaubenfenstern, einer großen Veranda und schicken weißen Gartenmöbeln aus Holz. Die gelben Schindeln der Verkleidung waren hellblauen Platten mit grauem Rand gewichen, was sehr nach Ostküste aussah.

Die Tür ging auf, und Dan stand im Mondlicht, links und rechts von je einem wirklich großen Hund flankiert. Die beiden sahen aus wie Bulldoggen auf Anabolika, mit leicht eingedrückten Schnauzen und glattem, ultrakurzem Fell, das die muskulöse, breite Brust hervorragend zur Geltung brachte. Irgendwie wirkte Dan zwischen den beiden wie einer der ägyptischen Pharaonen.

Tracy war ausgestiegen und hatte ihre Reisetasche geschultert, traute sich aber nicht weiter. »Darf ich denn näher kommen?«

»Klar doch, wenn ich dich erst mal richtig vorgestellt habe.« Dan wirkte sehr entspannt, barfuß, in schwarzen, verwaschenen Jeans mit einem Loch am Knie und schwarzem V-Ausschnitt-Pullover über weißem T-Shirt.

»Das hört sich nicht gerade beruhigend an.« Tracy wagte ein paar Schritte auf dem gepflasterten Weg, der zur Haustür führte. Links und rechts von ihr erstreckte sich das satte Grün der Rasenfläche, die, dem Duft in der Luft nach zu urteilen, gerade gemäht worden war.

»Halt ihnen den Handrücken hin und lass sie schnuppern.«

»Auch das klingt nicht besonders gut, finde ich.«

»Komm schon, stell dich nicht so mädchenhaft an!«

Tracy streckte die Hand aus, woraufhin der kleinere der beiden Hunde sofort interessiert mit seiner kalten Nase über ihren Handrücken fuhr. »Das ist Sherlock«, stellte Dan vor.

»Echt jetzt?« *Kein Scheiß, Sherlock* – das war früher einer von Dans Lieblingssprüchen gewesen.

»Und das ist ...« Weiter kam Dan nicht.

»Lass mich raten! Ex-Lax!« *Das läuft ja wie geschmiert. Ex-Lax* war Dans anderer Lieblingsspruch gewesen.

»Ich nenn doch meinen Hund nicht nach einem Abführmittel«, schnaubte Dan empört. »Nee, mein Großer heißt Rex, wie in T. Rex.« Dieser gab sich zurückhaltender und schnüffelte nicht mal an Tracys Hand.

»Was für eine Rasse ist das?«

»Eine Mischung aus Rhodesian Ridgeback und Mastiff. Die beiden bringen zusammen hundertvierzig Kilo auf die Waage, und ihr Futter kostet das Doppelte von dem, was ich für meine eigene Ernährung ausgebe. Geh schon mal vor und nimm die beiden mit rein. Ich fahre dein Auto in die Garage, nur für den Fall, dass jemand neugierig ist.« Die Garage schloss sich, wie Tracy bei ihrer Ankunft gesehen hatte, nicht direkt ans Haus an, sondern stand für sich auf dem rückwärtigen Teil des Grundstücks.

In Dans Wohnzimmer stand eine große, L-förmige Couch einem offenen Kamin gegenüber, über dem ein riesiger Großbildfernseher hing. In der nahtlos anschließenden Küche dominierten Arbeitsflächen aus Granit, es gab Barhocker und indirekte Beleuchtung. Am Spritzschutz hinter der Spüle lehnten verschiedene Fliesenmuster.

»Du renovierst gerade?« Dan war wieder ins Haus gekommen und hatte Tracy die Autoschlüssel zurückgegeben.

»Renovieren kann man das nicht mehr nennen. Ich spreche lieber von einer Generalüberholung. Die hatte das Haus nach vierzig Jahren bitter nötig.«

Beide Hunde ließen sie nicht eine Sekunde lang aus den Augen, als sie ihm in die Küche folgte, wo sie die Reisetasche neben einem der Barhocker abstellte. »Dann willst du hierbleiben?«

»Jawohl! Nach der ganzen Arbeit, die ich in dieses Haus gesteckt habe, möchte ich auch was davon haben.«

»Du hast das alles hier selbst gemacht?«

»Du brauchst wirklich nicht so überrascht zu tun.« Er riss den Kühlschrank auf.

»Entschuldige, aber ich erinnere mich einfach nicht daran, dass du handwerklich so geschickt bist.«

»Du würdest dich wundern, was man alles lernen kann, wenn man sich langweilt, hoch motiviert ist und Zugang zum Internet hat. Hast du Hunger?«

»Mach dir meinetwegen keine Umstände, Dan.«

»Mach ich mir auch nicht. Ich habe dir doch gesagt, es gibt ein prima Restaurant in der Stadt.« Er nahm einen Teller aus dem Kühlschrank, auf dem vier Hamburger-Patties lagen. »Ich wollte gerade meine berühmten Bacon-Cheeseburger machen.«

Tracy lachte. »Dann kann ich mir ja schon mal ansehen, womit ich demnächst meine Arterien verstopfe.«

»Bitte erzähl mir nicht, du bist eine von diesen körnerfressenden Veganerinnen geworden!«

»Bei meinen Arbeitszeiten? Ich kann ja froh sein, wenn ich außer der Tomate auf dem Whopper überhaupt mal Gemüse zu sehen kriege.«

»Genau genommen sind Tomaten Obst und kein Gemüse.«

»Wenn du das sagst … zum Landwirt bist du dann inzwischen auch mutiert?«

»Wenn du brav bist, zeige ich dir nach dem Essen meinen Gemüsegarten.«

»Himmel, du musst dich ja echt gelangweilt haben!« Tracy stellte sich neben Dan an den Küchentresen. »Kann ich helfen?« So Seite an Seite stehend, entpuppte sich Dan als gute zehn Zentimeter größer als sie. Breite Schultern, ein muskulöser Brustkorb, was beides durch den Pullover noch betont wurde – Tracy stieß ihm spielerisch den Ellbogen in die Rippen. »Wo ist denn dein Babyspeck hin? Weggehungert hast du ihn dir ja anscheinend nicht.«

»Das war harte Arbeit. Ist eben nicht jeder mit den langen Beinen und festen Muskeln der Crosswhites gesegnet.«

»Von wegen gesegnet! Lass dir gesagt sein, dass ich viermal die Woche trainiere.«

»Dann lass dir von mir gesagt sein, dass man das sieht.«

»Mein Gott!« Tracy verdrehte die Augen. »Habe ich mich angehört wie eine Frau um die vierzig auf der verzweifelten Suche nach Komplimenten?«

»Falls ja, bin ich voll drauf eingestiegen. Komm, ich zeig dir dein Zimmer. Dann kannst du dich frisch machen, während ich schon mal mit dem Kochen anfange.«

»Klingt noch besser als jedes Kompliment.« Tracy schnappte sich ihre Tasche und folgte Dan zur Treppe.

»Trinkst du später ein Glas Rotwein mit oder hast du dem Alkohol abgeschworen?«, wollte Dan wissen.

»Nur dem, der gesund ist.«

Das Zimmer oben im ersten Stock, in das er sie brachte, überraschte Tracy ebenso wie alles andere hier im Haus. Es war mit einem schmiedeeisernen Bett und einigen ausgesuchten Antiquitäten aus der Zeit der ersten Siedler ausstaffiert. In der einen Zimmerecke stand ein alter Besen, in der anderen ein Bettwärmer und auf dem Bild, das über dem Bett hing, entfachte gerade eine Frau in einem langen, schlichten Kleid das Feuer im Kamin ihres Blockhauses. Tracy ließ ihre Tasche auf das Bett fallen. »Okay, den Umbau kaufe ich dir noch ab, aber die Inneneinrichtung ist auf keinen Fall nur auf deinem Mist gewachsen!« Hier hatte eine weibliche Hand mitgewirkt. Tracy tippte auf eine Freundin.

»*Sunset Magazine.*« Dan zuckte mit den Achseln. »Wie gesagt, ich hatte Langeweile.« Er nickte Tracy zu und ließ sie allein.

Tracy setzte sich auf die Bettkante und ließ sich den fröhlichen Schlagabtausch noch einmal durch den Kopf gehen, den Dan und sie sich gerade geliefert hatten. Einerseits hatte sich das ganz wie in alten Zeiten angefühlt, andererseits waren die Repliken des Dan von heute viel schlagfertiger ausgefallen als alles, woran sie sich von früher erinnerte. Sie musste grinsen. Flirtete Dan etwa mit ihr? Oder waren seine Kommentare nur die Erwachsenenversion der Sprüche, die sie sich als Kinder um die Ohren gehauen hatten? Es hatte schon sehr, sehr lange niemand mehr mit ihr geflirtet.

»Dann lass dir von mir gesagt sein, dass man das auch sieht?« Sie stöhnte leise. »Hatte ich es wirklich so drauf angelegt?«

Tracy duschte ausgiebig, ärgerte sich beim Anziehen allerdings erneut darüber, keine Kleidung zum Wechseln eingepackt zu haben. Wenn sie die Bluse nicht in die Hose steckte und die Haare zum Pferdeschwanz band, sah es wenigstens ein bisschen anders aus als vorher und … scheiß auf die Falten. Sie legte Make-up auf, schminkte sich die Augen und tupfte sich einen Hauch Parfüm auf Handgelenk und Nacken. Unten duftete es herrlich nach gebratenem Speck, und im Fernsehen kündigte der Sprecher gerade ein Footballspiel an.

Dan stand am Tresen und bearbeitete den Inhalt einer Glasschüssel mit einem Quirl. Vor ihm stand ein Kuchen mit Zitronencreme.

»Soll das etwa ein Zitronenbaiserkuchen werden?«

Dan drosselte die Lautstärke des Fernsehers. »Mach dich ruhig weiter lustig über mich. Ich arbeite nach dem Rezept meiner Mutter, und Zitronenbaiserkuchen ist zufällig mein Lieblingskuchen. Wenn ich dieses verdammte Eiweiß je steif kriege, wirst du auch verstehen, warum.«

»Du hast die falsche Schüssel.«

Dan warf ihr einen skeptischen Blick zu. »Was kann an einer Schüssel falsch sein?«

»Wo sind denn deine anderen Schüsseln?«

»Da, im Unterschrank.«

Tracy fand eine Kupferschüssel, gab das Eiklar dort hinein und übernahm den Quirl. Nicht lange, und sie konnte eine steife Masse vorweisen. »Mrs Allen wäre entsetzt!«, sagte sie spöttisch. »Hast du ihren Chemieunterricht denn total vergessen?«

»War das nicht das Fach, wo ich immer bei dir abgeschrieben habe?«

»Du hast in jedem Fach bei mir abgeschrieben.«

»Und das habe ich jetzt davon – ich kriege noch nicht mal Eiweiß steif.«

»Dann pass jetzt auf. Es hat etwas damit zu tun, dass die Proteine im Eiweiß auf das Kupfer der Schüssel reagieren. Mit einer silbernen Schüssel kriegst du das auch hin.« Sie gab den Zucker zur Masse, den Dan bereits abgewogen hatte, und verstrich das Ganze auf der Zitronencreme. »Hattest du mir vorhin nicht ein Glas Wein versprochen?«

Dan schenkte zwei Gläser voll und stieß mit ihr an. »Auf alte Freunde.«

»Wen nennst du hier alt?«, protestierte sie.

»Uns beide. Wir sind der gleiche Jahrgang.«

»Und hat dir noch niemand gesagt, dass vierzig die neue Zwanzig ist?«

»Ach ja? Die Info ist bei meinem Knie und bei meinem Rücken nicht angekommen.« Er hob erneut sein Glas. »Dann trinken wir eben auf gute Freunde.«

»Das klingt schon besser.«

Sie setzte sich ihm gegenüber an den Tresen und sah zu, wie Dan die süß duftenden Zwiebeln wendete, die er neben den Bacon und das Hackfleisch auf den Grill gelegt hatte. »Darf ich dich etwas fragen?«

»Lies in mir wie in einem offenen Buch!«

»Du wohnst hier allein, nicht wahr?«

»Nur ich und die beiden Jungs.« Die Hunde saßen im Übergang vom Wohnzimmer zur Küche, dort, wo die Küchenfliesen endeten, und beobachteten aufmerksam die Wege ihres Chefs zwischen Tresen und Kühlschrank.

»Wieso hast du dir dann so viel Mühe gegeben?«

»Mit der Umgestaltung, meinst du?« Dan öffnete die Kühlschranktür.

»Alles, der Umbau, die Einrichtung, die Hunde. Das war doch jede Menge Arbeit. Und ist es noch.«

Dan deponierte ein Glas Gurken und eine Tomate auf dem Küchentresen. »Richtig, es war jede Menge Arbeit. Das war aber auch genau der Sinn der Sache. Weißt du, es gab da so eine Phase, da habe ich mir selbst wahnsinnig leidgetan. Mitzukriegen, dass deine Frau dich betrügt, hebt nicht gerade das Selbstwertgefühl. Als ich damit durch war, kam die Wut. Auf sie, auf meinen Expartner, weil er mit ihr schlief.« Er fischte eine Gurke aus dem Glas, um sie gekonnt in Scheiben zu zerlegen. »Nach Moms Tod verfiel ich in eine Depression. Eines Morgens wachte ich auf und hatte es plötzlich satt, immer dieselben verdammten Wände anzustarren. Ich bin raus in Dads Werkstatt, habe mir den Vorschlaghammer geholt und mir die Wände vorgeknöpft. Eine nach der anderen. Je mehr fielen, desto besser fühlte ich mich. Als dann keine einzige Wand mehr stand, blieb mir nichts anderes übrig, als alles neu zu gestalten.«

»Um dich abzulenken?«

Er hielt die Tomate unter den Wasserhahn der Spüle, trocknete sie kurz ab und schnitt sie mit präzisen Bewegungen in

dünne Scheiben. »Ich weiß nicht, ob es direkt um Ablenkung ging. Ich weiß nur eins: Je mehr ich vom Haus wieder aufbaute, desto deutlicher wurde mir klar, dass mein Leben nicht total im Eimer war. Gut, einmal war es schiefgelaufen, aber das bedeutet noch lange nicht, dass es nie gut gehen kann. Ich wollte ein Zuhause und eine Familie. Eine neue Frau stand irgendwie nicht in den Sternen und ich habe ehrlich gesagt auch nicht nach einer gesucht. Ich bin los, habe mir Rex und Sherlock besorgt, und wir drei zusammen haben uns ein Zuhause geschaffen.«
Die Hunde winselten leise, als sie ihre Namen hörten.

»Wie hast du angefangen?«

»Immer einen Hammerschlag nach dem anderen.«

»Redest du noch manchmal mit deiner Ex?«

»Sie ruft von Zeit zu Zeit an. Die Sache mit meinem Partner hat nicht hingehauen.«

»Dann will sie dich wiederhaben?«

Er lud das Fleisch vom Grill auf einen Teller. »Sie hat zumindest die Fühler ausgestreckt, wollte wissen, was drin ist. Was ihr im Grunde wirklich fehlt, ist der Lebensstil – Country Club und was wir sonst noch so hatten. Allerdings hat sie ziemlich schnell spitzgekriegt, dass es den Typen nicht mehr gibt, den sie mal geheiratet hat.«

Tracy lächelte. »Meiner Meinung nach sieht der neue Typ ziemlich gut aus.«

Dan sah auf. »Oh, nein!«

»Was ist?«

»Ich habe mich wohl angehört wie ein Mann um die vierzig auf der verzweifelten Suche nach Komplimenten, was?«

Tracy warf eine zerknüllte Serviette nach ihm.

Der Tisch war bereits gedeckt, auch eine Schüssel mit grünem Salat stand schon darauf. Dan brauchte nur noch den Teller mit den fertigen Hamburgern aufzutragen. »Ist das okay so?«, wollte er wissen.

»Suchst du schon wieder nach Komplimenten?«
»Das weißt du doch.«
»Alles perfekt.«
»Okay, jetzt bin ich dran«, sagte Dan, während Tracy ihren Burger mit Zwiebeln und Tomaten belud. »Gehst du immer noch zu diesen Schießwettkämpfen?«
»Ich habe nicht besonders viel freie Zeit.«
»Aber du warst so gut.«
»Zu viele Erinnerungen, Dan. Ich habe Sarah damals 1993 bei den Meisterschaften in Olympia zum letzten Mal gesehen.«
»Bist du deswegen auch nie wieder nach Cedar Grove gekommen? Weil die Erinnerungen zu arg wehtun?«
»Manche, ja.«
»Und jetzt willst du sie alle wieder ausgraben?«
»Nicht ausgraben, Dan. Ich hoffe, ich kann sie endgültig beerdigen.«

22

Nach dem Essen nahm Tracy den Golfschläger, der im Wohnzimmer an der Wand lehnte, und baute sich vor dem schmalen, grünen Kunstrasenstreifen auf, an dessen Ende so etwas wie ein Aschenbecher lag.

»Spielst du?« Dan trocknete in der Küche das letzte Geschirr ab und räumte es in den Schrank.

Tracy schickte einen Golfball auf die Reise, der den Aschenbecher glatt überrollte und Rex und Sherlock aufscheuchte, die friedlich auf dem Teppich vor dem Kamin geschlummert hatten.

»Wie ich schon sagte: Für Hobbys bleibt mir nicht viel Zeit.«

»Du würdest es bestimmt schnell lernen. Eine gute Sportlerin warst du ja schon immer.«

»Das ist jetzt aber auch schon ein paar Jährchen her.«

»Unsinn! Du brauchst nur den richtigen Lehrer.«

»Und du kannst mir einen empfehlen?«

Dan räumte die letzte Schüssel in den Schrank, kam ins Wohnzimmer und legte ihr einen zweiten Golfball vor die Füße. »Stell dich über den Ball.«

»Was wird das – eine Golfstunde?«

»Die Mitgliedschaft im Country Club hat mich damals eine ganz schöne Stange Geld gekostet. Dafür wollte ich dann auch was haben. Stell dich hierher, direkt über den Ball.«

»Das werde ich ganz gewiss nicht tun.«

»Die Füße schulterbreit auseinander.«

»Das ist dein voller Ernst, was?«

»Ich bin eben ein ernsthafter Typ.«

»Seit wann das denn?«

»Ich habe dir doch gesagt, dass ich mich verändert habe. Ich bin jetzt ein hartgesottener Anwalt.«

»Und ich bin im Nahkampf ausgebildet.«

»Woran ich denken werde, falls ich mal eine Leibwächterin brauche. Jetzt komm her. Die Füße schulterbreit auseinander.«

Grinsend kam sie seiner Aufforderung nach. Dan stellte sich hinter sie, legte die Arme um ihre Schultern und korrigierte ihre Handstellung. »Los, entspann dich. Du erwürgst mir den armen Schläger noch.«

»Ich dachte, man soll die Arme steif halten.« Tracy war plötzlich ziemlich warm geworden.

»Die Arme, nicht die Hände. Die Hände weich, die Berührung leicht.«

Seine Hände lagen auf ihren, sein Atem strich warm über ihren Nacken, seine Stimme klang leise an ihrem Ohr. »Jetzt ein wenig in die Knie gehen.« Er stieß ihr sanft die Knie in die Kniekehlen.

Sie lachte. »Okay! Okay!«

»Und jetzt einen schönen leichten Schlag. Vor und zurück, wie ein Pendel.«

»Mit dem Bild kann ich was anfangen.«

»Das dachte ich mir doch.«

Er führte ihre Arme sanft nach hinten und wieder nach vorn, bis der Schläger den Ball traf und ihn langsam über den grünen Teppich rollen ließ. Diesmal landete er im Becher, wo er auch liegen blieb.

»Geschafft!«, rief Tracy.

»Siehst du!« Noch hatte Dan sie nicht losgelassen. »Ich war vielleicht nie gut in Chemie, aber ich könnte dir das eine oder andere beibringen.«

Tracy schloss unwillkürlich die Augen. Ihre Knie waren weich geworden. Was, wenn Dan sie jetzt auf den Hals küsste? Wie sollte sie reagieren?

»Tracy?«

»Ja?«

Er ließ sie los. »Vielleicht sollten wir über die Unterlagen reden, die du mir gegeben hast.«

Sie holte tief Luft. »Gute Idee. Aber zuerst: Wo ist das Klo?«

»Unter der Treppe.«

Im Bad verriegelte Tracy hastig die Tür hinter sich und klammerte sich am Waschbecken fest. Aus dem Spiegel starrte sie ein Gesicht mit hochroten Wangen an. Himmel! Sie spritzte sich kaltes Wasser ins Gesicht, trocknete die Hände an einem Handtuch ab, das für die Boston Red Sox warb, und traute sich erst wieder in die Küche zurück, als sie sicher sein konnte, dass man ihr ihre Verwirrtheit nicht mehr ansah.

Dan stand neben dem Küchentisch und blätterte in einem großen, gelben Notizblock, dessen Seiten eng beschrieben waren. Er hatte Tracys Ordner mitten auf den Tisch gelegt und ihnen beiden noch einmal Wein nachgeschenkt. »Hast du etwas dagegen, wenn ich stehe? Ich kann dann besser denken.«

»Ganz wie du möchtest.« Tracy ließ sich auf einen Stuhl fallen und trank erst einmal einen Schluck Wein. Den hatte sie jetzt dringend gebraucht.

»Ich muss dir sagen, dass ich nach deinem Besuch heute Morgen in meinem Büro ziemlich skeptisch war«, fuhr Dan fort. »Ich wollte dir einen Gefallen tun. Sonst hätte ich mir die ganze Sache überhaupt nicht angesehen.«

»Das war mir klar.«

»Bin ich so leicht zu durchschauen?«

»Ich bin Detective, Dan.« Tracy stellte ihr Glas ab. »Ich selbst wäre auch skeptisch gewesen. Frag mich, was du willst.«

»Fangen wir bei dem Vertreter an, bei diesem Ryan Hagen.«

Staatsanwalt Vance Clark stand auf. »Die Anklage ruft Ryan P. Hagen in den Zeugenstand.«

Am Tisch der Verteidigung hob der Angeklagte Edmund House zum ersten Mal, seit er in Handschellen den Gerichtssaal betreten und neben seinem Pflichtverteidiger Platz genommen hatte, den Kopf und sah sich um. House, sauber rasiert und mit kurz geschnittenen Haaren, in grauer Hose und schwarzem Pullover über einem weißen Hemd, wirkte wie ein Internatsschüler von der Ostküste. Der Zeuge Hagen im blauen Sportsakko mit Krawatte im Paisleymuster hätte von derselben Privatschule kommen können. House sah ihm in die Augen, als er den Gerichtssaal betrat, aber dann glitt sein Blick über die dicht besetzte Zuschauergalerie, wo er an Tracy hängen blieb. Irgendetwas an diesem Blick ließ Tracy eine Gänsehaut über den Rücken laufen. Sie griff nach Bens Hand, um sich daran festzuklammern.

»Alles in Ordnung?«, flüsterte Ben.

Hagen nahm im Zeugenstand Platz. Mit seinen dünnen Haaren und dem Mittelscheitel erinnerte er Tracy vage an einen Elfen. Vance stellte die üblichen Fragen, ehe er auf den Beruf des Mannes zu sprechen kam. Hagen gab an, als Handlungsreisender mit einem die Staaten Washington, Oregon, Idaho und Montana umfassenden Gebiet im Durchschnitt an fünfundzwanzig Tagen im Monat unterwegs zu sein.

»Kommt es oft vor, dass Sie nicht auf dem Laufenden sind, was spezielle Regionalnachrichten betrifft?«, wollte Vance wissen.

»Wenn ich ehrlich sein soll, bin ich überhaupt nur beim Baseball immer auf dem Laufenden. Bei den Mariners und den Sonics.« Hagen schien das Lächeln nicht schwerzufallen, auch stand er anscheinend gern im Rampenlicht. Beides mochte mit seinem Beruf zusammenhängen. »Wenn ich abends in mein Hotel komme, hole ich mir nur selten eine Zeitung und schaue auch nur selten die Nachrichten an. Normalerweise zappe ich herum, bis ich irgendeinen Sender finde, auf dem ein Spiel übertragen wird.«

»*Dann wussten Sie nicht, dass Sarah Crosswhite entführt worden war?*«

»*Ich hatte nichts davon gehört, das ist richtig.*«

»*Könnten Sie den Geschworenen erzählen, wie es dazu kam, dass Sie dann doch davon hörten?*«

»*Selbstverständlich.*« Hagen wandte sich den Geschworenen zu, fünf Frauen und sieben Männer, alle weiß. Neben der Geschworenenbank saßen noch zwei Ersatzleute. »*Eines Abends kam ich zur Abwechslung mal zu einer halbwegs vernünftigen Zeit nach Hause, habe es mir mit einem Bier auf der Couch bequem gemacht und sah mir meine Mariners an, als der Sender in der Spielpause einen Bericht über eine Frau aus Cedar Grove brachte, die verschwunden war. Ich habe dort oben eine Reihe Kunden, also hörte ich zu. Es wurde auch ein Bild von ihr gezeigt.*«

»*Haben Sie die Frau erkannt?*«

»*Nein, ich hatte sie noch nie zuvor gesehen.*«

»*Was geschah als Nächstes?*«

»*Im Bericht hieß es, die Frau sei schon seit einiger Zeit verschwunden. Es wurde ein Foto von ihrem Auto gezeigt, einem blauen Ford Pick-up. Das Auto habe man verlassen auf dem Seitenstreifen der alten Landstraße da oben gefunden. Da hat es bei mir klick gemacht.*«

»*Wie soll ich das verstehen – klick gemacht?*«

»*Ich habe mich wieder erinnert. Ich hatte diesen Pick-up schon einmal gesehen. Ich war mir absolut sicher, dass es sich um den Pick-up handelte, den ich eines Nachts gesehen hatte, als ich, von Kundenbesuchen im Norden kommend, auf der Landstraße nach Hause fuhr. Ich erinnerte mich daran, weil man dort selten ein Auto sieht, denn die Landstraße wird kaum noch benutzt, seit es den Highway gibt. Und ich erinnere mich so gut, weil es in jener Nacht stark regnete und ich noch dachte, dass es wirklich Pech ist, wenn einem in so einer Nacht das Auto liegen bleibt.*«

»*Wie kam es denn dazu, dass Sie auf der Landstraße fuhren?*«

»*Sie ist eine Abkürzung. Wenn man so viele Meilen abreißt wie ich, kennt man sämtliche Abkürzungen, das können Sie mir glauben.*«

»*Dann erinnerten Sie sich also wieder an genau diese eine Nacht?*«

»*Anfangs nicht, nein. Ich erinnerte mich wohl, dass es Sommer war, weil das Gewitter mich überrascht hatte. Ich hatte sogar kurz überlegt, lieber den Highway zu nehmen, weil es so regnete. Auf der Landstraße ist es absolut finster. Es gibt keine Straßenbeleuchtung.*«

»*Waren Sie letztlich in der Lage, das genaue Datum dieser Nacht festzustellen?*«

»*Ja. Ich notiere mir meine Termine in einem Kalender. Dort konnte ich nachsehen. Es war der 21. August.*«

»*Welches Jahr?*«

»*1993.*«

Hagen hatte seinen Kalender mitgebracht. Clark beantragte, ihn als Beweismittel zuzulassen, und bat, ihn der Jury zeigen zu dürfen. Beides wurde genehmigt. »*Erinnern Sie sich an sonst etwas, was diese Nacht betrifft?*«, wollte Clark als Nächstes wissen.

»*Ich erinnere mich an einen roten Pick-up, der mir entgegenkam.*«

»*Wieso erinnern Sie sich an diesen Pick-up?*«

»*Wie ich schon sagte: weil in jener Nacht sonst niemand auf der Landstraße unterwegs war.*«

»*Konnten Sie sehen, wer den roten Pick-up fuhr?*«

»*Nein, nicht genau. Aber den Wagen selbst konnte ich gut erkennen. Es war ein Chevy Stepside, kirschrot. Ein Klassiker. Von denen sieht man nicht mehr viele.*«

»*Was taten Sie, nachdem Ihnen dies alles wieder eingefallen war?*«

»*In der Nachrichtensendung wurde die Nummer der zuständigen Polizeiwache eingeblendet. Ich habe dort angerufen und einer Person am Telefon gesagt, was ich gesehen hatte. Nicht lange danach erhielt ich einen Rückruf vom Sheriff, dem ich dann noch einmal alles erzählte. Alles, was ich Ihnen gerade erzählt habe.*«

»*Ist Ihnen während des Gesprächs mit Sheriff Calloway noch etwas eingefallen?*«

»Ja. Ich hatte an jenem Abend unterwegs angehalten, um zu tanken und etwas zu essen. Als ich mit dem Sheriff telefonierte, schoss mir durch den Kopf, dass das Mädchen vielleicht noch leben könnte, wenn ich das nicht getan hätte. Weil ich dann vielleicht als Erster bei ihr gewesen wäre.«

Pflichtverteidiger DeAngelo Finn legte Einspruch ein und bat darum, Hagens letzte Bemerkung aus dem Protokoll zu streichen. Richter Lawrence, ein großer, schwerer Mann mit dichtem rotem Haar, gab dem Antrag statt.

Aber die Geschworenen hatten die Bemerkung sehr wohl gehört. Clark beließ es dabei und setzte sich.

Jetzt war DeAngelo Finn an der Reihe, ein Anwalt aus Cedar Grove, den jeder im Städtchen kannte. Tracy kannte auch seine Frau Millie, die unter fortschreitender Arthrose litt und von James Crosswhite behandelt wurde. Finn war ein kleiner Mann, kaum einen Meter siebzig groß und ansatzweise kahl, was er zu verbergen suchte, indem er sich die verbliebenen Haare über die kahle Stelle kämmte. Als er nach vorn zum Zeugenstand ging, schleifte der Saum seiner Hose ein wenig über den Boden, und die Manschetten seiner Anzugjacke reichten bis zur Mitte der Handfläche. Fast sah es so aus, als hätte er den Anzug erst an diesem Morgen von der Stange gekauft und keine Zeit mehr gehabt, ihn ändern zu lassen.

»Sie sagten, Sie hätten diesen Pick-up am Straßenrand stehen sehen.« DeAngelo Finn hatte eine leicht piepsige Stimme, die von der hohen Decke des Gerichtssaals mühelos geschluckt wurde. »Sahen Sie denn auch jemanden in der Nähe des Fahrzeugs? Oder ging jemand die Straße entlang, als Sie dort fuhren?«

Hagen gab an, beides sei nicht der Fall gewesen.

»Und bei diesem roten Pick-up, von dem Sie behaupten, ihn gesehen zu haben, konnten Sie nicht erkennen, wer in der Fahrerkabine saß?«

»Das ist richtig.«

»Sie haben also dort in der Fahrerkabine keine blonde Frau gesehen?«

»Richtig.«

Finn deutet auf House. »Und auch den Angeklagten haben Sie nicht in der Fahrerkabine gesehen, richtig?«

»Richtig.«

»Konnten Sie das Nummernschild erkennen?«

»Nein.«

»Und doch behaupten Sie, sich genau an diesen Pick-up zu erinnern. An einen Wagen, den Sie in einer dunklen und regnerischen Nacht ganz kurz zu sehen bekamen?«

»Dieser Chevy ist mein Lieblingswagen.« Auf Hagens Gesicht war das Vertreterlächeln zurückgekehrt. »Ich verkaufe Autoersatzteile und -zubehör. Autos und Pick-ups sorgen für meinen Lebensunterhalt. Es ist mein Job, sie zu kennen.«

Finn öffnete und schloss den Mund wie ein Fisch auf dem Trockenen. Sein Blick glitt mehrmals zwischen seinen Notizen und Hagen hin und her. Nach mehreren sehr ungemütlichen Sekunden sagte er: »Dann haben Sie sich also auf den Pick-up konzentriert und in der Fahrerkabine niemanden gesehen. Keine weiteren Fragen.«

23

Dan blätterte in seinen Notizen. »Hagen will sich nach sieben Wochen noch ganz genau an einen Wagen erinnern, der ihm in einer dunklen Nacht bei strömendem Regen auf einer finsteren Landstraße entgegenkam. Irgendwie fällt es mir schwer, das zu glauben. Finn hat da im Kreuzverhör nicht nachgebohrt?«

Tracy schüttelte den Kopf. »Er hat Hagen auch nicht nach dem Sender gefragt, auf dem diese Nachrichtensendung gelaufen sein soll, und er hat auch nicht die Herausgabe irgendwelcher Archiv-Aufzeichnungen des Senders aus der fraglichen Zeit beantragt.«

»Was hätte er denn herausgefunden, wenn er das getan hätte?«

»Ich besitze Tapes von jeder Nachrichtensendung, die damals gesendet wurde. Ich habe nichts entdecken können, was auch nur halbwegs mit dem übereinstimmt, was Hagen angeblich gesehen haben will. Sarahs Verschwinden war da ja schon Schnee von gestern. Du weißt doch, wie das läuft: Erst stürzten sich alle drauf, die Presse, die Polizei, die ganze Stadt. Aber je mehr Wochen ins Land zogen, desto schwächer wurde das allgemeine Interesse. Das soll kein Vorwurf sein, es war einfach so. Nach sieben Wochen war Sarahs Verschwinden eigentlich nur noch eine Fußnote. Das hätte sich nur geändert, wenn irgendetwas Dramatisches, Wichtiges passiert wäre. War es aber nicht.«

»Was war mit der Belohnung?«

»Die kam während des Prozesses auch nie zur Sprache.«

Dan kniff die Augen zusammen. »Aber der Verteidiger hätte Hagen löchern müssen! Immerhin hatte dessen Aussage dafür gesorgt, dass Calloway und Clark ihren Durchsuchungsbeschluss bekamen. Und Hagens Aussage legte das Fundament für den nächsten Tag und Calloways Auftritt im Zeugenstand. Finn hätte jedes einzelne Detail hinterfragen müssen!«

Roy Calloway hatte es sich im Zeugenstand bequem gemacht, als säße er in seinem Wohnzimmer und alle anderen Anwesenden wären seine geladenen Gäste. Starker Regen prasselte an die Holzrahmen der Fenster im ersten Stock des Gerichtsgebäudes, was im Saal selbst klang, als würde irgendwo ein Vogel ans Fenster klopfen. Tracy sah hinaus. Die Bäume auf dem Platz vor dem Gericht ließen die Zweige hängen, aus den Schornsteinen der umliegenden Häuser stieg feiner Rauch in die Luft – alles Bilder einer ländlichen Idylle, die durch die Existenz von Menschen wie House längst infrage gestellt wurde. Nein, auch Kleinstädte waren nicht immun gegen Schwerverbrechen.

Clark baute sich vor der Geschworenenbank auf und sah Calloway an. »Wann sind Sie das nächste Mal zum Grundstück von Parker House gefahren, Sheriff?«

»Ungefähr zwei Monate später.«

»Und warum? Könnten Sie uns die näheren Umstände erläutern?«

»Wir hatten einen Hinweis auf einen Zeugen bekommen.«

»Sagen Sie der Jury auch noch, zu wem dieser Hinweis führte?«

»Zu Ryan Hagen.«

»Sie haben Mr Hagen daraufhin befragt?«

»Ja.« Calloway bestätigte ausführlich alles, was Hagen am Vortag ausgesagt hatte.

»Und weswegen war der rote Chevy Pick-up so wichtig?«

»*Ich wusste, dass Parker einen roten Chevy besaß, und erinnerte mich, ihn an dem Morgen, an dem Sarah als vermisst gemeldet wurde, auf seinem Grundstück gesehen zu haben.*«

»*Haben Sie den Angeklagten mit diesen neuen Indizien konfrontiert?*«

»*Ich teilte ihm mit, dass ein Zeuge aufgetaucht war, und fragte ihn, ob er seiner ursprünglichen Aussage etwas hinzufügen wollte.*«

»*Was sagte der Angeklagte daraufhin?*«

»*Zuerst nicht viel, behauptete, wir würden ihn nur schikanieren. Aber dann sagte er, okay, er wäre in jener Nacht unterwegs gewesen.*«

»*Hat er noch mehr gesagt?*«

»*Er sagte, er hätte in einer Bar in Silver Spurs was getrunken und wäre dann auf der Landstraße nach Hause gefahren, weil er auf dem Highway Verkehrskontrollen befürchtete. Er sagte, er wäre an einem blauen Pick-up vorbeigekommen, der verlassen auf dem Seitenstreifen stand. Wenig später hätte er eine Frau getroffen, die im Regen zu Fuß unterwegs war. Er hätte sie zu einer Adresse in Cedar Grove mitgenommen und sie dort abgesetzt, mehr nicht. Behauptete, die Frau nie wiedergesehen zu haben.*«

»*Konnte er die Frau identifizieren?*«

»*Ich zeigte ihm ein Foto, und er erkannte Sarah Crosswhite zweifelsfrei wieder.*«

»*Hat er gesagt, bei welcher Adresse er sie angeblich abgesetzt hat?*«

»*Die Adresse wusste er nicht, aber er hat Sarahs Zuhause beschrieben.*«

»*Hat Mr House auch gesagt, warum er Ihnen all das bei der ersten Befragung verschwiegen hat?*«

»*Er sagte, er hätte in der Stadt gehört, dass eine Frau vermisst würde, hätte die Flugblätter mit dem Foto der Frau gesehen und das Mädchen wiedererkannt, das er mitgenommen hatte. Er behauptete, nichts gesagt zu haben, weil er befürchtete, man würde ihm nicht glauben.*«

»Gab er auch an, warum er das befürchtete?«
Die Verteidigung erhob Einspruch, dem stattgegeben wurde.
»Was taten Sie als Nächstes, Sheriff?«, fuhr Clark fort.
»Ich gab die neuen Informationen an Sie weiter und bat Sie, einen Durchsuchungsbefehl für das Grundstück von Parker House sowie für den Pick-up zu erwirken.«
»Waren Sie an der Durchsuchung beteiligt?«
»Ich führte sie aus, aber die Spurensicherung wurde von einem Team von Kriminaltechnikern des Washington State Crime Lab aus Seattle vorgenommen. Auf der Grundlage der Beweismittel, die an diesem Tag sichergestellt wurden, verhafteten wir dann Edmund House.«
»Haben Sie noch einmal mit House gesprochen?«
»Ja, als er sich schon in Gewahrsam befand.«
»Und was hat er Ihnen da erzählt?«
Calloway richtete den Blick auf Edmund House, der mit ausdruckslosem Gesicht dasaß und die Hände im Schoß gefaltet hatte. »Er lächelte. Und dann sagte er, wir würden ihn nie verurteilen können, nicht ohne Leiche. Aber wenn die Anklage ihm einen Deal anböte, würde er uns verraten, wo er Sarah vergraben hat. Wenn nicht, könnten wir zur Hölle fahren.«

24

Dan und Tracy waren ins Wohnzimmer gegangen. Tracy setzte sich aufs Sofa, während Dan vor dem großen Fernseher auf und ab lief, wobei er abwechselnd Fragen stellte und laut dachte.

»Die Frage liegt doch auf der Hand: Warum rückte House plötzlich mit einem neuen Alibi raus – mal vorausgesetzt, Calloway hat in der Beziehung die Wahrheit gesagt? Der Mann hatte sechs Jahre Knast hinter sich, in denen er in Rechtsfragen bestimmt viel dazugelernt hat. Er wusste unter Garantie, dass er Calloway zu einem Durchsuchungsbefehl verhilft, wenn er seine Geschichte ändert. Und wenn schon ein neues Alibi, warum dann ausgerechnet erzählen, er hätte in irgendeiner Bar in Silver Spurs gehockt? Eine Geschichte, die Calloway leicht hätte widerlegen können, auch wenn er das anscheinend ja nie getan hat.«

»Ich habe mit jedem einzelnen Kellner in Silver Spurs geredet«, sagte Tracy. »Keiner von ihnen erinnerte sich an Edmund House oder daran, dass Calloway da gewesen wäre, um Fragen zu stellen.«

»Ein weiterer Grund zu der Annahme, dass Calloway in Bezug auf dieses Geständnis gelogen hat.«

»Aber auch in dieser Frage hat Finn Calloway beim Prozess nicht ins Kreuzverhör genommen.«

»Was auf jeden Fall ein Fehler war.« Dan nickte nachdenklich. »Aber House ist nicht deswegen verurteilt worden. Den

Strick haben sie ihm letztlich aus dem gedreht, was auf dem Grundstück seines Onkels gefunden wurde.«

Am späten Nachmittag tobte draußen vor dem Gericht ein heftiges Gewitter, das die Lampen an der reich verzierten Hohlkastendecke des Gerichtssaals flackern ließ. Vor den Fenstern bogen sich die Zweige der Bäume unter den Windböen. Ihre Stämme schimmerten regennass.

»Detective Giesa«, fuhr Vance Clark fort, »was nun den Pickup betrifft, könnten Sie den Damen und Herren Geschworenen erklären, was Sie dort gefunden haben?«

Detective Margaret Giesa war ein zierliches Persönchen mit langen braunen Haaren voll blonder Strähnchen und kleiner, als man ihr auf den ersten Blick ansah, da sie Schuhe mit zehn Zentimeter hohen Absätzen trug. Man hätte ihr trotz des diskreten Nadelstreifenkostüms das Mannequin eher abgenommen als die Tatortermittlerin, die sie tatsächlich war. »Wir fanden blonde Haare unterschiedlicher Länge. Das kürzeste war sechsunddreißig Zentimeter lang, das längste vierundsechzig.«

»Würden Sie den Geschworenen bitte zeigen, wo genau Ihr Team diese Haare gefunden hat?«

Giesa stand auf, ließ sich von Clark einen Zeigestock geben und trat vor eine Staffelei, auf die der Staatsanwalt eine stark vergrößerte Aufnahme aus dem Innern der Fahrerkabine des roten Chevy Stepside gestellt hatte. »Hier, auf der Beifahrerseite, zwischen Sitzbank und Tür.« Sie deutete auf die entsprechende Stelle.

»Hat das kriminaltechnische Labor der Washington State Patrol diese Haare untersucht?«

Giesa warf einen kurzen Blick in ihre mitgebrachten Unterlagen. »Wir haben jedes einzelne Haar unter dem Mikroskop betrachtet und festgestellt, dass einige an der Wurzel ausgerissen worden waren. Andere waren abgebrochen.«

»Einspruch: Mutmaßung!« Finn stand auf. »Die Zeugin kann nicht wissen, ob die Haare an der Wurzel ausgerissen wurden.«

Richter Lawrence gab dem Einspruch statt.

Vance Clark wirkte fast erfreut, den Tatbestand in einer Frage noch einmal anders formulieren zu dürfen. »Verlieren wir Menschen eigentlich öfter Haare, Detective?«

»Ja, das ist ein ganz natürlicher Prozess. Wir verlieren jeden Tag Haare.«

Clark strich sich über die kahle Stelle auf seinem Kopf. »Manche von uns mehr als andere.«

Die Geschworenen lächelten.

»Aber Sie erwähnten auch, dass Ihr Team abgebrochene Haare gefunden hat«, fuhr Clark fort. »Was meinen Sie mit ›abgebrochen‹?«

»Damit meine ich Haare, an denen wir keine Wurzel entdeckt haben. Wenn man ein ausgefallenes Haar unter einem Mikroskop betrachtet, erwartet man, eine kleine weiße Knolle zu finden. Bei einem abgebrochenen Haar findet man so etwas nicht. Normalerweise brechen Haare als Resultat der Beschädigung der Haarfollikel aufgrund äußerer Einwirkungen ab.«

»Als da wären?«

»Behandlung mit chemischen Mitteln, Brenneisen oder anderen heißen Geräten, die beim Frisieren eingesetzt werden, raue Behandlung der Haare ... das würde mir so auf Anhieb einfallen.«

»Ist es möglich, einem anderen Menschen Haare an der Wurzel auszureißen? Bei einer körperlichen Auseinandersetzung zum Beispiel?«

»Ja, das ist möglich.«

Clark gab vor, seine Notizen konsultieren zu müssen. »Hat Ihr Team in der Fahrerkabine sonst noch etwas entdeckt?«

»Blutspuren«, sagte Giesa.

Tracy bemerkte, dass mehrere Geschworene Edmund House ansahen, als das Wort »Blut« fiel.

Auch diesmal erklärte Detective Giesa anhand des Fotos auf der Staffelei, wo die Blutspuren entdeckt worden waren. Danach stellte Clark eine ebenfalls stark vergrößerte Luftaufnahme des Grundstücks von Parker House auf, auf der zwischen vereinzelten

Bäumen die Wellblechdächer mehrerer Gebäude sowie die Umrisse von Autos und Landmaschinen zu erkennen waren. Giesa deutete auf ein schmales Gebäude am Ende eines Fußpfads, der von Parkers einstöckigem Wohnhaus ausging.

»In diesem Schuppen fanden wir Werkzeuge zur Holzbearbeitung sowie diverse Möbelstücke in den unterschiedlichsten Phasen der Fertigstellung.«

»Gab es dort auch eine Tischkreissäge?«

»Ja, es gab eine.«

»Und konnten Sie in diesem Schuppen Blutspuren entdecken?«

»Nein.«

»Fanden Sie blonde Haare?«

»Nein.«

»Fanden Sie irgendetwas anderes von Interesse?«

»Schmuck. In eine Socke gerollt und in einer Kaffeedose versteckt.«

Clark reichte Giesa einen versiegelten Beweismittelbeutel und bat sie, ihn zu öffnen.

Es wurde sehr still im Gerichtssaal, als Giesa in den Beutel griff und zwei silberne Ohrringe in Form von Pistolen hoch hielt.

»Und an diesem Punkt hast du ernsthaft angefangen zu glauben, dass etwas nicht stimmt.« Dan hatte das Herumtigern aufgegeben und stand vor dem Kamin.

»Sie hatte diese Pistolen-Ohrringe nicht getragen, Dan. Das wusste ich genau, und ich habe an dem Nachmittag auch versucht, das meinem Vater zu sagen. Aber Dad war müde und wollte nur noch meine Mutter nach Hause bringen. Der ging es nicht gut. Sie war ein emotionales Wrack, dazu noch körperlich sehr schwach und für keinen von uns mehr richtig ansprechbar. Sie zog sich zunehmend von allem zurück. An dem Nachmittag wollte mein Vater also nichts mehr hören, und wenn ich später das Thema erwähnte, hieß es immer nur, ich solle nicht dran rühren. Dasselbe bekam ich von Clark und Calloway gesagt.«

»Sie haben dich nicht angehört?«

Tracy schüttelte den Kopf. »Nein. Also beschloss ich, meine Informationen für mich zu behalten, bis ich ihnen beweisen könnte, dass sie falschlagen.«

»Aber du konntest die Sache nicht auf sich beruhen lassen.«

»Hättest du das denn gekonnt? Wenn das deine Schwester gewesen wäre und du derjenige, der sie alleingelassen hatte?«

Dan hockte sich auf den Couchtisch, ihre Knie berührten sich. »Was geschehen ist, war nicht deine Schuld, Tracy.«

»Ich musste wissen, was passiert war. Als niemand anders bereit zu sein schien, etwas zu unternehmen, beschloss ich, das selbst zu tun.«

»Deswegen hast du deinen Job als Lehrerin an den Nagel gehängt und bist Polizistin geworden.«

Sie nickte. »Zehn Jahre lang habe ich jede freie Minute damit verbracht, Mitschriften und Protokolle zu lesen und nach Zeugen und Dokumenten zu fahnden. Eines Abends dann saß ich vor den Kartons, die sich angesammelt hatten, und musste feststellen, dass ich inzwischen sämtliche Aufzeichnungen durchgegangen war und alle Zeugen befragt hatte. Mehr konnte ich nicht tun. Ich war in einer Sackgasse gelandet. Es würde nur weitergehen, wenn irgendwer Sarahs Leiche fand. Das war ein ganz schreckliches Gefühl, als hätte ich sie ein zweites Mal im Stich gelassen. Mir ging es nicht gut damit, aber wie du vorhin so richtig bemerkt hast, hält die Welt ja nicht an, damit man in Ruhe trauern kann. Irgendwann wacht man morgens auf und stellt fest, dass man irgendwie weitermachen muss, weil ... was sollte man denn sonst tun? Ich habe die Kartons in einen Schrank geräumt und versucht, irgendwie klarzukommen.«

Er stupste ihr Knie an. »Sarah hätte ganz sicher gewollt, dass du glücklich bist, Tracy.«

»Ich habe mir selbst etwas vorgemacht«, antwortete Tracy. »Es hat nicht einen Tag gegeben, an dem ich nicht an Sarah gedacht hätte, nicht einen Tag, an dem ich nicht versucht war, die Kartons aus dem Schrank zu holen, weil ich plötzlich wieder fest davon überzeugt war, etwas übersehen zu haben. Irgendwo musste es doch einen Beweis geben, irgendeinen entscheidenden Hinweis, der mir entgangen war. Und dann sitze ich an meinem Schreibtisch bei der Arbeit, und mein Partner kommt rein und sagt, sie hätten Sarahs Grab gefunden.« Sie holte tief Luft. »Weißt du, wie lange ich darauf gewartet habe, dass mir jemand bestätigt, dass ich nicht durchgeknallt bin? Dass ich nicht einfach unter Obsessionen leide?«

»Durchgeknallt bist du auf keinen Fall, Tracy. Das mit den Obsessionen – vielleicht.«

Sie lächelte. »Danke, Dan. Du hast mich immer schon zum Lachen bringen können.«

»Wobei das leider meistens nicht das war, was ich eigentlich wollte.« Dan setzte sich aufrecht hin. »Ich kann nicht sagen, was damals passiert ist, Tracy, jedenfalls jetzt noch nicht. Nicht mit Bestimmtheit. Aber eins weiß ich schon. Wenn du recht hast und House das Verbrechen untergeschoben wurde, dann hat das nicht eine Person allein getan. Das war eine regelrechte Verschwörung, an der Hagen, Calloway, Clark und möglicherweise sogar Finn beteiligt waren. Anders wäre es nicht gegangen.«

»Und jemand mit Zugang zu Sarahs Schmuck und unserem Haus«, sagte Tracy. »Das ist mir durchaus bewusst.«

In der Auffahrt ihres Elternhauses drängten sich Roy Calloways Suburban, ein weiteres Polizeiauto, ein Löschfahrzeug der freiwilligen Feuerwehr und ein Krankenwagen. Alle mit laufendem Motor, aber ohne Sirenen und Blaulicht, was Tracy mit einiger Erleichterung registrierte. So schlimm konnte es doch nicht sein, wenn Sirenen und Blaulicht ausgeschaltet waren, oder?

Calloways Anruf hatte sie um vier Uhr aus dem Schlaf geschreckt. Sie wohnte auch ohne Ben weiterhin in dem Haus, in dem sie beide gelebt hatten, und war nicht wieder nach Hause gezogen. Das Haus ihrer Eltern hatte irgendwie seinen Zauber eingebüßt. Sie verband mit ihm nicht mehr die schönen, vertrauten Erinnerungen an früher. Ihre Mutter und ihr Vater lebten nach wie vor sehr zurückgezogen, ihr Vater arbeitete nicht mehr im Krankenhaus und ließ sich nur noch selten in der Stadt blicken, hatte sogar die Weihnachtsparty ausfallen lassen, die ihm immer so wichtig gewesen war. Neuerdings schien er abends zu trinken. Sie hörte es ihm an, wenn sie anrief, um sich nach ihm und ihrer Mutter zu erkundigen, und sie roch den Alkohol, wenn sie ihn bei Besuchen umarmte. Tracy fühlte sich im Haus ihrer Eltern nicht mehr richtig willkommen. Als säße immer ein Elefant mit im Zimmer, den niemand wahrhaben wollte – die Erinnerung, die alle drei am stärksten beschäftigte und die sie gleichzeitig vergessen wollten. Und sie litten an Schuldgefühlen. Tracy, weil sie Sarah allein hatte nach Hause fahren lassen, ihre Eltern, weil sie an jenem schicksalshaften Wochenende auf Hawaii und nicht bei ihren Töchtern gewesen waren. Natürlich wurde über all dies nie geredet. Tracy rechtfertigte ihr Bleiben im eigenen Haus sich selbst gegenüber damit, dass sie sich zu alt fühlte, um bei Problemen heim zu Mama und Papa zu laufen, und dass ihr Zuhause ohnehin nicht mehr ihr Zuhause war.

Jetzt hatte Calloway sie hierherzitiert, ohne zu sagen, warum. »Zieh dich einfach an und komm«, hatte er befohlen, als sie versuchte, Fragen zu stellen.

Begleitet vom Knattern der Funkgeräte, eilte sie die Stufen zur Veranda hoch. Niemand der Umstehenden schien es mit irgendetwas besonders eilig zu haben, was sie als weiteres gutes Zeichen auffasste. Einer der Deputys, die durch die Eingangshalle wuselten, klopfte an die Schiebetür zum Arbeitszimmer ihres Vaters, als er sie kommen sah. Wenig später wurde die Tür aufgeschoben, aber nicht von Tracys Vater, sondern von Calloway. Hinter ihm drängten sich noch andere Menschen im Arbeitszimmer, unter denen Tracy jedoch weder ihre Mutter noch ihren Vater entdecken konnte.

Calloway schlüpfte durch die Tür, die er sofort wieder hinter sich schloss. Er wirkte blass und elend. Und erschüttert.

»Roy? Was ist los? Was ist passiert?«

Calloway putzte sich die Nase. »Er hat uns verlassen, Tracy.«

»Was?«

»Dein Vater ist von uns gegangen.«

»Mein Vater?« An ihn hatte sie gar nicht gedacht. Sie war sich sicher gewesen, dass ihrer Mutter etwas zugestoßen sein musste. »Was soll das heißen?« Sie versuchte, sich an ihm vorbeizudrängeln, aber Calloway hielt sie an der Schulter fest. »Wo ist mein Vater? Dad? Dad!«

»Tracy, nicht.«

»Ich will meinen Vater sehen!« Sie versuchte, sich loszureißen.

Calloway führte sie hinaus auf die Veranda, drückte sie gegen die Hauswand, weigerte sich, sie loszulassen. »Hör mir zu, Tracy! Sei doch vernünftig und hör mir einfach zu, ja?« Sie wehrte sich immer noch. »Er hat es mit der Schrotflinte getan, Tracy.«

Tracy erstarrte.

Calloway ließ die Hände sinken und trat einen Schritt zurück. Er sah zu Boden, holte tief Luft, um sich zu fangen, ehe er wieder aufsah. »Mit der Schrotflinte.«

25

Seit Sarahs Beerdigung war eine Woche vergangen, als Tracy im Besucherraum des Staatsgefängnisses in Walla Walla auf einen der am Tisch festgeschraubten Stühle rutschte. »Überlass das Reden mir«, sagte sie leise.

»Geht in Ordnung.« Dan setzte sich neben sie.

»Versprich ihm nichts!«

»Auch klar.«

»Er wird versuchen, dir einen Deal abzupressen.«

Dan griff nach ihrer Hand. »Das haben wir doch alles schon besprochen, Tracy, beruhige dich. Ich bin nicht das erste Mal in einem Gefängnis. Allerdings muss ich zugeben, dass bei meinen anderen Mandanten die Besucherzimmer eher nach Country Club aussahen und nicht wie hier nach einer schäbigen Schulkantine.«

Tracy konnte es nicht lassen, nervöse Blicke Richtung Tür zu werfen. Edmund House war noch nicht da. Er saß im Trakt D im Westflügel des Gefängnisses, dem mit der zweithöchsten Sicherheitsstufe. Das lag an der Schwere seines Vergehens – vorsätzlicher Mord –, nicht an seinem Verhalten. Tracy hatte im Laufe der Jahre ein paarmal hier angerufen und erfahren, dass House als Musterhäftling galt, der meist für sich allein blieb und in seiner Zelle las oder in der Bibliothek an einem der vielen Revisionsanträge arbeitete, die er während seiner bisherigen Haftzeit gestellt hatte.

Dan und sie waren hier, um mit House das weitere Vorgehen zu besprechen. Auch wenn die forensischen Beweise aus dem Grab Tracys Theorie stützten, dass House der Mord untergeschoben worden war und Sarahs Mörder noch frei herumlief, nutzte ihr das wenig. Es sei denn, sie konnte diese Beweise einem Richter vorlegen und dafür sorgen, dass die Zeugen von damals noch einmal in den Zeugenstand geholt und unter Eid einem gründlichen Kreuzverhör unterzogen wurden. Und das wiederum ging nur, wenn es ihnen gelang, House eine Anhörung zur Wiederaufnahme des Verfahrens zu verschaffen, als Vorläufer für einen neuen Prozess. Aber so eine Anhörung konnte nur House selbst beantragen. Sie mussten ihn also dazu bringen, mit ihnen zu kooperieren. Sie brauchten ihn, auch wenn das Tracy zuwider war und sie den Gedanken nur schlecht ertrug, dass ihr Schicksal in irgendeiner Weise mit seinem verbunden war. Sie hatte ihn in der Zeit ihrer intensiven Recherchen zweimal besucht, und beide Male hatte House mit ihr gespielt, sich ihre Emotionen zunutze gemacht. Damals war ihr das gar nicht einmal so bewusst gewesen, doch jetzt, im Rückblick, ließ es sich kaum übersehen. House hatte die ganze Zeit so getan, als hielte er die Fäden in der Hand. Nun, das konnte er jetzt nicht mehr. Wenn er ein neues Verfahren wollte und damit die Chance, aus dem Knast zu kommen, musste er mit ihnen zusammenarbeiten.

Dan und Tracy waren nicht die einzigen Anwesenden, und die Stimmen der Besucher und Häftlinge an den anderen Tischen hallten in dem kahlen Raum. Tracy hatte gerade wieder einen Blick auf ihre Uhr geworfen, als sie in der Nähe des Eingangs einen Häftling bemerkte, der sich suchend umsah. Sie wollte schon wegsehen, denn der Mann mit dem langen grauen Zopf und den beachtlichen Muskeln sah so überhaupt nicht nach Edmund House aus, als er über den Raum hinweg ihren Blick auffing und sich seine Lippen zu einem verächtlichen Grinsen verzogen.

»Das ist er doch nicht, oder?« Dan war Tracys Blick gefolgt.

Während des Prozesses hatten einige Zeitungsleute House wegen seines dichten schwarzen Haares und auffallend guten

Aussehens mit James Dean verglichen. Das Gesicht war mit dem Alter breiter geworden, das Haar grau und länger, aber das war es nicht, was den Mann fast bis zur Unkenntlichkeit verändert hatte. Es waren die Muskeln, über die sich Hose und T-Shirt der Gefängniskluft spannten, als würden jeden Moment die Nähte reißen. House hatte seine Zeit im Gefängnis nicht nur damit zugebracht, Anträge zu schreiben.

Er kam zu ihnen herüber, blieb jedoch erst einmal stehen, um seine Besucher von oben herab zu mustern. »Tracy Crosswhite!« Er ließ die Silben auf seiner Zunge zergehen. »Ich dachte, Sie hätten es aufgegeben. Wie lange haben wir uns nicht mehr gesehen? Fünfzehn Jahre?«

»Ich habe nicht nachgerechnet.«

»Ich schon. Gibt hier drin ja wenig anderes zu tun.«

»Warum stellen Sie nicht mal wieder einen Revisionsantrag?« In jedem Gefängnis gab es ein umfassendes, geschickt geknüpftes Informationssystem, ebenso effektiv wie die Kanäle für Drogen und illegale Substanzen zum Muskelaufbau. Tracy wollte herausfinden, ob House bereits wusste, dass Sarahs Grab gefunden worden war.

»Genau das habe ich vor.«

»Ach ja? Und mit welcher Begründung diesmal?«

»Mangelhafte anwaltliche Vertretung.«

»Klingt für mich wie ziemlich an den Haaren herbeigezogen.«

»Ach ja?«

Sie schätzte House auf über hundertzwanzig Kilo, alles Muskeln, kaum Fett. Die Zeit im Gefängnis hatte die einst strahlend blauen Augen matt werden lassen, aber sein Blick war durchdringend wie eh und je.

Ein Wärter kam und forderte House auf, sich zu setzen.

Jetzt trennte ihn nur noch eine Tischbreite von Tracy. »Sie haben sich verändert«, sagte sie, wobei sie nur hoffen konnte, dass man ihr nicht anhörte, wie unheimlich ihr der Mann war.

Sein Anblick bescherte ihr eine Gänsehaut, wie damals, als er sie im Gerichtssaal von oben bis unten gemustert hatte.

»Aber sicher! Ich habe meinen Schulabschluss gemacht und arbeite hart für meinen Abschluss am zweijährigen College. Wie finden Sie das? Vielleicht werde ich ja Lehrer, wenn ich rauskomme.« Er sah Dan an.

»Das ist Dan«, sagte Tracy.

»Hallo, Dan.« House streckte Dan die Hand hin. Innen an seinem Unterarm zogen sich dunkelblaue Buchstaben hin, ein mit Kugelschreibertinte gemaltes Knasttattoo. Dan konnte nicht anders, er musste einen Blick darauf werfen.

»Jesaja«, sagte House, dem das nicht entgangen war. Er hielt Dans Hand fest und drehte seinen Unterarm so, dass man die Schrift darauf lesen konnte.

Dass du sollst öffnen die Augen der Blinden und die Gefangenen aus dem Gefängnis führen, und die da sitzen in der Finsternis, aus dem Kerker.

»Grammatikalisch nicht ganz korrekt, aber wer will schon die Bibel kritisieren?«, sagte House. »Hat Dan denn auch einen Nachnamen?«

»Kein längerer Körperkontakt!«, meldete sich der Wärter.

House ließ Dans Hand los.

»O'Leary«, sagte Tracy.

»Hat Dan auch eine Zunge?«

»O'Leary«, sagte Dan.

»Und was bringt Sie hierher, nach all den Jahren, Tracy und Freund Dan?«

»Sie haben Sarah gefunden«, sagte Tracy.

House zog die Brauen hoch. »Lebend?«

»Nein.«

»Dann nützt es mir nichts. Obwohl ich ja neugierig bin: Wo haben sie sie denn gefunden?«

»Das ist im Augenblick nicht relevant«, erwiderte Tracy.

House legte den Kopf schräg, kniff die Augen zusammen. »Seit wann sind Sie denn ein Cop?«

»Wie kommen Sie darauf, dass ich Polizistin sein könnte?«

»Ich weiß nicht – Ihr ganzes Benehmen. Ihre Haltung, Ihre Stimme, wie ungern Sie Freund Dan vorstellen oder sich von Infos trennen. Ich hatte ein paar Jahre Zeit, Beobachten zu lernen. Auch Sie haben sich verändert, nicht wahr, Tracy?«

»Ich bin Detective.«

»Immer noch auf der Jagd nach dem Mörder Ihrer Schwester.« House grinste. »Irgendwelche neuen Hinweise, die Sie gern mit mir besprechen würden?« Er wandte sich an Dan. »Was meinen Sie? Wie stehen meine Chancen bei einem neuen Antrag, Herr Rechtsanwalt?«

Auf Tracys Anweisungen hin hatte sich Dan mit seiner Kleidung zurückgehalten. Er trug Jeans und ein Sweatshirt des Boston College. »Um diese Frage beantworten zu können, müsste ich mir Ihre Akte ansehen«, sagte er.

»Zwei Versuche, zwei Treffer.« House grinste. »Ich bin gut, was? Dann mach ich jetzt mal drei und drei draus: Sie kennen meine Akte, und Sie sehen die Sache so wie ich. Deswegen sitzen Sie hier neben Detective Tracy.« Sein Blick glitt von Dan zu Tracy. »Die Leiche Ihrer Schwester wurde gefunden und irgendwelche am Tatort entdeckten Beweise bestätigen, was wir damals vor vielen Jahren hier in diesem Raum besprochen haben. Mir wurde der Mord untergeschoben, und zwar mittels gefälschter Beweise.«

Tracy bedauerte ihre früheren Besuche hier inzwischen aus tiefstem Herzen. Sie hatte House viel zu viel erzählt, aber das wusste sie erst jetzt. Die Ausbildung auf der Polizeischule und die Erfahrungen als Polizistin, erst im Streifendienst, dann als Detective, hatten es ihr schmerzhaft vor Augen geführt.

Wieder glitt der Blick ihres Gegenübers zwischen ihr und Dan hin und her. »Bin nah dran, oder?«

»Dan würde Ihnen gern ein paar Fragen stellen.«

»Wissen Sie was? Wenn Sie bereit sind, keine Spielchen mehr zu spielen und wie ein normaler Mensch zu reden und nicht wie ein Bulle, dann können Sie mich gern mal wieder besuchen.« House schob sich halb aus seinem Stuhl.

»Wenn wir gehen, kommen wir nicht wieder«, sagte Tracy.

»*Ich* gehe und komme nicht wieder. Sie verschwenden bloß meine Zeit, ich habe zu lernen. Bei mir stehen die Abschlussprüfungen an.«

Tracy stand auf. »Lass uns gehen. Du hast es gehört: Der Mann muss lernen.« Sie wandte sich zum Gehen. »Vielleicht kriegen Sie ja hier drin einen Job als Lehrer. Bis Ihre Haftzeit vorbei ist, haben Sie es bestimmt bis zur Festanstellung gebracht.« Sie kam genau zwölf Schritte weit, bis die Stimme von House sie zurückholte.

»Okay.«

Tracy drehte sich um. »Okay – was?«

House biss sich auf die Unterlippe. »Okay, ich werde die Fragen von Anwalt Dan beantworten.« Er grinste, was allerdings recht aufgesetzt wirkte. »Warum auch nicht? Wie gesagt, ich habe hier drin nicht gerade viel zu tun.« Alle drei setzten sich wieder. »Allerdings sollten Sie jetzt wenigstens so höflich sein, mir zu sagen, warum genau Sie gekommen sind.«

»Dan hat sich Ihre Akte angesehen. Mangelnde anwaltliche Vertretung könnte möglicherweise ein Revisionsgrund sein, aber an einem solchen Antrag habe ich kein Interesse.«

»Sie wollen wissen, wer Ihre Schwester umgebracht hat.« House nickte. »Das will ich auch.«

»Sie haben mir damals erzählt, dass Ihrer Meinung nach Calloway oder einer der anderen Beamten, die für die Vollstreckung des Durchsuchungsbefehls zuständig waren, die Ohrringe im Schuppen Ihres Onkels versteckt hat. Erklären Sie Dan noch einmal, wie Sie zu dieser Auffassung gelangten.«

House zuckte die Achseln. »Wie hätte der Schmuck denn sonst dahin kommen sollen?«

»Die Geschworenen waren der Meinung, Sie hätten ihn dort versteckt«, meinte Dan.

»Sehe ich so blöd aus? Ich hatte gerade sechs Jahre im Knast gesessen! Warum hätte ich Beweise behalten sollen, die mich gleich wieder hinter Gitter bringen?«

»Warum hätte Calloway oder irgendwer sonst Ihnen einen Mord in die Schuhe schieben sollen?«, fragte Dan zurück.

»Weil sie den Mörder nicht finden konnten und weil ich das Monster in den Bergen oberhalb von ihrem niedlichen kleinen Städtchen war, das allen eine Gänsehaut über den Rücken jagte. Die Leute wollten mich loswerden.«

»Haben Sie irgendwelche Beweise, die diese Behauptung untermauern?«

Tracy entspannte sich langsam. Jetzt, wo Dan sich auf vertrautem Terrain bewegte, wirkte er selbstbewusster, zuversichtlicher, nicht mehr so sehr von House und dem tristen Knastambiente eingeschüchtert.

»Ich weiß nicht.« House sah erst Dan an, dann Tracy. »Habe ich die?«

»Mit den in Ihrem Pick-up gefundenen blonden Haaren wurde ein DNA-Test gemacht«, sagte Tracy. Das war gelogen, aber woher sollte House das wissen? »Der Test bestätigt, dass die Haare von Sarah stammen. Mit einer Wahrscheinlichkeit von einer Milliarde zu eins.«

»Was irrelevant ist, wenn jemand die Haare dort hingetan hat.«

»Sie haben Calloway gegenüber ausgesagt, Sie wären unterwegs gewesen, um etwas zu trinken, und hätten Sarah auf dem Nachhauseweg an der Landstraße aufgegabelt und nach Hause gefahren«, sagte Dan.

»Ich habe nichts dergleichen erzählt. Ich war in der Nacht nicht aus, ich habe geschlafen. Ich müsste schon ziemlich dämlich sein, um mit einer Geschichte aufzuwarten, die derart schnell zu widerlegen ist.«

»Ein Zeuge hat ausgesagt, er hätte Ihren Pick-up auf der Landstraße gesehen.«

»Ach ja, der gute alte Ryan Hagen! Der reisende Autoersatzteilehändler. Wie praktisch, dass der sich nach all der Zeit dann doch noch gemeldet hat.«

»Sie glauben also, der hat auch gelogen? Weshalb hätte er das tun sollen?«

»Calloway musste mein Alibi infrage stellen können, sonst hätte es nie einen Durchsuchungsbefehl gegeben. Calloways Ermittlungen führten nirgendwohin – bis Hagen auftauchte.«

»Aber warum hätte Hagen lügen sollen? Immerhin verstieß er damit gegen das Gesetz und riskierte, belangt zu werden.«

»Ich weiß nicht. Vielleicht um die zehntausend Dollar zu kriegen, die als Belohnung ausgesetzt waren?«

»Dafür gibt es keine Beweise«, sagte Dan. Tracy hatte nie einen Hinweis darauf gefunden, dass ihr Vater Ryan Geld gezahlt hatte, und Hagen hatte während des Prozesses geleugnet, die Belohnung eingestrichen zu haben.

»Wer könnte ihn denn auf eine Falschaussage festnageln?« House ließ die Frage im Raum stehen. Sein Blick ging wieder zwischen Tracy und Dan hin und her. »Wem würde eine Jury wohl glauben – einem verurteilten Vergewaltiger oder einem treuen Staatsbürger, der sich freiwillig zu einer Aussage gemeldet hat? Mich in den Zeugenstand zu rufen, um Hagens Aussage zu widerlegen, war das Dümmste, was Finn tun konnte. Dadurch hatte die Gegenseite Gelegenheit, meine Verurteilung ins Spiel zu bringen.«

»Was ist mit dem in Ihrem Wagen gefundenen Blut?«, fragte Tracy.

»Das war mein eigenes.« House sah Dan an. »Ich hatte mich in der Werkstatt verletzt, das war nicht gelogen. Ich wollte ins Haus, die Wunde versorgen, bin aber vorher noch mal in den Pick-up, weil dort meine Zigaretten lagen. Und kommen Sie mir jetzt nicht schon wieder mit irgendwelchen Märchen über DNA-Tests!« Er sah Tracy an. »Wenn das Blut untersucht worden wäre und wenn es sich herausgestellt hätte, dass es von Ihrer Schwester stammte, dann säßen Sie jetzt nicht hier. Also? Warum sind Sie gekommen?«

»Falls wir uns der Sache annehmen«, sagte Tracy, »müssen Sie voll und ganz kooperieren. Sie lügen ein Mal, und wir sind weg. Das war's dann.«

»Ich bin der Einzige, der nie gelogen hat, was diese Nacht betrifft.« House lehnte sich zurück. »Inwieweit wollen Sie sich der Sache annehmen?«

Tracy sah Dan an. »Ich glaube, es könnte neue Beweise geben«, sagte der. »Beweise, die bei Ihrem ursprünglichen Verfahren nicht vorlagen. Beweise, die erhebliche Zweifel an Ihrer Schuld aufkommen lassen.«

»Als da wären?«

»Ehe ich auf Einzelheiten zu sprechen komme, muss ich wissen, ob Sie meine Hilfe überhaupt wollen.«

House musterte ihn prüfend. »Wollen Sie von mir hören, dass ich Sie als meinen Anwalt verpflichten möchte? Wodurch Gespräche zwischen uns vertraulich würden und Detective Tracy sich jetzt verabschieden müsste?«

»Genau.«

»Erst erklären Sie mir, was Sie vorhaben.«

»Ich würde eine Anhörung zur Wiederaufnahme des Verfahrens aufgrund neuer Beweise beantragen, um ebendiese Beweise dort vorlegen zu können.«

»Wer wäre zuständig? Immer noch der alte Richter Lawrence?«

»Der ist inzwischen pensioniert«, warf Tracy ein.

»Mein Antrag würde ans Berufungsgericht gehen«, sagte Dan. »Wenn das einer Anhörung zustimmt, würde ich verlangen, den Vorsitz einem Richter von außerhalb des Cascade County zu übertragen. Dem müsste das Gericht eigentlich zustimmen.«

»Ich bin nicht von einem Richter, sondern von einer Jury aus dem Cascade County verurteilt worden.«

»In diesem Fall würde es keine Jury geben. Wir würden die Beweise einem Richter direkt vorlegen.«

House musterte eindringlich die Tischplatte vor sich, ehe er den Kopf hob. »Und würden Sie auch Zeugen laden?«

»Ich würde die Zeugen ins Kreuzverhör nehmen, die bei Ihrem ersten Prozess ausgesagt haben.«

»Ach, ja? Einschließlich Big Man Calloway? Oder ist der auch schon in Rente?«

»Er hat beim ersten Prozess ausgesagt«, sagte Dan.

»Und? Wie wollen Sie es halten?«, fragte Tracy.

House schloss die Augen und holte tief Luft. Dan sah aus, als würde er noch weiter auf den Mann einreden wollen, aber Tracy schüttelte kaum merklich den Kopf: nur nicht übertreiben. Als House die Augen aufschlug, sah er sie an, nicht Dan. Und er grinste. »Sieht ganz so aus, als wären wir wieder ein Paar, Detective Tracy.«

»Wir zwei waren nie ein Paar und werden es auch nie sein.«

»Nein? Ich stelle hier seit zwanzig Jahren Anträge.« Er deutete auf Tracys linke Hand. »Kein Ehering, auch kein weißer Streifen am Finger, weil Sie den Ring vielleicht abgenommen haben. Schmale Hüften, flacher Bauch – nie verheiratet, keine Kinder. Was haben Sie denn die letzten zwanzig Jahre so getrieben, Detective Tracy?«

»Ich gebe Ihnen zehn Sekunden. Dann haben Sie sich entschieden oder wir sind weg.«

House warf ihr ein durch und durch ekelerregendes, verführerisches Grinsen zu. »Ich habe mich schon entschieden. Und wissen Sie auch, warum? Weil ich sie schon vor mir sehe, ganz deutlich.«

»Was sehen Sie vor sich?«

»Die Gesichter der Leute in Cedar Grove, wenn ich dort wieder durch die Straßen laufe.«

26

Vance Clark saß mit einer Baseballkappe getarnt und mit gesenktem Kopf an einem der Tische ganz hinten in der Bar und las. Calloway erkannte ihn trotzdem. »Na, die Happy Hour hier haut einen ja aus den Socken!«, knurrte er und hängte seine Jacke über einen Stuhl am Tisch des Staatsanwalts. Clark hatte für ihr Treffen eine Bar in Pine Flat ausgesucht, zwei Ausfahrten hinter Cedar Grove. Calloway setzte sich, während er gleichzeitig die Kellnerin herbeiwinkte. »Johnnie Walker Black mit einem Spritzer Wasser – aber wirklich nur ein Spritzer, nicht gleich eine Badewanne.« Er musste ziemlich laut werden, um sich über das Klicken der Billardkugeln und die Countrymusik aus der altmodischen Jukebox hinweg Gehör zu verschaffen.

»Wild Turkey«, ergänzte Clark die Bestellung, obwohl sein Glas noch halb voll war.

Calloway rollte die Ärmel seines Flanellhemds auf. Clark schob ihm die Papiere hin, in denen er bis eben gelesen hatte. »Scheiße, Vance, soll ich jetzt auch noch meine Brille aufsetzen?«

»Es handelt sich um einen Schriftsatz«, sagte der Staatsanwalt.

»Soweit erkenne ich das schon noch.«

»Verfasst für das Berufungsgericht. In Sachen Edmund House.«

Calloway nahm die Papiere auf. »Das ist nicht sein erster Antrag und wird auch bestimmt nicht sein letzter sein. Hast du mich hier rausgeschleppt, um mir diesen Wisch zu zeigen?«

Clark schob die Mütze nach hinten und lehnte sich zurück. »House hat den Antrag nicht selbst gestellt. Er wurde in seinem Namen gestellt.«

»Er hat einen Anwalt?«

»Ich glaube, du solltest doch lieber deine Brille rausholen.« Clark hob sein Glas und ließ das Eis darin klingeln.

Calloway warf ihm einen finsteren Blick zu, ehe er seine Lesebrille aus der Jackentasche fischte, um sich dem Antrag zu widmen.

»Rechts unten steht der Name des Anwaltsbüros«, sagte Clark.

»Daniel O'Leary.« Calloway blätterte durch die Seiten. »Auf welcher Grundlage?«

»Neue Beweise, die zur Zeit des ursprünglichen Verfahrens nicht vorlagen, und mangelhafte anwaltliche Vertretung. Aber es ist kein Revisionsantrag, es ist ein Antrag auf Anhörung zur Wiederaufnahme des Verfahrens.«

»Was ist an dem Schrieb hier anders als sonst?«

Die Kellnerin stellte Calloways Whiskey auf den Tisch und ersetzte Clarks leeres Glas durch ein volles.

Clark wartete, bis sie sich entfernt hatte. »Wenn das Berufungsgericht dem Antrag stattgibt, wird es eine Anhörung geben. Bei der darf House dann neue Beweise vorlegen, um zu belegen, dass das ursprüngliche Verfahren nicht fair verlief.«

»Diese Anhörung wäre so etwas wie ein neues Verfahren?«

»Nein, es geht mehr um die Vorlage von neuen Beweisen. Aber wenn du wissen möchtest, ob er auch Zeugen aufrufen darf, dann kann ich dir sagen: ja.«

»Hat DeAngelo das hier schon gesehen?«

»Ich glaube kaum. Im Grunde ist er schon seit Jahren nicht mehr der Rechtsbeistand von House. Auf der Liste am Zustellungsbeleg steht sein Name jedenfalls nicht.«

»Hast du mit ihm darüber gesprochen?«

Clark schüttelte den Kopf. »Ich fand das keine gute Idee, bei seinen Herzproblemen. Aber er ist als Zeuge aufgeführt für den Fall, dass das Berufungsgericht dem Antrag stattgibt. Du übrigens auch.«

Calloway entdeckte seinen Namen am Ende der Zeugenliste, direkt über dem von Ryan P. Hagen. »Hat die Sache Hand und Fuß?«

»Kann man wohl sagen.« Clark sackte in sich zusammen. »Ich dachte, du hättest ihr klargemacht, dass sie die Sache auf sich beruhen lassen soll.«

»Das dachte ich auch.«

»Aber sie hat die Sache ja von Anfang an weiterverfolgen wollen, Roy.«

27

Ryan Hagen, der Tracy an der Haustür mit einem etwas dümmlichen Lächeln begrüßt hatte, tat so, als würde er sie nicht erkennen. Gut, der Prozess lag jetzt vier Jahre zurück. Da war es durchaus denkbar, dass er sie vergessen hatte. Doch Tracy war das kurze Zögern nicht entgangen, mit dem der Mann sein Lächeln eingeschaltet hatte. Er wusste durchaus, wer sie war.

»Kann ich Ihnen helfen?«, fragte er.

»Ich bin Tracy Crosswhite, Mr Hagen. Sarah Crosswhite war meine Schwester.«

»Aber ja, natürlich!« Hagen hatte schnell wieder in die Rolle des freundlichen Vertreters gefunden und schüttelte Tracy die Hand. »Tut mir leid, dass ich Sie nicht gleich erkannt habe, aber ich sehe täglich so viele Gesichter. Das läuft manchmal alles ineinander. Was führt Sie in diese Gegend?«

»Ich hatte gehofft, Ihnen ein paar Fragen stellen zu dürfen.«

Hagen warf einen Blick über die Schulter, trat zu Tracy auf die Veranda und zog die Tür hinter sich zu. Es war Samstagmorgen, aus dem kleinen Haus drangen die munteren Klänge eines Zeichentrickfilms – Hagen hatte beim Prozess angegeben, verheiratet und Vater zweier kleiner Kinder zu sein. Heute, wo ihm die Haare ins Gesicht fielen, weil kein Haarpflegeprodukt auf sie achtgab, und wo karierte Shorts, ein T-Shirt und Flipflops seine rundliche Figur etwas zu gut zur Geltung brachten, hatte er nicht mehr viel von einem Internatszögling. »Wieso kennen Sie meine Adresse?«

»*Die haben Sie beim Prozess angegeben.*«
»*Und Sie haben sie sich gemerkt?*«
»*Ich habe mir die Prozessprotokolle besorgt.*«
Hagen kniff misstrauisch die Augen zusammen. »*Die Protokolle? Wieso das denn?*«
»*Mr Hagen, ich habe mich gefragt, ob Sie mir vielleicht sagen könnten, auf welchem Sender Sie damals den Bericht über Edmund House sahen, der Ihrer Erinnerung wieder auf die Sprünge geholfen hat.*«
Hagen verschränkte die Arme vor der Brust, wo sie bequem auf dem Bauch ruhten. Sein Lächeln verblasste, er wirkte verdutzt. »*Von einem Bericht über Edmund House habe ich nichts gesagt.*«
»*Tut mir leid, ich meinte natürlich den Bericht über meine verschwundene Schwester. Erinnern Sie sich noch an den Sender? Oder den Namen des Nachrichtensprechers?*«
Hagen runzelte die Stirn. »*Warum stellen Sie mir diese Fragen?*«
»*Ich weiß, ich komme ungelegen. Es ist nur ... ich habe Mitschnitte von sämtlichen Nachrichtensendungen aus der Zeit damals und ...*«
Hagen ließ entgeistert die Arme sinken. »*Sie haben Mitschnitte sämtlicher Nachrichtensendungen aus der Zeit?*«
»*Ich hatte gehofft, Sie könnten mir sagen ...*«
»*Ich habe im Prozess alles ausgesagt, was ich wusste. Was Ihnen bekannt sein dürfte, wenn Sie die Protokolle gelesen haben. Und jetzt möchte ich mich von Ihnen verabschieden. Ich habe zu tun.*«
Er drehte sich um und langte nach dem Türknauf.
»*Warum haben Sie gesagt, Sie wären auf der Landstraße einem roten Chevy Stepside begegnet?*«
Hagen wandte sich noch einmal um. »*Wie können Sie es wagen! Ich habe geholfen, dieses Monster hinter Schloss und Riegel zu bringen. Wenn ich nicht gewesen wäre ...*« *Er wurde rot.*
»*Was wäre, wenn Sie nicht gewesen wären?*«

»Ich möchte, dass Sie jetzt gehen.« Hagen drückte gegen die Tür, aber die wollte nicht aufgehen. Er rüttelte am Türknauf.

»Ohne Ihre Aussage über den roten Chevy Stepside hätte es keinen Durchsuchungsbefehl gegeben. Wollten Sie das gerade sagen?«

»Ich sagte doch, Sie sollen gehen!« Hagen donnerte mit der Faust gegen die Tür.

»Hat jemand mit Ihnen darüber geredet?« Hagen donnerte lauter. *»Haben Sie deswegen behauptet, den Pick-up gesehen zu haben? Weil irgendwer Ihnen erklärt hat, eine solche Aussage würde helfen, einen Durchsuchungsbeschluss zu bekommen? Mr Hagen! Bitte!«*

Die Tür ging auf. Hagen drängte den kleinen Jungen, der ihm geöffnet hatte, ins Haus und folgte ihm, drehte sich aber, ehe er die Tür zuknallte, noch einmal um. *»Kommen Sie nie wieder hierher! Ich rufe die Polizei.«*

»War es Chief Calloway?« Aber da war die Tür schon zugefallen.

28

Dass er von Roy Calloway hören würde, damit hatte Dan gerechnet, aber doch nicht so bald schon. Einen Tag nach Eingang seines Antrags auf Anhörung im Fall Edmund House erwartete ihn der Sheriff von Cedar Grove im Empfangsbereich seines Büros, wo er in voller Montur auf der Couch Platz genommen hatte, den Hut neben sich. Calloway blätterte in einer der uralten Zeitschriften, die Dan für Wartende ausgelegt hatte, und aß einen Apfel.

»Sheriff! Das ist aber eine Überraschung.«

Calloway legte die Zeitschrift hin und stand auf. »Mein Anblick dürfte dich wohl kaum überraschen.«

»Ach, ja?«

Calloway biss in seinen Apfel. »Du hast mich bei diesem Antrag, den du da vorgelegt hast, als Zeugen aufgeführt.«

»Ich hatte vergessen, wie schnell sich Neuigkeiten in Cedar Grove herumsprechen.« Dan, der an diesem Morgen nicht vor Gericht erscheinen musste, trug Jeans, ein Hemd und Hausschuhe, weil er es im Büro gern bequem hatte. Jetzt allerdings wünschte er sich, doch richtige Schuhe angezogen zu haben, selbst wenn der Größenunterschied zwischen ihm und Calloway nicht mehr ganz so groß war wie damals, als der Sheriff ihn vom Rad zu holen pflegte, um sich knurrend zu erkundigen, was er im Schilde führe. »Was kann ich für Sie tun?«

»Was meinst du, wie es deinen Umsätzen hier geht, wenn sich herumspricht, dass du Edmund House vertrittst? Den rechtskräftig verurteilten Mörder einer unserer Mitbürgerinnen?«

»Wahrscheinlich heuern mich dann noch mehr Leute für ihre Strafverfahren an.«

Calloway verzog angewidert das Gesicht. »Du warst immer schon ein Schlaumeier, O'Leary. Darauf würde ich nicht spekulieren.«

»War es das? Mehr wollten Sie mir nicht sagen? Oder haben Sie außer den Vorhersagen für meine Karriere auch noch ein paar Börsentipps auf Lager? Wenn nicht, würde ich jetzt gern arbeiten.«

»Ich bin hier, weil du doch offensichtlich Fragen an mich hast. Hier bin ich. Ich habe mich in all den fünfunddreißig Jahren in meinem Job nicht einen einzigen Tag versteckt. Wenn jemand Fragen an mich hat, beantworte ich die gern.«

»Und ich glaube Ihnen das gern«, sagte Dan. »Aber ich muss meine Fragen vor Gericht stellen, und zwar nachdem Sie geschworen haben, die Wahrheit zu sagen, die ganze Wahrheit und nichts als die Wahrheit.«

Calloway biss in seinen Apfel und kaute erst einmal eine Weile. »Das habe ich schon getan, Dan«, sagte er schließlich. »Oder willst du andeuten, ich hätte gelogen?«

»Darüber habe nicht ich zu entscheiden, sondern ein Richter.«

»Auch das ist bereits passiert. Ein Richter hat entschieden. Du wärmst hier uralte Geschichten wieder auf.«

»Vielleicht. Warten wir ab, wie das Berufungsgericht entscheidet.«

»Was hat sie dir erzählt, Dan?« Calloway grinste verächtlich. »Dass niemand Hagen nach der Sendung gefragt hat, die er gesehen hat, oder dass Sarah an dem Tag andere Ohrringe trug?«

»Ich werde nicht mit Ihnen diskutieren, Sheriff.«

»Hey, ich weiß, sie ist eine Freundin von dir. Aber sie führt jetzt seit zwanzig Jahren einen Kreuzzug, Dan, und sie versucht, dich vor ihren Karren zu spannen. Erst hat sie das bei mir versucht, jetzt versucht sie es bei dir. Sie ist besessen. Das hat ihren Vater umgebracht und ihre Mutter fertiggemacht, und jetzt zieht sie dich mit in ihre Wahnvorstellungen. Meinst du nicht, es wird Zeit, die Sache ruhen zu lassen?«

Dan schwieg kurz. Bei Tracys erstem Besuch hier hatte er genau das gedacht, was Calloway ihm jetzt vorbetete: Da war eine Schwester nicht in der Lage, über ihre Trauer und ihre Schuldgefühle hinwegzukommen, und suchte wie besessen nach Antworten auf Fragen, die doch bereits beantwortet worden waren. Aber dann hatte er sich ihr mitgebrachtes Material angesehen und Tracy zugehört, und die hatte überhaupt nicht durchgeknallt und besessen geklungen, sondern genau wie die Tracy, die er früher gekannt hatte: die Anführerin ihrer kleinen Gruppe, praktisch veranlagt, entschlossen, logisch denkend. »Ob es für Tracy Zeit ist, die Sache ruhen zu lassen, müssen Sie sie schon selbst fragen. Ich vertrete Edmund House.«

Calloway hielt ihm das Kerngehäuse seines Apfels hin. »Dann hast du ja jetzt Übung im Umgang mit Müll. Wirfst du das für mich weg?«

Dan nahm ihm das Apfelgehäuse ab, ohne mit der Wimper zu zucken, zielte auf den Papierkorb neben seinem Schreibtisch und traf gleich beim ersten Versuch. Bisher empfand er Calloways Einschüchterungsversuche eher als jämmerlich. »Sie sollten wissen, dass ich ein guter Anwalt bin, Sheriff. Daran sollten Sie vielleicht denken.«

Calloway setzte seinen Hut auf. »Ich erhielt vorhin einen Anruf aus deiner Nachbarschaft. Deine Hunde sollen ja den ganzen Tag wie wild kläffen, manchmal bis in die Nacht hinein. Wir haben hier in der Stadt eine Verordnung in Bezug auf Ruhestörung durch Hunde. Beim ersten Verstoß gibt es einen Strafzettel, beim zweiten nehmen wir dir die Hunde weg.«

Dan spürte, wie er langsam wütend wurde. Jetzt nur ruhig bleiben! Wenn man ihn bedrohte, gut und schön, aber seine Hunde? Unschuldige Tiere? »Etwas Besseres ist Ihnen nicht eingefallen?«

»Leg es nicht drauf an, Dan.«

»Ich lege es auf gar nichts an, Sheriff. Aber wenn das Berufungsgericht meinem Antrag stattgibt, werde ich Sie ernsthaft ins Kreuzverhör nehmen.«

29

Tracy saß am Computer und gab die Einzelheiten einer Zeugenbefragung im Fall Hansen ein, die sie vor Kurzem durchgeführt hatte. Ein Monat war vergangen, seit man die Leiche der jungen Frau in dem Motel an der Aurora Avenue entdeckt hatte, und der Druck auf die ermittelnden Beamten nahm zu. Die Polizeidirektion von Seattle hatte keinen Mordfall mehr ungelöst zu den Akten legen müssen, seit Johnny Nolasco Chef der Ermittlungsbehörde geworden war, worauf dieser sehr stolz war, wie er bei jeder sich bietenden Gelegenheit gern betonte. Nolasco hasste es, wenn sich die Aufklärung eines Falles hinzog. Und wenn er Tracy Crosswhite dafür die Hölle heißmachen konnte, kam ihm das sehr gelegen. Tracy und ihren obersten Chef verband eine turbulente, bis in Tracys Zeit an der Polizeischule zurückreichende Geschichte. Nolasco, damals einer ihrer Ausbilder, hatte das fachgerechte Abtasten einer Person an Tracy demonstriert und ihr dabei sehr nachdrücklich an den Busen gefasst, was ihm eine gebrochene Nase und einen gezielten Griff an die Eier eingetragen hatte. Als Tracy dann noch den Rekord am Schießstand brach, den zuvor Nolasco sehr, sehr lange gehalten hatte, und damit dem Ego des Mannes einen weiteren empfindlichen Schlag versetzte, war an eine Aussöhnung kaum mehr zu denken.

Falls Tracy gehofft hatte, die Zeit würde für sie arbeiten und Nolasco weicher und weiser werden lassen, so erwies sich das leider als Trugschluss. Das wurde ihr spätestens nach ihrer

Ernennung zum ersten weiblichen Detective in der Mordkommission von Seattle klar. Nolasco, inzwischen zum leitenden Ermittlungsbeamten im Dezernat für Gewaltverbrechen aufgestiegen, hatte sie seinem ehemaligen Partner zugeteilt, einem rassistischen Chauvinisten namens Floyd Hattie. Hattie war ob dieser Zumutung ganz wie erwartet ausgerastet, hatte einen Riesenstunk veranstaltet und Tracy den Spitznamen »Ohneschwanz« verpasst. Dass der Mann damals bereits seinen Pensionsantrag eingereicht hatte, erfuhr Tracy erst später. Nolasco hatte die beiden nur zusammengesteckt, um ihr den Einstieg ins Dezernat zur Hölle zu machen.

Obwohl die Ermittlungen im Mordfall Hansen sehr zäh verliefen und bisher wenig Hilfreiches zutage gefördert worden war, sorgten sie doch wenigstens dafür, dass Tracy etwas zu tun hatte und nicht immer nur an das eine dachte. Der Staatsanwaltschaft blieben sechzig Tage Zeit, um auf den Antrag von Dan und House zu reagieren, und man durfte getrost davon ausgehen, dass Vance Clark jeden davon beanspruchen würde. Dabei kamen Tracy die Tage inzwischen wie kleine Ewigkeiten vor, obwohl sie doch bereits seit zwanzig Jahren wartete und gemessen daran zwei Monate eigentlich ein Klacks sein müssten.

Ihr Telefon klingelte. Der Anruferkennung nach kam der Anruf von außerhalb des Hauses.

»Detective Crosswhite?«, meldete sich eine Frauenstimme. »Hier ist Maria Vanpelt, *KRIX Undercover*, Channel 8.«

Mist! Warum war sie bloß ans Telefon gegangen? Ihr Dezernat unterhielt durchweg freundschaftliche Beziehungen zu den Polizeireportern der Stadt, allerdings mit einer Ausnahme – Maria Vanpelt, die intern unter dem Namen »Manpelt« lief, weil sie sich zu gern am Arm der wichtigen Männer von Seattle präsentierte.

Vanpelt hatte Tracy gleich zu Beginn von deren Polizeilaufbahn für einen Artikel über die Diskriminierung weiblicher

Beamter interviewen wollen, ihr Interview aber nicht bekommen. Nach Tracys Versetzung in die Mordkommission war Vanpelt erneut auf sie zugekommen, weil sie die erste Mordermittlerin der Stadt vorstellen wollte. Auch diesmal hatte Tracy abgelehnt, weil sie nicht noch mehr Aufmerksamkeit auf sich ziehen wollte und inzwischen von anderen erfahren hatte, dass Vanpelt weniger auf wahre Geschichten aus dem Leben als auf üble Verrisse spezialisiert war.

Für die künftige Beziehung zwischen ihr und der Journalistin war das natürlich kein guter Start. Aber es ging noch weiter. Vanpelt gelang es irgendwie, sich vertrauliche Informationen in einem Bandenmordfall zu besorgen, in dem Tracy als leitende Ermittlerin tätig war. Sie gab diese Informationen in ihrer Sendung *KRIX Undercover* der Öffentlichkeit preis, und zwei Stunden später wurden zwei von Tracys Zeugen erschossen. Tracy eilte zum Tatort, wurde dort von der Kameracrew eines Konkurrenzsenders von *KRIX* überrascht und nahm, wütend und frustriert, wie sie war, kein Blatt vor den Mund. Ihrer Meinung nach klebte Blut an Vanpelts Händen, und das sagte sie auch so ins Mikrofon. Danach hatte das gesamte Morddezernat Vanpelt kaltgestellt und niemand mehr mit der Frau geredet, bis Nolasco per Erlass verfügte, es sei mit allen Medien zu kooperieren.

»Wie kommen Sie an meine Durchwahl?«, wollte Tracy jetzt wissen. Die Medien sollten sich an die Pressestelle halten, die sie, wenn nötig, zu den entsprechenden Beamten durchstellte. Aber immer wieder gelang es einzelnen Reportern, sich Durchwahlnummern zu verschaffen.

»Man hat so seine Quellen.«

»Was kann ich für Sie tun, Ms Vanpelt?«

Tracy sprach den Namen der Reporterin absichtlich laut aus, damit Kins an seinem Schreibtisch mitbekam, was Sache war. Ihr Partner griff wortlos nach seinem Telefonhörer. Sie hatten für diese Fälle ein System ausgearbeitet.

»Ich hoffe auf einen Kommentar zu der Geschichte, an der ich sitze.«

»Und worum geht es da?« Tracy ging im Geist ihre Fälle durch. Eigentlich war momentan nur Nicole Hansen von Interesse, und da hatte sie nichts Neues für die Presse.

»Um Sie, Detective.«

Tracy lehnte sich zurück. »Was macht mich mit einem Mal so interessant?«

»Soweit ich verstanden habe, wurde Ihre Schwester vor zwanzig Jahren ermordet, ihre Leiche aber erst vor Kurzem entdeckt. Ich hatte gehofft, Sie würden mit mir darüber reden wollen.«

Tracy horchte auf – das klang, als sei noch mehr im Spiel. »Von wem wissen Sie das?«

»Einer meiner Assistenten geht die Gerichtsakten durch.« Das war Schwachsinn, sollte Tracy jedoch durch die Blume wissen lassen, dass Vanpelt von Dans Antrag auf eine Anhörung zur Wiederaufnahme des Verfahrens gehört hatte. »Können wir jetzt miteinander reden? Hätten Sie einen Moment Zeit?«

»Die Öffentlichkeit wird sich ja wohl kaum noch für diese Sache interessieren.« Tracys zweite Leitung fing an zu summen. Sie warf Kins einen Blick zu, der ihm signalisieren sollte: Jetzt nicht. Sie war neugierig geworden, hätte gerne erfahren, was Vanpelt wusste. »Wie wollen Sie die Geschichte denn aufrollen?«

»Das können Sie sich doch denken, oder?«

»Nein, kann ich nicht. Klären Sie mich auf.«

»Eine Mordermittlerin der Polizei von Seattle, die ihre Tage damit verbringt, Schwerverbrecher hinter Gitter zu bringen, möchte den Mann aus dem Knast holen, der wegen Mordes an ihrer Schwester verurteilt wurde.«

Kins warf ihr einen fragenden Blick zu.

Tracy hob die Hand – er sollte sich noch einen Augenblick gedulden. »Das stand in den Gerichtsakten?«

»Ich bin Reporterin, Detective.«

»Wer ist Ihre Quelle?«

»Ich gebe meine Quellen nicht preis.«

»Manche Infos behalten Sie lieber für sich?«

»Genau.«

»Dann werden Sie ja verstehen, wie es mir geht. Diese Sache ist privat und soll es auch bleiben.«

»Ich werde so oder so darüber berichten. Wäre es nicht besser, wenn ich Ihre Seite der Geschichte kenne?«

»Besser für mich oder besser für Sie?«

»Heißt das: kein Kommentar?«

»Das heißt: Die Sache ist privat und soll es auch bleiben.«

»Darf ich Sie zitieren?«

»Da kann ich nur wiederholen, was ich gesagt habe.«

»Der Anwalt in dieser Angelegenheit, ein Daniel O'Leary, soll ein alter Schulfreund von Ihnen sein. Möchten Sie dazu einen Kommentar abgeben?«

Calloway! Die Vanpelt hatte ihre Infos von Calloway, aber bestimmt nicht direkt. Wahrscheinlich hatte sich der Sheriff hinter Tracys Vorgesetzten geklemmt, wobei Nolasco einschlägigen Gerüchten zufolge zu den Männern gehörte, die etwas mit der Vanpelt laufen hatten und sie mit Informationen versorgten. »Ich bin in einer Kleinstadt aufgewachsen und kannte dort jede Menge Leute.«

»Auch Daniel O'Leary?«

»Es gibt in Cedar Grove nur jeweils eine Schule für die Sekundarstufen eins und zwei.«

»Damit ist meine Frage nicht beantwortet.«

»Sie sind Reporterin. Ich bin sicher, Sie finden das heraus.«

»Waren Sie vor Kurzen zusammen mit O'Leary im Staatsgefängnis in Walla Walla? Ich habe mir eine Liste der Besucher besorgt, die in diesem Monat bei Mr House waren, und auf dieser Liste taucht Ihr Name genau über dem von Mr O'Leary auf.«

»Dann schreiben Sie das doch so.«

»Sie wollen sich nicht dazu äußern?«

»Wie ich bereits sagte, es handelt sich um eine Privatsache, die nichts mit meiner Arbeit zu tun hat. Wo wir gerade von meiner Arbeit sprechen – es tut mir leid, aber es klingelt auf meiner anderen Leitung.« Leise fluchend legte Tracy den Hörer auf.

»Was wollte sie?«, fragte Kins.

Tracy drehte sich zu ihm um. »Ihre Nase in meine Angelegenheiten stecken.«

»Vanpelt?« Auch Faz war neugierig geworden. »Das ist ihre Spezialität.«

»Sie sagt, sie würde eine Geschichte über Sarah schreiben, dabei geht es ihr eigentlich ...« Tracy beendete den Satz lieber nicht.

»Mach dir keinen Kopf deswegen«, sagte Kins. »Fakten sind der Vanpelt scheißegal. Das weiß doch jeder.«

»Sie wird sich bald langweilen, und dann erfindet sie eine andere Geschichte«, meinte Faz.

Tracy wünschte sich sehr, es wäre so einfach, wie ihre Kollegen es darstellten. Aber Vanpelt hatte die Geschichte mit ihr und Sarah nicht von sich aus aufgespürt. Dahinter steckte Calloway. Calloway, der sich hinter Nolasco geklemmt hatte, und Nolasco wartete nur darauf, Tracy das Leben schwer zu machen.

Und Calloway drohte Tracy nicht zum ersten Mal damit, sie um ihren Job zu bringen.

Die Schüler, die im Klassenzimmer vorn saßen, zuckten zusammen und beugten sich so weit es ging nach hinten, als der knisternde weiße Blitz zwischen den beiden Kugeln hin- und her irrte. Tracy kurbelte am elektrostatischen Generator, damit die rotierenden Metallscheiben noch schneller feuerten. »Blitze, meine Damen und Herren, gehören zu den dramatischsten natürlichen Manifestationen der Energie, die erstmals Wissenschaftler wie James Wimshurst und Benjamin Franklin in den Griff zu bekommen versuchten.«

»Franklin war doch der Typ, der während eines Gewitters einen Drachen steigen ließ, oder?«

Tracy lächelte. »Ganz recht, Steven. Genau der war es. Er und die anderen ›Typen‹, wie Sie sie nennen, gingen der Frage nach, ob sich Energie in Elektrizität umwandeln ließe. Kann mir jemand einen stichhaltigen Beweis dafür nennen, dass sie erfolgreich waren?«

»Die Glühbirne?«, meldete sich Nicole.

Tracy ließ die Kurbel los, woraufhin der hüpfende Funke erlosch. Vor ihr saßen Highschool-Schüler im ersten Jahr, immer paarweise an Tischen, die mit einer Spüle, einem Bunsenbrenner und einem Mikroskop ausgestattet waren. Tracy drehte an einem der vorderen Tische den Wasserhahn auf. »Vielleicht hilft es, wenn Sie sich Elektrizität als eine Flüssigkeit vorstellen, die durch Objekte fließen kann. Und wenn ein elektrischer Strom fließt, wie nennen wir das? Enrique?«

»Einen Strom«, verkündete Enrique, was ihm allgemeines Gelächter eintrug.

»Ich meine, wenn ein elektrischer Strom durch eine Substanz fließen kann, dann nennen wir diese Substanz ...«

»Einen Stromleiter.«

»Können Sie mir auch Beispiele für Stromleiter nennen, Enrique?«

»Menschen.«

Wieder lachten die Schüler.

»Kein Witz!«, beschwerte sich Enrique. »Mein Onkel hat mal im Regen auf einer Baustelle gearbeitet und eine Elektroleitung angebohrt. Und wenn ihn nicht ein anderer Typ von der Maschine weggerissen hätte, hätte ihn das umgebracht.«

Tracy drehte das Wasser wieder ab. »Okay, sehen wir uns diese Szene an. Als Enriques Onkel die Stromleitung durchtrennte, was geschah dann mit der Elektrizität?«

»Die floss in seinen Körper«, sagte Enrique.

»*Was ja beweisen würde, dass der menschliche Körper Strom leiten kann. Aber wenn das der Fall wäre, warum bekam der Kollege des Onkels keinen Schlag, als er Enriques Onkel anfasste?*«

Als keiner der Schüler antwortete, holte Tracy unter ihrem Tisch eine Neun-Volt-Batterie und eine Glühbirne in einer Fassung hervor. Aus der Batterie ragten zwei Kupferdrähte, ein dritter hing an der Fassung der Glühbirne. Alle drei Kabel endeten in einer Krokodilklemme, mit der Tracy sie jetzt an ein Stück Gummirohr hängte. »*Die Glühbirne leuchtet nicht. Warum nicht?*«

Keine Antwort.

»*Was, wenn der Kollege von Enriques Onkel Gummihandschuhe trug? Was könnten wir daraus schließen?*«

»*Dass Gummi nicht leitet*«, *sagte Enrique.*

»*Richtig, Gummi leitet nicht. Deswegen fließt die Energie aus der Batterie nicht durch dieses Gummirohr.*« *Tracy hängte die Klemmen an einen langen Nagel, woraufhin die Birne sofort aufleuchtete.* »*Nägel bestehen zum großen Teil aus Eisen. Was können wir daraus in Bezug auf dieses Material schließen?*«

»*Eisen leitet*«, *verkündete die Klasse wie aus einem Mund.*

Es klingelte. Sofort packten die Schüler ihre Sachen zusammen und schoben ihre Stühle zurück. Tracy musste die Stimme erheben, um sich Gehör zu verschaffen. »*Die Hausaufgaben stehen an der Tafel! Wir setzen unsere Diskussion über Elektrizität am Mittwoch fort.*«

Nach und nach verschwanden die Schüler. Tracy packte ihren Versuchsaufbau zusammen und bereitete sich auf die nächste Stunde vor. Als irgendjemand die Tür aufriss, wurde der Lärm, der vom Flur aus in die Klasse drang, lauter. »*Wer Fragen hat, kommt bitte in meine Sprechstunde*«, *rief sie, ohne aufzusehen.* »*Die Termine stehen an der Tür.*«

»*Ich fasse mich kurz.*«

»*Ich muss mich auf die nächste Stunde vorbereiten.*« *Tracy drehte sich um.*

»Würdest du mir mal erklären, was du in letzter Zeit so treibst?« Roy Calloway ließ die Tür zum Klassenraum hinter sich zufallen.

»Wie ich schon sagte, meinen Unterricht vorbereiten.«

Calloway schob sich näher heran. »Du stellst die Integrität eines Zeugen infrage, der den Mut hatte, sich für eine Aussage zu melden und damit seine Pflicht als Staatsbürger zu erfüllen?«

Also hatte Hagen bei Calloway angerufen. Damit hatte Tracy gerechnet, seit ihr der Vertreter am Samstag zuvor die Tür vor der Nase zugeschlagen hatte. »Ich habe seine Integrität nicht infrage gestellt. Hat er Ihnen das erzählt?«

»Du hast ihn mehr oder weniger einen Lügner geschimpft.« Calloway stützte sich mit beiden Händen auf Tracys Pult. »Magst du mir verraten, was du damit erreichen willst?«

»Ich habe ihn lediglich gefragt, welche Nachrichtensendung er gesehen hat.«

»Das ist nicht deine Aufgabe, Tracy. Der Prozess ist gelaufen, die Zeit für Fragen ist vorbei.«

»Nicht alle Fragen wurden gestellt.«

»Es mussten nicht alle Fragen gestellt werden.«

»Nicht gestellt – oder nicht beantwortet?«

Calloway richtete den Zeigefinger auf sie, wie er es so oft getan hatte, als sie noch ein kleines Mädchen gewesen war. »Lass es sein, okay? Lass es einfach sein. Ich weiß genau, dass du auch noch in Silver Spurs warst und dort in den Bars rumgefragt hast.«

»Was Ihre Aufgabe gewesen wäre. Warum haben Sie das nicht getan? Warum haben Sie die Angaben von House nicht nachgeprüft, um sicher sein zu können, dass er lügt?«

»Ich musste gar nichts nachprüfen, um zu wissen, dass er lügt.«

»Wieso, Roy? Woher wussten Sie das?«

»Wieso? Wegen fünfzehn Jahren Erfahrung in der Polizeiarbeit. Damit das klar ist: Ich möchte nicht mehr hören, dass du dir Prozessprotokolle aushändigen lässt oder Zeugen behelligst. Sollte

mir noch einmal irgendetwas in der Art zu Ohren kommen, rufe ich Jerry an und sage ihm, dass eine seiner Lehrerinnen lieber Detektiv spielen will, statt sich um ihren Unterricht zu kümmern. Habe ich mich klar genug ausgedrückt?«

Wollte ihr Calloway ernsthaft drohen? Jerry Butterman war der Direktor der Highschool in Cedar Grove. Dass Calloway so weit gehen könnte, sich hinter den Mann zu klemmen, machte Tracy unglaublich wütend. Andererseits hätte sie am liebsten laut aufgelacht, denn der große Sheriff ahnte ja nicht, wie grandios er mit seiner Drohung ins Leere stieß. Tracy hatte nicht vor, »Detektiv zu spielen«, sie würde Nägel mit Köpfen machen – am Ende des Schuljahrs würde sie ihre Sachen packen, nach Seattle ziehen und dort die Polizeischule besuchen. »Wissen Sie, warum ich Chemielehrerin geworden bin, Roy?«

»Nein.«

»Ich habe Chemie studiert, weil es mir noch nie gereicht hat, zu wissen, dass die Dinge so oder so sind. Ich wollte immer wissen, warum sie so sind. ›Warum, warum, warum?‹ Schon als Kind habe ich meine Eltern mit meiner Fragerei wahnsinnig gemacht.«

»House sitzt hinter Gittern. Mehr brauchst du nicht zu wissen.«

»Ich predige meinen Schülern immer wieder, dass nicht das Ergebnis wichtig ist, sondern der Weg dahin, die Beweisführung. Geht man bei ihr sorgfältig vor, dann ist auch das Ergebnis entsprechend.«

»Falls du deine Schüler auch weiterhin unterrichten möchtest, schlage ich vor, du nimmst dir meinen Rat zu Herzen und konzentrierst dich darauf. Es ist ganz allein deine Entscheidung.«

»Eine Entscheidung, die ich bereits getroffen habe.« Es klingelte. Die Schüler, die in der vierten Stunde Chemie hatten, trudelten ein, blieben aber verdutzt stehen, als sie den Sheriff entdeckten. »Kommt ruhig rein und setzt euch«, begrüßte Tracy sie. »Sheriff Calloway wollte gerade gehen.«

30

Am späten Nachmittag kamen Tracy und Kins aus Kent zurück, wo sie einen Buchhalter befragt hatten, dessen Fingerabdruck zu einem alten Abdruck passte, den die Spurensicherung erst vor Kurzem in dem Motelzimmer entdeckt hatte, in dem Nicole Hansen erwürgt worden war.

»Hat er gestanden?«, wollte Faz wissen.

»Gelobt sei Jesus Christus.« Kins seufzte. »Der Typ ist einer von den ganz Frommen, hockt jeden Sonntag in der Kirche, betet dir die Psalmen rauf und runter vor und wäre bestimmt ein Heiliger, wenn da nicht leider, leider diese Schwäche für blutjunge Nutten wäre. Aber unser Mann ist er nicht. Er hat für die Nacht, in der Hansen umkam, ein wasserdichtes Alibi.«

»Woher kommt dann der Fingerabdruck?«, knurrte Faz.

»Er war eine Woche vorher mit einer anderen jungen Dame dort.«

Tracy stopfte ihre Handtasche in ihren Spind. »Du hättest sein Gesicht sehen sollen, als ich ihm sagte, seine Frau müsste bestätigen, dass er wirklich neben ihr im Bett schlief, als Hansen umkam.«

»Als wäre ihm der Herr erschienen!« Kins nickte.

»Ja, so ist unser Job«, verkündete Faz stolz. »Wir finden Mörder und stärken die Menschen in ihrem Glauben.«

»Der Name des Herrn sei gelobt.« Kins hob die Hände zum Himmel.

»Erwägst du einen Berufswechsel?« Im Türrahmen war Billy Williams aufgetaucht, seit Laubs Beförderung zum Lieutenant der Detective Sergeant des A-Teams. »Dann lass dir gesagt sein, dass du noch einiges lernen musst, ehe die Leute für dich den Geldbeutel aufmachen. Ich kann das beurteilen. Ich komme aus dem Süden, wo die Baptisten beten. Die haben es echt drauf.«

»Wir lästern nur ein bisschen über einen Zeugen im Mordfall Hansen«, sagte Kins.

»War in der Nacht nicht dort«, ergänzte Tracy, »kennt Hansen nicht. Fühlt sich jetzt ganz furchtbar und wird nie wieder sündigen.«

»Lobet den Herrn!«, sagte Faz.

»Hast du kurz Zeit?« Williams sah Tracy an.

»Natürlich. Was liegt an?«

Ohne zu antworten, drehte sich der Sergeant um und winkte Tracy, ihm zu folgen.

»Oh, oh, der Professor kriegt Ärger!« Faz stieß einen besorgten Pfiff aus.

Tracy schnitt eine Grimasse, folgte Williams aber brav in einen der Vernehmungsräume. Williams schloss hinter ihnen beiden die Tür.

»Was ist denn los?«, fragte Tracy.

»Bei dir wird demnächst das Telefon klingeln. Die da oben hatten ein Meeting.«

»Zu welchem Thema?«

»Unterstützt du irgendeinen Anwalt dabei, dem Mörder deiner Schwester zu einem neuen Verfahren zu verhelfen?«

»Die Sache ist kompliziert, Billy.« Tracy und Williams, der als Schwarzer wusste, was Diskriminierung war, kamen gut miteinander klar. Anders als andere konnte Williams nachvollziehen, mit welchen Barrieren Tracy als Frau in einem überwiegend von Männern dominierten Beruf zu kämpfen hatte.

»Was du nicht sagst. Dann stimmt es also?«

»Und ziemlich privat.«

»Die da oben machen sich Sorgen, was für ein Licht das auf unsere Abteilung werfen könnte.«

»Mit ›denen da oben‹ meinst du Nolasco?«

»Der ist auch dabei.«

»Was für eine Überraschung! Ich erhielt heute früh einen Anruf von Vanpelt, die an einer Story zum selben Thema sitzt und einen Kommentar von mir wollte. Sie schien eine Menge Details zu kennen. Dabei hat sie es doch sonst gar nicht so mit den Fakten.«

»Darauf gehe ich jetzt aber nicht ein.«

»Das verlange ich auch gar nicht von dir. Ich will damit nur sagen, dass Nolasco sich nicht darum sorgt, was für ein Licht die Sache auf unsere Abteilung wirft. Er wittert Morgenluft, glaubt, er kann mir mal wieder so richtig die Hölle heißmachen. Wenn ich ihm also sage, dass es mir am Arsch vorbeigeht, welches Licht die Sache auf die Abteilung wirft, hätte ich dabei gern ein bisschen Unterstützung. Die Angelegenheit geht ihn nichts an und ist auch nicht sein Problem. Es sei denn, er hätte ein Problem damit, wie ich meine Arbeit hier im Haus mache.«

»Nicht schießen, Tracy. Ich will ja gar nichts von dir. Ich wollte dich nur warnen!«

»Tut mir echt leid, Billy.« Tracy holte tief Luft. »Ist nur gerade alles ein bisschen viel, und das hätte ich jetzt nicht auch noch gebraucht.«

»Wieso sind die Informationen überhaupt im Umlauf?«

»Ich könnte mir vorstellen, dass der Sheriff von Cedar Grove dahintersteckt. Der ist seit zwanzig Jahren sauer auf mich und will nicht, dass ich dem Fall auch nur am Rande zu nahe komme.«

»Wer auch immer dahintersteckt, scheint wild entschlossen, dir das Leben so schwer wie möglich zu machen. Manpelt liebt diesen persönlichen Scheiß. Je persönlicher, desto besser.«

»Lieb, dass du mich aufmunterst, Billy. Sorry, dass ich dich so angefahren habe.«

»Wie stehen die Dinge im Fall Hansen?«

»Wir haben immer noch nichts Konkretes in der Hand.«

»Das ist ein Problem.«

»Ich weiß.«

William öffnete die Tür. »Versprich mir, dass du dich anständig benimmst.«

»Du kennst mich doch, Billy.«

»Eben. Deswegen mache ich mir ja Sorgen.«

Williams sollte recht behalten. Nicht lange nachdem Tracy an ihren Schreibtisch zurückgekehrt war, klingelte dort das Telefon, und sie wurde für den späten Nachmittag zu einem Treffen mit allen drei Vorgesetzten zitiert. Ein ungewöhnliches Vorgehen, denn normalerweise fanden solche Besprechungen ohne die unteren Ränge statt, und Williams vermittelte die Ergebnisse jeweils nach unten weiter. Wahrscheinlich wollte Nolasco Williams und Laub dabeihaben, wenn er Tracy zusammenstauchte, und wartete überhaupt mal wieder nur auf die Gelegenheit, rumlaufen und den starken Mann markieren zu können.

Als Tracy im Besprechungszimmer eintraf, waren alle anderen schon da. Nolasco stand mit Bernett Lee von der Pressestelle zusammen, was darauf schließen ließ, dass er fest mit Tracys Zustimmung zu einer Erklärung rechnete. Tracy würde ihren Chef wieder einmal enttäuschen. Rasch stellte sie sich Nolasco gegenüber auf die andere Seite des Tisches, neben Williams und Laub.

»Danke, dass Sie gekommen sind, Detective Crosswhite«, begrüßte Nolasco sie. »Können Sie sich denken, warum Sie hier sind?«

»Leider nein.« Tracy wollte auf keinen Fall durchblicken lassen, dass Williams sie vorgewarnt hatte. Alle setzten sich, Lee legte sich Notizblock und Kugelschreiber zurecht.

»Wir erhielten den Anruf einer Reporterin mit der Bitte um eine Stellungnahme zu der Story, an der sie gerade arbeitet«, fuhr Nolasco fort.

»Hatte die Vanpelt meine Durchwahl von Ihnen?«

»Wie bitte?«

»Vanpelt rief vorhin bei mir an. Sie kannte meine Durchwahl. Ist sie die Reporterin, die eine Stellungsnahme möchte?«

Nolasco schob das Kinn vor. »Ms Vanpelt ist der Meinung, Sie würden den Anwalt eines verurteilten Mörders unterstützen, der für seinen Mandanten ein neues Verfahren durchsetzen möchte.«

»Ja, das hat sie zu mir auch gesagt.«

»Und? Würden Sie uns bitte aufklären?« Tracys Chef ging auf die sechzig zu, war aber schlank geblieben und in bester körperlicher Verfassung. Seit einigen Jahren färbte er sich die relativ kurzen Haare mit einem zu einem seltsamen Rostton tendierenden Braun, das sich erheblich von der Naturfarbe seines Schnurrbarts unterschied. Tracy fand, das ließe ihn aussehen wie einen alternden Pornostar.

»Da gibt es nicht viel aufzuklären. Der Fall liegt so einfach, dass selbst eine Schmierenjournalistin wie die Vanpelt die wesentlichen Fakten korrekt verstanden hat.«

»Und welche Fakten wären das?« Nolasco wurde langsam ungeduldig.

»Sie dürften sie ziemlich gut kennen.« Nolasco hatte damals Tracys Antrag auf Zulassung zur Polizeischule gelesen. Er war auch bei der mündlichen Aufnahmeprüfung dabei gewesen, bei der man sie ausführlich zum Verschwinden ihrer Schwester befragt hatte. Tracy hatte sowohl bei der schriftlichen Bewerbung als auch beim Vorstellungsgespräch nichts verschwiegen.

»Ich vielleicht, aber hier sind ja auch noch andere.«

Tracy gab sich alle Mühe, das Verhalten ihres Chefs nicht an sich herankommen zu lassen. »Vor zwanzig Jahren ist meine Schwester ermordet worden.« Sie sah Williams und Laub an.

»Man hat ihre Leiche nie gefunden. Ein Edmund House wurde aufgrund von Indizien für den Mord verurteilt. Vor ein paar Wochen nun sind die Gebeine meiner Schwester gefunden worden und das, was die Spurensicherung im und am Grab entdeckte, steht im Widerspruch zu den im Verfahren gegen House vorgelegten Fakten.« Sie vermied es, konkret zu werden, damit Nolasco weder Vanpelt noch Calloway mit neuen Informationen füttern konnte. »Sein Anwalt hat wegen dieser Widersprüche einen Antrag auf Anhörung zur Wiederaufnahme des Verfahrens gestellt. Das war's auch schon.« Sie sah Nolasco an. »Wären wir dann hier fertig?«

»Kennen Sie diesen Anwalt?«, wollte Nolasco wissen.

Tracy spürte, wie sie langsam immer wütender wurde. »Wir sprechen hier von Ereignissen in einer Kleinstadt, der Stadt, in der ich aufgewachsen bin. Ich kenne da jede Menge Leute.«

»Es gibt Hinweise darauf, dass Sie selbst in dieser Sache ermittelt haben.« Nolasco ließ nicht locker.

»Welche Hinweise meinen Sie?«

»Haben Sie eigene Ermittlungen durchgeführt?«

»Ich hatte von Anfang an Zweifel an der Schuld von Edmund House.«

»Das ist keine Antwort auf meine Frage.«

»Ich habe damals, vor zwanzig Jahren, die Beweise hinterfragt, die zur Verurteilung von House führten. Danach waren ein paar Leute in Cedar Grove nicht mehr gut auf mich zu sprechen. Unter anderem der Sheriff.«

»Dann haben Sie also in der Tat eigene Ermittlungen durchgeführt.«

Tracy wusste genau, worauf Nolasco hinauswollte: Wenn man ihr nachweisen konnte, dass sie ihre berufliche Position ausgenutzt hatte, um in einer persönlichen Angelegenheit zu ermitteln, wäre das ein Grund für eine Abmahnung, wenn nicht sogar Suspendierung.

»Was verstehen Sie unter ›Ermittlungen‹?«, fragte sie.

»Der Begriff dürfte Ihnen hinlänglich bekannt sein.«

»Ich habe meine offizielle Position als Mordermittlerin zu keiner Zeit ins Spiel gebracht, falls Sie das wissen wollten. Alles, was ich unternahm, tat ich in meiner Freizeit.«

»Also handelt es sich um Ermittlungen?«

»Eher um ein Hobby.«

Nolasco ließ den Kopf hängen und massierte sich die Brauen, als hätte er Kopfschmerzen. »Haben Sie einem Anwalt Zutritt zum Gefängnis in Walla Walla verschafft, damit der sich dort mit House treffen konnte?«

»Was hat die Vanpelt Ihnen erzählt?«

»Ich rede mit Ihnen, nicht mit Ms Vanpelt.«

»Vielleicht drehen wir den Spieß mal um, und Sie erzählen mir, was Sie wissen? Damit ersparen Sie mir und allen anderen hier eine Menge Zeit.«

Williams und Laub zuckten zusammen. Laub sagte: »Tracy, das ist hier kein Verhör.«

»Es hört sich aber ganz danach an, Lieutenant. Sollte ich einen Gewerkschaftsvertreter hinzubitten?«

Nolasco war rot angelaufen. Er presste die Lippen aufeinander.

»Ich habe Ihnen eine einfache Frage gestellt. Haben Sie einem Anwalt Zugang zu House verschafft?«

»Was meinen Sie mit ›verschaffen‹?«

»Haben Sie ihm in irgendeiner Weise geholfen?«

»Ich bin mit diesem Anwalt in die Vollzugsanstalt gefahren. Ich hatte an dem Tag dienstfrei, und wir benutzten seinen Wagen. Ich habe mich noch nicht einmal an den Benzinkosten beteiligt. Es war Besuchstag, und wir benutzten den offiziellen Eingang wie alle anderen Besucher auch.«

»Haben Sie die Nummer Ihrer Dienstmarke angegeben?«

»Nicht, um dort reinzukommen.«

»Tracy?«, mischte sich Laub ein. »Wir bekommen Anfragen von der Presse. Es ist wichtig, dass wir alle auf demselben Stand sind, dasselbe sagen.«

»Ich sage gar nichts, Lieutenant. Ich habe der Vanpelt gegenüber zum Ausdruck gebracht, dass es sich um eine Privatsache handelt, die verdammt noch mal niemanden was angeht.«

»Das war keine besonders vernünftige Reaktion, wenn man den öffentlichen Charakter dieses Verfahrens bedenkt«, knurrte Nolasco. »Ob Ihnen das nun gefällt oder nicht, es findet im öffentlichen Raum statt, und wir müssen sicherstellen, dass es kein schlechtes Licht auf unsere Abteilung wirft. Das ist unser Job. Ms Vanpelt bittet um einen offiziellen Kommentar.«

»Wer interessiert sich denn auch nur die Bohne dafür, was die Vanpelt will?«

»Sie arbeitet als Polizeiberichterstatterin für den wichtigsten Nachrichtensender der Stadt.«

»Sie jagt Krankenwagen hinterher, um an eine Story zu kommen, sie gehört zur Schmierenjournaille. Und sie hat nicht einen Funken Moral im Leib. Das weiß jeder. Ich spiele das Spiel dieser Frau nicht mit. Wir geben zu persönlichen Angelegenheiten keine Kommentare ab, und diese Angelegenheit ist persönlich. Warum sollen wir das jetzt anders handhaben als sonst?«

»Ich glaube, der Captain hätte von dir gern einen Vorschlag, wie wir die Bitte um Stellungnahme beantworten sollen«, mischte sich Laub ein.

»Da hätte ich mehr als einen!«

»Auch irgendwas, was man drucken kann?«

»Sagt, es ist eine Privatsache, und weder ich noch die Abteilung können zu laufenden Verfahren einen Kommentar abgeben. So handhaben wir das doch immer, wenn ein Fall nicht abgeschlossen ist. Warum sollte dieser hier anders sein?«

»Weil es keiner von unseren Fällen ist!«, sagte Nolasco.

»Bingo!«, sagte Tracy.

»Ich kann Detective Crosswhite da nicht widersprechen«, wandte sich Laub an Nolasco. »Wir gewinnen nichts, wenn wir eine Erklärung abgeben.«

»Die Vanpelt bringt doch sowieso, was sie will«, mischte sich jetzt auch Williams in die Debatte ein. »Sie will doch nicht zum ersten Mal einen Kommentar von uns und kriegt ihn nicht.«

»Sie sitzt an einer Story, derzufolge eine unserer Detectives dem Anwalt eines verurteilten Mörders hilft, für seinen Mandanten ein neues Verfahren durchzusetzen«, sagte Nolasco. »Mit einem ›Kein Kommentar‹ signalisieren wir stillschweigend, dass wir ihr Verhalten billigen.«

»Wenn Sie unbedingt einen Kommentar abgeben müssen, dann erklären Sie doch, ich sei an der umfassenden Aufklärung des Mordes an meiner Schwester interessiert«, warf Tracy ein. »Was für ein Licht wirft das auf unsere Abteilung?«

»Also, ich finde, das klingt gut«, meinte Laub.

»Ein paar Leute in Cedar Grove sind der Meinung, dieser Mord sei vor zwanzig Jahren bereits umfassend aufgeklärt worden«, widersprach Nolasco.

»Und denen hat es damals schon nicht gefallen, dass ich Fragen stellte.«

Nolasco richtete anklagend seinen Kuli auf Tracy. Die hätte ihm am liebsten Schreibgerät und Finger gebrochen. »Wenn es irgendetwas gibt, was an der Schuld von diesem House zweifeln lässt, dann sollte man umgehend den Sheriff von Cedar Grove verständigen. Die Sache fällt in seinen Zuständigkeitsbereich.«

»Eben sagten Sie noch, ich solle mich nicht einmischen, und jetzt soll ich den Sheriff mit Informationen versorgen?«

Nolasco blähte aufgebracht die Nüstern.

»Ich meinte lediglich, dass Sie als Polizeibeamtin verpflichtet sind, Informationen mit anderen zuständigen Polizeidienststellen zu teilen.«

»Das habe ich versucht. Es hat mich nicht weit gebracht.«

Nolasco legte den Kuli hin. »Ihnen ist doch gewiss klar, dass es auf das gesamte Dezernat für Gewaltverbrechen ein schlechtes Licht wirft, wenn Sie einen verurteilten Mörder unterstützen.«

»Vielleicht zeigt es aber auch nur, wie unvoreingenommen wir sind.«

Williams und Laub unterdrückten nur mühsam und nicht gerade erfolgreich ein Grinsen, was ihr Chef gar nicht lustig fand. »Die Sache ist ziemlich ernst, Detective Crosswhite!«

»Das ist Mord immer.«

»Vielleicht sollte ich Sie fragen, inwieweit die hier besprochene Angelegenheit Einfluss auf Ihre Arbeit hat.«

»Ich will ja nicht unhöflich werden, aber ich dachte immer, Mörder zu finden sei meine Arbeit.«

»Weswegen Sie Ihre Zeit momentan ausschließlich den Ermittlungen im Fall Hansen widmen müssten.«

»Vielleicht sollten wir alle mal tief Luft holen!«, schaltete sich Laub noch einmal ein. »Sind wir uns einig darüber, dass das Dezernat eine Erklärung abgibt, derzufolge sich weder Detective Crosswhite noch irgendjemand sonst hier im Hause zu laufenden Ermittlungen und Verfahren äußert und man sich im Übrigen an das Büro des Sheriffs von Cascade County wenden möge?«

Lee schrieb bereits eifrig mit.

»Sie werden weder Ihre Stellung noch Ressourcen dieser Abteilung nutzen, wenn Sie in der fraglichen Angelegenheit ermitteln. Habe ich mich klar genug ausgedrückt?« Nolasco versuchte gar nicht mehr, seine Verärgerung zu kaschieren.

»Und das Dezernat legt mir keine Worte in den Mund. Sind wir uns auch darüber im Klaren?«, konterte Tracy.

»Niemand will dir Worte in den Mund legen, Tracy«, beschwichtigte Laub. »Bennett kann eine Erklärung formulieren, die wir dann zusammen durchsehen. Sind damit jetzt alle einverstanden?«

Nolasco schwieg zunächst. Tracy, die nicht vorhatte, klein beizugeben, wenn er nicht auch irgendwie seinen guten Willen zum Ausdruck brachte, hielt ebenfalls den Mund.

»Ich kann Sie in dieser Sache nicht schützen«, meinte Nolasco schließlich. »Sie liegt nicht im Zuständigkeitsbereich dieser Abteilung. Wenn etwas schiefläuft, sind Sie auf sich gestellt.«

Tracy hätte am liebsten laut gelacht. Wollte Nolasco ernsthaft so tun, als hätte er sich je schützend vor sie gestellt? »Anders würde ich es gar nicht wollen«, sagte sie.

Kins sah ihr entgegen, als Tracy ins Gemeinschaftsbüro zurückkehrte – immer noch mit stark erhöhtem Adrenalinspiegel, so sehr hatte die Auseinandersetzung mit Nolasco sie aufgewühlt. »Was ist eigentlich los?«, wollte er wissen.

Tracy kramte in ihrer Schreibtischschublade nach Kopfschmerztabletten, von denen sie zwei gleich so, ohne Wasser, schluckte, ehe sie sich setzte, den Kopf auf beide Hände stützte und sich die Schläfen massierte. »Der Vanpelt ging es nicht um die Ergebnisse der kriminaltechnischen Untersuchung von Sarahs Leiche«, sagte sie. »Sie wollte wissen, ob ich einem Anwalt helfe, Edmund House ein neues Verfahren zu verschaffen. Das ist denen da oben zu Ohren gekommen und hat sie nicht glücklich gemacht.«

»Dann erklär denen doch einfach, dass es nicht stimmt!«, sagte Kins. Als Tracy daraufhin schwieg, bohrte er nach: »Es stimmt doch nicht, oder?«

»Erinnerst du dich an den ungeklärten Fall mit der älteren Frau in Queen Anne? An dem wir jetzt seit einem Jahr knabbern?«

»Nora Stevens?«

»Macht es dir nicht zu schaffen, Kins? Nicht zu wissen, wer es war?«

»Natürlich macht mir das zu schaffen.«

»Dann stell dir mal vor, es wären zwanzig Jahre vergangen und nicht nur eins, und Nora Stevens wäre jemand, den du geliebt hast. Wie weit würdest du gehen, um Antworten zu bekommen?«

31

Tracy klopfte an die Tür, trat zurück, ließ das Fliegengitter zuschlagen. Als sich nichts rührte, drückte sie sich die Nase an der Fensterscheibe platt und versuchte, einen Blick durch die weißen Spitzengardinen zu werfen. Niemand. Dabei stand in der Einfahrt vor der frei stehenden Garage ein relativ neuer Honda Civic.

Wieder rief sie, wieder, ohne eine Antwort zu bekommen. Aber als sie erneut durch das Fenster spähte, sah sie jemanden durch das Wohnzimmer gehen und wenig später wurde die Haustür geöffnet.

»Tracy!«

»Hallo, Mrs Holt.«

»Mir war doch so, als hätte ich jemand klopfen hören! Ich saß hinten und habe gestickt. Das ist aber eine Überraschung. Was führt dich denn zurück nach Cedar Grove?«

»Ich musste mich noch um ein paar Dinge aus dem Nachlass meiner Eltern kümmern.«

»Aber das Haus hast du doch längst verkauft, dachte ich.«

»Es gab trotzdem noch ein, zwei Dinge zu klären.«

»Das Haus zu verkaufen muss fürchterlich gewesen sein. Harley und ich waren so oft dort. Wie viele schöne Erinnerungen! Allein die Weihnachtspartys! Komm rein, Kind, steh nicht da draußen in der Kälte herum.«

Tracy trat sich die Schuhe an der Fußmatte ab und ging ins Haus, das mit seinen einfachen, aber gepflegten Möbeln einen sehr gemütlichen Eindruck machte. Hübsch gerahmte Fotos schmückten den

Kaminsims und ruhten auf Zierdeckchen auf dem Esszimmerbuffet. In einem Eckschrank drängten sich Porzellanpüppchen, ganz offensichtlich eine Sammlung. Carol Holt, untersetzt, mit kurzem Silberhaar und passender Brille, schloss die Tür hinter sich. Tracy schätzte die Frau auf Mitte sechzig. Sie trug ganz offensichtlich immer noch am liebsten Stretchhosen, lange Pullover und bunte Perlenketten. Nach Sarahs Verschwinden hatte Carol in der American Legion tagelang Brote für die Freiwilligen geschmiert, die in den Bergen nach ihr suchten.

»Und was treibst du jetzt so?«, wollte Mrs Holt wissen. »Ich habe gehört, du lebst in Seattle?«

»Ich bin Polizistin.«

»Was du nicht sagst! Das ist bestimmt spannend!«

»Manchmal schon, ja.«

»Setz dich doch, bleib ein bisschen. Kann ich dir etwas anbieten? Ein Glas Wasser oder eine Tasse Kaffee?«

»Nein, Mrs Holt, vielen Dank. Ich möchte nichts.«

»Nenn mich doch Carol, Liebes. Ich finde, dafür bist du inzwischen alt genug.«

Sie setzten sich ins Wohnzimmer, Tracy auf eine dunkelbraune Couch voller handbestickter Kissen, von denen eins mit der Vorderansicht dieses Hauses geschmückt war. »Home Sweet Home« stand darunter, alles in Kreuzstich. Carol Holt setzte sich auf einen Stuhl.

»Was führt dich zu mir?«, fragte sie freundlich.

»Ich war auf dem Weg zurück nach Seattle und habe kurz an der Tankstelle gehalten, weil ich mit Harley sprechen wollte, aber da scheint ja alles geschlossen zu sein.« Das war nur die halbe Wahrheit – Tracy war extra nach Cedar Grove gekommen, um mit Harley Holt zu sprechen, denn sie hatte vor einem Monat endlich Ryan Hagens ehemaligen Arbeitgeber ausfindig machen können und ein paar interessante Dokumente entdeckt. Sie hatte gehofft, bei Harley Holt zusätzliches Material finden zu können.

»Es tut mir leid, Tracy. Ich habe Harley vor knapp einem halben Jahr verloren.«

Tracy, die sehr auf neue Entdeckungen gehofft hatte, fühlte sich mit einem Schlag ernüchtert. »Das wusste ich nicht, Carol. Es tut mir sehr leid. Wie ist es denn passiert?«

»Bauchspeicheldrüsenkrebs. Sie konnten nichts mehr für ihn tun. Seine Lymphknoten waren schon befallen. Immerhin brauchte er nicht lange zu leiden.«

Cedar Grove ohne Harley Holt? Tracy konnte sich an keinen Besuch in der Werkstatt erinnern, bei dem er sie nicht begrüßt hätte, immer mit einer Zigarette im Mundwinkel. »Ich bitte sehr um Entschuldigung.«

»Du brauchst dich doch für nichts zu entschuldigen.« *Carol Holt lächelte tapfer, aber in ihren Augen hatten sich Tränen gesammelt.*

»Und wie kommen Sie zurecht?«

»Es ist schwer.« *Carol zuckte resigniert mit den Achseln.* »Aber ich versuche, aktiv zu bleiben und irgendwie das Beste draus zu machen. Was soll man denn sonst tun? Mein Gott, das erzähle ich jetzt ausgerechnet dir? Du hast doch selbst mehr als genug zu tragen.«

»Ist schon okay.«

»Meine Kinder kommen zu Besuch, mit den Enkeln. Das hilft.« *Sie richtete sich kerzengerade auf.* »Aber jetzt zu dir. Was wolltest du denn nach all den Jahren mit Harley besprechen?«

»Eigentlich wollte ich bloß ein bisschen fachsimpeln. Harley hat doch so gut wie jedes Auto in Cedar Grove gewartet, oder?«

»Das stimmt. Und wie das stimmt! Dein Vater war ja auch Stammkunde, was Harley sehr zu schätzen gewusst hat. Überhaupt hielt er viel von deinem Vater. Ich auch. Eine Schande, dass das mit ihm passiert ist. Er war ein guter Mann.«

»Wissen Sie, bei wem Harley seine Ersatzteile bezog?«

»Oh Gott!« *Mrs Holt sah aus, als hätte man sie gerade zu Einzelheiten der Kernphysik befragt.* »Nein. Damit habe ich mich nie näher befasst, Liebes. Ich nehme mal an, er hatte mehr als einen Händler.«

»*Ich erinnere mich noch an all die Aktenschränke in seinem Büro.*« Langsam, aber sicher tastete sich Tracy an den eigentlichen Grund für ihren Besuch heran.

»*Das Büro war grässlich, aber Harley hat sich gut darin zurechtgefunden. Er hatte seine eigene Ordnung in den Dingen.*«

»*Wie lange sind denn Tankstelle und Werkstatt jetzt schon geschlossen?*«

»*Seit seiner Pensionierung. Harley hatte gehofft, dass unser Sohn Greg den Betrieb übernimmt, aber Greg hatte andere Pläne. Drei, vier Jahre wird das jetzt her sein, dass wir geschlossen haben.*«

»*Besitzen Sie vielleicht noch einen Schlüssel für die Gebäude?*«

Mrs Holt zog beide Brauen hoch. »*Das könnte ich dir jetzt wirklich nicht sagen. Irgendwo liegt bestimmt noch einer rum, aber wo genau ... Wonach suchst du denn?*«

»*Es geht da um eine bestimmte Sache ... Ich weiß, es hört sich verrückt an, aber ich hatte gehofft, schnell mal einen Blick in Harleys Unterlagen werfen zu dürfen. Nur um meine Neugier zu befriedigen.*«

»*Ich würde dir ja wirklich gerne helfen, Schatz, aber ich fürchte, in der Tankstelle wirst du nichts finden. Harley hat sie und die Werkstatt ausgeräumt, als er in Rente ging.*«

»*Das hatte ich schon befürchtet.*« Tracy nickte müde. »*Als ich eben dort war, habe ich einen Blick durch die Fenster geworfen, und es sah ziemlich leer aus. Aber ich dachte: Wer nicht wagt, der nicht gewinnt. Dann lasse ich Sie jetzt in Ruhe weiter sticken und fahre zurück nach Seattle.*«

»*Und die Unterlagen?*«

»*Bitte?*«

»*Du hast gesagt, du möchtest Harleys Unterlagen durchsehen.*«

»*Aber er hat sie doch fortgeworfen – so hatte ich Sie eben verstanden.*«

»*Harley? Du kanntest doch sein Büro! Der Mann hat in seinem ganzen Leben keinen einzigen Zettel weggeworfen. Allerdings wirst du ein bisschen wühlen müssen, um etwas zu finden.*«

»*Die Sachen sind hier?*«

»*Warum parke ich wohl in der Einfahrt? Harley hat alles aus Werkstatt und Tankstelle hier in die Garage geschafft. Er hat mir immer mal wieder versprochen, die Sachen durchzusehen, aber dann wurde er krank, und ich habe ehrlich gesagt gar nicht mehr daran gedacht. Bis du das Zeug jetzt erwähnt hast.*«

32

Kurz nach zwei gab Tracy auf und kletterte aus dem Bett. In den ersten Jahren nach Sarahs Verschwinden hatte sie kaum mal eine Nacht durchgeschlafen. Das hatte sich gebessert, nachdem sie die Kartons mit den Ermittlungsakten im Schrank verstaut hatte, aber jetzt wollte die Schlaflosigkeit offenbar zurückkehren. Auch Roger, ihr schwarz getigerter Kater, war aufgewacht und folgte ihr laut maunzend ins Wohnzimmer.

»Ich finde es auch nicht toll, jetzt schon wach zu sein!«, knurrte Tracy zurück. Sie raffte ihren Laptop, eine Daunendecke und die Fernbedienung zusammen und machte es sich auf ihrem Sofa bequem. Tracys Wohnung im Stadtteil Capitol Hill war fünfundsechzig Quadratmeter groß und weder besonders chic noch mit einer besonders attraktiven Aussicht gesegnet – wenn man zum Fenster hinausblickte, sah man lediglich das Haus gegenüber. Sie hatte die Wohnung gemietet, weil sie bezahlbar war und verkehrstechnisch günstig lag.

Roger sprang auf ihren Schoß, wo er erst einmal ein Weilchen die Decke knetete, bis alles so war, wie er es gern hatte, und er es sich, zum Ball zusammengerollt, gemütlich machen konnte. Tracy saß da, streichelte den Kater und dachte über das Gespräch nach, das sie vor wenigen Stunden mit Dan geführt hatte. Nachdem sie ihn ausführlich über Vanpelt und Nolasco aufgeklärt hatte, hatte er vorgeschlagen, sie am kommenden Freitag in Seattle zu besuchen. Er wollte sich gern mit ihr zusammen die Glasausstellung von Dale Chihuly ansehen und anschließend essen gehen.

Tracy war seit Sarahs Beerdigung noch ein paarmal in Cedar Grove gewesen, um Dan sämtliche Unterlagen zu bringen und das Material mit ihm durchzugehen. Zweimal hatte sie bei ihm im Haus übernachtet, doch seit der kleinen Golfstunde war nichts Romantisches mehr zwischen ihnen vorgefallen. Tracy fragte sich inzwischen, ob sie Dans Verhalten vielleicht völlig falsch interpretiert hatte, auch wenn sie sich sicher gewesen war, das Knistern zwischen ihnen beiden deutlich gespürt zu haben. Sie bildete sich so etwas normalerweise nicht ein, war sich allerdings zurzeit nicht klar darüber, wie sie mit diesem Knistern umgehen wollte, falls es denn eins gewesen war. Sie hatte zwar durchaus Lust, darauf einzugehen, aber unter den gegebenen Umständen eine Beziehung mit Dan anzufangen war wahrscheinlich keine gute Idee. Ganz zu schweigen davon, dass sie persönlich sich nicht vorstellen konnte, je wieder in Cedar Grove zu leben, Dan sich aber dort gerade wieder ein Zuhause geschaffen hatte. Eigentlich hatte sie jeglichen Gedanken an eine Liebesaffäre mit ihrem Jugendfreund erst einmal auf Eis gelegt gehabt. Dans Anruf jedoch zwang sie wieder zum Nachdenken. Eine Ausstellung und hinterher essen gehen konnte man nicht als Arbeitstreffen verbuchen, und wo sollte Dan hinterher schlafen? In Tracys Wohnung gab es nur ein Schlafzimmer. All das ging ihr jetzt durch den Kopf. Dabei hatte sie vorhin am Telefon ganz spontan zugestimmt. War das die richtige Entscheidung gewesen?

Sie fuhr ihren Laptop hoch, ging auf die Website der Staatsanwaltschaft des Staates Washington und loggte sich mit Benutzernamen und Passwort in das Homicide Investigation Tracking System HITS ein, das Ortungssystem, in dessen Datenbank man Informationen über mehr als 22 000 Morde und sexuelle Gewaltverbrechen finden konnte, die seit dem Jahr 1981 in Washington, Oregon und Idaho begangen worden waren. Tracy suchte nach einem Muster. Wenn man davon ausging, dass Hansen ermordet worden und nicht einem dramatisch schiefgelaufenen Sexualakt zum Opfer gefallen war, dann gab es vielleicht noch andere, ähnlich gelagerte Fälle. Studien zufolge hatten Personen, die auf bizarre, einzigartige Art und Weise mordeten, diese Kunst in vielen Fällen geübt, um möglichst perfekt zu werden. Also schleppte sich Tracy nach langen, harten Arbeitstagen im Büro, die sich inzwischen ausschließlich um den Fall Hansen drehten, nach Hause und suchte in ihrem Computer nach Vorläufern.

Dabei sortierte sie die Mordfälle anhand verschiedener Kriterien aus. Der Hinweis reduzierte die Zahl auf 1511 Fälle. Als Nächstes kombinierte sie ›Motel‹ mit ›Strick‹, ließ ›strangulieren‹ aber aus, denn sie wollte auch die Fälle erwischen, bei denen das Opfer gefesselt, aber nicht erwürgt worden war. Blieben noch 224 Fälle. Bei 43 davon war es nicht zu sexuellen Übergriffen gekommen – die Gerichtsmedizin hatte bei Nicole Hansen in keiner der Körperöffnungen Sperma entdeckt. Was sich allerdings auch dadurch erklären ließ, dass es schlichtweg so gut wie unmöglich gewesen wäre, mit Hansen Verkehr zu haben, solange die Frau derart makaber verdreht verschnürt gewesen war. Nicoles Geldbörse, voller Bargeld, hatte unberührt auf der Kommode gelegen, womit noch ein Mordmotiv entfiel. Immer vorausgesetzt, die Frau war überhaupt ermordet worden.

Bei ihren abendlichen Sitzungen knöpfte sich Tracy systematisch einen der 43 ausgesiebten Fälle nach dem anderen vor. Als sie an diesem Abend weitere drei durchgearbeitet hatte, ohne auf Vielversprechendes zu stoßen, klappte sie den Laptop zu und ließ sich in die Sofakissen sinken. »Als würde man eine Nadel im Heuhaufen suchen, Roger.« Der Kater schnarchte bereits.

Worum ihn Tracy aus ganzem Herzen beneidete.

33

Am Freitagnachmittag fuhr Tracy gerade mit Kins auf der Schwimmbrücke über den Lake Washington, als ihr Handy vibrierte. Es herrschte dichter Verkehr, eine Menge Leute waren unterwegs in die Innenstadt. Da freute einen der Anblick der über dem dunklen Wasser aufragenden Schwimmkräne, die bei der Errichtung der dringend benötigten zweiten Brücke parallel zur ersten halfen, deren Fertigstellung sich jedoch leider verzögern würde, weil mit den Pontons, auf denen sie ruhen sollte, irgendetwas schiefgelaufen war.

Tracy zückte ihr Handy. Der Anruf kam von Dan, zwei weitere Anrufe von ihm hatte sie laut Anzeige bereits verpasst. Sie rief ihn zurück.

»Hey, tut mir leid, dass ich mich jetzt erst melde. Wir waren den ganzen Tag in diesem Mordfall in North Seattle unterwegs, Zeugen aufspüren und mit Experten über ein Seil reden.«

»Ich habe für heute Nachmittag eine Überraschung für dich.«

»Eine gute oder schlechte?«

»Das weiß ich selbst nicht so genau. Ich war den größten Teil des Tages bei Gericht, und als ich ins Büro kam, fand ich ein Fax von Vance Clark vor: seine Erwiderung auf meinen Antrag.«

»Da hat die Staatsanwaltschaft ja früh reagiert.«

»Sieht so aus.«

»Was hältst du davon?«

»Noch gar nichts, ich habe den Schrieb noch nicht gelesen. Dachte, ich rufe dich zuerst an und sage Bescheid.«

»Was meinst du? Warum reicht er seine Erwiderung früher ein als nötig?«

»Vielleicht will er es absichtlich kurz und schlicht halten, damit die beim Berufungsgericht meinen, unser Antrag sei eine ausführliche Stellungnahme nicht wert. Das weiß ich aber erst, wenn ich seinen Schriftsatz gelesen habe. Und du? Du klingst, als hättest du alle Hände voll zu tun.«

»Schick mir Clarks Schriftsatz per Mail. Ich lese ihn mir durch, und wir unterhalten uns heute Abend beim Essen darüber.«

»Unser Essen muss ich leider absagen.«

»Alles in Ordnung?«

»Bestens. Da liegen bloß ein paar Dinge an, um die ich mich kümmern muss. Darf ich dich später noch mal anrufen?«

»Klar doch, wir reden heute Abend weiter.« Tracy legte auf. Sie wusste nicht recht, was sie davon halten sollte, dass Dan ihre Verabredung absagte. Sicher, sie hatte anfangs selbst Bedenken gehabt, sich inzwischen aber ehrlich auf den Abend gefreut und war gespannt darauf gewesen, wohin er sie führen mochte. Sie hatte im Supermarkt spaßeshalber ein paar fertige Hamburger kaufen und sie ihm in ihrer Wohnung servieren wollen.

»Irgendwas Neues?«, fragte Kins.

»Bitte?« Tracy zuckte zusammen. »Tut mir leid, ich hatte nicht zugehört. Was hast du gesagt?«

»Ich habe gefragt, ob es Neuigkeiten gibt.«

»Die Staatsanwaltschaft hat ihren Widerspruch zu unserem Antrag eingereicht. Damit hatten wir eigentlich erst in zwei Wochen gerechnet.«

»Und was bedeutet das?«

»Das kann ich jetzt noch nicht beurteilen«, sagte sie, immer noch mit dem Klang von Dans verunsicherter Stimme im Ohr.

34

Dan O'Leary hatte den Kopf in den Nacken gelegt und flößte sich Augentropfen ein, denn seine Kontaktlinsen fühlten sich an wie mit Zementkleber an die Hornhaut gekleistert. Draußen vor dem Gaubenfenster seines Büros fiel dichter Regen, die Straßenlaternen verströmten golden schimmerndes Licht. Dan hatte das Fenster geöffnet, um hören zu können, wie das Gewitter von Norden kommend anrollte, und um den satten, erdigen Regengeruch hereinzulassen. Als Junge hatte er gern an seinem Fenster gesessen und zugesehen, wie über den North Cascades die Blitze zuckten, hatte die Sekunden gezählt, bis es donnerte, und nachgerechnet, wie weit das Gewitter entfernt war. Damals hatte er Wetterfrosch werden wollen, laut Sunnie der langweiligste Job der Welt. Aber Tracy hatte gemeint, Dan würde sich im Fernsehen bestimmt gut machen. Sie hatte ihn immer verteidigt, wenn ihn die anderen Kinder behandelt hatten, als wäre er der letzte Dork. Was er bestimmt oft gewesen war.

Dans Herz hatte für seine alte Freundin geblutet, als er sie bei Sarahs Beerdigung so ganz allein in der ersten Reihe sitzen sah. Wie hatte er die Crosswhites früher immer beneidet, weil sie einander alle so nahestanden, so liebevoll miteinander umgingen, was bei ihm zu Hause nicht immer der Fall war. Aber dann hatte Tracy in relativ kurzer Zeit all ihre Lieben verloren. Dan hatte sich auf der Beerdigung neben sie gesetzt, um seiner Jugendfreundin beizustehen, hatte sich aber auch da schon körperlich zu Tracy hingezogen gefühlt. Er hatte ihr seine Visitenkarte gegeben, weil er hoffte, sie würde sich bei ihm melden und bei einem nächsten Treffen vielleicht nicht mehr den Jungen von früher in ihm sehen, sondern den Mann, zu dem er sich entwickelt hatte. Aber sie war in sein Büro gekommen, damit er sich ihre Unterlagen ansah, ein rein geschäftliches Treffen.

Er hatte sie aus Sorge um ihre Sicherheit eingeladen, bei ihm zu Hause zu wohnen, gleichzeitig aber auch gehofft, es würde irgendwann zwischen ihnen funken. Und da war etwas gewesen, als er sie in den Armen hielt, um ihren Golfschlag zu führen. In ihm hatte sich etwas geregt, was er lange nicht mehr gespürt hatte. Dem er aber auch nicht gleich stürmisch nachgeben mochte, weil er wusste, wie sehr Tracy verletzt worden war, wie tief das Misstrauen saß, das sie Cedar Grove und allen, die sie mit der Stadt verband, entgegenbrachte. Er hatte den Besuch der Glasausstellung in Seattle mit anschließendem Abendessen vorgeschlagen, weil Seattle ein neutraler Ort schien – nur war ihm hinterher leider eingefallen, in welch peinliche Lage er Tracy damit brachte. Musste sie sich revanchieren und ihn in ihre Wohnung einladen? Wäre es unhöflich, ihn zu bitten, in ein Hotel zu gehen? Er zwang sie zu solchen Überlegungen, dabei hatte sie bestimmt genug um die Ohren, jetzt, wo Sarahs Leiche gefunden worden war und ihnen möglicherweise eine emotional sehr belastende Anhörung bevorstand. Wahrscheinlich dachte sie überhaupt nicht an eine Beziehung. Bestimmt war sie noch gar nicht bereit dazu.

Auch berufliche Skrupel plagten ihn beim Gedanken an ein privates Treffen in Seattle. Streng genommen arbeitete er nicht für Tracy. Sein Mandant war Edmund House, aber Tracy verfügte über sämtliche Informationen und Unterlagen, die er zur Vorbereitung brauchen würde, sollte das Berufungsgericht dem Antrag auf Anhörung zustimmen. Nein, es war besser, das Date abzublasen und auf andere Zeiten zu warten. Momentan setzte er Tracy mit solchen Einladungen nur zusätzlich unter Druck.

Sherlock, der zusammen mit Rex auf dem Läufer vor Dans Schreibtisch schlief, gab ein leises Stöhnen von sich. Seine Pfoten zuckten. Er schien wild zu träumen. Dan nahm die Hunde mit ins Büro, seitdem Calloway mit der Beschlagnahmung der beiden gedroht hatte. Meistens leisteten sie ihm friedlich Gesellschaft. Nervig war höchstens, dass sie bei jedem Geräusch aufschreckten und dann laut bellend nach vorn zum Empfang liefen. Im Moment waren sie allerdings ruhig.

Dan konzentrierte sich wieder auf den Schriftsatz, mit dem die Staatsanwaltschaft auf seinen Antrag reagiert hatte. Offenbar hatte er mit seiner Vermutung richtiggelegen und Clarks Ausführungen zur Sache waren so schnell beim Berufungsgericht eingegangen, weil die Staatsanwaltschaft signalisieren wollte, dass man Dans Antrag nicht ernst zu nehmen brauchte. Clark hatte seinen Widerspruch denkbar einfach gehalten und argumentiert, Dans Antrag weise keinerlei Mängel im vorhergehenden Verfahren nach, die eine Anhörung zur Wiederaufnahme rechtfertigen würden. Weiter erinnerte er das Gericht daran, dass Edmund House im Staat Washington der erste Angeklagte gewesen war, den man ausschließlich aufgrund von Indizien wegen vorsätzlichen Mordes verurteilt hatte, und erklärte noch einmal, dass House den Mord an Sarah damals gestanden, sich jedoch geweigert hatte anzugeben, wo die Leiche der jungen Frau vergraben war. Clark führte weiterhin aus, House hätte damals versucht, die Anklage durch das Zurückhalten dieser Information zu einem Deal zu zwingen – eine Strategie, mit der er damals keinen Erfolg gehabt hatte und von der er auf keinen Fall jetzt nachträglich profitieren dürfte. Hätte House den Behörden vor zwanzig Jahren schon mitgeteilt, wo Sarah Crosswhite begraben lag, hätten etwaige entlastende Beweismittel bereits damals im Verfahren vorgelegt werden können. Aber natürlich hatte House in dieser Frage geschwiegen, schrieb Clark, weil es seine Schuld schlüssig bewiesen hätte, wäre die

Leiche aufgrund seiner Angaben gefunden worden. House hatte einen fairen Prozess bekommen, hieß es weiterhin in dem Schriftsatz, und nichts, was Dan in seinem Antrag dargestellt hätte, könnte an dieser Sichtweise irgendetwas ändern.

Kein schlechter Argumentationsstrang, nur dass er im Kreis verlief und von der Prämisse ausging, dass auch das Berufungsgericht es als erwiesen ansah, dass House den Mord gestanden, aber das Verschweigen der Lage des Grabes als Druckmittel benutzt hatte, um eine mildere Strafe durchzusetzen. Diesbezüglich hatte DeAngelo Finn im Prozess völlig versagt. Es wäre seine Aufgabe gewesen, Calloway im Kreuzverhör detailliert danach zu befragen, warum kein schriftliches Geständnis oder doch zumindest der Tonbandmitschnitt der entsprechenden Vernehmung vorlag. Jeder Verteidiger hätte sich diesen Mangel zunutze machen, ihn als seine schlagkräftigste Waffe einsetzen müssen. Finn hatte das nicht getan. Mehr noch: Er hatte House in den Zeugenstand gerufen, wo dieser das angebliche Geständnis widerrufen und damit seine Glaubwürdigkeit aufs Spiel gesetzt hatte. Danach hatte die Anklage freies Spiel gehabt und House zu seiner früheren Verurteilung befragen können. Damit war die Sache praktisch gelaufen – einmal Vergewaltiger, immer Vergewaltiger. Finn hätte beantragen müssen, das angebliche Geständnis von House gar nicht zuzulassen, da es weder schriftlich noch anderweitig dokumentiert vorlag, sich auch nicht auf Beweise stützen konnte und somit nur dazu diente, Vorurteile zu schüren. So hätte sich das ganze Fiasko vermeiden lassen, und selbst mit einer Ablehnung dieses Antrags durch das Gericht hätte man schon eine prima Basis für einen Revisionsantrag gehabt. Von den im Grab gefundenen entlastenden Beweisen einmal abgesehen reichte eigentlich allein Finns Versagen in dieser Frage als Grundlage für die Beantragung eines neuen Verfahrens.

Sherlock rollte sich auf die Seite und hob den Kopf. Eine Sekunde später klingelte es vorn am Empfang.

Die Nägel der Hunde klapperten über das Parkett, als die beiden keuchend und bellend losstürmten. Dan warf einen Blick auf seine Uhr, stand auf und wollte schon zur Tür gehen, schnappte sich dann aber doch schnell noch den vom berühmten Ken Griffith Junior handsignierten Baseballschläger, den er in letzter Zeit auch mit ins Büro nahm.

35

Draußen im Empfangsbereich hatten Sherlock und Rex einen älteren Afroamerikaner gestellt, der sich mit dem Rücken an die Tür drückte und stark eingeschüchtert wirkte. »Hier steht, dass man klingeln soll«, sagte er.

»Aus!« Auf Dans Befehl hin hörten beide Hunde sofort auf zu kläffen und setzten sich.

»Wie sind Sie hereingekommen?«

»Unten war nicht abgeschlossen.«

Dan war vorhin noch kurz mit den Hunden draußen gewesen. Wahrscheinlich hatte er vergessen, wieder abzuschließen. »Wer sind Sie?«

»George Bovine.« Der Mann ließ Sherlock und Rex nicht aus den Augen. »Edmund House hat meine Tochter Annabelle vergewaltigt.«

Dan lehnte seinen Baseballschläger an den Schreibtisch des Vorzimmers. Er erinnerte sich an den Namen Bovine aus den Akten: House war vor circa dreißig Jahren wegen Sex mit einer Minderjährigen verurteilt worden und hatte eine sechsjährige Strafe abgesessen. George Bovine hatte im Mordprozess ausgesagt, und zwar nach der Verurteilung, als es um die Festsetzung des Strafmaßes ging. »Darf ich fragen, was Sie um diese Tageszeit noch von mir wollen?«

»Ich komme direkt aus Eureka.«

»Eureka in Kalifornien?«

Bovine nickte. Er hatte eine leise Stimme und mochte Ende sechzig sein, mit kurzem, grauem Bart und einer Schildpattbrille, die ihn wie einen Intellektuellen aussehen ließ. Er trug eine Anzugjacke mit einem Pulli darunter und eine braune Golfmütze.

»Warum?«

»Weil ich mit Ihnen reden wollte, persönlich. Über diese Sache muss man persönlich sprechen. Eigentlich wollte ich Sie erst morgen früh aufsuchen und bin nur vorbeigefahren, um mich zu vergewissern, dass ich die richtige Adresse habe. Ich sah, dass hier oben noch Licht brannte, und da die Tür unten offen stand, ging ich hoch und stellte fest, dass das Licht aus Ihrem Büro kam.«

»Das ist alles schön und gut, beantwortet aber nicht meine Frage, Mr Bovine. Eureka ist nicht gerade um die Ecke, warum sind Sie den ganzen langen Weg hierhergefahren?«

»Ich erhielt einen Anruf von Sheriff Calloway. Er sagte, Sie würden versuchen, für Edmund House einen neuen Prozess durchzusetzen.«

Langsam kapierte Dan, worauf das Ganze hinauslief, doch Bovines Offenheit überraschte ihn sehr. »Sie kennen den Sheriff? Woher?«

»Ich habe ausgesagt, als es um die Festsetzung des Strafmaßes von Edmund House ging.«

»Ich weiß, ich habe die Protokolle gelesen. Hat Mr Calloway Sie gebeten, auf mich einzuwirken, damit ich die Vertretung von Mr House niederlege?«

»Nein. Er teilte mir nur mit, dass Sie ein neues Verfahren anstreben. Ich bin aus eigenem Antrieb hier.«

»Sie werden verstehen, dass es mir schwerfällt, das zu glauben.«

»Geben Sie mir Gelegenheit zu sagen, was ich zu sagen habe. Hören Sie mir einfach zu. Ich werde mich auch nicht unnötig wiederholen. Danach lasse ich Sie sofort wieder in Ruhe.«

Dan dachte nach. So skeptisch er auch war, Bovine klang ehrlich. Er hatte acht Stunden Autofahrt auf sich genommen, um herzukommen, und machte keinen Hehl aus seinen Motiven für diesen Besuch. »Sie verstehen, dass meine Beziehung zu einem Mandanten vertraulich ist?«

»Ja, das ist mir klar, Mr O'Leary. Was Edmund House zu sagen hat, interessiert mich nicht.«

»Okay.« Dan nickte. »Mein Büro ist gleich da hinten.« Er schnippte kurz mit den Fingern, woraufhin die Hunde auf der Stelle kehrtmachten und den Flur hinuntersprinteten. Im Büro nahmen sie ihre Plätze auf dem Läufer vorm Schreibtisch wieder ein, aber diesmal nicht entspannt, sondern aufrecht sitzend, mit hochgestellten Ohren.

Bovine zog sich die Jacke aus, an der letzte Regentropfen glitzerten, und hängte sie an die wenig benutzte Garderobe hinter der Tür. »Die sind ja schrecklich groß, die beiden.«

»Wem sagen Sie das! Sie sollten mal die Futterrechnungen sehen. Darf ich Ihnen eine Tasse abgestandenen Kaffee anbieten?«

»Gern, danke. Die Fahrt war lang.«

»Wie trinken Sie ihn?«

»Schwarz«, sagte Bovine.

Dan goss sich selbst nach, reichte Bovine einen vollen Becher, und die beiden setzten sich an den Tisch unter dem Fenster, von dem aus man hinunter auf die Market Street sah. Als Bovine seinen Becher an die Lippen hob, sah Dan die Hand des Mannes zittern. Draußen fiel der Regen in dichten Schleiern, prasselte auf das Dach der Gaube, schoss lautstark durch die Regenrinnen. Bovine stellte seinen Becher ab und zog seine Brieftasche aus der hinteren Hosentasche. Seine Hände zitterten noch stärker, und es kostete ihn einige Mühe, ein paar Fotos aus ihren Plastikhüllen zu ziehen und auf den Tisch zu legen, und Dan fragte sich unwillkürlich, ob der Mann an Parkinson litt. Bovine deutete auf eins der Fotos. »Das ist Annabelle.«

Seine Tochter wirkte auf dem Foto wie Anfang zwanzig, ihre schwarzen Haare waren glatt, ihre Haut heller als die ihres Vaters. Auch die blauen Augen deuteten auf ein gemischtrassiges Erbe hin, aber weder Haut noch Augen fielen einem als Erstes auf, wenn man das Foto sah. Was einem ins Auge stach, war die Ausdruckslosigkeit im Gesicht der jungen Frau, das aussah, als wäre es aus Pappe ausgeschnitten.

»Sie sehen die Narbe, die von ihrer Braue ausgehend nach unten verläuft?«

Ein dünner, kaum sichtbarer, sichelförmiger Strich erstreckte sich von Annabelles Auge bis hinunter zum Kinn.

»Edmund House hat der Polizei erzählt, meine Tochter und er hätten einvernehmlichen Sex gehabt.« Bovine legte ein zweites Foto neben das erste. Das junge Mädchen auf diesem Foto war kaum zu erkennen, ihr linkes Auge zugeschwollen, die Schnittverletzung im Gesicht mit angetrocknetem Blut verklebt. Dan wusste aus den Akten, dass Annabelle Bovine sechzehn Jahre alt gewesen war, als House sie vergewaltigte. Bovine griff nach seinem Kaffeebecher, den er dann aber doch lieber stehen ließ, weil seine Hand inzwischen zu sehr zitterte. Er schloss die Augen und holte ein paarmal langsam und tief Luft.

Dan ließ ihm einen Moment Zeit. »Ich weiß nicht, was ich sagen soll, Mr Bovine.«

»Er hat mit einer Schaufel auf sie eingeschlagen, Mr O'Leary.« Noch ein tiefer Atemzug, der diesmal von einem hörbaren Rasseln in der Brust begleitet wurde. »Sie müssen wissen: Edmund House hat sich nicht damit zufriedengegeben, meine Tochter zu vergewaltigen. Er wollte ihr wehtun. Er hätte ihr auch weiterhin wehgetan, wenn sie es nicht geschafft hätte, zu fliehen.«

Bovine nahm die Brille ab und putzte die Gläser mit einem roten Taschentuch. »Sechs Jahre«, sagte er. »Sechs Jahre dafür, dass er das Leben eines jungen Mädchens ruiniert hat. Sechs Jahre, weil jemand beim Sammeln der Beweise Fehler gemacht hat. Annabelle war eine kluge junge Frau, sehr aufgeschlossen. Danach mussten wir umziehen. Die Erinnerungen waren zu grausam, sie hat sie nicht ertragen. Sie ist nie wieder zur Schule gegangen. Sie kann nicht arbeiten. Wir leben in einer ruhigen Straße nicht weit vom Meer entfernt, in einer ruhigen Stadt mit wenig Kriminalität. Es ist friedlich dort. Und jede Nacht verrammeln wir unsere Türen und sehen nach, ob auch wirklich jedes einzelne Fenster verriegelt ist. Das ist unsere Routine. Dann klettern wir ins Bett und warten. Meine Frau und ich, wir warten auf ihre Schreie. Sie nennen es posttraumatisches Belastungssyndrom aufgrund der Vergewaltigung. Edmund House hat sechs Jahre gesessen. Wir sitzen jetzt fast schon dreißig.«

Dan erinnerte sich an eine ähnliche Aussage aus den Protokollen, aber die Qual von Annabelles Vater so hautnah mitzubekommen war ganz etwas anderes. Jedes einzelne von Bovines Worten traf ihn wie ein Hammerschlag. »Es tut mir sehr leid. So sollte niemand leben müssen.«

Bovine kniff die Lippen zusammen. »Aber das wird jemand tun müssen, Mr O'Leary, wenn Sie wahr machen, was die Leute von Ihnen behaupten.«

»Sheriff Calloway hätte Sie nicht anrufen dürfen, Mr Bovine. Das ist nicht fair. Ihnen gegenüber nicht und mir gegenüber auch nicht. Ich möchte das, was Ihnen und Ihrer Tochter zugestoßen ist, in keiner Weise herunterspielen ...«

Bovine hob die Hand, ruhig und zurückhaltend, so, wie er auch gesprochen hatte. »Ich weiß, was Sie jetzt sagen wollen: Edmund House war jung, als er meine Tochter vergewaltigte, das Ganze liegt fast dreißig Jahre zurück, und Menschen können sich ändern.« Er warf Dan ein dünnes, ironisches Lächeln zu. »Sparen Sie sich die Mühe. Edmund House ist nicht wie Ihre Hunde. Man kann ihn nicht erziehen. Man kann ihn auch nicht zurückrufen und Sitz machen lassen.«

»Trotzdem verdient er einen fairen Prozess, wie jeder andere auch.«

»Aber er ist nicht wie andere, Mr O'Leary. Das Gefängnis ist der einzige Ort für gewalttätige Männer wie Edmund House. Und House ist ein sehr gewalttätiger Mann, das muss Ihnen klar sein.« Schweigend sammelte Bovine seine Fotos wieder ein und steckte sie zurück in die Brieftasche. »Ich habe gesagt, was ich sagen wollte. Ich werde Sie nicht weiter stören.« Er stand auf und holte sich die Jacke von der Garderobe. »Vielen Dank für den Kaffee.«

»Wissen Sie, wo Sie übernachten werden?«

»Ich habe Vorkehrungen getroffen.«

Dan begleitete seinen Besucher zurück in den Empfangsraum, wo der sich, die Hand schon auf dem Türknauf, noch einmal umdrehte. »Hätten die beiden mich gebissen, wenn Sie sie nicht zurückgerufen hätten?«

Dan tätschelte Sherlock den Kopf. »Sie sind vielleicht beängstigend groß, aber eigentlich bellen sie eher, als dass sie beißen.«

»Trotzdem könnten sie wohl erheblichen Schaden anrichten.« Bovine nickte Dan zum Abschied zu und verschwand.

36

Tracy hätte nicht sagen können, wann sie das letzte Mal eine Nacht durchgeschlafen hatte. Sie wunderte sich schon darüber, dass sie überhaupt noch halbwegs funktionierte. Sie spürte die Erschöpfung bis in die Knochen und fand, man hörte sie ihr inzwischen auch an. Zumindest jetzt, bei der Sitzung im Besprechungszimmer, bei der das A-Team Bill Williams und Andrew Laub über die laufenden Fälle informierte.

Seit Clarks Erwiderung auf Dans Antrag auf Anhörung zur Wiederaufnahme eines Verfahrens waren ein paar Wochen vergangen. Dan hatte inzwischen mit einem weiteren Schriftsatz auf Clarks Einwände reagiert. Tracy und Kins saßen immer noch am Mordfall Nicole Hansen, und es ging nicht voran, obwohl sie ihre Ermittlungsergebnisse immer wieder durcharbeiteten. Sie hatten das Motelpersonal und die Motelgäste der fraglichen Nacht ein zweites Mal vernommen, hatten sämtliche im Zimmer gefundenen Fingerabdrücke, egal wie alt, mit denen in der Datenbank des King County verglichen und sogar ein paar Treffer gelandet. Doch hatten sie sämtliche potenziellen Verdächtigen wieder streichen müssen, da sie über wasserdichte Alibis verfügten. Sie hatten noch einmal mit den Tänzerinnen in der Bar gesprochen, in der Nicole Hansen gearbeitet hatte, mit der Familie der Ermordeten und mit zwei von ihren Exfreunden. Tracy hatte die letzten paar Tage im Leben von Hansen rekonstruiert und jede einzelne Person identifizieren können, mit denen sie in diesen Tagen in

Kontakt gekommen war. Es hatte mehrere Hausdurchsuchungen gegeben, die allesamt spektakulär ergebnislos geblieben waren.

»Was ist mit den Unterlagen der Angestellten?«, fragte Laub.

»Die sind gestern am späten Nachmittag endlich reingekommen.« Tracy bezog sich auf die Personalakten der aktuellen und ehemaligen Mitarbeiter der ›Dancing Bar‹, in der Hansen getanzt hatte. »Ron sitzt schon dran.« Ron Mayweather war das fünfte Rad am Wagen des A-Teams, der fünfte Detective, der jedem Mordermittlerteam zugeteilt war, um Routinearbeiten zu erledigen.

»Wie weit sind wir mit den Autos auf dem Parkplatz?«, fragte Laub weiter.

»Wir haben nichts, absolut gar nichts.« Faz schüttelte resigniert den Kopf. »Nach dem Besitzer des Wagens aus Kalifornien lassen wir noch suchen, und dann war da noch einer aus British Columbia. Wegen dem sind wir gerade höllisch nett zu den Kumpels von der anderen Seite der Grenze.«

»Irgendetwas aus der zentralen Datenbank?«

Tracy schüttelte den Kopf. »Nein.«

Als die Besprechung zu Ende war, sehnte sich Tracy so sehr nach einem Kaffee, dass sie für eine Tasse glatt gemordet hätte. Aber Williams hielt sie an der Tür auf und bat sie, noch einen Moment zu bleiben. Tracy konnte sich fast denken, worum es ging.

Williams wartete, bis alle gegangen waren. »Vanpelts Sendung gestern hat einen Shitstorm ausgelöst«, sagte er dann. »Rechne mit einem weiteren Anruf von oben.«

Vanpelts verfrühtes Weihnachtsgeschenk an ihre Zuschauer war ein einstündiger Bericht über Edmund House, Cedar Grove und Tracy gewesen, alles im Rahmen ihrer Sendung *KRIX Undercover*. Vanpelt hatte historische Aufnahmen des kleinen Städtchens mit Fotos von Tracy, Sarah, ihren Eltern und Edmund House gespickt und anhand von Interviews mit Einwohnern dargelegt, wie sehr diese sich vor einer Wiederauflage eines Prozesses fürchteten, der damals tiefe emotionale Spuren hinterlassen hatte. Sarahs Verschwinden hatte laut Vanpelt die ländliche Idylle der Stadt nachhaltig zerstört, und niemand dort fühlte sich wohl bei dem Gedanken, Cedar Grove könne vielleicht bald wieder in sämtlichen Medien durch den Dreck gezogen werden.

Tracy lehnte sich an den Konferenztisch. »Das hatte ich befürchtet«, sagte sie seufzend. »Wie schlimm ist es?«

»Der Pressestelle liegen zwei Dutzend Bitten um Interviews vor, und zwar von regionalen und überregionalen Medien. Und das war vor der Titelgeschichte in der *Seattle Times* heute. Die wollen übrigens auch ein Interview. Und CNN, MSNBC und ein halbes Dutzend andere.«

»Das mache ich nicht, Bill! Es würde doch auch nichts nutzen. Dadurch erregen wir nur noch mehr Aufmerksamkeit und noch mehr Leute wollen Interviews.«

»Das sehen Laub und ich genauso, und das haben wir Nolasco auch mitgeteilt.«

»Ja? Und was sagt der?«

»Der fragt: Was tun wir, wenn House seine Anhörung kriegt?«

Nolasco machte ja nur selten einen zufriedenen Eindruck, aber als Tracy an diesem Tag den Besprechungsraum betrat, knurrte der Mann sie so wütend an, als litte er unter heftiger Verstopfung, und zwar ausgerechnet an dem Tag, an dem er sich nach Feierabend Botox spritzen lassen wollte. Neben ihm saß wie beim letzten Mal Lee, das Kinn auf die Hand gestützt, den Blick unverwandt auf ein einzelnes Blatt Papier gerichtet, das vor ihm auf dem Tisch lag. Anscheinend hatten die beiden wieder mal eine Erklärung verfasst, die Tracy nun unterschreiben sollte. Dass sie ihren Chef auch immer enttäuschen musste!

»Wie laufen die Ermittlungen im Fall Hansen?«, wollte Nolasco wissen, noch ehe Tracy sich setzen konnte. Wen wollte der Mann verarschen? Als ginge es ihm um Nicole Hansen!

»Da hat sich seit unserer Unterhaltung gestern Abend nicht viel getan.«

Tracy zog sich einen Stuhl heran und setzte sich.

»Und was gedenken Sie zu unternehmen, damit sich das ändert?«

»Momentan sitze ich hier – da kann ich nicht viel unternehmen.«

»Vielleicht wird es Zeit, das FBI hinzuzuziehen.«

»Da arbeite ich doch lieber mit einer Pfadfindergruppe zusammen.« In der Mordkommission standen die Buchstaben FBI für Fette Bescheuerte Idioten.

»In dem Fall schlage ich vor, Sie besorgen mir irgendetwas, das ich oben vorlegen kann.«

Tracy biss sich auf die Zunge, während Nolasco Lee einen Blick zuwarf, der daraufhin einen dicken Stapel Papiere unter dem Tisch hervorzog.

»Das alles hat sich seit Ms Vanpelts Sendung gestern hier angesammelt.« Nolasco schob den Stapel zu Tracy hinüber, die ihn kurz durchblätterte und einige der Telefonnachrichten und E-Mails rasch überflog. Schön waren die nicht. Einige fanden Tracy nicht würdig, eine Polizeiuniform zu tragen, andere forderten ihren Kopf auf einem Silbertablett.

»Sie wollen wissen, wieso eine Ermittlerin der Mordkommission von Seattle, die geschworen hat, der Öffentlichkeit zu dienen und diese zu schützen, unentgeltlich für ein Stück Scheiße wie Edmund House tätig ist«, spuckte Nolasco.

»Normale Hasstiraden«, sagte Tracy. »Manche Leute leben für ihren Hass. Sie sind nun mal so. Seit wann richten wir uns in unseren Entscheidungen nach dem Willen von Randgruppen?«

»Die *Seattle Times*, NBC, CBS – sind das auch Randgruppen?«

»Das haben wir doch auch schon oft durchgekaut. Die Presse will knackige Zitate und erhofft sich dadurch höhere Verkaufszahlen und bessere Einschaltquoten.«

»Gut möglich.« Nolasco nickte. »Trotzdem halten wir es im Licht der jüngsten Ereignisse betrachtet für richtig, wenn das Dezernat in Ihrem Namen eine Erklärung abgibt.«

»Wir haben da etwas vorbereitet, das Sie sich durchlesen sollten«, ergänzte Lee.

»Durchlesen und zur Kenntnis nehmen«, sagte Nolasco. »Ihre Zustimmung ist nicht erforderlich.«

Tracy forderte Lee wortlos auf, das entsprechende Papier herüberzuschieben, wobei sie keineswegs vorhatte, es zu unterschreiben. Ihre Chefs konnten herausgeben, was sie wollten, aber niemand konnte sie zwingen, ihren Namen darunterzusetzen.

»Detective Crosswhite hat bei den Ermittlungen und Vorgängen im Rahmen eines Antrags auf Anhörung zur Wiederaufnahme des Verfahrens im Fall Edmund House zu keiner Zeit eine offizielle Rolle gespielt. Sollte sie gebeten werden, am Verfahren in irgendeiner Weise teilzunehmen, so wird Detective Crosswhite das als Mitglied der Familie des Mordopfers tun. Sie hat weder früher noch jetzt offiziell oder inoffiziell ihre Stellung als Detective der Mordkommission von Seattle genutzt, um das Verfahren in irgendeiner Weise zu beeinflussen, und sie wird das auch zukünftig nicht tun. Sie wird weder zum laufenden Verfahren einen Kommentar abgeben, noch wird sie sich äußern, wenn es abgeschlossen ist.«

Tracy schob das Papier von sich. »Erst soll ich einen Kommentar abgeben, dann verbieten Sie es mir. Ich weiß wirklich nicht so genau, was dieser Schrieb hier bedeuten soll.«

»Das soll heißen: Wenn Sie vorgeladen werden, sagen Sie aus. Abgesehen davon beteiligen Sie sich in keiner Form an dem Verfahren und Sie werden schon gar nicht als Beraterin für die Verteidigung tätig.«

»An welchem Verfahren soll ich mich nicht beteiligen?« Tracy sah Laub und Williams an, aber die wirkten genauso verwirrt, wie sie sich fühlte.

»Wir dachten, Sie wüssten es.« Nolasco wirkte leicht verunsichert.

»Was soll ich wissen?«

»Das Berufungsgericht hat dem Antrag von Edmund House stattgegeben. Es wird eine Anhörung zur Wiederaufnahme des Verfahrens geben.«

Kins sprang auf, als Tracy in ihr gemeinsames Büro zurückgeeilt kam, um hektisch ihre Sachen zusammenzupacken. »Was war los?«

Halb betäubt zog sich Tracy ihren Mantel über. So ganz hatte sie noch nicht kapiert, was Nolasco da eben gesagt hatte. Zwanzig Jahre des Wartens – und auf einmal sollte alles so schnell gehen?

»Tracy?«

»Das Berufungsgericht hat dem Antrag auf eine Anhörung stattgegeben, Kins. Nolasco hat es mir gerade eben mitgeteilt.«

»Und wieso zum Henker wusste er das eher als du?«

»Keine Ahnung. Ich muss Dan anrufen.« Sie suchte nach ihrem Handy, fand es und lief zur Tür.

»Wann ist die Anhörung?«, rief Kins ihr nach.

»Das weiß ich auch nicht!« Tracy rannte zum Aufzug. Sie wollte allein sein, wenn sie mit Dan telefonierte, und brauchte jetzt erst einmal einen Moment, um alles zu verarbeiten. Noch fühlte sie sich, als hätte man ihr einen Schlag auf den Kopf verpasst, sodass sie Sterne sah. Mit der Anhörung bekam sie endlich die Möglichkeit, die Unstimmigkeiten in den Zeugenaussagen und bei den im ersten Prozess gegen Edmund House vorgelegten Beweisen aufzuzeigen. Endlich würden hoffentlich auch andere sehen, welche Zweifel diese Widersprüche an der Schuld von House aufkommen ließen. Wenn es Dan bei der Anhörung gelang, den Richter von seiner Sichtweise zu überzeugen, dann musste es ein neues Verfahren geben, und Tracy war einen Riesenschritt weiter, was die Wiederaufnahme der Ermittlungen im Mordfall Sarah Crosswhite betraf.

Während der Fahrstuhl in die Tiefe sackte, musste Tracy die Augen zusammenkneifen. Nach zwanzig Jahren würde es nun vielleicht Gerechtigkeit für Sarah geben und ihre Schwester endlich Antworten auf viel zu lange offengebliebene Fragen erhalten.

Teil II

*… es gibt kaum etwas Gefährlicheres
als einen Grundsatz.*

C. J. May,
*Some Rules of Evidence:
Reasonable Doubt in Civil and Criminal Cases* (1876)

37

Aufgrund des »erheblichen Medieninteresses«, wie er es nannte, entschied sich Richter Burleigh Meyers, die Vorermittlungen in den Räumen abzuhalten, die ihm vorläufig zur Verfügung gestellt worden waren, und nicht in öffentlicher Sitzung. Dan hatte darum gebeten, Tracy die Anwesenheit bei diesen Vorermittlungen zu gestatten, und der Richter hatte eingewilligt, allerdings auch bemerkt, dies sei doch eine recht ungewöhnliche Bitte vonseiten eines Verteidigers. Meyers war eindeutig mit sämtlichen Nuancen des Falls vertraut, was ihm allerdings ähnlich sah. Dan hatte sich den Werdegang des Richters angesehen und wusste, mit wem er es hier zu tun bekam.

Meyers war mehr als dreißig Jahre lang, bis zu seiner Pensionierung, Richter im Spokane County gewesen, wo er ein hohes Ansehen genossen hatte. Die Anwaltskammer des Bezirks hatte auf Dans Nachfrage hin sein Verhalten im Gerichtssaal sehr gelobt, und Dan hatte außerdem erfahren, dass sowohl Meyers' Gerichtsschreiber als auch sein Gerichtsdiener dem Richter in die Pensionierung gefolgt waren, statt sich einem neuen Richter zuteilen zu lassen, was ebenfalls als Gütesiegel gelten konnte. Dan hatte sich die Telefonnummern beider Männer besorgt und sich länger mit ihnen unterhalten. Sie schilderten ihm Meyers als hart arbeitenden Mann, der seine Nachforschungen zum großen Teil selbst anstellte und sich Entscheidungen nicht leicht machte, sondern im Gegenteil manchmal tagelang darüber brütete. Nicht, weil er sich lieber drückte. Er war einfach nur gründlich. Meyers war genau das, worauf Tracy und Dan gehofft hatten: ein intelligenter Richter, der bereit war, auch einmal eine schwierige Entscheidung zu treffen. Gerichtsdiener und -schreiber hatten weiterhin erzählt, Meyers hätte seinen Laden immer fest im Griff gehabt und sich von eventuellem Medieninteresse nicht beeindrucken lassen. Wahrscheinlich hatte das Berufungsgericht ihn gerade deswegen gebeten, den Vorsitz bei der Anhörung zu übernehmen.

Etwas abseits saß Tracy auf einem Besucherstuhl und sah zu, wie Richter Meyers sich den leise quietschenden Ledersessel auf Rollen hinter dem Schreibtisch hervorholte, um ihn quer durch den Raum zu schieben, bis er vor dem Stoffsofa stand, auf dem Clark und Dan O'Leary gezwungenermaßen relativ dicht nebeneinander Platz genommen hatten. Das Büro des Richters zeigte sich schmucklos und nur rudimentär möbliert. Tracy kam sich ein bisschen so vor wie auf einer sparsam und nüchtern dekorierten Bühne. An den Wänden hing kein einziges Bild und nirgendwo war auch nur ein Fitzelchen Papier zu entdecken. Meyers hatte sich nicht aus purer Langeweile aus dem Ruhestand locken lassen, wie Tracy von Dan wusste, der es wiederum vom Gerichtsdiener des Richters erfahren hatte. Er besaß eine zwanzigtausend Quadratmeter große Rinderfarm, auf der er den Großteil der Schwerstarbeit immer noch selbst erledigte.

Das sah man ihm durchaus an, fand Tracy. Sie schätzte Meyers auf gut einen Meter fünfundneunzig und fand ihn nicht unattraktiv mit dem silbernen Haar und den kristallklaren blauen Augen – irgendwie wie ein wettergegerbter Paul Newman, der sich fit hielt, indem er Zäune reparierte, Scheunendächer flickte und Heuballen stemmte.

»Ich habe diesen Auftrag unter einer entscheidenden Bedingung angenommen.« Meyers trug Hausschuhe, und als er jetzt die Beine übereinanderschlug, rutschten seine Jeans hoch und Socken mit einem Rautenmuster kamen zum Vorschein. »Meine Frau liebt die Sonne, und sie reitet gern. Also schleppe ich ständig einen Anhänger mit zwei Pferden darin durch sämtliche Staaten des Westens und suche nach beiden – der Sonne und spannenden Reitpfaden. Meine Frau plant, Ende des Monats an einer längeren Reitwanderung in Arizona teilzunehmen, und muss pünktlich in Phoenix sein. Lassen Sie es sich gesagt sein, meine Herren: Meine Frau lässt sich nicht gern enttäuschen, und ich enttäusche sie auch nicht gern. Mit anderen Worten: Obwohl ich halbwegs pensioniert sein mag, habe ich noch lange keine Zeit zu verschwenden. Ich wünsche, in der Angelegenheit hier zügig voranzukommen.«

»Die Verteidigung ist darauf vorbereitet, Euer Ehren«, sagte Dan.

»Mein Terminkalender ist recht voll, Euer Ehren.« Clark wirkte besorgt. »Unter anderem kommt da eine Verhandlung ...«

Meyers unterbrach ihn gnadenlos: »Ich kann mir vorstellen, wie Ihr Terminkalender aussieht, und habe vollstes Verständnis für Ihre Lage, aber die gesetzlichen Bestimmungen verlangen in diesem Fall, dass die Anklagebehörde umgehend eine Beweisaufnahme beantragt. Ich schlage also vor, Sie sehen Ihren Kalender noch einmal durch und setzen unsere Sache hier ganz oben auf Ihre Prioritätenliste. Über die bereits angesetzte Verhandlung, die Sie eben ansprachen, habe ich mich bereits mit Richter Wilber verständigt, der bereit ist, sie auf den kommenden Monat zu verschieben.«

Clark seufzte. »Danke, Euer Ehren.«

»Strebt die Verteidigung ein Beweisverfahren vor dem Prozess an?«, wollte Meyers als Nächstes wissen.

Das hatte Dan nicht vor. Tracys Akten, einschließlich der Prozessprotokolle und Kelly Rosas Gutachten, enthielten zu viele Informationen. Er konnte unmöglich so tun, als hätte er sie alle selbst gesammelt. Weitere eidesstattliche Aussagen zu besorgen würde das Verfahren nur noch hinauszögern, hatte er Tracy erklärt, und den vorgeladenen Zeugen Gelegenheit geben, nicht auffindbar zu sein oder ihre erste Aussage zu überdenken und sich etwas Neues einfallen zu lassen. Außerdem wollte er Clark nicht noch mehr Hinweise darauf geben, wie er die Aussagen der Zeugen im ursprünglichen Verfahren auseinanderzunehmen gedachte.

»Die Verteidigung kann sofort anfangen«, sagte er.

»Die Anklage möchte ein paar eidesstattliche Erklärungen einholen«, sagte Clark. »Wir stellen eine Liste zusammen.«

»Euer Ehren, die Anklage kann bei dieser Anhörung keine neuen Beweise einbringen, und die Verteidigung plant, fast ausschließlich die Zeugen der Anklage aus dem ursprünglichen Prozess gegen Mr House zu laden. Einzige Ausnahmen sind die Forensikerin, die wir zu den Funden im Grab befragen wollen, und ein Experte für DNA-Analysen. Ich verstehe nicht, warum die Anklage einen separaten Termin braucht, um mit den eigenen Zeugen zu reden. Das kann sie doch jederzeit tun. Wir sorgen gern dafür, dass unsere beiden Experten Staatsanwalt Clark auch außerhalb der Stunden im Gerichtssaal zur Verfügung stehen.«

»Mr Clark?«

Vance Clark setzte sich kerzengerade hin. »Wir werden uns bemühen, außergerichtlich mit den Zeugen zu reden.«

»Irgendwelche Anträge vor Beginn der Anhörung?«

»Die Anklage beantragt, Detective Crosswhite zu untersagen, im Gerichtssaal anwesend zu sein«, sagte Clark.

Tracy warf Dan einen Blick zu. »Mit welcher Begründung?«, fragte Dan.

»Detective Crosswhite wird als Zeugin für die Verteidigung auftreten. Als solcher sollte es ihr bis nach der eigenen Aussage nicht gestattet sein, die Anhörung zu verfolgen. Wie die anderen Zeugen auch.«

»Detective Crosswhite ist keine Zeugin der Verteidigung«, widersprach Dan. »Sie ist die Schwester der Verstorbenen.

Ihre Aussage wird sich auf die Ereignisse des Tages beziehen, an dem ihre Schwester verschwand, und reine Fakten nennen. Die Anklage kann jederzeit mit Detective Crosswhite reden, die im Übrigen nicht mit den anderen Zeugen verglichen werden kann. Ich hatte eigentlich erwartet, dass die Anklage Detective Crosswhite gern ...«

»Tragen Sie einfach Ihren Fall vor, Mr O'Leary«, unterbrach Meyers, »und lassen Sie die Staatsanwaltschaft ihre eigenen Entscheidungen treffen.« Er hob die Hand, um Clark abzubügeln, der etwas sagen wollte. »Ich werde Ihren Antrag ablehnen, Mr Clark. Als Mitglied der Familie der Verstorbenen hat Detective Crosswhite das Recht, bei der Anhörung anwesend zu sein, und ich wüsste wirklich nicht, in welcher Weise diese Anwesenheit die Beweisführung der Anklage beeinträchtigen könnte. Jetzt zu einem anderen Thema. Wir alle wissen von dem erheblichen Medieninteresse an dieser Anhörung, und ich sage gleich jetzt: Ich werde es nicht zulassen, dass die Presse meinen Gerichtssaal in einen Zoo verwandelt. Die Reporter haben das Recht, anwesend zu sein, und ich habe mich bereit erklärt, eine Kamera zuzulassen. Ich möchte weder Ihnen noch den Zeugen einen Maulkorb verpassen, erinnere Sie aber daran, dass Sie als Organe der Rechtspflege geschworen haben, diesen Fall vor mir und nicht vor den Medien zu erörtern. Habe ich mich klar ausgedrückt?«

Clark und Dan erklärten beide, Meyers' Mahnung beherzigen zu wollen, was den Richter zu freuen schien. Er faltete die Hände, als stünde als Nächstes ein gemeinsames Gebet an. »Da wir nun hier alle so vollzählig versammelt sind und mir auf Kosten des Steuerzahlers ein riesiger Gerichtssaal zur Verfügung gestellt wurde, schlage ich vor, wir gehen gleich Montag früh frisch und ausgeschlafen ans Werk. Irgendwelche Einwände?«

Weder Dan noch Clark mochten sich den Zorn einer Frau zuziehen, die sich auf einen Reitausflug im sonnigen Arizona freute. Nein, sie hatten keine Einwände.

38

DeAngelo Finn, der die Gunst der Stunde nutzte, um seinen Garten winterfest zu machen, bekam gar nicht mit, dass er beobachtet wurde. Er kniete mit dem Rücken zur Straße vor dem Beet und genoss es, dass sich die Wolkendecke kurz gehoben und der seit Tagen ununterbrochen fallende Regen eine Pause eingelegt hatte. Tracy sah ihm zu, während sie ihr Gespräch mit Kins zu Ende führte. Der hatte angerufen, um ihr mitzuteilen, dass Nolasco den Fall Hansen ganz offiziell an die Abteilung für ungelöste Fälle abgegeben hatte.

»Er hat ihn uns echt weggenommen?« Tracy konnte es noch immer nicht richtig fassen.

»Reiner Machtpoker. Er will ihn aus den Unterlagen unserer Abteilung raushaben, meint, wir dürften nicht so viel Arbeitskraft auf eine Ermittlung verschwenden, die nirgendwo hinführt. Du bist weg, und ich habe jede Menge um die Ohren. Wir sind einfach nicht genug Leute, um uns um alles zu kümmern.«

»Scheiße! Tut mir echt leid, Kins.«

»Lass dir deswegen bloß keine grauen Haare wachsen. Ich seh mir das eine oder andere schon noch an, aber eigentlich hat Nolasco ja recht. Wir sind alle Hinweise mehr als einmal durchgegangen, und nichts kam dabei heraus. Eigentlich können wir erst weitermachen, wenn etwas Neues auftaucht.«

Mist! Tracy tat die Familie der Ermordeten leid, die keinen Schlussstrich ziehen konnte, wenn kein Mörder vor Gericht gestellt und verurteilt wurde.

»Du tust jetzt erst mal, was da bei euch getan werden muss«, fuhr Kins fort. »Die Arbeit hier läuft dir schon nicht weg. Leider. Tod und Steuern, das sind die beiden Dinge, auf die man immer zählen kann, pflegte mein Vater zu sagen. Halt mich auf dem Laufenden, ja?«

»Du mich aber auch.« Tracy legte auf. Sie wartete einen Moment, bis sie aus dem Wagen stieg. Die Sonne schien inzwischen so grell, dass sie eine Sonnenbrille tragen musste – dabei gefror ihr auf dem Weg zu Finns Gartentor der Atem vor dem Mund. Finn schien nicht bemerkt zu haben, dass sie vorfuhr, auch nicht, dass eine Autotür zugeschlagen worden war. Selbst Tracys Schritte auf den Steinplatten des Bürgersteigs hörte er anscheinend nicht.

»Mr Finn?«

Finn zupfte eifrig Unkraut. Seine Arbeitshandschuhe schienen ein wenig zu groß zu sein, denn sie beulten sich an den Fingerspitzen.

Tracy wurde lauter. »Mr Finn?«

Erst als er den Kopf wandte, erkannte sie das Hörgerät, das er sich an den Bügel seiner Brille gehängt hatte. Nach kurzem Zögern zog er die Handschuhe aus, legte sie neben sich auf den Boden und rückte die Brille zurecht, ehe er sich mithilfe des neben ihm liegenden Gehstocks aufrichtete und auf leicht unsicheren Beinen zum Gartenzaun kam. Er trug eine Pudelmütze mit dem Emblem der Mariners und eine Jacke des Teams, die ihm allerdings von den Schultern hing, als hätte sie ihm sein größerer Bruder vererbt. Vor zwanzig Jahren war Finn übergewichtig gewesen, jetzt sah er spindeldürr aus. Dicke Brillengläser vergrößerten seine Augen und ließen sie wässrig wirken.

»Ich bin Tracy Crosswhite.« Tracy setzte ihre Sonnenbrille ab.

Zuerst schien Finn sie weder zu erkennen noch sich an ihren Namen zu erinnern. Vielleicht war er einfach auch nur ein guter Schauspieler. Aber dann strahlte er sie an und öffnete die Gartenpforte. »Tracy! Natürlich. Es tut mir leid, ich sehe nicht mehr so gut. Ich habe den grauen Star.«

»Machen Sie die Beete für den Winter fertig?« Tracy trat durch das Törchen. »Das hat mein Vater im Herbst auch immer getan. Er hat Unkraut gezupft, den Boden gedüngt und die Beete mit schwarzer Plastikfolie abgedeckt.«

»Das Unkraut, das man vorm Winter nicht erwischt, sät sich aus«, erklärte Finn. »Die sicherste Art, sich den Frühlingsgarten zu ruinieren.«

»Ja – mein Vater hat uns Ähnliches gepredigt.«

Finn warf ihr ein verschmitztes Lächeln zu. »An die Tomaten deines Vaters kam niemand ran. Er hatte ja auch ein Gewächshaus.«

»Ja, daran erinnere ich mich.«

»Ich fand ja immer, das wäre wie schummeln. Aber er hat gesagt, ich dürfte ihm meine Pflanzen jederzeit bringen, damit die es auch schön warm hätten. Dein Vater war ein wunderbarer Mann.«

Tracy musterte das kleine Stück umgegrabener Erde, auf dem Finn gearbeitet hatte. »Was pflanzen Sie denn so an?«

»So dies und jenes. Das meiste schenke ich den Nachbarn. Ich bin ja jetzt allein, seit Millie gestorben ist.«

Dass Finn Witwer war, hatte Tracy nicht gewusst, wohl aber geahnt. Finns Frau war schon vor zwanzig Jahren, als Tracys Vater ihr Hausarzt gewesen war, nicht gesund gewesen. »Das tut mir leid. Wie kommen Sie denn zurecht?«

»Komm doch rein und leiste mir ein bisschen Gesellschaft.« Finn hatte Mühe, die drei Stufen zur Hintertür zu bewältigen. Oben angekommen, war er rot im Gesicht und außer Atem, und als er seine Jacke auszog, entging Tracy das Zittern seiner Hände nicht. Dan hatte Finn zur Anhörung als Zeugen vorgeladen. Clark wiederum hatte dieser Vorladung widersprochen und ein Attest vorgelegt, in dem der Arzt Finn ein schwaches Herz, ein Lungenemphysem und eine Menge weiterer Gesundheitsprobleme bescheinigte. Ein Erscheinen vor Gericht sei dem Mann nicht zuzumuten. Es würde ihn unter Stress setzen und seinen ohnehin schon prekären Zustand noch verschlechtern.

Finn führte sie in eine Küche, in der die Zeit stehen geblieben war: dunkle Holzmöbel mit kürbisfarbener Resopalbeschichtung vor einer hellen Blümchentapete. Der ehemalige Anwalt musste einen Stapel Zeitungen und Post von einem Stuhl räumen, ehe Tracy Platz nehmen konnte. Dann setzte er den Wasserkessel auf. Tracy bemerkte die tragbare Sauerstoffflasche in einer Ecke, spürte die Hitze aus den Lüftungsklappen der Heizung steigen. Im Zimmer roch es nach gebratenem Fleisch, auf der vorderen Kochplatte stand eine fettige Eisenpfanne.

»Kann ich helfen?«, fragte sie.

Er winkte ab, holte zwei Becher aus einem Hängeschrank und ließ Teebeutel hineinfallen, während er mit ihr plauderte. »Ich habe nicht viel im Haus«, entschuldigte er sich, als er die Milch aus dem Kühlschrank holte und Tracy die fast leeren Fächer darin sah. »Ich bekomme nicht oft Besuch.«

»Ich hätte anrufen sollen«, sagte Tracy.

»Aber du hattest Angst, ich würde ein Treffen ablehnen, weil ich nicht mit dir reden will.« Finn warf Tracy über seine fleckige Brille hinweg einen Blick zu. »Ich bin alt, Tracy. Ich höre und sehe nicht mehr so gut, aber ich lese noch jeden Morgen die Zeitung. Ich kann mir wirklich nicht vorstellen, dass du hier bist, um dich nach meinem Garten zu erkundigen.«

»Ich bin hier, um mit Ihnen über das Verfahren zu sprechen.«

»Falsch. Du bist gekommen, weil du nachsehen wolltest, ob ich wirklich zu krank bin, um auszusagen.«

»Eigentlich sehen Sie so aus, als würden Sie noch gut zurechtkommen.«

»In meinem Alter hat man gute und schlechte Tage. Das weiß man nie im Voraus.«

»Wie alt sind Sie, Mr Finn?«

»Bitte, Tracy, nenn mich DeAngelo. Ich kenne dich doch praktisch seit deiner Geburt. Um deine Frage zu beantworten: Nächstes Frühjahr werde ich achtundachtzig.« Er klopfte auf den Küchentisch. »So Gott will. Und wenn nicht, dann sehe ich meine Millie wieder, und das ist auch keine schlechte Sache.«

»Edmund House war ihr letzter Prozess, nicht wahr?«

»Ich habe seit zwanzig Jahren keinen Gerichtssaal mehr von innen gesehen, und das soll auch so bleiben.«

Der Wasserkessel pfiff. Finn schlurfte zum Herd, um die Becher zu füllen. Tracy lehnte Milch und Zucker ab. Finn setzte sich wieder, ließ seinen Teebeutel im Becher hüpfen. »Mit Millies Gesundheit ging es damals schon bergab, und eigentlich wollte ich gar keine Prozesse mehr übernehmen.«

»Warum haben Sie es doch getan?«

»Richter Lawrence bat mich darum, als persönlichen Gefallen. Niemand sonst wollte den Job machen. Nach Prozessende blieb ich zu Hause. Millie und ich dachten, wir könnten noch ein paar von den Dingen nachholen, die wir meiner Arbeit wegen immer verschoben hatten. Ein bisschen reisen und so. Aber das Leben läuft oft anders als geplant, nicht wahr?«

»Erinnern Sie sich an den Prozess?«

»Du willst wissen, ob ich für diesen jungen Mann mein Bestes gegeben habe.«

»Sie waren ein guter Anwalt, DeAngelo. Das hat mein Vater immer gesagt.«

Finn warf ihr ein schiefes Grinsen zu – als wüsste er etwas, was sie nicht wusste. Und als wäre ihm auch klar, dass niemand einen fast neunzig Jahre alten Mann mit kaputtem Herzen und Lungenemphysem zu einer Zeugenaussage vor Gericht zwingen würde. »Mich plagen in Bezug auf meine Arbeit in diesem Fall keinerlei Bedenken oder Schuldgefühle.«

»Damit ist meine Frage nicht beantwortet.«

»Uns stehen nicht auf alle Fragen Antworten zu.«

»Warum ist das bei dieser Frage der Fall?«

»Manche Antworten können wehtun.«

»Wem denn, DeAngelo? Meine Familie ist tot, es gibt niemanden mehr.«

»Dein Vater hat mich immer mit Respekt behandelt.« Finns Blick verlor sich in der Ferne. »Was man nicht von jedem behaupten kann. Ich war auf keinem schicken College, und mein Abschluss stammt von keiner der vornehmen Rechtsfakultäten. Ich sehe auch nicht gerade aus wie der Prototyp des Anwalts, mit dem man vor Gericht Eindruck schinden kann. Aber dein Vater hat mich immer respektiert, und er war so nett zu meiner Millie. Das wusste ich sehr zu schätzen. Mehr, als du dir je vorstellen kannst.«

»Genug, um Ihren letzten Fall in den Sand zu setzen, wenn er Sie darum bat?«

Tracy hatte immer schon die Theorie gehabt, dass ihr Vater die Verurteilung von Edmund House inszeniert hatte und nicht Clark oder Calloway. Finn reagierte erst nicht auf ihre Frage, er zuckte nicht einmal mit der Wimper. Aber dann legte er ihr seine kleine, von Altersflecken braune Hand auf den Arm. »Du hast dir etwas vorgenommen, und ich werde nicht versuchen, dich davon abzubringen. Ein Teil von dir hängt immer noch sehr an deiner Schwester und an einer anderen Zeit. Wir alle hängen an dieser Zeit. Das heißt nur leider nicht, dass wir sie auch zurückbekommen können. Die Dinge ändern sich. Wir ändern uns. An dem Tag, an dem deine Schwester verschwand, sind für eine Menge Leute hier eine Menge Dinge anders geworden. Aber ich freue mich wirklich sehr darüber, dass du dir einen Nachmittag lang Zeit genommen hast, um mich zu besuchen.«

Damit hatte Tracy ihre Antwort. Falls Finn zu den Verschwörern gehörte, die Edmund House den Mord angehängt hatten, dann würde er alle Informationen darüber mit ins Grab nehmen. Sie gab auf und plauderte noch ein wenig mit ihm über gemeinsame Bekannte in Cedar Grove, bis sie ihren Tee ausgetrunken hatte.

Finn begleitete sie zur Hintertür. Draußen auf der kleinen Veranda war es empfindlich kalt, besonders nachdem sie eine Weile in der überheizten Küche gesessen hatte. In der Luft hing satt der Geruch des Düngers, mit dem DeAngelo seine Beete vorbereitet hatte. Tracy bedankte sich für den Tee und wandte sich zum Gehen, als Finn sie sanft am Arm berührte.

»Sei vorsichtig, Tracy«, sagte er leise. »Manchmal ist es besser, wenn unsere Fragen unbeantwortet bleiben.«

»Aber es ist niemand mehr da, dem Antworten wehtun könnten, DeAngelo.«

»Oh doch. Oh doch.« Er lächelte ihr zum Abschied freundlich zu, zog sich ins Haus zurück und schloss die Tür.

Tracy hockte an Dans Küchentisch, der mit Papieren, gelben Notizblöcken und Abschriften von Gerichtsprotokollen übersät war, und fischte sich lustlos Huhn in schwarzer Bohnensoße aus dem Pappkarton vom Chinesen. Sie hatten eine Pause gemacht, um zu essen und sich die Abendnachrichten anzuschauen. Dan hatte gerade den Ton leiser gedreht, damit sie sich unterhalten konnten.

»Er hat mir nicht einmal widersprochen.« Tracy hatte gerade wieder an ihre Unterhaltung mit DeAngelo Finn denken müssen. »Er hat lediglich gesagt, ihn plagten weder Bedenken noch Schuldgefühle.«

»Aber er hat auch nicht behauptet, House so gut wie irgend möglich verteidigt zu haben.«

»Das hat er eindeutig nicht behauptet.«

»Eigentlich brauchen wir ihn gar nicht im Zeugenstand. Wir können auch so beweisen, dass er House nicht ausreichend verteidigt hat«, murmelte Dan, der gerade einen Artikel über ihren Fall las, den die *Seattle Times* als Titelgeschichte aufgebaut hatte, einschließlich des damals veröffentlichten Bildes von Sarah aus dem Schuljahrbuch, eines zwanzig Jahre alten Fotos von Edmund House und eines neueren Fotos von Tracy. *Associated Press* hatte die Geschichte aufgegriffen, weswegen man sie mittlerweile in Dutzenden regionaler und überregionaler Zeitungen lesen konnte, darunter auch *USA Today* und das *Wall Street Journal.*

»Aber irgendwas war da mit Finn, ich krieg es nicht ganz zusammen.« Tracy gab das Essen endgültig auf und lehnte sich zurück, woraufhin Rex, der sonst gar nicht verschmust war, zu ihr herüberkam, um ihr den Kopf auf den Schoß zu legen. Tracy kraulte ihn brav hinter den Ohren. »Du möchtest wohl auch mal wieder beachtet werden, was?«

»Lass dich von dem nicht verarschen – was er wirklich will, ist dein Hühnchen.«

Tracy kraulte weiter. Sherlock, der sich ausgeschlossen fühlte, versuchte, sich mit der Schnauze dazwischenzudrängeln. »Willst du immer noch mit Calloway anfangen?«

Dan faltete die Zeitung zusammen. »Gleich als Allererstes.«

»Wetten, dass er auf Gedächtnisverlust plädiert und dich auf seine Aussage im ersten Prozess verweist?«

»Darauf zähle ich fest. Ich werde die damalige Zeugenaussage auseinandernehmen.« Dan schnippte mit den Fingern, woraufhin sich seine beiden Hunde gehorsam ins Wohnzimmer verzogen. »Je stärker er meinen Fragen ausweicht, desto besser. Ich will ihn lediglich festnageln, den Rest erledigen die Aussagen der anderen Zeugen. Und wenn ich es schaffe, ihm ordentlich auf die Nerven zu gehen, sagt er vielleicht mehr, als er eigentlich will.«

»Er wird leicht jähzornig.« Tracy hatte den Fernseher nicht aus den Augen gelassen. »Moment! Da ist die Vanpelt.«

Maria Vanpelt stand vor der Treppe eines Gebäudes, bei dem es sich laut den hinter ihrer rechten Schulter sichtbaren Bronzebuchstaben auf Sandstein um das Gericht von Cascade County handelte. Während die Reporterin langsam die Treppe hochstieg und erklärte, die Erste gewesen zu sein, die über Tracy Crosswhites Beteiligung am Zustandekommen dieser Anhörung berichtet hatte, folgte Dan Tracy zur Couch im Wohnzimmer und stellte den Ton lauter.

»Bei ihr klingt das nach mindestens Watergate«, stöhnte er.

Als sich die Vanpelt oben angekommen der Kamera zuwandte, entdeckte Tracy auf der Straße vor dem Gerichtsgebäude diverse Übertragungswagen. Die Sender steckten schon mal ihre Claims ab.

»Fast kommt es einem so vor, als stünde nicht nur Edmund House vor Gericht, sondern die gesamte Stadt Cedar Grove«, fuhr Vanpelt fort. »Was ist wirklich passiert damals, vor zwanzig Jahren, als die Tochter eines in der Stadt bekannten und angesehenen Arztes spurlos verschwand? Es folgten eine lange, intensive Suche sowie später die dramatische Verhaftung eines verurteilten Vergewaltigers, der in der Gegend lebte, nachdem er nach Verbüßung seiner Strafe mit Bewährungsauflagen entlassen worden war. Und ein sensationeller Mordprozess, der vielleicht einen Unschuldigen ins Gefängnis brachte. Weder Anklage noch Verteidigung wollten heute Abend mit uns reden. Aber wir werden alle bald mehr wissen, denn morgen früh beginnt hier in diesem Gericht die Anhörung zur Wiederaufnahme des Verfahrens gegen Edmund House. Ich werde dabei sein, direkt im Gerichtssaal, und Sie fortlaufend über alle Entwicklungen unterrichten.«

Mit einem letzten Blick über die Schulter auf das Gerichtsgebäude verabschiedete sich Vanpelt von ihren Zuschauern.

Dan stellte den Ton wieder leiser. »Anscheinend hast du geschafft, was bislang niemandem gelungen ist.«

»Und das wäre?«

»Du hast Cedar Grove wieder zu einer gewissen Bekanntheit verholfen. Die Stadt wird in sämtlichen Nachrichtensendungen und jeder größeren Zeitung des Landes erwähnt. Und ich habe mir sagen lassen, dass alle Hotels zwischen Cedar Grove und dem Gericht ausgebucht sind. Es gibt Leute, die vermieten Privatzimmer in ihren Häusern.«

»Damit dürfte die Vanpelt allerdings mehr zu tun haben als ich.« Tracy verzog das Gesicht. »Wobei sie irrt, wenn sie den Prozess damals als sensationell bezeichnet. Soweit ich mich erinnere, war er fast langweilig. Vance Clark ging methodisch und gründlich vor, aber unglaublich schwerfällig, und DeAngelo Finn machte auf mich einen kompetenten, aber leicht resignierten Eindruck. Gedämpft fast, als hätte er sich schon mit dem negativen Ergebnis für seinen Mandanten abgefunden.«

»Was ja vielleicht auch so war.«

»Und was die Stadt betrifft – alle waren da, das schon, aber ich hatte das Gefühl, nicht aus echtem Interesse. Sie wirkten so distanziert. Als fühlten sie sich verpflichtet, zu kommen. Ich habe mich oft gefragt, ob mein Vater damit zu tun hatte, ob er einen Rundruf gestartet hatte, damit der Saal voll war und Richter und Geschworene mitbekamen, wie die Stadt zu Sarah stand und welch verheerende Auswirkungen das Verbrechen auf sie hatte.«

»Als wollte er sicherstellen, dass die Jury nicht zögern würde, wenn es darum ging, House zu verurteilen?«

Tracy nickte. »Dad war nicht für die Todesstrafe, aber er wollte, dass House lebenslänglich und ohne Aussicht auf Bewährung weggesperrt würde. Daran erinnere ich mich noch. Aber er wirkte noch distanzierter als alle anderen.«

»Wie machte sich das bemerkbar?«

»Mein Vater hat sich gern Notizen gemacht. Immer, selbst bei den belanglosesten Telefongesprächen. Während des Prozesses lag ein Notizblock auf seinem Schoß, aber er hat kein Wort aufgeschrieben. Nicht ein einziges.«

Dan strich sich über den Tagesbart an seinem Kinn. »Wie kommst du eigentlich klar?«

»Ich? Mir geht es prima.«

»Du bist ständig auf der Hut, nicht? Du entspannst dich nie.«

»Ich bin überhaupt nicht auf der Hut!« Tracy ging in die Küche, um die Reste ihres Abendessens vom Tisch zu räumen, damit sie weiterarbeiten konnten.

Dan folgte ihr und lehnte sich an den Küchentresen, um ihr zuzusehen. »Tracy, du sprichst hier mit einem Mann, der zwei Jahre lang aufgepasst hat wie ein Luchs, damit nur ja keiner mitkriegt, wie sehr ihm seine Ex wehgetan hat.«

»Ich finde, wir konzentrieren uns auf den Fall und verschieben die psychologische Einschätzung meiner Verfassung auf einen anderen Zeitpunkt.«

»Ganz wie du meinst.«

Tracy stellte den Essensbehälter ab, den sie gerade forträumen wollte. »Was willst du, Dan? Was soll ich sagen? Soll ich heulend zusammenbrechen? Was würde das bringen?«

Er hob hilflos die Hände. »Ich dachte bloß, Reden hilft vielleicht.« Er setzte sich an den Küchentisch.

»Reden worüber? Sarahs Verschwinden? Dass sich mein Vater eine Schrotflinte in den Mund gesteckt und abgedrückt hat? Darüber brauche ich nicht zu reden, Dan. Ich habe es erlebt.«

»Ich wollte lediglich wissen, wie es dir geht!«

»Und ich habe gesagt, es geht mir gut! Willst du jetzt auch noch mein Psychiater sein?«

Er starrte sie an. »Nein, will ich nicht. Aber ich wäre gern wieder dein Freund.«

»Was?« Dans Antwort hatte Tracy kalt erwischt. Sie ging zu ihm hinüber. »Warum sagst du das?«

»Weil ich mich wie dein Anwalt fühle, und das allein bereitet mir schon moralische Kopfschmerzen. Sei mal ehrlich – hättest du mich am Tag von Sarahs Beerdigung überhaupt ein zweites Mal angeguckt, wenn ich dir nicht erzählt hätte, dass ich Anwalt bin?«

»Das ist nicht fair, Dan.«

»Warum denn nicht?«

»Weil es nichts Persönliches ist.«

»Ich weiß. Auch das hast du klargestellt.« Er klappte seinen Laptop auf.

Tracy zog ihren Stuhl näher an seinen heran und setzte sich. Sie hatte gewusst, dass dieser Augenblick früher oder später kommen musste, der Moment, da sie ihre Beziehung klären mussten. Sie hatte nur nicht gedacht, dass es ausgerechnet am Vorabend des ersten Anhörungstages sein würde. Aber jetzt, wo die Sache auf dem Tisch lag, hatte sie auch kein Problem, Klartext zu reden. »An dem Tag war ich an niemandem in Cedar Grove interessiert, Dan. Du warst da nicht der Einzige. Ich wollte gar nicht wieder hier sein.«

Er hämmerte auf seinen Laptop ein, ohne sie anzusehen. »Ich verstehe.«

Tracy hielt die Hand über die Tastatur, woraufhin sich Dan zurücklehnte. »Ich will nur, dass das hier endlich vorbei ist«, sagte sie. »Das verstehst du doch, oder? Danach kann ich mit meinem Leben weitermachen. Meinem ganzen Leben.«

»Natürlich verstehe ich das. Ich kann dir nur nicht garantieren, dass es auch genau so sein wird, Tracy.«

Seine Worte klangen ungewohnt scharf. Tracy sah ihn an. Wie hatte sie übersehen können, dass er genauso unter Stress stand wie sie? Er war so gut damit umgegangen – sie hatte ganz vergessen, dass er es ja war, der morgen als Hauptakteur vor einem vollen Gerichtssaal stehen würde. Vor einem ihm feindlich gesinnten Publikum noch dazu, plus jeder Menge Presse. Und er tat das für eine Freundin aus Kindertagen, die zwanzig Jahre lang praktisch nur für diesen Augenblick gelebt hatte.

»Es tut mir so leid, Dan! Ich wollte wirklich nicht noch zusätzlichen Druck machen. Ich weiß, es war anstrengend für dich, besonders da du ja wieder hier lebst, und es wird anstrengend, dieses Verfahren durchzustehen. Ich weiß auch, dass es für nichts eine Garantie gibt.«

»Richter Meyers könnte House einen neuen Prozess verweigern.« Dan sprach leise, seine Stimme war ganz weich geworden. »Oder er gewährt ihn ihm. So oder so – vielleicht bist du hinterher auch nicht schlauer als vorher. Vielleicht weißt du dann immer noch nicht, was genau passiert ist.«

»Auf keinen Fall! Bei der Anhörung werden Unstimmigkeiten zutage treten, es geht gar nicht anders. Bald ist öffentlich bekannt, was ich im Stillen schon seit Jahren weiß: dass die Sachlage im ersten Prozess nicht so dargestellt wurde, wie sie in Wirklichkeit war.«

»Gerade weil du so felsenfest daran glaubst, mache ich mir Sorgen um dich, Tracy. Was, wenn du niemanden davon überzeugen kannst, dass die Ermittlungen wieder aufgenommen werden müssen? Was dann?«

Tracy hatte sich diese Frage schon oft selbst gestellt und bisher keine Antwort darauf gefunden. Eine Windböe, die an den Fenstern rüttelte, ließ Rex und Sherlock die Ohren spitzen und neugierig die Köpfe heben.

»Ich weiß es nicht.« Tracy zuckte mit den Achseln und warf Dan ein verschmitztes Lächeln zu. »Da, jetzt habe ich es gesagt! Zufrieden? Ich weiß nicht, was ich tun werde, wenn die Anhörung vorbei ist. Ich versuche, erst einmal immer hübsch einen Fuß vor den anderen zu setzen, einen Tag nach dem anderen anzugehen.«

»Darf ich dir einen Rat geben? Auf persönlicher Erfahrung basierend?«

»Klar doch.«

»Hör als Erstes auf, dir die Schuld an dem zu geben, was passiert ist.«

Tracy schloss die Augen. Sie spürte einen Kloß im Hals. »Ich hätte sie an dem Abend damals nach Hause fahren müssen. Ich hätte sie nicht alleinlassen dürfen, Dan.«

»Und ich hätte öfter mal zu Hause sein müssen. Dann hätte meine Frau nicht mit meinem Partner geschlafen. Hab ich mir lange eingeredet.«

»Das ist nicht dasselbe, Dan.«

»Richtig, ist es nicht. Aber du gibst dir die Schuld an etwas, was du nicht getan hast. Meine Frau hat unser Eheversprechen gebrochen, nicht ich. Sarahs Mörder ist verantwortlich für ihren Tod, nicht du.«

»Ich war für sie verantwortlich!«

»Niemand hat sich je besser um seine Schwester gekümmert als du, Tracy. Niemand.«

»Aber nicht an dem Abend. An dem Abend habe ich nicht auf sie aufgepasst. Ich war sauer auf sie, weil sie mich hatte gewinnen lassen, ich habe nicht darauf bestanden, dass sie mit uns mitfuhr.« Tracy drohte die Stimme zu brechen, sie kämpfte mit den Tränen. »Damit lebe ich jeden Tag, Dan. Dieses Verfahren ist meine Art, mich zu kümmern, meine Art der Wiedergutmachung, weil ich sie an dem Abend alleingelassen habe. Ich weiß nicht, was sein wird, Dan, aber ich muss wissen, was damals passiert ist. Mehr will ich nicht. Danach ... mache ich mit dem weiter, was ich dann habe.«

Rex stand auf, trabte zum Fenster, legte die Pfoten auf das Fensterbrett und spähte angestrengt in die Dunkelheit. Dan stand auf und ging ins Wohnzimmer. »Was ist, Junge? Musst du vor die Tür? Tracy, ich lass die beiden mal kurz raus.«

Tracy sah hinaus in den Garten, wo das weiche Licht der Außenlampen Rasen und Beete beleuchtete und sich im Fensterglas spiegelte. So war der Schatten kaum zu sehen, der am Rand des Grundstücks hinter einem Baum vortrat.

»Dan!«

Zu spät. Das Fenster explodierte.

Tracy sprang auf, wobei ihr Stuhl umfiel, stürzte sich auf Dan und riss ihn zu Boden, hielt seinen Kopf nach unten gedrückt, während sie auf weitere Schüsse wartete. Die blieben aus. Stattdessen heulte draußen der Motor eines größeren Wagens auf, und Reifen quietschten. Tracy ließ Dan los, schnappte sich die Glock aus ihrer Handtasche und rannte aus dem Haus, aber da war das Auto schon am Ende der Straße angelangt, zu weit entfernt, um noch das Nummernschild erkennen zu können. Als es vor der Kurve langsamer wurde, bemerkte Tracy immerhin, dass nur das rechte Bremslicht funktionierte.

Im Haus fand sie Dan auf den Knien neben Rex. Er hatte sich Handtücher geschnappt und versuchte verzweifelt, das Blut zu stoppen, das das Fell des großen Hundes rot färbte.

39

Tracy ließ mit der einen Hand die Heckklappe von Dans Tahoe herunter, damit Sherlock hineinspringen konnte, während sie mit der anderen ihr Handy aufklappte. »Detective Crosswhite, Mordkommission Seattle«, meldete sie sich aus reiner Gewohnheit beim Notruf, während Dan Rex vorsichtig auf den Rücksitz legte und zu seinem Hund ins Auto kletterte, nachdem er Tracy die Wagenschlüssel überreicht hatte. »Ich melde eine Schießerei im Sechshunderter-Block in der Elmwood Avenue in Cedar Grove. An alle verfügbaren Einheiten in der Gegend: Bitte – bitte antworten.«

Sie schloss die Heckklappe und sprang in den Wagen. »Verdächtiges Fahrzeug, wahrscheinlich ein Pick-up, ist momentan unterwegs auf der Cedar Hollow Road in Richtung Landstraße.« Sie fuhr Dans Auto rückwärts und mit quietschenden Reifen auf die Straße. »Fahrzeug hat links ein defektes Bremslicht.« Sie legte auf, nahm das Handy vom Ohr, schrie Dan an: »Wo soll ich hinfahren?«

»Nach Pine Flat.«

Sie warf ihr Handy auf den Beifahrersitz und trat aufs Gas. Sherlock winselte. Sie konnte im Rückspiegel beobachten, wie er über die Rücklehne des Rücksitzes hinweg seinen verletzten Kumpel beobachtete. Dan versuchte weiterhin, die Blutung zu stoppen. Er hatte sich das Handy zwischen Ohr und Schulter geklemmt und redete mit dem Tierarzt. »Er blutet aus mehreren

Wunden. Wir sind in etwa sieben oder acht Minuten in der Klinik.«

»Wie geht es ihm?«, rief Tracy.

»Der Tierarzt kommt uns entgegen. Ich krieg die Blutung nicht in den Griff.« Dan klang panisch. »Komm schon, Rex, bleib bei mir, alter Junge!«

Tracy bog auf die Landstraße ein und hatte bald einen langsam fahrenden Van vor sich. Da er nicht schneller wurde, setzte sie zum Überholen an, musste aber wieder einscheren, als ihr Scheinwerfer entgegenkamen. Ein riesiger Lastwagen donnerte auf der Gegenfahrbahn an ihnen vorbei und erzeugte dabei einen so starken Luftzug, dass der Tahoe wackelte. Kaum war er vorbei, scherte Tracy erneut aus, sah keine entgegenkommenden Lichter, trat das Gaspedal bis zum Boden durch. Als hinter der nächsten Kurve doch Scheinwerfer auftauchten, gelang es ihr in letzter Sekunde, vor dem überholten Van wieder einzuscheren, ehe das entgegenkommende Fahrzeug sie auf die Kühlerhaube nehmen konnte, was ihr wütendes Hupen von beiden Wagen einbrachte.

Bis zur Abfahrt nach Pine Flat musste sie noch zweimal langsamere Fahrzeuge überholen, doch dann war es geschafft, und Dan wies ihr den Weg zur Tierklinik, einem einfachen Nurdachhaus aus Holz. Sie bremste, bis der Tahoe auf dem Kiesparkplatz schlingernd zum Stehen kam, sprang aus dem Wagen und riss bei noch laufendem Motor die hintere Wagentür auf. Während sich Dan mit dem blutüberströmten Rex auf den Armen aus dem Auto schob, kamen ihnen von der Klinik her ein Mann und eine Frau entgegen und halfen, den Hund die Treppe hinauf ins Haus zu tragen. Sherlock folgte ihnen.

Tracy schaltete den Motor aus. Hier draußen war es bitterkalt, und sie hatte keine Jacke dabei, trug nur Jeans und ein langärmliges Hemd, aber sie mochte weder im Auto sitzen bleiben noch in der Klinik warten. Dazu war sie viel zu aufgewühlt und wütend. Sie musste irgendetwas tun. Auf dem Rücksitz lagen die Handtücher, mit denen Dan versucht hatte, die Blutung zu stoppen. Tracy nahm eins und wischte, so gut es ging, das Blut von den Sitzen, verriegelte das Auto und tigerte auf dem Parkplatz hin und her. Okay, vielleicht war es Zeit für einen weiteren Anruf. Calloway war nicht in seinem Büro, als sie auf dem Revier anrief, aber die wachhabende Polizistin wusste zu berichten, dass nach ihrer Meldung der Schießerei ein Streifenwagen zu Dans Haus gefahren war. Tracy teilte der Frau mit, dass Dan und sie gegenwärtig in Pine Flat in der Tierklinik waren, und bat, auf dem Laufenden gehalten zu werden.

Um klar denken zu können, musste Tracy erst ihre Wut in den Griff bekommen. Sie atmete tief durch. Der Schuss war aus einer Schrotflinte abgefeuert worden. Das erschloss sich aus der Art, wie die Fensterscheibe zerborsten war, und aus der Vielzahl der Wunden, die Rex davongetragen hatte. Tracy, die oft genug mit ihrem Vater auf die Jagd gegangen war, wusste, dass die Tierärzte jetzt als Erstes herausfinden mussten, ob eine der Schrotkugeln ein lebenswichtiges Organ getroffen hatte. Sie verschränkte die Arme vor der Brust. Am Nachthimmel waren Wolken aufgezogen, die sich vor die Sterne schoben, und der Wind hatte nachgelassen. Das Glockenspiel, das über dem Eingang zur Klinik hing, bewegte sich nicht.

Tracy tigerte weiter auf und ab, bis ihr vor Kälte sämtliche Gelenke wehtaten und sie ihre Finger und Zehen kaum noch spürte. Also stieg sie die Holztreppe zur Veranda der Tierklinik hinauf, wo eine gelbe Lampe die Eingangstür nur schwach beleuchtete. Sie wollte gerade hineingehen, als auf der Straße Scheinwerfer auftauchten und kurz darauf ein Suburban auf den Parkplatz einbog und neben Dans Tahoe hielt. Sheriff Calloway stieg aus, klappte den Jackenkragen hoch und kam zu Tracy auf die Veranda.

»Sind Sie hier, um mir zu sagen, Sie hätten es mir ja gleich gesagt?«, fuhr Tracy ihn an.

Calloway schüttelte den Kopf. »Ich bin hier, um mich zu erkundigen, wie es dir geht.«

»Mir geht es prima.«

»Und dem Hund?«

»Das weiß ich noch nicht.« Sie deutete mit dem Kinn auf die Kliniktür. »Er ist da drin.«

»Konntest du irgendwas erkennen?«

»Ja. Es war ein Pick-up.«

»Kennzeichen?«

»Zu weit weg, und sie hatten kein Licht an.«

»Woher weißt du dann, dass es ein Pick-up war?«

»Der Motor klang so, und der Abstand zwischen Bremslicht und Boden kommt auch hin.«

Calloway dachte kurz nach. »Pick-up hilft uns hier in der Gegend nicht gerade viel weiter.«

»Schon klar. Aber das linke Bremslicht war kaputt.«

»Das ist doch schon mal was.«

»Es war eine Flinte, Schrot. Ein Warnschuss«, erklärte sie.

»Das sieht der Hund wahrscheinlich anders.«

»Dan hat keine Gardinen, Roy, und ich saß direkt vor dem Küchenfenster. Es wäre kein Problem gewesen, mich umzubringen. Es war nur ein Warnschuss. Die Medien machen die ganze Stadt verrückt. Wissen Sie irgendwas? Haben Sie was läuten hören?«

Calloway kratzte sich am Nacken. »Ich schicke meine Deputys los, die sollen sich umhören. Vielleicht war ja jemand auf Achse, hat sich einen zu viel hinter die Binde gegossen und große Reden geschwungen.«

»Was hier in der Gegend ja auch nicht gerade selten passiert.«

»Ich habe Finlay zum Haus geschickt und ihm gesagt, er soll Mack von der Holzhandlung Bescheid sagen, dass der mit ein paar Brettern vorbeikommt und das Fenster zunagelt.«

»Danke. Ich richte es Dan aus.« Tracy langte nach dem Türgriff.

»Tracy?«

Sie wollte eigentlich gar nicht hören, was Calloway zu sagen hatte. Sie wollte sich auch nicht mit ihm streiten. Im Moment wollte sie nur raus aus der Kälte und nachsehen, wie es Rex ging. Aber sie drehte sich noch einmal zum Sheriff um. Es schien, als wäre er krampfhaft bemüht, die richtigen Worte zu finden, was ihm gar nicht ähnlich sah. Nach einer Weile räusperte er sich. »Dein Vater war einer meiner engsten Freunde. Ich will nicht sagen, dass es dasselbe ist wie bei dir, aber es vergeht kein Tag, an dem ich nicht an ihn und Sarah denke.«

»Dann hätten Sie herausfinden müssen, wer sie umgebracht hat.«

»Das habe ich.«

»Die Beweise legen etwas anderes nahe.«

»Man kann sich nicht immer auf die Beweise verlassen.«

»Das tue ich auch nicht.«

Calloway sah aus, als wolle er aufbrausen, was schon eher seine Art war. Aber dann sackte er in sich zusammen, wirkte müde und – Tracy hatte nie geglaubt, das einmal erleben zu müssen – sogar alt. »Manche von uns konnten nicht einfach weglaufen, Tracy«, sagte er in einem leisen Ton. »Wir mussten hierbleiben und unsere Arbeit tun. Wir mussten an die Stadt denken, die für ziemlich viele Menschen immer noch ihr Zuhause war. Und Cedar Grove war doch vorher auch eine Stadt gewesen, in der es sich gut leben ließ. Die Menschen wollten diese Sache hinter sich lassen, um weitermachen zu können.«

»Sieht nicht so aus, als wäre irgendwer gut zurechtgekommen.«

Calloway hob resigniert die Hände. »Was verlangst du von mir?«

Über diese Frage waren sie doch schon lange hinaus! Die Unterhaltung führte nirgendwohin, und Tracy gefror langsam zum Eisklotz. »Nichts.« Sie wandte sich erneut der Tür zu.

»Dein Vater ...«

Tracy erstarrte. Auch DeAngelo hatte am Nachmittag ihren Vater erwähnt. »Was, Roy? Mein Vater?«

Calloway biss sich auf die Unterlippe. »Sag Dan, das mit seinem Hund tut mir wirklich leid.« Dann stapfte er die Treppe hinunter.

Dan hockte auf der Bank im Empfangsbereich, die Ellbogen auf die Knie gestützt, und ließ den Kopf hängen. Vor ihm lag Sherlock, den Kopf auf den Pfoten, und ließ ihn nicht aus den Augen. So, wie die beiden aussahen, konnte sich Tracy nicht vorstellen, dass Rex noch am Leben war.

»Hast du schon was gehört?«, fragte sie.

Dan schüttelte den Kopf, ohne aufzusehen.

»Calloway kam gerade vorbei«, fuhr Tracy fort. »Er will sich umhören, ob irgendwer eine dicke Lippe riskiert hat. Und er hat dafür gesorgt, dass jemand das Fenster zunagelt.«

Dan antwortete nicht.

»Soll ich dir einen Kaffee besorgen?«

»Nein, danke.«

Sie setzte sich neben ihn, schwieg, bis das Schweigen zu ungemütlich wurde, und berührte ihn dann am Arm. »Ich weiß nicht, was ich sagen soll, Dan. Ich hätte dich nicht in diese Sache hineinziehen dürfen. Das war unfair dir gegenüber. Es tut mir sehr leid.«

Dan starrte auf den Boden und schien über ihre Worte nachzudenken.

»Wenn du lieber aussteigen willst ...«

Dan hob den Kopf und sah sie an. »Ich habe mich mit ›dieser Sache‹ befasst, weil mich eine alte Freundin gebeten hat, einen Blick darauf zu werfen. Aber ich habe den Fall nach reiflicher Überlegung übernommen. Weil mir das, was ich in den Akten der alten Freundin las, nicht plausibel vorkam und weil es so aussieht, als könnte ein Unschuldiger vorschnell verurteilt worden sein. Was bedeutet, dass ein Mörder entkommen ist. Jemand, der in dieser Stadt gelebt hat oder immer noch hier lebt. Das geht mich was an, denn ich wohne jetzt wieder hier. *Ich habe mich so entschieden.* Diese Stadt ist nun mein Zuhause, in guten wie in schlechten Zeiten, Tracy. Und wir hatten früher gute Zeiten, oder?«

»Ja, die hatten wir.« Calloway und DeAngelo Finn hatten fast dasselbe gesagt.

»Ich versuche ja gar nicht, wiederzukriegen, was wir hatten, als wir hier aufwuchsen«, fuhr Dan fort. »Ich weiß, das ist alles lange her, aber vielleicht ...« Er seufzte. »Ich weiß selbst nicht.«

Tracy drängte ihn nicht.

So saßen sie schweigend da, bis der Tierarzt ungefähr eine Dreiviertelstunde nach ihrer Ankunft in der Klinik in den Wartebereich kam. Der Mann war groß, schlaksig und sah aus wie siebzehn. Bei seinem Anblick fühlte sich Tracy schlagartig uralt. Sie stand auf, Dan und Sherlock ebenfalls.

»Sie haben einen bemerkenswerten Hund, Mr O'Leary!«, verkündete der junge Mann fröhlich.

»Dann wird er wieder gesund?«

»Es sah schlimmer aus, als es letztendlich war. Die Schrotkugeln haben zwar einigen Schaden angerichtet, aber im Wesentlichen nur oberflächlich. Was unter anderem daran liegt, dass der Kerl so verdammt viele Muskeln hat.«

Dan stieß einen lauten Seufzer der Erleichterung aus, nahm seine Brille ab und massierte sich den Nasenrücken. »Danke.« Seine Stimme zitterte. »Danke für alles.«

»Wir haben ihn ruhiggestellt, damit er sich eine Weile nicht groß bewegt. Ich würde sagen, Sie lassen ihn darum besser erst mal hier. Übermorgen könnten Sie ihn wieder mit nach Hause nehmen, falls Sie dort dafür sorgen können, dass er sich ruhig verhält.«

»Ich bin ab morgen vor Gericht und werde in den nächsten Tagen leider nicht viel zu Hause sein.«

»Wir behalten ihn auch gern hier. Sagen Sie einfach Bescheid, wenn Sie sich entschieden haben.« Der Tierarzt nahm Sherlocks Kopf in beide Hände. »Sollen wir deinen Kumpel jetzt mal besuchen gehen?«

Sherlocks Schwanz peitschte begeistert durch die Luft, als er sich losriss und schüttelte, bis das Kettenhalsband klirrte. Dan und er folgten dem Tierarzt, aber Tracy blieb zurück, nicht sicher, ob sie dazugehörte. Am Durchgang zum Behandlungsbereich zögerte Sherlock und schaute zu ihr zurück, aber Dan ging durch die Tür, ohne stehen zu bleiben.

40

Der Morgen kam viel zu schnell. Tracy, die erst gegen Mitternacht in ihr Motel in Silver Spurs zurückgekehrt war, hatte nicht einschlafen können, sondern mehr oder weniger den Ziffern auf der Uhr auf ihrem Nachttisch zugesehen, wie sie sich langsam weiterbewegten. Um vier Uhr achtundfünfzig gab sie endgültig auf und stieg aus dem Bett.

Sie ging ans Fenster und zog den Vorhang beiseite. Draußen hing tief ein grauer Himmel, aus dem es ununterbrochen schneite. Der Schnee, ein dichter Vorhang, hatte sich bereits als Decke auf den Boden gelegt sowie Äste und Stromleitungen mit einer weißen Hülle versehen. Er dämpfte die Geräusche der kleinen Stadt, verlieh allem einen trügerischen Anschein von Ruhe.

Tracy hatte das Motelzimmer schon von Seattle aus gebucht, denn sie wollte auf keinen Fall am Morgen des Prozessbeginns fotografiert werden, wie sie an Dans Seite dessen Haus verließ. Nach dem Schuss durchs Fenster hatte Dan darauf gedrängt, dass sie bei ihm übernachtete und nicht allein ins Motel zurückkehrte, aber sie hatte seine Besorgnis mit einem Achselzucken abgetan. Für sie war der Schuss nichts weiter als ein Warnschuss, egal, wie Roy Calloway das sah. Wenn jemand sie hätte umbringen wollen, dann hätte er oder sie das problemlos schaffen können, hatte sie Dan erklärt. Immerhin saß man in seiner Küche wie auf dem Präsentierteller. Ein Schuss hätte gereicht und der Schütze hätte sicher keinen Schrot genommen. Sie fühle sich mit ihrer Glock auf dem Nachttisch völlig sicher, hatte sie Dan versichert, ihm aber wohlweislich verschwiegen, dass sie ihn und Sherlock auf keinen Fall weiteren Gefahren aussetzen mochte.

Tracy fand sich eine Stunde vor Verhandlungsbeginn auf dem Gerichtsparkplatz ein, weil sie gehofft hatte, so der Presse möglichst entgehen zu können. Das erwies sich leider als Trugschluss. Der Parkplatz war bei ihrem Eintreffen bereits zu drei Vierteln gefüllt, und an den Übertragungswagen, die an der Straße entlang geparkt hatten, drängten sich Reporter und Kameraleute. Natürlich richteten sich sämtliche schon laufende Kameras auf Tracy, sobald man sie erkannt hatte, und ihr wurden von allen Seiten Fragen zugerufen.

»Sagen Sie etwas zu der Schießerei letzte Nacht, Detective?«
»Haben Sie Angst um Ihr Leben, Detective?«
Tracy eilte wortlos auf die Freitreppe zu, die zum Haupteingang des Gerichts führte.
»Warum waren Sie bei Dan O'Leary zu Hause?«
»Hat die Polizei schon einen Verdacht?«
Je näher sie der Treppe kam, desto dichter wurde der Pulk von Reportern und Kameraleuten. Sie kam immer langsamer voran, zumal ebenso überpünktliche Zuschauer bereits vor dem Eingang anstanden. Und das waren nicht wenige: Die Schlange reichte die Treppe hinunter bis auf den Bürgersteig.
»Werden Sie aussagen, Detective?«
»Das zu entscheiden ist Sache der Anwälte.« Beim Prozess gegen Edmund House hatten ihre Eltern und sie nie anstehen müssen.
»Haben Sie mit Edmund House gesprochen?«
Endlich fiel Tracy der Nebeneingang an der Südseite des Gebäudes wieder ein, der während des Prozesses gegen House ihrer Familie, den Zeugen und den Anwälten vorbehalten

gewesen war. Sie drängte sich dorthin durch und klopfte an die Glastür, die ihr vom dahinter wartenden Beamten ohne Zögern geöffnet wurde. Der Mann bat sie auch nicht um ihren Ausweis. Sie durfte sofort eintreten.

»Ich war bei der ersten Runde Gerichtsdiener von Richter Lawrence«, erklärte er, als hätte er ihre Verwunderung bemerkt. »Ist ja alles ein bisschen Déjà-vu – sogar der Gerichtssaal ist der gleiche.«

In Erwartung der Massen hatte man Richter Meyers tatsächlich den großen, repräsentativ ausgestatteten Saal im ersten Stock des Gerichts zugewiesen, in dem Edmund House bereits vor zwanzig Jahren vor Gericht gestanden hatte. Und als der Aufsicht führende Beamte Tracy gestattete, jetzt schon hineinzugehen, war es wie ein Schritt zurück zu jenen furchtbaren Tagen. Im Saal hatte sich kaum etwas verändert: weder der Marmorboden noch die Holzarbeiten aus Mahagoni noch die gewölbte, holzverkleidete Decke mit ihren Hängelampen aus Bronze und Buntglas.

Für Tracy hatte jeder Gerichtssaal etwas von einer Kirche, wobei die Richterbank wie der Altar war, die Stelle im Raum, auf die sich alles konzentrierte. In diesem Fall stand eine reich verzierte Richterbank leicht erhöht an der Frontseite des Raums und bot einen guten Blick auf alles, was hier geschah. Ihr gegenüber befanden sich die beiden Tische für die Anklage und die Verteidigung. Der Zuschauerbereich war durch eine Barriere mit einer Schwingtür abgegrenzt und umfasste je zwölf momentan noch leere Bankreihen rechts und links von einem Mittelgang. Als Zeuge betrat man den Gerichtssaal durch eine Tür am hinteren Ende des Zuschauerbereichs, passierte den Mittelgang und die Schwingtür, ging zwischen den Tischen der Anklage und der Verteidigung hindurch und durfte dann die Stufe zum leicht erhöhten Zeugenstand erklimmen, auf dem ein großer Stuhl mit hoher Rückenlehne und Armlehnen stand. Die Geschworenenbank war rechts vom Zeugenstand, links davon eine Reihe von Fenstern, vor denen zurzeit dichter Schneefall herrschte.

Nur die Technik im Saal hatte sich geändert. Wo früher eine Staffelei gestanden hatte, auf der man den Geschworenen Karten und Fotos präsentieren konnte, befand sich jetzt ein Flachbildfernseher, und auch die Tische von Verteidigung und Anklage, der Richtertisch und der Zeugenstand waren mit Monitoren ausgestattet.

Dan hatte sich am linken Tisch eingerichtet, an der Fensterseite. Er warf Tracy einen kurzen Blick zu, als sie hereinkam, widmete sich aber danach gleich wieder seinen Unterlagen. Man sah ihm die Strapazen der vergangenen Nacht nicht an, fand Tracy, im Gegenteil, er wirkte sehr elegant in seinem dunkelblauen Anzug und dem weißen Hemd mit der silbernen Krawatte. Im Gegensatz dazu wirkte Vance Clark am Tisch der Anklage von vornherein erschöpft. Er hatte das blaue Sportsakko ausgezogen, die Hemdsärmel aufgerollt und stand mit gesenktem Kopf und geschlossenen Augen über eine topografische Landkarte gebeugt, die ausgebreitet vor ihm lag. Ob er je die Möglichkeit in Betracht gezogen hatte, hier noch einmal stehen zu müssen? Im selben Gerichtssaal, demselben Angeklagten gegenüber, an dessen Verurteilung vor zwanzig Jahren er maßgeblich beteiligt gewesen war? Tracy bezweifelte das sehr.

Hinter Tracy ging die Tür des Gerichtssaals auf, um einen weiteren Teil ihrer Vergangenheit hereinzulassen. Parker House, Edmunds Onkel, zögerte, als er sie sah, als wisse er nicht recht, ob er bleiben oder gleich wieder gehen sollte. Er war alt geworden, Tracy schätzte ihn auf Mitte sechzig, mit dünnem grauem Haar, das ihm allerdings immer noch bis auf den Kragen seiner Jacke hing. Das braun gebrannte, wettergegerbte Gesicht wirkte eingefallen und zeugte von harter Arbeit an frischer Luft, gepaart mit ebenso hartem Trinken. Parker versenkte die Hände in den Taschen seiner Jeans und drückte sich an der rückwärtigen Wand des Saales entlang zur anderen Seite der Sitzreihen, wo er sich gleich hinter Dan in die erste Reihe der Zuschauerbänke setzte. Auf genau demselben Platz hatte er auch während des gesamten ersten Prozesses gesessen, in der Regel allein. Tracys Vater war jeden Morgen extra zu ihm hingegangen, um ihn zu begrüßen. Auch Parker leide, hatte er seiner Tochter erklärt, als sie ihn fragte, warum er das täte.

Tracy stand auf und ging zu ihm hinüber. Parker hatte den Kopf abgewandt, betrachtete angelegentlich den Schnee, der draußen vor den Fenstern fiel. »Parker?«, sagte sie leise.

Er wandte erst nach kurzem Zögern den Kopf, als überrasche es ihn, seinen Namen zu hören. »Hallo, Tracy.« Seine Stimme war kaum mehr als ein Flüstern.

»Es tut mir leid, dass Sie das alles noch einmal durchmachen müssen, Parker.«

Er runzelte die Stirn. »Na klar!«

Da sie nicht wusste, was sie sonst noch sagen sollte, ließ sie ihn wieder allein und setzte sich instinktiv in die erste Reihe hinter den Anklagetisch, dort, wo sie auch mit ihren Eltern immer gesessen hatte. Aber da holte sie die Geschichte ganz plötzlich ein. Alles war zu dicht, zu vertraut. Ihre Gefühle lagen stärker blank, als sie gedacht hatte. Es fehlte nicht viel, und mit ihrer Gelassenheit war es vorbei. Und dann kamen die Tränen.

Rasch stand sie wieder auf und setzte sich in die zweite Reihe.

Hier ließ es sich halbwegs aushalten. Während Tracy auf den Prozessbeginn wartete, las sie auf dem Handy ihre Mails und sah zum Fenster hinaus, wo die Bäume auf dem Platz vor dem Gerichtssaal aussahen, als hätten sie sich in der Kälte zusammengedrängt, während der Rest der Landschaft in einem hellen, makellosen Weiß erstrahlte.

Zehn Minuten vor neun schloss der Gerichtsdiener die Saaltüren auf. Die Menge strömte herein und drängte sich in den Bankreihen wie in einem Kino, verteilte Handschuhe, Mützen und Mäntel, um Plätze für Freunde und Bekannte zu reservieren.

»So geht das nicht, Herrschaften«, mahnte der Gerichtsdiener. »Legen Sie Ihre Mäntel und Handschuhe bitte unter die Bänke, wir brauchen Platz für die Zuschauer, die noch draußen in der Kälte stehen. Reservieren ist nicht gestattet. Wer zuerst kommt, mahlt zuerst.«

Der Zuschauerbereich konnte maximal zweihundertfünfzig Personen aufnehmen, dann war jeder Platz besetzt. Tracy dachte an die lange Schlange draußen vor der Tür. Heute würden einige keinen Platz mehr finden und im Gerichtssaal nebenan auf die Videoübertragung warten müssen.

Die Vanpelt hatte es geschafft. Sie hatte sich ihren Presseausweis um den Hals gehängt und setzte sich in die Bankreihe hinter Parker House. Außer ihr zählte Tracy noch ein Dutzend weitere Männer und Frauen mit Presseausweisen um den Hals. Von den anderen Zuschauern kamen ihr viele bekannt vor. Dieselben Leute waren auch bei Sarahs Beerdigung gewesen. Aber niemand kam zu ihr herüber, obwohl manche ihr zunickten oder sogar ein schüchternes Lächeln wagten, das aber immer rasch wieder verblasste.

Kaum hatten sich die Türen des Gerichtssaals geschlossen, weil niemand mehr hineinpasste, als sie auch schon wieder aufgingen, um Edmund House, flankiert von zwei Justizvollzugsbeamten, einzulassen. Es wurde schlagartig still im Saal, während alle, die House bei seinem ersten Prozess erlebt hatten, mit ungläubigen Blicken die Veränderungen registrierten, die mit dem Mann vor sich gegangen waren. Diesmal hatte sich niemand die Mühe gemacht, ihn herauszuputzen, denn diesmal gab es keine Jury, die es zu beeindrucken galt. House schlurfte in seiner Gefängniskleidung in den Saal: Kaki-Hose und kurzärmliges Hemd, das seine tätowierten Arme nur allzu gut zur Geltung brachte. Der lange Zopf reichte ihm bis zur Taille. Und die Ketten, die seine Fußfesseln miteinander verbanden, um dann am rechten Bein hoch zum Gürtel um seinen Bauch zu führen, rasselten und klirrten bei jedem Schritt, als die Wärter ihn zum Tisch der Verteidigung brachten.

Beim ersten Verfahren hatte House den Eindruck erweckt, als ließen ihn die neugierigen Blicke der Zuschauer kalt. Diesmal wirkte er deutlich irritiert von der Aufmerksamkeit, die ihm zuteilwurde, was Tracy an die Worte von House bei ihrem Besuch in Walla Walla erinnerte: Er freue sich schon auf die Gesichter der Menschen in Cedar Grove, wenn er dort wieder als freier Mann durch die Straßen liefe. Das würde ja hoffentlich noch eine Weile nicht der Fall sein. Tracy sah sich um: Außer den Wachen, die House begleiteten, hatten sich zwei weitere am Saaleingang postiert, und ein fünfter bezog gerade neben der Richterbank seinen Posten.

House drehte sich um, sodass er mit dem Gesicht zu den Zuschauern stand, als ihm die Wachen die Fesseln abnahmen. Dan legte ihm die Hand auf die Schulter und flüsterte ihm etwas ins Ohr, aber er reagierte nicht, sondern starrte unverwandt seinen Onkel an, der den Blick allerdings nicht erwiderte. Parker saß die ganze Zeit mit gesenktem Kopf da, was einen unwillkürlich an einen in sein Gebet vertieften armen Sünder auf der Kirchenbank denken ließ.

Richter Meyers' Gerichtsschreiber, der beim Eintreffen von House den Saal verlassen hatte, kehrte jetzt durch eine Tür links von der Richterbank zurück und bat um Ruhe und Ordnung. Meyers folgte seinem Schreiber auf dem Fuße, erklomm die Stufen zu seinem Stuhl und verkündete im Schnellfeuertempo, worum es bei der Anhörung ging und wie er sich das Verhalten sämtlicher Beteiligten in seinem Gerichtssaal vorstellte. Dann wandte er sich ohne weitere Vorreden an Dan.

»Mr O'Leary, da die Nachweispflicht in diesem Verfahren beim Angeklagten liegt, dürfen Sie anfangen.«

Nach zwanzig Jahren ging es endlich los.

41

Edmund House erstarrte zur Salzsäule, als Dan aufstand und sagte: »Die Verteidigung ruft Sheriff Roy Calloway in den Zeugenstand.«

Von dem Moment an, als der Sheriff von Cedar Grove den Saal betrat, ließ ihn House nicht mehr aus den Augen. Calloway schritt durch den Mittelgang, trat durch die Schwingtür, blieb stehen, drehte sich um und erwiderte das Starren so lange und intensiv, dass einer der Wächter neben House unwillkürlich näher an seinen Schutzbefohlenen heranrückte. Calloway grinste, breit und selbstzufrieden, drehte sich erneut um und betrat den Zeugenstand.

Der Sheriff von Cedar Grove wirkte womöglich noch beeindruckender als sonst, als er die Hand hob und schwor, die Wahrheit zu sagen, die ganze Wahrheit und nichts als die Wahrheit.

Selbst der Stuhl im Zeugenstand wirkte klein, als Calloway sich darauf setzte. Dan stellte ihm die einführenden Fragen, wurde aber von Meyers rüde unterbrochen. »Ich bin mit dem Werdegang des Zeugen vertraut und im Übrigen stehen entsprechende Angaben im Protokoll. Wir sollten gleich zur Sache kommen.« Seine Frau meinte es wohl sehr ernst mit ihrem Reitausflug in der Gegend von Phoenix.

Dan übersprang brav den Rest der Standardfragen, den er noch auf dem Zettel gehabt hätte, und kam zur Sache: »Wenden wir uns dem 21. August 1993 zu. Erinnern Sie sich an den Anruf, mit dem einer Ihrer Deputys den Fund eines blauen

Pick-ups der Marke Ford meldete, der scheinbar verlassen auf dem Seitenstreifen der alten Landstraße stand?«

»Nicht scheinbar verlassen, verlassen.«

»Würden Sie dem Gericht bitte erzählen, was Sie nach Eingang des Anrufs taten?«

»Mein Deputy hatte das amtliche Kennzeichen bereits überprüft und festgestellt, dass das Fahrzeug auf James Crosswhite zugelassen war. Ich wusste, dass Tracy Crosswhite, James Crosswhites Tochter, den Wagen fuhr.«

»Sie waren mit James Crosswhite befreundet?«

»Jeder hier war mit James Crosswhite befreundet.«

Im Saal wurde zustimmendes Gemurmel laut, das Meyers den Kopf, aber noch nicht den Hammer heben ließ.

»Was geschah dann?«

»Ich fuhr hinaus zum Fundort des Fahrzeugs.«

»Kam Ihnen der Pick-up auf den ersten Blick irgendwie fahruntüchtig vor?«

»Nein.«

»Haben Sie versucht, hineinzukommen?«

»Die Türen der Fahrerkabine und die Heckklappe waren verschlossen. In der Fahrerkabine befand sich niemand. Der Camperaufsatz hat getönte Scheiben. Ich habe an die Seitenwand geklopft, aber es hat niemand reagiert.« Seinem Ton nach zu urteilen, hatte Calloway noch nicht entschieden, ob er die Befragung widerwärtig oder einfach nur langweilig finden sollte.

»Was unternahmen Sie als Nächstes?«

»Ich fuhr zum Haus der Crosswhites und klopfte dort an die Tür, erhielt aber auch diesmal keine Reaktion. Da fand ich es an der Zeit, James Crosswhite zu benachrichtigen.«

»Dr. Crosswhite war nicht in der Stadt?«

»Nein. Abby und er waren nach Maui geflogen, um ihre Silberhochzeit zu feiern.«

»Sie wussten aber, wo Sie sie erreichen konnten?«

»James hatte mir für den Notfall die Nummer seines Hotels dagelassen. Das handhabte er immer so, wenn er die Stadt verließ.«

»Wie reagierte James Crosswhite, als Sie ihm sagten, Sie hätten den Pick-up seiner Tochter gefunden?«

»Er teilte mir mit, die Mädchen hätten in Olympia an einem Wettkampf im Westernschießen teilgenommen und Tracy wohne seit Kurzem nicht mehr zu Hause, sondern hätte sich ein eigenes Haus gemietet. Wenn die Mädchen Probleme mit dem Auto gehabt hätten, meinte er, sei es möglich, dass sie bei Tracy übernachteten. Er sagte, er wolle Tracy anrufen, und bat mich, zu warten, bis er sich wieder bei mir melden würde.«

»Hat er Sie zurückgerufen?«

»Ja. Er sagte, er hätte Tracy erreichen können, aber die hätte ihm gesagt, dass Sarah allein mit dem Pick-up nach Hause fahren wollte. Tracy sei unterwegs zum Haus der Familie. Sie hätte ihren Haustürschlüssel dabei und würde sich dort mit mir treffen.«

»War Sarah zu Hause?«

»Wenn das der Fall gewesen wäre, säßen wir jetzt nicht hier.«

»Beantworten Sie einfach die Fragen«, mahnte Meyers.

Dan konsultierte die Notizen auf seinem iPad, ehe er Schritt für Schritt mit Calloway durchging, wie Tracy und er Auto und Haus durchsucht hatten. »Was taten Sie dann?«, wollte er anschließend wissen.

»Ich bat Tracy, bei Sarahs Freundinnen und Freunden anzurufen. Vielleicht hatte sie die Nacht irgendwo anders verbracht.«

»Hielten Sie eine solche Möglichkeit für wahrscheinlich?«

Calloway zuckte mit den breiten Schultern. »Es hatte an dem Abend und in der Nacht starke Regenfälle gegeben. Ich dachte, falls Sarah Probleme mit dem Auto gehabt hatte und zu Fuß laufen musste, wäre sie wahrscheinlich eher nach Hause gegangen als woandershin.«

»Dann hatten Sie schon zu der Zeit den Verdacht, dass etwas nicht stimmte?«

»Ich habe meinen Job gemacht, Dan.«

»Antworten Sie auf die Ihnen gestellten Fragen. Und der Herr Verteidiger heißt für Sie auch so, beachten Sie das bitte«, mischte sich Meyers ein.

»Wer war der letzte Mensch, der Sarah gesehen hat?«, fragte Dan weiter – ein Fehler, den er sofort registrierte und der ihn sichtbar zusammenzucken ließ.

Calloway ließ diese Schwäche nicht ungenutzt. »Edmund House.«

Diesmal musste Meyers den Hammer zu Hilfe nehmen, um für Ruhe im Saal zu sorgen.

»Abgesehen von Ihren Vermutungen, den Angeklagten betreffend ...«

»Das sind keine Vermutungen, Herr Verteidiger.« Calloways »Herr Verteidiger« stand deutlich in Anführungszeichen. »House selbst teilte mir mit, er sei der Letzte gewesen, der Sarah lebend sah. Bevor er sie vergewaltigte und anschließend erwürgte.«

»Euer Ehren, bitte fordern Sie den Zeugen auf, meine Fragen erst dann zu beantworten, wenn ich sie fertig formuliert habe.«

Meyers beugte sich vor, um Calloway mit strengem Blick zu fixieren. »Sheriff Calloway, ich rate Ihnen jetzt zum letzten Mal dringend, diese Anhörung und sämtliche daran Beteiligten mit Respekt zu behandeln. Warten Sie die Frage ab, ehe Sie sie beantworten.«

Calloway sah aus, als hätte er in eine saure Zitrone gebissen.

Dan rückte näher ans Fenster, bis der dichte weiße Schneevorhang draußen ihn einrahmte. »Sheriff, wer hat Ihres Wissens Sarah Crosswhite zuletzt lebend gesehen?«

Darüber musste Calloway kurz nachdenken. »Tracy und ihr Freund haben sich auf dem Parkplatz in Olympia mit ihr unterhalten.«

»Sie trafen sich am folgenden Morgen mit Tracy und James Crosswhite im Haus der Familie Crosswhite, ist das korrekt?«

»James und Abby waren mit der Frühmaschine nach Hause gekommen.«

»Warum trafen Sie sich mit James Crosswhite?«

Calloway warf Meyers einen entnervten Blick zu. *Wie lange muss ich diese bescheuerten Fragen denn noch beantworten?* »Warum ich mich mit dem Vater einer jungen Frau traf, die verschwunden war? Um die Suche nach ihr zu planen.«

»Dann glaubten Sie, dass Sarah etwas zugestoßen war?«

»Das hielt ich sogar für ziemlich wahrscheinlich.«

»Sprachen James Crosswhite und Sie über mögliche Verdächtige?«

»Ja, über Edmund House.«

»Warum verdächtigten Sie Mr House?«

»House hatte wegen Vergewaltigung im Gefängnis gesessen und war auf Bewährung auf freiem Fuß. Die Fakten in dem Fall, in dem er verurteilt worden war, lagen ähnlich. Er hatte eine junge Frau entführt.«

»Haben Sie mit Mr House gesprochen?«

»Ich fuhr hinaus zum Grundstück seines Onkels. Parker House und ich weckten ihn.«

»Dann lag er noch schlafend im Bett?«

»Weswegen wir ihn weckten, ja.«

»Fiel Ihnen an Mr House irgendetwas auf?«

»Ja. Ich bemerkte Kratzer in seinem Gesicht und an den Unterarmen.«

»Fragten Sie Mr House, wie er zu diesen Verletzungen gekommen war?«

»Er sagte, er hätte in der Tischlerwerkstatt seines Onkels gearbeitet und ein Stück Holz wäre gesplittert. Danach hätte er aufgehört zu arbeiten, hätte im Haus ferngesehen und wäre danach zu Bett gegangen.«

»Glaubten Sie Edmund House?«

»Nicht eine Sekunde lang.«

»Sie waren sich bereits sicher, dass er etwas mit Sarahs Verschwinden zu tun hatte, nicht wahr?«

»Ich war mir sicher, dass ich noch nie von einem splitternden Holzstück gehört hatte, das jemandem derartige Verletzungen zufügte wie die, die ich im Gesicht und an den Armen von House bemerkt hatte. Ist Ihre Frage damit beantwortet?«

»Wonach sahen diese Verletzungen denn Ihrer Meinung nach aus?«

Wieder musste Calloway kurz nachdenken. Vielleicht war er sich nicht sicher, worauf Dan mit seiner Frage hinauswollte. »Ich fand, die Wunden sahen so aus, als hätte ihm jemand mit den Fingernägeln Gesicht und Unterarme zerkratzt.«

»Sagten Sie ›Fingernägel‹?«

»Genau das sagte ich.«

»Was haben Sie aufgrund dieses Verdachts unternommen?«

»Ich habe mit der Polaroidkamera ein paar Aufnahmen gemacht und Parker gefragt, ob ich mich auf seinem Grundstück umsehen dürfe. Er war einverstanden.«

»Was haben Sie gefunden?«

Calloway verlagerte sein Gewicht – was fast so aussah, als würde er nervös. »Ich habe mich nur umgesehen, es war keine Durchsuchung.«

»Sie fanden keine Hinweise darauf, dass sich Sarah auf dem Grundstück aufgehalten hatte, oder?«

»Wie ich schon sagte, ich habe mich nur umgesehen.«

»Dann wäre die Antwort auf meine Frage ein Nein?«

»Die Antwort wäre, dass ich Sarah nicht gefunden habe.«

Damit ließ Dan es gut sein. »Wurde in den Bergen oberhalb von Cedar Grove nach der Verschwundenen gesucht?«

»Ja.«

»Gab es eine gründliche Suche?«

»Wir sprechen hier von einem großen Gebiet.«

»Fanden Sie die Suche gründlich?«

Calloway zuckte mit den Achseln. »Wenn man berücksichtigt, mit welchem Terrain wir es zu tun hatten, haben wir unser Bestes gegeben.«

»Und wurde Sarahs Leiche gefunden?«

»Himmel!« Calloway fluchte nur ganz leise, aber das Mikrofon im Saal fing es trotzdem auf. Er beugte sich vor. »Wir haben Sarah nie gefunden, und wir haben ihre Leiche nie gefunden. Wie oft muss ich diese Frage noch beantworten?«

»Das entscheide ich, Sheriff Calloway, nicht Sie«, knurrte Meyers. »Allerdings würde ich die Verteidigung gern darauf hinweisen, dass wir meiner Meinung nach ausreichend klargestellt haben, dass die Verstorbene damals nicht gefunden wurde.«

»Gut, ich komme zum nächsten Punkt.« Dan befragte Calloway ausführlich nach den zahlreichen Hinweisen, die in den folgenden sieben Wochen bei den Suchmannschaften eingegangen waren, bis hin zum Anruf von Ryan P. Hagen. Dann überreichte er dem Sheriff ein mehrere Seiten umfassendes Dokument. »Hier sind alle telefonischen Hinweise aufgelistet, die während der Ermittlungen im Fall Sarah Crosswhite eingingen. Würden Sie für mich bitte den Hinweis identifizieren, den Sie von Mr Hagen erhielten?«

Calloway überflog die Seiten. »Ich entdecke ihn hier nicht.« Dan nahm ihm das Dokument wieder ab und wollte es schon auf den Tisch mit den Beweismitteln legen, als Calloway hinzufügte: »Vielleicht ging der Anruf direkt bei uns auf der Polizeiwache ein. Die extra eingerichtete Nummer, unter der wir in den ersten Wochen Hinweise entgegengenommen haben, gab es da schon nicht mehr.«

Dan runzelte die Stirn, wahrte sichtlich mühsam die Fassung. »Gibt es denn Aufzeichnungen über die Anrufe bei Ihnen auf dem Revier?«

»Nicht mehr. Wir sind ein kleines Polizeirevier, Herr Verteidiger.«

»Gut, kommen wir auf Ihre Unterhaltung mit Ryan Hagen zu sprechen. Haben Sie ihn gefragt, welche Nachrichtensendung er gesehen hat?«

»Das ist möglich.«

»Haben Sie ihn nach dem Namen des Kunden gefragt, den er hier in der Gegend besucht hat?«

»Das könnte sein.«

»Aber weder das eine noch das andere steht in Ihrem Bericht, nicht wahr?«

»Ich habe nicht immer alles aufgeschrieben.«

»Haben Sie denn mit dem Kunden gesprochen, bei dem Mr Hagen seinen Angaben zufolge an jenem Tag war?«

»Ich sah keinen Grund, an den Worten von Mr Hagen zu zweifeln.«

»Chief Calloway, kann man sagen, dass Ihre Dienststelle im Verlauf dieser Ermittlungen eine ganze Reihe von Falschmeldungen von Leuten bekam, die Sarah angeblich gesehen hatten?«

»Ich glaube, ich kann mich an ein paar erinnern.«

»War da nicht zum Beispiel ein Mann, dem Sarah im Traum erschienen war, um ihm mitzuteilen, sie lebe jetzt in Kanada?«

»An so einen Anruf kann ich mich nicht mehr erinnern.«

»Und hatte James Crosswhite nicht eine Belohnung von zehntausend Dollar für Hinweise ausgesetzt, die zur Verhaftung und Verurteilung des Täters führten?«

»Ja, das hatte er getan.«

»Und wurde die Existenz einer solchen Belohnung nicht am Eingang der Stadt auf einer großen Werbetafel verkündet?«

»Auch das trifft zu.«

»Trotzdem fanden Sie es nicht angebracht, die Angaben des Zeugen Hagen zu überprüfen?«

Calloway beugte sich vor. »Wir hatten nie publik gemacht, dass wir bei unseren Ermittlungen Edmund House im Visier hatten, und auch von dem roten Pick-up, den er unserer Meinung nach an jenem Abend gefahren hatte, war nie öffentlich gesprochen worden. Der Wagen war außerdem auf Parker zugelassen, nicht auf Edmund. Woher sollte Hagen wissen, welche Bedeutung seine Aussage in Bezug auf den roten Chevy hatte?«

»Aber Sie wussten durchaus, dass Edmund House einen roten Chevy Stepside fuhr, nicht wahr, Chief Calloway?«

Calloway starrte Dan an, wortlos, aber wütend.

»Der Zeuge möge bitte die Frage beantworten«, seufzte Richter Meyers.

»Ja, das wusste ich«, knurrte Calloway.

»Sagte Mr Hagen, warum er sich an dieses spezielle Fahrzeug erinnerte?«

»Das müssen Sie ihn schon selbst fragen.«

»Aber ich frage Sie, als den für die Ermittlungen im Fall der verschwundenen Tochter Ihres guten Freundes zuständigen Polizeibeamten. Haben Sie daran gedacht, Hagen zu fragen, warum er sich an diesen speziellen Pick-up erinnerte, den er während eines Gewitters auf einer dunklen Landstraße kurz im Vorbeifahren gesehen hatte?«

»Das weiß ich nicht mehr«, sagte Calloway.

»Ich sehe keine solche Frage in Ihrem Bericht. Darf ich also davon ausgehen, dass sie nicht gestellt wurde?«

»Ich habe nicht gesagt, dass ich sie nicht gestellt habe. Ich sagte, nicht alles sei in den Bericht eingeflossen.«

»Haben Sie nachgeprüft, ob er überhaupt einen Termin in der Gegend hatte?«

»Ein solcher Termin stand in seinem Kalender.«

»Aber Sie haben nicht nachgeprüft, ob dieser Eintrag stimmte?«

Calloway reichte es. Er donnerte mit der Faust auf den Tisch neben dem Zeugenstuhl und stand auf. »Ich fand es wichtig, Sarah zu finden. Das hatte oberste Priorität. Und dafür habe ich mir den Arsch aufgerissen.« Meyers hämmerte auf den

Richtertisch, aber sein Hammer hatte Mühe, sich gegen Calloways immer lauter werdendes Organ durchzusetzen. Die Wache vorn im Saal baute sich vorsorglich neben dem Zeugenstand auf, was den Sheriff in keiner Weise beeindruckte. »Du warst nicht hier!«, brüllte er Dan an. »Du warst auf deinem schicken College im Osten. Und jetzt, nach zwanzig Jahren, kommst du her und stellst infrage, wie ich meinen Job gemacht habe? Du äußerst Zweifel und du bohrst nach, und dabei hast du nicht die geringste Ahnung!«

»Sofort setzen!« Auch Meyers war aufgesprungen, hochrot vor Zorn.

Am Fuß des Zeugenstands baute sich ein zweiter Wächter auf. Die beiden Beamten, die House in den Saal begleitet hatten, nahmen ihn erneut zwischen sich.

Und mitten im Saal, völlig ungerührt trotz Calloways mörderischer Blicke, stand Dan und wartete, dass der Spuk vorüberginge. Am Tisch der Verteidigung hatte House den Kopf gehoben und beobachtete das Spektakel mit leicht verwirrtem Lächeln.

»Sheriff, ich lasse Sie nur ungern in Handschellen aus dem Saal schaffen, aber ich werde nicht davor zurückschrecken, wenn Sie auch nur noch einmal laut werden.« Meyers' Stimme hatte etwas Stahlhartes. »Das hier ist mein Gerichtssaal, zumindest zurzeit, und wer meinen Gerichtssaal nicht respektiert, respektiert auch mich nicht. Ich werde es nicht zulassen, dass man es mir gegenüber an Respekt fehlen lässt. Habe ich mich klar genug ausgedrückt?«

Calloway richtete seinen flammenden Blick von Dan auf Meyers, und einen Moment lang sah es für Tracy so aus, als wolle er es wirklich darauf anlegen, in Handschellen aus dem Saal geführt zu werden. Aber dann sah er sich im dicht besetzten Zuschauerraum um, in dem sich die Bürger von Cedar Grove und die Presseleute drängten, und setzte sich.

Meyers nahm ebenfalls wieder Platz und sortierte einen Moment lang seine Papiere, als wolle er sämtlichen Anwesenden Gelegenheit geben, tief durchzuatmen und sich zu beruhigen. Calloway trank einen Schluck Wasser, dann forderte Meyers Dan auf, fortzufahren.

»Sheriff Calloway, ist Ihnen je in den Sinn gekommen, dass Mr Hagen den Termin nachträglich in seinen Kalender eingetragen haben könnte?«, fragte Dan.

Calloway räusperte sich, den Blick fest auf die Decke des Gerichtssaals geheftet. »Ich sagte doch bereits, ich sah keinen Grund, das Wort dieses Mannes anzuzweifeln.«

Als Nächstes fragte Dan nach dem Verhör von Edmund House.

»Ich teilte ihm mit, ich hätte einen Zeugen, der aussagen würde, auf der Landstraße in jener Nacht einen roten Chevy Stepside gesehen zu haben«, sagte Calloway.

»Und wie reagierte er darauf?«, wollte Dan wissen.

»Er grinste nur hämisch. Sagte, ich müsste schon was Besseres auffahren.«

»Und haben Sie etwas Besseres aufgefahren?«

Calloway kniff die Lippen zusammen. Als er diesmal zu Dan hinübersah, blieb sein Blick an Tracy hängen.

»Haben Sie mich nicht verstanden? Soll ich die Frage wiederholen?«, insistierte Dan.

Calloway sah ihn an. »Nein. Ich erzählte House, der Zeuge würde außerdem noch aussagen, er hätte am Steuer des Pick-ups einen Mann gesehen und auf dem Beifahrersitz eine blonde Frau.«

Das hatte DeAngelo Finn im ersten Prozess nicht zur Sprache gebracht. Tracy hatte dieses Detail auch in keinem der Berichte gefunden, die sie kannte. Sie hatte von dieser List gewusst, weil Calloway ihrem Vater bei einer der unzähligen Unterhaltungen, die die beiden Männer im Arbeitszimmer ihres Vaters geführt hatten, davon erzählt hatte.

»Aber hatte Mr Hagen Ihnen das so gesagt? Dass er in diesem Pick-up einen Mann und eine blonde Frau gesehen habe?«

»Nein.«

»Warum behaupteten Sie dann, er hätte das ausgesagt?«

»Das war ein Trick, Herr Verteidiger. Ich wollte sehen, ob House den Köder schluckt. Eine nicht ungewöhnliche Verhörtechnik.«

»Dann leugnen Sie nicht, dass es die Unwahrheit war?«

»Wie hatten Sie das eben so treffend formuliert? Ich wollte herausfinden, wer die Tochter meines guten Freundes ermordet hatte.«

»Um das zu erreichen, hätten Sie alles gesagt, nicht wahr?«

»Einspruch! Mutmaßungen!«, warf Clark ein. Meyers gab dem Einspruch statt.

»Wie reagierte Mr House auf Ihren Trick?«

»Er änderte seine Geschichte zu dem fraglichen Abend. Sagte, er wäre ausgegangen, hätte was getrunken und bei der Heimfahrt auf der Landstraße zuerst den blauen Pick-up auf dem Seitenstreifen gesehen und ein Stück weiter dann Sarah. Sagte, er hätte angehalten, ihr angeboten, sie nach Hause zu fahren, und das dann auch getan.«

»Steht in Ihrem Bericht, wo genau Mr House an jenem Abend getrunken haben wollte?«

»Ich glaube nicht.«

»Haben Sie Mr House nach dem Namen der Bar gefragt?«

»Das weiß ich nicht mehr.«

»Haben Sie mit irgendeinem Barbesitzer oder Kellner gesprochen, um herauszufinden, ob Mr House an jenem Abend in der entsprechenden Kneipe trank?«

»Er hatte ausgesagt, unterwegs gewesen zu sein und etwas getrunken zu haben.«

»Aber Sie haben sich nicht aufgeschrieben, wo, und auch nicht versucht nachzuprüfen, ob Mr House wie angegeben unterwegs gewesen war, richtig?«

»Richtig.«

»Haben Sie sich auch bei Mr House darauf verlassen, dass dem Wort des Mannes schon zu trauen wäre? Wie bei Mr Hagen?«

»Ich konnte mir nicht vorstellen, warum House eine Lüge erfinden ...« Calloway konnte sich gerade noch rechtzeitig bremsen.

»Möchten Sie Ihren Satz beenden?«

»Nein, ich habe alles gesagt.«

Dan rückte dichter an den Zeugenstand heran. »Sie konnten sich nicht vorstellen, warum Mr House sich selbst in die Bredouille bringen sollte, indem er zugab, mit dem Opfer zusammen gewesen zu sein, stimmt's? Wollten Sie das nicht gerade sagen?«

»Manchmal vergisst ein Lügner die eigenen Lügen.«

»Das kann ich mir lebhaft vorstellen«, bemerkte Dan trocken, was Clark aufspringen ließ. Aber da war Dan schon beim nächsten Punkt. »Haben Sie diese Unterhaltung mit Mr House aufgenommen?«

»Dazu hatte ich keine Möglichkeit.«

»Fanden Sie die Informationen denn wichtig, Sheriff Calloway?«

»Ich fand es wichtig, dass House sein Alibi geändert hatte. Ich fand es wichtig, diese Informationen Richter Sullivan vorzulegen, um einen Durchsuchungsbefehl für das Grundstück von Parker und den Pick-up von Edmund House zu erwirken. Mir ging es weiterhin in erster Linie darum, Sarah zu finden.«

»Sie konnten die eben genannten Durchsuchungsbefehle nur bekommen, weil Mr Hagen aussagte, auf der Landstraße einen roten Chevy Stepside gesehen zu haben, stimmt das?«

»Ich kann Ihnen nicht sagen, wie Richter Sullivan seine Entscheidungen traf.«

Nun folgten Fragen zur Durchsuchung. »Was sagte James Crosswhite, als Sie ihm die gefundenen Ohrringe zeigten?«, wollte Dan wissen.

»Er identifizierte sie eindeutig als Eigentum seiner Tochter Sarah.«

»Sagte er auch, warum er sich da so sicher war?«

»Er sagte, er hätte sie Sarah im Jahr zuvor geschenkt, nach ihrem Sieg bei den Landesmeisterschaften im Westernschießen.«

»Haben Sie Edmund House mit den neuen Beweisen konfrontiert?«

»Habe ich. Er nannte sie, ich zitiere wörtlich, ›Schwachsinn‹.« Calloway sah an Dan vorbei House an. »Er beugte sich über den Tisch zu mir rüber und grinste. Dann sagte er, er hätte Sarah gar nicht nach Hause gefahren. Er wäre mit ihr in die Berge, hätte sie vergewaltigt, erwürgt und ihre Leiche verscharrt. Dann lachte er. Sagte, ohne Leiche würden wir nie ein Urteil gegen ihn durchkriegen. Er lachte, als wäre das alles nichts weiter als ein gottverdammtes witziges Spiel.«

Im Saal wurde es unruhig.

»Und Sie haben dieses Geständnis auf Band?«

Calloway biss sich auf die Unterlippe. »Nein.«

»Sie hatten sich nach der ersten Aussage nicht besser vorbereitet?«

»Wie es aussieht, wohl nicht.«

»Nur noch eine Frage, Sheriff.« Dan griff zur Fernbedienung und zauberte die Vergrößerung einer topografischen Karte der Gegend oberhalb von Cedar Grove auf den Großbildfernseher. »Könnten Sie mir auf dieser Karte zeigen, wo Sarahs Leiche unlängst gefunden wurde?«

42

Später am Nachmittag, nachdem Clark versucht hatte, Calloway zu rehabilitieren, und nachdem die Stelle, an der der Hund der beiden Jäger Sarahs Gebeine gefunden hatte, mit einem schwarzen X markiert worden war, durfte Calloway den Zeugenstand verlassen. Tracy wusste, dass Dan nach ihm erst einmal Zeugen aufrufen wollte, bei denen er mit relativ kurzen Aussagen rechnen durfte, denn er wollte nicht, dass die Ungereimtheiten zwischen Calloways jetziger Aussage und dem, was er im ersten Prozess zu Protokoll gegeben hatte, unter zu vielen Details begraben wurden. Meyers sollte die ganze Nacht darüber nachdenken können.

Dan rief Parker House in den Zeugenstand, der sich dort sichtlich unwohl fühlte. Tracy erinnerte sich daran, dass das auch schon beim letzten Prozess so gewesen war. Er hatte seine Jacke auf der Bank liegen lassen und schwor in einem zerknitterten kurzärmligen Hemd, die Wahrheit zu sagen. Nachdem er sich gesetzt hatte, zupfte er gedankenverloren an den Haaren auf seinen Armen, und der Absatz seines rechten Stiefels klopfte in einem leisen, aber kontinuierlichen Rhythmus gegen eins der Stuhlbeine.

»Sie haben in der fraglichen Nacht gearbeitet, hatten Nachtschicht?«, fragte Dan.

»Das ist richtig.«

»Wann genau sind Sie nach Hause gekommen?«

»Relativ spät. Am nächsten Morgen ... Ich würde sagen, so gegen zehn Uhr.«

»So haben Sie es auch im Prozess damals angegeben.«

»Dann wird es wohl stimmen.«

»Wann endete Ihre Schicht?«

»Das war so gegen acht.«

»Was haben Sie in der Zeit zwischen Schichtende und Ihrer Ankunft zu Hause getan?«

Parker rutschte auf dem Zeugenstuhl hin und her. Er ließ den Blick über die Zuschauerreihen schweifen, vermied es aber geflissentlich, seinen Neffen anzusehen. »Habe mir ein paar Drinks gegönnt.«

»Was darf ich unter ›ein paar‹ verstehen?«

Parker zuckte die Achseln. »Das weiß ich nicht mehr.«

»Beim Prozess sagten Sie aus, es wären drei Bier und ein Whiskey gewesen.«

»Dann wird das wohl stimmen.«

»Wissen Sie auch noch, wo Sie die tranken?«

Parker wirkte mehr und mehr wie ein Mann mit starken Rückenproblemen, dem es einfach nicht gelingen wollte, eine halbwegs bequeme Sitzposition zu finden. Clark nutzte die Gelegenheit, um Einspruch zu erheben. »Die Fragen sind irrelevant, Euer Ehren, und für den Zeugen sichtlich unangenehm. Wenn die Verteidigung lediglich vorhat, den Zeugen zu beschämen ...«

»Das ist nun wirklich nicht meine Absicht, Euer Ehren«, widersprach Dan. »Ich möchte herausfinden, ob der Zeuge in der Lage war, zu beurteilen, was er gesehen hat, als er an jenem Morgen nach Hause kam.«

»Ich lasse die Fragen zu«, entschied Meyer. »Aber machen Sie schnell.«

»Ich erinnere mich nicht mehr an die Bar«, sagte Parker. Das war nach all den Jahren nicht weiter verwunderlich, nur hatte er schon beim Prozess ausgesagt, sich nicht mehr an den

Namen der Bar zu erinnern, in der er an jenem Morgen getrunken hatte, obwohl es in den kleinen Städtchen der Umgebung wirklich nicht viel Auswahl gab. Weder Clark noch DeAngelo Finn hatten das damals hinterfragt.

»Und als Sie nach Hause kamen, wo war da Edmund?«

»In seinem Zimmer. Er schlief.«

»Haben Sie ihn geweckt?«

»Da noch nicht, nein.«

»Wann weckten Sie Ihren Neffen?«

»Als der Sheriff kam. Ich würde sagen, um elf.«

»Und hatte sich Edmund seit Ihrer letzten Begegnung verändert? Fiel Ihnen irgendetwas an ihm auf?«

»Sie meinen die Kratzer in seinem Gesicht und auf den Armen?«

»Haben Sie denn Kratzer in seinem Gesicht und an den Armen bemerkt?«

»Die waren ja kaum zu übersehen.«

»Er hatte also nicht versucht, sie abzudecken? Mit Puder oder Make-up?«

»Ich glaube nicht, dass wir so etwas im Hause hatten. Wir wohnten ja allein, nur er und ich. Keine Frauen.« Als einige der Zuschauer daraufhin lächelten, grinste Parker ein wenig verlegen und sah zum ersten Mal seinen Neffen an, was das Grinsen umgehend verblassen ließ.

»Hat Edmund Ihnen und Chief Calloway erklärt, wie er zu den Kratzern kam?«

»Er sagte, er hätte in meiner Tischlerwerkstatt gearbeitet. Ein Stück Holz hätte sich in der Säge verklemmt und wäre gesplittert.«

»Was sagte oder tat Sheriff Calloway?«

»Er fotografierte Edmunds Gesicht und die Arme mit einer Polaroidkamera und fragte, ob er sich umschauen dürfte.«

»Haben Sie ihm das gestattet?«

»Ja, ich sagte, er dürfe sich gern umsehen.«

»Haben Sie ihn begleitet?«

»Nein.«

»Haben Sie gesehen, dass der Sheriff in die Tischlerwerkstatt ging?«

»Ja.«

»Und haben Sie ihn auch in die Fahrerkabine des roten Chevy steigen sehen?«

»Ja.«

»Waren Sie gerade dabei, diesen Pick-up zu überholen?«

»Ja.«

»Aber Edmund durfte ihn fahren.«

Parker nickte. »Ja. Er besaß kein eigenes Auto und hatte sich in den Chevy verguckt.«

»Lag zu dieser Zeit in der Fahrerkabine Teppich auf dem Boden?«

»Nein, ich hatte alles herausgerissen. Es gab nur noch das blanke Metall.«

»Die Sitze – Leder oder Stoffbezug?«

»Leder.«

»Noch eine Frage, Parker. Bewahrten Sie im Pick-up Plastik auf? Müllsäcke vielleicht? Oder eine schwarze Plane, wie man sie im Garten verwendet, um im Winter die Beete abzudecken?«

»Ich hatte keinen Garten, brauchte so was nicht.«

»Also bewahrten Sie auch nichts dergleichen im Pick-up auf?«

»Nicht, dass ich wüsste.«

»Hatten Sie so etwas denn im Haus?«

»Müllsäcke, meinen Sie jetzt?«

»Genau.«

»Nein. Ich kompostiere den größten Teil meines Abfalls, das war auch damals schon so. Den Rest warf ich einfach auf einen Haufen, und wenn der Haufen zu groß wurde, fuhr ich ihn selbst auf die Müllkippe nach Cascadia. Zu uns in die Berge kommt die Müllabfuhr nicht.«

Clark hatte keine Fragen an Parker, und Dan rief als letzte Zeugin des Tages Margaret Giesa auf, die als Detective der Spurensicherung die Durchsuchung von Parkers Haus, Grundstück und Pick-up geleitet und die Pistolen-Ohrringe in der Kaffeedose entdeckt hatte. Giesa war inzwischen pensioniert und mit ihrem Mann in eine kleine Stadt in Oregon gezogen. Soweit Tracy sich erinnern konnte, hatte sich die Frau ansonsten kaum verändert seit ihrer Aussage im ersten Prozess. Noch immer war sie todschick gekleidet, noch immer maßen die Absätze ihrer Pumps mindestens zehn Zentimeter.

Dan befragte Giesa zur Durchsuchung des Grundstücks und ließ sich noch einmal genau erklären, was sie und ihr Team an jenem Tag gefunden hatten. Dabei konzentrierte er sich besonders auf die Ohrringe, die sie in dem als Tischlerwerkstatt genutzten Schuppen in einer Kaffeedose entdeckt hatte, und auf die blonden Haare, die man in der Fahrerkabine des Chevy gefunden hatte. Dan ging bei der Befragung sehr methodisch und gründlich vor, was ermüdend und zeitraubend sein mochte, aber unerlässlich war. Es sollte niemand behaupten können, jemand hätte die Beweise manipuliert, seit Giesa und ihr Team sie vor zwanzig Jahren sichergestellt und dem Kriminallabor der Washington State Patrol zur Aufbewahrung übergeben hatten.

Nachdem Giesa den Zeugenstand verlassen hatte, beendete Richter Meyers die Sitzung. Aufgrund der ungünstigen Wetterprognosen gab er vorsorglich die Durchwahl seines Gerichtsdieners bekannt – falls die Anhörung am nächsten Tag nicht wie geplant weitergeführt werden könnte, würde dieser eine entsprechende Nachricht aufzeichnen, die unter der genannten Telefonnummer abgehört werden könnte. Kaum hatte er ein letztes Mal mit dem Hammer auf den Richtertisch geschlagen und sich erhoben, als sich die Presse auf Tracy stürzte, allen voran Maria Vanpelt. Aber Tracy hatte ebenfalls nicht gezögert und sich bis zum Saalausgang durchgeschlagen, wo sie völlig unerwartet auf Finlay Armstrong traf. Der Deputy geleitete sie durch den Flur und das Treppenhaus hinunter am Blitzlichtgewitter der Kameras vorbei, während die Reporter sie lautstark mit Fragen bestürmten.

»Geben Sie einen Kommentar zur Anhörung ab, Detective?« Vanpelts Stimme war die letzte, die Tracy hörte, ehe sie der Meute glücklich entkommen war.

Draußen lag der Schnee inzwischen an manchen Stellen fast dreißig Zentimeter hoch. Finlay begleitete Tracy noch bis zu ihrem Wagen und teilte ihr mit, er werde am folgenden Tag dort auf sie warten.

»Hat der Sheriff Sie darum gebeten?«

Finlay nickte und reichte ihr seine Visitenkarte. »Rufen Sie an, wenn irgendwas ist.«

Tracys Handy klingelte, als sie gerade vom Parkplatz fahren wollte. Es war Dan, der sehr zufrieden klang, obwohl er selbst sie davor gewarnt hatte, dem ersten Tag allzu große Bedeutung beizumessen, denn ein Prozess sei wie ein Marathonlauf und der erste Tag vergleichbar mit den ersten Kilometern. Mehr nicht.

»Ich gehe Rex besuchen. Komm doch auch nach Pine Flat. Dann können wir gleich über morgen reden.«

Dan sprach gerade mit dem Tierarzt, als Tracy in der Klinik ankam. Also setzte sie sich die Kapuze wieder auf und ging auf die Veranda hinaus, um in Ruhe ein paar Anrufe zu erledigen und ihre E-Mails zu lesen. Es dämmerte bereits. Der Himmel hatte sich hinter tief hängenden Wolken verkrochen, aus denen ununterbrochen Schnee fiel und allem Anschein nach auch noch eine Weile weiter fallen würde, und das Thermometer, das am Eingang unter dem in der Kälte erstarrten Windspiel hing, zeigte an, dass die Temperatur auf minus vier Grad gesunken war.

Tracy rief Kins an, um ihm zu berichten, wie der erste Tag gelaufen war. Während sie mit ihm sprach, fiel ihr gegenüber am Rande eines schneebedeckten Feldes ein Auto auf. Es stand wohl schon länger dort, denn auf Kühlerhaube und Dach lag eine gut vier Zentimeter hohe Schneeschicht. Die Windschutzscheibe war jedoch frei, als wären die Scheibenwischer gerade erst darübergefahren. Der Wagen stand zu weit entfernt, als dass Tracy in dem Dämmerlicht und Schneegestöber Genaueres hätte erkennen können, aber es kam ihr so vor, als säße jemand hinter dem Lenkrad. Ein Reporter? Sie überlegte gerade, ob sie nicht hinüberfahren und nachsehen sollte, als Dan den Kopf zur Tür hinaussteckte. Er strahlte sie an, was doch ein gutes Zeichen sein musste.

»Was machst du hier draußen? Willst du dir eine Lungenentzündung holen?«

»Wie geht es Rex?«

»Komm rein und sieh selbst.«

Zu Tracys Verwunderung lief der Hund bereits im Empfangsbereich herum, wenn auch etwas steif und zögerlich. Mit dem weißen Plastikkragen um den Hals, der verhindern sollte, dass er an den Verbänden leckte, sah er aus wie aus dem Zirkus entlaufen. Tracy streckte die Hand aus, und er kam ohne Zögern zu ihr, seine Nase fühlte sich in ihrer Handfläche kalt und feucht an.

»Wir besprechen gerade, wie wir am besten vorgehen«, erklärte Dan, der mit dem Tierarzt und dessen Frau zusammenstand. »Ich lasse Rex nur ungern hier, aber ich glaube, es ist das Beste für ihn, weil ich ja morgen tagsüber wieder nicht zu Hause bin.«

»Machen Sie sich keine Sorgen«, sagte der Tierarzt. »Wir werden uns gut um ihn kümmern, solange es nötig ist.«

Dan hockte sich hin und nahm den großen Kopf seines Hundes in beide Hände. »Tut mir leid, Kumpel! Eine Nacht noch, dann holen wir dich nach Hause, versprochen.«

Tracy war gerührt. Wie auch nicht, wo sie mit ansehen musste, wie Rex die Stirn runzelte und Dan ganz offensichtlich mit seinem Hund litt. Ihr selbst wären auch fast die Tränen gekommen, als der Tierarzt Rex wegführte und der große Hund sich an der Tür noch einmal umdrehte, ehe er sich widerstrebend weiterziehen ließ. Wie gequält und verloren der arme Kerl aussah, wirklich herzzerreißend.

Dann hatte es Dan eilig, wegzukommen. Tracy lief ihm nach. Das Auto, das vor dem schneebedeckten Feld gestanden hatte, war verschwunden, auf dem Parkplatz selbst gab es nur Dans Tahoe und Tracys eigenen Wagen. Aus den Schornsteinen der umliegenden Nurdachhäuser stieg Rauch auf, und dick in Jacken, Mützen und Schals eingemummelte Kinder spielten im Schnee. Außer ihnen wagte sich niemand in die Kälte. Die Straße war menschenleer. Wer jetzt nicht ins Auto steigen musste, ließ es lieber bleiben, denn es waren noch weitere Schneefälle angekündigt.

»Ich lasse ihn so verdammt ungern hier!«, stöhnte Dan.

»Ich weiß, aber es war die richtige Entscheidung.«

»Das macht es nicht einfacher!«

»Daran merkt man ja, dass es die richtige Entscheidung ist.« Tracy griff nach seiner Hand, was ihn überrascht aufsehen ließ. »Rex und Sherlock können sich glücklich schätzen, dass du sie gefunden hast«, sagte sie. »Und ich glaube, Roy Calloway weiß, dass du nicht mehr der dickliche kleine Kerl mit Brille bist, den er früher so gut rumschubsen konnte.«

»Dicklich? Du fandest mich dicklich? Das waren alles Muskeln im Entwicklungsstadium!«

Tracy lächelte und sah in seinem Gesicht nicht nur den Jungen, der früher ihr Freund gewesen war, sondern auch den Mann, zu dem er geworden war – versiert in seinem Fach und stark genug, um einen Roy Calloway in die Schranken zu weisen, aber auch so sensibel, dass ihn sein Hund zu Tränen rühren konnte. Ein guter Mann. Einer, der verletzt worden war und den Schmerz mit Humor tarnte. Sie hatte immer gehofft, so ein Mann würde eines Tages in ihr Leben treten. Jetzt aber hatte sie die Anhörung als Ausrede benutzt, um sich nicht ihren Gefühlen für Dan stellen zu müssen. Sie war es nicht mehr gewohnt, andere nahe an sich heranzulassen, weil sie Angst davor hatte, wieder einen geliebten Menschen zu verlieren. Das würde sie nicht noch einmal verkraften können.

Auf Dans Haaren hatte sich Schnee gesammelt. »Du warst gut heute. Mehr als gut«, sagte sie.

»Das war erst der Anfang, es liegt noch einiges vor uns. Heute ging es nur darum, Calloway auf seine Zeugenaussage von damals festzunageln. Morgen landen wir die echten Treffer.«

»Ich war dennoch beeindruckt.«

»Überrascht, wolltest du wohl sagen.« Er warf ihr einen strengen Blick zu.

»Wo denkst du denn hin? Nicht im Geringsten!« Tracy lachte. »Okay, vielleicht ein klitzekleines bisschen.«

Dan grinste. »Dann verrate ich dir jetzt ein Geheimnis: Ich war selbst überrascht.«

»Ach ja? Wieso das denn?«

»Ist schon eine Weile her, seit ich im Gerichtssaal einen Zeugen ins Kreuzverhör genommen habe in einem Fall, bei dem es wirklich um etwas geht. Aber anscheinend verlernt man das ebenso wenig wie Radfahren.«

»Wobei das mit dem Radfahren für dich nicht immer so gut lief, wenn ich mich richtig erinnere.«

»Ich hatte ein einziges Mal einen Platten!«, konterte er empört.

Tracy lachte. Dan hatte ihre Hand nicht wieder losgelassen, ihre ineinander verschlungenen Hände fühlten sich an wie füreinander geschaffen. Wie es wohl war, wenn Dans Finger ihre Haut streichelten?

»Ist das Motel okay für dich?«

»Mir entgehen die berühmten Bacon Cheeseburger eines gewissen Anwalts, aber wahrscheinlich lebe ich ohne die länger.«

»Dass du besser nicht bei mir übernachtest, hat nichts mit dem zu tun, was mit Rex passiert ist. Ich habe da ein paar Sachen gesagt, die mir wirklich leidtun ...«

»Das weiß ich doch.« Sie rückte näher an ihn heran und wartete auf ein Zeichen. Als er sich zu ihr herunterbeugte, stellte sie sich auf die Zehenspitzen und kam ihm auf halbem Weg entgegen. Seine Lippen waren trotz der Kälte warm und feucht, es kam ihr nicht im Geringsten seltsam vor, ihn zu küssen. Im Gegenteil, es fühlte sich genauso natürlich an wie ihre ineinander verschlungenen Hände. Als sie sich voneinander lösten, landete eine Schneeflocke auf Tracys Nase. Dan wischte sie lächelnd weg.

»Wir holen uns beide noch eine Lungenentzündung hier draußen«, sagte er leise.

»Im Motel haben sie mir zwei Zimmerschlüssel gegeben.«

Sie lagen nebeneinander im fahlen Licht der Lampe, die über dem Kopfbrett des Motelbetts angebracht war. Draußen verschluckte der Schnee sämtliche Geräusche. Im Zimmer war es fast schon unheimlich still, bis auf den Heizkörper unter dem Fenster, der manchmal leise zischte.

»Alles in Ordnung?«, fragte Dan. »Du bist mir irgendwie zu ruhig.«

»Mir geht es wunderbar. Und dir?«

Als Antwort drückte er sie fest an sich. »Bereust du es?«

»Ganz und gar nicht. Ich finde es nur schade, dass du nicht bleiben kannst.«

»Ich würde ja gern.« Dan seufzte. »Aber ohne seinen Bruder ist Sherlock ein großes, ängstliches Baby, und ich habe morgen einen wichtigen Prozess, für den ich noch ein bisschen was tun muss.«

Sie lächelte. »Du wärst ein großartiger Vater, Dan.«

»Aber es hat anscheinend nicht sollen sein.«

Sie stützte sich auf den Ellbogen auf. »Warum habt ihr keine Kinder?«

»Sie wollte keine. Das hat sie mir schon vor unserer Hochzeit gesagt, aber ich dachte, sie würde es sich noch anders überlegen. Da habe ich mich wohl geirrt.«

»Dafür hast du ja jetzt deine Jungs.«

»Von denen einer mittlerweile bestimmt ziemlich nervös ist.«

Er küsste sie und rollte sich auf die Seite, um aus dem Bett zu steigen, aber sie packte ihn an der Schulter und drehte ihn wieder um. »Sag Sherlock, es tut mir echt leid, dass ich dich noch mal aufhalten musste.« Sie legte sich auf ihn und spürte, wie er unter ihr hart wurde.

Danach lag sie unter der Bettdecke und sah zu, wie er sich anzog.

»Bringst du mich noch zur Tür oder kriege ich nur einen Tritt in den Hintern?«, wollte er wissen, woraufhin sie sofort aus dem Bett schlüpfte und nach ihrem Schlafhemd suchte. Seltsam, dass es ihr überhaupt nicht peinlich war, wenn er sie nackt sah. Dan strahlte sie an. »Das war doch ein Witz! Obwohl ich schon sagen muss, der Anblick lohnt sich.«

Tracy zog sich das Hemd über den Kopf und brachte ihn zur Tür. Ehe er sie öffnete, schob er den Vorhang am Fenster neben der Tür beiseite und sah hinaus.

»Was siehst du? Eine Pressemeute und jede Menge Kameras?«, fragte sie.

»Bei dem Wetter eher nicht.« Er öffnete die Tür und sofort kroch ihr die beißende Kälte unter die noch vom Bett warme Haut. »Es schneit nicht mehr. Das nehme ich als gutes Omen.«

Tracy sah an ihm vorbei. Es hatte wirklich aufgehört zu schneien, aber wohl erst vor Kurzem, nach der sechs Zentimeter hohen Schicht von Neuschnee auf den Motelstufen zu urteilen.

Und allzu lange würde die Pause sicher auch nicht dauern, denn am Himmel hingen immer noch dick und schwer finstere Wolken. »Erinnerst du dich an die Schneetage früher?«

»Wie könnte ich die je vergessen? Waren doch meine liebsten Schultage.«

»An Schneetagen war doch gar keine Schule.«

»Eben.«

Er beugte sich herunter und küsste sie noch einmal. Eine Gänsehaut kroch ihr über die Haut, sodass sie die Arme um ihren Körper schlang.

»Kommt die von mir oder von der kalten Luft?«, witzelte Dan.

»Das lässt sich noch nicht sagen. Ich gehe es wissenschaftlich an, und mir liegen noch nicht genügend empirische Daten vor.«

»Das werden wir schleunigst ändern müssen.«

Sie versteckte sich hinter der halb offenen Tür. »Bis morgen!«

Dans Schritte knirschten im frischen Schnee. Bevor er die Treppe hinunterging, drehte er sich noch einmal um. »Mach die Tür zu, ehe du dich zu Tode frierst. Und schließ ab.«

Aber sie wartete, bis er bei seinem Auto angekommen und eingestiegen war. Gerade wollte sie die Tür schließen, als sie weiter unten an der Straße einen Wagen bemerkte. Wobei es eigentlich nicht so sehr das Fahrzeug war, das ihr ins Auge stach, sondern dessen schneefreie Windschutzscheibe. Einmal war schon seltsam, aber zweimal? Wenn in dem Auto ein Fotograf oder Reporter hockte, dann würde der gleich sein blaues Wunder erleben. Niemand stalkt ungestraft eine Polizistin! Tracy schloss die Tür, schlüpfte blitzschnell in Hose, Parka und Stiefel, schnappte sich ihre Glock und riss die Tür wieder auf.

Der Wagen war weg.

Tracy stellten sich die Nackenhaare auf. Sie schloss die Tür wieder, verriegelte sie und rief Dan an.

Der meldete sich umgehend und vergnügt. »Was denn? Fehle ich dir jetzt schon?«

Sie schob den Vorhang am Fenster neben der Tür ein Stück beiseite. Die Reifenabdrücke an der Stelle, wo der mysteriöse Wagen gestanden hatte, ließen darauf schließen, dass er gekommen war, als schon Schnee lag, und nicht lange geblieben war.

»Tracy?«

»Ich wollte nur noch einmal deine Stimme hören.« Dan hatte schon genug um die Ohren, sie wollte ihn nicht noch zusätzlich beunruhigen.

»Ist irgendwas?«

»Nein. Ich neige einfach nur dazu, mir Sorgen zu machen. Eine Berufskrankheit.«

»Mir geht es prima. Und zu Hause habe ich immer noch die eine Hälfte meiner Alarmanlage.«

»Und dir folgt niemand?«

»Auf keinen Fall. Das wäre gar nicht zu übersehen. Die Straßen sind menschenleer. Ist bei dir alles okay?«

»Alles bestens. Gute Nacht, Dan.«

»Nächstes Mal möchte ich neben dir einschlafen und neben dir aufwachen.«

»Das fände ich schön.«

Tracy legte auf und tauschte ihre Kleidung gegen Pyjamahose und Schlafhemd. Bevor sie wieder ins Bett kroch, schob sie noch einmal den Vorhang zurück und betrachtete prüfend die Stelle, an der der Wagen gestanden hatte. Dann legte sie die Kette vor, deponierte ihre Glock auf dem Nachttisch und schaltete das Licht aus.

Dans Geruch haftete noch am Kopfkissen. Er war ein zärtlicher, geduldiger Liebhaber gewesen, mit festen Händen, die sie dennoch sanft berührten – genau so, wie sie es sich vorgestellt hatte. Er hatte ihr Zeit gelassen, sich zu entspannen und abzuschalten, hatte es geschafft, dass sie überhaupt nicht mehr dachte, sondern nur auf seinen Körper, seine Lippen, seine Hände reagierte. Beim Höhepunkt hatte sie sich an ihn geklammert, als wolle sie das Gefühl – und Dan – festhalten.

43

Als Tracy am nächsten Morgen aufwachte, fühlte sie sich ungewohnt frisch. Sie hatte zum ersten Mal seit Monaten durchgeschlafen. Trotzdem war sie beunruhigt wegen des bevorstehenden Tages. Dabei war sie als Polizistin nie nervös gewesen, sie liebte die Tage, an denen ordentlich was los war und die Schicht verflog, als wären die Stunden nur Minuten. Aber die Vorstellung, einen weiteren Tag einfach nur dazusitzen und dem Verfahren zuzuschauen, weckte in ihr ähnliche Beklemmungen wie die, die sie auch schon bei dem Prozess vor so vielen Jahren geplagt hatten.

Sie besorgte sich in der Motellobby die neueste Ausgabe des *Cascade County Courier,* der auf der Titelseite einen Bericht über die Anhörung präsentierte, einschließlich eines Fotos von Tracy auf dem Weg ins Gerichtsgebäude. Gott sei Dank gab es weder ein Foto vom Kuss auf der Veranda der Tierklinik noch eins, auf dem Dan und sie gemeinsam das Motelzimmer betraten.

Finlay Armstrong erwartete sie bereits wie versprochen auf dem Parkplatz und geleitete sie durch die Pressemeute hindurch bis in den Gerichtssaal. Er schien sogar ein bisschen stolz darauf zu sein, ihren Beschützer spielen zu dürfen.

Tracy rechnete mit deutlich weniger Zuschauern, denn die Anhörung war nicht mehr das aktuellste Thema, und bei dem schlechten Wetter würden sich doch bestimmt nur die ganz Harten aus dem Haus trauen. Aber als um neun Uhr die Türen zum Gerichtssaal geöffnet wurden, füllten sich die Bankreihen genauso schnell wie am Vortag. Die Berichterstattung in den Medien schien eher noch mehr Neugierige angelockt zu haben. Tracy zählte außerdem vier weitere Presseausweise.

House wurde wieder von mehreren Justizvollzugsbeamten in den Gerichtssaal geführt, aber als er sich dieses Mal am Tisch der Verteidigung zum Publikum umdrehte, damit ihm die Fesseln abgenommen werden konnten, schaute er nicht seinen Onkel an, sondern Tracy. Und genau wie vor zwanzig Jahren bildete sich unter seinem Blick eine Gänsehaut auf ihrem Körper, jedoch war sie fest entschlossen, diesmal nicht wegzusehen. Sie schaffte es, seinen Blick zu erwidern, auch dann, als sich seine Lippen zu dem vertrauten ekelhaften Grinsen verzogen. Er schüchterte sie nicht mehr ein. Sie wusste inzwischen, dass der starre Blick und das Grinsen die Fassade waren, hinter der House sich versteckte, und dass er beides einsetzte, damit sie sich unwohl fühlte. House war im Gefängnis zwar körperlich härter geworden, aber in vielerlei Hinsicht emotional verkrüppelt geblieben – der zutiefst verstörte Jugendliche, der Annabelle Bovine entführt hatte, weil er den Gedanken nicht ertragen konnte, dass sie ihn verlassen wollte.

House brach den Blickkontakt erst ab, als der Gerichtsdiener den Saal betrat und die Anwesenden aufforderte, sich zu erheben. Richter Meyers rauschte herein, und Tag zwei der Anhörung konnte beginnen.

»Mr O'Leary, fahren Sie fort.«

Dan rief Bob Fitzsimmons in den Zeugenstand. Damals, vor zwanzig Jahren, war Fitzsimmons Geschäftsführer der Firma gewesen, die der Staat Washington mit dem Bau der drei hydroelektrischen Staudämme entlang des Cascade River beauftragt hatte, einschließlich Cascade Falls. Fitzsimmons, inzwischen pensioniert und über siebzig Jahre alt, sah aus, als hätte er gerade an der Vorstandssitzung eines Großunternehmens teilgenommen: distinguiert, mit dichtem Silberhaar, Nadelstreifenanzug und fliederfarbener Krawatte.

Dan ließ ihn kurz erklären, was alles unternommen werden musste, um von den zuständigen Bundes- und Landesbehörden die für die Staudämme erforderlichen Genehmigungen zu bekommen. Über den Bau der Kraftwerke, der damals erhebliches öffentliches Interesse erregt hatte, war in den regionalen Medien ausführlich berichtet worden.

»Natürlich wurde der Fluss durch den Damm aufgestaut.« Fitzsimmons schlug die schlanken Beine übereinander. »Dadurch wurde sichergestellt, dass auch im Falle einer Dürre genügend Wasser für die Kraftwerke vorhanden war.«

»Im Fall von Cascade Falls, wo war da das Wasserreservoir für das Kraftwerk?«

»Cascade Lake.«

Dan legte zwei Zeichnungen vor, von denen eine den Cascade Lake vor der Inbetriebnahme des Kraftwerks zeigte und die andere das Gebiet, das der See nach der Flutung beansprucht hatte. Er wies darauf hin, dass sich in dem gefluteten Bereich die Stelle befand, die Calloway auf der topografischen Karte mit einem X markiert hatte, um die Stelle zu kennzeichnen, an der man Sarahs Leiche schließlich gefunden hatte.

»Wann wurde dieses Gebiet geflutet?«

»Am 12. Oktober 1993«, sagte Fitzsimmons.

»War dieses Datum allgemein bekannt?«

Fitzsimmons nickte. »Wir hatten dafür gesorgt, dass der Termin in allen Zeitungen stand und über die regionalen Sender verbreitet wurde. Das ist vom Gesetzgeber so vorgeschrieben. Aber wir haben noch mehr getan.«

»Warum?«

»Weil in der Gegend immer viele Jäger und Wanderer unterwegs waren. Wir wollten auf keinen Fall, dass dort jemand in der Falle gesessen hätte, wenn das Wasser kam.«

Dan ging zurück an seinen Platz, und Clark trat an den Zeugenstand. »Mr Fitzsimmons, was hat Ihre Firma sonst noch unternommen, um dafür zu sorgen, dass niemand ›in der Falle‹ saß, wie Sie es so schön formulierten?«

»Ich verstehe die Frage nicht ganz.«

»Haben Sie nicht auch zusätzliche Wachleute angeheuert und Blockaden an den Wegen errichtet, um die Leute von dem Gebiet fernzuhalten?«

»Das taten wir mehrere Tage vor Inbetriebnahme des Werks.«

»Es wäre also extrem schwierig gewesen, das Gebiet zu betreten?«

»Das war Sinn und Zweck der Sache.«

»Hat irgendeiner Ihrer Wachleute gemeldet, dass jemand gesehen wurde, der in das Gebiet vorzudringen versuchte?«

»Nicht, dass ich wüsste.«

»Keine Berichte über jemanden, der mit einer Leiche über der Schulter einen Pfad entlangwanderte?«

Dan legte Einspruch ein: »Wer sagt hier aus? Die Anklage oder der Zeuge, Euer Ehren?«

»Euer Ehren, auf genau solch ein Szenario will die Verteidigung doch hinaus!«, schoss Clark zurück.

Meyers hob die Hand. »Ich entscheide hier über Einsprüche, Mr Clark. Einspruch abgelehnt.«

»Also, haben Sie einen Bericht erhalten, dem zufolge jemand mit einer Leiche einen Wanderweg entlanggegangen war?«, fragte Clark.

»Nein.«

Clark setzte sich.

Dan stand auf. »Wie groß ist dieses Areal?« Er zeigte auf die Umrisse des gefluteten Gebiets auf der zweiten Zeichnung.

Fitzsimmons runzelte die Stirn. »Wenn ich mich recht erinnere, hatte der See ursprünglich eine Fläche von etwa zehn Quadratkilometern und nach der Flutung waren es rund siebzehn Quadratkilometer.«

»Wie viele Pfade und Wanderwege verliefen in diesem Gebiet?«

»Viele.« Fitzsimmons schüttelte lächelnd den Kopf. »Sehr viele. Die genaue Zahl kann ich Ihnen wirklich nicht sagen.«

»Sie haben an den Hauptwegen Blockaden errichtet und Wachen postiert, aber Sie waren doch bestimmt nicht in der Lage, sämtliche Zugänge zu dem Gebiet abzuriegeln, oder?«

»Da haben Sie recht. Das war unmöglich«, sagte Fitzsimmons.

Nach Fitzsimmons folgte Vern Downie, der Mann, der auf die Bitte von James Crosswhite hin die Suche nach Sarah geleitet hatte, weil er sich in den Bergen oberhalb von Cedar Grove besser auskannte als jeder andere. Vern war ein echtes Unikum. Tracy und ihre Freunde hatten immer gefunden, der Mann mit dem schütteren Haar und den permanenten Fünf-Uhr-Bartstoppeln im zerfurchten Gesicht wäre die perfekte Besetzung in jedem Horrorfilm. Besonders auch dank seiner Stimme, die selten mehr als ein heiseres Flüstern zustande brachte.

Im Laufe der vergangenen zwanzig Jahre schien Vern das Rasieren irgendwann ganz aufgegeben zu haben, sodass aus den ständigen Bartstoppeln ein beeindruckender silbergrau melierter Bart geworden war, der ein paar Zentimeter unterhalb der Augen ansetzte und fast bis auf die Brust reichte. Vern hatte sich fein gemacht, er trug seine Kirchgangskleidung: eine neue Jeans, einen Gürtel mit einer ovalen Silberschnalle, Flanellhemd und Stiefel. Genau wie beim Prozess damals saß seine Frau zur moralischen Unterstützung gleich in der ersten Zuschauerreihe. Öffentliche Auftritte waren noch nie Verns Ding gewesen, erinnerte sich Tracy. Schon gar nicht Auftritte, bei denen er auch noch reden musste.

»Mr Downie, Sie müssen lauter sprechen«, mahnte Richter Meyers, nachdem Vern kaum verständlich seinen Namen und seine Adresse gehaucht hatte. Dan versuchte, ihm die Sache ein wenig zu erleichtern, indem er erst ein paar Hintergrundfragen stellte, ehe er zum Wesentlichen kam.

»Wie viele Tage haben Sie gesucht?«, fragte er.

Vern schürzte die Lippen und kniff sie zusammen. Jede einzelne Falte seines Gesichts zeugte von angestrengtem Nachdenken.

»Anfangs gingen wir jeden Tag los«, sagte er. »Dann ein paarmal die Woche, meistens nach der Arbeit. Das machten wir ein paar Wochen lang. Bis das Gebiet geflutet wurde.«

»Wie viele Leute insgesamt beteiligten sich zu Anfang an der Suche?«

Vern ließ seinen Blick über die Zuschauerreihen schweifen. »Wie viele Leute passen in den Saal hier?«

Dan ließ die Antwort im Raum stehen. Der erste Moment der Leichtigkeit in diesen zwei Tagen der Befragungen.

Clark stand auf, trat an den Zeugenstand und fragte knapp: »Über wie viele Quadratkilometer erstrecken sich die Berge da oben über Cedar Grove?«

»Verdammt, Vance, das weiß ich doch nicht!«

»Aber es ist ein ziemlich großes Gebiet, nicht wahr?«

»Ja, groß.«

»Und zerklüftet?«

»Hängt davon ab, wen man fragt. Es kann ganz schön steil werden, und es gibt eine Menge Bäume und Unterholz. Ganz schön dicht an manchen Stellen, so viel ist sicher.«

»Eine Menge Plätze, wo man eine Leiche verstecken kann, sodass sie keiner findet?«

»Ich denke schon.« Vern warf einen Blick in Richtung House.

»Hatten Sie Spürhunde dabei?«

»Nein. Es gab wohl welche, in Südkalifornien, aber wir konnten sie nicht herschaffen. Die wollten sie nicht einfliegen.«

»So systematisch Ihre Suche auch gewesen sein mag, Vern, glauben Sie, Sie haben jeden Quadratmeter dieser Gebirgsausläufer abgesucht?«

»Wir haben getan, was wir konnten.«

»Haben Sie jeden Quadratmeter abgesucht?«

»Jeden einzelnen Quadratmeter? Das kann man unmöglich so genau sagen. Das Gebiet ist einfach zu groß. Ich nehme mal an, das haben wir wohl nicht geschafft.«

Nach Downie rief Dan Ryan Hagen, den Vertreter für Autoersatzteile, in den Zeugenstand. Hagen sah aus, als hätte er seit jenem Samstag, an dem Tracy unangemeldet bei ihm zu Hause aufgetaucht war, dreißig Pfund zugenommen. Seine Hängebacken ruhten auf dem Hemdkragen, sein Haar war noch dünner geworden und die rötliche Farbe auf Wangen und Knollennase zeugten von großer Begeisterung für seine täglichen Drinks.

Er gluckste leise vor sich hin, als Dan ihn fragte, ob er ein Auftragsformular oder einen anderen Beleg besäße, mit dem er seine Fahrt am 21. August 1993 beweisen könne.

»Die Firmen, für die ich damals gearbeitet habe, dürften sämtlich vom Markt sein, Herr Verteidiger. Heute wickelt doch fast jeder seine Geschäfte über das Internet ab. Uns Handlungsreisenden erging es wie damals den Dinosauriern.«

Tracy ließ den Mann nicht aus den Augen. Gut möglich, dass der Handlungsreisende an sich ausgestorben war, aber das Lächeln und der wohlkalkulierte Charme, die diese Spezies ausgezeichnet hatte, waren zumindest bei Hagen immer noch deutlich in Gebrauch.

Hagen konnte auch nicht sagen, welche Nachrichtensendung er an jenem Abend gesehen hatte.

»Dann lassen Sie uns gemeinsam überlegen. Vor zwanzig Jahren sagten Sie aus, Sie hätten ein Spiel Ihrer Mariners gesehen.«

»Bin immer noch Fan!«

»Dann wissen Sie ja auch, dass die Mariners es nie in die World Series geschafft haben.«

»Ich bin Optimist.« Hagen war nicht der Einzige im Saal, der bei diesem Ausspruch lächelte.

»Aber im Jahr 1993 spielten die Mariners nicht um die Meisterschaft, oder?«

Hagen dachte kurz nach. »Nein.«

»Genau genommen erreichten sie in ihrer Liga den vierten Platz und kamen nicht in die Play-offs.«

»Das muss ich Ihnen jetzt mal so abnehmen. So weit reicht mein Gedächtnis nicht.«

»Das letzte reguläre Spiel der Saison fand am dritten Oktober statt und die Mariners unterlagen den Minnesota Twins sieben zu zwei.«

Hagens Lächeln wurde zusehends schwächer. »Auch das muss ich Ihnen wohl einfach glauben.«

»Ende Oktober 1993, als Sie diese Übertragung gesehen haben wollen, spielten die Mariners schon gar nicht mehr, habe ich recht? Die Saison war für sie schon zu Ende.«

Noch lächelte Hagen, aber es wirkte sehr angestrengt. »Es kann auch ein anderes Team gewesen sein.«

Dan ließ die Antwort im Raum stehen, ehe er einen anderen Ton anschlug. »Mr Hagen, haben Sie als Vertreter damals auch Cedar Grove besucht?«

»Das weiß ich nicht mehr. Ich war für ein großes Gebiet zuständig.«

»Der geborene Handlungsreisende.«

»Könnte man so sagen.« Allerdings wirkte Hagen mittlerweile nicht mehr ganz so überzeugend.

»Mal sehen, ob ich Ihnen weiterhelfen kann.« Dan stellte einen Umzugskarton auf seinen Tisch und machte eine große Show daraus, einen Ordner nach dem anderen herauszuziehen. Hagen schien das zu verwirren. Er wusste nicht, was ihm als Nächstes bevorstand, und sein Blick glitt immer wieder zu Roy Calloway hinüber, der im Zuschauerbereich saß. Endlich hatte Dan den Ordner entdeckt, den Tracy in der Garage von Harley Holt gefunden hatte, und baute sich so vor Hagen auf, dass dieser keinen Blickkontakt mehr mit Calloway aufnehmen konnte. Den Unterlagen im Ordner zufolge hatte Harley Holt regelmäßig Ersatzteile bei der Firma bestellt, für die Hagen als Vertreter unterwegs war.

»Stimmt es nicht, dass Sie auch Harley Holt aufgesucht haben, den Besitzer der Tankstelle und Werkstatt in Cedar Grove?«

»Das ist jetzt schon so lange her.«

Dan befasste sich ausgiebig mit den Unterlagen. »Tatsächlich haben Sie Mr Holt ziemlich regelmäßig aufgesucht, gewöhnlich alle zwei Monate.«

Hagen lächelte wieder, aber er war rot angelaufen, und auf seinen Brauen sammelte sich der Schweiß.

»Wenn das so in Ihrem Ordner steht, will ich mich nicht mit Ihnen streiten.«

»Dann waren Sie also in Cedar Grove, und zwar auch im Sommer und Herbst des Jahres 1993?«

»Da müsste ich in meinem Kalender nachschauen.«

»Das habe ich Ihnen bereits abgenommen«, sagte Dan. »Ich habe hier Kopien der von Ihnen und Harley Holt unterzeichneten Auftragsformulare mit dem Datum des Tages, an dem Sie laut Ihrem Terminkalender Mr Holt in Cedar Grove aufgesucht haben.«

»Dann wird das wohl auch so gewesen sein.« Hagen klang immer weniger selbstsicher.

»Da frage ich mich doch, Mr Hagen, ob während Ihrer Besuche bei Mr Holt nicht auch Sarah Crosswhites Verschwinden zur Sprache gekommen ist.«

Hagen trank einen Schluck Wasser. »Würden Sie Ihre Frage bitte wiederholen?«

»Kam bei Ihren Besuchen bei Harley Holt auch das Verschwinden von Sarah Crosswhite zur Sprache?«

»Das weiß ich wirklich nicht mehr.«

»Immerhin war das damals das wichtigste Thema in der Stadt.«

»Ich, ich weiß nicht ... kann schon sein.«

»Am Highway draußen vor der Stadt stand eine große Tafel, auf der für Hinweise eine Belohnung von zehntausend Dollar geboten wurde, nicht wahr?«

»Ich habe keine Belohnung erhalten.«

»Das habe ich auch nicht behauptet.« Dan zog ein Papier aus dem Ordner und tat so, als würde er es lesen, während er die nächste Frage stellte. »Was ich gern gewusst hätte, wäre Folgendes: Obwohl das Verschwinden von Sarah Crosswhite im ganzen Cascade County über Wochen das zentrale Gesprächsthema war, in einem Gebiet, das Sie als Vertreter häufig bereisten, geben Sie an, Sie könnten sich nicht daran erinnern, mit Mr Holt je darüber gesprochen zu haben?«

Hagen räusperte sich. »Wahrscheinlich haben wir das getan, nehme ich mal an. So ganz im Allgemeinen, nicht im Detail. An mehr kann ich mich nicht erinnern.«

»Dann wussten Sie also schon vor dieser Nachrichtensendung von Sarahs Verschwinden, nicht wahr?«

»Vielleicht hat die Sendung meinem Gedächtnis auf die Sprünge geholfen. Oder ich sprach mit Harley darüber, nachdem ich die Sendung gesehen hatte. Genau, so war es wohl! Ich bin mir da nicht mehr sicher.«

»Das Thema kam nicht im August zur Sprache?« Dan hielt weitere Zettel aus dem Ordner hoch, während er weitersprach. »Oder im September? Oder im Oktober?«

»Ich sagte doch schon, ich erinnere mich nicht genau. Vielleicht ja, möglich wäre es. Wie ich ebenfalls bereits sagte: Zwanzig Jahre sind eine lange Zeit.«

»Haben Sie bei Ihren Besuchen in Cedar Grove je mit jemandem über Edmund House gesprochen?«

»Edmund House? Nein, der Name ist nie gefallen, da bin ich mir ziemlich sicher.«

»Ziemlich sicher?«

»Ich erinnere mich nicht daran, dass dieser Name gefallen ist.«

Dan zog ein weiteres Dokument aus dem Ordner. »Hat Harley je erwähnt, für die Fahrzeuge von Parker House Ersatzteile bestellt und einen roten Chevy Stepside Pick-up gewartet zu haben?«

Clark stand auf. »Euer Ehren, wenn Mr O'Leary hier anhand von Dokumenten Fragen stellt, dann möchte ich doch darum bitten, diese Papiere als Beweismittel zuzulassen und entsprechend zu katalogisieren, statt hier weiterhin das Gedächtnis von Mr Hagen mit Fragen nach Treffen zu testen, die vor zwanzig Jahren stattgefunden haben könnten oder auch nicht!«

»Einspruch abgelehnt«, sagte Meyers.

Tracy wusste, dass Dan bluffte. Sie hatte damals vergeblich nach einem Beleg gesucht, der bewies, dass Holt die Ersatzteile für den Chevy, den Parker House restaurierte, bei Hagen bestellt hatte. Vielleicht ahnte auch Hagen, dass der Anwalt bluffte, aber er war inzwischen viel zu verunsichert, um ihm das vorzuhalten. Er war knallrot im Gesicht und sah aus, als hätte ihm jemand eine Heizplatte unter den Sitz geschoben.

»Ich glaube, wir haben darüber gesprochen.« Hagen schlug die Beine übereinander, überlegte es sich anders, stellte sie wieder nebeneinander. »Jetzt, wo Sie es erwähnen, fällt es mir auch wieder ein. Ich erinnere mich, dass ich zu Harley sagte, ich hätte in jener Nacht auf der Landstraße einen roten Chevy gesehen. So oder so ähnlich war's. Deswegen habe ich mich wohl auch daran erinnert.«

»Moment! Ich dachte, Sie hätten sich erinnert, weil Sie in einer Nachrichtensendung in der Pause während eines Spiels der Mariners vom Verschwinden der jungen Frau erfahren hatten und weil der Chevy Stepside ihr Lieblingsauto war.«

»Beides wird stimmen – ein bisschen von beidem. Der Chevy war mein Liebling unter den Pick-ups, und als Harley erwähnte, dass Edmund House einen fuhr, hat es klick gemacht.«

Dan schwieg, während Richter Meyers Hagen mit gerunzelter Stirn musterte.

Dan trat direkt neben den Zeugenstand. »Also fiel der Name Edmund House doch bei Ihren Gesprächen mit Harley Holt.«

Hagen zuckte zusammen. Diesmal brachte er kein Lächeln zustande, nicht einmal ein gequältes. »Sagte ich Edmund? Parker natürlich, ich meinte Parker House. Es war doch sein Pickup, oder?«

Dan ging gar nicht darauf ein.

»Ihr Zeuge«, sagte er zu Clark.

44

Als Richter Meyers nach der Mittagspause auf die Richterbank zurückkehrte, warf er als Erstes einen besorgten Blick auf den Schnee, der draußen vor den Fenstern weiterhin dicht und in dicken Flocken fiel. »Mir ist viel an einem zügigen Verlauf dieser Anhörung gelegen«, sagte er, »aber ich möchte auch nicht tollkühn werden. Laut Wettervorhersage soll es am Nachmittag aufhören zu schneien, aber ich habe den Großteil meines Lebens in diesen Breitengraden verbracht und verlasse mich lieber auf meine eigene Prognose – ich stecke bei Bedarf den Kopf aus der Tür.« Das Publikum lachte. »Genau das tat ich während der Mittagspause. Da ich am Himmel nicht ein einziges blaues Fleckchen entdecken konnte, verkünde ich hiermit, dass der nächste Zeuge unser letzter für heute sein wird. Ich möchte, dass die meisten von Ihnen noch im Hellen nach Hause kommen.«

Dan rief Kelly Rosa in den Zeugenstand, die forensische Anthropologin des King County, deren Aussage er mithilfe von Grafiken und Fotos veranschaulichte. Seine ersten Fragen bezogen sich auf den Anruf von Finlay Armstrong und das Foto von dem Knochen, das er ihr geschickt hatte.

»Und wie lange dauert es, bis Körperfett zerfällt und sich in Leichenwachs verwandelt?«

»Das hängt von einer Reihe von Faktoren ab: wo die Leiche liegt, wie tief sie vergraben wurde, Bodenbeschaffenheit, klimatische Bedingungen. Ganz allgemein aber kann man sagen, dass ein solcher Prozess im Laufe von Jahren, nicht Tagen oder Monaten vonstattengeht.«

»Sie konnten also daraus schließen, dass die Leiche schon einige Jahre dort begraben lag. Warum erstaunte Sie das?«

Rosa beugte sich vor. »Wenn man eine Leiche in der Wildnis in einer flachen Grube vergräbt, bleibt sie nicht lange dort. Dafür sorgen Kojoten und andere Tiere.«

»Konnten Sie dieses Rätsel lösen?«

»Mir wurde gesagt, die Fundstelle der Leiche hätte bis vor Kurzem noch unter Wasser gestanden. Sie war somit für Tiere nicht zugänglich.«

»Haben Sie aus der Tatsache, dass das Grab nicht von Tieren geschändet worden war – damit meine ich, dass die Knochen sich noch darin befanden und nicht in der Gegend verteilt waren – geschlossen, dass die Leiche vergraben worden sein musste, kurz bevor das Gebiet geflutet wurde?«

Clark stand auf. »Einspruch! Die Zeugin wird aufgefordert, Mutmaßungen anzustellen.«

Meyers dachte über den Einwand nach. »Da Dr. Rosa eine Expertin ist, darf sie sich zu Mutmaßungen und Schlussfolgerungen äußern, die sich aufgrund bestimmter Sachlagen ergeben.«

»Ich kann nur sagen, dass es normalerweise nicht lange dauert, bis sich Tiere an eine Leiche heranmachen, die in einem so flachen Grab beerdigt wurde«, erklärte Rosa.

Dan ging ein paar Schritte auf und ab. »Mir ist an Ihrem Bericht aufgefallen, dass Sie die Meinung äußern, die Leiche sei nicht unmittelbar nach Eintreten des Todes vergraben worden. Können Sie uns erläutern, wie Sie zu dieser Meinung gelangten?«

»Das hat mit der Lage der Leiche im Grab zu tun.« Dan zeigte auf dem Flachbildschirm ein Foto von Sarahs Gebeinen in der Grube. Die Erde über dem Skelett war weggeschafft und die Knochen selbst abgebürstet worden, weswegen man genau erkennen konnte, dass sie in Fötushaltung lagen. Im Saal zuckten einige Leute zusammen. Ein Raunen kam auf. Tracy senkte den Kopf und hielt sich die Hand vor den Mund. Ihr war übel geworden, ihr Kopf fühlte sich kalt und leer an. Ihr Atem ging stoßweise und schnell. Sie schloss die Augen.

»Ganz offensichtlich hat jemand erfolglos versucht, die Leiche so zu verbiegen, dass sie in das Loch passte«, sagte Rosa.

»Wie lange dauerte es, bis die Leichenstarre einsetzte?«

»Das kann ich nicht mit begründeter Sicherheit sagen.«

»Konnten Sie die Todesursache feststellen?«

»Nein.«

»Sind Ihnen Verletzungen, Knochenbrüche aufgefallen?«

»Knochenbrüche. An der Schädelrückseite.« Anhand eines Fotos demonstrierte Rosa, wo sich die Verletzungen befunden hatten.

»Konnten Sie feststellen, wie diese Brüche zustande gekommen waren?«

»Eine Verletzung mit einem stumpfen Gegenstand, aber was genau ...« Sie zuckte mit den Achseln. »Das lässt sich unmöglich sagen.«

Rosa erklärte als Nächstes, wie ihr Team sämtliche Fundstücke zugeordnet hatte, von den Knochenfragmenten über die Nieten an Sarahs Levi's Jeans bis hin zu den silber-schwarzen Druckknöpfen an ihrem Hemd. Dann erwähnte sie die Plastikrückstände, die sie im Grab gefunden hatten und die von gewöhnlichen Müllsäcken für Gartenabfälle stammten, sowie die Teppichfasern.

»Konnten Sie aus den Funden irgendwelche Schlüsse ziehen?«

»Das Plastik wurde entweder in das Loch gelegt, ehe man die Leiche darauf bettete ...«

»Warum hätte man das tun sollen?«, unterbrach Dan sie.

Rosa schüttelte den Kopf. »Das kann ich Ihnen nun wirklich nicht sagen.«

»Oder? Was ist die andere Möglichkeit?«

»Die Leiche wurde in einem Plastiksack beerdigt.«

Tracy hatte immer noch Mühe damit, ihre Atmung in den Griff zu bekommen. Ihre Hände waren klamm, der Schweiß lief ihr unter den Armen die Seiten hinunter.

»Haben Sie sonst noch etwas gefunden?«

»Schmuck.«

»Was für Schmuck?«

»Ein Paar Ohrringe und eine Kette.«

Die Menge wurde unruhig. Meyers langte nach dem Richterhammer, hielt sich aber noch zurück.

»Können Sie die Ohrringe beschreiben?«

»Sie waren aus Jade und hatten die Form von Tränen.«

Dan legte Rosa den fraglichen Schmuck vor. »Würden Sie uns bitte zeigen, wo genau diese Ohrringe gefunden wurden?«

Rosa deutete mit einem Zeigestock auf den Bildschirm. »In der Nähe des Schädels, hier und hier. Die Kette fanden wir am oberen Ende der Wirbelsäule.«

»Konnten Sie aus den Fundorten des Schmucks irgendwelche Schlüsse ziehen?«

»Ich schloss daraus, dass die Verstorbene diesen Schmuck trug, als man sie in das Grab legte.«

Jetzt war Vance Clark an der Reihe. Er nahm die Lesebrille ab und ließ sie auf dem Tisch der Anklagevertretung liegen, als er, ohne eine einzige Notiz in der Hand, langsam auf den Zeugenstand zuging. Dort blieb er stehen und verschränkte die Arme vor der Brust. »Lassen Sie uns kurz darüber reden, was Sie alles nicht wissen, Dr. Rosa. Sie wissen nicht, wie die Verstorbene ums Leben kam?«

»Richtig, das weiß ich nicht.«

»Sie wissen nicht, wie sich die Verstorbene die durch einen stumpfen Gegenstand verursachte Kopfverletzung zuzog?«

»Auch das weiß ich nicht.«

»Der Mörder könnte mit ihrem Kopf auf den Boden geschlagen haben, während er sie erwürgte?«

Rosa zuckte mit den Achseln. »So könnte es gewesen sein.«

»Sie können nicht nachweisen, ob die Verstorbene vergewaltigt wurde oder nicht?«

»Nein, das ist nicht mehr möglich.«

»Sie haben keine DNA, anhand derer der Mörder identifiziert werden könnte?«

»Nein, die habe ich nicht.«

»Sie glauben, das Opfer wurde einige Zeit vor dem Begräbnis getötet, wissen aber nicht, wie lange vorher?«

»Richtig. Das kann ich nicht mit Sicherheit sagen.«

»Dann wissen Sie auch nicht, ob der Mörder sein Opfer nicht gleich nach dessen Tod vergrub und später wiederkam, um die Leiche dorthin zu verlegen, wo sie letztlich gefunden wurde?«

»Richtig.« Rosa nickte. »Das weiß ich nicht.«

»Aber das könnte möglicherweise der Grund dafür sein, dass die Leichenstarre einsetzte, ehe die Leiche in das Grab gelegt wurde, in dem man sie schließlich fand, nicht wahr? Edmund House könnte Sarah ermordet und die Leiche vergraben haben und später zurückgekommen sein, um sie umzubetten? Wobei er dann feststellen musste, dass die Leichenstarre eingesetzt hatte, richtig?«

Dan stand auf. »Euer Ehren, das ist jetzt aber eindeutig eine Aufforderung zum Spekulieren.«

Meyers dachte nach. »Ich werde die Frage zulassen.«

»Soll ich sie noch einmal wiederholen, Dr. Rosa?«, fragte Clark.

»Nein.« Rosa schüttelte den Kopf. »Solch ein Szenario ist denkbar, allerdings dürfen Sie eins nicht vergessen: Rigor mortis löst sich nach circa sechsunddreißig Stunden wieder auf. Nach Ihrem Szenario hätte Mr House die Leiche relativ schnell von einem Grab ins nächste verlegen müssen.«

»Aber es wäre möglich?«

»Möglich wäre es.«

»Dann geht es bei Ihnen zusätzlich zur Wissenschaft auch um eine ganze Menge Spekulation, nicht wahr?«

Rosa lächelte. »Ich beantworte lediglich die Fragen, die mir gestellt werden.«

»Ich verstehe. Aber eigentlich können Sie doch völlig zweifelsfrei nur aussagen, dass es sich bei der gefundenen Toten um Sarah Crosswhite handelt.«

»Ja.«

»Wissen Sie, was das Opfer anhatte, als es entführt wurde?«

»Nein.«

»Wissen Sie, welchen Schmuck das Opfer trug, als es entführt wurde?«

»Auch hier kann ich nur die Meinung äußern, die ich mir anhand der Funde im Grab gebildet habe.«

»Sie tragen heute auch Ohrringe, wie ich sehe.«

»Das ist der Fall.«

»Haben Sie je Ohrringe angelegt, ehe Sie das Haus verließen, waren sich aber nicht ganz schlüssig, ob es die richtigen waren, und steckten zur Sicherheit noch ein zweites Paar ein?«

Rosa zuckte mit den Schultern. »Nicht, dass ich wüsste.«

»Kennen Sie Frauen, die so etwas tun?«

»Ja.«

»Frauen dürfen ihre Meinung ändern, nicht wahr? Es ist ihr Vorrecht.« Clark lächelte. »Das behauptet zumindest meine Frau.«

Im Saal wurde hier und dort leise gelacht. Der kleine Scherz brachte ein wenig Licht in die ansonsten düstere Zeugenaussage, was alle ein bisschen erleichterte. Sogar Richter Meyers lächelte.

»Da hat Ihre Frau ganz recht. Ich sage das meinem Mann auch immer«, meinte Rosa.

»Sie wissen nicht, ob die Verstorbene mehr als ein Paar Ohrringe und mehr als eine Kette bei sich hatte, als sie entführt wurde?«

»Nein, das weiß ich nicht.«

Als er an seinen Platz zurückkehrte, lächelte Clark zum ersten Mal seit zwei Tagen.

Dan stand auf. »Keine weiteren Fragen.«

Meyers warf einen Blick auf die Uhr an der Wand. »Wir machen für heute Schluss. Mr O'Leary, wen gedenken Sie morgen früh aufzurufen?«

»Wenn es das Wetter zulässt: Tracy Crosswhite.«

45

Die Presse ließ Tracy diesmal mehr oder weniger in Ruhe das Gericht verlassen. Vielleicht hatten alle noch Richter Meyers' Warnung im Ohr und wollten so schnell wie möglich nach Hause oder ins Hotel kommen. In Tracys Auto war es mindestens so kalt wie in einem Kühlschrank. Sie stellte Motor und Gebläse an und stieg noch einmal aus, um, unterstützt von der Warmluft, die von innen nachhalf, das Eis von der Windschutzscheibe zu kratzen.

Dan rief an, um ihr mitzuteilen, dass er jetzt losfuhr, um Rex abzuholen. »Das Wetter soll noch schlechter werden. Heute kurven bestimmt keine Neugierigen in der Gegend rum. Schlaf doch bei mir.« Tracy hauchte ihre eiskalten Finger an, während sie sich die Autos ansah, die auf dem Parkplatz und entlang der angrenzenden Straße standen. »Bist du sicher, dass das eine gute Idee ist?« Es würde schön sein, mit Dan zu schlafen – erst leidenschaftlich und dann tief und fest. Die ganze Nacht.

»Absolut sicher. Bitte! Ich kann sonst nicht schlafen, und Sherlock vermisst dich.«

»Nur Sherlock?«

»Er winselt. Das ist nicht schön!«

Rex begrüßte sie schwanzwedelnd an der Tür.

»Ich spiele hier deutlich nur noch die zweite Geige!«, beschwerte sich Dan. »Immerhin haben die Jungs einen guten Frauengeschmack.«

Tracy stellte ihre Reisetasche ab und kraulte den großen Hundekopf unter dem Plastikkragen. »Wie geht es dir, Kleiner?«
»Alles in Ordnung?«, erkundigte sich Dan besorgt, als sie aufstand.

Statt einer Antwort ging sie zu ihm und ließ sich in den Arm nehmen. Kelly Rosas Aussage hatte sie stärker mitgenommen, als sie für möglich gehalten hätte. Immerhin war sie Polizistin. Sie hatte während ihrer Ausbildung gelernt, emotional Abstand zu einem Opfer zu halten, und untersuchte als Mordermittlerin seit Jahren auch grausige Tatorte mit geübter Distanziertheit. Sie hatte sich beigebracht, auch mit den übelsten Manifestationen des Bösen umzugehen, ohne die Fassung zu verlieren, und diese Distanz auch all die Jahre wahren können, in denen sie dem Schicksal ihrer Schwester nachgespürt hatte. Sie hatte sich einfach nicht gestattet, sich vorzustellen, welche grauenhaften Dinge der Mörder Sarah angetan haben könnte. Die ersten Risse hatte ihr Schutzschild draußen in den Bergen erhalten, als sie zugesehen hatte, wie Kelly Rosa und ihre Leute Sarahs Gebeine ausgruben, aber der Anblick des zusammengekrümmten Skeletts ihrer kleinen Schwester auf dem Bildschirm im Gerichtssaal war ihr ungleich dramatischer erschienen und hätte sie fast zusammenbrechen lassen. Fast war es, als hätte erst dieses Bild sie ganz und gar mit der Realität konfrontiert, bis sie sich den Schrecken stellen musste, die Sarah widerfahren waren. Ihre kleine Schwester hatte Unglaubliches ertragen müssen, ehe sie in einen Müllsack gestopft und in einem nicht besonders tiefen Loch verscharrt wurde. Wie Müll, wie etwas, dem man jegliche Würde abgesprochen hatte. Im Gerichtssaal hatte sich Tracy noch halbwegs zusammenreißen können, aber jetzt, wo keine Kamera mehr zusah, wo kein Reporter neugierig ihr Verhalten studierte, durfte sie weinen. Sie weinte, und Dan hielt sie fest – Dan, der Sarah ebenfalls gekannt und geliebt hatte. Das war gut, es fühlte sich richtig an.

Tracy weinte sich aus, bis sie sich von Dan lösen und sich die letzten Tränen aus den Augen wischen konnte. »Ich sehe bestimmt scheußlich aus.«

»Scheußlich? Das kriegst du gar nicht hin.« Er küsste sie auf die Wange.

»Danke, Dan.«

»Nichts zu danken. Was kann ich sonst noch für dich tun?«

»Bring mich hier weg.«

»Wohin denn?«

Sie stellte sich auf die Zehenspitzen und küsste ihn. »Nach oben, Dan. Ich möchte mit dir ins Bett.«

Ihre Kleider lagen neben den Zierkissen vom Bett über den Schlafzimmerteppich verstreut. Dan lag nur mit einem Laken bedeckt da und kam langsam wieder zu Atem, Tagesdecke und Daunenbettdecke hatten sie im Eifer des Gefechts von sich gestoßen. »Vielleicht ist es ganz gut, dass du nicht mehr als Lehrerin arbeitest. Du hättest jeder Menge Highschool-Jungs das Herz gebrochen.«

Sie rollte sich auf die Seite und küsste ihn. »Wenn ich deine Lehrerin wäre, kriegtest du jetzt ein Fleißkärtchen von mir.«

»Was, nur ein Fleißkärtchen?«

»Und eine Eins für gute Ergebnisse.«

Dan schob sich einen Arm unter den Kopf und sah zur Decke hoch. Seine Brust hob und senkte sich immer noch ziemlich schnell. »Die erste Eins meines Lebens. Wenn ich damals schon gewusst hätte, dass man nur mit der Lehrerin schlafen muss ...«

Sie boxte ihn spielerisch in den Magen, ehe sie ihm den Kopf auf die Schulter legte. »Das Leben steckt voller Überraschungen, was? Früher, als wir beide noch hier lebten, hättest du da je gedacht, dass du mal jemanden von der Ostküste heiraten und in Boston wohnen würdest?«

»Nein. Und als ich in Boston wohnte, hätte ich es mir nie träumen lassen, irgendwann wieder in Cedar Grove zu leben und im Schlafzimmer meiner Eltern mit Tracy Crosswhite zu vögeln.«

»So formuliert, hört sich das echt schräg an.« Sie fuhr ihm mit den Fingerspitzen über die Brust. »Sarah hat immer gesagt, dass sie mit mir zusammenleben würde. Und wenn ich sie gefragt habe, wie das denn gehen sollte, wenn ich mal heiratete, hat sie gesagt, wir würden Tür an Tür wohnen, unseren Kindern das Schießen beibringen und mit ihnen zu Wettkämpfen fahren, wie unser Dad das mit uns gemacht hat.«

»Könntest du dir vorstellen, wieder hierher zurückzukommen?« Tracys Finger erstarrten. »Tut mir leid!«, seufzte Dan. »Das hätte ich jetzt nicht fragen dürfen.«

Tracy schwieg. »Es fällt mir schwer, die guten Erinnerungen von den schlechten zu trennen«, sagte sie nach einer Weile.

»Und wozu gehöre ich?«

Sie richtete sich auf und sah ihn an. »Eindeutig zu den guten, Dan. Und es wird immer besser.«

»Hunger?«

»Die berühmten Bacon Cheeseburger?«

»Spaghetti Carbonara. Noch so eine von meinen Spezialitäten.«

»Machen all deine Spezialitäten dick?«

»Wären sie sonst so lecker?«

»Dann gehe ich ganz schnell unter die Dusche.«

»Das Essen steht auf dem Tisch, wenn du fertig bist.« Er drückte ihr einen Kuss auf die Nase und kletterte aus dem Bett.

»Du verwöhnst mich, Dan.«

»Ich gebe mir jedenfalls redlich Mühe.«

Als er sich noch einmal zu ihr herunterbeugte, um sie zu küssen, war sie schwer versucht, ihn wieder ins Bett zu zerren. Aber er entwand sich ihr gekonnt und entschwand die Treppe hinunter. Tracy ließ sich auf den Rücken fallen, umarmte ein Kopfkissen und hörte zu, wie er in der Küche rumorte,

Schubladen aufzog, mit Töpfen und Pfannen klapperte. Früher einmal war sie in Cedar Grove glücklich gewesen. Konnte sie das wieder schaffen? Vielleicht brauchte sie dazu nur jemanden wie Dan, bei dem sie sich zu Hause fühlte, und Cedar Grove wurde wieder zu dem, was es einmal gewesen war. Bloß war das Leben nie so einfach, wie man es gern hätte, was ihr doch eigentlich von Anfang an klar gewesen war. »Es führt kein Weg zurück«, lautete ein Sprichwort, und Sprichwörter hatten ja bekanntlich oft durchaus ihre Daseinsberechtigung. Genau wie manche Klischees nicht einfach nur Klischees waren, sondern den Nagel auf den Kopf trafen. Tracy warf das Kissen aus dem Bett. Genug! Jetzt war nicht der richtige Zeitpunkt, um über die Zukunft zu grübeln. Die Gegenwart bereitete ihr schon genügend Kopfzerbrechen.

Gleich morgen, als Erstes, würde sie im Zeugenstand sitzen.

46

Der Wetterbericht sollte zur Abwechslung einmal recht behalten: Der Schneesturm verschonte Cedar Grove in dieser Nacht, was allerdings nicht bedeutete, es wäre durchgreifend besser geworden. Am Morgen zeigte das Thermometer minus dreizehn Grad, so kalt wurde es im Cascade County selten. Aber selbst das hinderte die Zuschauer nicht daran, sich auch zum dritten Tag der Anhörung massenhaft im Gerichtssaal einzufinden. Tracy trug einen schwarzen Rock mit passendem Jackett und hatte sich hochhackige Pumps eingesteckt, die sie gleich nach ihrer Ankunft im Gericht anzog – anstelle der Winterstiefel, die sie auf dem Weg getragen hatte. Rock, Jackett, Pumps – das war ihre Standarduniform, wenn sie vor Gericht aussagen musste.

Noch hing die Aussicht auf einen Schneesturm drohend in der Luft, und Richter Meyers schien wild entschlossen, die Anhörung zügig voranzutreiben. Kaum saß er, forderte er Dan auch schon auf, seinen nächsten Zeugen aufzurufen.

»Die Verteidigung bittet Tracy Crosswhite in den Zeugenstand«, sagte Dan.

Tracy spürte den Blick von Edmund House im Rücken, als sie durch die Schwingtür zum Zeugenstand ging, wo sie schwor, die Wahrheit zu sagen, die ganze Wahrheit und nichts als die Wahrheit. Sie wusste, wie viel von ihrer Aussage abhing. Falls House freikam, hatte er das höchstwahrscheinlich ihr zu verdanken, eine Vorstellung, bei der ihr leicht übel wurde. Dan hatte ihr von seiner Unterhaltung mit Annabelle Bovines Vater erzählt und auch, dass Bovines Meinung nach das Gefängnis für Menschen wie Edmund House der einzig richtige Ort sei. Tracy zweifelte nicht daran, dass der Mann recht haben könnte, aber über diesen Punkt waren sie hinaus.

Um es ihr leichter zu machen, ließ sich Dan Zeit mit den einführenden Fragen und Richter Meyers drängte nicht. Wahrscheinlich konnte er sich gut vorstellen, wie belastend der Auftritt für Tracy war. »Man nannte sie Ihren ›Schatten‹, nicht wahr?«, begann Dan den eigentlichen Teil der Befragung, nachdem Tracys Background ausreichend beleuchtet worden war.

»Es kam mir und allen anderen wohl so vor, als wäre sie immer neben mir gewesen.«

Dan baute sich bei den Fenstern auf, vor denen dunkle Wolken an einem Unheil verkündenden Himmel hingen. Es schneite bereits wieder, wenn auch nur leicht. »In Ihrem Elternhaus – können Sie uns sagen, wo genau sich Ihr Zimmer befand und wo das von Sarah?«

Clark stand auf. Er war bei Tracys Aussage von Anfang an auf Widerspruch eingestellt, wollte allem Anschein nach verhindern, dass sie zügig und am Stück redete, und wirkte sehr besorgt, dass Dan eine Richtung einschlagen könnte, die nicht zugelassen war. »Einspruch, Euer Ehren! Irrelevant.«

»Mir geht es hier um die Klarstellung gewisser grundlegender Dinge.«

»Ich lasse die Frage zu, aber machen Sie zügig weiter, Herr Verteidiger.«

»Sarahs Zimmer lag fast direkt neben meinem, aber das war eigentlich egal. Sie hat meistens bei mir im Bett geschlafen. Sie fürchtete sich im Dunkeln.«

»Haben Sie sich ein Bad geteilt?«

»Ja. Es lag zwischen unseren Zimmern.«

»Und haben Sie öfter mal die Kleidung der anderen ausgeliehen?«

»Sarah manchmal öfter, als mir lieb war.« Tracy versuchte, ein Lächeln zustande zu bringen. »Wir waren etwa gleich groß und hatten einen ähnlichen Geschmack.«

»Auch bei Schmuck?«

»Ja.«

»Detective Crosswhite, würden Sie dem Gericht bitte die Ereignisse des 21. August 1993 schildern?«

Tracy holte tief Luft. Sie musste sich sammeln, durfte jetzt nicht die Fassung verlieren. »Sarah und ich traten beide bei den Landesmeisterschaften im Westernschießen an, die in Olympia stattfanden. Beim letzten Parcours lagen wir Kopf an Kopf. Bei diesem Parcours ging es darum, mit zwei Pistolen und beiden Händen auf Zeit zu schießen, auf zehn Ziele, immer abwechselnd rechts und links. Ich verfehlte ein Ziel, was bedeutete, dass eine Zeitstrafe von fünf Sekunden zu meinem Ergebnis dazuaddiert wurde. Ich hatte also verloren.«

»Und Sarah wurde Erste?«

»Nein, Sarah hat gleich zwei Ziele verfehlt.« Tracy lächelte. »Sarah hatte da schon seit zwei Jahren in keinem Wettkampf mehr zwei Ziele verfehlt, und schon gar nicht in ein und derselben Disziplin.«

»Wie soll ich das verstehen? Sie hat es mit Absicht getan?«

»Sarah wusste, dass Ben, mein Freund, mir an diesem Abend einen Heiratsantrag machen wollte. Er sollte mich abholen und hatte einen Tisch in unserem Lieblingsrestaurant bestellt.« Tracy trank einen Schluck Wasser. »Ich wusste, dass Sarah mich absichtlich gewinnen ließ, und habe mich schrecklich darüber geärgert. Das hat mein Urteilsvermögen beeinträchtigt.«

»Inwiefern?«

»Im Radio hatten sie ein Gewitter und schwere Regenfälle angekündigt. Ben holte mich vom Wettkampf ab, weil wir pünktlich im Restaurant sein mussten, sonst wäre die Tischreservierung verfallen.« Tracy hatte das Gefühl, als würden ihr die Worte im Hals stecken bleiben.

Dan half ihr weiter. »Deswegen musste Sarah allein nach Hause fahren.«

»Ich hätte darauf bestehen sollen, dass sie mit uns kommt. Ich habe sie nie wiedergesehen.«

Dan legte eine kurze Pause ein, ließ ihr Zeit, sich zu fangen. »Gab es bei diesem Wettkampf einen Preis?«, fragte er dann leise.

Tracy nickte. »Eine silbern beschlagene Gürtelschnalle.«

Dan nahm den Beutel mit der zinnfarbenen Schnalle vom Tisch mit den Beweismitteln, nannte laut die Beweisnummer und reichte Tracy den Beutel. »Dr. Rosa hat ausgesagt, diese Schnalle im Grab bei Sarahs Gebeinen gefunden zu haben. Können Sie uns erklären, wie sie dorthin kam, wo Sie sie doch gewonnen hatten?«

»Ich gab Sarah die Schnalle.«

»Warum?«

»Wie ich schon sagte: Ich wusste, dass sie mich mit Absicht hatte gewinnen lassen. Also gab ich ihr die Schnalle, ehe ich wegfuhr.«

»Und da haben Sie sie das letzte Mal gesehen?«

Tracy nickte. Dieser kurze Blick zurück, ehe Ben vom Parkplatz bog, dieser kurze Blick auf Sarah, die im Regen stand, Tracys schwarzen Stetson auf dem Kopf – sie wäre doch nie auf die Idee gekommen, dies könnte der letzte Blick auf ihre Schwester sein. Wie oft hatte sie in den letzten Jahren an diesen Moment gedacht. Das Leben konnte so flüchtig sein, so schwer vorhersehbar, selbst von einem Augenblick zum anderen. Ihre Wut auf Sarah tat ihr unendlich leid. Sie hatte es zugelassen, dass ihr Stolz die Oberhand gewann, hatte es Sarah übel genommen, dass die sie absichtlich gewinnen ließ. Woher hätte sie aber auch wissen sollen, warum Sarah das getan hatte? Woher hätte sie wissen sollen, dass Sarah ihr eine Freude hatte machen wollen? Tracy sollte den wichtigsten Abend ihres Lebens in vollen Zügen genießen und sich nicht grämen müssen, weil sie nur Zweite geworden war.

Sosehr sich Tracy auch bemühte, sie konnte nicht verhindern, dass sich eine Träne aus ihrem Augenwinkel löste. Sie zupfte ein Taschentuch aus dem Spender auf dem Tisch im Zeugenstand und tupfte sie sich ab. Im Saal mussten einige Besucher ebenfalls zu Taschentüchern greifen.

Dan gab vor, in seinen Aufzeichnungen nach etwas zu suchen, damit Tracy sich beruhigen konnte, ehe er die nächste Frage stellte. »Detective Crosswhite, würden Sie dem Gericht bitte erzählen, was Ihre Schwester trug, als Sie sie am 21. August des Jahres 1993 zum letzten Mal sahen?«

An dieser Stelle erfolgte völlig unerwartet ein Einspruch der Anklage: »Euer Ehren, die Zeugin kann diese Frage nicht verlässlich beantworten, sie muss spekulieren. Ich beantrage, die Frage nicht zuzulassen.«

Meyers winkte Anklage und Verteidigung nach vorn an die Richterbank. »Der Einspruch ist voreilig, Euer Ehren«, sagte Dan. »Es steht der Anklage frei, gegen einzelne Fragen Widerspruch einzulegen und Detective Crosswhites Erinnerungsvermögen später im Kreuzverhör genauestens zu hinterfragen, aber Zweifel an diesem Erinnerungsvermögen sind kein zulässiger Grund, die Frage insgesamt zu verbieten.«

»Ich zweifele nicht an der Fähigkeit von Euer Ehren, herauszufiltern, welche Aussagen der Zeugin glaubwürdig sind und welche nicht.« Clark klang fast schon verzweifelt. »Ich mache mir aber durchaus Sorgen darum, die Protokolle aus diesem Verfahren könnten jede Menge Spekulationen und Vermutungen enthalten.«

»Und es steht der Anklage frei, dazu Einwände vorzubringen, damit sie ebenfalls in die Protokolle einfließen«, sagte Dan.

»Ich stimme Mr O'Leary zu«, meinte der Richter. »Aber wir alle wissen ja, wie dieser Fall in den Medien breitgetreten wird. Weit mehr, als mir lieb ist. Da weiß ich die Besorgnis der Anklage in Bezug auf die Protokolle durchaus zu schätzen.«

Clark ergriff die Gelegenheit beim Schopf. »Euer Ehren, die Anklage beantragt eine Vorvernehmung dieser Zeugin, um herauszufinden, ob es unabhängig von den in diesem Verfahren bisher vorgelegten Beweisen noch einen anderen Grund für die Annahme gibt, sie könnte nach mehr als zwanzig Jahren in der Lage sein, genau zu sagen, was ihre Schwester an einem bestimmten Augusttag im Jahr 1993 trug.«

Meyers schien aufzuhorchen, wiegte sich nachdenklich in seinem Stuhl hin und her, ließ sich Zeit. Seine Entscheidung überraschte Tracy von daher nicht allzu sehr. »Ich gestatte der Anklage eine Vorvernehmung der Zeugin.«

Wenn ein Richter Anlass zur Annahme hatte, dass das Ergebnis einer Anhörung voraussichtlich vor einem Berufungsgericht enden würde, wurde er vorsichtig und entschied über Einwände eher konservativ, um möglichst wenig Gründe für eine Berufung zu sammeln. Das waren zumindest Tracys Erfahrungen vor Gericht. Indem Meyers Clark erlaubte, Tracys Erinnerungsvermögen zu prüfen, hinderte er Clark daran, später vor dem Berufungsgericht darauf zu pochen, dass Meyers falsch entschieden hatte, als er Fragen nach Sarahs Kleidung zuließ. So verringerte er die Möglichkeit, dass die Sache ihm wieder auf die Füße fiel.

Dan kehrte an seinen Tisch zurück und setzte sich neben House, der ihm etwas zuflüsterte. Dan antwortete nicht.

Clark rückte sich die Krawatte zurecht, die diesmal von einer Forelle geziert wurde. »Ms Crosswhite, erinnern Sie sich daran, was Sie am 21. August 1993 anhatten?«

»Ich wäre in der Lage, eine ziemlich fundierte Vermutung zu äußern.«

»Eine Vermutung!« Clark warf Meyers einen Blick zu.

»Ich war abergläubisch. Bei Wettkämpfen trug ich ein rotes Halstuch, eine türkisfarbene Schnürsenkel-Krawatte und meinen schwarzen Stetson. Und einen langen Ledermantel.«

»Verstehe. Und war Ihre Schwester auch abergläubisch?«

»Das hatte sie nicht nötig. Dazu war sie zu gut.«

»Dann können wir also keine ›Vermutungen‹ anstellen, was sie an jenem Tag getragen haben könnte?«

»Wir wissen nur, dass sie gern besser aussah als alle anderen.«

Einige der Zuschauer lächelten.

»Aber sie hatte kein spezielles Hemd, das sie bei jedem Wettkampf trug?«

»Sie trug Hemden von Scully. Das ist eine besondere Marke. Sie mochte die Stickerei.«

»Wie viele Scully-Hemden besaß sie denn?«

»So an die zehn werden es schon gewesen sein.«

»Zehn Hemden.« Clark nickte nachdenklich. »Und keine speziellen Stiefel? Keinen besonderen Hut?«

»Sie besaß mehrere Paar Stiefel und, soweit ich mich erinnere, ein halbes Dutzend Hüte.«

Clark wandte sich mit großer Geste der Geschworenenbank zu. Aber die war ja leer; es gab keine Jury, die er beeindrucken konnte. Also baute er sich an der Barriere auf, die den vorderen Teil des Gerichtssaals vom Zuschauerbereich trennte. »Dann gibt es also keine Grundlage, auf der basierend Sie mit einiger Sicherheit sagen können, was Ihre Schwester am 21. August 1993 trug? Es gibt, nach über zwanzig Jahren, lediglich Vermutungen und das, was Sie im Verlauf dieses Verfahrens gehört haben. Richtig?«

»Nein. Das ist nicht richtig.«

»Bitte?« Clark wirkte bestürzt. Richter Meyers beugte sich interessiert vor. In den Zuschauerreihen war es sehr still geworden. Clark wanderte langsam zurück zum Zeugenstand. Er steckte in dem klassischen Dilemma, das wohl jeder Anwalt vom Kreuzverhör her kennt: Sollte er weiter fragen und damit womöglich eine Büchse der Pandora öffnen, von deren Inhalt er nicht die geringste Ahnung hatte? Oder sollte er das Thema wechseln? Nur dass Clark noch schlimmer in der Patsche steckte, wie Tracy aus ihren Erfahrungen als Zeugin in Mordprozessen wusste, denn er selbst hatte die Sache mit Tracys Gedächtnis zur Sprache gebracht. Wenn er ihre letzte Bemerkung jetzt einfach stehen ließ, ohne eine klärende Frage zu stellen, dann würde Dan das tun. Im Grunde stand die Büchse der Pandora schon offen. »Aber Sie erinnern sich doch sicher nicht daran, was Sarah getragen hat?« Clark klang lange nicht mehr so forsch wie vorher.

»Nein. Jedenfalls nicht mit Gewissheit.«

»Und wir haben bereits klargestellt, dass sie nicht abergläubisch war und von daher bei Wettkämpfen keine bestimmte Kleiderordnung einhielt.«

»Richtig.«

»Was für Möglichkeiten ...« Clark unterbrach sich.

Tracy beschloss, nicht zu warten, bis Clark sich entschieden hatte, ob er die Frage nun zu Ende stellen sollte oder nicht. »Ein Foto«, sagte sie.

Clark zuckte zusammen. »Aber doch sicher nicht von jenem Tag.«

»Doch, von jenem Tag.« Tracy nickte gelassen. »Es wurde ein Polaroidfoto vom Siegertrio gemacht. Sarah ist mit drauf, sie war ja Zweite geworden.«

Clark räusperte sich. »Und dieses Foto haben Sie ganz zufällig zwanzig Jahre lang aufbewahrt?«

»Natürlich. Es war das letzte Foto, das je von Sarah gemacht wurde.«

Das Foto war nie inventarisiert worden und tauchte in keiner Ermittlungsakte auf, weil Tracy es damals am Tag nach dem Wettkampf an sich genommen hatte, als sie zusammen mit Calloway im verlassenen Ford Pick-up nach Hinweisen suchte.

Clark sah Meyers an. »Euer Ehren, ich bitte um eine Besprechung in Ihren Räumen.«

»Abgelehnt. Sind Sie fertig mit Ihrem Vorverhör?«

»Euer Ehren, ich lege Widerspruch ein. Ein solches Foto ist in diesem Fall nie vorgelegt worden. Wir hören jetzt zum ersten Mal davon.«

»Mr O'Leary?«, fragte Meyers.

Dan stand auf. »Soweit ich das beurteilen kann, sieht die Staatsanwaltschaft das richtig, Euer Ehren. Die Verteidigung war nicht im Besitz dieses Fotos. Sie hatte also auch keine Möglichkeit, es vorher vorzulegen, selbst wenn ein solcher Antrag gestellt worden wäre. Die Staatsanwaltschaft dagegen hätte durch Detective Crosswhite jederzeit Zugang dazu haben können.«

»Ich lehne den Widerspruch ab«, entschied Meyers. »Mr O'Leary, Sie dürfen mit der Vernehmung fortfahren.«

Dan stand auf. »Haben Sie das Foto bei sich, Detective Crosswhite?«

Tracy zog das gerahmte Foto aus ihrer Aktentasche. Unter den Zuschauern wurde es unruhig, sodass Richter Meyers zum Hammer greifen musste. Nachdem das Foto mit einer Nummer versehen und als Beweismittel aufgenommen worden war, ließ Dan Tracy beschreiben, was Sarah darauf anhatte. Als Nächstes sollte sie die Ohrringe und die Kette beschreiben, die ihre Schwester auf dem Foto trug.

»Die Ohrringe sind aus Jade und haben die Form von Tränen, die Kette ist eine schlichte Silberkette, ein einzelner Strang.«

»Erkennen Sie diese Ohrringe wieder?« Dan hielt die Ohrringe hoch, die Rosa neben Sarahs Gebeinen gefunden hatte.

»Ja. Es sind dieselben Ohrringe, die Sarah auf dem Foto trägt.«

Als Dan die Ohrringe in Form zweier winziger Pistolen holte, die beim ersten Prozess gegen House eine zentrale Rolle gespielt hatten, wurde es erneut unruhig im Saal. Wieder nannte Dan die Beweismittelnummer, ehe er Tracy fragte, ob sie auch diese Ohrringe wiedererkenne.

»Ja. Sie haben ebenfalls Sarah gehört.«

»Trug sie sie an dem Tag, als sie entführt wurde?«

Clark schoss aus seinem Stuhl.

»Einspruch, Euer Ehren! Die Zeugin hat gesagt, sie könnte sich nicht mit Sicherheit daran erinnern, was ihre Schwester an jenem Tag trug. Sie kann lediglich bezeugen, dass die Jade-Ohrringe mit denen auf dem Foto identisch sind.«

»Ich ziehe die Frage zurück«, sagte Dan. »Detective Crosswhite, sind das die Ohrringe, die Ihre Schwester auf dem Foto trägt?«

»Nein, das sind sie nicht.«

Dan legte die Ohrringe wieder zurück auf den Tisch mit den Beweismitteln und setzte sich. Das Murmeln im Saal war so laut geworden, dass Meyers mahnend den Hammer schwang.

»Ich erinnere die Zuschauer an meine Worte zu Beginn des Verfahrens. Reißen Sie sich zusammen!«

Clark stürmte jetzt förmlich auf Tracy und den Zeugenstand zu.

»Sie haben ausgesagt, dass Ihre Schwester sehr modebewusst war, richtig?«

»Ja, das war sie.«

»Sie haben ausgesagt, dass Sarah eine ganze Reihe von Ensembles besaß, die sie bei Wettkämpfen trug, verschiedene Hemden und Hosen und Hüte. Richtig?«

»Ja.«

»Hat sie zusätzliche Kleidung eingepackt, wenn sie beide zu Wettkämpfen fuhren, und sich umgezogen, weil sie sich nicht sicher war, was sie tragen sollte?«

»Manchmal mehr als einmal«, sagte Tracy. »Eine nervige Angewohnheit.«

»Galt das auch für den Schmuck, den sie trug? Hat sie den auch manchmal gewechselt?«

»Ja, ich kann mich erinnern, dass sie das manchmal getan hat. Vor allem, wenn die Wettkämpfe über mehrere Tage gingen.«

»Danke.« Clark wirkte erleichtert, als er sich setzte.

Dafür stand Dan auf. »Nur kurz, Euer Ehren! Detective Crosswhite, wenn Sie sagen, Sie erinnern sich an Tage, an denen Ihre Schwester ihren Schmuck gewechselt hat, wenn Sie beide an Wettkämpfen teilnahmen – erinnern Sie sich an eine einzige Gelegenheit, bei der sie den Schmuck anlegte, der im ersten Prozess gegen Edmund House vorgelegt wurde? Die Ohrringe in Form von Pistolen, die als Beweismittel der Anklage mit den Nummern 34A und 34B registriert wurden?«

»Nein, das habe ich sie nie tun sehen.«

Dan deutete auf Clark. »Die Frage des Staatsanwalts legt nahe, dass das doch eine Möglichkeit gewesen wäre. Wäre es denn eine gewesen?«

Clark erhob umgehend Einspruch: »Die Zeugin soll schon wieder Vermutungen anstellen. Sie kann nur aussagen, was sich mit dem Foto belegen lässt.«

»Die Frage führt wirklich zu Vermutungen, Mr O'Leary«, sagte Meyers.

»Das hohe Gericht möge bitte noch einmal Nachsicht walten lassen, Euer Ehren. Ich glaube, Detective Crosswhite kann erklären, warum ihre Schwester diese Ohrringe auf keinen Fall getragen hat.«

»Ich lasse Nachsicht walten, aber die Verteidigung möge sich bitte beeilen.«

»Hätte es möglich sein können, dass Ihre Schwester diese Pistolen-Ohrringe trug?«, fragte Dan.

»Nein.«

»Wie können Sie da so sicher sein? Sie haben gerade ausgesagt, dass Ihre Schwester dazu neigte, ihre Meinung zu ändern.«

»Mein Vater hat Sarah diese Pistolen-Ohrringe und die Kette geschenkt, als sie mit siebzehn Landesmeisterin im Westernschießen wurde. Das war 1992, die Jahreszahl ist hinten in den Ohrringen eingraviert. Sarah hat sie nur ein einziges Mal getragen, weil sie davon eine schlimme Entzündung bekam. Ihre Ohrläppchen schwollen an wie Luftballons. Sie konnte nur Ohrringstecker aus vierundzwanzigkarätigem Gold oder echtem Sterlingsilber tragen. Mein Vater dachte, sie wären aus echtem Silber, aber das war eindeutig nicht der Fall. Sarah hat es ihm gegenüber nie erwähnt, weil sie nicht wollte, dass er sich ärgerte. Soweit ich weiß, hat sie sie nur dieses eine Mal getragen.«

»Wo hat sie sie aufbewahrt?«

»In einem Schmuckkästchen auf der Kommode in ihrem Zimmer.«

Meyers hatte aufgehört, sich in seinem Stuhl zu wiegen, und im Zuschauerbereich war es mucksmäuschenstill geworden. Draußen vor den Fenstern hingen die dunklen Wolken unheimlichen Fingern gleich noch tiefer als am Morgen, und der Schneefall war dichter geworden.

»Danke.« Dan kehrte wortlos an seinen Tisch zurück.

Clark saß reglos da, den Zeigefinger über die Lippen gelegt. Als Tracy den Zeugenstand verließ und in den Zuschauerbereich zurückging, klapperten ihre Absätze ungewöhnlich laut über den Boden, bis eine heftige Windböe an den Fenstern rüttelte und die Leute in Fensternähe aufschreckte. Eine Frau schnappte hörbar nach Luft, aber abgesehen davon rührte sich niemand. Selbst Maria Vanpelt, prächtig herausgeputzt in einem königsblauen Hosenanzug von St. John, saß regungslos da und wirkte nachdenklich.

Nur ein Mensch schien wahrlich Gefallen an diesem Morgen gefunden zu haben. Edmund House kippte seinen Stuhl zurück, bis dieser nur noch auf den hinteren Beinen stand, und grinste über beide Wangen wie ein Mann, der sich gerade in einem erstklassigen Restaurant satt gegessen und jeden einzelnen Bissen genossen hatte.

47

Richter Meyers wirkte schicksalsergeben, als er nach der Mittagspause wieder auf die Richterbank kletterte. »Anscheinend will der Wetterfrosch diesmal recht behalten: Der Sturm rückt näher und sie rechnen damit, dass er früher als angenommen zuschlägt, nämlich schon heute Nachmittag. Ich möchte beide Seiten drängen, diese Sache, wenn irgend möglich, noch heute zu Ende zu bringen.«

Dan stand auf. »Harrison Scott ist der letzte Zeuge der Verteidigung.«

»Dann lassen Sie uns anfangen!«, sagte Meyers.

Scott, groß und schlank, betrat den Zeugenstand in einem stahlgrauen Anzug. Dan stellte in rascher Folge die Fragen zu seiner Ausbildung und seinen Referenzen. Scott hatte die staatlichen kriminaltechnischen Labore von Seattle und Vancouver, Washington, geleitet, ehe er sich selbstständig gemacht und ein privates forensisches Labor – Independent Forensic Laboratories – gegründet hatte.

»Auf welche Art von Untersuchungen ist Ihr Labor spezialisiert?«, fragte Dan.

Scott schob sich eine sandfarbene Haarsträhne aus der Stirn. Abgesehen von den grauen Schläfen wirkte er viel zu jung für seinen beeindruckenden Lebenslauf. Er sah aus, als gehöre er eigentlich eher auf ein Surfbrett irgendwo an der Küste von Kalifornien. »Wir erledigen alle Arten forensischer Arbeit: DNA-Analysen,

Untersuchung älterer Fingerabdrücke, Schusswaffenanalyse, Werkzeugspurenanalyse, Tatortuntersuchung und Mikroanalyse von Dingen wie Haaren und Fasern, Glas, Farbe.«

»Erklären Sie dem Gericht kurz, worum ich Sie in diesem Fall gebeten habe?«

»Sie wollten DNA-Analysen von drei Blutproben und dreizehn Haarproben.«

»Teilte ich Ihnen mit, woher die Proben stammten?«

»Die DNA-Proben waren im kriminaltechnischen Labor der Washington State Patrol aufbewahrt worden, und zwar im Zusammenhang mit polizeilichen Ermittlungen im Fall einer vermissten jungen Frau namens Sarah Crosswhite.«

»Könnten Sie dem Gericht kurz erklären, worum es bei einer DNA-Analyse geht?«

»Das Gericht kennt DNA-Analysen und -Tests«, sagte Meyers, der sich Notizen machte, ohne den Kopf zu heben. »Fahren Sie fort.«

»Haben Sie an den Blut- und Haarproben, die ich Ihnen gab, DNA-Analysen vorgenommen?«

»Das haben wir getan.« Scott erklärte, was in seinem Labor genau gemacht worden war.

»Gab es diese Tests auch schon im Jahr 1993?«

»Nein.«

»Fangen wir mit dem Blut an. Konnten Sie anhand der Proben, die ich Ihnen gab, ein DNA-Profil erstellen?«

»Es war nicht möglich, ein vollständiges Profil zu erstellen. Das lag am Alter der Proben und an der Art der Aufbewahrung, bei der man Kreuzkontamination nicht ausschließen konnte.«

»Waren Sie bei einer der Blutproben in der Lage, wenigstens ein Teilprofil zu erstellen?«

»Nur bei einer.«

»Und erlaubte Ihnen dieses Teilprofil einen eindeutigen Schluss?«

»Nur, dass die Probe von einem Mann stammte.«
»Einem bestimmten Individuum könnten Sie sie nicht zuordnen?«
»Nein.«
Dan nickte. Er warf einen Blick in seine Unterlagen. Die Ergebnisse von Scotts Untersuchung bestätigten die Aussage von House, derzufolge das Blut im Pick-up von ihm stammte, und untermauerte wenigstens in Teilen seine Behauptung, er hätte sich bei der Arbeit in der Tischlerwerkstatt verletzt und wäre zum Pick-up gegangen, um seine Zigaretten zu holen, ehe er ins Haus gegangen sei, um die Kratzer und Schnitte zu versorgen. »Beschreiben Sie jetzt bitte die Tests, die Sie an den Haarproben vornahmen.«

»Wir haben uns die Haare unter dem Mikroskop angesehen. Von den dreizehn Haaren, die wir untersuchten, besaßen sieben eine Haarwurzel. Bei diesen sieben war die Erstellung eines DNA-Profils möglich.«

»Und haben Sie anhand dieser Proben DNA-Profile gemacht?«

»Ja. Von fünf dieser Proben.«

»Haben Sie diese Profile mit den DNA-Profilen abgeglichen, die in den entsprechenden landes- und bundesweiten Datenbanken abgespeichert sind?«

»Ja.«

»Und gab es Übereinstimmungen?«

»Ja. Wir haben bei drei der fünf Proben einen sogenannten positiven Treffer landen können.«

»Was verstehen Sie unter einem positiven Treffer?«

»Dass das erstellte DNA-Profil in einer der Datenbanken zu finden ist. In diesem Fall passten drei der Haarproben zu einem Profil in den landes- und bundesweiten Datenbanken.«

»Danke, Mr Scott. Lassen Sie uns noch einmal einen Schritt zurückgehen. Habe ich Ihnen noch etwas gegeben mit der Bitte, eine DNA-Analyse vorzunehmen?«

»Ja. Sie gaben mir ein blondes Haar und baten mich, es unabhängig von den anderen zu analysieren.«

»Sagte ich Ihnen, woher dieses Haar stammt?«

»Nein.«

»Konnten Sie anhand dieses blonden Haares ein DNA-Profil erstellen?«

»Ja. Auch dieses Profil haben wir mit den landesweiten und nationalen Datenbanken abgeglichen und konnten einen positiven Treffer erzielen.«

»Sagen Sie uns bitte, welche Person Sie in der Datenbank dieses Bundesstaates fanden, deren DNA-Profil mit dem des einzelnen blonden Haares übereinstimmte, das ich Ihnen gab?«

»Das DNA-Profil stimmte mit dem der Polizeibeamtin Tracy Crosswhite überein, das in der Datenbank dieses Bundesstaates gespeichert ist.«

Tracy fühlte, wie sich die Blicke sämtlicher Zuschauer auf sie richteten.

»Okay. Sie haben ausgesagt, dass Sie auch bei drei Haaren, die sich in den Akten der Polizei befanden, eine Übereinstimmung mit einem DNA-Profil in der Datenbank dieses Staates feststellen konnten. Können Sie auch sagen, um wen es sich in diesem Fall handelte?«

»Die aus den drei Haaren gewonnene DNA stimmte ebenfalls mit der DNA überein, die in der Datenbank des Staates Washington für Tracy Crosswhite aufbewahrt wird.«

Im Saal wurde es unruhig.

»Meine Güte!«, flüsterte eine Männerstimme vernehmlich.

Meyers schlug einmal mit dem Hammer auf den Richtertisch, und es wurde wieder ruhig.

»Nur damit ich ganz sicher sein kann: Die DNA, die aus den drei Haaren gewonnen wurde, die sich in der Ermittlungsakte befanden, weil sie in der Fahrerkabine des roten Chevy

Pick-ups gefunden wurden, von dem hier schon mehrfach die Rede war, stammen von Tracy Crosswhite?«

»Das ist korrekt.«

»Wie stehen die Chancen, dass Sie sich irren?«

Scott lächelte. »Eins zu mehreren Milliarden.«

»Dr. Scott, Sie sagten vorhin, Sie hätten für insgesamt fünf Haare DNA-Profile erstellen können. Wenn drei davon von Detective Crosswhite stammen, stammen die anderen beiden Haare auch von ihr?«

»Nein.«

»Konnten Sie in Bezug auf diese Proben irgendetwas herausfinden?«

»Ja. Die beiden Haare gehören zu einer Person, die mit Detective Crosswhite genetisch verwandt ist.«

»Wie eng verwandt?«

»Ein Geschwisterteil.«

»Eine Schwester?« Dan beugte sich vor.

»Ganz eindeutig eine Schwester.«

48

Nachdem Harrison Scott nach kurzem Kreuzverhör durch die Anklage den Zeugenstand verlassen hatte, wollte Richter Meyers von Clark wissen, ob die Staatsanwaltschaft eigene Zeugen aufrufen wolle.

So, wie er fragte, klang ziemlich deutlich durch, dass er das nicht besonders klug fände. Und wen hätte die Staatsanwaltschaft auch aufrufen sollen? Deren Zeugen aus dem Jahr 1993 hatten alle im Zeugenstand gesessen und keiner von ihnen hatte sich dort diesmal mit Ruhm bekleckert.

Clark erhob sich. »Die Anklage möchte keine Zeugen aufrufen, Euer Ehren.«

Meyers nickte. »Dann machen wir jetzt eine Pause.« Und er verließ Richterbank und Saal, ohne zu erklären, warum er nicht gleich für diesen Tag Schluss machte. Die Tür hatte sich kaum hinter ihm geschlossen, da kam Leben in die Zuschauermenge, und die Presse versuchte wieder einmal, sich auf Tracy zu stürzen, aber die war auch jetzt wieder schneller und erreichte den Saalausgang, ehe sich davor ein Stau bildete. Dort wartete bereits Finlay Armstrong auf sie, um ihr die Flucht zu erleichtern. »Ich brauche frische Luft!«, sagte sie, als sie ihn sah.

»Da weiß ich etwas.«

Er führte sie eine Hintertreppe hinunter und zu einer Seitentür hinaus auf eine Betonveranda an der Südseite des

Gebäudes. Tracy erinnerte sich daran, dass sie hier auch während des Prozesses gegen Edmund House manchmal gestanden hatte.

»Ich muss kurz mal allein sein«, bat Tracy.

»Ist das denn gut für Sie? Soll ich an der Tür Wache stehen?«

»Nein, ist schon gut. Und ja, ich möchte wirklich allein sein.«

»Ich sage Bescheid, wenn der Richter zurückkommt.«

Draußen war es bitterkalt, trotzdem schwitzte Tracy. Sie atmete auch schwer. Die Endgültigkeit und das Ausmaß der Dinge, die bei der Anhörung zur Sprache gekommen waren, hatten selbst sie zutiefst erschüttert, sie musste das alles erst einmal sacken lassen.

Laut Harrison Scott gehörten die im roten Chevy gefundenen Haare nicht nur Sarah. Einige von ihnen stammten von Tracy, was ernste Zweifel an der Seriosität und Aussagekraft dieser Beweise weckte. Außerdem durfte inzwischen jedem klar sein, dass Sarah die Ohrringe, die im Prozess gegen House vorgelegt worden waren, nicht getragen hatte, als sie entführt worden war. Dann das Auftauchen von Plastikresten und Teppichfasern im Grab, das Calloways Aussage, House habe ihm gestanden, Sarah sofort umgebracht und vergraben zu haben, ernsthaft infrage stellte. Ganz zu schweigen von Dans perfekter Demontage von Ryan Hagen. Man konnte wohl inzwischen davon ausgehen, dass Meyers House einen neuen Prozess zugestehen würde. Daran musste Tracy jetzt denken, und noch weiter, über den Prozess hinaus. Sie musste es irgendwie hinbekommen, dass die Ermittlungen zum Tode ihrer Schwester wieder aufgenommen wurden. Und sie musste ganz dringend ein paar Leute zum Sprechen bringen. Verschwörer vergaßen gern mal, was sie zusammengeschweißt hatte, und fielen übereinander her, wenn ihnen ganz real Strafverfolgung und Gefängnis drohten. Das hatte ihr Leben als Polizistin Tracy gelehrt.

Inzwischen färbte ihr die Kälte, die anfangs so belebend gewirkt hatte, die Wangen rot und ihre Fingerspitzen waren schon ganz taub gefroren. Tracy wollte zurück in die Wärme, musste aber feststellen, dass Maria Vanpelt sie die ganze Zeit durch die Glastür hindurch beobachtet hatte.

»Werden Sie eine Stellungnahme abgeben, Detective?« Die Frau kannte auch nur eine Frage.

Tracy blieb stehen, sagte aber nichts.

»Ich verstehe jetzt auch, wieso Sie meinten, die Sache wäre privat«, fuhr Vanpelt fort. »Das mit Ihrer Schwester tut mir leid. Ich bin zu weit gegangen.«

Tracy brachte ein kurzes Nicken zustande.

»Irgendeine Theorie, wer es getan haben könnte?«

»Nichts Konkretes.«

Vanpelt kam näher. »Es war wirklich nicht persönlich, Detective. Ich bin beim Fernsehen, da geht es um Quoten.«

Aber Tracy wusste, wie persönlich es war. Für sie und für die Vanpelt. Eine Kommissarin aus dem Morddezernat, die einem verurteilten Mörder zu einem neuen Prozess verhalf, das war nun mal ein prima Stoff für eine Story. Und wenn es sich bei dem Opfer noch dazu um die Schwester der Kommissarin handelte, dann wurde daraus ein erstklassiger Stoff. Erstklassiger Stoff bedeutete nicht nur erstklassige Quoten für den Sender, sondern auch beste Publicity für Vanpelt. Und für Leute wie sie war Publicity alles.

»Ihnen geht es um die Einschaltquoten«, sagte Tracy. »Nicht um mich oder meine Familie, auch nicht um diese Stadt und ihre Einwohner. Jeder Mord hat ganz reale Auswirkungen. In diesem Fall auf mein Leben. Und auf das meiner Eltern. Natürlich auf das meiner Schwester. Und auf das Leben von Cedar Grove. Was sich hier vor zwanzig Jahren abspielte, hatte und hat Auswirkungen auf uns alle.«

»Wie wäre es dann mit einem Exklusivinterview, bei dem Sie uns Ihre Seite der Geschichte schildern?«

»Meine Seite der Geschichte?«

»Eine zwanzig Jahre währende Suche, die sich offenbar gerade ihrem Ende nähert.«

Tracy sah den ersten dicken Schneeflocken zu, die gerade aus einem sich immer wütender gebärdenden Himmel fielen. Glaubte man dem Himmel, dann würden die Wetterfrösche diesmal recht behalten und ihnen allen stand ein schlimmer Schneesturm bevor. Sie musste an Kins und Dan denken. Beide hatten sie gefragt, was sie tun würde, wenn die Anhörung beendet war.

»Wissen Sie, das ist so eine Sache, die Sie nicht verstehen und wohl auch nie verstehen werden«, sagte sie leise. »Für Sie ist alles vorbei, wenn die Anhörung vorbei ist. Sie machen mit der nächsten Story weiter. Dieser Luxus ist mir nicht vergönnt. Für mich wird es nie vorbei sein. Für Cedar Grove auch nicht. Wir haben alle gerade erst gelernt, mit dem Schmerz zu leben.«

Sie schob sich an Vanpelt vorbei zurück ins Gericht, bis zum Äußersten gespannt auf das, was Meyers zu sagen hatte.

Der Richter wirkte anders als in den vergangenen Tagen, fand Tracy, als Meyers wieder auf seiner Bank Platz nahm, Papiere hin und her schob und einen Stapel Dokumente verrückte. Er nahm einen gelben Notizblock zur Hand, setzte seine Lesebrille auf und musterte über deren Rand hinweg die inzwischen halb leeren Zuschauerbänke. Viele Besucher waren dann doch lieber nach Hause gegangen, ehe der Sturm richtig einsetzen konnte.

»Ich habe mir die Freiheit genommen, in der Pause nicht nur den Wetterbericht zu konsultieren, sondern auch diverse Gesetzbücher. Ich wollte ganz sicher sein können, wie weit meine Befugnisse in diesem Verfahren reichen.« Meyers schwieg kurz, ehe er fortfuhr: »Fangen wir mit dem Wichtigsten an: Wir erwarten für den frühen Abend einen schweren Schneesturm, das wurde mir von allen Seiten bestätigt. Bei einer solchen Vorhersage wäre es unverantwortlich, diese Anhörung noch weiter fortzusetzen. Ich bin bereit, meine vorläufige Erfassung der Fakten darzulegen und zu verkünden, welche Rechtsfolgerung sich für mich daraus ergibt.«

Tracy sah Dan an. Edmund House sah Dan an. Anklage und Verteidigung hatten während der Pause eingepackt und ihre Tische leer geräumt, weil sie davon ausgegangen waren, dass bis auf die Verkündung des Zeitrahmens, in dem der Richter seine Entscheidung treffen würde, heute mit nichts mehr zu rechnen war. Jetzt kramten sie hektisch Papier und Bleistift hervor, wozu ihnen Meyers kaum Zeit ließ.

»In meinen dreißig Jahren als Richter ist mir noch nichts untergekommen, was derart eklatant nach Fehlurteil aussah wie das, worüber wir die letzten Tage verhandelten. Ich weiß nicht genau, was hier vor zwanzig Jahren geschah. Darüber und über das Schicksal der Verantwortlichen werden wohl die Justizbehörden zu entscheiden haben. Eins allerdings weiß ich genau: Die Verteidigung hat in dieser Anhörung schlüssig nachgewiesen, dass die Beweise, die im Jahre 1993 im Verfahren gegen Edmund House vorgelegt wurden und zu dessen Verurteilung führten, erhebliche Fragen aufwerfen, was ihre Zulässigkeit betrifft. Ich werde auf diese Ungebührlichkeit, die mir deutlich erwiesen scheint, in meiner schriftlichen Begründung im Detail eingehen, möchte aber jetzt schon die Gelegenheit ergreifen, meine Meinung dazu zum Ausdruck zu bringen. Ich kann diesen Häftling nämlich nicht mit gutem Gewissen wieder ins Gefängnis zurückschicken, und sei es auch nur für einen Tag.«

Wieder sah House seinen Anwalt an, er wirkte verwirrt und ungläubig. Im Zuschauerraum wurde leise, aber erregt geflüstert, was Meyers unter Einsatz seines Hammers sofort unterband.

»Unser Rechtssystem basiert auf Wahrhaftigkeit. Es basiert darauf, dass alle, die Teil dieses Systems sind, die Wahrheit sagen und respektieren. Die Wahrheit, die ganze Wahrheit und nichts als die Wahrheit, so wahr ihnen Gott helfe. Nur so kann unser

Rechtssystem funktionieren, nur so können wir Angeklagten ein faires Verfahren garantieren. Das System ist nicht perfekt, und wir können die Zeugen, die keinen Respekt vor der Wahrheit haben, nur schwer kontrollieren. Anders verhält es sich bei allen, die Teil unseres Verfahrens der Rechtspflege sind. Bei den Gesetzeshütern und den Juristen, die einen Eid geschworen haben, um vor einer Richterbank praktizieren zu dürfen.« Respekt – da hatte es Meyers geschafft, in einem einzigen Satz Calloway, Clark und DeAngelo Finn zu verdammen. »Wie gesagt, es ist kein fehlerfreies System. Und wie mein geschätzter Kollege William Blackstone es einmal so treffend formulierte: ›Es ist besser, wenn zehn Schuldige davonkommen, als dass ein Unschuldiger verfolgt wird.‹« Meyers sah auf.

»Mr House, ich weiß nicht, ob Sie das Verbrechen begangen haben, dessen man Sie angeklagt, vor Gericht gestellt und verurteilt hat. Es ist auch gar nicht meine Aufgabe, das zu entscheiden. Es ist allerdings meine Aufgabe, zu entscheiden, ob Sie einen fairen Prozess erhalten haben, wie unsere Vorfahren es vorsahen und wie es in unserer Verfassung garantiert wird. Und ich bin aufgrund der mir vorgelegten Beweise zu dem Schluss gekommen, dass daran erhebliche Zweifel bestehen. Daher wird meine Empfehlung an das Berufungsgericht sein, das Verfahren wieder an ein Schwurgericht zu übergeben, damit Sie einen neuen Prozess bekommen.«

House ließ das Kinn auf die Brust sinken. Seine Hände lagen flach auf dem Tisch, die breiten Schultern hoben und senkten sich, als er einen tiefen Seufzer ausstieß.

»Ich bin keineswegs naiv«, fuhr Meyers fort. »Ich weiß durchaus, dass die vergangenen zwanzig Jahre Beweise schal und die Erinnerung von Zeugen lückenhaft werden ließen. Die Aufgabe, mit der sich die Anklage konfrontiert sieht, wird dadurch noch schwerer, als sie es vor zwanzig Jahren schon war. Aber sollte sich das als erheblicher Nachteil erweisen, so ist dies ein Nachteil, den sich die Anklage selbst zuzuschreiben hat. Damit habe ich mich nicht zu befassen.«

Meyers sah House an. »Es wird dauern, bis ich die Erfassung der Fakten und die Rechtsfolgerung schriftlich formuliert habe, und ich nehme an, das Berufungsgericht wird ebenfalls einige Zeit brauchen, um beides zu bewerten. Wahrscheinlich wird die Staatsanwaltschaft ja auch Widerspruch gegen meine Entscheidung einlegen, und dann wird es die eine oder andere unvermeidbare Verzögerung geben, bis die Sache an das nächsthöhere Gericht weitergegeben werden kann und es zu einem neuen Prozess kommt – wenn es denn dazu kommt. Aber diese Verzögerungen brauchen Sie nicht zu interessieren, Mr House.«

Tracy erkannte, worauf Meyers hinauswollte. Damit stand sie nicht allein. Im Saal wurde es zunehmend unruhig.

»Ich ordne von daher Ihre Freilassung an, Mr House, und zwar vom Cascade County Jail aus, wo man Ihre Entlassungspapiere zusammenstellen wird, und unter gewissen Auflagen. Kaution verhänge ich keine, denn zwanzig Jahre Haft sind ein hoher Preis. Sie haben bereits teuer bezahlt. Ich ordne jedoch an, dass Sie den Staat Washington nicht verlassen, sich jeden Tag bei Ihrem Bewährungshelfer melden, weder Alkohol noch Drogen konsumieren und sich an die Gesetze dieses Staates und dieses Landes halten. Verstehen Sie die Auflagen?«

Edmund House, der drei Tage lang stumm gewesen war, stand auf. »Ja, ich habe alles verstanden, Herr Richter.«

49

Während Richter Meyers zum Abschluss noch einmal kräftig den Richterhammer schwang, kannten die Reporter kein Halten mehr: Sie stürmten den Tisch der Verteidigung und bombardierten Dan und House mit Fragen. Dan gelang es, sie so lange zu beruhigen, bis die Wärter seinem Mandanten Hand- und Fußfesseln angelegt und ihn durch die Hintertür aus dem Gericht geschafft hatten, um ihn ins Cascade County Jail zu bringen, wo die Entlassungsformalitäten erledigt werden sollten.

Danach, verkündete Dan, würden House und er im Gefängnis eine Pressekonferenz abhalten.

Finlay Armstrong kam, um Tracy aus dem Gerichtssaal zu begleiten. An der Tür drehte sie sich noch einmal um – plötzlich war ihr, als seien keine zwanzig Jahre vergangen und sie sähe aus dem Fenster von Bens Pick-up zum letzten Mal ihre Schwester allein im Regen stehen.

Dan blickte hoch, fing ihren Blick auf und warf ihr ein winziges, kaum merkliches Lächeln zu.

Dann war sie auch schon aus der Tür und ließ sich von Finlay die Marmortreppe hinunter in den Innenhof führen. Ein paar Reporter, die gemerkt hatten, dass bei Dan und House nichts zu holen war, liefen ihr nach, Kameraleute überholten sie rennend, um sie von vorn beim Verlassen des Gerichts zu filmen.

»Fühlen Sie sich jetzt bestätigt?«

»Darum ging es doch gar nicht!«, sagte Tracy.

»Worum ging es denn dann?«

»Es ging immer um Sarah. Es ging immer darum, herauszufinden, was meiner kleinen Schwester zugestoßen ist.«

»Werden Sie weiter ermitteln?«

»Ich werde beantragen, dass die Ermittlungen im Mordfall Sarah Crosswhite wieder aufgenommen werden.«

»Haben Sie irgendeinen Verdacht, wer Ihre Schwester umgebracht haben könnte?«

»Wenn es so wäre, erführen das als Erstes die Leute, die in ihrem Mordfall ermitteln werden.«

»Wissen Sie, wie Ihre Haare in den Pick-up von Edmund House kamen?«

»Jemand hat sie dort hineingelegt.«

»Wissen Sie, wer das war?«

Tracy schüttelte den Kopf. »Nein.«

»Glauben Sie, es war Sheriff Calloway?«

»Ich sagte bereits, ich weiß es nicht.«

»Was ist mit dem Schmuck?«, rief ein anderer Reporter. »Wissen Sie, wer House den Schmuck untergeschoben hat?«

»Ich werde hier keine Vermutungen anstellen.«

»Wenn Edmund House Ihre Schwester nicht umbrachte, wer war es dann?«

»Ich sage noch einmal: Ich werde keine Vermutungen äußern.«

In der Marmorrotunde lauerten noch mehr Kameras und Mikrofone. Ein Durchkommen war unmöglich. Tracy blieb stehen.

»Glauben Sie, der Mörder Ihrer Schwester wird sich je vor Gericht verantworten müssen?«, wollte ein Reporter wissen.

»Ich möchte, dass die Ermittlungen im Fall Sarah Crosswhite wieder aufgenommen werden. Die Entscheidung heute ist der erste Schritt in diese Richtung. Lassen Sie uns auch weiterhin immer einen Schritt nach dem anderen gehen. Das habe ich jedenfalls so vor.«

»Was werden Sie jetzt tun?«

»Mein Plan sah die Rückfahrt nach Seattle vor, aber damit werde ich wohl warten müssen, bis sich der Schneesturm verzogen hat. Und wo wir schon bei diesem Thema sind: Ich schlage vor, wir sehen alle zu, dass wir nach Hause oder in unsere Hotels kommen.«

Unterstützt von Finlay, drängte sie sich durch die Menge. Draußen verfolgten sie die hartnäckigsten Reporter noch ein paar Schritte weit, aber selbst die gaben auf, als sie sahen, wie schnell es immer finsterer wurde. Der Schnee fiel inzwischen so dick und dicht wie ein Spitzenvorhang, der manchmal von recht stürmischen Böen aufgebauscht wurde. Tracy setzte ihre Mütze auf und zog ihre Handschuhe an. »Von hier aus schaffe ich es allein«, sagte sie zu Finlay.

»Sicher?«

»Sind Sie verheiratet, Finlay?«

»Ja. Und ich habe drei Kinder, alle unter neun Jahren.«

»Dann sehen Sie zu, dass Sie zu denen nach Hause kommen.«

»Ich fürchte, das wird nicht klappen. Nächte wie diese hier sind meistens nicht so gut für uns.«

»Daran erinnere ich mich noch vom Streifendienst her.«

»Und manchmal weiß man nicht, ob es das alles wert ist ...«

»Das verstehe ich.« Tracy nickte. »Danke.«

Sie stieg die Treppe zur Straße hinunter, leicht unsicher, weil sie keine Gelegenheit gehabt hatte, die hochhackigen Pumps gegen ihre Stiefel zu tauschen, und die Treppenstufen glatt waren. Feuchtigkeit drang durch das teure Leder, und während ihre Zehen immer klammer wurden, musste sie sich seufzend eingestehen, dass sie hier gerade ein paar erstklassige Schuhe ruinierte.

Sie sah auf. Die Autos, die den Parkplatz verließen, stauten sich bereits bis zur Straße, die vor dem Gerichtsgebäude entlanglief. Tracy sah Autos, Übertragungswagen und Pick-ups, manche bereits mit Schneeketten, die auf dem Asphalt klirrten wie die Ketten, in denen Edmund House den Gerichtssaal betreten und auch wieder verlassen hatte. Weiter vorn wurde ein Pritschenwagen mit großen Winterreifen langsamer, als er sich einer Kreuzung näherte. Das rechte Bremslicht leuchtete auf, das linke nicht.

Tracy schoss reines Adrenalin in die Adern. Kurz ließen die ungeeigneten Schuhe sie noch zögern, dann eilte sie so schnell den Rest der Treppe hinunter, dass ihr auf der vorletzten Stufe der Fuß wegrutschte und sie auf allen vieren auf dem schneebedeckten Bürgersteig gelandet wäre, hätte sie sich nicht noch in letzter Sekunde am Geländer festhalten können. Als sie wieder sicher auf den Beinen stand, hatte der Pritschenwagen die Kreuzung erreicht. Sie eilte über die Straße auf den Parkplatz, gleichzeitig bemüht, das Fahrzeug nicht aus den Augen zu lassen. Allerdings konnte sie auf die Entfernung keine Einzelheiten erkennen, und auch das dichte Schneetreiben half nicht gerade, Zahlen und Buchstaben auf dem Nummernschild auszumachen. Ein Metallgitter vor dem rückwärtigen Fenster versperrte die Sicht in die Fahrerkabine. An der Kreuzung bog der Pritschenwagen nach rechts ab und fuhr auf der Straße weiter, die an der nördlichen Seite des Gerichtsgebäudes entlangführte.

Tracy schlängelte sich zwischen den auf dem Parkplatz verbliebenen Wagen hindurch. Bei den meisten lief der Motor bereits und die Auspuffrohre spuckten Abgase in die Luft, während die Fahrer neben ihren Fahrzeugen standen und hektisch Eis von Windschutz- und Heckscheiben kratzten. Einige Wagemutige setzten rückwärts aus ihren Parklücken, ohne den Schnee von ihren Autos zu entfernen, wodurch sich das allgemeine Gedränge noch verschärfte. Tracy, die nach wie vor den Pritschenwagen nicht aus den Augen ließ, bemerkte den Wagen, der vor ihr rückwärts aus der Parklücke setzte, erst, als dessen Stoßstange bereits ihr Bein berührte. Der Fahrer war einer von denen, die den Schnee nicht von der Heckscheibe geräumt hatten, und reagierte erst, als Tracy aufgebracht mit der flachen Hand auf seinen Kofferraum schlug. Gleichzeitig versuchte sie, dem Wagen seitlich auszuweichen, wobei sie erneut ausrutschte – nur konnte sie sich diesmal nirgendwo festhalten. So landete sie recht unsanft auf dem linken Knie auf blankem Asphalt, wo vorher ein Auto geparkt hatte, rappelte sich aber sofort wieder auf, während der Fahrer ausstieg, um sich wortreich zu entschuldigen. Tracy hörte dem Mann kaum zu, da sie weiterhin Ausschau nach dem Pritschenwagen hielt, der sich gerade der Zufahrt zur Hauptstraße näherte. Nur noch drei Fahrzeuge trennten ihn von der Kreuzung, und während sich Tracy keuchend, mit schmerzendem Knie und verkrampften Waden, die kaum noch mit den Stöckelschuhen klarkamen, zwischen Autos hindurchschlängelte, erreichte der Wagen die Kreuzung, bog nach links ab und entfernte sich in den blendenden Schnee hinein Richtung Cedar Grove.

Es reichte, sie gab auf. Vor Anstrengung keuchend, beugte sie sich vor und stützte die Hände auf die Knie, behielt den Kopf aber oben, um dem Pritschenwagen nachzusehen, bis der ganz verschwunden war. Die Kälte ließ ihr den hektischen Atem vor dem Mund zu weißen Wölkchen gefrieren, kroch ihr in Brust und Lunge, kniff sie in die Wangen. Beim Sturz eben hatte sie sich das Knie aufgeschlagen und die Strumpfhose zerrissen. Das Knie tat inzwischen ziemlich weh und ihre Zehen waren vor Kälte kaum noch zu spüren.

Sie richtete sich auf, wühlte in ihrer Aktentasche nach einem Kugelschreiber und notierte auf ihrer feuchten Handfläche die Buchstaben und Zahlen, die sie vage auf dem Nummernschild erkannt hatte.

Als sie halbwegs wieder bei Atem war, suchte Tracy ihr Auto, schaltete den Motor ein, ließ das Gebläse auf höchster Stufe laufen und die Scheibenwischer über die vom Eis verkrusteten

Scheiben kratzen, was ein ziemlich widerliches Geräusch verursachte. Sie zückte ihr Handy, aber ihre klammen Finger kamen nicht mit den kleinen Tasten klar und mussten erst einmal mittels Anhauchen und Gymnastikübungen gängig gemacht werden. So dauerte es ein bisschen, bis eine Verbindung zustande kam.

Kins nahm gleich beim ersten Klingeln ab. »Hallo!«
»Es ist vorbei.«
»Was? Jetzt schon?«
»Meyers hat heute schon eine Entscheidung bekannt gegeben. House bekommt seinen neuen Prozess.«
»Wie ist es denn gelaufen?«
»Einzelheiten kriegst du später. Jetzt rufe ich an, weil du mir einen Gefallen tun musst. Ich habe hier ein paar Zahlen und Buchstaben, die zu einem Nummernschild gehören. Leider konnte ich die nur teilweise erkennen, du musst also ein paar Kombinationen ausprobieren. Spiel einfach ein bisschen damit rum, ja?«
»Moment, ich hole mir was zu schreiben.«
»Es ist ein einheimisches Nummernschild, aus dem Staat Washington.« Tracy diktierte ihrem Kollegen die Zahlen und Buchstaben, die sie ihrer Meinung nach erkannt hatte. »Es könnte ein V sein oder ein W. Und die Drei könnte auch eine Acht sein.«
»Dir ist schon klar, dass das reichlich viele Kombinationsmöglichkeiten sind?«
Tracy verlagerte ihr Handy von der rechten in die linke Hand, um klamm gewordene Finger anhauchen zu können. »Ja, das weiß ich, tut mir auch leid. Bei dem Fahrzeug handelt es sich um einen Pritschenwagen, vielleicht gibt es ja eine gewerbliche Zulassung. Ich habe es nicht genau erkennen können.« Sie ließ das Handy zurückwandern, denn jetzt musste die linke Hand durch Anhauchen und Bewegung der Finger wieder fit gemacht werden.

»Wann kommst du zurück?«

»Ich weiß nicht. Der Schneesturm soll hier wohl ziemlich heftig zuschlagen. Ich hoffe, spätestens Montag.«

»Hier tobt er schon, und draußen fahren die Streufahrzeuge. Das finde ich immer grässlich. Hinterher ist die ganze Stadt wie ein riesiges Katzenklo. Ich gebe dein Nummernschild noch schnell ein, dann kann ich nach Hause. Du hörst von mir, sobald ich was weiß.«

Tracy hatte kaum aufgelegt, als ihr Handy klingelte.

»Ich bin auf dem Weg zum Gefängnis«, sagte Dan. »Wir geben eine Pressekonferenz, sobald House offiziell entlassen ist.«

»Wohin wird er danach denn gehen?«

»Das habe ich ihn noch gar nicht gefragt. Irgendwie witzig, nicht?«

»Was ist witzig?«

»Sein erster Tag in Freiheit, und das Wetter macht uns alle zu Gefangenen.«

50

Roy Calloway ging nach der Verhandlung nicht nach Hause. Er ging dorthin, wo er sonst auch immer hinging, wohin er in den vergangenen fünfunddreißig Jahren fast jeden Tag gegangen war, ob es nun regnete oder die Sonne schien, ob Werktag war oder Feiertag. Er ging dorthin, wo er sich am wohlsten fühlte, wohler als in seinem eigenen Wohnzimmer – und wieso sollte es auch anders sein, wo er in seinem Büro doch wesentlich mehr Zeit verbrachte als bei sich zu Hause? Er ging also ins Büro und setzte sich hinter den Schreibtisch mit den Kratzern und den Kerben dort, wo er so gern seine Stiefel aufstützte, den Schreibtisch, an dem man ihn irgendwann tot auffinden würde, wie er gern sagte. Denn vorher würde er nicht gehen – außer, sie wären bereit, ihn mit einem Kran vom Stuhl zu heben, schreiend und kreischend und wild um sich schlagend.

Er bat den diensthabenden Sergeant, keine Anrufe durchzustellen. Lehnte sich zurück, stemmte die Füße gegen die Tischkante, bis er nur noch auf zwei Stuhlbeinen schaukelte, und betrachtete seine preisgekrönte Forelle. Vielleicht war es ja doch an der Zeit, den Bitten seiner Frau nachzugeben und in Rente zu gehen, ein paar Fische zu fangen und auf dem Golfplatz an seinem Handicap zu arbeiten. Vielleicht war es an der Zeit, Finlay Platz zu machen, einen jüngeren Mann ranzulassen. Vielleicht war es an der Zeit, zu Hause zu bleiben und die Enkel zu verwöhnen.

Hörte sich doch alles gut an, auch richtig.

Hörte sich an wie kneifen ...

Roy Calloway hatte noch nie gekniffen. Roy Calloway war in seinem ganzen Leben noch vor nichts davongelaufen und hatte nicht vor, ausgerechnet jetzt damit anzufangen. Außerdem hatte er auch nicht vor, es ihnen leicht zu machen! Mochten sie ihn ruhig dickköpfig schimpfen oder widerborstig oder stolz oder alles drei, das war ihm egal. Und wenn sie das FBI hinzuzogen oder die Marines oder wen zum Teufel man in einem solchen Fall noch hinzuziehen konnte, er würde sein Büro und seinen Schreibtisch freiwillig niemandem überlassen. Ihn mussten sie mit Gewalt hier rausholen. Da konnten sie spekulieren und Vermutungen anstellen, so viel sie wollten, und behaupten, die Beweise seien fragwürdig gewesen. Sollten sie doch mit den Spatzen von den Dächern pfeifen, es wäre Unrecht geschehen: Beweisen konnten sie nichts.

Nicht einen Furz.

Sollten sie also ruhig kommen mit ihren Anschuldigungen und den anklagend erhobenen Zeigefingern. Sollten sie kommen mit ihren Vorträgen über die Integrität des Rechtssystems. Sie hatten doch keine Ahnung, keinen blassen Schimmer hatten sie! Calloway dagegen hatte zwanzig Jahre Zeit gehabt, alles gründlich zu durchdenken. Zwanzig Jahre, um sich zu fragen, ob er das Richtige getan hatte. Zwanzig Jahre, um sich immer wieder zu bestätigen, was er schon in dem Moment gewusst hatte, als sie die Entscheidung trafen: Er würde nichts anders machen, selbst wenn er könnte. Nichts, absolut gar nichts.

Er fischte die Flasche Johnnie Walker aus der untersten Schreibtischschublade, goss sich zwei Fingerbreit ein und trank einen Schluck, spürte das angenehme Brennen in der Kehle. Sollten sie kommen. Er war hier. Er würde warten.

Calloway hätte nicht sagen können, wie viel Zeit vergangen war, als sein Handy klingelte und ihn aus der Vergangenheit wieder zurück ins Hier und Jetzt holte. Nur wenige Menschen kannten seine private Handynummer. Laut Display kam der Anruf von zu Hause.

»Kommst du bald?«, wollte seine Frau wissen.

»Ja. Muss bloß noch ein, zwei Sachen erledigen.«

»Ich habe es in den Nachrichten gesehen. Tut mir leid.«

»Klar.«

»Es schneit ziemlich heftig. Komm lieber nach Hause, ehe die Straßen unbefahrbar sind. Es gibt Eintopf aus den Resten von gestern.«

»Genau das Richtige bei diesem Wetter. Ich mach echt nicht mehr lange.«

Calloway legte auf und steckte das Handy in die Tasche. Er räumte das leere Glas und die Flasche zurück in den Schreibtisch und wollte die Schublade gerade schließen, als draußen vor dem Rauchglas der Trennwand zum Flur hin ein vertrauter Schatten auftauchte. Vance Clark trat ein, ohne anzuklopfen. Er sah aus, als wäre er gerade im Boxring drei Runden lang von einem Schwergewicht verprügelt worden. Die Krawatte war gelockert, der Kragen saß schief und die oberen Knöpfe seines Hemdes standen offen. Er ließ Aktentasche und Mantel auf einen Stuhl fallen, als wären sie viel zu schwer für seine Arme, und als er sich setzte, leuchtete das Licht der Schreibtischlampe neue, tiefe Sorgenfalten aus. Als leitender Staatsanwalt war Clark verpflichtet, sich nach größeren Prozessen der Presse zu stellen und deren Fragen zu beantworten. Das war im County irgendwann einmal so beschlossen worden, allerdings hatte die Presse von diesem Recht bisher höchstens vier-, fünfmal Gebrauch gemacht, soweit Calloway sich erinnern konnte. Vor zwanzig Jahren, nach der Verurteilung von Edmund House, waren Clark und er gemeinsam vor die Kameras getreten. Auch Tracy war damals dabei gewesen, zusammen mit James und Abby Crosswhite.

»War es so schlimm?«, erkundigte sich Calloway mitfühlend.

Clark zuckte mit den Achseln, für mehr schien seine Energie nicht zu reichen, die Arme hingen ihm schlaff wie weich gekochte Nudeln an den Schultern. »Ungefähr so, wie man erwarten durfte.«

Calloway holte den Whiskey wieder hervor, stellte zwei Gläser auf den Schreibtisch und schenkte ein. »Na, dann prost. Weißt du noch, damals?« Vor zwanzig Jahren hatten sie in diesem Büro auf die Verurteilung von Edmund House angestoßen, er, Clark und James Crosswhite.

»Ich erinnere mich durchaus.« Clark prostete dem Sheriff zu, ehe er sein Glas in einem Zug leerte und kurz das Gesicht verzog. Als Calloway fragend die Flasche hochhielt, winkte der Staatsanwalt dankend ab.

Calloway spielte mit einer aufgebogenen Heftklammer, die er wie das Rotorblatt eines Hubschraubers zwischen Daumen und Zeigefinger kreisen ließ, und lauschte einen Moment lang dem Ticken der Uhr an der Wand und dem leisen Summen der Neonröhren, von denen eine immer noch von Zeit zu Zeit flackerte und knisterte.

»Legst du Widerspruch ein?«

»Das ist eine reine Formalität«, seufzte Clark.

»Wie lange wird es dauern, bis das Berufungsgericht deinen Widerspruch ablehnt und einen neuen Prozess gewährt?«

»Ich bin mir nicht sicher, ob ich damit überhaupt noch was zu tun habe. Vielleicht gibt es ja gar keinen Widerspruch, und auch keinen neuen Prozess. Vielleicht möchte der nächste Ankläger den Schaden für sich persönlich möglichst gering halten.« Clark schien den Abschied von seinem Job als gegeben hinzunehmen. »Er hat ja die perfekte Entschuldigung parat, kann alles auf seinen Vorgänger schieben. Er kann behaupten, ich hätte die Sache so gründlich in den Sand gesetzt, dass ein zweiter Prozess nicht zu gewinnen ist. Warum also das Geld des

Steuerzahlers verschwinden? Warum die eigene Statistik mit der hinterlassenen Scheiße von jemand anders versauen?«

»Es sind doch alles nur Unterstellungen und Vermutungen, Vance.«

»Aber die Medien basteln bereits an ihren Geschichten über Korruption und Verschwörung in Cedar Grove, und wer weiß, was sie sonst noch alles erfinden.«

»Die Leute hier im County wissen, wer du bist und wofür du stehst.«

Clark lächelte kurz, ein sehr trauriges Lächeln. »Ich wünschte nur, ich selbst wüsste das auch.« Er stellte sein Glas ab. »Meinst du, sie knöpfen sich uns wirklich vor? Stellen Strafanzeige?«

Calloway zuckte mit den Schultern. »Möglich wäre es.«

»Man wird mir wohl die Zulassung wegnehmen.«

»Mich wird man wohl wegen Amtsvergehens belangen.«

»Was dir nicht gerade viel auszumachen scheint.«

»Es kommt, wie es kommt, Vance. Ich habe nicht vor, meine damaligen Entscheidungen jetzt noch infrage zu stellen.«

»Hast du je daran gezweifelt?«

»Dass wir das Richtige getan haben? Nicht ein einziges Mal.« Calloway trank seinen Whiskey aus. Er dachte an seine Frau und deren Warnung. »Fahr nach Hause, solange es noch geht. Fahr nach Hause und küss deine Frau.«

»Das bleibt einem, was? Wenn alles den Bach runtergeht ...«

Calloway musterte seine Forelle. »Es ist das Einzige, was zählt.«

»Was ist mit House?«, fragte Clark. »Wo will der denn unterkommen?«

»Keine Ahnung, aber weit fahren kann er bei dem Wetter ja nicht. Hast du deine Achtunddreißiger noch?«

Clark nickte.

»Solltest du jetzt lieber immer bei der Hand haben.«

»Daran hatte ich auch schon gedacht. Was ist mit DeAngelo?«

Calloway schüttelte nachdenklich den Kopf. »Ich habe ein Auge auf ihn, aber ich glaube nicht, dass House so schlau ist. Wenn er das wäre, hätte er schon vor Jahren einen Berufungsantrag aufgrund mangelnder anwaltlicher Vertretung gestellt. Hat er aber nie getan.«

51

Beim dritten Versuch schaffte sie es schließlich: Tracy ließ den Subaru ein Stück zurückrollen, legte den Vorwärtsgang ein, gab Gas, und diesmal griffen die Räder endlich. Der Wagen hüpfte über den kleinen Wall aus Schnee und Eis, der sich am Rand von Dans Auffahrt gebildet hatte, und als der Unterboden dabei kurz auflag, gab es ein hässliches schabendes Geräusch. Mühsam pflügte sie sich so weit die Auffahrt hoch, dass noch Platz für Dans Tahoe blieb, während drinnen im Haus die »Alarmanlage« ihr Kommen mit lautem Bellen und Winseln registrierte. Sehen konnte sie die Hunde vom Garten aus nicht, da das Fenster nach vorne immer noch mit einer Sperrholzplatte vernagelt war.

Beim Aussteigen versank Tracy bis zur Wadenmitte im Schnee, und der Steinpfad zum Haus war nur mühsam zu finden, obwohl die fast ganz im Schnee begrabenen Gartenleuchten kleine Teiche aus flüssigem Gold schufen. Sie fand den Hausschlüssel über der Garagentür, wie Dan erklärt hatte, rief den Hunden zu, sie sei es, und schloss auf. Rex und Sherlock bellten weiterhin ohrenbetäubend laut, und Tracy rechnete fest damit, beim Eintreten von einem Begrüßungskomitee umgerannt zu werden, aber keiner der beiden Hunde sprang auf sie zu. Rex zeigte überhaupt kein Interesse, und Sherlock drängte nur kurz den Kopf an ihr vorbei durch die Tür, um nachzusehen, ob Dan hinter ihr stand. Als das nicht der Fall war, zog auch er sich zurück. Immerhin hörten beide auf zu bellen.

»Ihr wollt nicht raus, was?« Tracy schloss die Tür hinter sich. »Kann ich euch nicht verdenken, ich hätte jetzt auch lieber ein heißes Bad.« Sie war eine Woche lang praktisch auf Adrenalin gelaufen, jetzt fühlte sie sich emotional und körperlich ausgelaugt, auch wenn ihr Kopf immer noch nicht abschalten mochte und an den Buchstaben und Zahlen auf dem Nummernschild des Pritschenwagens herumdokterte.

Sie verriegelte die Tür, warf Stiefel, Handschuhe und Mantel gleich am Eingang von sich, schaltete den Fernseher ein und zappte sich auf dem Weg in die Küche durch die Sender in der Hoffnung, irgendwo einen Kommentar über die Anhörung und Richter Meyers' unerwartet schnelle Entscheidung zu finden. Schließlich blieb sie bei Channel 8 hängen, der Maria Vanpelts Berichte jeden Abend als Auftakt der Nachrichtensendung gebracht hatte, machte es sich mit einem Bier auf der Couch bequem und genoss die Entspannung, die gleich nach dem ersten Schluck all ihre Muskeln erfasste. Das Bier schmeckte noch besser, als sie erwartet hatte, kühl und erfrischend. Zufrieden seufzend legte Tracy die Beine auf den Couchtisch, um ihr zerschundenes Knie zu inspizieren. Die Wunde schien nur oberflächlich zu sein, sollte aber wahrscheinlich trotzdem gesäubert werden, bloß war ihr überhaupt nicht danach, aufzustehen und nach einem Verbandskasten zu suchen. Sie war so müde; wahrscheinlich würde Dan sie später nach oben ins Bett tragen müssen.

Das Nummernschild ging ihr einfach nicht aus dem Kopf – das V, das auch ein W sein konnte, die Drei, die vielleicht eine Acht war. Eine gewerbliche Zulassung ...

Schluck für Schluck versuchte sie, Ordnung in ihre Gedanken zu bringen. Das Ende war jetzt so schnell, so dramatisch gekommen – sie hatte noch gar keine Zeit gehabt, sich zu überlegen, was das alles bedeutete. Wie alle anderen auch war Tracy davon ausgegangen, dass Richter Meyers die Anhörung zu Ende bringen, seine Entscheidung jedoch zu einem späteren Zeitpunkt schriftlich bekannt geben und auch begründen würde. Es hatte doch niemand damit gerechnet, dass Edmund House den Gerichtssaal als freier Mann verlassen könnte und nicht ins Gefängnis zurückwandern musste, um dort die Entscheidung des Berufungsgerichts über ein neues Verfahren abzuwarten. Wieder musste sie an das hämische Grinsen denken, mit dem Edmund House ihr bei dem Besuch in Walla Walla anvertraut hatte, wie sehr er sich auf die Gesichter der Leute in Cedar Grove freue, wenn er wieder als freier Mann durch die Straßen der Stadt spazierte.

Jetzt würde er sie zu sehen bekommen, diese Gesichter – wenn auch nicht gleich. Momentan spazierte niemand auf den Straßen von Cedar Grove herum, und das würde bestimmt ein paar Tage lang so bleiben. Wie Dan gesagt hatte: Der Schneesturm machte sie alle zu Gefangenen.

Aber House war nicht mehr Tracys Priorität. Es war ihr egal, was bei einem neuen Prozess gegen den Mann passieren oder ob es überhaupt einen geben würde. Tracy hatte vor, sich jetzt ganz und gar auf die Wiederaufnahme der Ermittlungen zum Tod ihrer Schwester zu konzentrieren. Das war immer ihr Ziel gewesen. Vance Clark würde wahrscheinlich nicht mehr darüber entscheiden, ob oder wie dies geschehen würde. Er würde bestimmt kündigen, nachdem Meyers sein Verhalten vom Richtertisch aus so öffentlich getadelt hatte. Tracy freute sich nicht über Clarks Niedergang. Sie kannte ihn und seine Frau gut, seine Töchter waren auf die Cedar Grove High gegangen. Auch für Roy Calloway schien der Abschied vom Amt die beste Lösung, wobei sich Tracy vorstellen konnte, dass der Mann zu dickköpfig war, um seine Pensionierung zu beantragen. Ob Tracy es schaffen würde, bei den entsprechenden Behörden durchzusetzen, dass Ressourcen für eine Untersuchung der Verwicklung von Clark und Calloway in die Verschwörung gegen Edmund House freigegeben wurden, spielte langfristig keine Rolle. Und falls es zu einer solchen Untersuchung kam, war sie sich nicht sicher, ob auch DeAngelo Finn betroffen sein würde, der eigentlich für ein solches Verfahren zu alt und gesundheitlich zu angegriffen war. Obwohl er sich ja als wertvoller Zeuge entpuppen mochte ...

Nachdenklich trank Tracy ihr Bier. Sie musste an die Worte denken, mit denen Finn sie nach ihrem Besuch bei ihm zu Hause verabschiedet hatte.

Sei vorsichtig, Tracy. Manchmal ist es besser, wenn unsere Fragen unbeantwortet bleiben.

Aber es ist niemand mehr da, dem Antworten wehtun könnten, DeAngelo.

Oh doch. Oh doch.

Roy Calloway hatte an dem Abend auf der Veranda der Tierklinik etwas Ähnliches sagen wollen. *Dein Vater ...*, hatte er angefangen, seinen Satz dann aber nicht beendet.

Ihr Vater und die anderen hatten gewusst, was Edmund House Annabelle Bovine angetan hatte. Annabelles Vater hatte ihnen die Leiden seiner Tochter sehr anschaulich geschildert. Als sie merkten, dass sie es vielleicht nicht schaffen würden, Sarahs Mörder zu finden – hatten sie da beschlossen, wenigstens das Monster Edmund House für den Rest seines Lebens hinter Gitter zu bringen? Diese Theorie war Tracy jahrelang sehr einleuchtend erschienen. Ihr Vater war immer ein durch und durch integrer Mann mit hohen moralischen Ansprüchen an sich selbst gewesen. Schwer vorstellbar, dass sich dieser Mann an einer Verschwörung beteiligte – nur hatte es den Vater, bei dem Tracy aufgewachsen war, in den Wochen nach Sarahs Entführung nicht mehr gegeben. Der Mann, mit dem sie bei der verzweifelten Suche nach ihrer kleinen Schwester zusammengearbeitet hatte, schien von einem ganz anderen Geist beseelt – oder getrieben. Er war wütend gewesen, verbittert, gequält von den Gedanken an das Sterben seiner jüngeren Tochter. Und von Schuldgefühlen, davon ging Tracy jedenfalls aus. Ihr Vater hatte sich Vorwürfe gemacht, weil er seine Töchter allein zu den Meisterschaften geschickt hatte, statt wie sonst mit ihnen zu fahren und auf sie aufzupassen. Sie zu beschützen, wie es die Pflicht eines Vaters war.

Im Fernsehen fingen die Regionalnachrichten an. Wie immer in den vergangenen drei Tagen bildete ein Bericht über die Anhörung den Auftakt, wobei an diesem Abend natürlich Richter Meyers' Entscheidung im Vordergrund stand. »Bei der Anhörung zur Wiederaufnahme des Verfahrens in Cascade County, über die wir in den letzten Tagen ausführlich berichtet haben, gab es heute eine überraschende Entwicklung«, sagte der Nachrichtensprecher. »Nach zwanzig Jahren ist der verurteilte Mörder und Vergewaltiger Edmund House wieder ein freier Mann. Live dazu jetzt Maria Vanpelt aus dem Schneesturm vor dem Cascade County Jail, wo House und sein Verteidiger Daniel O'Leary am frühen Nachmittag eine Pressekonferenz abhielten.«

Vanpelt stand mit ihrem Schirm im Scheinwerferlicht. Hinter ihr war das Gefängnis von Cascade County, das sie als Kulisse für ihren Kommentar gewählt hatte, wegen des heftigen Schneetreibens kaum zu erkennen. Immer wieder drohte eine Böe ihren Schirm umzuklappen. Der Pelzbesatz an der Kapuze ihres Parkas schimmerte wie die Mähne eines Löwen. »Erschütternd – anders kann man die Ereignisse des heutigen Tages wirklich nicht beschreiben.« Vanpelt fasste die Zeugenaussagen von Tracy und Harrison Scott zusammen, die Richter Meyers zu dem Entschluss gebracht hatten, Edmund House auf der Stelle freizulassen. »Richter Meyers sprach im Zusammenhang mit dem Prozess vor zwanzig Jahren von einer ›Verhöhnung‹ unseres Rechtssystems‹, für die er sämtliche Beteiligten verantwortlich machte, unter anderem auch den Sheriff von Cedar Grove, Roy Calloway, und den verantwortlichen Bezirksstaatsanwalt, Vance Clark. In dem Gebäude, das Sie hier hinter mir sehen, fand heute Nachmittag eine Pressekonferenz statt.

Danach konnte Edmund House es als freier Mann verlassen, und er wird – zumindest für eine Weile – auch ein freier Mann bleiben.«

Die Kamera wechselte zur Pressekonferenz, und man sah Dan neben House hinter einem Wald aus Mikrofonen. Der Größenunterschied zwischen den beiden war auch am Tisch der Verteidigung nicht zu übersehen gewesen, stach aber jetzt, wo House ein Jeanshemd und eine dicke Winterjacke trug, noch stärker ins Auge.

Tracys Handy klingelte. Sie holte es von der Couch und stellte den Fernseher leiser.

»Ich sehe dir gerade im Fernsehen zu«, sagte sie, als Dan sich meldete. »Wo bist du?«

»Ich hatte noch ein paar Interviews mit überregionalen Medien. Jetzt bin ich unterwegs, aber der Highway sieht schon ziemlich schlimm aus. Jede Menge Autos, die von der Fahrbahn abgekommen sind. Es wird wohl eine Weile dauern, bis ich zu Hause bin. Man munkelt von Stromausfällen und umgekippten Bäumen.«

»Hier ist noch alles in Ordnung.«

»In der Garage steht ein Generator, falls du den brauchst. Du musst ihn nur in die Steckdose neben den Sicherungen stecken.«

»Ich weiß nicht, ob ich dazu noch genug Energie habe.«

»Mit den Jungs alles in Ordnung?«

»Liegen hier brav auf dem Teppich. Kann aber sein, dass du sie raustragen musst, wenn sie noch mal aufs Klo sollen.«

»Und was ist mit dir?«

»Ich schaff es allein aufs Klo, vielen Dank!«

»Immerhin kannst du schon wieder Witze machen.«

»Ich bin eben von Natur aus schlagfertig. Und ich bin Hellseherin: In meiner Zukunft wartet eine Badewanne voll mit heißem Wasser auf mich.«

»Klingt nicht schlecht, wenn du mich fragst.«

»Ich ruf dich wieder an, ja? Jetzt würde ich gern die Pressekonferenz sehen.«

»Wie komme ich rüber?«

»Immer noch verzweifelt auf der Suche nach Komplimenten?«

»Natürlich, du kennst mich doch. Okay, ich warte auf deinen Rückruf.«

Als sie den Ton wieder laut stellte, sagte Dan gerade: »Damit werden wir uns befassen, wenn es so weit ist. Ich gehe davon aus, dass das Berufungsgericht aufgrund des eklatanten Fehlurteils schnell eine Entscheidung trifft. Danach müssen wir abwarten, was die Staatsanwaltschaft beschließt.«

»Wie fühlt man sich als freier Mann?«, wollte Vanpelt von House wissen.

Der warf den Pferdeschwanz von rechts nach links. »Wie mein Anwalt schon sagte, so ganz frei bin ich noch nicht.« Er lächelte. »Aber es fühlt sich gut an.«

»Was werden Sie jetzt als Erstes tun?«

»Was Sie wahrscheinlich alle tun werden: mir draußen Schnee und Wind um die Nase wehen lassen.«

»Bei der Anhörung ist ja allerhand aufgedeckt worden – macht Sie das wütend?«

House lächelte nicht mehr. »Wütend? Das Wort würde ich nicht verwenden.«

»Dann haben Sie den Leuten vergeben, die dafür verantwortlich sind, dass Sie im Gefängnis landeten?«

»Auch das würde ich so nicht sagen. Ich kann nur aus meinen Fehlern in der Vergangenheit lernen und versuchen, sie nicht zu wiederholen. Genau das habe ich vor.«

Ein Reporter, den man auf dem Bildschirm nicht sehen konnte, fragte: »Haben Sie irgendeine Idee, weswegen jemand die Beweise gegen Sie gefälscht und Ihnen untergeschoben haben könnte? Wer immer das getan haben mag?«

Dan beugte sich vor. »Wir werden zu den Beweisen jetzt nichts sagen, da ...«

»Ignoranz!« House übertönte seinen Anwalt. »Ignoranz und Arroganz. Sie haben gedacht, sie kommen damit durch.«

Jetzt war wieder die Vanpelt an der Reihe. »Mr O'Leary, werden Sie darauf drängen, dass die Justizbehörden in diesem Fall ermitteln? So, wie Richter Meyers es nahelegte?«

»Das werde ich mit meinem Mandanten besprechen, und wir werden gemeinsam eine Entscheidung treffen.«

House beugte sich näher zu den Mikrofonen, um zu widersprechen. »Ich erwarte gar nicht, dass die Justizbehörden irgendjemanden bestrafen.«

»Möchten Sie ein paar Worte direkt an Detective Crosswhite richten?«

House lächelte verkniffen. »Mit Worten lässt sich kaum ausdrücken, was ich im Moment fühle. Aber ich hoffe, ich kann mich irgendwann einmal persönlich bei ihr bedanken.«

Tracy kroch Kälte in die Knochen – als wäre ihr gerade eine Spinne den Rücken hochgekrabbelt.

»Und was hätten Sie jetzt am liebsten?«, fragte ein Reporter.

House grinste breit. »Einen Cheeseburger.«

Der Sender schaltete zurück zu Vanpelt auf dem Bürgersteig vor dem Gefängnis. Sie musste sich sehr anstrengen, damit ihr nicht der Schirm aus der Hand gerissen wurde, und der Wind ließ es in ihrem Mikrofon geheimnisvoll rascheln. »Wie ich bereits sagte, diese Pressekonferenz fand heute Nachmittag statt, wir zeigten Ihnen eben Ausschnitte aus der Aufzeichnung. Nach der Konferenz verließ House das Gefängnis, vor dem ich hier stehe, als freier Mann.«

»Maria«, sagte der Nachrichtensprecher, »mir scheint es bemerkenswert, dass ein Mann, der zwanzig Jahre lang für ein Verbrechen im Gefängnis saß, das er ja nun allem Anschein nach nicht begangen hat, so schnell vergeben kann. Was geschieht denn jetzt mit den Personen, die möglicherweise an der Verschwörung gegen ihn beteiligt waren?«

Vanpelt musste sich das Ohrstück fest ans Ohr drücken und fast schon schreien, um sich über den Wind hinweg Gehör zu verschaffen. »Ich habe mich heute Nachmittag mit einem Juradozenten der Universität Washington unterhalten, Mark. Er hat mir erklärt, dass es nicht von Edmund House abhängt, ob gegen diejenigen vorgegangen wird, denen er seine Verurteilung zu verdanken hat. Er selbst kann eine Zivilklage wegen Verletzung seiner Bürgerrechte anstrengen, die Justizbehörde könnte aber auch beschließen, selbst tätig zu werden und Strafanzeige gegen die Beteiligten zu stellen. Die Justizbehörde könnte weitere Ermittlungen im Fall Sarah Crosswhite anordnen oder selbst übernehmen. Diese Geschichte ist also noch lange nicht vorbei. Vielleicht hat die Anhörung auch mehr Fragen aufgeworfen, als sie beantwortet hat. Aber an diesem Abend ist Edmund House erst einmal ein freier Mann und, wie Sie gehört haben, auf der Suche nach einem guten Cheeseburger.«

»Eine letzte Frage noch, Maria«, meldete sich der Nachrichtensprecher wieder. »Dann darfst du dich in Sicherheit bringen, sonst weht dich noch der Wind weg: Hat man irgendetwas von Detective Crosswhite zu hören bekommen?«

Vanpelt zog die Schultern hoch, als wieder eine Böe über sie hinwegfegte. Sobald es halbwegs ruhig war, sagte sie: »Ich habe mich heute während einer Pause im Gericht mit Detective Crosswhite unterhalten und sie gefragt, ob sie sich durch die Entscheidung des Richters bestätigt fühle. Sie sagte, es sei ihr nie darum gegangen, recht zu behalten oder in ihrer Haltung bestätigt zu werden. Es sei ihr immer nur darum gegangen, herauszufinden, was mit ihrer Schwester geschah. Diese Frage hängt nach wie vor unbeantwortet im Raum und wird leider vielleicht nie beantwortet werden können.«

Tracys Handy klingelte. Sie warf einen Blick auf das Display: Kins.

»Ich habe dir gerade per E-Mail eine Liste geschickt. Ziemlich lang, aber zu bewältigen. Geht es um deinen Pick-up mit dem kaputten Rücklicht?«

»Es geht um einen Pick-up mit kaputtem Rücklicht. Ob es meiner war, steht noch in den Sternen. Von den Dingern fahren hier in der Gegend wahrscheinlich noch mehr rum.«

»In den Nachrichten sagen sie, dass Edmund House freigekommen ist?«

»Das hat alle ziemlich umgehauen, Kins. Ich bin davon ausgegangen, dass Richter Meyers seinen Beschluss schriftlich bekannt gibt und begründet, aber anscheinend wollte er House nicht einen Tag länger im Knast sehen. Wenn er seinen Beschluss nicht heute verkündet hätte, wäre die Entlassung wohl erst nach dem Wochenende möglich gewesen.«

»Hört sich an, als wären die neuen Beweise umwerfend gewesen.«

»Dan hat es total gut gemacht.«

»Und warum jubelst und frohlockst du dann nicht? Du klingst irgendwie gedämpft.«

»Ich bin nur müde. Und nachdenklich. Mir geht so viel durch den Kopf, meine Schwester, meine Mutter, mein Vater. Ist eine ganze Menge, was ich da so auf die Schnelle verdauen muss.«

»Dann stell dir mal vor, wie House sich jetzt fühlt.«

»Wie meinst du das?«

»Zwanzig Jahre Walla Walla – und plötzlich stehst du als freier Mann auf der Straße? Das kann ein schlimmer Schock sein. Ich habe von Vietnamveteranen gelesen, die einfach so nach Hause geschickt wurden, ohne sich vorher umstellen zu können. Eben noch im Dschungel, überall wird geschossen, und Menschen sterben wie die Fliegen – und ein paar Stunden später sind sie wieder zu Hause und laufen durch die Straßen irgendeiner Stadt in den USA. Viele sind damit nicht klargekommen.«

»Ich glaube nicht, dass heute irgendwer durch die Straßen läuft. Es ist ein Blizzard angekündigt.«

»Hier auch. Und du weißt ja, der Städter an sich schafft das nicht mit dem Anfahren am Berg, wenn Schnee liegt. Ich mach mich jetzt auf, ehe die Irren sämtliche Straßen verstopfen. Halt dich hübsch warm, ja?«

»Danke, Kins, du hast was gut bei mir.«

»Ich werde gewiss drauf zurückkommen!«

Tracy legte auf und wechselte zu der App auf ihrem Handy, mit der sie Kins' Mail öffnen konnte. Ein kurzes Überfliegen bestätigte, dass die Zahl der möglichen Nummernschildkombinationen beträchtlich war. Bei der zweiten Durchsicht konzentrierte sie sich auf die Namen und Wohnorte der registrierten Besitzer – vielleicht kam ihr ja irgendetwas vertraut vor. Einen bekannten Namen entdeckte sie nicht, aber irgendwann sprang ihr das Wort »Cascadia« ins Auge, und als sie sich das näher ansah, entdeckte sie ein auf die Firma Cascadia Furniture zugelassenes Fahrzeug. Sie nahm ihr Handy mit rüber zu Dans Computer, fuhr ihn hoch, gab den Namen in die Suchmaschine ein und musste erschüttert feststellen, dass die Suche nahezu eine Viertelmillion Treffer zutage förderte.

Sie fügte noch »Cedar Grove« hinzu, was die Trefferzahl erheblich reduzierte, leider aber immer noch zu viele übrig ließ. »Was noch?«, fragte sie laut. Nach den drei Tagen Gericht kam ihr das eigene Gehirn wie eingefroren vor. Es wollte ihr einfach nicht einfallen, wie sich die Trefferquote noch weiter herunterschrauben ließ.

Sie war schon auf dem Weg zum Kühlschrank, um sich das nächste Bier zu holen, als ihr einfiel, wo sie den Namen schon einmal gehört hatte. Suchend sah sie sich um. Dan hatte die Kartons mit den Ermittlungsakten, die sie ihm gebracht hatte, in einer Ecke der Küche gestapelt. Es war nicht nötig gewesen, sie jeden Tag mit ins Gericht zu schleppen. Tracy hob den obersten Karton auf den Küchentisch und blätterte durch die Ordner, bis sie gefunden hatte, wonach sie suchte: das Protokoll der Zeugenaussage von Detective Margaret Giesa. Sie kannte die Zeugenaussage gut, sie hatte sie oft genug durchgelesen. Daher fand sie die betreffende Stelle sofort.

Mr Clark:

Frage: Hat Ihr Team in der Fahrerkabine des Pick-ups noch etwas anderes von Interesse gefunden?

Antwort: Blutspuren.

F: Detective Giesa, ich zeige Ihnen jetzt das Beweisstück der Anklage mit der Nummer 112. Es handelt sich um eine stark vergrößerte Luftaufnahme, die das Grundstück von Parker House zeigt. Können Sie den Geschworenen anhand des Fotos erklären, wo Sie Ihre Suche fortsetzten?

A: Ja. Wir gingen diesen Weg hinunter, um dieses Gebäude hier zu durchsuchen, vom Wohnhaus aus das erste.

F: Dann lassen Sie uns das Gebäude, auf das Sie eben gezeigt haben, als Nummer eins bezeichnen. Fanden Sie in diesem Gebäude irgendetwas Interessantes?

A: Wir fanden Werkzeug zur Holzbearbeitung und verschiedene Möbelstücke in unterschiedlichen Stadien der Fertigstellung.

Tracy sah sich noch einmal Kins' E-Mail an. »Cascadia Furniture!«

Die Explosion ließ die Fenster erzittern und das Haus wackeln. Rex und Sherlock sprangen auf und stürzten laut bellend auf das vernagelte Wohnzimmerfenster zu. Dann versank das ganze Haus in tiefster Finsternis.

52

Vance Clark hatte Aktentasche und Mantel bereits eingesammelt und wollte Roy Calloways Büro gerade verlassen, als sich das Funkgerät auf dem Tisch des Polizeichefs knisternd zu Wort meldete. Kurz darauf hörten die beiden Finlay Armstrongs Stimme, wenn auch nur mühsam zu verstehen, weil es im Gerät einfach zu sehr rauschte.

Calloway drehte an einem Knopf.

»Roy, sind Sie das?« Finlay hörte sich an, als säße er in seinem Auto und hätte das Fenster heruntergedreht.

»Ja, ich bin dran!« Calloway brachte den Satz kaum zu Ende, als ein Schlag zu hören war, der wie weit entfernter Donner klang. Die Neonlampen im Büro flackerten noch stärker, ehe sie schwächer wurden und schließlich ganz erloschen. Anscheinend war ein Transformator explodiert. Leise fluchend hörte Calloway den Notgenerator der Dienststelle anspringen. Es klang wie ein Flugzeug kurz vor dem Abheben, aber wenigstens gingen die Lichter wieder an.

»Chief?«

»Alles klar, wir hatten nur einen Moment lang keinen Strom. Der Generator läuft auch noch nicht rund, wir werden ständig unterbrochen. Warte kurz, ja? Ich kann dich kaum verstehen.«

»Was?«

»Ich kann dich kaum verstehen!« Die Lichter wurden schwächer, dann wieder heller.

»Der Sturm nimmt zu!«, brüllte Armstrong. »Windböen. Sie müssen herkommen, Roy. Etwas ... Sie müssen herkommen!«
»Moment, Finlay. Sag das noch mal. Ich wiederhole: Sag das noch mal.«
»Sie müssen herkommen.«
»Wohin denn?« Das Funkgerät knisterte. »Wohin?«
»Zu DeAngelo Finn.«

Die Windböen hatten Bäume umgeworfen und die Stromversorgung zum Erliegen gebracht. Die Hauptstraße von Cedar Grove wirkte wie das Zentrum einer Geisterstadt. Auf den menschenleeren Bürgersteigen fegte der Sturm Schneewehen zusammen, Straßenlaternen und Schaufenster blieben dunkel. Auch weiter draußen, zum Stadtrand hin, war kein Haus mehr erleuchtet, was darauf schließen ließ, dass sich der Stromausfall mindestens auf die ganze Stadt erstreckte.

Schneeflocken glitten über die Windschutzscheibe des Tahoe und wirbelten in den Lichtkegeln der Scheinwerfer, die Mühe hatten, die Äste zu erfassen, die der Wind von den Bäumen gerissen hatte und die kreuz und quer auf der Straße lagen. Dan konnte gar nicht anders, als äußerst vorsichtig zu fahren und häufig auszuweichen. Als er sich der Abfahrt nach Elmwood näherte, sah er Feuer auf einem der Strommasten – ein Transformator stand in Flammen. Das erklärte, warum es überall dunkel war. Das Stromnetz von Cedar Grove war zusammengebrochen, und die Stadt besaß keine Notstromaggregate, da der Stadtrat sich vor ein paar Jahren geweigert hatte, einer so kostspieligen Anschaffung zuzustimmen. Die Stadtoberen hatten ihre Ablehnung damit begründet, dass die meisten Bewohner der Gegend über eigene Generatoren verfügten. Das mochte zwar so sein, half aber nicht gegen den schlechten Handyempfang in einer Bergregion, und schon gar nicht bei einem schweren Schneesturm.

Dan bog in seine Einfahrt, wo im Schnee deutlich Reifenspuren zu sehen waren, Tracys Subaru aber nicht. Er war augenblicklich beunruhigt und zückte sein Handy, das jedoch keinen Empfang zu haben schien. Als er es trotzdem versuchte, hörte er lediglich einen Pfeifton.

Wohin zum Teufel konnte sie gefahren sein?

Er bewaffnete sich mit einer Taschenlampe und kämpfte sich zum Haus vor, wo Rex und Sherlock bellten, seit er in die Auffahrt eingebogen war. »Nicht so stürmisch!«, rief er den Hunden zu, als er die Haustür öffnete und von hundertvierzig Kilo Begeisterung empfangen wurde. Von Rex und Sherlock begleitet durchsuchte er mit der Taschenlampe Wohnzimmer und Küchenbereich. Tracys Aktentasche hing an der Rückenlehne eines der Barhocker am Küchentresen. »Tracy?«

Keine Antwort.

»Wo ist sie, Jungs?«

Sie hatten doch erst vor einer halben Stunde miteinander telefoniert, und da war alles noch bestens gewesen.

»Tracy?« Immer wieder laut ihren Namen rufend, ging er durch das ganze Haus. »Tracy?«

Nach wie vor zeigte sein Handy keinen Empfang. Er versuchte es trotzdem, bekam aber wie erwartet keine Verbindung.

Er befahl den Hunden, im Haus zu bleiben, als er zur Garage ging, aber die beiden schienen ohnehin kein großes Interesse daran zu haben, ihm nach draußen zu folgen. In der Garage ließ er den tragbaren Generator anspringen, den er an die zentrale Schalttafel angeschlossen hatte.

Im Haus lief der Fernseher, als er zurückkam, wenn auch ohne Ton. Auf dem Couchtisch stand eine halb leere Bierflasche, immer noch kalt. Er stellte den Fernseher laut. Der Wetterfrosch erklärte gerade anhand verschiedener Diagramme, dass sie es mit einem schweren Schneesturm zu tun hatten, sprach von Hoch- und Tiefdruckgebieten und prophezeite bis zum nächsten Morgen vierzig Zentimeter Neuschnee.

»Momentan ist allerdings weniger der Schnee das Problem«, fuhr der Mann fort, »sondern vielmehr der Wind, der noch stärker wird.«

»Kein Scheiß, Sherlock!«, sagte Dan, woraufhin Sherlock, der Hund, winselte.

»Verschiedene Faktoren haben zu Eisbildung auf Stromleitungen und Ästen geführt. Vielerorts liegen Äste und Zweige, manchmal sogar ganze Bäume auf den Straßen. Aus der Gegend von Cedar Grove wird ein Transformatorenbrand gemeldet, der die Stromversorgung der Stadt zum Erliegen brachte.«

»Erzähl mir was Neues, Mann!«, murmelte Dan.

Die Kamera schwenkte zum Nachrichtensprecher im Studio.

»Vielen Dank, Tim. Wir bleiben mit unserem Wetterfrosch in Kontakt und werden Sie weiterhin auf dem Laufenden halten. Da draußen scheint sich ein ausgewachsener Blizzard zu entwickeln.« Dan legte die Fernbedienung hin und ging in die Küche. »Gerade kommt hier ein Bericht über ein Feuer in der Pine Crest Road in Cedar Grove herein«, fuhr der Nachrichtensprecher fort.

Dan horchte auf. Er kannte die Straße, natürlich, schließlich war er in Cedar Grove aufgewachsen. Aber nicht deswegen kam ihm der Name so bekannt vor – er hatte ihn erst vor Kurzem gehört oder gelesen …

»Obwohl Polizei und Feuerwehr rasch vor Ort waren und das Feuer eindämmen konnten«, berichtete der Sprecher weiter, »war am Haus bereits erheblicher Schaden entstanden. Ein Sprecher der Polizei gab an, dass unter der Adresse mindestens eine ältere Person lebt.«

Natürlich! Jetzt fiel es Dan wieder ein: Die Adresse stand auf einer Vorladung, die nie zugestellt worden war. Mit ihr hatte DeAngelo Finn zur Zeugenaussage bei der Anhörung geladen werden sollen. Dan lief es kalt den Rücken hinunter. Nach einem letzten Blick auf Tracys Aktentasche schnappte er sich seine Autoschlüssel und ging zur Tür.

Da sah er den Zettel, den sie ihm hinterlassen und an den Türriegel geklebt hatte.

Finlays Streifenwagen und die beiden Löschfahrzeuge der Feuerwehr erleuchteten die Straße mit flackerndem rotem, blauem und weißem Licht, als Roy Calloway sich dem Haus von DeAngelo Finn näherte. Als er nahe genug heran war, halfen auch die Scheinwerfer seines Suburban nach, und die geschwärzten Balken, die aus den Dachresten ragten wie die Knochen eines sauber abgenagten Tiers, waren nur allzu deutlich zu erkennen.

Die Feuerwehrleute waren bereits dabei, ihre Schläuche einzurollen. Calloway hielt hinter dem größeren der beiden Löschfahrzeuge, stieg aus und ging an den Männern vorbei auf das Haus zu, wo ihm Finlay entgegenkam, der auf den Eingangsstufen gewartet hatte. Der Deputy hatte den Kragen seiner Dienstjacke aufgestellt und die heruntergeklappten Ohrenschützer der Mütze unter dem Kinn befestigt. Er zog die Schultern hoch und den Kopf ein, um sich gegen den Schneesturm zu schützen. Die beiden Männer trafen sich an Finns Gartenzaun, der teilweise umgerissen worden war, um die Schläuche vom Hydranten an der Straße bis zum Haus legen zu können.

»Wissen sie schon, wie das Feuer entstehen konnte?« Calloway musste schreien, so laut tobte der Sturm.

»Der Brandmeister sagt, es riecht nach Brandbeschleuniger, wahrscheinlich Benzin.«

»Wo?«

Armstrong kniff die Augen zusammen. Am Pelzfutter seiner Mütze hatten sich Eis und Schnee gesammelt. »Was?«

»Wo das Feuer anfing. Wissen sie schon was darüber?«

»In der Garage. Vielleicht bei einem Generator. Glauben sie.«

»Hat man DeAngelo gefunden?« Armstrong lüpfte kopfschüttelnd eine Ohrenklappe. Calloway beugte sich dichter zu ihm vor. »Wurde DeAngelo gefunden?«

Armstrong schüttelte noch einmal den Kopf. »Sie haben das Feuer eben erst gelöscht und sind sich noch nicht sicher, ob man das Haus überhaupt betreten kann.«

Die beiden gingen zurück zum Haus, wo auf der vorderen Veranda zwei Feuerwehrmänner die Lage erörterten. Calloway kannte den Brandmeister, Phil Ronkowski, und begrüßte ihn mit Vornamen.

»Hallo, Roy.« Ronkowski schüttelte Calloway die in dicken Winterhandschuhen steckende Hand. »Mitten in einem Schneesturm brennt ein Haus ab – das erlebe ich heute auch zum ersten Mal.«

»Habt ihr DeAngelo gefunden?« Calloway musste immer noch schreien.

Ronkowski deutete kopfschüttelnd auf das rußgeschwärzte Dach. »Das Feuer hat sich unglaublich schnell ausgebreitet. Über das Dach und von dort in so gut wie alle Zimmer. Hier war irgendein Brandbeschleuniger am Werk, wahrscheinlich Benzin. Ein Nachbar sagt, der Rauch wäre dick und schwarz gewesen.«

»Könnte DeAngelo das Haus verlassen haben?«

Ronkowski wirkte skeptisch. »Da kann man nur hoffen und beten, aber seit wir hier sind, haben wir niemanden gesehen. Vielleicht hat er sich zu Nachbarn geflüchtet, aber bisher ist noch niemand gekommen, um Bescheid zu sagen.«

Als es ganz in der Nähe laut knackte, zogen alle vier Männer die Köpfe ein. Von einem der großen Bäume an der Straße krachte ein Ast in den Garten, scheuchte die Feuerwehrleute bei den Wagen auseinander, riss einen Teil des Zauns ein und verfehlte nur knapp eins der beiden Löschfahrzeuge.

»Ich muss da rein, Phil«, sagte Calloway.

Ronkowski schüttelte den Kopf. »Wir wissen noch nicht, ob das sicher ist. Bei diesem Wind ganz bestimmt nicht.«

»Ich gehe auf eigenes Risiko.«

»Verdammt, Roy, ich habe hier das Sagen.«

»Schreib in deinen Bericht, dass es meine Entscheidung war.« Calloway nahm Armstrong die Taschenlampe ab. »Du wartest hier, Finlay.«

Die Eingangstür sah stark beschädigt aus, da sich die Feuerwehr gewaltsam Zutritt zum Haus verschafft hatte. Schwarze Brandstellen und Blasen im Lack zeigten, wo die Flammen auf der Suche nach Sauerstoff am Türrahmen geleckt hatten. Im Haus hörte Calloway den Wind durch die Räume jagen. Irgendwo tropfte Wasser. Der Strahl seiner Taschenlampe tanzte über angesengte Wände und geschwärzte Möbelruinen, auf dem Teppichboden lagen wild verstreut gerahmte Fotografien und all die anderen Erinnerungsstücke, die sich im Laufe eines langen Lebens ansammelten. Von der Decke baumelte, wie ein großes, schweres Bettlaken, eine nasse Rigipsplatte, durch ein Loch daneben fiel Schnee. Calloway hielt sich ein Taschentuch vor Mund und Nase, da im Innern des Hauses nach wie vor dichter Rauch hing. Es roch nach verbranntem Holz und verkohlter Isolierung. Nach jedem Schritt sammelte sich im Teppichboden unter seinen Füßen eine Pfütze.

Links vom Wohnzimmer ging es durch einen Türbogen in die Küche, aber dort war DeAngelo auch nicht. Calloway suchte sich noch einmal vorsichtig einen Weg durch den Müll und Dreck im Wohnzimmer, bis er zu einem kleinen Flur kam, der zu den Zimmern an der Rückseite des Hauses führte. Immer wieder laut nach DeAngelo rufend, drückte er mit der Schulter die erste Tür auf, die vom Flur abging. Niemand antwortete auf seine Rufe. Das Gästezimmer hinter der Tür war leer und relativ unversehrt, lag es doch von allen Räumen das Hauses am weitesten vom mutmaßlichen Ausgangspunkt des Feuers entfernt, wobei die geschlossene

Zimmertür verhindert hatte, dass eventuell doch eindringende Flammen durch Sauerstoff Nahrung erhielten. Calloway richtete die Taschenlampe kurz auf das Doppelbett, ehe er den Schrank öffnete. Der war bis auf eine Handvoll Drahtbügel leer.

Auch bei der zweiten Tür, die vom Flur abging und in diesem Fall zum eigentlichen Schlafzimmer des Hauses führte, musste Calloway die Schulter einsetzen, um sie aufzustemmen. Im Zimmer hing dichter, beißender Qualm, der Wände und Decke geschwärzt hatte, aber ansonsten war auch hier der Schaden im Vergleich zum Rest des Hauses eher gering. Calloway ließ das Licht seiner Taschenlampe über eine Kommode tanzen, die zum Teil unter einer Rigipsplatte begraben lag, die sich von der Zimmerdecke gelöst hatte. Dann bückte er sich, um die Bettrüschen anzuheben und unter das Bett zu schauen. Nichts.

»DeAngelo?«

Wo zum Henker mochte er sein? Das üble Gefühl, das ihn bei der Nachricht vom Brand in Finns Haus überkommen hatte, wurde von Minute zu Minute stärker.

Finlay steckte den Kopf durch die Tür. »Die Feuerwehrleute kommen jetzt auch rein. Haben Sie ihn gefunden?«

Calloway stand auf. »Nein. Er scheint nicht im Haus zu sein.«

»Dann konnte er fliehen?«

»Aber wo ist er denn, wenn er entkommen konnte?« Der Chief schaffte es nicht, die Angst abzuschütteln, die ihm seit Finlays Funkruf wie eine schlimme Erkältung in den Knochen steckte. Er versuchte, den Schlafzimmerschrank zu öffnen, aber auch hier klemmte die Tür. »Erkundige dich bei den Nachbarn, Finlay. Vielleicht ist DeAngelo verwirrt und desorientiert, vielleicht hat er sich deswegen nicht gemeldet.«

»Okay.« Armstrong nickte.

Calloway stützte sich am Türpfosten des Schranks ab und wollte gerade mit aller Kraft am Türknauf ziehen, als ihm zwei schwarze Punkte ins Auge fielen, die knapp einen Meter voneinander entfernt aus der Tür ragten und im Licht der Taschenlampe wie zwei Nägel aussahen. Als hätte jemand beim Bau des Schranks mit einer Nagelpistole gearbeitet und zweimal danebengeschossen. Nur schienen diese Nägel hier erheblich größer als normale Nägel, sie hatten die Größe von Schienennägeln.

»Was zum Henker ...« Calloway riss am Türknauf, aber nichts tat sich, also stemmte er einen Fuß gegen die Wand und zog erneut. Diesmal gab die Tür mit einem Ruck nach und flog so schnell auf, dass Calloway der Türknauf fast aus der Hand gerissen worden wäre.

»Hilfe!« Armstrong wich entsetzt zurück, bis er mit der Kommode zusammenstieß.

53

Tracys Subaru kämpfte: Reifen und Motor fiel es immer schwerer, sich durch den Schnee zu wühlen. Auf der Landstraße waren weder Mittelstreifen noch Randbegrenzungen zu sehen, alles war zu einer einzigen weißen, glatten Decke geworden. Tracy hatte auf Allradantrieb umgestellt und fuhr im niedrigsten Gang. Noch ging es ja auch voran, aber eben sehr, sehr langsam und fast im Blindflug, denn auch die Scheibenwischer taten, was sie konnten, und schabten gleichmäßig vor sich hin, schafften es aber nicht mehr, die Windschutzscheibe ganz schneefrei zu halten. Die Sichtweite betrug gefühlte drei Meter, und Tracy musste sich immer wieder zusammenreißen, um nicht panisch auf die Bremse zu treten, wenn eine Windböe ganze Schneemassen von den Bäumen fegte und sie kurzfristig gar nichts mehr sah. Wenn sie jetzt allerdings bremste, bekam sie den Wagen vielleicht nie mehr in Gang.

Als sie gerade wieder einmal mühsam eine Kurve bewältigt hatte, ließ grelles Scheinwerferlicht von vorn sie dichter an die Felswand heranfahren, die rechts von ihr aufragte, während auf der gegenüberliegenden Fahrspur ein Sattelschlepper mit scheppernden Schneeketten an ihr vorbeidonnerte. Der Luftzug ließ den Subaru erzittern. Vielleicht – nein: wahrscheinlich – war es verrückt, bei diesem Wetter überhaupt zu fahren, aber sie hatte es einfach nicht mehr ausgehalten, bei Dan zu Hause auf das Ende des Schneesturms zu warten. Wo ihr doch plötzlich alles so klar und logisch vor Augen stand und sie ganz unglücklich und wütend geworden war, weil sie die Zusammenhänge nicht schon viel früher durchschaut hatte. Wer außer Edmund House hatte Zugang zum roten Chevy gehabt? Wer hatte Haare und Schmuck problemlos dort deponieren können, wo sie bei einer Durchsuchung auf jeden Fall gefunden werden würden? Das konnte doch nur jemand gewesen sein, dessen Anwesenheit auf dem Grundstück keinen Anlass zu Fragen bot. Jemand, der dort täglich zugange war und dem Edmund House vertraute.

Parker.

Alle hatten es so eilig gehabt, Edmund zu verurteilen, so hatte niemand das Alibi von Parker überprüft. Parker war angeblich bei der Arbeit gewesen, aber stimmte das auch? Niemand hatte in der Firma nachgefragt – es hatte ja auch keinen Grund dafür gegeben. Man hatte ja einen verurteilten Vergewaltiger bei der Hand gehabt, dem man an allem die Schuld geben konnte. Dabei kam doch Parker für die Tat genauso infrage wie sein Neffe. Parker war Trinker, was jeder wusste. Was, wenn er sich in einer der umliegenden Kneipen ein paar hinter die Binde gegossen hatte und lieber auf der Landstraße als auf dem Highway nach Hause gefahren war, weil er dort weniger Gefahr lief, einer Polizeikontrolle in die Finger zu geraten? Was, wenn er über die arme, gestrandete, inzwischen pitschnasse Sarah gestolpert war? Parker war für Sarah ein vertrautes Gesicht gewesen; sie hätte nicht gezögert, zu ihm in den Pick-up zu steigen. Was war danach passiert? Hatte Parker versucht, sich an Sarah heranzumachen, und war wütend geworden, als sie ihn zurückwies? War es zu einem Kampf gekommen, bei dem Sarah irgendwo mit dem Kopf aufgeschlagen war? War Parker in Panik geraten und hatte ihre Leiche in einen Plastiksack gestopft und versteckt, bis er sie gefahrlos beseitigen konnte? Er hatte auf jeden Fall gewusst, wann der Damm ans Netz gehen würde, denn er lebte nicht weit von dem Gebiet entfernt, das geflutet werden sollte. Er kannte sich in den Bergen aus, und er hatte zum Suchteam gehört, also genau gewusst, wann und wo er Sarah vergraben konnte. Und was vielleicht am wichtigsten war – für den Fall, dass Calloway bei ihm auftauchte, hatte Parker den perfekten Sündenbock im Hause gehabt: seinen bereits wegen Vergewaltigung verurteilten Neffen.

Das Sägewerk in Pine Flat, in dem Parker zur Zeit von Sarahs Verschwinden gearbeitet hatte, gab es nicht mehr. Wovon lebte der Mann seitdem eigentlich? Wie bezahlte er seine Rechnungen? Er war Hobbytischler gewesen, als Tracy noch in Cedar Grove lebte, und hatte das eine oder andere Möbelstück über Kaufman's Mercantile Store verkaufen können. Anscheinend war er inzwischen ein selbstständiger Möbeltischler mit einer eigenen Firma – Cascadia Furniture – und besaß einen Pritschenwagen für Lieferungen.

Sie hatte Dan gefragt, wo House wohl hingehen würde, jetzt, wo er frei war. Dabei hatte House selbst diese Frage schon damals bei ihrem Besuch in Walla Walla beantwortet: Er freue sich schon auf die Gesichter der Leute in Cedar Grove, wenn sie ihn dort wieder durch die Straßen spazieren sahen.

Wohin konnte er denn gehen? Wohin sonst, wenn nicht zum Haus seines Onkels in den Gebirgsausläufern oberhalb von Cedar Grove? House war immer felsenfest davon überzeugt gewesen, dass er seine Verurteilung den vereinten Bemühungen der beiden Verschwörer Clark und Calloway verdankte, und danach hatte es ja auch ausgesehen – aber wer hatte den Schmuck in der Tischlerwerkstatt – in der Kaffeedose – versteckt, wer die blonden Haare im Pick-up deponiert? Clark und Calloway kamen dafür nicht infrage. Edmund hätte das mitbekommen. Er hatte schließlich gewusst, dass man ihn verdächtigte, und war in höchster Alarmbereitschaft gewesen. Und während der Hausdurchsuchung hatte sich auf dem Grundstück seines Onkels ein ganzes Team von Kriminaltechnikern herumgetrieben. Da hätte niemand mehr etwas verstecken können. Hatte Edmund herausgefunden, dass sein Onkel an der Verschwörung beteiligt gewesen war? Dass er sich aus freien Stücken Clark und Calloway angeschlossen hatte, um von sich selbst abzulenken?

Tracy riskierte einen kurzen Blick auf ihr Handy – immer noch kein Empfang. Hatte es Dan inzwischen bis nach Hause geschafft? Hatte er ihre Nachricht gefunden? War er losgezogen, um Roy Calloway zu holen? Ein Stück weiter vorn lag ein Haufen Schnee neben der Straße. Dort war ein Fahrzeug in eine Seitenstraße abgebogen. Tracy fuhr langsamer, um sich das genauer anzusehen. War das die Straße, die sie nehmen musste, wenn sie hoch in die Berge wollte, wo Parker wohnte? Möglich war es – aber wenn sie sich irrte und hier gar keine Straße war, blieb sie höchstwahrscheinlich im Schnee stecken. Ohne Möglichkeit zum Wenden.

Kurz entschlossen bog sie trotzdem ab, wagte allerdings nicht, den Fuß vom Gas zu nehmen, damit der Subaru die Steigung schaffte, die es jetzt zu bewältigen galt. Hier war vor ihr eindeutig ein anderes Fahrzeug gefahren, eins mit größeren Reifen und einem breiteren Radabstand, ein Pritschenwagen. Tracys Auto rutschte immer wieder in dessen Spur und kam ins Schlingern, was sich ein bisschen so anfühlte wie im Autoscooter auf der Kirmes, nur dass die wild hüpfenden Scheinwerfer ihr Licht über tief verschneite Bäume und Sträucher tanzen ließen, die sich im Wind bogen. Immer mehr Schnee sammelte sich auf der Windschutzscheibe und gefror zu Eis, immer weiter musste Tracy sich vorbeugen, um überhaupt etwas sehen zu können, immer kleiner wurde das Sichtfeld, das Scheibenwischer und Gebläse zu schaffen vermochten.

Tracy nahm vorsichtshalber den Fuß vom Gas, als es in eine Kurve ging, und wollte gerade wieder beschleunigen, als sie vor sich einen Ast aus dem Schnee ragen sah. Sie trat auf die Bremse.

Der Subaru brach nach rechts aus, fing sich wieder, rutschte noch ein Stück und blieb dann doch stehen. Zwei Bäume lagen quer über dem Weg. Tracy konnte im Scheinwerferlicht erkennen, dass sie mit dem Wagen nicht weiterkommen würde. Suchend sah sie sich um. Hatte sie überhaupt die richtige Abzweigung genommen? Und wenn ja, wie weit war es noch bis zu Parkers Grundstück? Sie zückte ihr Handy: kein Empfang.

Waren Dan und Calloway schon unterwegs? Unmöglich, das herauszufinden. Dabei warnte sie ihr Instinkt, keine Sekunde mehr zu vergeuden.

Sie prüfte den Ladestreifen ihrer Glock, schob ihn zurück in die Waffe, ließ eine Kugel in den Lauf rutschen. Sie steckte die Pistole ins Holster, schob zwei zusätzliche Ladestreifen in die Jackentasche, zog Mütze und Skihandschuhe über und nahm die Taschenlampe vom Beifahrersitz, die sie bei Dan in der Küchenschublade gefunden hatte. Die Autotür zu öffnen war gar nicht so einfach, drückte der Wind doch dagegen und drohte sie wieder zuzuwerfen. Tracy musste sich dem Wetter stellen. Und dem, was auf sie zukam.

54

Jemand hatte DeAngelo Finn innen an die Schranktür genagelt. Seine Arme waren auf Schulterhöhe angehoben, fixiert von Metallbolzen, die man ihm durch die Handflächen getrieben hatte. Aus den Wunden tropfte Blut. Sein Körpergewicht wurde von einem Strick um seine Taille gehalten, der an einem Haken befestigt worden war. Finns Kopf war zur Seite gesunken, er hatte die Augen geschlossen, seine Haut wirkte im grellen Licht von Calloways Taschenlampe aschfahl.

Als Calloway sein Ohr an Finns Brust legte, hörte er ein schwaches Geräusch. Der ehemalige Anwalt stöhnte leise.

»Er lebt!«, keuchte Armstrong fassungslos.

»Hol Werkzeug!«, befahl Calloway. »Einen Hammer, irgendwas!« Der Deputy stürzte so hektisch aus dem Zimmer, dass er die Kommode umstieß.

Calloway hätte zu gern den Strick um Finns Taille gelöst, aber das hätte das gesamte Gewicht auf die Nägel in den Handflächen verlagert. Keine gute Idee. »Halt durch, DeAngelo!«, flehte er leise. »Finlay holt Hilfe. Hörst du mich? DeAngelo? Halt durch. Wir kriegen dich da runter.«

Armstrong kam zurück, gefolgt von Ronkowski und zwei Feuerwehrmännern, von denen einer eine starke Lampe mitgebracht hatte.

»Um Gottes willen!« Auch Ronkowski war kreidebleich geworden.

»Ich brauche irgendwas, um die Nägel rauszuziehen!«, herrschte Calloway ihn an.

»Nein! Wenn du das machst, bringt ihn der Schmerz um!«, widersprach der Brandmeister.

»Und wenn wir die Nägel rausschlagen?,« schlug einer der Feuerwehrmänner vor. »Von der anderen Seite, wo die Spitzen aus dem Holz ragen?«

»Das gleiche Problem.«

»Wir sägen ihn frei – großflächig um Nägel und Hände herum«, sagte Calloway.

Ronkowski fuhr sich mit der Hand über das Gesicht. »Okay, okay, machen wir es so. Einer hebt ihn an, damit sein Gewicht nicht an den Händen hängt. Dirk, hol eine Säge.«

»Vergiss die Säge!« Armstrong packte den Mann, der schon gehen wollte, am Arm. »Wir heben die Tür aus den Angeln und nehmen sie gleich als Tragbahre.«

»Gute Idee!« Ronkowski nickte. »Dirk, hol Hammer und Stemmeisen. Er kann nicht richtig atmen, Calloway. Heb ihn an, das nimmt den Druck vom Brustkorb.«

Calloway fasste Finn um die Hüfte und hob ihn hoch. Als der alte Mann daraufhin laut stöhnte, holte Armstrong aus der Küche einen Stuhl, den er ihm unter die Beine schob. Aber Finn war zu schwach, um sich hochzustemmen. Calloway musste ihn weiter festhalten, während sich Dirk mit Hammer und Stemmeisen am oberen Türscharnier zu schaffen machte.

»Nicht oben anfangen!« Armstrong schien sich wirklich gut auszukennen. »Fang unten an, das obere Scharnier brechen wir dann einfach raus.«

Während Armstrong und Calloway die Tür festhielten, entfernte der Feuerwehrmann erst aus dem unteren, dann aus dem mittleren Scharnier den Bolzen.

»Alles klar?«, erkundigte er sich. »Ihr haltet ihn fest?«

»Alles klar«, sagte Armstrong. »Jetzt!«

Als auch der letzte Bolzen herausgeschlagen worden war, musste Calloway seine ganze Kraft aufwenden, um Finn zu halten und gleichzeitig mit Armstrong zusammen die Tür zu drehen und langsam auf das Bett zu legen.

»Wir müssen ihn festbinden, wenn wir ihn so transportieren wollen«, sagte Ronkowski. »Hol mal jemand die Sicherungsgurte.«

Er setzte Finn eine Sauerstoffmaske auf, prüfte die Vitalfunktionen des alten Herrn, und als einer seiner Männer mit den Gurten zurückkam, entfernten sie den Strick von Finns Taille und fixierten ihn stattdessen an den Knöcheln, der Taille und der Brust, indem sie die Gurte unter der Tür durchschoben.

»So müsste es gehen. Auf drei.«

Calloway nahm das obere Türende, Armstrong das untere bei Finns Füßen, und der Brandmeister zählte bis drei.

Sie bemühten sich wirklich sehr, jede ruckartige Bewegung zu vermeiden. Trotzdem stöhnte Finn leise vor sich hin, während sie ihn vorsichtig aus dem Zimmer und durch den Flur aus dem Haus hinaustrugen.

»Wer macht denn so was, Roy?« Armstrong war immer noch völlig entgeistert. »Wer tut einem alten Mann so etwas an?«

55

Sobald Tracy aus dem Auto gestiegen war, griff die Kälte erbarmungslos nach ihr, entdeckte jede Naht in ihrer Kleidung, stach wie tausend Stecknadeln in ihre Haut. Fest entschlossen, sich davon nicht unterkriegen zu lassen, senkte sie den Kopf, damit ihr der Wind wenigstens nicht direkt ins Gesicht blies, und kletterte über einen der umgestürzten Bäume. Immerhin gab es die Reifenspuren, denen sie folgen konnte, aber viel half das auch nicht und bald war jeder Schritt, bei dem sie bis zu den Waden im Schnee versank, ein Kampf. Schon nach wenigen Minuten atmete sie schwer. Sie musste darum ringen, nicht den Mut zu verlieren. Zurückgehen ging nicht, darüber brauchte sie gar nicht erst nachzudenken. Es wäre unmöglich, den Wagen zu wenden, und ihn rückwärts den Abhang hinunter bis zur Straße hin zurückzusetzen schien ihr ebenso unvorstellbar. Außerdem hatte sie die Ereignisse in Gang gesetzt, die sie jetzt durch diese unwirtliche Gegend scheuchten, es war ihre Pflicht, sie auch wieder zu stoppen.

Nach etwa zweihundert hart erkämpften Metern erreichte sie den Rand einer Lichtung, blieb stehen und sah sich um. Wenn sie die Augen zusammenkniff und sich anstrengte, konnte sie in nicht allzu großer Entfernung ein Licht erkennen. Auch die Umrisse von Gebäuden meinte sie ausmachen zu können, ebenso ein paar schneebedeckte kleine Hügel. Auf den Luftaufnahmen von Parker Houses Grundstück, die im Prozess gegen seinen Neffen vorgelegt worden waren, hatte man außer dem Wohnhaus einige kleine Nebengebäude mit Wellblechdächern und mehrere Autos und Landmaschinen erkennen können, die auf dem Grundstück verteilt standen. Wahrscheinlich hatte sich seitdem nicht viel verändert. Hier war sie richtig. Tracy schaltete die Taschenlampe aus und bewegte sich vorsichtig auf das Licht auf der gegenüberliegenden Grundstücksseite zu, dorthin, wo das Wohnhaus stand. Davor parkte das einzige nicht ganz unter Schnee begrabene Fahrzeug – der Pritschenwagen, den sie auch auf dem Parkplatz vor dem Gericht gesehen hatte. Um ganz sicherzugehen, kratzte sie den verkrusteten Schnee vom Nummernschild. Richtig, das war die von Kins rekonstruierte Zahlen- und Buchstabenkombination, die seiner E-Mail zufolge zu dem auf die Firma Cascadia Furniture zugelassenen Fahrzeug gehörte. Auf dem Dach des heruntergekommenen Holzhauses türmte sich ein halber Meter Schnee. Dicke, lange Eiszapfen hingen riesigen Zähnen gleich von den Dachrinnen. Aus dem Kamin drang kein Rauch.

Der Wind hatte inzwischen auch noch die Lücke zwischen Tracys Mütze und dem Kragen ihrer Jacke entdeckt und schickte ihr eiskalte Grüße den Rücken hinunter. Ihre Finger waren trotz der dicken Handschuhe taub geworden. Je länger sie hier stand, desto steifer wurde sie.

Zeit, sich zu bewegen! Tracy stapfte zum Haus und die hölzernen Stufen zur Veranda hoch, die vor Kurzem erst gefegt worden waren und unter ihrem Gewicht knarrten. Auf der winzigen Veranda drückte sie sich mit dem Rücken an die Hauswand und hielt kurz inne, bevor sie sich zum Fenster beugte, dessen Scheibe außen vereist war, während innen Kondenswasserstreifen die Sicht erschwerten.

Sie zupfte sich mit den Zähnen die Handschuhe von den Händen, um den Reißverschluss ihrer Jacke öffnen und die Glock aus dem Holster ziehen zu können. Ihren Fingern gefiel das gar nicht, und erst als sie sie angehaucht und bewegte hatte, ließ die Taubheit ein wenig nach, sodass sie sich zutraute, den Türknauf zu drehen. Der ließ sich problemlos bewegen, aber die Tür selbst leistete Widerstand, als sie dagegendrückte. War das Haus etwa verschlossen? Als sie sich stärker dagegenlehnte, löste sich die Tür vom Rahmen, und die Fenster klirrten. Tracy hielt den Atem an und erstarrte, während der Sturm auf ihren Rücken eindrosch und ihr fast den Türknauf aus der Hand gerissen hätte. Als sich im Haus immer noch nichts regte, schlüpfte sie rasch und leise hinein und schloss die Tür ebenso rasch und leise hinter sich. Geschafft. Im Haus war sie zwar vor dem Sturm geschützt, aber nicht vor der Kälte. Drinnen war es fast so kalt wie draußen, und es roch nach vor sich hin gammelndem Müll.

Tracy sah sich um, während sie gleichzeitig Fingerübungen machte, um die Durchblutung in ihren klammen Fingern anzuregen. An einer Wand war ein kleines Sprossenfenster, darunter standen ein Tisch und ein Stuhl. Hinter einem L-förmigen Tresen mit einer Spüle aus Metall führte ein Türbogen in den nächsten Raum, und zwar in den, in dem sich das Licht befand, das sie von Weitem gesehen hatte. Irgendwo surrte ein Generator, der offensichtlich für das Licht im Haus sorgte, jedoch nicht laut genug, um das Knarren der Dielen ganz zu übertönen, als Tracy jetzt am Tresen entlang zum Türbogen schlich. Dort drückte sie sich mit dem Rücken an die Wand, hielt die Pistole schussbereit und lugte vorsichtig um die Ecke.

Das Licht im angrenzenden Zimmer, das sie vom Rand der Lichtung aus hatte sehen können, war deswegen so hell, weil es von einer nackten Glühbirne ausgestrahlt wurde: Der dazugehörende Lampenschirm lag auf dem Boden neben einem rostbraunen Lehnstuhl, von dem sie erst einmal nur die Rückseite zu sehen bekam. Eine orangefarbene Verlängerungsschnur schlängelte sich auf dem Boden bis in einen dunklen Flur.

Vorsichtig trat Tracy ins Zimmer, blieb aber sofort stehen, als sie einen grauen Haarschopf über die Sessellehne ragen sah. Wer immer im Sessel sitzen mochte, reagierte nicht auf ihr Kommen, hatte es vielleicht gar nicht mitbekommen. Obwohl die Dielen wieder knarrten, rührte sich die Gestalt nicht, als sich Tracy vorsichtig dem Sessel von der Seite näherte. Sie reagierte selbst dann nicht, als sie direkt neben ihr stand und erkannte, wessen Gesicht sich zwischen den Ohren des Sessels verbarg.

Erst als sie bei dem schrecklichen Anblick, der sich ihr bot, aufschrie, hob der Mann im Sessel den Kopf und sah sie an.

Es war Parker House.

56

Parker House starrte sie mit weit aufgerissenen Augen an. Nicht überrascht, sondern voller Angst und Panik. Tracy kannte diesen Blick, sie hatte ihn oft genug bei Menschen gesehen, die gerade Opfer eines Gewaltverbrechens geworden waren. Jemand hatte Parker die Hände auf die Armlehnen des Sessels genagelt, der Stoff war blutgetränkt. Zwei weitere Bolzen, einer rechts, einer links, nagelten seine Füße durch das Leder der Stiefel hindurch an den Holzfußboden. Unter beiden Schuhen hatte sich eine Blutlache gebildet.

Nur mühsam konnte sich Tracy von diesem Anblick losreißen – Parkers bleiches Gesicht, die weit aufgerissenen, panisch blickenden Augen, das Blut auf den Sessellehnen, auf dem Boden ... Aber sie musste sich umsehen. Ein Holzofen, in dem kein Feuer brannte, daneben der Durchgang zu einem dunklen Flur. Tracy schaltete die Taschenlampe ein. Sie musste weiter, sie musste in die Dunkelheit hinein, auch wenn ihr Herz raste und sich in ihrem Kopf alles drehte. Wie froh sie jetzt war, sich auf ihre Ausbildung verlassen zu können! Mit der Pistole in der Rechten und der Taschenlampe in der Linken, die sie mit gleichmäßigen Bewegungen von rechts nach links schwenkte, ging sie, den Rücken an die Wand gedrückt, den Flur hinunter, bis sie an eine weitere Türöffnung gelangte. Der Strahl ihrer Taschenlampe glitt über ein zerwühltes Bett und eine billige Kommode. Weiter zum nächsten Zimmer, auch das war leer, auch hier ein einzelnes Bett, eine Kommode und ein Nachttisch. Sie kehrte ins Wohnzimmer zurück und versuchte, sich einen Reim auf all das zu machen.

Parker hatte seine Augen wieder geschlossen. Tracy kniete sich neben den Mann und berührte ihn sanft an der Schulter. »Parker? Parker!«

Diesmal öffnete er die Augen nur halb, und selbst das bereitete ihm zusätzliche Schmerzen, wenn Tracy seinen Gesichtsausdruck richtig deutete. Seine Lippen bewegten sich, aber erst als er stockend durchgeatmet hatte, brachte er unter großer Anstrengung ein paar kaum hörbare Worte heraus: »Ich habe versucht ...«

Tracy beugte sich zu ihm hinunter.

»Versucht ... zu warnen ...«

Sein Blick glitt zu irgendetwas hinter oder über Tracy, die ihren Fehler zu spät erkannte. Das helle Licht war ein Trick gewesen, um sie herzulocken wie die sprichwörtliche Motte, während das Summen des Generators andere Geräusche übertönte.

Sie sprang auf – aber da landete auch schon ein dumpfer Schlag auf ihrem Hinterkopf. Ihre Beine gaben nach, die Pistole entglitt ihren Fingern, sie spürte Hände an ihrer Taille und Arme, die sie umschlangen, damit sie nicht hinfiel. Warmer Atem strich über ihr Ohr.

»Du riechst genau wie sie.«

Roy Calloway und Finlay Armstrong trugen Finn auf der Schranktür zum Haus und aus der Haustür hinaus. Draußen blies der Wind in so heftigen Böen, dass sie aufpassen mussten, sonst hätte er sich unter die Tür geklemmt und ihnen die Schranktür mitsamt Finn aus der Hand gerissen wie einen Papierdrachen.

»Immer hübsch langsam!« Calloway spürte das Eis unter den Stiefelsohlen, das ihn zwang, kurze Schritte zu machen, fast zu schlurfen. Es schien eine Ewigkeit zu dauern, bis die Tür sicher im Krankenwagen verstaut war.

»Los!«, befahl Ronkowski.

»Ich bringe das zu Ende!«, flüsterte Calloway Finn zu, ehe er vom Krankenwagen zurücktrat. »Ich hätte es schon vor zwanzig Jahren zu Ende bringen sollen, aber jetzt bringe ich es wirklich zu Ende.«

»Wir müssen los, Roy!«, drängte der Brandmeister. »Puls, Blutdruck, alles sackt in den Keller.«

Calloway trat zur Seite, Ronkowski schlug die Tür des Krankenwagens zu, der Fahrer gab Gas. Das Fahrzeug tat einen kleinen Satz, rang um Bodenhaftung, setzte sich schließlich schlingernd in Bewegung, bis es sich gefangen hatte und mit blinkendem Blaulicht durch den Schnee davonpflügte. Calloway sah ihm nach, ebenso die Feuerwehrmänner, die wie festgefroren neben Finlay Armstrong standen, während sich auf ihrer Ausrüstung der Schnee, in ihren Haaren und Bärten Eis sammelte.

»Funktioniert bei irgendwem das Handy?«, fragte Calloway.

Nein, das war bei niemandem der Fall.

»Finlay, fahr mit deinem Wagen zum Haus von Vance Clark. Hol ihn und seine Frau ab. Sag ihm, ich hätte gesagt, sie sollen mit dir gehen. Er soll seine Knarre mitnehmen und immer griffbereit halten.«

»Was ist los, Roy?«

Calloway packte seinen Deputy bei der Schulter. »Hast du gehört, was ich gesagt habe?«

»Ja! Schon gut, ich habe es gehört.«

»Danach fährst du zu mir nach Hause und holst meine Frau ab. Du bringst alle drei aufs Revier, und da setzt du dich neben das Funkgerät und wartest.«

»Und was soll ich ihnen sagen?«

»Sag einfach, ich bestehe darauf. Meine Frau kann so dickköpfig sein wie ein Maultier. Sag zu ihr: Keine Diskussion! Verstanden?«

Armstrong nickte.

»Dann fahr und tu, was ich dir gesagt habe.«

Der Deputy hatte Mühe, sich zum Streifenwagen durchzukämpfen. Erst als er losgefahren und im Schneegestöber verschwunden war, stieg Calloway in seinen Suburban, wo er seine Flinte, eine Remington 870, aus der Halterung holte, aufklappte und fünf Kugeln in den Lauf lud. Eine Handvoll Kugeln stopfte er sich in die Tasche. Vielleicht verblieben ihm nur noch wenige Tage im Amt, aber die wollte er damit verbringen, seine Arbeit zu machen.

Er wollte sein Auto gerade auf die Straße lenken, als sich ein Wagen näherte, dessen Scheinwerfer direkt auf seine Stoßstange gerichtet waren, und ein Tahoe schlingernd vor ihm anhielt. Kaum stand das Fahrzeug, als schon die Tür aufflog und Dan O'Leary heraussprang. Ohne den Motor abzustellen, die Scheinwerfer auszuschalten oder auch nur die Tür zu schließen, stapfte er zu Calloway.

Der ließ sein Fenster herunter. »Schaff deine verdammte Karre da weg, Dan.«

Wortlos reichte Dan dem Chief einen Zettel. Calloway warf einen Blick darauf, ehe er ihn laut fluchend zerknüllte und wegwarf. »Fahr dein Auto rechts ran und steig ein!«

57

Obwohl sich Dan mit einer Hand am Türgriff festhielt, sich mit der anderen am Armaturenbrett abstützte und beide Füße fest auf der Fußmatte standen, konnte er nicht verhindern, dass er mit dem Suburban auf und ab hüpfte und gar umzukippen drohte, als die Heckräder ausbrachen. Ohne mit der Wimper zu zucken, richtete der Chief den Wagen wieder gerade und gab Gas, bis die Räder, nachdem sie kurz im Leeren durchgedreht hatten, wieder griffen und das große Auto einen Satz nach vorn tat. Schneeflocken stürzten sich auf die Windschutzscheibe, und das Scheinwerferlicht schrumpfte zu schwachen Kegeln, die kaum ein paar Meter weit leuchteten. Dan rutschte auf der Sitzbank hin und her, um besseren Halt zu finden, als Calloway abrupt zur Seite ausscherte, um einem herabgestürzten Ast auszuweichen.

»James war völlig verzweifelt«, sagte der Sheriff. »Wir wussten, House hatte es getan. Von wegen explodiertes Brett und Splitter im Gesicht und an den Armen! Den Bockmist haben wir ihm doch keine Sekunde lang abgekauft. Aber wir konnten es ihm nicht nachweisen. Ich habe James gesagt, dass wir eine Verurteilung von House nie erreichen, wenn wir nicht irgendeine Verbindung zwischen ihm und Sarah nachweisen können. Ich habe ihm gesagt, ohne Leiche, ohne forensische Beweismittel geht House aus jedem Verfahren als freier Mann nach Hause. Bis dahin war in diesem Staat noch niemand wegen vorsätzlichen Mordes verurteilt worden, wenn es keine Leiche gab. So gut war die Forensik damals einfach noch nicht.«

»Und er war bereit, Ihnen Schmuck und Haare zu besorgen?«

»Anfangs nicht. Anfangs wollte er nichts davon hören.«

»Was hat ihn dazu gebracht, seine Meinung zu ändern?«

Calloway warf ihm einen raschen Seitenblick zu. »George Bovine.«

»Achtung, Ast!« Dan stemmte die Füße gegen das Bodenblech, als Calloway gekonnt, aber in letzter Sekunde einem dicken Ast auswich. »Das war knapp!« Er holte tief Luft. »Sie haben Bovine dazu gebracht, zu Crosswhite zu gehen. Zu mir haben Sie ihn ja auch geschickt.«

»Den Teufel habe ich getan! Bovine kam ganz von allein zu James, nachdem Sarahs Verschwinden sich herumgesprochen hatte. Ich wusste gar nichts davon, bis James mich anrief und mich bat, zu ihm nach Hause zu kommen. Bovine war auch da, Tracy und Abby waren nicht zu Hause. James schloss die Tür zu seinem Arbeitszimmer, und Bovine erzählte uns all das, was er dir sicherlich auch erzählt hat. Eine Woche später bat mich James wieder um einen Besuch, diesmal jedoch, um mir Ohrringe und Haare zu übergeben, beides in Plastiktüten. Ich bin nie auf die Idee gekommen, dass ein paar der Haare Tracy gehören könnten. Wie ich schon sagte, wir hatten das damals noch nicht so auf dem Zettel. Ich legte Schmuck und Haare in meinen Schreibtisch und dachte ein paar Tage lang darüber nach. Dann wandte ich mich an Vance Clark, um die Sache zu besprechen. Wobei es nicht viel zu besprechen gab. Denn uns beiden war klar, dass uns die Beweise wenig nützen würden, wenn wir es nicht irgendwie schafften, einen Durchsuchungsbefehl für das Haus und das Grundstück von Parker zu bekommen. Und das ging nur mit einem Zeugen, der House mit der Sache in Verbindung brachte und sein Alibi fragwürdig erscheinen ließ.«

»Wie haben Sie Hagen dazu gebracht, sich als Zeuge zu melden? Die Belohnung?«

Das hintere Ende des Geländewagens rutschte seitlich weg, als Calloway um eine Kurve bog. Diesmal schaukelte der Suburban ein wenig, als der Chief gegensteuerte, und die Maschine heulte auf, ehe die Reifen wieder griffen. »Ich kenne ihn seit seiner Geburt. Ryans Vater und ich waren zusammen auf der Polizeischule. Als sein Vater bei einer ganz gewöhnlichen Verkehrskontrolle ums Leben kam, habe ich einen Fonds für die Familie eingerichtet. Ryan hat mich jedes Mal besucht und ein bisschen mit mir geplaudert, wenn er in Cedar Grove zu tun hatte.«

»Dann wusste er das mit Sarah.«

»Jeder im Staat wusste das mit Sarah. Ich habe Ryan bei einer unserer Unterhaltungen erzählt, dass ich jemanden bräuchte, der behaupten kann, dass er öfter auch zu ungewöhnlichen Zeiten auf der alten Landstraße unterwegs ist. Nicht nur tagsüber, sondern auch nachts. Er hat in seinem Kalender nachgesehen und gesagt, er wäre an dem Tag auf Geschäftsreise gewesen. Jetzt musste er nur noch aussagen, er wäre auf der Landstraße gefahren und hätte den Pick-up von House gesehen. Ich dachte, wenn die Spurensicherung die Beweise findet, kapiert House, dass er am Arsch ist, und sagt uns, wo wir Sarahs Leiche finden. Das wäre es dann gewesen. Er würde versuchen, einen Deal auszuhandeln, lebenslänglich kriegen, und wir wären mit ihm durch. An einen Prozess habe ich nie gedacht.«

Calloway fuhr langsamer, ehe er das Steuer scharf nach rechts herumriss. Bockend und hüpfend verließ der Suburban die Landstraße und machte sich an die Steigung in die Berge hinauf.

»Frische Reifenspuren«, sagte Dan.

»Hab ich gesehen.«

»Dann haben Sie Schmuck und Haare mitgenommen, als Sie den Durchsuchungsbefehl ausführten?«

Calloway wartete mit zusammengekniffenen Augen, bis eine Windböe abgeebbt war. »Das ging nicht, schließlich war ein Team von der Spurensicherung dabei. Und vorher extra zum Grundstück rausfahren ging auch nicht, das wäre House aufgefallen. Das mit dem Schmuck und den Haaren hat Parker übernommen.«

»Parker? Aber warum hätte der seinem eigenen Neffen ein Verbrechen unterjubeln sollen?«

Calloway schüttelte den Kopf. »Du kapierst es immer noch nicht, was, Dan?«

58

Im CD-Player lief eine von Tracys CDs, Bruce Springsteen. Tracy war Springsteen-Fan. Sarah stand eigentlich gar nicht so sehr auf den »Boss«, höchstens auf dessen knackigen Po, sang aber trotzdem aus voller Kehle mit und trommelte den von der E Street Band vorgegebenen Takt mit den Fingern aufs Lenkrad.

»Born to Run« – sie kannte den Text nur ansatzweise, aber zum Mitsingen reichte es. Irgendwie musste sie sich ja aufheitern, sonst hätte sie ständig daran gedacht, dass Tracy bald weggehen würde. Zwar nicht wirklich, aber durch eine Hochzeit würde sich einiges ändern.

Die Fahrt von Olympia war lang und melancholisch gewesen. Sarah freute sich für ihre Schwester, aber ihr war auch schmerzlich bewusst, dass nichts mehr so sein würde wie früher, jetzt, wo Tracy und Ben heiraten würden. Dabei war Tracy schon immer Sarahs beste Freundin und in mancherlei Hinsicht wie eine zweite Mutter für sie gewesen. Am meisten würden ihr die Stunden am späten Abend fehlen, wenn Tracy und sie allein gewesen waren und über Gott und die Welt hatten reden können. Über Jungs, die Schule, Westernschießen. Sie hatte Tracy häufig gefragt, ob sie auch noch zusammenleben könnten, wenn Tracy verheiratet wäre. Ein Lächeln huschte über ihr Gesicht, als sie daran dachte, wie oft sie zu Tracy ins Bett gekrochen war und die beruhigende Wärme ihrer Schwester ihr beim Einschlafen geholfen hatte. Sie besann sich auf ihr

Gebet. Nie würde sie ihr Gebet vergessen! Sie hatte so manches Mal überhaupt nur einschlafen können, wenn Tracy und sie es gemeinsam aufgesagt hatten.

Sie hörte Tracys Stimme in ihrem Kopf.

Ich habe keine ...

»Ich habe keine«, sagte sie jetzt laut vor sich hin.

Ich habe keine Angst ...

»Ich habe keine Angst ...«

Ich habe keine Angst vor dem Dunkeln.

»Ich habe keine Angst vor dem Dunkeln.«

Aber sie hatte Angst, auch jetzt noch, mit achtzehn.

Klamotten zu tauschen würde ihr auch fehlen. Und mit Tracy zusammen am Weihnachtsmorgen aufzuwachen. Das Treppengeländer zu Hause runterzurutschen würde ihr fehlen, sich hinter irgendeiner Ecke zu verstecken und Tracy und ihre Freunde zu erschrecken ebenso. Ihr Zuhause würde sie vermissen! Die Trauerweide mit den tief hängenden Ästen, an die sie sich so gern gehängt und sich eingebildet hatte, sie wären Lianen und sie baumele über einem Amazonas voller Krokodile und nicht über dem gepflegten Rasen ihrer Mutter. Das alles würde ihr so unglaublich fehlen!

Sarah wischte sich eine Träne von der Wange. Eigentlich hatte sie gedacht, sie käme gut klar damit, dass Tracy heute einen Heiratsantrag erhalten würde. Es traf sie ja nicht unvorbereitet. Aber anscheinend kam sie gar nicht gut klar damit.

Sie selbst würde im kommenden Jahr in Seattle auf der Uni sein. Da war es doch gut, wenn Tracy Ben hatte und nicht ganz allein sein musste, nicht wahr? Leider half auch dieser Gedanke ihr momentan wenig.

Da dachte sie doch lieber an Tracys Gesicht, als man ihr die silberne Gürtelschnalle überreicht hatte. Köstlich! Als hätte sie in zehn saure Äpfel gebissen. Tracy ahnte ja nicht, warum Sarah sie einfach gewinnen lassen musste. Sie war so sauer gewesen, dass ihr noch nicht einmal aufgefallen war, wie chic sich ihr Freund gemacht hatte. Dabei hatte Ben nicht nur eine neue Hose, sondern auch gleich noch ein neues Hemd angehabt, als er sie abgeholt hatte. Das wusste Sarah so genau, weil sie ihm beim Aussuchen geholfen hatte. Man konnte doch einen Mann nicht allein zum Einkaufen schicken, wenn es um so wichtige Ereignisse wie einen Heiratsantrag ging. Ben hatte Sarah von Anfang an in seine Planungen mit einbezogen, weil er ihre Unterstützung gebraucht hatte. Er wollte Tracy seinen Heiratsantrag im Lieblingsrestaurant der beiden in Seattle machen, am letzten Tag der Landesmeisterschaften, und hatte auch schon alles in die Wege geleitet. Nur gab es dabei ein Problem: Er hatte zwar einen Tisch reservieren können, aber nur für den frühen Durchgang um halb acht. Die Reservierungen für den späteren Abend waren alle schon vergeben. So wäre es zeitlich eng geworden, es sei denn, er holte Tracy in Olympia ab und sie fuhren gleich nach Seattle, ohne Sarah vorher nach Hause zu bringen. Nur musste Sarah dann allein nach Hause fahren, was Tracy bestimmt nicht recht war – da waren sich Ben und Sarah einig. Tracy würde die große Schwester geben und Schwierigkeiten machen. Da half nur eins: Sarah musste es irgendwie schaffen, Tracy in Rage zu bringen. Tracy musste sich so über ihre kleine Schwester aufregen, dass sie froh wäre, wenn die ihr eine Weile nicht unter die Augen kam. Von Ben auf das Problem angesprochen, hatte Sarah nicht lange nachzudenken brauchen. Tracy und sie nahmen beide an den Landesmeisterschaften teil, und Tracy verlor ungern. Richtig wütend aber würde sie unter Garantie, wenn Sarah sie absichtlich gewinnen ließe, denn das hasste sie wie die Pest, egal, worum es gerade ging.

Dicke Regentropfen prasselten auf die Windschutzscheibe, aber die Sintflut, wegen der sich Tracy solche Sorgen gemacht hatte, war bisher ausgeblieben. Als würde es in dieser Gegend sonst nie regnen!

Der Pick-up tat einen Satz.

Erschrocken richtete Sarah sich auf. Ein Blick in den Rückspiegel und die beiden Seitenspiegel – falls sie eben irgendetwas überfahren hatte, dann war es zu dunkel, um zu erkennen, was.

Beim zweiten Hüpfer wusste sie genau, dass sie nichts überfahren hatte. Der Pick-up hustete, spuckte, stotterte, wurde immer langsamer, der Tachometer sackte in den Keller – und die Benzinlampe leuchtete auf.

»Soll das ein Witz sein?«

Offenbar nicht – die Benzinanzeige stand auf »leer«.

Aufgebracht klopfte Sarah auf die Plastikverkleidung des Armaturenbrettes, aber die Anzeige rührte sich nicht. Das durfte doch nicht wahr sein. »Sag, dass das nicht wahr ist!«

Der Tank konnte unmöglich leer sein. Tracy hatte den Wagen vollgetankt, ehe sie losfuhren. Und zwar schon am Freitag, um am Samstag in aller Ruhe zum Wettkampf fahren zu können, ohne sich Sorgen machen zu müssen, dass sie zu spät kommen könnten. Sarah war dabei gewesen und hatte im Supermarkt neben der Tankstelle eine Cola und eine Tüte Chips gekauft, die sie im Pick-up deponiert hatte, um für den nächsten Tag gerüstet zu sein.

Was Tracy natürlich wieder mal nicht gefallen hatte: *Den Mist willst du echt zum Frühstück essen?*

Als der Motor ausging, ließ sich das Lenkrad nur noch schwer drehen. Sarah schaffte es noch um eine Kurve, aber nur weil die Straße leicht abschüssig war. Bis nach Cedar Grove würde sie allerdings keinesfalls kommen, auch wenn es vielleicht nicht mehr weit war. Als der Pick-up immer langsamer wurde, lenkte Sarah ihn an den Straßenrand. Kies knirschte, dann wurde es still, der Wagen stand. Sie versuchte, ihn erneut zu starten. Der Motor heulte kurz auf, als würde er sie auslachen, dann klickte es nur noch beim Drehen des Schlüssels. Sarah warf sich gegen die Rücklehne, unterdrückte mühsam einen Schrei der Verzweiflung, während Bruce Springsteen weiterhin volle Power röhrte, bis ihm Sarah den Saft abdrehte.

»Okay!« Nach einem Moment der Panik bekam sie wieder Luft. »Umdenken!« Ihr Vater predigte immer, man müsse flexibel sein und einen Plan B parat haben. Was war ihr Plan B? »Wo zum Teufel bin ich?« Irgendwie half es, wenn sie laut dachte.

Ein Blick in den Rückspiegel zeigte eine Straße, die hinter ihr genauso dunkel und verlassen dalag wie vor ihr. Sie sah sich um. Früher hatte sie die alte Landstraße gut gekannt, aber inzwischen benutzte sie sie kaum noch, und beim Fahren hatte sie gar nicht auf ihre Umgebung geachtet. Sie hätte nicht sagen können, wo sie sich gerade befand. Sie versuchte nachzurechnen, wie lange sie von Olympia bis hierher gefahren war, hatte sich aber leider die genaue Abfahrtszeit nicht gemerkt. Wenn man vom Highway auf die Landstraße abbog, waren es bis Cedar Grove noch zwanzig Minuten. Ihrer Schätzung nach war sie seit zehn Minuten auf der Landstraße unterwegs. Cedar Grove dürfte also noch vier bis sechs Meilen entfernt sein. Nicht gerade wie ein netter Spaziergang im Park, schon gar nicht bei diesem Wetter, aber auch kein Marathon. Vielleicht hatte sie Glück und irgendein Auto kam vorbei, auch wenn es auf der Landstraße nicht mehr viel Verkehr gab. Die meisten Leute nahmen den Highway.

Versprich mir, dass du auf dem Highway bleibst.

Warum hatte sie nicht auf ihre Schwester gehört? Tracy würde sie umbringen!

Sarah lehnte die Stirn ans Lenkrad und wäre am liebsten so sitzen geblieben, aber Selbstmitleid half ihr jetzt ganz bestimmt nicht weiter. Ein Plan musste her. Sollte sie hinten im Camperaufsatz schlafen? Aber was, wenn Tracy morgen früh zu Hause anrief – was sie bestimmt tun würde, um ihr die freudige Nachricht zu verkünden – und Sarah nicht ans Telefon ging? Tracy würde voll die Panik schieben, wenn sie ihre Schwester nicht erreichte, sie würde die Eltern in Hawaii verständigen und das FBI sowie sämtliche Einwohner von Cedar Grove auf die Suche schicken. Der Camperaufsatz kam also nicht infrage.

»Okay!« Laut denken half wirklich: Man fühlte sich gleich nicht ganz so allein. »Hier rumsitzen bringt dich auf keinen Fall weiter. Raff dich auf und geh los!«

Sie zog sich ihre Jacke über und nahm Tracys schwarzen Stetson vom Beifahrersitz. Darunter lag die silberne Gürtelschnalle. Die würde sie Tracy auf jeden Fall zurückgeben, damit sie nie vergaß, was für eine Nervensäge sie manchmal sein konnte. Sarah steckte die Schnalle ein. Sie würden sich später totlachen über die ganze Geschichte. Die Schnalle würde sie beide immer an den Abend von Tracys Verlobung erinnern. Vielleicht sollte man sie auf eine Art Gedenktafel montieren.

Sarah machte sich nichts vor, sie wusste allzu gut, dass sie mit solchen Träumereien nur das Unausweichliche hinausschieben wollte, weil sie sich wirklich nicht auf einen Marsch im Regen freute.

Sie setzte den Hut auf, kletterte aus der Fahrerkabine und schloss die Tür ab. Wie um sie zu verhöhnen, frischte der Wind auf, und der Regen prasselte noch stärker als zuvor, ein wahrer Wolkenbruch, der sich von brüllendem Getöse begleitet aus dem Himmel ergoss. Sarah flüchtete sich an den Straßenrand in der Hoffnung, unter den Bäumen ein bisschen geschützt zu sein, aber trotzdem lief ihr schon nach wenigen Minuten das Wasser den Rücken hinunter. »Das ist nun echt das Letzte«, stöhnte sie laut vor sich hin. »Echt das Hinterletzte!«

Irgendwann fing sie an zu singen. Vielleicht verging ja die Zeit so ein bisschen schneller. »Everybody's out on the road tonight ...« Bruce Springsteen spukte ihr immer noch im Kopf herum, aber sie bekam den Text einfach nicht zusammen.

»Alle sind heute unterwegs, bloß ich kenn den Text nicht.« Halt! Hatte sie da eben einen Wagen gehört? Sie blieb stehen und lauschte, aber der Regen prasselte so laut auf die Blätter und den Asphalt der Straße, dass sie sich nicht sicher war, ob tatsächlich von irgendwoher ein Motorengeräusch näher kam. Erst einmal ging sie nicht weiter, sondern blieb am Straßenrand stehen und starrte angestrengt in die Dunkelheit. Da! Eine Sekunde lang erleuchteten Scheinwerfer den Straßenbelag, dann bog ein Wagen um die Kurve. Sarah trat so nah an die Fahrbahn heran, wie sie sich traute, und winkte, während sie sich die andere Hand schützend vor die Augen hielt, um nicht geblendet zu werden. Der Wagen wurde langsamer und hielt an.

Es war ein roter Chevy Pick-up.

59

Tracy schlug die Augen auf, aber es blieb dunkel. Sie hätte nicht sagen können, ob das an ihr lag oder an ihrer Umgebung. In ihrem Kopf herrschte ein heftiges Durcheinander aus Schmerzen, Benommenheit und Verwirrung, wie ein Netz aus wirren Spinnweben. Sie konnte sich einfach nicht mehr daran erinnern, was passiert war. Als sie den Kopf hob, ließ ein heftiger Schmerz sie zusammenzucken, und sie musste abwarten, bis er halbwegs abgeebbt war, ehe sie es wagen konnte, sich aufzusetzen. Ihr dröhnte der Schädel, Knochen und Glieder fühlten sich an wie aus Blei, aber während sie versuchte, tief durchzuatmen und ihre Gedanken zu ordnen, kamen langsam die Bilder zurück.

Das heruntergekommene Haus, auf das sie zugegangen war.
Der halb zugeschneite Pritschenwagen.
Die Tür, die in die Küche führte.
Das Wohnzimmer.
Der Haarschopf über der Sessellehne.
Parker House, wie er den Kopf gehoben und die Augen geöffnet hatte.
Du riechst genau wie sie.
Jemand hatte sie von hinten niedergeschlagen. Tracy hob die Hand, um ihren Hinterkopf abzutasten, aber das Handgelenk fühlte sich ungewohnt schwer an, und als sie den Arm schüttelte, rasselten Ketten. Ihr Herz raste. Hastig versuchte sie aufzustehen, wobei ihr so übel wurde, dass sie sofort wieder auf

die Knie sank. Sie zwang sich, ruhig und langsam zu atmen, bis die Übelkeit verflogen war. Der zweite Versuch verlief schon erfolgreicher, sie schwankte zwar, als sie stand, aber es gelang ihr, sich auf den Beinen zu halten.

Tracy tastete die Handschellen ab, die sie an beiden Handgelenken trug, und die Kette, die beide miteinander verband. Sie schien etwa dreißig Zentimeter lang zu sein. Von dieser Kette zweigte eine zweite, dickere nach unten ab, die sie ebenso abtastete, bis klar war, wohin sie führte: zu etwas, was sich anfühlte wie eine rechteckige Platte. Tracy ertastete die Umrisse von zwei Sechskantschrauben, stemmte einen Fuß gegen die Wand, schlang sich die Kette um die Hand und zog an der Platte, bis sie meinte zu spüren, wie diese ein wenig nachgab. Aber ehe sie weitermachen konnte, brach eine neue Welle von Übelkeit und hämmernden Kopfschmerzen über sie herein.

Hinter sich hörte sie ein Geräusch. Ein dünner, schwacher Lichtstreifen tauchte auf und wurde langsam breiter – offenbar war eine Tür aufgegangen. Ein Schatten schob sich vor das Licht, die Tür ging zu, und wieder war es finster. Tracy drückte den Rücken gegen die Wand, hob beide Arme und richtete sich darauf ein, zuzuschlagen oder zu treten.

Jemand schlurfte durch den Raum. Sie versuchte, die Schritte zu orten, was in der Dunkelheit leider unmöglich war: Es klang, als kämen sie von überall her. Dann war ein surrendes Geräusch zu hören, das sie nicht einordnen konnte, und plötzlich flammte ein grelles Licht auf, das sie einen Moment lang blendete. Sie senkte den Kopf, bis die schwarzen und weißen Punkte vor ihren Augen verschwunden waren, schirmte die Augen mit der rechten Hand ab und sah auf. Das Licht, das ihr so grell erschienen war, stammte aus einer einzelnen nackten Glühbirne an einem Kabel, das über einem Balken hing. Dieser und ein zweiter Balken verliefen an der Decke entlang, die wie die in einer Erdhöhle aussah.

Unter der Glühbirne kniete mit dem Rücken zu Tracy eine Gestalt und drehte an einer Kurbel, die seitlich aus einer Holzkiste herausragte. Mit jeder Umdrehung summte es ein wenig lauter in der Kiste, als wohnten dort unzählige unsichtbare Insekten, und die Drähte der Glühbirne leuchteten erst orange, dann rot und schließlich strahlend hell. Das Licht verdrängte die Schatten, sodass Tracy ihre Umgebung wahrnehmen konnte. Und die Situation, in die sie geraten war.

Der Raum, in dem sie sich befand, mochte sechs Meter lang, dreieinhalb Meter breit und zweieinhalb Meter hoch sein. Vier recht verwittert wirkende Holzbalken dienten den zwei Deckenbalken als Träger. Ihr Tastsinn hatte Tracy nicht getäuscht: Sie trug wirklich an beiden Händen verrostete Handschellen, die durch eine circa dreißig Zentimeter lange Kette miteinander verbunden waren. Von dieser führte eine zweite Kette, vielleicht anderthalb Meter lang, zu der rechteckigen Platte, die sie mit den Händen ertastet hatte. Die Platte war aus Metall und an die Betonwand des Raums geschraubt, die Kette war fest mit ihr verschweißt. Auf dem Boden lagen Teppichreste, nicht alle vom selben Teppich. In einer Ecke stand ein Eisenbett mit einer zerschlissenen Matratze, daneben ein ebenfalls nicht mehr ganz fabrikneuer Stuhl. An einer Wand zogen sich grob zusammengezimmerte Regale entlang. Auf dem einen standen Dosen, auf dem anderen ein paar Taschenbücher. Neben den Büchern lag ein schwarzer Stetson, den Tracy seit zwanzig Jahren nicht mehr gesehen hatte.

Edmund House richtete sich auf und drehte sich um. »Willkommen zu Hause, Tracy.«

60

Calloway nahm den Fuß nicht vom Gaspedal, auch dann nicht, als ein schneebedeckter Ast ihm gegen die Windschutzscheibe prallte und eine Ladung weißes Pulver auf den Suburban kippte. Er folgte den Reifenspuren um eine Kurve herum und wollte wieder Gas geben, trat stattdessen aber auf die Bremse. Knapp hinter Tracys Subaru kam er zum Stehen.

Auf dem Dach und der Heckscheibe von Tracys Auto hatte sich Schnee gesammelt, aber nicht viel, höchstens ein paar Zentimeter. Bald war auch klar, warum der Wagen hier stand. Vor ihm blockierte ein umgestürzter Baum die Straße.

Leise fluchend versuchte Calloway, seinem Funkgerät irgendeine Verbindung zu entlocken »Finlay! Bist du da, Finlay? Hörst du mich?« Offenbar war das nicht der Fall.

Nach mehreren Versuchen steckte er das Gerät resigniert zurück in die Halterung und schaltete den Motor seines Autos aus.

»Was kapiere ich nicht?«, wollte Dan wissen.

Calloway warf ihm einen verdutzten Blick zu. »Wie bitte?«

»Sie sagten, ich würde es immer noch nicht kapieren. Was kapiere ich nicht?«

Calloway entriegelte die Gewehrhalterung an der Rücklehne des Beifahrersitzes, nahm das Gewehr heraus und reichte es Dan. »Wir haben nicht einem Unschuldigen ein Verbrechen in die Schuhe geschoben, Dan, sondern einem Schuldigen.«

Er stieß die Tür auf und glitt hinaus in den Schneesturm.

Dan blieb völlig fassungslos und wie gelähmt sitzen. Was hatte er nur getan?

Tracys Nachricht, die Calloway nach dem Lesen zerknüllt auf den Boden geworfen hatte, lag immer noch auf der Fußmatte zu Dans Füßen. Er hob den Zettel auf, faltete ihn auseinander und las ihn noch einmal.

Der Pick-up, von dem aus auf dein Fenster geschossen wurde, ist auf Parker House zugelassen.
Niemand hat Parkers Alibi überprüft.
Ich fahre hin und stelle ein paar Fragen.
Komm nach und bring Calloway mit.

Sie hielt Parker für den Mörder. Sie dachte, Parker hätte Sarah umgebracht!

Halb benommen setzte sich Dan die Mütze auf, zog seine Handschuhe an und kletterte hinaus in den knietiefen Schnee. Sofort fiel der Sturm über ihn her, und er hatte Mühe, sich zur Rückseite des Suburban durchzukämpfen, wo sich Calloway gerade den Tragriemen einer Jagdflinte über die Schulter hängte und Munition in seine Jackentasche stopfte.

»Woher wissen Sie das?« Dan musste schreien, damit der Sheriff ihn verstand.

Calloway holte zwei Taschenlampen heraus, prüfte die eine und reichte sie zusammen mit zwei Ersatzbatterien an Dan weiter.

»Roy! Woher zum Teufel wissen Sie, dass es Edmund war und nicht Parker?«

»Woher ich das weiß? Das habe ich dir doch schon gesagt! Ich habe es allen gesagt: von House. House hat es mir erzählt.«

Calloway knallte die Heckklappe zu und stapfte zu den Fußspuren, die sich bereits mit frischem Schnee füllten.

Dan ließ nicht locker. »Aber wieso? Wieso sollte er Ihnen gegenüber zugeben, dass er es getan hat?«

Calloway blieb stehen. »Warum?«, brüllte er. »Weil er ein verdammter Psychopath ist, darum!«

Er ging zu dem quer über der Straße liegenden Baum, wo er sich neben den Baumstumpf kniete und den Schnee wegfegte, bis man die Bruchstelle erkennen konnte. Die keine Bruchstelle war, sondern ein glatter Schnitt. Dieser Baum war mithilfe einer Kettensäge gefällt worden.

Calloway stand auf, bürstete sich den Schnee von der Hose und starrte mit zusammengekniffenen Augen den Berg hinauf. »Er weiß, dass wir kommen.«

Sie folgten den Spuren im Schnee, Calloway vorneweg, dicht hinter ihm Dan, das Gewehr in der Hand. Dan fiel schon bald das Atmen schwer, und nach den ersten hundert Metern mussten beide Männer stehen bleiben, um kurz zu verschnaufen.

»Aber wenn er Sarahs Leiche vergraben hatte, warum konnten Sie sie dann nicht finden?«, keuchte Dan.

Calloway sah ihn an. Über Wangen und Nase des Sheriffs zog sich ein Geflecht aus roten und blauen Äderchen. »Weil er mich angelogen hat. Er hatte sie nicht gleich umgebracht. Er hat mich verarscht, uns alle damals, und dich jetzt auch noch.«

»Aber Sie haben Parkers Grundstück doch durchsucht. Wenn Sarah nicht dort war und House sie nicht sofort umgebracht und vergraben hatte, wo war sie dann?«

Calloway deutete auf die Berge. »Da oben. Sie war die ganze Zeit da oben.«

61

Die Tür des Pick-ups ging auf und jemand beugte sich heraus, aber Sarah konnte nicht erkennen, wer das war, dazu blendeten die Scheinwerfer sie zu sehr, obwohl sie versuchte, ihre Augen mit der Hand abzuschirmen.

Eine Männerstimme setzte sich gegen das Prasseln des Regens durch: »Ist das Ihr Pick-up da hinten an der Straße?«

»Ja«, sagte Sarah.

»Soll ich Sie mitnehmen?«

»Nee, geht schon. Danke. Es ist gar nicht mehr so weit.«

Der Mann kletterte aus der Fahrerkabine und kam um den Wagen herum, sodass Sarah ihn sehen konnte. Er sah umwerfend aus – ein anderer Begriff wollte Sarah auf die Schnelle nicht einfallen, fast ein bisschen wie der »Boss« – in dem weißen T-Shirt, den Jeans und abgetragenen Arbeitsstiefeln, mit den Muskeln, die an Brust und Oberarmen den Stoff des inzwischen regennassen T-Shirts dehnten. »Was ist denn passiert?«, wollte der Fremde wissen.

»Mir ist der Sprit ausgegangen.«

»Na, da haben Sie sich gefreut, was?« Er strich sich nasse Haarsträhnen hinter die Ohren und ließ ein Lächeln aufblitzen, das seine Augen zum Leuchten brachte. »Machen Sie sich keine allzu großen Vorwürfe deswegen. Das passiert wohl jedem mal. Mir auf jeden Fall. Ich versuche immer, auch noch das Letzte aus einer Tankfüllung rauszuholen.« Er deutete auf seinen Pick-up.

»Ich habe einen Kanister dabei, nur ist der leider leer. Aber ich glaube, in Cedar Grove gibt es eine Tankstelle.«

»Ich weiß nicht, ob Harley noch offen hat«, sagte Sarah. »Samstags schließt er normalerweise um neun.«

»Sind Sie aus Cedar Grove?«

Genau deswegen hatte Sarah Harleys Namen erwähnt – sie war von hier, sie kannte die Leute. Und die Leute kannten sie. »Ich wohne ein bisschen außerhalb der Stadt.«

Er machte Anstalten, wieder einzusteigen. »Kommen Sie, ich nehme Sie mit.«

Sarah rührte sich nicht. »Und wo kommen Sie her?«

Der Mann wandte sich um. »Ich war gerade in Seattle, meine Familie besuchen. Klasse Nacht für eine Autofahrt, was? Ich hätte da übernachten sollen, aber leider musste ich zurück. Ich lebe in Silver Spurs. Wenn die Tankstelle nicht mehr geöffnet ist, könnte ich Sie auch nach Hause bringen, das macht mir nichts aus.«

»Es ist wirklich nicht weit.« Sarah versuchte, ganz locker zu klingen. »Ich laufe.«

»Kommen Sie schon! Es sind bestimmt noch mehr als fünf Meilen.«

»Wie ich sagte, nicht besonders weit.«

»Na ja, aber heute Nacht könnten Sie hier glatt ertrinken.« Wieder blitzte das Lächeln auf. »Ich mache Ihnen einen Vorschlag: Ich fahre vor und schaue nach, ob die Tankstelle noch offen ist. Wenn ja, besorge ich Sprit, komme zurück, und wir machen Ihren Wagen wieder flott. Wenn nicht, fahre ich bei Ihnen zu Hause vorbei und sage Bescheid, dass Sie hier liegen geblieben sind.«

Sarah wusste genau, dass die Tankstelle geschlossen und bei ihr zu Hause niemand war. Tracy war mit Ben unterwegs und ihre Eltern feierten auf Hawaii. Sie konnte diesen armen Mann doch nicht auf eine völlig sinnlose Mission schicken. »Danke, aber das brauchen Sie wirklich nicht zu tun.«

»Kein Problem.« Er kam auf sie zu und streckte ihr die Hand hin. »Darf ich mich vorstellen? Ich bin Edmund.«

»Sarah«, sagte sie. »Sarah Crosswhite.«

»Crosswhite? Wir haben eine Ms Crosswhite an der Highschool, an der ich arbeite. Unterrichtet Naturwissenschaften, soviel ich weiß.«

»Sie arbeiten an der Cedar Grove High?«

»Ich bin einer der Nachthausmeister.«

»Ich habe Sie noch nie gesehen.«

»Uns Nachtarbeiter kriegen eben nur die Vampire zu Gesicht. Nee – ich habe den Job gerade erst gekriegt.«

Sie lächelte. Ein umwerfender Typ und auch noch witzig!

»Sie ist blond, richtig?«, fuhr der Mann fort. »Sieht Ihnen ziemlich ähnlich.«

»Das kriegen wir öfter zu hören.«

Er nickte bedächtig. »Ihre Schwester, was? Das sehe ich am Gesicht.«

»Sie ist vier Jahre älter. Unterrichtet Chemie.«

»Dann ist Ihnen eine Eins in Naturwissenschaften ja schon mal sicher.«

»Von wegen! Ich bin mit der Schule durch. Im Herbst gehe ich auf die Uni.«

»Eine von den ganz Schlauen, was?«

»Das wohl nicht gerade.« Sarah spürte, wie sie rot wurde. »In unserer Familie ist Tracy das Hirn.«

»Ich weiß, wie sich das anfühlt. Mein Bruder ist ein zweiter Einstein.«

Es schüttete jetzt wie aus Kübeln. Edmund hing das inzwischen ganz nasse Haar bis fast auf die Schultern, unter dem durchnässten T-Shirt zeichnete sich jede Bewegung seiner Brust- und Bauchmuskeln ab. Er rieb sich die Arme.

»Hören Sie, mir wird langsam kalt«, sagte er. »Ich schlage vor, Sie warten da hinten bei dem Kilometerstein unter den

Bäumen, damit ich weiß, wo ich Sie finden kann. Und ich fahre los und besorge Ihnen Benzin.« Er wandte sich zum Gehen.

»Nee, ist schon okay.«

Er drehte sich um.

»Ich komme einfach mit Ihnen«, sagte Sarah.

»Sind Sie sicher?«

»Klar. Ist schon okay. Ich kann Sie doch nicht den ganzen Weg hin- und wieder zurückscheuchen.«

»Wie Sie meinen.« Er kletterte in die Kabine und öffnete die Beifahrertür. »Kommen Sie, ich helfe Ihnen rein.«

Sarah reichte ihm ihren Rucksack und hielt sich an der Tür fest, um sich auf den Beifahrersitz zu schwingen. Im Auto nahm sie den Hut ab, schüttelte die Haare aus und genoss die Wärme, die aus dem Gebläse strömte. »Da kann ich wohl froh sein, dass Sie vorbeigekommen sind.«

»Und nicht irgendein Perverser.« Edmund legte den Vorwärtsgang ein. »So einer, der Sie mitnimmt, und niemand sieht Sie je wieder.«

62

Sie war da oben ... Dan wusste, dass Calloway auf die Gipfel der Berge oberhalb von Cedar Grove zeigte, aber bei dem Schneegestöber und der zunehmenden Dunkelheit sah man nicht weiter als zwanzig Meter.

»Er hatte sie in einem Raum im alten Bergwerk gefangen gehalten«, fuhr Calloway fort. »Lebend. Hat abgewartet, bis das Kraftwerk am Staudamm ans Netz gehen sollte, und sie an einer Stelle vergraben, von der er wusste, dass sie geflutet werden würde.«

»Woher wissen Sie das?«

»Das ist ganz logisch, wenn man bedenkt, wo wir Sarah gefunden haben.«

»Das meinte ich nicht. Woher wissen Sie, dass er sie im Bergwerk gefangen gehalten hat?«

»Wir müssen weiter.« Calloway stapfte los, und Dan musste sich anstrengen, um mit ihm Schritt zu halten, damit er ihm weiterhin zuhören konnte. »Das hat Parker rausgefunden. Edmund hat ständig das Haus verlassen und ist mit dem Geländewagen hoch in die Berge gefahren. Nachdem er verurteilt worden war, erinnerte sich Parker an das alte Bergwerk und fragte sich, ob sein Neffe vielleicht dorthin gefahren war. Mit der Geschichte kam er dann zu mir, und wir sind zusammen hoch und haben mit einem Bolzenschneider das Schloss am Eingangstor geknackt. Erst konnten wir nichts entdecken, aber dann fiel mir auf, dass die eine Wand im Büro ziemlich schlampig hochgezogen zu sein schien, was irgendwie nicht zur Manier einer großen Bergwerksgesellschaft passte. Bei genauerem Hinsehen fand ich eine verdeckte Tür. House hatte die Wand hochgezogen und Sarah in dem Raum dahinter gefangen gehalten, angekettet! Wir fanden eine graue Kutte, Handschellen und Ketten, die er an eine an die Wand geschraubte Metallplatte geschweißt hatte.« Calloway schüttelte den Kopf, als könne er noch immer nicht ganz fassen, was er damals gesehen hatte. »Und da war Sarah die ganze Zeit! Was er ihr angetan haben mag – mir ist bei der Vorstellung speiübel geworden. Wir haben alles so gelassen, wie es war, den Eingang wieder verschlossen und sind nie wieder dorthin zurückgegangen.«

»Halt!« Dan packte Calloway am Arm. »Warum zum Teufel haben Sie das nie jemandem erzählt?«

Calloway wischte Dans Hand von der Schulter, als sei sie ein lästiges Insekt. »Was hätte ich denn sagen sollen, Dan? Ja, wir haben Beweise zusammengeschustert, aber das tut uns jetzt total leid und wir wollen es wiedergutmachen? House wäre sofort freigekommen und hätte gleich wieder losziehen und die Tochter des nächsten Mannes vergewaltigen und umbringen können. Was geschehen war, war geschehen, es gab kein Zurück. House saß lebenslänglich, und Sarah war tot.«

»Warum haben Sie es nicht wenigstens Tracy gesagt?«

»Das konnte ich nicht.«

»Warum denn nicht? Warum zum Henker ging das nicht?«

»Weil ich geschworen habe, es nicht zu tun.«

»Deswegen haben Sie sie zwanzig Jahre leiden lassen? Zwanzig Jahre, in denen sie nicht wusste, was mit ihrer Schwester geschehen war?«

Calloway glich mehr und mehr einem Eskimo, das Futter seiner Mütze war komplett mit Eis überzogen, und auch an seinen Brauen klebten glitzernde Kristalle. »Das war nicht meine Entscheidung. James hat es so gewollt.«

Dan kniff ungläubig die Augen zusammen. »Warum um Himmels willen hat er seiner Tochter das angetan?«

»Weil er sie liebte, deswegen.«

»Wie können Sie das behaupten?«

»James wollte nicht, dass Tracy den Rest ihres Lebens mit dieser Schuld leben muss. Er wusste, es würde sie umbringen.«

»Sie hat die vergangenen zwanzig Jahre mit Schuldgefühlen gelebt.«

»Nein!« Calloway schüttelte den Kopf. »Nicht mit der Schuld, die ich meine.«

Edmund House saß auf dem Kasten mit dem Generator unter der leise summenden und knisternden Glühbirne. »Ist doch irgendwie witzig, nicht?«, sagte er fröhlich.

»Was?«, fragte Tracy.

»All die Jahre – und jetzt sind wir endlich hier.«

»Wie bitte?«

»Du und ich … hier.« Er breitete grinsend die Arme aus. »Das habe ich für dich gebaut.«

»Was?«

»Na ja, die meiste Arbeit hat die Bergwerksgesellschaft erledigt, aber die netten Kleinigkeiten, damit man sich wie zu Hause fühlt, die stammen von mir: der Teppich, das Bett, das Bücherregal. Ich wusste doch, dass du gern liest. Gut, ich weiß, es sieht momentan nicht nach viel aus. So ein Zimmer verkommt eben, wenn man sich zwanzig Jahre lang nicht um den Frühjahrsputz kümmern kann.« Wieder grinste er breit. »Eigentlich wundert es mich, dass es überhaupt noch da ist. Sie haben es echt nie gefunden!«

»Ich kannte Sie doch gar nicht, House.«

»Aber ich kannte dich. Kurz nach meiner Ankunft in Cedar Grove habe ich dich zum ersten Mal gesehen und dann alles über dich herausgefunden. Ich bin gern bei Schulschluss an der

Highschool vorbeigefahren und habe zugesehen, wie die Kinder herauskamen. Und eines Tages warst du dabei, umringt von deinen Schülern. Zuerst habe ich gedacht, du bist auch eine Schülerin, aber irgendwie hast du dich anders verhalten – erwachsener.

Von dem Moment an wusste ich: Du bist die Richtige. Ich hatte noch nie eine Lehrerin gehabt, höchstens in meiner Fantasie. Ich hatte es auch noch nie mit einer Blondine getrieben. Nachdem ich dich da gesehen hatte, bin ich jeden Nachmittag an der Schule vorbeigefahren. Ich musste ja herausfinden, was für ein Auto du fährst. Und einfach vor der Schule parken geht ja nicht. Das kriegt immer irgendein Nachbar mit und der will dann wissen, was man da macht. Also bin ich immer wieder am Schultor vorbeigefahren. Nachdem ich wusste, dass du einen blauen Ford Pick-up fährst, brauchte ich nachmittags einfach nur auf dem Lehrerparkplatz nachzusehen, und wenn er da nicht war, bin ich in die Stadt gefahren. Du hast ja gern in dem einen Café gesessen, wenn du Arbeiten korrigieren musstest. Ich war auch mal da und hab einen Kaffee getrunken. Wenn du nicht im Café warst, bin ich zur Stadt raus und an eurem Haus vorbeigefahren, um nachzusehen, ob der Pick-up in der Einfahrt steht.

Ich hatte auf der Straße einen Platz gefunden, von dem aus man prima in dein Schlafzimmer schauen konnte. Manchmal habe ich dich stundenlang beobachtet. Ich fand es immer schön, wenn du frisch geduscht aus dem Bad gekommen bist und dich ans Fenster gestellt hast. Du hattest dann immer ein Handtuch wie einen Turban um den Kopf gewickelt. Ich wusste: Das zwischen uns beiden, das war etwas ganz Besonderes. Das hat sich auch nicht geändert, als du angefangen hast, mit diesem Kerl auszugehen. Ich habe nie verstanden, was du an dem gefunden hast oder warum du aus der schönen alten Villa in diesen billigen Schuppen umgezogen bist. Aber mit dem Typen wurde alles komplizierter, weil er dauernd da war. Ich konnte nicht einfach an die Eingangstür klopfen oder im Haus auf dich warten wie er! Mir wurde klar, dass ich mir selbst Möglichkeiten schaffen musste. So kam ich auf die Idee, an deinem Ford rumzumachen, damit er liegen blieb.«

Die Vorstellung, dass House sie beobachtet hatte … Tracy lief es noch nachträglich eiskalt den Rücken hinunter. Aber das war jetzt nebensächlich – was er über den Pick-up gesagt hatte, das war das Entscheidende. House hatte an ihrem Pick-up herumgebastelt, aber an jenem Abend hatte Sarah den Ford gefahren. Ihr Blick glitt zu dem schwarzen Stetson auf dem Regal.

House war das nicht entgangen. »Hat mich ganz schön umgehauen, als ich deine Schwester zum ersten Mal sah. Das war in diesem Café. Du hast an deinem Tisch gesessen und gearbeitet, und sie kam rein, hat sich von hinten an dich herangeschlichen und dir die Augen zugehalten. Ich habe gedacht, ich sehe doppelt.«

»Und an jenem Abend dachten Sie, Sarah wäre ich.«

House stand auf und fing an, herumzulaufen. »Wie hätte ich das denn nicht glauben sollen? Ihr zwei wart doch wie diese Kaugummi-Reklame, die mit den Zwillingen. Ihr habt euch ja sogar gleich angezogen.«

Obwohl es in der Höhle so eisig war, dass die Kälte einem in die Knochen kroch, brach Tracy der Schweiß aus.

»Als ich den Pick-up am Straßenrand sah und dann sie, allein im Regen zu Fuß unterwegs, mit diesem Hut auf dem Kopf, da war ich mir sicher, dass du es bist. Stell dir meine Überraschung vor, als ich aus meinem Auto stieg und meinen Irrtum erkannte. Zuerst war ich enttäuscht. Ich habe sogar kurz daran gedacht, sie wirklich nach Hause zu fahren. Aber dann dachte ich: Scheiße, nach all der Arbeit? Wieso sollte ich eigentlich nicht euch beide haben können?«

Tracys Beine gaben nach, sie sackte gegen die Wand.

»Genau das habe ich jetzt«, fuhr House fort.

»Sie haben sie gar nicht sofort verscharrt. Deswegen konnten wir sie nicht finden.«

»Nein, ich habe sie nicht verscharrt, jedenfalls nicht gleich. Das wäre doch reine Verschwendung gewesen. Aber ich konnte sie auch nicht entkommen lassen wie Annabelle Bovine.« House biss die Zähne zusammen, sein Gesicht lief dunkelrot an. »Die Schlampe hat mich sechs Jahre meines Lebens gekostet.« Er tippte sich an die Stirn. »Aber ein kluger Mann lernt aus seinen Fehlern. Ich hatte sechs Jahre Zeit, mir auszudenken, was ich beim nächsten Mal besser machen konnte. Wir hatten hier eine schöne Zeit, deine Schwester und ich.«

Sarah war am 21. August 1993 verschwunden, das Kraftwerk am Staudamm Cascade Falls war Mitte Oktober ans Netz gegangen. Tracy spürte ein saures Brennen im Hals. Jetzt nur nicht ohnmächtig werden, auch wenn sich ihr der Magen umdrehte!

»Aber dieses Arschloch Calloway ließ einfach nicht locker«, fuhr House fort. »Als er mit diesem Zeugen ankam, diesem Hagen, wusste ich: Es war nur noch eine Frage der Zeit. Ein Mann wie der hat doch keine Integrität! Enttäuschend, nicht? Ich kann mir vorstellen, dass du von deinem Vater genauso enttäuscht warst.«

Tracy spuckte die Galle aus, die sich in ihrem Hals gesammelt hatte. »Fick dich, House!«

Sein Lächeln wurde breiter. »Ich wette, dein Vater hätte sich das nicht träumen lassen, was? Seine tolle Nummer mit dem Schmuck und den Haaren, mit der er mich in die Falle laufen ließ – und genau die holt mich auch wieder raus aus dem Rattenloch! Und ausgerechnet du hilfst mir dabei.«

»Ich habe das nicht gemacht, um dir zu helfen, du Schwein!«

»Sei doch nicht so, Tracy! Ich habe dich nie angelogen, ich nicht.«

»Das ist doch Schwachsinn. Die ganze Sache war eine einzige Lüge.«

»Ich habe dir erzählt, dass sie mich reingelegt und mir Beweise untergeschoben haben. Ich habe nie behauptet, unschuldig zu sein.«

»Du bist doch völlig irre! Du hast sie umgebracht!«

»Nein.« House schüttelte energisch den Kopf. »Nein. Ich habe sie geliebt. Sie haben sie umgebracht – Calloway, dein Vater, die anderen. Mit ihren Lügen. Sie haben mir ja keine Wahl gelassen! Sie haben mich gezwungen, es zu tun, als das Kraftwerk in Betrieb genommen werden sollte. Ich wollte es nicht tun. Aber der große Calloway hat mir ja keine andere Wahl gelassen. Er hat einfach keine Ruhe gegeben.«

63

Sarah hob den Kopf, als sie das Eingangstor quietschen hörte. Er war früher zurück, als sie erwartet hatte. Normalerweise war das Licht erloschen, wenn er wiederkam, aber jetzt gab die Glühbirne immer noch einen mattgelben Schimmer ab.

Sie musste sich beeilen, Betonstückchen aufsammeln, Dreck in das Loch fegen, das sie gegraben hatte. Die Glühbirne wurde schwächer und schwächer. Sarah sah nicht mehr genug, um sich zu vergewissern, ob sie alles erwischt hatte, aber eigentlich blieb ihr auch gar keine Zeit zum Nachsehen. Sie legte den Nagel ebenfalls in das Loch und füllte es mit Erde, die sie hastig festklopfte.

Es war ihr gerade noch gelungen, den Teppich an die richtige Stelle zu ziehen und sich hinzusetzen, mit dem Rücken an die Wand gelehnt, und eins der Taschenbücher, die er für sie mitgebracht hatte, in die Hand zu nehmen, als die in die vordere Wand eingelassene Tür aufgestoßen wurde. Edmund House kam herein, stellte eine Plastiktüte auf den Klapptisch und drehte an der Kurbel des Generators, bis die Drähte der Glühbirne so hell leuchteten, dass Sarah die Augen zusammenkneifen musste.

Als House sich zu ihr umdrehte, sah er sie länger an als sonst. Zumindest kam es Sarah so vor. Dann glitt sein Blick hinunter auf den Boden, wo der Teppich nicht ganz genau dort lag, wo er vorher gelegen hatte.

»Was hast du so gemacht?«, wollte er wissen.

Achselzuckend hielt sie das Buch hoch. »Was soll ich schon groß machen? Die Bücher hier habe ich jetzt alle zweimal gelesen. Ist nicht so spannend, wenn man das Ende der Geschichte schon vorher kennt.«

»Willst du dich beschweren?«

»Nee, ich sag's bloß. Ein, zwei neue Bücher wären echt nett.«

Ihren Berechnungen nach war Sarah jetzt seit sieben Wochen hier. So genau ließen sich die Tage nicht zählen, wenn man in einem fensterlosen Raum hockte, aber sie nahm sich House als Maß der Zeit. Jedes Mal, wenn er zurückkam, ritzte sie einen Strich in die Wand, weil sie davon ausging, dass dann wieder ein Tag vergangen war. Er hatte sie am Samstag, den 21. August entführt, und wenn sie richtiglag, war heute Montag, der 11. Oktober.

Nach einem Monat Gefangenschaft hatte sie in einem der vertikalen Balken einen großen Metallstift entdeckt, höchstwahrscheinlich ein Schienennagel aus der Zeit, als man das Silber mit Loren aus der Mine geschafft hatte, die auf Schienen liefen. Der Nagel war zwanzig Zentimeter lang, mit einem platt gehauenen Ende dort, wo er früher wohl in der Erde gesteckt hatte. Mit diesem Nagel kratzte sie seitdem am Beton unter der Metallplatte, die House an der Wand festgeschraubt hatte. Die Schrauben hatten ein wenig Spiel. So konnte sie den Nagel einsetzen, ohne dass House bemerkte, dass sie die Platte lockerte. Irgendwann, so hoffte sie, würde sie sie aus der Wand reißen können.

»Hast du alles besorgt?«, fragte sie.

Er schüttelte den Kopf, wobei er irgendwie abgelenkt wirkte, fast traurig. Wie ein kleiner Junge.

»Warum nicht?«

Er lehnte sich an den Tisch und verschränkte die muskulösen Arme vor der Brust. »Chief Calloway war schon wieder da.«

Kurz flackerte bei Sarah Hoffnung auf, die sie sich sofort streng untersagte. »Was wollte der Arsch denn diesmal?«

»Er sagt, er hat einen Zeugen.«

»Ach was! Echt?«

»Behauptet er jedenfalls. Er sagt, er hätte einen Zeugen, der aussagen wird, dich und mich zusammen auf der Landstraße gesehen zu haben. Ich erinnere mich aber an niemanden. Du?«

Sarah schüttelte den Kopf. »Nein, soweit ich weiß, war da niemand.«

House drückte sich vom Tisch ab und kam auf sie zu. »Calloway lügt«, zischte er wütend. »Ich weiß, dass er lügt, aber er sagt, mit diesem Zeugen bekommt er seinen Durchsuchungsbefehl. Was meinst du? Was findet er dann wohl?«

Sie zuckte mit den Achseln. »Was schon? Nichts. Du hast doch gesagt, du warst vorsichtig.«

Er streckte die Hand aus, um ihr mit den Fingerspitzen die Wange zu streicheln, eine Berührung, der sie gern ausgewichen wäre. Aber sie tat es nicht, es machte ihn nur wütend, wenn sie vor ihm zurückschreckte. »Weißt du, was ich glaube?«, knurrte er.

Sie schüttelte den Kopf.

»Ich glaube, sie wollen mich reinlegen. Sie wollen mir Entführung und Schlimmeres in die Schuhe schieben.« Er ließ die Hand sinken und trat einen Schritt zurück. »Wenn Calloway diesen Zeugen herbeischaffen kann, dann schustern sie wahrscheinlich auch irgendwelche Beweise zusammen, mit denen sie mich dann vor Gericht zerren können. Weißt du, was das bedeutet?«

»Nein.«

»Das bedeutet, dass wir uns heute vielleicht zum letzten Mal sehen.«

Ein Gefühl der Angst beschlich Sarah. »Aber sie kriegen dich nicht! Du bist schlau, du bist doch viel schlauer als die. Du hast sie ausgetrickst und wirst sie auch weiterhin austricksen.«

»Nicht, wenn sie bescheißen.« House seufzte und schüttelte den Kopf. »Ich habe Calloway gesagt, er soll sich ins Knie ficken. Ich habe ihm gesagt, ich hätte dich vergewaltigt und ermordet und oben in den Bergen vergraben.«

»Warum hast du das denn gesagt?«

»Der Typ kann mich doch am Arsch lecken!« House begann auf und ab zu tigern und wurde immer lauter. »Er kann mir nichts nachweisen. Möge ihm das den Rest seines Lebens auf der Seele liegen, falls er denn eine hat. Ich habe ihm auch gesagt, ich würde ihm nie verraten, wo deine Leiche liegt.« Er fing an zu lachen. »Und willst du wissen, was das Beste an der Sache ist?«

»Was denn?« Sarah wurde immer ängstlicher.

»Er hat die Unterhaltung nicht aufgezeichnet! Nur er und ich – kein Kassettenrekorder! Er kann nicht beweisen, dass ich überhaupt was gesagt habe.«

»Wir könnten doch fortgehen!« Klang das begeistert genug? »Verschwinden, zusammen irgendwo hingehen.«

»Daran habe ich auch schon gedacht.« Er ging zum Klapptisch und zog ein paar Kleidungsstücke aus der Plastiktüte. Sarah erkannte ihr Hemd und ihre Jeans. Eigentlich hatte sie geglaubt, House hätte sie verbrannt.

»Ich habe die Sachen für dich gewaschen«, sagte er.

»Warum?«

»Krieg ich kein Dankeschön?«

»Danke«, sagte sie vorsichtig. Was hatte er vor?

Er warf ihr die Sachen vor die Füße. »Mach schon!«, drängte er, als sie sich nicht danach bückte. »Zieh sie an. In dem, was du anhast, kannst du nicht weg hier.«

»Dann lässt du mich gehen?«

»Ich kann dich nicht mehr hierbehalten. Nicht mit Calloway im Nacken.«

Sie streifte den Kittel ab, den er ihr gegeben hatte, und stand nackt vor ihm. Er sah ihr zu, wie sie ihre Jeans aufhob und anzog. Die Hose drohte ihr von den Hüften zu rutschen.

»Ich habe wohl abgenommen«, sagte Sarah leise. Man sah auch ihre Rippen und Schulterknochen.

»Du hattest ein paar Pfund zu viel drauf«, sagte House. »Ich mag dich so mager.«

Sie hielt die Arme hoch. »Meine Handgelenke.«

Er zog den Schlüssel aus der Tasche und schloss die Handschelle an ihrem linken Handgelenk auf. Sarah schlüpfte in den einen Ärmel ihres Scully-Hemds und wartete darauf, dass er die Handschelle wieder abschloss, aber House löste stattdessen auch die andere Handschelle und ließ beide zusammen mit den Ketten auf den Boden fallen. Zum ersten Mal seit sieben Wochen konnte Sarah beide Hände frei bewegen. Sie zog das Hemd über und knöpfte es zu, bemühte sich, möglichst ruhig zu bleiben.

»Wohin gehen wir denn?«, fragte sie. »Wir könnten nach Kalifornien. Kalifornien ist groß, da finden sie uns nie.«

House ging zum Regal und schüttelte aus einer der Dosen dort ihre Jade-Ohrringe und ihre Silberkette. Er nahm Tracys schwarzen Stetson, schien einen Moment zu überlegen und legte ihn wieder zurück, ehe er Sarah den Schmuck gab. »Leg ihn ruhig wieder an. Es gibt keinen Grund, warum ich ihn behalten sollte.«

Sie mühte sich, die Tränen zurückzuhalten. »Du lässt mich gehen?«

»Ich habe immer gewusst, dass es irgendwann so weit kommt.«

Tränen liefen ihr über die Wangen.

»Fang bloß nicht an zu heulen.«

Aber sie konnte nicht aufhören. Sie würde nach Hause gehen! »Wann brechen wir auf?«

»Jetzt gleich«, sagte er. »Wir können gleich los.«

»Ich werde nichts sagen, das verspreche ich.«

»Ich weiß, dass du nichts sagen wirst.« Er deutete mit dem Kinn auf die Tür. Als sie zögerte, sagte er. »Was ist? Geh schon.«

Sie musste sich sehr zusammenreißen, um nicht loszulaufen, sie wollte nur weg. Sie wollte wieder frische Luft atmen, den Himmel sehen, Vögel hören und den Duft der Nadelbäume riechen. Nach einem zögerlichen Schritt in Richtung Tür drehte sie sich um. Sein Gesicht glich einer Maske. Man konnte nicht sehen, was in House vorging.

Sarah wagte noch einen Schritt. Sie würde Tracy wiedersehen und ihre Mutter und ihren Vater, sie würde in ihrem eigenen Bett aufwachen, zu Hause. Sie würde sich einreden, alles wäre nur ein Albtraum gewesen, ein schrecklicher Albtraum, aber nur ein Traum. Sie würde sich von dem, was House ihr angetan hatte, nicht aufhalten lassen. Sie würde ihr Leben weiterleben. Zur Uni gehen, ihren Abschluss machen, nach Cedar Grove zurückkehren und dort leben, so wie Tracy und sie es sich immer ausgemalt hatten. In ihrer glücklichen Erregung hörte sie nicht, wie House die Kette vom Boden aufhob.

Sie war schon an der Tür, als sich ihr die Kette um den Hals legte, ihr die Luft abschnürte. Sie riss in Panik die Hände hoch, versuchte, die Finger unter die Kettenglieder zu schieben, versuchte, House die Arme zu zerkratzen, aber er zerrte sie mit einem scharfen Ruck an der Kette so gewaltsam rückwärts, dass ihre Füße den Kontakt zum Boden verloren. Sarah war, als fiele sie in einen tiefen Brunnen. Das Licht, das durch die Tür drang, schien sich immer weiter zu entfernen. Sie streckte die Arme danach aus, so weit sie konnte, und dann kam es ihr so vor, als würde sie Tracy sehen. Im nächsten Moment knallte ihr Hinterkopf gegen eine Betonwand.

64

»Ich habe sie echt nicht gern umgebracht.« House hatte sich wieder auf die Kiste mit dem Generator gesetzt und die Unterarme auf die Schenkel gelegt, als würde er an einem Lagerfeuer eine Gespenstergeschichte erzählen. »Aber ich wusste: So eine Gelegenheit, ihre Leiche zu entsorgen, würde ich nie wieder kriegen. Und ich hatte mir fest vorgenommen, nie wieder ins Gefängnis zu gehen.«

Er richtete sich auf. »Mir hätte nichts passieren dürfen!«, zischte er wütend. »Ich hatte alles perfekt geplant, niemand hat mitgekriegt, dass ich sie hierhergebracht habe. Aber dann kam dieser Calloway daher mit seinen verdammten getürkten Beweisen und hat alle mit an Bord geholt: – Finn und Vance Clark und deinen Vater. Selbst mein Onkel hat sich gegen mich gewandt. Also habe ich beschlossen: Wenn ich schon für den Rest meines Lebens ins Gefängnis muss, dann nehme ich Calloway mit in die Hölle. Ich habe ihm haarklein erzählt, was ich alles mit ihr gemacht hatte.«

House grinste hämisch. »Ich habe ein Geständnis geliefert – und er hat es nicht aufgezeichnet! Ein dicker Klopser, was? Ich wusste ja, dass ihn das höllisch wurmt, aber ich hätte mir doch in meinen wildesten Träumen nicht ausgemalt, dass wir ihn damit mal bei den Eiern kriegen. Echt irre, was? Nach dem Prozess, als ich zum ersten Mal meine Zelle in Walla Walla betrat, dachte ich doch glatt, ich würde da nicht mehr rauskommen.«

Er musterte Tracy auf eine Art, bei der ihr übel wurde. »Aber dann bist du gekommen, um mit mir zu reden!« Er fing an zu lachen. »Und je länger wir redeten, desto klarer wurde mir, dass sie dir nie erzählt haben, was sie getan hatten. Du hast mir erzählt, dass deine Schwester den Schmuck, den sie in der Werkstatt meines Onkels gefunden haben, gar nicht getragen haben kann, weil sie allergisch darauf reagierte, und du hast mir auch erzählt, dass dir niemand zuhören wollte. Ich muss zugeben, das hat bei mir Hoffnung geweckt. Bloß hatte ich mich ja selbst ins Knie gefickt, denn Sarahs Leiche lag auf dem Grund eines Sees. Also habe ich mich damit abgefunden, meine Zeit abzusitzen. Das Schicksal schien es so gewollt zu haben.«

Tracys Beine gaben nach, sie ließ sich an der Wand nach unten rutschen. Sie wusste jetzt, wer entschieden hatte, sie im Unklaren zu lassen. Jetzt verstand sie DeAngelo Finns Abschiedsworte nach ihrem Besuch bei ihm und das, was Calloway auf der Veranda vor der Tierklinik fast ausgesprochen hätte. Es war die Entscheidung ihres Vaters gewesen, ihr nichts zu sagen, und er hatte die anderen schwören lassen, ebenfalls den Mund zu halten. Als Finn von Menschen sprach, denen die Wahrheit durchaus noch wehtun könnte, hatte er Tracy gemeint. Tracy, die ihr Vater so sehr geliebt hatte.

Ihr Vater und Calloway hatten irgendwie herausgefunden, dass sie, Tracy, das Objekt der perversen Begierde von House gewesen war. Die Höhle hier war von Anfang an für sie bestimmt gewesen, die Ketten, an denen sie jetzt hing, ebenfalls. Der Psychopath, der vor ihr stand, hatte sie missbrauchen wollen, nicht ihre Schwester.

James Crosswhite hatte seinen Verbündeten verboten, auch nur ein Wort zu sagen, weil er seine Tochter gut genug kannte, um zu wissen, dass Tracy mit dieser Schuld nicht hätte leben können.

»Ich fürchte, ich muss jetzt gehen«, sagte House. »Ich habe noch ein paar Dinge zu erledigen.«

»Damit kommst du nie durch, House. Calloway weiß Bescheid. Er wird kommen und nach dir suchen.«

House lächelte. »Darauf verlasse ich mich felsenfest!«

65

Als Calloway am Rande einer Lichtung stehen blieb, ging Dan davon aus, dass sie das Grundstück von Parker House erreicht hatten. Der Wind heulte unverändert laut und heftig, beide Männer atmeten schwer. »Harley entdeckte damals einen Riss in der Benzinleitung von Tracys Pick-up. House hat sich wahrscheinlich während des Wettkampfs daran zu schaffen gemacht. Vielleicht sollte es nur ein Testlauf sein, vielleicht wollte er sehen, wie weit der Wagen dann noch fuhr.«

»Das kam beim Prozess nicht zur Sprache.« Dan hatte den Kopf eingezogen, um wenigstens die Ohren ein bisschen vor dem Wind zu schützen. Hände und Füße spürte er inzwischen so gut wie gar nicht mehr.

»Es war Tracys Pick-up, und Tracy hatte Sarah ihren schwarzen Stetson geliehen. Sarah trug ihn an jenem Abend zum Schutz vor dem Regen. Die beiden Schwestern sahen sich sehr ähnlich. House wird im Dunkeln die Verwechslung gar nicht gleich bemerkt haben. Als er mir im Detail erzählte, was er Sarah angetan hatte, wie er sie wiederholt vergewaltigte, bevor er sie umbrachte, meinte er zum Schluss lachend, sie wäre eigentlich gar nicht diejenige gewesen, auf die er es abgesehen hatte. Auch das kam beim Prozess nicht zur Sprache. James wollte Tracy nicht mit diesem Wissen durchs Leben gehen lassen.«

»Das hätte sie umgebracht.« Dan nickte. »Aber Roy, warum haben Sie Tracy diesmal nicht aufgehalten, ehe es zu spät war?

Warum haben Sie sie nicht jetzt wenigstens eingeweiht, ehe es zu dem Desaster hier kommen konnte?«

»Weil ich nie gedacht hätte, dass es so weit kommt! Ich hatte das Polaroidfoto nicht auf dem Zettel und ich wusste nicht, dass Sarah die Pistolen-Ohrringe überhaupt nicht tragen konnte. Tracy hat diese Info immer zurückgehalten, weil sie überzeugt war, es mit einer Verschwörung zu tun zu haben. Ich wusste auch nicht, dass die Haare von einer Bürste stammten, die beide Mädchen benutzt hatten. Darüber habe ich damals gar nicht nachgedacht. Außerdem hätte sie doch sowieso alles, was ich sagen konnte, um sie von ihrem Vorhaben abzubringen, nur für eine Lüge gehalten. Ihr Vater war tot, ihre Mutter hat es nie gewusst. Wer hätte Tracy denn dazu bringen können, es gut sein zu lassen? Es gab niemanden mehr.«

Calloway blickte hinüber zu dem schwachen Lichtschein am gegenüberliegenden Rand der Lichtung. »Ich hätte nie gedacht, dass ich noch einmal hierherkommen würde.« Er sah Dan nachdenklich an. »Und ich weiß wirklich nicht, was wir dort finden. Wenn irgendetwas schiefläuft, schieß einfach. Überleg nicht weiter, drück auf den Abzug.«

Sie huschten von einem Schneehügel zum nächsten, bis sie das heruntergekommene Haus mit dem Licht darin erreicht hatten. Calloway zog die Handschuhe aus und verstaute sie in seiner Jackentasche. Dan tat es ihm nach. Der Gewehrschaft fühlte sich eiskalt an, und als er versuchte, das Blut in seinen klammen Händen wieder richtig zum Zirkulieren bringen, tat jede Bewegung weh. Er versuchte, sie anzuhauchen, aber sein Mund war knochentrocken, und es kam ihm vor, als würde er nie wieder richtig zu Atem kommen.

Calloway hielt den Lauf seiner Waffe nach oben und streckte die Hand nach dem Türknauf aus, der sich mühelos drehen ließ. Der Sheriff warf Dan denselben Blick zu wie vorher am Baumstamm: *Er weiß, dass wir kommen.*

Er trat ins Haus. Dan hielt die Tür fest, damit der Wind sie nicht gegen die Hauswand knallen ließ, und schloss sie, nachdem er Calloway gefolgt war, leise hinter sich. Drinnen summte ein Generator. Zielstrebig, aber fast lautlos und immer wieder nach rechts und links sichernd, bewegte sich der Sheriff durch den Raum, bis er kurz stutzte, um dann hastig auf einen großen Ohrensessel zuzueilen.

In dem Sessel saß Parker House, mit beiden Händen an die blutgetränkten Armlehnen genagelt. Auch um seine am Boden festgenagelten Füße hatten sich Blutlachen gebildet. »Mein Gott!«, keuchte Dan entsetzt.

Calloway bedeutete ihm, still zu sein, ehe er im Flur verschwand, um kurz die beiden weiteren Räume zu durchsuchen. Als er zurückkam, legte er Parker zwei Finger an den Hals. »Er lebt!«, flüsterte er. Dan mochte es kaum glauben, so kreidebleich, wie der Mann im Sessel saß, mit den blau angelaufenen Lippen und den fest geschlossenen Augen. Genau in diesem Moment schlug Parker die Augen auf, eine kaum merkliche Bewegung, die Dan dennoch so erschütterte, als würde ein Toter zum Leben erwachen. Stumpfe, unendlich müde Augen versuchten zu sehen, zu begreifen.

Calloway kniete sich hin. »Parker? Parker?«

Die blassen Augenlider flatterten.

»Hat er sie?«

Parker schien etwas sagen zu wollen, brachte aber keinen Ton heraus. Resigniert schüttelte er den Kopf und versuchte vergeblich, zu schlucken.

»Er braucht etwas zu trinken«, sagte Calloway.

Dan suchte im Küchenschrank nach einem Glas, ließ Wasser hineinlaufen und trug es ins Wohnzimmer, wo sich der Sheriff inzwischen ein paar Decken besorgt hatte, in die er Parker gerade vorsichtig hüllte. Dann nahm er Dan das Glas ab und hielt es dem alten Mann an die Lippen.

Der trank mit Mühe einen winzigen Schluck.

»Hat Edmund Tracy?«, fragte Calloway noch einmal.

»Bergwerk«, krächzte House heiser.

Calloway stellte das Glas auf dem Boden ab und richtete sich auf. »Du musst zum Auto zurück und über Funk Hilfe holen«, sagte er zu Dan.

»Aber das Funkgerät funktioniert doch gar nicht.«

»Doch, das Gerät an sich ist völlig in Ordnung, wir haben nur vorhin niemanden erreicht. Finlay müsste inzwischen wieder auf dem Revier sein, und ich habe ihm befohlen, sich nicht vom Fleck zu rühren. Drück einfach auf den Einschaltknopf und sag Finlay, wir brauchen hier draußen einen Krankenwagen und jede Menge Verstärkung, jeden verfügbaren Mann im County. Sag ihm, sie sollen Kettensägen mitbringen.«

»Aber es dauert doch ewig, bis die hier sind!«

»Nicht, wenn du dich jetzt beeilst. Du gehst zum Auto, tust, was ich dir gesagt habe, und dann kommst du wieder her und machst Feuer. Wenn du kein Holz findest, verbrenn die verdammten Möbel. Versuch Parker warm zu halten, bis die anderen hier sind. Mehr können wir an diesem Punkt nicht für ihn tun. Wenn Finlay da ist, sag ihm, er soll meinen Spuren nachgehen. Sag ihm, er hält sie im alten Bergwerk von Cedar Grove gefangen.«

»Wenn Sie da hochgehen, komme ich mit!«

»Wir brauchen Verstärkung, Dan. Einer von uns muss zum Auto und Hilfe herbeirufen.«

»Sie wissen überhaupt nicht, ob ich jemanden erreiche, oder?«

»Du verquatschst hier wertvolle Zeit«, sagte Calloway. »Ich brauche dich. Du musst tun, was ich dir gesagt habe. Tracy lebt, aber vielleicht nicht mehr lange.«

»Woher wollen Sie das wissen?«

»House versucht diesmal nicht, sich zu verstecken. Er hätte DeAngelo umbringen können, er hätte Parker umbringen können. Hat er aber nicht. Er hat mit ihnen eine Spur gelegt wie Hänsel und Gretel im Wald mit den Brotkrumen.«

»Für wen?«

»Für mich. Er will mich. Er hasst mich.«

»Ein Grund mehr, zu warten.«

»Tracy könnte sterben, wenn ich warte. Ich habe Sarah verloren und ich habe einen meiner besten Freunde verloren. Damit habe ich zwanzig Jahre lang leben müssen. Ich werde es nicht zulassen, dass der Schweinehund auch noch Tracy umbringt.«

»Aber ...!«

»Dan, wir haben keine Zeit, uns zu streiten. Einer von uns muss zum Auto und Verstärkung rufen, und du weißt nicht genau, wo der Eingang zum Bergwerk ist. Lauf endlich los, sonst sterben beide. Parker und Tracy.«

Leise fluchend reichte Dan Calloway das Gewehr. Der versuchte, ihm stattdessen die Jagdflinte in die Hand zu drücken, aber Dan schüttelte den Kopf. »Ohne bin ich schneller.«

Als der Sheriff die Hintertür des alten Hauses aufriss, fegte der Wind sofort Schnee in den Raum.

»Chief?«

Calloway drehte sich um. Er war immer ein Mann gewesen, den niemand übersehen konnte, nicht nur seiner Größe wegen. In Cedar Grove verkörperte er Recht und Gesetz, und es lebte sich dort besser, weil dem so war. Jetzt sah Dan in ihm zum ersten Mal einen Mann, der seine besten Jahre hinter sich hatte und der trotzdem hinaus in den Schneesturm wollte, um einen Psychopathen zu stellen.

Calloway nickte ihm zu, ging durch die Tür und wurde vom Sturm verschluckt.

66

Nach wie vor summte der Generator, aber das Licht der Glühbirne wurde immer schwächer. Tracy schaffte es nicht, selbst an der Kurbel zu drehen, sie hatte es versucht. Die Kette ließ ihr einfach nicht genug Spiel, und so musste sie untätig zusehen, wie die Glühdrähte erst rot, dann orange wurden. Die drohende Dunkelheit ließ sie an Sarah denken, die auch an diese Mauer gekettet gewesen war. Ihre kleine Schwester hatte sich immer so vor dem Dunkeln gefürchtet. Wie hatte sie sich gefühlt, was hatte sie getan in den vielen Stunden, in denen sie hier allein hocken musste? Hatte sie an Tracy gedacht? Ihr die Schuld an ihrer misslichen Lage gegeben? Das einsame kleine Teppichstück, das an der Wand lehnte – hatte Sarah dort gesessen? Sie strich liebevoll über die Teppichfasern, als könnte sie so eine Verbindung spüren. Waren das Kratzer da im Beton? Rasch zog sie den Teppich zur Seite und beugte sich vor: Ja – ja, da waren Kerben! Jemand hatte etwas in die Mauer geritzt. Als sie mit den Fingerspitzen darüberfuhr, erkannte sie Buchstaben.

Aufgeregt beugte sie sich noch dichter zur Wand, pustete feinen weißen Staub fort, tastete erneut und pustete, bis die Buchstaben immer deutlicher wurden.

Ich habe

Tracys Magen verwandelte sich in einen harten Klumpen. Sie pustete stärker, wischte mit einem wachsenden Gefühl der Dringlichkeit Staub weg, spürte den Vertiefungen nach.

Ich habe keine
Direkt darunter ertastete sie eine zweite Zeile.
Ich habe keine Angst
Darunter eine dritte, aber hier waren die Kerben nicht so tief eingeritzt.
Ich habe keine Angst
Tracy tastete mit der Handfläche die Wand ab, konnte aber keine weiteren Kerben mehr entdecken. Auch als sie sich so hinsetzte, dass ihr Körper keinen Schatten auf die Wand warf, fand sie den Rest ihres alten Gebetes nicht. Anscheinend hatte Sarah es nicht zu Ende schreiben können.

Dann kamen die Striche, immer vier senkrechte, die durch einen waagerechten verbunden wurden und wohl Tage markierten.

Tracy sank in sich zusammen, hielt sich die Hand vor den Mund, ließ ihren Tränen freien Lauf. »Es tut mir so leid, Sarah! Es tut mir so unendlich leid, dass ich dich nicht retten konnte.«

Warum hatte Sarah das Gebet in die Wand geritzt? Der Grund für den Kalender lag klar auf der Hand. Sarah hatte über die Tage ihrer Gefangenschaft Buch geführt. Aber das Gebet? Warum hatte sie ausgerechnet etwas aufgeschrieben, von dem nur sie und Tracy wussten? Warum nicht ihren Namen, irgendetwas anderes?

Tracy sah sich um. Da war die Tür in der Mauer, das Regal mit dem schwarzen Stetson darauf … beim Anblick des Huts fiel es ihr wie Schuppen von den Augen.

»Er hat es dir gesagt, nicht?«, flüsterte sie entsetzt. »Er hat dir gesagt, dass er eigentlich mich wollte.«

Sarah hatte Angst gehabt, Tracy könnte eines Tages auch an diese Mauer gekettet werden. Sie hatte ihr eine Nachricht hinterlassen. Die in die Mauer geritzten Worte beinhalteten mehr als nur das alte Gebet.

»Womit hast du gearbeitet?« Tracy tastete noch einmal die Buchstaben ab. Mit den Fingernägeln hatte Sarah das nicht geschafft.

Sie musste etwas Starres, Spitzes, besessen haben. Vor zwanzig Jahren war der Beton noch härter gewesen als jetzt, noch nicht so lange vom Druck der darüberliegenden Erde und der feuchten Luft angegriffen.

»Was hast du benutzt?« Tracy sah sich erneut um, suchte den Boden ab. »Was hast du benutzt? Und wo hast du es vor ihm versteckt?«

Bis zum Mineneingang waren es bestimmt anderthalb Meilen stetig bergauf – falls Calloway ihn überhaupt wiederfand. Die Natur hatte die alte Bergwerksstraße schon vor zwanzig Jahren, als Calloway mit Parker House hier hochgegangen war, zum größten Teil zurückerobert gehabt. Dieser Prozess dürfte inzwischen noch weiter fortgeschritten sein, obwohl das momentan gar keine große Rolle spielte, denn überall lag dicht und hoch der Schnee, und eine Straße hätte man sowieso nicht mehr als solche erkannt.

Calloway suchte mit der Taschenlampe nach Fußspuren, entdeckte stattdessen aber Spuren von den Kufen eines Motorschlittens. Sie führten von einem Schuppen hinter dem Haus direkt den Berg hinauf. Wunderbar. Calloway fand den Schuppen unverschlossen und stöberte im Schein der Taschenlampe unter allerlei verrosteten Gerätschaften nach einem zweiten Schlitten, fand aber nur einen Geländewagen, der ihm momentan nichts nützen würde. Der Atem hing ihm in weißen Wölkchen vor dem Mund, während er weitersuchte, bis er an einer Wand ein Paar uralte Schneeschuhe aus Holz und Flechtwerk gefunden hatte.

Um die Schneeschuhe unter seine Stiefel schnallen zu können, musste er die Handschuhe ausziehen, was seine Finger sofort steif und taub werden ließ. Seine Stiefel waren ein bisschen zu groß für die Bindung, was die Sache nicht einfacher machte, aber irgendwie schaffte er es schließlich doch, sie hineinzuzwängen und die Bindungen so gut es ging zu schließen. Kaum hatte er sich die Handschuhe wieder angezogen und den Schuppen verlassen, heulte der Wind noch stärker, fast als wollte er ihn begrüßen – oder warnen. Mit eingezogenem Kopf folgte er den Schlittenspuren den Berg hinauf, die ersten Schritte noch unbeholfen, weil sich die hölzernen Rahmen der Schneeschuhe immer wieder zu tief in den Schnee bohrten. Erst als er sein Gewicht stärker auf die Ballen verlagerte, ging es besser.

Nach wenigen Minuten brannten die Muskeln in Schenkeln und Waden, und seine Lunge fühlte sich an, als würde ein schweres Gewicht ihm die Rippen zusammenquetschen, bis einfach nicht mehr genügend Sauerstoff es bis in die Lungen schaffte. Es blieb ihm nichts anderes übrig, als immer einen Fuß vor den anderen zu setzen, in dem langsamen, gleichmäßigen Tempo, das ein Bergsteiger anschlägt, wenn er Energie sparen und wieder zu Atem kommen will. Aber er sah zu, dass er in Bewegung blieb, denn er fürchtete, sein Körper könnte sonst einfach abschalten und jegliche weitere Zusammenarbeit verweigern. So ging er einen Schritt, ruhte sich einen Herzschlag lang aus, ging den nächsten Schritt, immer gegen seine Erschöpfung und gegen die innere Stimme ankämpfend, die ihn anflehte, anzuhalten und umzukehren. Er konnte nicht umkehren. Er wusste, worum es hier ging. House wollte seinen großen Fang. Er versteckte Tracy nicht, wie er Sarah versteckt hatte, er benutzte sie als Köder. Und er würde nicht lange auf Calloway warten. Er würde Tracy umbringen. Der Wind, der auf Calloway eindrosch, verwischte die Schlittenspuren mehr und mehr, aber trotzdem ging der Sheriff von Cedar Grove unerbittlich weiter, immer einen Schritt nach dem anderen, den Berg hinauf.

Diesmal würde er es zu Ende bringen.

Und ohne Zweifel hatte Edmund House das auch vor.

67

Keuchend vor Erschöpfung sackte Dan gegen die schneebedeckte Kühlerhaube des Suburban. Er bekam keine Luft mehr. Die Brust tat ihm weh, seine Lunge fühlte sich an, als würden sie gleich explodieren. Sein Gesicht, die Hände und Füße brannten vor Kälte, Finger und Zehen spürte er schon lange nicht mehr. Seine Arme und Beine fühlten sich an wie aus Blei.

Er hatte sich, so schnell er konnte, durch den Schnee gewühlt, immer auf der Spur, die Calloway und er auf dem Hinweg getrampelt hatten, ohne sich die kleinste Pause zu gönnen. Er hatte nur an das Funkgerät gedacht und daran, möglichst schnell Hilfe herbeizurufen – falls das Gerät bei diesem Sturm überhaupt funktionierte. Hilfe holen und dann zurückgehen, um bei der Suche nach Tracy zu helfen – der Gedanke hatte ihn angetrieben, ihn durchhalten lassen. Ein Teil von ihm glaubte immer noch, dass Calloway ihn weggeschickt hatte, weil er nicht wollte, dass er sich in noch größere Gefahr begab.

Er tastete sich am Wagen entlang, wäre fast gefallen, konnte sich in letzter Sekunde aber am Türgriff festhalten und wieder aufrichten. Als er die Wagentür aufriss, fiel Schnee vom Dach auf die Fußmatte und die Sitzbank. Dan warf die Taschenlampe auf den Sitz und zog sich am Lenkrad hoch auf die Bank. Dort gönnte er sich ein paar Herzschläge lang Zeit, sich auszuruhen und tief Luft zu holen, woraufhin im

Wageninnern sofort eisiger Nebel hing. Er zog die Handschuhe aus und versuchte, die geschwollenen, rauen Finger wieder in Gang zu bringen, um das Funkgerät einschalten zu können. Das schien am Leben zu sein, wenigstens leuchtete ein rotes Licht auf, als er den Einschaltknopf betätigte. Ein rotes Licht, das erste gute Zeichen. Unbeholfen riss er das Mikrofon aus der Halterung und räusperte sich. »Hallo? Hallo!«

Im Funkgerät nur Rauschen …

»Hallo? Hier spricht Dan O'Leary. Ist jemand da? Finlay?« Er schnappte hörbar nach Luft. »Wir brauchen Verstärkung, oben beim Grundstück von Parker House, so viele Männer wie möglich. Packt Kettensägen ein, auf der Straße liegen Bäume.«

Er warf den Kopf nach hinten, lehnte ihn an die Nackenstütze, lauschte dem Rauschen. War wirklich nichts anderes zu hören? Leise fluchend richtete er sich wieder auf und drehte an den Knöpfen der Anlage, wie er es bei Calloway gesehen hatte. »Hallo? Ich wiederhole: Dringend Verstärkung und ein Krankenwagen gebraucht. Sofort. Alle verfügbaren Leute. Zum Grundstück von Parker House. Und Kettensägen. Sofort! Armstrong? Sind Sie da? Verdammt!«

Wieder hörte er nur ein Knistern und Rauschen. Er wiederholte seine Nachricht ein drittes Mal, aber als er daraufhin immer noch nichts hörte, hängte er das Mikrofon wieder ein. Er konnte nur hoffen, dass es jemand mitbekommen hatte. Länger zu warten war einfach nicht drin. Sein Körper wollte abschalten, die Glieder wurden schwer, Kopf und Selbsterhaltungstrieb führten einen erbitterten Kampf gegen seine eiserne Entschlossenheit, sich erneut hinaus in den kalten Wind und den blendenden Schnee zu begeben.

Ein letztes Mal bewegte er seine Finger und hauchte sie an, bevor er sich wieder die Handschuhe anzog. Er hatte sich die Taschenlampe geschnappt und wollte gerade die Tür aufdrücken, als es im Funkgerät knisterte. »Chief?«

Prüfend betrachtete Tracy den weißen Betonstaub und die Kristalle, die sich in den Rissen gesammelt hatten, ehe sie ein paar davon mit der Fingerspitze aufnahm und probierte. Es schmeckte bitter und säurehaltig und als sie an ihrem Finger schnupperte, roch der ein klein wenig nach Schwefel.

Sie lehnte sich zurück und betrachtete die Decke. Darüber wuchs ein Wald aus Farnen, Büschen und Moos – ein ganzes Ökosystem, das seit Millionen von Jahren im Wechsel der Jahreszeiten den Kreislauf von Keimen, Erblühen und Sterben durchlebte. Unendlich viele Tiere und Pflanzen hatten gelebt und waren gestorben, hatten sich zersetzt und aufgelöst, waren in die Erde zurückgesickert, hatten Stoffe entstehen lassen, die mit der Feuchtigkeit von Regen und Schmelzwasser durch Felsspalten und Erdschichten gedrungen waren. Beton war für derart feuchte Bedingungen nicht das ideale Material. Die Sulfate, die im Boden herumgeisterten, verursachten chemische Veränderungen, griffen den Beton an, ließen ihn bröselig werden.

Tracy kniete sich hin und kratzte mit den Fingernägeln am Boden. Richtig, hier war der Beton bereits erodiert und ließ sich problemlos in kleinen Flocken lösen. Sie ruckte probeweise an der Kette und spürte, wie die an die Wand geschraubte Platte ein klein wenig nachgab. Wahrscheinlich hatten die im Beton verankerten Schrauben Rost angesetzt und sich ausgedehnt, was zu feinen Rissen im Material hinter der Platte geführt hatte, wo Feuchtigkeit hatte eindringen können. Als sie noch einmal zog, löste sich die Platte einen guten Zentimeter von der Mauer. Sie schob eine Hand darunter und sofort ertasteten ihre Fingerspitzen Risse, die jemand in die Wand gekratzt hatte. Sarah. Sarah hatte diese Platte bearbeitet, sodass sie nicht mehr ganz fest in der Wand saß, was vor zwanzig Jahren ein weitaus schwierigeres Unterfangen gewesen war, als es das jetzt sein würde.

»Wie? Wie hast du das hingekriegt?«

Tracy entfernte sich so weit von der Wand, wie die Kette es erlaubte, und prüfte, wie weit der Radius ihrer Schwester gereicht hatte. Inzwischen wurde das Licht, das die Glühbirne ausstrahlte, immer schwächer. Schatten krochen die Wand hinauf, ließen Sarahs Nachricht verschwinden.

Ich habe keine Ich habe keine Angst Ich habe keine Angst

Tracy hob die Teppichreste einen nach dem anderen hoch, tastete nach Unebenheiten im Boden, scharrte hier und da mit den Händen.

»Wo ist dein Werkzeug? Was hast du benutzt?«

Der Glühfaden glomm kaum noch. Je mehr der Lichtkegel schwand, desto länger wurden die Schatten im Raum.

Ich habe keine Angst

Tracy grub an einer Stelle tiefer. Als sie mit den Fingerspitzen auf etwas Hartes stieß, wurde sie schneller – bis sie einen kleinen runden Stein ausgebuddelt hatte. Leise fluchend starrte sie die Tür in der Wand an. Sie wusste zwar nicht, wann House zurückkommen wollte, aber bestimmt reichte die Zeit nicht, um jeden für sie erreichbaren Fleck Boden umzugraben. Dazu war der Bereich zu groß und Tracy war sich ziemlich sicher, dass House mit ihr nicht so lange in der Höhle bleiben wollte wie damals mit Sarah. Es ging gar nicht mehr so sehr um sie, hatte sie den Eindruck. House wollte alte Rechnungen begleichen, brannte nur noch für seine Rache, ein Mann mit einer Mission. Als sie weitergrub, inzwischen fast blind, hatte sie plötzlich das Gefühl, dass jemand sie bei der Hand nahm, um ihre Finger zu einer bestimmten Stelle zu lenken. Nicht weit von dem Stein entfernt, den sie gerade ausgebuddelt hatte, ertasteten ihre Finger eine Unebenheit im Boden, eine kleine Erhebung, und als sie mit der flachen Hand darüberstrich, entdeckte sie gleich daneben eine Vertiefung. Als sie dort grub, stieß sie keine zwei Zentimeter unter der Oberfläche auf etwas Festes. Hastig wischte sie die Erde beiseite, tastete die Umrisse des Objekts ab. Diesmal war es nicht rund wie der kleine Stein, sondern eher lang und rechteckig. Sehen konnte sie jetzt nichts mehr, sie musste sich ganz auf ihren Tastsinn verlassen. Mit den Fingern grub und fegte sie um den Gegenstand herum, bis sie eine Kante freigelegt hatte. Sie kratzte weiter, bis sie einen Finger unter den Gegenstand schieben und als Hebel einsetzen konnte. Die Erde gab langsam nach. Sie konnte einen zweiten Finger einsetzen, einen dritten – und hielt schließlich einen langen Eisennagel in der Hand.

68

Eigentlich konnte Roy Calloway schon lange nicht mehr, aber er zwang seinen armen Körper zum Weitermachen. Der Himmel war gnädig und schickte nicht mehr ganz so viel Schnee, dafür drosch der Wind weiter gnadenlos auf das ungeschützte Gesicht des Sheriffs ein, der auf seinen Schneeschuhen tapfer immer höher und höher stieg.

Calloways Beinmuskeln bestanden praktisch nur noch aus harten Knoten. Seine Lunge drohte ihm die Brust zu sprengen, Hände und Füße spürte er gar nicht mehr. Das alles verschärfte nur den Drang, anzuhalten, bis er endlich wieder richtig atmen konnte, doch Calloway hatte nicht vor, diesem Drang nachzugeben. Irgendwann ging es nicht mehr ganz so steil hinauf, und er erinnerte sich daran, damals mit Parker House über einen Bergkamm gegangen zu sein, ehe sie die alte Mine erreicht hatten. Wenn seine Erinnerung ihn nicht täuschte, lag der Eingang zum Bergwerk irgendwo links von ihm. Aber ob er ihn fand?

Der Eingang war rechteckig gewesen, fiel ihm wieder ein, und kaum größer als ein Garagentor. Schon damals hatten sich die Balken, die ihn stützten, leicht nach links geneigt, als würden sie es nicht mehr lange machen, und das Tor war ebenso wie die alte Bergwerkstraße teilweise schon recht zugewuchert gewesen. Wahrscheinlich hatten Gestrüpp und Unterholz inzwischen die gesamte Gegend zurückerobert, aber Calloway ging davon aus, dass Edmund House den Eingang wenigstens zum Teil freigelegt hatte, um Tracy in die Mine schaffen zu können.

Er blieb stehen und leuchtete mit der Taschenlampe die Umgebung ab. Wo das Schneemobil gefahren war, ließ sich hier nicht mehr erkennen, auch von dem Fahrzeug selbst fehlte jede Spur. House hatte es wohl versteckt und Tracy den Rest des Weges getragen. Bei genauerem Hinsehen entdeckte Calloway die Abdrücke eines einzelnen Stiefelpaars.

Weit konnte es nicht mehr sein.

Die Stiefelspuren führten zu einem schwarzen Loch im Berg, vor dem erst vor Kurzem der Schnee weggeschaufelt worden war.

Er kniete sich hin, legte das Gewehr ab, zog die Handschuhe aus und versuchte, wieder genügend Gefühl in seine Finger zu bringen, um die Schneeschuhe ausziehen zu können, die er dann aufrecht in den Schnee steckte, ehe er sich im Licht der Taschenlampe genauer umsah. Viel war nicht zu sehen und egal, wie angestrengt er lauschte, hörte er doch nichts anderes als den heulenden Wind. Dort, wo der Lichtkegel der Lampe nicht hinreichte, herrschte tiefe Dunkelheit. Noch ein letztes Mal hauchte der Sheriff seine Finger an, ehe er die Handschuhe wieder anzog, das Gewehr und die Taschenlampe packte und aufstand.

Der erste Schritt ohne Schneeschuhe ließ ihn bis zum Knie im Schnee versinken. Beim nächsten Schritt erging es ihm nicht viel besser und erst, als er es schaffte, den von House vorgegebenen Spuren zu folgen, wurde es ein bisschen einfacher. So näherte er sich langsam, aber stetig dem schwarzen Loch. Als er es schon fast erreicht hatte, sank er bei seinem nächsten Schritt mit dem rechten Fuß nicht so tief ein, sondern trat auf etwas Hartes.

Der Schnee unter seinem Fuß schoss plötzlich wie ein Geysir nach oben und spritzte Calloway ins Gesicht – dann schnappte etwas zu, bohrten sich spitze Metallzähne tief in sein Bein. Es gab ein ekelerregendes knackendes Geräusch.

Calloway stieß einen Schmerzensschrei aus und stürzte mit dem Gesicht voraus in den tiefen Schnee.

Sofort landete etwas Schweres auf seinem Rücken, drückte ihn tiefer zu Boden, quetschte ihm die Luft aus der Lunge, bis er meinte, ersticken zu müssen. Als er versuchte, den Kopf zu heben, um wenigstens ein bisschen Luft zu bekommen, packte jemand seine Arme, riss sie ihm hoch über den Kopf, und die Ränder von Handschellen bohrten sich in seine Handgelenke.

Und während Calloway noch darum rang, den Kopf oben zu behalten, um nicht ganz zu ersticken, schleppte ihn eine schwere Gestalt in einem Mantel mit Kapuze rückwärts den Hügel hinauf auf das schwarze Loch zu, wie ein Raubtier, das seine Beute nach Hause in den Bau schleppt.

69

Tracy fuhr zusammen: Schreckliche Schreie hallten durch den Grubenschacht. So schrie kein verwundetes Tier, auch wenn es sich beinahe so anhörte. So schrie ein Mensch, der grauenhafte Qualen litt. House war zurückgekommen, und er war nicht allein.

Die Glühfäden waren kaum mehr zu sehen, die Höhle lag fast ganz im Dunkeln. Tracy ritzte hastig die letzten Striche in die Wand, fest entschlossen, zu vollenden, was Sarah begonnen hatte.

Ich habe keine Ich habe keine Angst Ich habe keine Angst vor dem Dunkeln.

Die Schreie wurden lauter, verzweifelter. Aber dann, genauso schnell und schrecklich, wie sie laut geworden waren, verstummten sie auch wieder.

Rasch fegte Tracy die letzten Betonbrocken zusammen, die sie dort, wo die Schrauben die Metallplatte festhielten, aus der Wand gekratzt hatte. Sie schob den Dreck in das beim Ausgraben von Sarahs Schienennagel entstandene Loch, schob Erde darüber, trat alles fest. Auf der anderen Seite der Mauer polterte und krachte es, während sie das Teppichstück wieder so hinlegte, wie es gelegen hatte.

Da flog die Tür auf.

Erst sah sie House nur von hinten. Keuchend vor Anstrengung, schleppte er etwas Schweres in den Raum, das er neben einem der vertikalen Stützbalken fallen ließ. Tracy hatte richtig gehört, es war ein Mensch, den House da als Beute angeschleppt hatte. Das Gesicht konnte sie im fahlen Licht, das durch die Türöffnung fiel, zwar nicht erkennen, aber sie ging davon aus, dass es sich um Parker House handelte.

House warf das Ende einer langen Kette über einen der Querbalken, fing es auf und zog daran, als würde er auf einem Boot die Segel hissen. Immer eine Hand über die andere. Der schwere Körper auf dem Boden wurde mit den Armen zuerst angehoben, bis er am Balken hing wie ein Stück Fleisch im Schaufenster eines Schlachters. Mit einer letzten, von tiefem Stöhnen begleiteten Anstrengung fixierte House die Kette, indem er eins ihrer Glieder über einen Haken schob, der aus dem vertikalen Balken ragte. Die ganze Aktion hatte ihn sehr mitgenommen, und als seine Beute endlich hing, ließ er sich gegen einen anderen Stützpfeiler sinken, legte die Hände auf die Knie und rang lautstark nach Luft. Noch ehe sein Atem wieder halbwegs normal ging, richtete er sich auf, reckte in Siegerpose die rechte Faust in die Luft und stolperte zum Kasten mit dem Generator, wo er sich auf die Knie fallen ließ und schnaufend an der Kurbel drehte. Die Glühfäden summten, und die nackte Birne spendete immer helleres Licht, das die Schatten zurückdrängte, bis man erkennen konnte, wer dort wie Schlachtvieh am Balken hing.

Es war Roy Calloway, nicht Parker House, der halb gegen den Längsbalken gelehnt an seinen ausgestreckten Armen baumelte. Nicht frei, dazu war der Querbalken nicht hoch genug angebracht, aber es war doch klar, dass seine Schultergelenke den größten Teil seines Gewichts halten mussten. Zuerst hielt ihn Tracy für tot, so bleich, wie er war, von oben bis unten voller Schnee und Eis. Und mit zunehmender Helligkeit kamen mehr und mehr erschreckende Details zum Vorschein: Calloways rechter Unterschenkel zum Beispiel, der grotesk verdreht am Kniegelenk hing. Oder die zerfetzte Hose, dort, wo die Bärenfalle immer noch mit festen Zähnen zupackte. Oder der blutgetränkte Hosenstoff.

Oder die Pistole, die noch im Holster an seiner Hüfte steckte.

Entsetzt wollte Tracy zum Sheriff hinüberkriechen, aber ihre Kette war nicht lang genug.

House ließ die Kurbel des Generators los und sackte in sich zusammen. Seine Brust hob und senkte sich hektisch, die Haare, nass vom Schweiß und von geschmolzenem Schnee, klebten ihm am Kopf, Schweiß und Wasser liefen ihm über das Gesicht. Er zog Handschuhe und Mantel aus, warf beides aufs Bett, stand im schweißdurchtränkten langärmligen Hemd da und starrte Calloway an wie einen eben erlegten kapitalen Hirsch, den er gleich ausweiden würde.

Calloway stöhnte.

House streckte die Hand aus und riss ihm das Kinn hoch. »Das ist richtig – dass du mir jetzt bloß nicht verreckst, du Schweinehund! Der Tod ist viel zu gut für euch alle. Ihr sollt leiden, ihr Schweine. Ihr sollt leiden, bis zwanzig Jahre Knast ein Furz dagegen sind!« Er drehte Calloways Kopf so, dass der Sheriff Tracy ansehen musste. »Sieh hin, Chief. Die ganzen Mühen und Lügen – und du hast trotzdem versagt.«

»Du bist ein Trottel«, sagte Tracy.

House ließ Calloway los. »Wie hast du mich eben genannt?«

Tracy schüttelte gelassen den Kopf. »Ich sagte, du bist ein Trottel.«

House kam auf sie zu, hielt sich aber außer ihrer Reichweite.

»Hast du denn überhaupt alles richtig durchdacht?«, fuhr Tracy fort.

In diesem Moment bewegte Calloway die Beine, was ihn aufschreien ließ. House wirbelte herum, stützte sich am Balken ab und schob sein Gesicht so nah an das des Sheriffs, dass sich ihre Nasen fast berührten. »Weißt du, was Einzelhaft ist, Calloway? Das ist, als hätte dich jemand in ein Loch gesteckt und dich all deiner Sinne beraubt. Es ist, als würdest du nicht existieren, als würde die Welt nicht existieren. Genau das werde ich mit dir machen. Du wirst in diesem Loch sitzen, und ich sorge dafür, dass du glaubst, es gibt dich gar nicht mehr. Du wirst wünschen, du wärest tot. Dafür werde ich sorgen.«

»Du bist wirklich der hinterletzte Vollidiot!«, sagte Tracy.

House sah sie an. »Du hast doch keinen Schimmer. Denn wenn du einen hättest, säßest du nicht hier.«

»Ich habe keinen Schimmer? Von wegen. Ich weiß, dass du zweimal Bockmist gebaut hast. Du hast dich zweimal erwischen lassen. Ich weiß, dass du zweimal im Knast gelandet bist. Ist dir je in den Kopf gekommen, dass das was mit dir zu tun haben könnte? Du bist nämlich echt nicht der Schlauberger, für den du dich hältst.«

»Halt die Fresse, verdammt noch mal! Du hast doch keine Ahnung.«

»Ein kluger Mann lernt aus seinen Fehlern, was, House?«, höhnte Tracy. »Deine eigenen Worte! Aber du hast einen Scheiß gelernt, so sieht es aus.«

»Ich hab gesagt, du sollst die Fresse halten.«

»Schleppt den Sheriff von Cedar Grove hier an! Wie dämlich ist das denn? Parker lebt noch, Edmund. Glaubst du echt, Calloway läuft allein hier durch die Gegend? Sie wissen, wo du bist. Du wanderst wieder in den Knast. Zum dritten Mal dann. Drei zu null, Edmund. Du bist raus.«

»Von wegen Knast. Ich gehe nirgendwohin, ehe der da und ich fertig miteinander sind. Danach kümmere ich mich um dich.« House hob den Generator auf den Tisch und drehte ihn um, sodass Tracy das Innere der Holzkiste sehen konnte, denn deren Rückseite stand offen. Genau wie Tracy erwartet hatte, sah man große Batteriezellen, aus denen Drähte hingen.

House löste ein paar Flügelschrauben und befestigte nackte Kupferdrähte an den Plus- und Minuspolen der Batterie. Diese Drähte berührten sich versehentlich, als er sich Tracy zuwandte. Funken stoben, House zuckte sichtlich zusammen. »Verdammt!«

»Du bist doch echt zu doof!«

Er rückte bedrohlich näher, ohne die Drähte loszulassen.

»Hör auf, mich doof zu nennen!«

»Wie ist Calloway deiner Meinung nach hergekommen? Hast du darüber mal ganz kurz nachgedacht? Sie sind dir auf den Fersen, Edmund, und du ziehst auch diesmal den Kürzeren.«

»Halt die Fresse.«

»Du hast nichts kapiert und nichts dazugelernt. Du warst doch komplett aus dem Schneider. Sie hätten dich nicht noch mal vor Gericht gestellt. Du hättest als freier Mann davonspazieren können. Aber nein, da war ja dein Ego. Du hast dir von deinem Ego alles vermasseln lassen.«

»Mir ging es nie um meine Freiheit, ich wollte immer nur Rache. Und die kriege ich jetzt. Ich hatte zwanzig Jahre Zeit, mir auszumalen, was ich mit ihnen alles anstelle. Und mit dir.«

»Weißt du, warum du so ein Loser bist? Weil du blöd bist. Ein blöder Trottel.«

»Hör auf, mich Trottel zu nennen!«

»Du hast die Chance gekriegt, auf die jeder Häftling hofft, von der jeder Häftling träumt, und du setzt sie in den Sand, weil du einfach zu blöd bist.«

»Hör auf, mich ...«

»Du hast nicht gewonnen, House. Du hast schon wieder verloren. Du bist bloß zu blöd, das zu kapieren. Weil du ein Trottel bist.«

House ließ die Drähte fallen, um sich wutentbrannt auf sie zu stürzen. Tracy wartete, ließ ihn kommen, die rechte Hand auf dem platten Ende des Schienennagels in ihrem Stiefel. Erst in letzter Sekunde drückte sie sich mit einem Bein von der Wand ab, kam hoch und trieb House die scharfe Spitze des Nagels direkt unter dem Brustbein in den Leib mit all der Kraft, die sie aufbringen konnte, unterstützt von seinem eigenen Schwung.

Unter lauten Schmerzensschreien wich House stolpernd zurück.

Tracy wirbelte herum, stemmte den linken Fuß gegen die Mauer, wickelte sich ihre Kette um die Hände und zog. Betonbrocken, Staub und Putz flogen durch den Raum, als sich die verrosteten Schrauben aus der Wand lösten. Geschafft! Noch steckten ihre Handgelenke in Fesseln, noch waren diese mit einer kurzen Kette aneinandergeschweißt, aber sie hatte mehr Spielraum, konnte sich mit einem Satz auf den Revolver im Holster an Calloways Hüfte stürzen. Jetzt noch den Verschluss der Pistolentasche lösen – da wurde sie gewaltsam nach hinten gerissen, weil House sich die längere der beiden Ketten geschnappt hatte und daran zog wie an einer Hundeleine. Tracy stolperte, fiel nach hinten, landete auf ihrem Hinterteil, rappelte sich auf die Knie, griff erneut nach der Pistole. House wickelte ihr die Kette um den Hals. Sie stemmte einen Fuß gegen den Balken, gegen den Calloway gesackt war, drückte sich ab, prallte rückwärts mit House zusammen.

Sie krachten in den zusammengeschusterten alten Tisch, brachten den Generator zu Fall, landeten auf dem Boden, House unten, Tracy rücklings auf ihm. House hatte die Kette nicht losgelassen, zerrte weiter daran, würgte Tracy. Die ließ den Kopf nach hinten schnellen in der Hoffnung, ihm einen Kopfstoß zu verpassen, trat nach hinten aus, setzte die Ellbogen ein. Aber die Kette zog sich immer enger um ihren Hals. Sie versuchte, ihre Finger drunterzuschieben, aber dazu war es schon zu spät. Als sie die Hände sinken ließ, spürte sie das Ende des Schienennagels, der House im Fleisch steckte. Sie drückte dagegen. House schrie und fluchte, ließ aber nicht locker.

Erst als sie den Nagel hochriss, ließ der Druck auf ihre Kehle ein wenig nach. House schrie wie am Spieß. Tracy versuchte es erneut mit einem Kopfstoß, und diesmal traf ihr Hinterkopf etwas Festes. Sie hörte, wie das Nasenbein ihres Gegners mit einem hässlichen Knacken brach. Die Kette um ihren Hals wurde umgehend so locker, dass sie den Kopf herausziehen konnte. Sie rollte sich ab, rang nach Luft, kroch über den Boden und konnte nur hoffen, dass die Kette lang genug war, denn noch hatte House sie nicht losgelassen. Sie schaffte es bis zu Calloway, schaffte es, den Verschluss der Pistolentasche zu öffnen, und hatte den Revolver schon am Griff gepackt, als die Kette wieder stramm wurde und durch die Handschellen an ihren Händen und Armen zerrte. So flog ihr die Pistole in hohem Bogen aus der Hand, um irgendwo in den Schatten auf der anderen Seite des Raums zu landen.

House stand wieder, wenn auch schwankend. Er hatte sich die Kette, die mit derjenigen zwischen Tracys Handschellen verbunden war, um den wuchtigen rechten Unterarm geschlungen. Dort, wo ihm Tracy den Nagel in die Brust gerammt hatte, war sein Hemd blutgetränkt. Blut rann ihm auch aus der Nase und lief ihm das Kinn hinunter.

Tracy wollte ebenfalls aufstehen, aber er riss an der Kette, bis sie stürzte und mit dem Gesicht nach unten platt auf dem Boden landete. Dann stürmte er auf sie zu. Aber Tracy war neben dem Generator gelandet und bewaffnete sich jetzt mit den beiden Kupferdrähten, die House selbst dort angebracht hatte, ehe sie sich aufrichtete. Als House diesmal an der Kette riss, leistete sie keinen Widerstand.

Er zerrte sie hoch, und sie ließ sich gegen ihn fallen, schleuderte ihn nach hinten. Beim Landen schaffte sie es, die nackten Kupferdrähte an den Eisennagel zu drücken, der House aus der Brust ragte. Funken stoben, ein lautes Knacken, es roch nach versengtem Fleisch. House zuckte, zitterte und wand sich in Krämpfen. *Stromleiter!*, riefen Tracys ehemalige Schüler in ihrem Kopf, während eins der Kabel kurz den Kontakt zum Nagel verlor. Kaum war die Verbindung wiederhergestellt, bäumte sich der massige Körper von House ein letztes Mal auf, ehe er schlaff in sich zusammensackte.

Tracy rollte sich von ihm herunter und wickelte ihm diesmal die Kette vom Arm, ehe sie sich auf allen vieren auf die Suche nach Calloways Pistole machte. Lautes Stöhnen hinter ihrem Rücken ließ sie einen Blick hinter sich werfen. House hatte sich aufgerappelt und kniete, mit den Händen auf dem Boden, wie ein Bär, der aufzustehen versuchte. Ohne ihn aus den Augen zu lassen, tastete Tracy den Boden in Wandnähe ab.

Jetzt stand House.

Wo war die Pistole?

Er kam näher. Stolpernd und schwankend, aber er kam näher!

Tracy fuhr hastig mit der Hand direkt an der Wand über den Boden – da, endlich! Die Pistole.

House schien sich gefangen zu haben und kam so rasch auf sie zu, dass für einen Schuss kaum Zeit blieb. Aber Tracy war ein Profi, sie ließ sich auf den Rücken fallen, spannte, feuerte, spannte, feuerte, spannte – und feuerte ein drittes Mal.

70

Tracy musste sich mit ihrem ganzen Gewicht gegen das von Calloway einsetzen und sich an das lose Ende der Kette hängen, erst dann schaffte sie es, das eingehängte Kettenglied aus dem Haken zu lösen, und konnte Calloway langsam zu Boden gleiten lassen. Der Sheriff murmelte Unverständliches vor sich hin. Sein Atem ging in kurzen, schnellen Stößen, und er schien immer wieder das Bewusstsein zu verlieren. Noch lebte er, aber Tracy wusste wirklich nicht, wie lange er es noch machen würde.

Auf der anderen Seite des Raums lag House mit dem Gesicht nach unten reglos auf dem Boden. Tracys erste Kugel hatte ihm das Brustbein zerschmettert und ihn gestoppt, die zweite, die nur wenige Zentimeter neben der ersten in seine Brust gedrungen war, hatte sein Herz explodieren lassen. Die dritte hatte ein kleines Loch mitten in der Stirn und ein wesentlich größeres am Hinterkopf hinterlassen.

Den Schlüssel für die Handschellen fand Tracy in der hinteren Hosentasche des Toten. Sie entledigte sich der Ketten, schnitt den Mantel in Streifen, den House bei seiner Ankunft abgelegt hatte, und band Calloways Bein mit einem Druckverband ab. An der Bärenfalle selbst rührte sie nicht, weil sie Angst hatte, die Wunde weiter aufzureißen. Dass Calloway jetzt noch verblutete oder einen Schock erlitt, durfte nicht geschehen! Sie setzte sich hinter ihn und bettete seinen Kopf in ihren Schoß. »Roy? Roy?«

Calloway öffnete die Augen. Auf seinem Gesicht hatten sich Schweißperlen gesammelt, obwohl es im Raum nach wie vor eiskalt war. Ob er Fieber hatte? »House?«, flüsterte er mit schwacher Stimme.

»Tot.«

Calloway schenkte ihr ein kaum merkliches Lächeln, ehe ihm erneut die Augen zufielen.

»Roy?« Sie versetzte ihm einen leichten Klaps auf die Wange. »Roy? Weiß jemand, dass wir hier sind?«

»Dan«, flüsterte Calloway, ohne die Augen zu öffnen.

71

Dan erwartete Finlay Armstrong, einen weiteren Deputy sowie Verstärkung in Form von zwei mit Kettensägen bewaffneten Bewohnern von Cedar Grove neben Roy Calloways Suburban. Er überließ es den beiden Zivilisten, die umgestürzten Bäume zu zersägen und die Zufahrt zum Grundstück von Parker House freizuschaufeln, und begleitete die Deputys den Berg hinauf zum Haus.

Es schneite nicht mehr ganz so stark, und auch der Wind hatte nachgelassen, was das Fortkommen um einiges erleichterte. Statt des heulenden Sturms herrschte eine fast schon unheimliche Stille, ein bisschen wie im Innern eines Tornados. Parker lebte noch, als sie das Haus endlich erreichten, aber es ging ihm noch schlechter als vorher.

»Sie bleiben hier und warten auf den Krankenwagen«, ordnete Finlay Armstrong an.

»Von wegen!« Dan wurde wütend. »Ich komme mit, um Tracy zu suchen.«

Der Deputy schien das nicht zulassen zu wollen, aber Dan hatte von Calloway gelernt und konterte mit den Argumenten, die der Sheriff ihm gegenüber eingesetzt hatte: »Wir haben keine Zeit für Diskussionen, Armstrong. Jede Sekunde, die wir damit verschwenden, ist ein Geschenk für House und gibt dem Kerl mehr Zeit, Tracy und Calloway umzubringen.« Er stand schon an der Hintertür. »Los, worauf warten Sie?«

So kletterten Armstrong und Dan Seite an Seite den Berg hinauf. Beide Männer waren in Cedar Grove aufgewachsen und oft in diesen Bergen gewandert, sie kannten den Weg zum alten Bergwerk. Natürlich sah aufgrund der Schneemassen alles anders aus, aber sie brauchten nur den deutlichen Spuren zu folgen, die wohl von Calloway stammten.

Nach ungefähr zwanzig Minuten stießen sie auf Schneeschuhe, die jemand aufrecht in den Schnee gesteckt hatte. Etwa vier Meter weiter oben war der Zugang zum alten Bergwerk zu erkennen. Tiefe Fußspuren ließen darauf schließen, dass jemand hier ein und aus gegangen war, auch schien etwas Schweres durch den Schnee dort hineingeschleift worden zu sein. Das allein war schon beunruhigend genug. Ganz zu schweigen von der Blutspur, die ebenfalls zum Eingang der Mine führte und nichts Gutes ahnen ließ.

Vor dem Eingang knieten sich beide Männer hin, damit Armstrong den Tunnel dahinter ausleuchten konnte. Der Deputy zog seine Pistole und betrat als Erster die alte Mine, dicht gefolgt von Dan mit dem Jagdgewehr. Ihre Taschenlampen sandten zwei helle Lichtkegel in die Dunkelheit. Zu hell, fand Dan, und knipste seine aus. Armstrong tat es ihm nach.

Zuerst war es stockfinster um sie herum. Aber dann erkannte Dan etwa sechs Meter vor ihnen einen schwachen rötlichen Schimmer, der sie zu einer Tür führte. Armstrong blieb kurz stehen, um seine Taschenlampe wieder einzuschalten, ehe er die Tür aufstieß und mit gezückter Pistole in den dahinterliegenden Raum stürmte. Dan folgte ihm, Flinte und Taschenlampe im Anschlag. Sie schienen in einem ehemaligen Büro gelandet zu sein. Darauf ließen zumindest die Metalltische und olivgrünen Aktenschränke schließen.

Der rötliche Schein, den sie gesehen hatten, drang aus einer Öffnung in der rückwärtigen Bürowand.

»Hier!« Das war Tracys Stimme! »Ich bin hier drin.«

Dan wollte zu ihr laufen, wurde aber von Finlay am Arm festgehalten. »Alles in Ordnung bei Ihnen?«, rief der Deputy.

»Ja! House ist tot.«

Trotzdem bestand Armstrong darauf, als Erster hineinzugehen. Dan folgte ihm auf dem Fuße.

Eine nackte Glühbirne, die an einem Kabel baumelte, darunter, an einen Holzbalken gelehnt, Tracy, die auf dem Boden saß, die Beine lang ausgestreckt, Calloways Kopf auf dem Schoß. In der hintersten Ecke des Raums lag House auf dem Bauch, mit einem Loch im Hinterkopf und blutgetränktem Hemd.

Dan kniete sich hin, um Tracy zu umarmen. »Alles in Ordnung?«

Sie nickte. »Mit mir schon. Aber Calloway macht es nicht mehr lange.«

Als der Morgen dämmerte, zog der Sturm weiter. Tracy stand neben dem Eingang zur Mine, den Finlay und die anderen, die auf seinen Hilferuf reagiert hatten, komplett freigeschaufelt hatten. Sie zog die Decke aus Isolationsfolie, die sie von den Sanitätern erhalten hatte, fester um sich, und betrachtete den Himmel, an dem sich erste blaue Flecken zeigten, während die Sonnenstrahlen, die durch die Wolken drangen, verschiedene Rot- und Orangetöne herbeizauberten. So sah der Himmel nach einem Sturm immer aus. Die Dächer der Häuser von Cedar Grove, unten, im weit entfernten Tal, glichen winzigen Pyramiden. Aus einigen Schornsteinen stieg schon der Rauch in die Luft und bildete eigene kleine Wölkchen in der reglosen Luft. Eine ähnliche Aussicht hatte sich Tracy damals zu Hause geboten, wenn sie am Fenster ihres Zimmers stand, und das Wissen darum, dass sie viele der Menschen kannte, die in den Häusern unter ihr wohnten, hatte ihr immer ein Gefühl von Frieden und Sicherheit beschert.

Hinter ihr wurde es laut im Schacht, sie drehte sich um. Die Sanitäter hatten Roy Calloway in Decken gewickelt und auf einen Schlitten gelegt, um ihn aus dem Bergwerk zu transportieren. Als der Sheriff an Tracy vorbeigetragen wurde, wandte er den Kopf und blickte sie an. Tracy folgte ihnen nach draußen und sah zu, wie die Sanitäter den Schlitten absetzten und zwischen zwei Schneemobilen befestigten.

»Er ist doch immer noch ein ziemlich zäher Hund.« Dan war hinter sie getreten.

»Zäh wie ein Zwei-Dollar-Steak!« Tracy nickte.

Dan legte ihr den Arm um die Schultern und zog sie an sich. »Du aber auch, Tracy Crosswhite. Und du kannst immer noch verflucht gut schießen.«

»Was ist mit Parker?«

»Steht auf der Kippe. DeAngelo Finn auch.«

»DeAngelo?«

»Wie es aussieht, wollte sich House an allen rächen. Hoffentlich sind wir nicht zu spät gekommen. Hoffentlich überleben sie und kommen wieder ganz in Ordnung.«

»Ich weiß echt nicht, ob überhaupt einer von uns je wieder ganz in Ordnung kommt«, sagte sie.

Er wickelte sie noch fester in die knisternde Decke. »Wie hast du das geschafft? Wie hast du dich befreien können?«

Tracy sah einer Rauchwolke zu, die sich aus einem der Schornsteine löste, um reglos in der Luft zu hängen, wie der Kondensstreifen eines Flugzeugs. »Sarah«, sagte sie.

Dan sah sie fragend an.

»House wollte die ganze Zeit mich.«

»Ich weiß«, sagte Dan. »Calloway hat es mir erzählt. Das tut mir sehr leid, Tracy.«

»Er muss Sarah gesagt haben, dass er vorhat, mich als Nächste hierherzuschleppen. Sie hat eine Botschaft für mich in die Wand geritzt. House hätte nicht verstanden, was die Worte bedeuten, selbst wenn er sie entdeckt hätte. Nur ich verstand sie, es ist eine Art Gebet, das wir oft vor dem Schlafengehen zusammen aufgesagt haben. Eine Botschaft an mich. Sarah wollte mich wissen lassen, dass sie ein Werkzeug gefunden hatte, mit dem man an der Wand kratzen und die Schrauben der Metallplatte lockern kann. Sie selbst hat es nicht mehr geschafft. Sie hatte leider nicht genug Zeit, und der Beton war vor zwanzig Jahren auch härter, als er jetzt noch ist.«

»Wieso?«

»Chemie.« Tracy seufzte. »Die Wand dürfte vor circa achtzig Jahren gegossen worden sein, vielleicht ist es auch noch länger her. Im Laufe der Zeit haben sich die durch verrottende Pflanzen gebildeten Stoffe einen Weg durch die Erde gesucht und auf den Beton eingewirkt. Der kriegt Risse, wenn er zerfällt, und sobald irgendwo ein Riss ist, findet Wasser seinen Weg dort hinein. Wie wir alle wissen und schon oft erlebt haben. Wenn Wasser und Stahl zusammentreffen, rostet der Stahl, in diesem Fall der der Schrauben, mit denen die Metallplatte in der Wand verankert war. Die Schrauben rosteten also, wobei sie sich ausdehnten und der Beton noch weitere Risse bekam. Sarah hat eine Nachricht für mich in die Wand geritzt, aber nicht nur das. Ihr eigentliches Werk bestand in der Bearbeitung der Mauer hinter der Platte. Sie hatte angefangen, die Schrauben freizulegen.«

»Mrs Allen wäre stolz auf euch beide gewesen«, sagte Dan.

Tracy lehnte ihren Kopf an seine Schulter. »Wir haben das Gebet immer zusammen aufgesagt, als Sarah noch klein war. Sie fürchtete sich nämlich im Dunkeln. Sie kam fast jeden Abend in mein Zimmer, kroch in mein Bett. Ich sagte ihr dann, sie solle die Augen zumachen. Wir haben das Gebet aufgesagt, ich schaltete das Licht aus, und sie schlief ein.« Tracy fing an zu weinen und ließ den Tränen freien Lauf. »Das war unser Gebet. Niemand sollte wissen, dass sie Angst hatte, das wollte sie nicht. Sie fehlt mir so, Dan. Sie fehlt mir so.«

Er drückte sie fest an sich. »Was du mir gerade erzählt hast, klingt fast so, als wäre sie noch da.«

Sie hob den Kopf und sah ihn nachdenklich an.

»Was ist?«, fragte er.

»Ich habe sie gespürt, Dan. Seltsam, was? Ich habe ihre Gegenwart gespürt. Sarah hat mir gezeigt, wo dieser Schienennagel lag. Anders kann ich mir nicht erklären, warum ich genau an der Stelle gegraben habe.«

»Du hast es gerade erklärt, finde ich.«

72

Aufgrund des Schneesturms saßen sämtliche Presseleute, die aus allen Teilen des Landes zu der Anhörung angereist waren, in Cedar Grove und den umliegenden Städtchen fest. Sobald die ersten Nachrichten über DeAngelo Finn, Parker House und die Ereignisse im ehemaligen Bergwerk von Cedar Grove die Runde gemacht hatten, stürzten allerorts Kameraleute und Reporter aus den Hotels und in ihre Übertragungswagen. Maria Vanpelt war voll in ihrem Element. Sie ließ sich überall in der Stadt filmen und leitete sämtliche Kommentare mit dem Statement ein, sie und *KRIX Undercover* wären die Ersten gewesen, die sich der Story angenommen hätten.

Tracy hatte das Medienspektakel im Fernsehen von Dans Couch aus verfolgt, wo sie es sich mit Rex und Sherlock zu ihren Füßen gemütlich gemacht hatte. Die beiden Hunde wichen nicht von ihrer Seite. Wahrscheinlich wollten sie sie vor den Reportern beschützen, die draußen vor Dans Haus ihre Zelte aufgeschlagen hatten. Tracy wusste, die Meute würde erst Ruhe geben, wenn sie sich ihr stellte, weswegen sie zu einer Pressekonferenz eingeladen hatte. Und zwar in die First Presbytarian Church, das einzige Gebäude der Stadt, das die zu erwartenden Massen zu fassen vermochte – die Kirche, in der damals der Trauergottesdienst für ihren Vater stattgefunden hatte.

»Ich mache das, damit unsere oberen Chefs Ruhe geben«, hatte sie Kins gegenüber behauptet, als sie mit ihm telefonierte.

Ihr Kollege hatte nur laut gelacht. »Von wegen! Das kaufe ich dir keine Sekunde lang ab. Wenn du eine Pressekonferenz gibst, dann nicht ohne Hintergedanken.«

Tracy und Dan standen in einem Alkoven vorn in der Kirche, wo die Leute sie nicht sehen konnten, die scharenweise die Bankreihen füllten und sich in den Gängen drängten.

»Du hast es mal wieder geschafft«, sagte Dan. »Cedar Grove ist wieder von Bedeutung. Der Bürgermeister verkündet überall, unser Städtchen sei ganz entzückend und voller bisher unentdeckter Möglichkeiten. Es warte ja praktisch nur darauf, sie alle zu verwirklichen. Er redet sogar davon, das Cascadia-Projekt wieder in Angriff zu nehmen.«

Tracy lächelte. Die kleine alte Stadt hatte eine zweite Chance verdient. Sie alle verdienten eine.

Sie beobachtete das Meer aus Gesichtern draußen in der Kirche, die Leute, die saßen, und die, die sich auf den Stehplätzen drängten. Ganz vorn hockte die mit Notizblöcken und Aufnahmegeräten bewaffnete Pressemeute, während sich die Kameraleute in den Gängen breitgemacht hatten, von wo aus sie besser filmen konnten. Außer der Presse waren viele Einheimische und Neugierige gekommen – Gesichter, die Tracy auch auf Sarahs Beerdigung und bei der Anhörung gesehen hatte. In einer der vorderen Sitzreihen hatte George Bovine Platz genommen, neben ihm seine Tochter Annabelle und eine ältere Frau, wahrscheinlich Annabelles Mutter. Tracy hatte nach den Ereignissen in der Mine länger mit ihm telefoniert. Bovine hoffte, der Tod von Edmund House in all seiner Endgültigkeit könnte seiner Tochter helfen, mit der Vergangenheit abzuschließen und sich ganz langsam wieder dem Leben zuzuwenden.

Sunnie Witherspoon und Darren Thorenson waren ebenfalls gekommen, und weiter hinten erkannte Tracy einen halben Meter über der Menge das unverwechselbare Gesicht von Vic

Fazzio, der zusammen mit Kins und Billy Williams aus Seattle angereist war.

»Drück mir die Daumen!« Sie holte tief Luft und trat hinaus in das Blitzlichtgewitter der Kameras, drängte sich vor bis zum Rednerpult mit dem Wald aus Mikrofonen, der womöglich noch beeindruckender war als der bei der Pressekonferenz nach der Freilassung von Edmund House.

»Ich werde mich kurz fassen.« Sie faltete das Blatt Papier mit ihrer vorbereiteten Rede auseinander. »Viele von Ihnen fragen sich, was genau nach der Anhörung, die mit der Freilassung von Edmund House endete, passiert ist. Bei der Anhörung hatte sich ja herausgestellt, dass ich richtiggelegen hatte. Edmund House war wirklich aufgrund eines fehlerhaften Prozesses verurteilt worden. Allerdings hielt ich den Mann für unschuldig, und in dem Punkt habe ich mich geirrt. Edmund House hatte meine Schwester Sarah wirklich entführt und vergewaltigt, so, wie er es vor zwanzig Jahren Sheriff Calloway gegenüber gestanden hat. Aber er hatte sie nicht sofort nach der Entführung ermordet und begraben. Er hielt Sarah sieben Wochen lang oben in den Bergen in einer verlassenen Mine gefangen. Kurz bevor das Kraftwerk am Staudamm Cascade Falls ans Netz ging, brachte er sie um und verscharrte ihre Leiche in dem Gebiet, das dann geflutet wurde. So fühlte er sich sicher, dass sein Verbrechen nie ans Tageslicht kommen würde.«

Sie holte tief Luft. »Viele von Ihnen werden sich jetzt fragen, wer denn dafür verantwortlich war, dass Edmund House verurteilt wurde. Ich selbst habe mich das zwanzig Jahre lang gefragt und weiß jetzt, dass es James Crosswhite war, mein Vater. Wer meinen Vater gekannt hat, wird sich nur schwer vorstellen können, dass er zu einem solchen Vergehen fähig war, aber ich bitte Sie alle sehr, ihn nicht zu verurteilen. Mein Vater hat Sarah und mich aus ganzem Herzen geliebt. Er ist zerbrochen, als Sarah verschwand. Er war danach nie wieder der, der er vorher gewesen war.« Tracy sah George Bovine an. »Was er getan hat, hat er aus Liebe zu uns getan und für alle Väter, die ihre Töchter lieben. Kein anderer Vater sollte wegen Edmund House so leiden müssen, wie George Bovine und er, dafür wollte er sorgen.«

Sie legte eine kleine Pause ein, um sich zu sammeln, bevor sie fortfuhr: »Wie hat er es gemacht? Ich kann es mir nur so vorstellen: Nachdem Edmund House Chief Calloway seine Tat gestanden und geprahlt hatte, man werde ihn nie verurteilen können, weil die Leiche meiner Schwester nie gefunden werden würde, holte sich mein Vater ein paar Haare aus dem Bad, das meine Schwester und ich uns in unserem Elternhaus teilten, und deponierte sie in dem Chevy Stepside, den Edmund House fuhr. Auch für die Ohrringe, die man in der Tischlerwerkstatt von Parker House entdeckte, ist mein Vater verantwortlich. Er hat sie in eine Socke gesteckt und in der Kaffeebüchse versenkt. Mein Vater war Landarzt und als solcher oft zu Hausbesuchen unterwegs, unter anderem auch bei Parker House. Es war mein Vater, der jeden einzelnen Hinweis noch einmal durchging, der nach Sarahs Verschwinden bei der entsprechenden Telefonnummer eingegangen war, und es war mein Vater, der Ryan Hagen aufsuchte, um ihn davon zu überzeugen, dass er in jener Nacht einen roten Chevy Stepside gesehen hatte. Mein Vater hat all diese Dinge allein und ohne jede weitere Hilfe unternommen und veranlasst. Das möchte ich ausdrücklich betonen. Soweit ich beurteilen kann, war weder Roy Calloway noch Vance Clark noch irgendjemand sonst am Fehlverhalten meines Vaters beteiligt. Mein Vater handelte aus Verzweiflung, getrieben von Kummer und Schmerz. Was er getan hat, dürfen wir alle gern hinterfragen. Ich hoffe aber sehr, dass niemand seine Motive infrage stellt.

Diejenigen, die meinen Vater gekannt haben, bitte ich, ihn so in Erinnerung zu behalten, wie er war – ein treu sorgender Ehemann, ein liebender Vater und ein loyaler Freund.« Tracy faltete den Zettel zusammen und sah auf. »Jetzt bin ich gern bereit, Ihre Fragen zu beantworten.«

Und die Fragen prasselten dann auch mit voller Wucht auf sie ein. Tracy schlug sich tapfer, antwortete, wo sie antworten konnte, lenkte geschickt ab, wenn ihr mulmig wurde, plädierte auf Unwissenheit, wenn es gar nicht anders ging. Nach zehn Minuten trat Finlay Armstrong, zurzeit der amtierende Sheriff von Cedar Grove, vor und erklärte die Pressekonferenz für beendet. Armstrong hatte auch für eine Eskorte gesorgt, die Tracy und Dan aus der Kirche und zu Dans Haus geleitete, wo sich die beiden wieder im Schutz der besten Alarmanlage der Stadt verschanzten.

Am nächsten Tag besuchte Tracy Roy Calloway im Krankenhaus. Der Sheriff saß bereits wieder, allerdings gegen einen Berg Kissen gelehnt, das verletzte Bein erhöht in einer Schlinge, die man über dem Bett aufgehängt hatte. »Hallo, Chief.«

Calloway schüttelte den Kopf. »Von wegen Chief. Ich bin in Rente.«

»War die Hölle zugefroren?«

»Drei Tage lang.«

Tracy lächelte. »Das können Sie laut sagen. Wie geht es Ihrem Bein?«

»Der Doktor sagt: noch ein, zwei Operationen, aber ich darf es behalten. Ich werde humpeln und ich brauche einen Stock, aber im Fluss rumstehen und angeln geht wohl auf jeden Fall noch.«

»Und alles meinetwegen.« Tracy schüttelte den Kopf. »Es tut mir so leid, dass Sie das durchmachen mussten. Ich weiß ja jetzt, dass mein Vater Ihnen verboten hat, mir etwas zu sagen, und ich habe so auf Antworten gedrängt! In was für eine Lage habe ich Sie damit gebracht! Sie dachten, Sie müssten mich auf Biegen und Brechen zum Aufgeben bringen, damit Vance Clark und DeAngelo nichts passiert.«

»Mach jetzt bloß keinen Helden aus mir«, knurrte Calloway. »Mich selbst wollte ich schließlich auch beschützen. Ich habe ernsthaft daran gedacht, dir alles zu sagen.«

»Ich hätte Ihnen nicht geglaubt.«

»Siehst du, und genau das hatte ich mir gedacht. Deswegen habe ich es gar nicht erst versucht. Mir war klar, du hattest dir eine Meinung gebildet und davon würden dich keine zehn Pferde mehr abbringen. Du bist nämlich mindestens so dickköpfig, wie dein alter Herr es war.«

Tracy grinste verlegen. »Mindestens.«

»Er hat doch gesehen, wie du leidest, und er wollte nicht, dass du noch Schlimmeres durchmachst. Sarah hatte er schon verloren, dich wollte er nicht auch noch verlieren. Und er hatte Angst, die Schuldgefühle könnten zu viel für dich sein. Er hatte Angst, du könntest damit nicht weiterleben. Das wollte er nicht, Tracy. Du solltest nicht glauben müssen, Sarah wäre deinetwegen gestorben. Das stimmt nämlich nicht. House war ein Psychopath. Er hat sie einfach nur deswegen umgebracht, weil sich ihm die Möglichkeit dazu bot. Aber das brauche ich dir wohl kaum zu erklären. Du kriegst solche Leute bei deiner Arbeit bestimmt häufiger zu sehen als wir hier in Cedar Grove.«

»Warum hat er es getan, Roy? Was hat ihn dazu getrieben?«

»Wen? Deinen Vater?«

»Sie kannten ihn besser als viele andere. Was war Ihrer Meinung nach geschehen?«

Calloway dachte nach. »Ich glaube, er hat den Verlust einfach nicht überwinden können. Und den Schmerz. Er hat euch beide so sehr geliebt. Er fühlte sich schuldig, weil er an dem Tag nicht bei euch gewesen ist. Wäre er mit euch nach Olympia gefahren, hätte er alles verhindern können – du weißt, dass er so gedacht hat. Das hat auch seiner Ehe geschadet.«

»Ich habe so etwas geahnt.«

»Er hat es deiner Mutter zum Vorwurf gemacht, dass er nicht hier war, dass sie beide auf Hawaii waren. Natürlich nicht offen – aber insgeheim gab er ihr die Schuld. Und dann sah es so aus, als würden wir Sarah nie finden und ihren Mörder nie vor Gericht stellen können. Das hat ihm den Rest gegeben. Hinterher ist ihm alles, was er getan hat, auf die Füße gefallen. Er war ein Mann von so untadeligem Charakter. Es muss ihn unendlich bedrückt haben, dass er die Beweise gefälscht hatte. Verurteile deinen Vater nicht, Tracy. Er war ein guter Mann, ein großer Mann. Er hat sich nicht umgebracht. Die Verzweiflung hat ihn getötet.«

»Ich weiß.«

Calloway holte tief Luft. »Danke für das, was du auf der Pressekonferenz für uns getan hast.«

»Was denn? Ich habe lediglich die Wahrheit gesagt.« Tracy konnte ein Grinsen kaum verbergen.

Calloway lachte leise in sich hinein. »Mir ist allerdings nicht ganz klar, ob sich die Justizbehörden damit zufriedengeben.«

»Für die seid ihr doch kleine Fische. Die müssen sich mit ganz anderen Brocken rumschlagen.« Tracy war langsam zu der Erkenntnis gelangt, dass DeAngelo Finn richtigliegen könnte: Das Recht auf Antworten stand einem nicht immer zu. Schon gar nicht, wenn Antworten eher schadeten als nützten. Sie hatte auf der Pressekonferenz ihrem Vater die alleinige Verantwortung für alles in die Schuhe geschoben, verspürte deswegen aber keine Schuldgefühle. »Dad hätte es so gewollt.«

»Er konnte allerhand auf sich nehmen, er hatte breite Schultern.« Calloway beugte sich zu dem Strohhalm in dem Glas, das auf seinem Nachttisch stand, und trank einen Schluck Saft. »Wann fährst du wieder?«

»Sie wollen mich wohl möglichst schnell loswerden, was?«

»Nein, eigentlich nicht. Du warst so lange nicht hier.«

»Ich komme wieder. Auf Besuch. Ich gehe es langsam an.«

»Das wird nicht einfach sein.«

»Man kann die Geister nur begraben, wenn man sich ihnen stellt«, erklärte Tracy. »Und jetzt weiß ich, dass ich weder Sarah noch meinen Dad noch Cedar Grove aus meinem Leben streichen muss. Sie werden immer ein Teil von mir sein.«

»Dan ist ein guter Mann«, sagte Calloway.

Sie lächelte. »Wie ich schon sagte, ich gehe es langsam an.«

»Dann kommst du also klar damit, dass du es jetzt weißt?« Calloway sah sie an. »Ruf mich an, wenn du mal wen zum Reden brauchst.«

»Ob ich klarkomme?« Sie zuckte mit den Achseln. »Das wird seine Zeit brauchen.«

»Das geht uns allen so.«

DeAngelo Finn gab sich ähnlich philosophisch, als Tracy ihn in seinem Krankenzimmer besuchte.

»Hat nicht viel gefehlt, und ich wäre bei meiner Millie gewesen«, sagte er. »An und für sich keine schlechte Sache.«

»Wohin werden Sie gehen, wenn man Sie hier entlässt?«

»Ich habe einen Neffen in der Nähe von Portland. Der Junge meint, in seinem Gemüsegarten müsste mal Unkraut gezupft werden.«

Als Letzter auf ihrer Runde kam Parker House dran.

Als Tracy sein Krankenzimmer betrat, musste sie daran denken, dass ihr Vater damals beim Prozess gesagt hatte, auch Parker würde leiden. Was jetzt in dem Mann vorging, konnte sie nur raten.

Parker trug Verbände an den Händen und wahrscheinlich auch an den Füßen, nur lagen die unter der dünnen Krankenhausbettdecke. Er wirkte noch blasser und eingefallener als sonst. Ob er zusätzlich zum Schock der Verletzungen und des Blutverlusts auch noch darunter litt, seit Tagen keinen Tropfen Alkohol mehr getrunken zu haben?

»Es tut mir leid, Tracy!«, sagte er, kaum dass sie das Zimmer betreten hatte. »Ich war betrunken, und ich hatte Angst. Mit Edmund stimmte irgendetwas nicht, das war mir sofort klar, nachdem er bei mir eingezogen war. Aber er war der Sohn meines Bruders, und ich fühlte mich für ihn verantwortlich.«

»Das weiß ich doch!«, sagte Tracy.

»Ich wollte weder dir noch Dan noch Dans Hunden etwas tun. Ich wollte euch nur Angst einjagen, damit ihr aufhört. Ich wollte mir einfach nicht ausmalen müssen, was wird, wenn er wieder rauskommt. Ich hatte eine Heidenangst, ich wusste ja, wozu er fähig war. Da bin ich wohl einfach in Panik geraten. Es war dumm von mir und völlig falsch, auf das Fenster zu schießen.«

»Ich möchte, dass Sie eins wissen, Parker. Mein Vater hat Ihnen an dem, was passiert ist, nie auch nur die geringste Schuld gegeben. Ich auch nicht. Damals nicht und jetzt schon gar nicht.«

Parker nickte mit bebenden Lippen. »Ihr wart eine so wunderbare Familie, Tracy. Was passiert ist, tut mir schrecklich leid – und es ist alles seinetwegen passiert. Manchmal träume ich davon, was wohl wäre, wenn er nie hierhergekommen wäre. Wie Cedar Grove jetzt aussähe. Fragst du dich das auch manchmal?«

Tracy lächelte. »Manchmal schon«, gestand sie. »Aber ich versuche dann immer, ganz schnell an was anderes zu denken.«

73

Sie blieb in Cedar Grove, so lange es irgend ging, aber am Sonntagnachmittag ließ sich das Unausweichliche nicht länger hinausschieben. Sie musste zurück nach Seattle, die Arbeit wartete. Dan und sie standen auf der Veranda seines Hauses und ihr Abschiedskuss dauerte schon reichlich lange, als Dan sie schließlich freigab. »Ich weiß nicht, wem du mehr fehlen wirst«, sagte er und deutete auf Sherlock und Rex, die ziemlich verloren neben Tracy hockten. »Denen da oder mir.«

Tracy boxte ihn spielerisch in die Brust. »Dir doch wohl! Wehe nicht!«

Sie streichelte Rex über den knochigen Kopf, was jetzt, wo der Rüde keinen Plastikkragen mehr trug, einfacher ging. Laut Tierarzt war der Hund so gut wie neu. Sherlock, der nicht in Vergessenheit geraten wollte, schob seine Schnauze in ihre Hand. »Keine Sorge, ich werde keinen von euch vergessen«, versicherte sie. »Ich komme ja wieder, und bald könnt ihr mich dann auch in Seattle besuchen. Dazu muss ich allerdings erst einmal ein Haus mit Garten finden. Und Roger wird auch nicht gerade begeistert sein. Egal, das kriegen wir schon hin!« Sie konnte sich lebhaft vorstellen, wie ihr Kater reagieren würde, wenn zwei siebzig Kilo schwere Hunde in sein Allerheiligstes eindrangen.

All die Tage, die sie in seinem Haus verbracht hatte, um sich zu erholen, hatte Dan sie nie nach ihren Ideen für eine gemeinsame Zukunft gefragt, nie wissen wollen, ob sie sich vorstellen könnte, ganz hierzubleiben. Das war sehr lieb und rücksichtsvoll gewesen, denn Tracy ging es immer noch so, wie sie es Parker House gegenüber eingestanden hatte. Manchmal konnte sie nicht anders, manchmal sah sie wieder das Cedar Grove vor sich, das sie gekannt hatte. Auch wenn sie solche Gedanken immer schnell verdrängte und sich wirklich Mühe gab, keine Vergleiche anzustellen. Das alte Cedar Grove war einfach ein Teil von ihr. Und außerdem hatten Dan und sie jeder ein eigenes Leben, von denen sich keins einfach so von einem Tag auf den anderen umkrempeln ließ. Auf Tracy wartete ihr Job in Seattle, Dan hatte sich in Cedar Grove ein Leben aufgebaut. Er musste sich um Sherlock und Rex kümmern, und in seiner Praxis als Strafverteidiger konnte er sich vor Anfragen kaum retten, seit er Edmund House vertreten hatte. Dan war ein bekannter Mann geworden, mit allem, was dazugehörte.

Er und die beiden Hunde begleiteten Tracy noch zu ihrem Auto. »Ruf an, wenn du zu Hause bist«, sagte er, und es fühlte sich gut an, zu wissen, dass sich jemand um sie sorgte, weil sie ihm wichtig war.

Sie legte ihm die Hand auf die Brust. »Hab Dank für dein Verständnis, Dan.«

»Lass dir Zeit. Die Jungs und ich sind hier, wenn du so weit bist.«

Sie winkte, während sie aus der Einfahrt zurücksetzte, und dann noch einmal, ehe sie losfuhr. Verdammt, jetzt lief ihr doch noch eine Träne über die Wange! Als sie zur Auffahrt kam, die auf den Highway führte, fuhr sie daran vorbei, denn auf einmal hatte sie es nicht mehr eilig, von hier wegzukommen. Sie wollte noch einmal durch die kleine Stadt fahren, deren Innenstadtbereich an diesem sonnigen Tag viel hübscher wirkte als bei ihren letzten Besuchen. Das mochte Zufall sein, denn schließlich wirkte bei Sonnenschein vieles schöner als sonst, aber es schien auch auf den Straßen mehr los zu sein. Alles wirkte lebendiger, die Gebäude nicht mehr ganz so verfallen. Vor den Läden parkten Autos, auf den Bürgersteigen waren Menschen unterwegs. Vielleicht hatte der Bürgermeister ja Erfolg und schaffte es, die Stadt zu neuem Leben zu erwecken. Vielleicht fand sich sogar jemand, der Cascadia wieder aufleben ließ und Cedar Grove zum Urlaubsort machte. Diese Stadt hatte früher einmal einem jungen Mädchen und seiner Schwester viel Liebe, Freude und Geborgenheit geschenkt. Vielleicht konnte sie das wieder tun, für andere junge Mädchen.

Tracy fuhr an Wohnhäusern vorbei, in deren Gärten dick vermummelte Kinder im letzten Schnee spielten, wobei von ihren Schneemännern nur noch kärgliche Reste übrig waren. Weiter draußen wurden die Grundstücke größer, die Hausdächer lugten hinter sorgfältig gestutzten Hecken hervor. Als sie sich der höchsten dieser Hecken näherte, zögerte sie kurz, bog dann aber doch ab und fuhr zwischen zwei Steinpfeilern durch und die Auffahrt hinauf.

Sie parkte vor dem Garagenanbau und ging dorthin, wo früher einmal eine alte Trauerweide wie ein riesiger Schutzgeist über dem Grundstück gewacht hatte. Sarah hatte sich gern an die Äste gehängt und so getan, als sei der Rasen unter ihr der Amazonas voller Krokodile. Sie hatte dort gehangen und nach Tracy gerufen, gebrüllt, man müsse sie vor aufgerissenen Mäulern und ultrascharfen Zähnen retten.

Hilf mir! Hilf mir, Tracy! Die Krokodile wollen mich fressen!

Und Tracy hatte mitgespielt und auch so getan, als dürfe man den Rasen nicht betreten. Der Gartenpfad hatte sie zu einem bestimmten großen Stein geführt, auf den sie sich stellen und die Hand ausstrecken musste.

Du bist zu weit weg, ich krieg deine Hand nicht zu fassen!

Sarah war immer völlig in ihrer Fantasie aufgegangen.

Schwung holen! Hol Schwung und schwing dich zu mir rüber!

Und Sarah hatte brav die Beine und den ganzen Körper eingesetzt, bis sie über dem Rasen vor und zurück schwang und ihre Finger die von Tracy erst streiften, dann richtig berührten.

Wenn Tracy die Hand ihrer Schwester endlich packen konnte, hatte sie ihr befohlen, den Ast loszulassen, an dem sie hing.

Ich habe Angst. Immer der gleiche Dialog.

Du brauchst keine Angst zu haben. Ich lasse nicht zu, dass dir etwas passiert. Und Sarah hatte losgelassen. Sie hatte sich von ihrer Schwester auf den sicheren Stein, auf den sicheren Gartenpfad ziehen lassen.

Hinter ihr war die Haustür aufgegangen. Tracy drehte sich um. Auf der Veranda standen eine Frau und zwei Mädchen, die Tracy auf zwölf und acht Jahre schätzte. »Ich dachte mir schon, dass Sie das sind«, sagte die Frau. »Wir haben Ihr Bild in der Zeitung und in den Fernsehnachrichten gesehen.«

»Ich hätte nicht einfach hier eindringen dürfen, tut mir leid.«

»Ist schon in Ordnung. Ich habe gehört, dass Sie früher in diesem Haus gewohnt haben.«

»Ja. Mit meiner Schwester.« Tracy sah die beiden Mädchen an.

»Es muss fürchterlich gewesen sein«, sagte die Frau, »was passiert ist. Es tut mir sehr leid.«

»Rutscht ihr das Geländer runter?«, erkundigte sich Tracy bei der älteren der beiden Schwestern.

Die warf einen verstohlenen Blick zu ihrer Mutter hinüber, ehe sie grinsend nickte. Ihre kleine Schwester lachte.

»Möchten Sie nicht reinkommen?«, fragte die Frau. »Sich ein bisschen umsehen? In dem Haus hier stecken doch bestimmt jede Menge Erinnerungen.«

Tracy sah das Haus an, das einmal ihr Zuhause gewesen war. Ja, wegen der Erinnerungen war sie hierhergefahren. Sie wollte anfangen, sich wieder an die guten Zeiten zu erinnern, die ihre Familie hier erlebt hatte, statt immer nur an die schlechten zu denken. Wieder lächelte sie den beiden Schwestern zu, die inzwischen ziemlich unhöflich miteinander flüsterten und kicherten. »Ich glaube, das wird nicht nötig sein«, sagte sie. »Ich schaffe es auch so.«

Epilog

Tracy zog den Knoten ihres roten Halstuchs so zurecht, dass er nicht direkt unter ihrem Kinn saß, bohrte die rechte Stiefelspitze in den Boden, spreizte die Beine und nahm die Schultern zurück. Im Kopf ging sie rasch noch einmal durch, in welcher Reihenfolge die Schüsse zu fallen hatten.

»Sind Sie so weit, Kid?«, erkundigte sich der Wettkampfleiter. »Wir können den Parcours aber auch gern noch mal zusammen durchgehen. Ich weiß, wie schwer es ist, sich alles genau zu merken, und wir wollen doch, dass jeder eine faire Chance bekommt, gerade die Anfänger.«

Es war noch früh an diesem wunderschönen Samstagmorgen, einen Monat nach Tracys Rückkehr nach Seattle. Die Sonne schien durch das Blätterdach, ließ die nachgebauten Ladenfassaden der alten Westernstadt lebendig wirken und hüllte Tracys Konkurrenz in Schatten. Ein gutes Dutzend Menschen in altmodischer Cowboykleidung plauderte freundschaftlich miteinander, während sie darauf warteten, selbst an die Reihe zu kommen.

»Wir können es gern noch mal durchgehen.« Tracy, die die vorgegebenen Ziele durch ihre gelb getönte Schützenbrille betrachtete, hatte das Gefühl, dem Wettkampfleiter einen Gefallen zu tun, wenn sie auf sein Angebot einging. Außerdem hatte ihr Vater immer gesagt, man sollte bei Wettkämpfen tunlichst jeden Vorteil mitnehmen, der sich bot.

»Zu Anfang zwei Schuss auf die Ziele hier«, erklärte der Master. »Dann rüber zum zweiten Tisch, wo Sie mit der Flinte die Grabsteine umschießen. Dann rennen Sie zur Ladenfront und schießen durch das Fenster auf die fünf orangefarbenen Ziele.«

»Vielen Dank.« Tracy nickte höflich. »Jetzt habe ich alles verstanden.«

»Okay.« Der Mann trat zurück. »Schützin bereit?«

»Bereit«, sagte Tracy.

»Beobachter bereit?«

Drei Männer lüpften die Hüte und traten vor. »Bereit.«

»Beim Hupton geht's los«, sagte der Wettkampfleiter. »Haben Sie einen Spruch?«

»Einen Spruch?«

»Damit ich weiß, Sie sind so weit. Ich kenne jemanden, der sagt immer: ›Ich hasse Schlangen!‹ Ich selbst rufe: ›Wir sind Reisende in Blei.‹ Das ist aus *Die glorreichen Sieben*.«

Tracy dachte an ihr altes Motto aus dem Western *Der Marshal*, Rooster Cogburns Ruf, ehe er mit gezückten Waffen auf das weit offene Feld ritt: *Zieh endlich, du Schweinehund!* »Ja, ich habe ein Motto.«

»Dann wollen wir das mal hören, wenn Sie so weit sind.«

Sie holte tief Luft. »Ich habe keine Angst vor dem Dunkeln!«

Ein Hupton erklang, die Zeit lief. Sie schnappte sich das Gewehr vom Tisch, schoss, ließ, kaum hatte die erste getroffen, die zweite Kugel in den Lauf gleiten. Sie traf das Ziel auch ein zweites Mal, zielte und schoss, zielte und schoss, bis sie auch die verbliebenen vier Ziele in rascher Folge jeweils zweimal getroffen hatte. Dann die Flinte vom zweiten Tisch geholt, den ersten Grabstein umgenietet und, noch ehe der ganz umgefallen war, nachgeladen und den zweiten umgelegt, peng, peng, peng, von links nach rechts, bis alle fünf lagen. Sie rannte zur nachgebauten Ladenfront, trat durch die Tür, wandte sich zum Fenster, riss die Pistole aus dem Holster. Pling, das war das erste Ziel. Pling. Pling …

Als sie fertig war, ließ sie die Pistole kreisen und steckte sie wieder in den Holster.

»Zeit!«, rief der Wettkampfleiter.

Sonst sagte keiner ein Wort, obwohl alle Teilnehmer ihr gebannt zugeschaut hatten.

Rauchfähnchen hingen in der Luft und der vertraute süße Duft von Pulverdampf. Die drei Beobachter reckten die Faust in die Luft und sahen einander an, als könnten sie es kaum glauben.

Tracy selbst hegte keinerlei Zweifel. Sie wusste, dass sie kein einziges Ziel verfehlt hatte.

Der Wettkampfleiter sah sich Tracys Zeit an, warf den anderen Teilnehmern einen ungläubigen Blick zu und prüfte noch einmal die Zeit.

»Was ist, Rattler?« Die Frage kam von einem älteren Mann, der mit gespreizten Beinen auf einem Fass hockte, die Hände in die Hüften gestemmt. Sein Westernname war »The Banker«, weil er eine Melone und eine rote Weste mit Paisleymuster trug, an der an einer goldenen Kette eine ebenfalls goldene Taschenuhr baumelte. »Hat deine Stoppuhr versagt?« Dabei zuckte sein Schnurrbart, denn er konnte sich ein amüsiertes Grinsen nicht verkneifen.

»Achtundzwanzig Komma sechs«, sagte Rattler.

Die anderen Teilnehmer sahen erst Tracy, dann einander entgeistert an. »Sind Sie sicher?«, fragte einer.

»Das kann doch nicht stimmen!«, rief jemand anders. »Oder?«

»Wie war noch mal Ihr Name?«, wandte sich der Wettkampfleiter an Tracy.

Tracy trat durch die Ladentür nach draußen. »The Kid«, sagte sie. »Einfach nur The Kid.«

Während das letzte Tageslicht verblasste, zog Tracy ihren Karren in Richtung Parkplatz. Es war der Karren, den ihr Vater damals für sie gebastelt hatte. Sie hatte ihn zusammen mit ihren Schusswaffen aus dem Lager mitgenommen, als sie nach Cedar Grove gefahren war, um ein paar Möbel ihrer Eltern abzuholen. Die Möbel wiederum hatte sie gebraucht, weil sie aus ihrer kleinen Wohnung in ein Haus mit zwei Schlafzimmern gezogen war, das sie irgendwie ausstatten musste. Es war ein Haus mit einem großen Garten, in dem Sherlock und Rex toben konnten, wenn Dan mit ihnen zu Besuch kam.

Der Banker, der Tracy den ganzen Tag kaum aus den Augen gelassen hatte, kam zu ihr herüber. »Sie gehen?«

»Ja.«

»Aber die Siegerehrung steht doch noch aus.«

Tracy lächelte nur.

»Was sollen wir dann mit der Gürtelschnalle machen?«

»Die Kleine da vorhin – ist das Ihre Enkelin?«

»Ja, das ist meine Kleine.«

»Wie alt ist sie?«

»Gerade dreizehn geworden, aber schießt, seit sie laufen kann.«

»Geben Sie ihr die Schnalle«, bat Tracy. »Sagen Sie ihr, sie soll nie aufhören.«

»Danke, das ist nett von Ihnen, sie wird sich freuen.« Der Banker sah sie nachdenklich an. »Ich habe vor zwanzig Jahren mal eine Schützin gesehen, die unter dem Namen Kid Crossdraw angetreten ist. Aber alle nannten sie nur ›The Kid‹.«

Tracy blieb stehen.

Der Banker lächelte und fuhr fort: »Habe sie in Olympia erlebt. Die beste Schützin, die mir je unter die Augen gekommen ist. Bis heute. Habe sie allerdings nach Olympia nie wieder gesehen. Sie hatte einen Vater und eine Schwester, die auch ziemlich gut waren. Sie haben nicht zufällig mal von ihr gehört?«

»Doch, habe ich«, sagte Tracy. »Aber Sie irren sich.«
»Inwiefern?«
»Sie ist immer noch die beste Schützin.«

Der Banker zwirbelte seinen Schnurrbart. »Das würde ich gern sehen. Wissen Sie, ob sie vielleicht demnächst an einem Wettkampf teilnimmt?«

»Ja«, sagte Tracy. »Aber Sie werden sich noch ein Weilchen gedulden müssen, ehe Sie ihr zusehen können. Sie schießt inzwischen auf höhere Ziele.«

Danksagung

Es gibt wie immer eine Menge Leute, denen mein Dank gilt, aber zuerst einmal muss ich eins klarstellen, ehe die E-Mails eintrudeln, in denen mir geografisches Unwissen vorgeworfen wird: Cedar Grove ist eine erfundene Stadt. Ich persönlich habe sie erdacht, in den North Cascades angesiedelt und später erst herausgefunden, dass es im Staat Washington wirklich ein Cedar Grove gibt. Da gefiel mir der Name aber schon so gut, dass ich ihn nicht mehr ändern mochte. Mein Cedar Grove und das andere Cedar Grove sind zwei völlig verschiedene Paar Schuhe.

Ich hatte dieses Buch sehr lange in Arbeit und bin in dieser Zeit von so vielen Menschen beraten worden, dass ich gar nicht weiß, wo ich anfangen soll. Einige der Interviews und Recherchen liegen auch schon einige Jahre zurück, ich hoffe, ich vergesse niemanden. Die Menschen, bei denen ich mich im Folgenden bedanke, sind alle auf ihren jeweiligen Gebieten Experten, ich bin es nicht. Fehler und Irrtümer sind daher in jedem Fall meine und von niemand anders zu verantworten.

Ich danke Kathy Taylor, forensische Anthropologin beim gerichtsmedizinischen Institut des King County, für ihre Informationen über das Ausgraben einer jahrzehntealten Grabstätte in einem bewaldeten, bergigen Terrain. Zu diesem Thema hat mich auch Kristopher Kern, Forensiker beim Crime Scene Response Team der Washington State Patrol beraten, der eine ganz ähnliche, aber doch auch individuelle Expertise beisteuerte, für die ich mich herzlich bedanke.

Ebenfalls Dank an Dr. Jennifer Gregory, klinische Sozialarbeiterin, Leiterin des Western Regional Medical Command Care Provider Support Program of Joint Base Lewis-McChord, und an Dr. David Embry, Programmkoordinator des physiotherapeutischen Forschungsprogramms der kindertherapeutischen Abteilung des Good Samaritan Movement Laboratory. David trat auf der Pacific Northwest Writers Conference an mich heran, nachdem ich dort meine Idee für einen nächsten Roman einem breiteren Publikum vorgestellt hatte, und machte mich später auch mit Dr. Jennifer Gregory bekannt. Beiden verdanke ich wertvolle, wenn auch zutiefst verstörende Einsichten in die Geisteswelt von Soziopathen und Psychopathen, die mir halfen, diesen Roman und den nächsten zu schreiben.

Ich habe außerdem das große Glück, bei den Polizeikräften dieses Landes viele wunderbare Männer und Frauen zu kennen, die mir immer wieder großzügig ihre Zeit und ihr Wissen zur Verfügung stellen. Ohne die Unterstützung von Detective Jennifer Southworth, die in der Mordkommission des Dezernats für Gewaltverbrechen von Seattle arbeitet, hätte ich dieses Buch nicht schreiben können. Jennifer half mir schon, als sie noch bei der Spurensicherung arbeitete, und ihre Beförderung in die Mordkommission hat dieses Buch nachhaltig inspiriert. Ich bedanke mich auch bei Detective Scott Thomson vom King County Sheriff's Office, Abteilung Schwerverbrechen/ungelöste Mordfälle. Seine Bereitschaft, mir mit Rat und Tat zur Seite zu stehen und mich auch mit anderen bekannt zu machen, die mir weiterhelfen könnten, erwies sich als unschätzbar wertvoll. Unter anderem stellte er mich Tom Jensen aus dem Dezernat für Schwerverbrechen des King County vor. Jensen wird oft als der letzte Überlebende der Sondereinheit Green River Killer bezeichnet, der es nach zwanzig Jahren hingebungsvoller

Ermittlungen endlich gelang, die entscheidenden Beweise zu finden, aufgrund derer Gary Ridgway verurteilt werden konnte.

Herzlichen Dank auch an Kelly Rosa, die als leitende Kanzleiangestellte für die Staatsanwaltschaft des King County arbeitet und mit der ich schon mein Leben lang befreundet bin. Kelly hat mir bei so gut wie jedem meiner Romane geholfen und macht wie verrückt Reklame für alle meine Bücher. So wurde es meiner Meinung nach Zeit für einen persönlichen Auftritt, und ich fand, der Job der forensischen Anthropologin wäre genau das Richtige für sie. Kelly, du bist nach wie vor die Beste.

Ein Hoch auch auf Brad Porter, Sergeant beim Kirkland Police Department. Ich lernte Brad während eines ganz schrecklichen Prozesses im King County kennen, der mit einem Fall zusammenhing, den er als leitender Ermittler betreut hatte. Seitdem sind wir gute Freunde geworden. Ich spiele gern mit Brad meine Ideen durch. Außerdem diente mir sein körperliches Erscheinungsbild als Inspiration für das von Kinsington Rowe, genannt Sparrow. Kins' persönliche Geschichte ist dagegen reine Fiktion.

Ich bedanke mich auch bei Sue Rahr, früher King County Sheriff, jetzt verantwortliche Direktorin der Washington State Criminal Justice Training Commission, der Polizeiakademie. Tracy hat durchaus Ähnlichkeiten mit Sue, was mir beim Schreiben des Romans gar nicht so klar war: ihre Zähigkeit, Entschlossenheit und ihr Sinn für Humor. Ihr verdanke ich ein gewisses Verständnis dafür, wie es ist, in einem immer noch überwiegend von Männern dominierten Beruf als Frau Karriere zu machen. In dieser Frage hat mich auch Detective Dana Duffy aus dem Dezernat für Gewaltverbrechen der Polizeidienststelle Seattle unterstützt, bei der ich mich ebenfalls herzlich bedanke. Duffy war die erste Frau überhaupt in dieser Mordkommission. Sie hat sich die Zeit genommen, mit mir ganz offen über ihre Laufbahn zu sprechen, und mir so zu einer sehr differenzierten Sicht der Dinge verholfen.

Bei der Anwältin Kim Hunter aus Covington, Washington, bedanke ich mich für ihre Beratung in Sachen Wiederaufnahmeverfahren und Strafrecht. Ich steckte ziemlich fest, als ich Kim kennenlernte. Sie half mir, mich freizuschaufeln.

Ich liebe meinen Beruf unter anderem deswegen, weil ich im Zuge meiner Recherchen so viele coole Sachen machen darf, wie zum Beispiel an einem nebligen Wintermorgen auf dem Gelände des Renton Fish und Game Club beim Westernschießen zuzusehen. Das war echt der Hammer – als wäre man im Wilden Westen. Alle Teilnehmer sind verkleidet. Sie verhalten sich bei der Ausübung ihres Sports sehr verantwortlich und nehmen auch die Waffensicherheit sehr ernst. Und sie schießen verdammt gut, diese Männer und Frauen. Sie haben mich in ihrem Kreis willkommen geheißen und mir in langen Gesprächen zu Informationen verholfen, die ich in keinem Buch gefunden hätte. Ganz herzlichen an Dank, Diamond Slinger, Jess Ducky, Driften Rattler, Dakota und Kid Thunder und all die anderen, die sich die Zeit genommen haben, meine Fragen zu beantworten.

Noch so eine tolle Sache an meinem Beruf ist, dass ich wohltätige Zwecke damit verknüpfen kann. So haben Erik und Margaret Giesa der Highschool meines Sohnes, der Seattle Prep, eine großzügige Spende zukommen lassen, weil ich Figuren in meinem Buch nach ihnen benannt habe. Ich wünschte, ich könnte die ganze E-Mail wiedergeben, in der Erik mir seine Frau vorstellte. Sie sei »unglaublich schön, mit einer tollen Figur und einem Lächeln, in dem sich ihr ganzes Herz spiegelt« – ich wünsche jeder Frau einen Mann, der so begeistert von ihr ist. Herzlichen Glückwunsch zur Silberhochzeit!

Ich lese bei der Recherche zu meinen Geschichten natürlich viel und erwähne diese gedruckten Quellen normalerweise nicht, aber in diesem Fall möchte ich ein paar der Bücher und Artikel nennen, die ich hilfreich fand:

Godwin, Maurice und Fred Rosen, *Tracker: Hunting Down Serial Killers*

Reichert, David, *Chasing the Devil: My Twenty-Year Quest to Capture the Green River Killer*

Yancey, Diana, *Tracking Serial Killers*

Keppel, Robert D. und William J. Birnes, *The Psychology of Serial Killer Investigations: The Grisly Business Unit*

Morton, Robert J., *Serial Murder: Multi-Disciplinary Perspectives for Investigators,* Behavioral Analysis Unit, National Center for the Analysis of Violent Crime

Brooks, Pierce, »Multi-Agency Investigative Team Manual«, United States Department of Justice, National Institute of Justice

Das nächste Dankeschön geht an die Topagentin Meg Ruley und ihr Team bei der Jane Rotrosen Agency. Meg vollbringt einfach immer wieder Wunder für mich. Ich bin unendlich dankbar dafür, schon seit fast zehn Jahren zu ihren Autoren gehören zu dürfen. Sie ist eine wunderbare Frau, ihre Lebensfreude steckt an, und für sie ist das Glas immer halb voll. Ich schulde ihr und ihrem Team, das meine Manuskripte liest und kommentiert, unglaublich viel. Ich weiß diese Unterstützung wirklich sehr zu schätzen – ohne euch würde ich es nicht schaffen.

Vielen Dank an alle bei Thomas & Mercer, dass sie an *Das Grab meiner Schwester* und mich geglaubt haben, insbesondere an Cheflektor Alan Turkus, Lektorin Charlotte Herscher, Kjersti Egerdahl, Jacque Ben-Zekry, Tiffany Pokorny und Paul Morrissey. Falls ich jemanden nicht erwähnt habe – mein Dank ist euch gewiss.

Danke an Tami Taylor, die meine Website so fantastisch betreut. Danke an die Testleser, die sich durch die frühen Fassungen meiner Werke arbeiten und mir helfen, meine Manuskripte zu verbessern. Danke an Pam Binder und die Pacific

Northwest Writers Association für ihre unglaubliche Unterstützung meiner Arbeit.

Ich bedanke mich auch bei meinen treuen Lesern, die mir Mails schreiben, um zu sagen, wie gut ihnen meine Bücher gefallen und wie sehr sie auf mein nächstes warten. Ihr seid der Grund dafür, dass ich nach der nächsten guten Geschichte Ausschau halte.

Ich habe dieses Buch meinem Schwager Robert A. Kapela gewidmet. Robert war ein guter Mann mit einem großen Herzen und einem strahlenden, ansteckenden Lächeln, der in den vergangenen Jahren seine Lebensfreude allerdings mehr und mehr verloren hatte. Er litt unter den Auswirkungen eines gravierenden gesundheitlichen Problems und einem langwierigen Scheidungsverfahren. Roberts Leben endete am 20. März 2014. Meine Familie und ich durften ihn in der letzten Woche seines Lebens bei uns haben, was wir als großes Glück empfinden. Meine Kinder liebten ihren »Onkel Bert«, und meine Frau liebte ihren Bruder. Er war der Onkel, der immer für Spaß sorgte. Die Sommertage auf seinem Boot wird keiner von uns je vergessen.

Wenn ein geliebter Mensch stirbt, bleibt eine schmerzhafte Lücke, wie ich aus eigener Erfahrung weiß. Ich spürte diese Lücke, als vor sechs Jahren mein Vater starb, und ich spüre sie auch heute noch. Ich denke jeden Tag an ihn. Diese Lücken schließen sich nie ganz. Roberts Tod hat uns alle tief berührt. Am Morgen nach seinem Tod saß ich auf der Veranda unseres Hauses und betrachtete den Sonnenaufgang. Meine Frau setzte sich zu mir. Der Himmel färbte sich in einem prächtigen Magentarot und ich musste plötzlich an den Tag vor unserer Hochzeit denken und an das Gespräch, das meine Frau und ich an jenem Tag mit dem Priester geführt hatten, der uns trauen sollte. Er hatte gefragt, was wir uns von unserem gemeinsamen Leben erhofften, und meine Antwort war gewesen: »Ich möchte den Rest meines Lebens zusammen mit Christina die Sonne aufgehen sehen.« Der Sonnenaufgang am Tag nach Roberts Tod war ein Geschenk meines Schwagers, da bin ich mir sicher. Er sollte uns an die Schönheit Gottes und an dessen Liebe erinnern und daran, im Licht zu wandeln. Meine Gebete und Gedanken sind bei Robert und seinen drei Söhnen.

Für Christina, Liebe meines Lebens, Seelenverwandte, die jeden Schritt auf der Reise des Lebens mit mir geht. Du wirst mit jedem Tag schöner. Denk an die Sonnenaufgänge, die wir einander versprochen haben, und suche in jedem Tag die Schönheit, das Licht und die Liebe. Für meinen Sohn Joe, der jetzt ein Mann ist und dem ich alles wünsche, was man im Lebens so braucht – nämlich Liebe. Für meine Tochter Catherine, die jedes Zimmer heller werden lässt, wenn sie es betritt. Möge sie diese Helligkeit und ihre Lebensfreude nie verlieren.